# Félix de Lusitania

Jesús Sánchez Adalid

Ediciones B
Grupo Zeta

Barcelona • Bogotá • Buenos Aires • Caracas • Madrid • México D.F. • Montevideo • Quito • Santiago de Chile

1.ª edición: junio 2002

Bailén, 84 - 08009 Barcelona (España)
*www.edicionesb.com*

Printed in Spain
ISBN: 84-666-0668-8
Depósito legal: B. 13.149-2002

Impreso por: DOMINGRAF, S.L.
IMPRESSORS

# FÉLIX DE LUSITANIA

Jesús Sánchez Adalid

OCEANO GERMANICO
HIBERNIA
Eboracum
BRITANIA
GERMANIA INDEPEND
Albis Fl.
Rhenus Fl.
GERMANIA INFERIOR
BELGICA
Durocortorum
GERMANIA SUPERIOR
Augusta Vindelicorum
RETIA
NORICA
LUGDUNENSE
Liger Fl.
OCEANO ATLANTICO
Lyon
Burdigala
AQUITANIA
ALPES
NARBONENSE
Padus Fl.
ITALIA
TARRACONENSE
Durius Fl.
Narbona
LUSITANIA
CORCEGA
Aleria
Roma
Tarragona
Islas Baleares
(a la Tarraconense)
CERDEÑA
Caralis
Nora
MAR TIRRENO
Anas Fl.
Emerita
Córdoba
Hispalis
BETICA
Cartagena
MAR INTERIOR
Lilybea
SICILIA
Tingis
Cesarea
Cartago
MAURITANIA TINGITANA
MAURITANIA CESARIENSE
NUMIDIA
Lambese
AFRICA PROCONSULAR

El Imperio romano (mediados del siglo III, d. C.)

Las regiones danubianas

Africa proconsular y Numidia

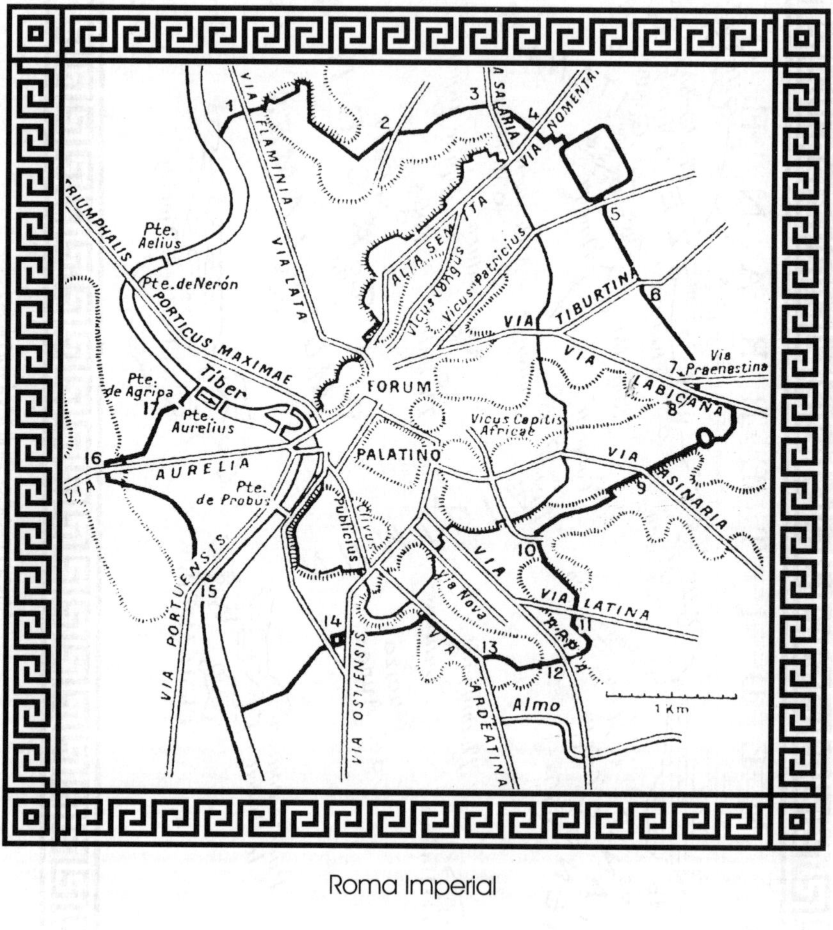


Roma Imperial

*A mis hermanos*

*Cuando mengua la luz en el alma humana y ésta no está ya nutrida por el alimento natural que le es propio, las tinieblas lo poseen todo: por doquier se instauran tristeza y desgracia, y se produce un encuentro de potencias enemigas del alma. Entonces esas potencias operan tenebrosamente en los corazones de los hombres, instigando a una nación contra otra, a un reino contra otro.*

ORÍGENES, año 249
*Comentariorum series in Matthaeum*, 37.

# Prefacio

Mi nombre es Félix y nací en Lusitania. Mi tierra es famosa por ser la última de Occidente. Más allá de Oisipo sólo está el océano en el que no se adentran mucho los navegantes por temor a llegar al final y caer en el vacío. Y el sol, cuando va a perderse por donde se acaba el mundo, baña de una luz singular nuestros cielos, los más limpios del orbe. Los bosques son inmensos, poblados de encinas y alcornoques, salvo en las orillas del caudaloso río Anas donde crecen alamedas de robustos chopos, fresnos y olmos. La primavera brota de repente, como por arte de encantamiento, y una nevada de pétalos blancos cubre las verdes jaras; las adelfas de las riberas se visten de flores rosadas y en las praderas se despliega un colorido tapiz de entrelazados amarillos y morados, salpicados de rojas amapolas.

Emérita, mi ciudad, es la capital de Lusitania. Fue fundada en tiempos de Augusto y se precia de ser romana, al genuino estilo. En los foros provinciales se venera a los dioses de siempre con sacrificios y ceremonias que siguen inalterados el ritual de los tiempos de la fundación. Se honra al genio protector de la colonia en el lugar que le corresponde y las divinidades capitolinas ocupan pedestales preeminentes. Las procesiones de los colegios sacerdotales y las comitivas de ciudadanos, así como los coros de jóvenes, recorren las principales vías donde se alzan edificios de grandeza y suntuosidad comparable a los de las renombradas ciudades del Imperio, henchidos de orgullo romano.

Pero debió de ser a causa de mi origen, en el extremo del mundo, que nací con una pregunta en mi interior, como un acicate. Mi despertar a la vida, sin embargo, fue como el de cualquier muchacho; aunque pronto me acosaron las dificultades, y yo y mi pregunta nos vimos obligados a ponernos en camino hacia levante, donde nace el sol de la sabiduría.

Aun habiendo abandonado mi provincia tan joven, guardo nítidos recuerdos de mi adolescencia en la preciosa villa de mi padre, en la vega del Anas. Durante un corto periodo de mi vida fui auriga en el circo de Emérita, el más grande y famoso después del circo Máximo. Pero fama y prestigio a tan corta edad no tardaron en causarme graves problemas. Así que, obedeciendo a los consejos de mi abuelo Quirino, me fui a Gades para embarcarme, pues seguir los vientos y las corrientes era siempre más favorable que el largo y tortuoso camino por tierra.

Fui a Roma persuadido de que era el centro del universo, como cualquier ciudadano del Imperio. Y comprobé que todos los caminos parten de allí. Son esas mismas vías las que hacen fluir a los hombres de los más recónditos y apartados lugares para traer sus rarezas; de manera que la Urbe jamás volverá a ser ella misma, sino el desasosegado hervidero de las más extrañas creencias e ideas. Esa Roma rebosaba de todo, sin satisfacer con nada. Sólo hallé consuelo en brazos de una hermosa joven consagrada al templo de la Salud. Aquellos misterios cautivaron pronto mi espíritu, pero mi cuerpo traicionaba a mi ánimo, porque no llegaba a comprender que ella era sólo el reflejo, la sombra de algo eterno. Y no voy a decir que sufriera un desencanto, pero de repente empecé a sentir todo aquello como algo ajeno y pasé del dulce sopor a la repugnancia y el rechazo.

Por eso me fui a Siria alistado en el regimiento de carros que preparó el prefecto Timesiteo para hacer frente a los persas. Se decía por entonces que el verdadero centro no estaba en Roma, sino en Siria, concretamente en Antioquía, por ser una ciudad entre dos mundos: puerta al Oriente más genuino y puerto del Mediterráneo griego, origen de nuestra cultura. Pero, precisamente por ser ciudad libre y de paso, allí se reunía una abigarrada población, frívola y turbulenta, mezcla de fanáticos adeptos a los misterios, mercaderes, soldados y ardorosos y violentos buscadores de placer y dinero.

En poco tiempo tuve cerca el combate. A lo lejos se veía la polvareda y se escuchaba, como un rugido, el clamor de la batalla. Fue mucho más rápido de lo que pensaba que sería una guerra. Caballeros y carros nos lanzamos hacia una apretada maraña humana donde sobresalían camellos y elefantes. Nos sorprendió la noche todavía en el campo de batalla, donde el olor a sangre y a tierra quemada se mezclaba como salido del propio infierno.

Aunque ganamos algunas batallas, los persas terminaron venciéndonos. Desde las colinas veíamos las celebraciones del enemigo, abajo en su campamento, junto al gran río: los fuegos sagrados y las multitudinarias danzas al atardecer; los estrados con el trono del rey de reyes y las procesiones majestuosas de los nobles, vestidos con largas túnicas de vivos colores y tocados con elevados gorros iranios; las brillantes esferas que representaban el Sol y la Luna y los sacrificios de imponentes carneros, cuya sangre corría río abajo, enrojeciendo las aguas.

Nuestros soldados, extenuados y confundidos, terminaron asesinando al emperador Gordiano, instigados por los nabateos cuyo jefe era Filipo el Árabe, que pronto se erigió augusto. Y supo acallar las conciencias con carretas repletas de sacas de monedas que repartió con largueza entre los hombres, especialmente entre los mercenarios y auxiliares bárbaros.

Fue el propio Filipo el que se fijó en mí y me propuso como embajador para ir a contentar al rey Sapor de los persas, buscando una paz vergonzosa que permitiera a Roma celebrar con la pompa y el boato suficiente el milenio de su fundación.

En otoño, cuando los vientos comenzaron a soplar, marché con mi comitiva por el viejo camino real, adentrándonos en los arrasados campos de Mesopotamia, sembrados de pelados huesos de guerreros tendidos al sol. Los henchidos buitres levantaban el vuelo a nuestro paso e iban a posarse en las quemadas ramas de los cedros. Había niños hambrientos en los caminos y mermados rebaños de escuálidas cabras arañando la tierra con los dientes para buscar raíces bajo la capa cenicienta que cubría los suelos.

En Ctesifonte cruzamos la majestuosa puerta y, ya en el interior de los muros, nos encontramos con la resplandeciente ciudad que era un reflejo de la sociedad sasánida, que quería retornar a las viejas tradiciones iranias, con el rey de reyes y su corte ocupando el centro.

Todo se desenvolvía allí con gran lentitud, entre fastuosas recepciones y complejas reglas palatinas.

Desde las terrazas se contemplaba la inmensidad de los campos cultivados. Luego, las estepas y, tras ellas, los páramos yermos que se extienden hasta las mismas laderas de azuladas hileras de montañas. Yo pensaba en lo que habría más allá, el misterio de los santuarios encaramados en lo alto de las colinas más elevadas del mundo, donde seres entregados desde niños a los dioses de la nada, meditaban en soledad y profundo silencio. Desde esos lugares trajo Maní sus ideas sofisticadas sobre la separación entre el bien y el mal, la luz y la tiniebla. Me consolaba pensar en un dios cuya victoria final aniquilaría definitivamente cuanto de torcido y oscuro hay en este mundo. Pero, mientras no llegara ese momento, lo bueno y lo malo se sucederían, como si se ganaran batallas en una alternativa de sufrimiento y felicidad.

En Persia me enamoré locamente de Néfele, una hermosa joven que puso en mis brazos el propio rey Sapor; su cabellera era larga, brillante y oscura, su figura elegante y delicada como no he visto otra igual. Pero en la corte no me encontraba seguro. Había intrigas, como serpientes a ras de suelo cargadas de veneno. Alguien decretó mi muerte. Incendiaron mi casa y Néfele pereció entre las llamas.

Tuve que huir, más muerto que vivo. Después de una agotadora travesía por los desiertos de Hira, me vi convertido en un manojo de huesos. No puedo precisar en qué momento sentí que no iba a ninguna parte. Pero conseguí llegar a Bostra, donde experimentados médicos y las aguas medicinales de sus termas me devolvieron la salud. No hay nada como ver que tu propio cuerpo se restablece: es como un milagro. La carne inexistente brota de la nada bajo la piel; vuelven los músculos y el vigor a los miembros vacilantes, el brillo al rostro y la luz a los ojos.

Permanecí casi un año en Bostra, abusando de la hospitalidad de su gobernador y aproximándome cada vez más al círculo de los cristianos, que eran allí numerosos. No voy a decir que por aquel tiempo perteneciera a la Iglesia, pero estaba fascinado por la figura de Jesús y me dediqué en cuerpo y alma a descubrir cómo fue su existencia. De manera que, aprovechando la proximidad de Palestina, recorrí los lugares que guardaban algún recuerdo del galileo. En una peregrinación organizada y dirigida por el obispo Berilo emprendí la calzada que cruzaba las regiones de Traconítide y Gaulanítide, hasta llegar a la orilla misma del lago de Genesaret, también llamado de Tiberíades, en los límites de Galilea.

En Cafarnaún conocí al maestro Orígenes. Algo se escondía en aquel hombre, algo puramente interior. Si no fuera así, no habrían acudido a él hombres de todo el mundo para sacar agua del pozo de sus conocimientos. Agua que se repartía en su escuela, llamada de Alejandría, a pesar de que llevaba ya largo tiempo ubicada en Cesarea de Palestina. Sabía que había sido invitado por la propia Julia Mamea, la madre del emperador Alejandro Severo, que tenía su corte en Antioquía de Siria, para que instruyese en la religión cristiana a personas de su séquito. Orígenes había entrado en diálogo con todos: paganos, judíos, herejes, obispos... Y fue él quien despertó por primera vez algo en mi interior.

En muchos de aquellos lugares se recordaban hechos milagrosos de Jesús, aunque hacía más de doscientos años que habían muerto los últimos testigos de su presencia. Pero eran los relatos de la Resurrección los que con mayor fuerza permanecían en el ambiente, como si ese hecho hubiera acontecido ayer mismo. Orígenes lo explicaba con estremecedoras palabras.

Al escuchar aquellas cosas, entró como una luz dentro de mí, como si una lámpara encendida penetrase en el fondo de una gruta. Ese Jesús me hizo sentir que ningún hecho de nuestra vida está aislado de los demás, ni carece de significado; y que hasta la misma muerte era como una llamada a la pregunta de lo imposible, oculta en nosotros, como una respuesta divina a nuestro deseo de paz y felicidad.

Pero al final de la peregrinación, en Jerusalén, esa luz se desvaneció otra vez, porque me topé de frente con el misterio más incomprensible de la fe de los cristianos: la cruz. Para mí, que era romano, como para los griegos, significaba necedad. La muerte del crucificado no tiene nada de la fuerza ni de las cualidades del dios. Tampoco se puede comparar con la muerte del sabio que fue Sócrates, que murió con nobleza y calma, decidido. Mi idea de lo divino, como la de los hombres de mi tiempo, era sublimidad, fuerza y potencia; lo cual era incompatible con la oscuridad y el dramático sobresalto de la cruz.

En Jerusalén esperaba encontrarme con el gran misterio de la Resurrección, pues la imagen del sepulcro vacío que íbamos a visitar con ardiente deseo estaba viva y presente en el ser cristiano. Y os contaré lo que sucedió allí y cómo proseguí mi fatigoso peregrinar detrás de la verdad.

# 1

Por aquel tiempo, la antigua Jerusalén, llamada ahora Aelia Capitolina, era una especie de ciudad prohibida. Después de la sublevación judía de Bar Kokheba («Hijo de la Estrella»), ocurrida hacía cien años, el emperador Adriano ordenó su destrucción y la expulsión de toda la población judía. Sobre las ruinas se construyó la nueva colonia, según el clásico plano romano con *decumano* y *cardo*. El Capitolio se había construido en alto, al nivel de lo que fue el Gólgota; también se habían levantado el foro, templos, termas, teatro y estadio a la moda romana. La nueva ciudad, pues, apenas tenía cien años, y sus habitantes eran colonos llegados de todo el Imperio, excepto judíos, los cuales tenían vetado el paso según las leyes de la fundación, para evitar los conflictos que habían causado en otras épocas. Ya no se encontraban vestigios de la gran ciudad Santa que hubo allí en otro tiempo; si no que Aelia no pasaba de ser un núcleo secundario, sometido en todo a Cesarea, y en la cual se hablaba tan sólo el griego.

Llegamos frente a las puertas de la ciudad hacia la media tarde, después de un incómodo viaje soportando un fuerte viento contrario que levantaba espesas nubes de polvo. Al abrigo de las murallas cesó por fin el azote de las molestas arenas, pero un oscuro horizonte de tormenta se aproximaba enviando el aire frío y húmedo del aguacero. Alguien sugirió entonces que sería mejor visitar cuanto antes lo que llamaban los «lugares santos». La fila de peregrinos se encaminó por el adarve, bordeando la contramuralla que guardaba el núcleo de la ciudadela, para buscar la zona norte. Pasamos por dos grandes puertas custodiadas por guardias y, finalmente, atravesamos un elevado arco que nos condujo a una irregular superficie que se extendía delante del pronaos de un templo, junto a cuyas columnas nos detuvimos.

Sería a causa de la tormenta, pero aquel sitio me pareció extraño y sombrío. Era una especie de vieja cantera que había comido terreno a la ladera de la montaña sobre la que se alzaba la ciudad. El templo estaba asentado junto a un abrupto terraplén cubierto de matorrales espinosos, donde se abrían cuevas, selladas algunas con grandes losas, mientras que otras mostraban sus oscuras fauces. Por todas partes había tumbas derruidas, estelas mortuorias y túmulos funerarios desparramados, entre pedruscos y montones de escombros. Sobre un promontorio próximo, una enorme estatua de Venus en mármol miraba hacia los campos, dando la espalda a los edificios que asomaban desde la muralla interior y desafiando al sol que se abría paso, ahora sí ahora no, entre los nubarrones negros. Todo el conjunto, a esa hora, entre dorados destellos de luz y repentinos nublados, resultaba inquietante.

—¡Eh, vosotros!, ¿adónde vais? —nos gritó un hombre vestido con una larga túnica que guardaba la puerta junto a otros dos ataviados de forma similar.

El maestro Orígenes se acercó entonces a mí y me dijo al oído:

—Son los sacerdotes de Júpiter. Cuidan el templo y la imagen de la diosa que hay más allá, sobre aquella roca. No hagas caso. Siempre que hay cristianos por aquí se ponen furiosos. Lo mejor es seguir a lo nuestro y no hacer caso de su presencia.

—¿Cómo? —me extrañé—. Creí que visitaríamos el lugar de la muerte y resurrección del Cristo...

—Bueno, más tarde te explicaré —respondió el maestro—. Ahora hemos de hacer la oración.

El grupo de peregrinos cristianos actuaba con una visible ansiedad. El obispo Berilo y algunos más se arrodillaron frente al pronaos del templo, mientras dos de las mujeres descargaban de un camello los libros de oraciones y las lámparas que habían transportado envueltas en mantas durante todo el viaje. Orígenes se dirigió a ellas y les ordenó:

—¡Allí, junto a la roca! ¡Haremos la oración allí!

Yo me encontraba confuso, pues no comprendía nada de lo que

estaba sucediendo; pero mi estupor llegó al colmo cuando vi que las mujeres iban con los objetos hacia la estatua de Venus que coronaba la roca, a unos cincuenta metros de allí. Los sacerdotes del santuario también lo vieron y comenzaron a agitar los brazos y a gritar:

—¡Eh, vosotras! ¿Qué hacéis? ¿Adónde vais con eso? ¡Fuera! ¡Fuera de ahí! ¡Locas! ¡Quitad eso de ahí!

—¡Vamos, vamos! ¡A lo nuestro! —ordenó a su vez Orígenes—. Demos comienzo a la celebración.

Me aparté hacia un lado, pues me sentía ajeno a todo aquello. La escena que vi a continuación terminó de desconcertarme. Los peregrinos se arrodillaron, unos junto a los candelabros que sostenían las mujeres y otros frente a las columnas del pórtico. Entonces el diácono comenzó a leer el pasaje del Evangelio que narra la crucifixión de Jesús:

«Llegados al lugar llamado Gólgota, le crucificaron. Y con él a dos ladrones. Así se cumplió la Escritura que dice: "Y fue contado entre malhechores." Sobre la cruz estaba escrito: "Jesús el Nazareno, el rey de los judíos." Muchos judíos leyeron este título, porque el sitio donde le crucificaron estaba cerca de la ciudad. Jesús decía: "Padre, perdónales, porque no saben lo que hacen." Después que lo crucificaron se repartieron sus vestiduras echando suertes sobre la túnica, para que se cumpliese la Escritura, que dice: "Se repartieron sus vestidos y sobre su túnica echaron suertes."»

Los sacerdotes del templo de Júpiter seguían indignados, increpando al grupo de cristianos cada vez con más fuerza.

—¡Fuera! ¡Malditos! ¡Estúpidos cristianos!

El lector prosiguió con voz más potente para hacerse oír por encima de los insultos:

«El pueblo estaba mirando, y los que pasaban le insultaban y movían la cabeza diciendo: "Tú que destruyes el templo y en tres días lo reedificas, sálvate a ti mismo si eres hijo de Dios y baja de la cruz."»

Al oír el alboroto, la gente de las viviendas cercanas empezó a concentrarse en los alrededores de la explanada. Los sacerdotes comenzaron a recoger piedras del suelo y a arrojárselas a los peregrinos sin dejar de insultarles. El diácono, con voz entrecortada y atemorizado por los proyectiles, que iban dirigidos en su mayor parte hacia él, prosiguió:

«Igualmente..., los escribas y los ancianos se burlaban y decían: "A otros ha salvado y no puede... salvarse a sí mismo... El rey de Israel..., que baje ahora de la cruz y creeremos en él..."»

Una piedra le dio en la frente y un hilo de sangre brotó enseguida. Aterrado, se llevó la mano a la herida y le gritó a Orígenes:

—¡Maestro, vayámonos! ¡Éstos van en serio!

—¡Sí! ¡Es suficiente! —dijo Orígenes—. ¡Vámonos!

Los peregrinos empezaron entonces a entonar un cántico en griego, mientras recogían los libros, los candelabros y las lámparas, y se apresuraron a huir de allí en dirección al arco de la muralla. Pero la gente que se había concentrado en la plaza para ver el espectáculo se animó con los sacerdotes y comenzaron también a increparles y a lanzar piedras.

En ese momento, retumbó un gran trueno y pronto empezó a llover con gruesas gotas.

—¡Hasta Júpiter se enoja! —gritó uno de los sacerdotes paganos—. ¡Fuera! ¡Fuera de aquí! ¡Insensatos! ¡Impíos!

Me sentí humillado y ridículo, cuando tuve que escapar de allí entre el grupo de peregrinos, como uno más, soportando los insultos, las pedradas, las burlas y las risas del gentío que se había propuesto expulsarnos de la explanada del templo. Apresuradamente, bajo un intenso aguacero, enfilamos el adarve de la muralla, tirando de los animales que resbalaban sobre el enlosado. El vocerío no cesaba a nuestras espaldas y hasta el fulgor de los relámpagos parecía querer echarnos de aquel lugar.

Salimos de la ciudad por la que llamaban Puerta del Mar, por abrirse hacia el oeste, y fuimos siguiendo la parte exterior de la muralla, ascendiendo en dirección al Monte Sión, que era la colina alta en la parte occidental, fuera de la ciudad, llamada así por los cristianos que habitaban mayoritariamente en ella. La lluvia no cesaba, y el sendero se había convertido en un barrizal que discurría entre olivares y campos cultivados, vallados con tapias de piedras o con setos espinosos.

Llegamos finalmente a un conjunto de edificaciones de entre las cuales sobresalía una pequeña y redondeada cúpula. Era la última hora de la tarde y la oscuridad reinaba ya acentuada por la tormenta. Varios hombres con antorchas encendidas salieron a recibirnos y no ocultaron su alegría al encontrarse con el maestro Orígenes y con otros peregrinos que debían de ser buenos conocidos suyos. Nos condujeron al interior de una amplia estancia y encendieron un gran fuego en la chimenea, junto al cual pudimos secarnos y entrar en calor. Más tarde, sirvieron un caldo caliente, panecillos y vino sobre un largo tablero extendido a modo de mesa. Orígenes presentó al que parecía ser el anfitrión, un grueso y alto hombre de cabello y barba canosos.

—Éste es Gordio, el obispo de la comunidad de cristianos de Jerusalén.

—Bienvenidos a la iglesia de Sión, hermanos —dijo Gordio—. Que el Señor esté con vosotros.

Todo el mundo empezó entonces a cenar, conversando a la vez animadamente. Me sentí como un extraño en aquel lugar, pues cuanto hablaban entre ellos me resultaba desconocido. Pero presté atención cuando Orígenes le contó a Gordio lo que había sucedido esa misma tarde frente al templo de Júpiter. Después de escucharlo, Gordio dijo:

—Pero, Orígenes, ¿cómo se te ha ocurrido ir allí directamente? Deberías haber venido primero aquí, a preguntarme. Ya has visto la actitud que tienen esos sacerdotes paganos. Hace tiempo que no se puede ir allí; no soportan ver a cristianos por los alrededores.

—Ah, querido Gordio, ¿íbamos a estar en Jerusalén y no visitar el lugar santo de la muerte y resurrección del Señor?

—Pero si me hubieras preguntado, te habría aconsejado que solicitaras primero un permiso especial del procónsul de Aelia Capitolina. Hace ya tiempo que, cuando queremos ir a rezar al Gólgota, acudimos a las autoridades. Así nos evitamos muchos problemas.

—¿Eh? —se extrañó el obispo Berilo—. ¿A las autoridades? ¿Consiente el procónsul que acudáis frente a sus templos paganos?

—¡Claro! —respondió Gordio—. El actual gobernador, el procónsul Tercio, es muy condescendiente. Nos autoriza mediante un escrito. Aunque no siempre; sólo una vez al año, cuando celebramos los misterios de la pasión, muerte y resurrección, por la Pascua.

—¡Vaya! Me dejas asombrado —exclamó Orígenes—. ¿Y los sacerdotes de Venus lo permiten?

—Tienen que aguantarse —respondió Gordio—. Pero, naturalmente, no entramos en el templo. Hacemos la celebración más allá, junto a los terraplenes donde están los sepulcros.

Escuché aquella conversación sin comprender todavía nada. Hasta que Orígenes, que reparó en ese momento en mi presencia, me dijo:

—¡Oh, Félix! Perdóname; con tantas emociones me había olvidado de ti. Te debo una explicación de todo lo que ha sucedido.

—Ya era hora —observé—. Desde que llegamos a Aelia Capitolina, no he comprendido nada de lo que ha sucedido.

—Bien, ahora es el momento —respondió él—. Ya te dije que cuando llegáramos a Jerusalén visitaríamos los santos lugares de la muerte y resurrección del Señor: donde fue crucificado, lo que nosotros llamamos Gólgota, y el sitio donde estuvo sepultado. Pues bien, esta tarde, cuando esos sacerdotes nos apedrearon e insultaron, estábamos allí.

—¿Allí? —exclamé sorprendido— ¡Pero si eso era un templo dedicado al divino Júpiter! No comprendo...

—Bueno, bueno —dijo Orígenes—, déjame terminar de explicarte. Nosotros sabemos, por una venerable tradición transmitida de generación en generación, que el Señor murió allí, justo encima de la roca donde hoy se encuentra la estatua de Venus; allí pusieron su cruz. Y su sepulcro, donde resucitó, estaba en el lugar que actualmente ocupa ese santuario pagano. Han pasados doscientos años desde entonces, pero el lugar es el mismo sobre la faz de la Tierra. Lo sabemos y creemos en ello.

—Entonces —pregunté lleno de curiosidad—, ese templo y esa estatua de Venus, ¿quién los puso allí?

—¡Son obra del demonio! —exclamó Gordio enardecido—. Los poderes diabólicos de este mundo han querido borrar esos recuerdos de nuestra fe y poner ahí los signos del paganismo. ¡Se creían que así desistiríamos!

—Está bien, no nos alteremos —pidió Berilo—. Dejemos que el maestro Orígenes prosiga con sus explicaciones.

—Como te decía —prosiguió Orígenes—, nuestros antecesores, los primeros cristianos, entre los que estaban aún los discípulos del Señor, guardaron puntual memoria de los lugares donde tuvieron lugar los acontecimientos más significativos de la presencia entre nosotros del Cristo. Pero la vida entonces se puso muy difícil. Hubo persecuciones, revueltas y toda clase de conflictos. Cuarenta años después de la resurrección y ascensión del Señor a los cielos, toda Jerusalén fue destruida por los romanos. No quedó una piedra sobre otra...

—Como el Señor había profetizado —observó Berilo.

—Exacto —asintió Orígenes—. Entonces muchos judíos tuvieron que marchar a la Diáspora. Pero eso no fue nada en comparación con lo que sucedió más tarde, en los tiempos del emperador Adriano. Los judíos se rebelaron contra Roma una vez más y entonces la represión fue terrible. Adriano mandó destruir la ciudad e hizo una nueva sobre las ruinas. Por eso dejó de llamarse Jerusalén y pasó a ser conocida como Aelia Capitolina, su nombre actual. Todos los judíos fueron expulsados con la prohibición de regresar bajo pena de muerte. El templo y las sinagogas desaparecieron. Y los cristianos de entonces, por ser considerados judíos, también tuvieron que marcharse. Y esos lugares, Gólgota y sepulcro, quedaron definitivamente en manos de los gentiles, que construyeron el templo, con la imagen de Júpiter en su interior, y pusieron la estatua de Venus donde estuvo la cruz del Señor. Como comprenderás, al cabo de cien años de aquello, los lugares son considerados paganos por entero, y los sacerdotes y fieles de la religión de Roma se cuidan mucho de que sean respetados. Por eso, cada vez que acudimos allí tenemos problemas.

—¿Y cómo estáis tan seguros de que fue ahí? Ha pasado mucho tiempo —objeté.

—Sólo han pasado tres generaciones —respondió el maestro—, de abuelos a nietos, desde que los lugares fueron sepultados bajo los signos paganos. Pero siempre hubo alguien, fuera de las murallas de Aelia, que recibió la información precisa para transmitirla a su vez a otros. Más tarde, como suele suceder, el tiempo fue suavizando las cosas, y los cristianos empezamos a volver a entrar en la ciudad y no hemos dejado de sentir aquellos lugares como algo propio. Aunque para creer no es necesario este o aquel sitio, basta con saber que todo aquello sucedió de verdad.

—Algo parecido tuvo lugar con esta casa donde ahora nos encontramos —añadió Gordio—. Aquí, en lo que llamamos Monte Sión, se encontraba la casa en la que Jesús cenó por última vez con sus discípulos; el mismo lugar donde se les apareció después, cuando resucitó. Siempre hemos sabido que fue en el edificio contiguo, que ahora es nuestra iglesia. Cuando los judíos tuvieron que huir, hace cien años, los cristianos adquirimos todo esto y ya no nos hemos movido de aquí.

—¡Ah! —dije—. Entonces, aquí se encuentra el Cenáculo.

—Exacto —asintió Orígenes—. Ahora es ya muy tarde, pero mañana podrás verlo. Como ha dicho Gordio, es la iglesia que está aquí al lado. Y ahora, vayamos a descansar; mañana hemos de ir a solicitar ese permiso al procónsul para hacer nuestra oración.

En aquel mismo salón, tendimos nuestros jergones y nos dispusimos a dormir. En un rincón permanecía encendida la débil llama de una lamparilla, y tardé en conciliar el sueño a causa del resplandor en la pared. Pero, más tarde, en el silencio de la noche, desperté de una terrible pesadilla: Júpiter y Venus me asían por los brazos y me llevaban en volandas por los oscuros y tenebrosos cielos. Yo intentaba ver sus rostros para suplicarles, pero estaban vacíos de expresión. Al abrir los ojos a la penumbra de aquel salón, medité sobre aquello y concluí que los dioses me reprochaban la infidelidad de acudir con los cristianos en busca de ese Jesús.

# 2

De madrugada, muy temprano, y antes de que los demás despertaran, me levanté y salí con mucho sigilo de la casa. No llovía, pero un intenso olor a humedad permanecía en el ambiente recordando la tormenta de la noche. Desaté mi caballo y monté en él para dirigirme hacia la ciudad. No sabía por qué, pero el deseo de alejarme del grupo de cristianos y vagar solo por ahí durante un rato era más fuerte que yo.

Amanecía sobre las murallas de Jerusalén. El rojo resplandor del horizonte ascendía haciéndose morado donde se recortaban las altas murallas. Una fría brisa de tierras mojadas me heló el rostro y terminó de despejarme. El caballo anduvo, a paso quedo, pisando los charcos, mientras yo aspiraba profundamente, queriendo limpiar mi mente de tantas preguntas a la vez que aquel aire puro penetraba en mi cuerpo. No quería pensar, deseaba solamente pasear mi mirada por los pardos campos, por las rocas o por las desnudas piedras ensambladas que componían muros y torres.

Tampoco sabría decir por qué, pero conduje al caballo hacia la puerta por la que abandonamos la ciudad la tarde anterior. Anduve solitario por el adarve, en dirección al norte, y llegué a los extraños lugares que los cristianos consideraban santos. Descabalgué y recorrí a pie la pequena explanada. La gran estatua de Venus reinaba, hermosa, bañada por la primera luz, sobre su roca, a cierta distancia del templo que seguía pareciéndome sombrío, tal vez por encontrarse recostado en el destartalado terraplén de la vieja cantera. No había amanecido del todo era aún esa luz incierta y un resplandor salía del interior del santuario hacia las columnas del pronaos. Subí las gradas y vi que las puertas de bronce estaban abiertas. Crucé el pórtico. Me encontré de frente con la imagen del dios, que me miró con brillantes y rojos ojos hechos de rubí. Era un Júpiter Serapis barbado, musculoso, sentado con actitud firme y lanzando dorados reflejos a causa de las ascuas que ardían sobre el ara que había delante de él. Sostuve su fulminante mirada durante un rato, y cuando bajé los ojos reparé en que a sus pies los sacerdotes daban comienzo a un sacrificio. Uno de ellos sostenía a un carnero por los cuernos y el otro hendía su garganta con una afilada daga. El animal se soltó y cabeceó violentamente, elevándose sobre las patas traseras, de manera que aspergió sangre sobre los sacerdotes y sobre las columnas laterales. Después se desplomó y convulsionó en el suelo hasta que se le fue la vida. Entonces, el sacerdote extrajo sus vísceras y las quemó sobre el ara, a la vez que echaba sal chisporroteante en las llamas produciendo un relampagueo de blancos destellos. En ese momento, reparé en que a un lado de la cella una familia presenciaba el holocausto; seguramente quienes lo habían sufragado. Se trataba de un militar cincuentón, de anchos hombros, calvo y de morena piel, junto a su esposa y cuatro hijos, además de unos esclavos que se encontraban a un nivel secundario, recostados en las paredes del fondo.

Por la plegaria del sacerdote supe que el oferente era el tribuno Racilio, uno de los jefes superiores de la Décima Legión Fretense, el cual solicitaba la acción benevolente del dios en su favor.

Cuando el sacerdote le ofreció la copa, arrojó la libación, bebió, la pasó a sus familiares y, reparando en mi presencia, avanzó hacia donde yo estaba para hacerme participar. Bebí el vino mezclado con sangre y llevé yo mismo la copa a los pies del dios.

El sacrificio finalizó. La luz del día penetraba ya dentro del templo iluminándolo todo. Los sacerdotes recogieron los despojos y se marcharon con la parte que les correspondía, después de despedirse respetuosamente del tribuno. El militar, su esposa, hijos y criados también se marcharon. Sólo quedamos allí el muchacho que vigilaba el templo y yo, que me había situado discretamente en un rincón.

El muchacho fue a por un escobón y comenzó a barrer las cenizas silbando. Me acerqué a él y le pedí que me mostrara el templo.

—Bueno, pero deprisa —dijo—. Tengo que barrer y después limpiar todas esas manchas de sangre.

Le alargué una moneda. Sin pensárselo, la cogió y comenzó a relatar, mecánicamente y de corrido, la retahíla de explicaciones que se sabía de memoria:

—Este templo que ves, ciudadano, lo mandó construir el divino emperador Adriano, después de vencer con la ayuda del dios a los rebeldes y perversos judíos que se negaban a acatar la autoridad de nuestra madre Roma. El propio divino emperador solicitó los auspicios, como supremo *auspex*, en este mismo lugar, donde ya se hablaba desde hacía siglos de la existencia de un dios. Hasta los impíos judíos acudían aquí, aunque atraídos por sus repugnantes supersticiones, a venerar a los dioses; convencidos en su necedad de que habían de resucitar después de su muerte por orar junto a las grutas que había. Y por eso mandó poner la imagen de la diosa ahí afuera, sobre esa roca, donde celebraban los judíos seguidores de ese Jesús, el Cristo, la muerte de su dios, el viernes, el día de Venus.

Yo seguía al muchacho, atento a sus explicaciones, mientras avanzábamos por la nave central hacia el fondo del santuario. Bordeamos la estatua de Júpiter y llegamos a la pared trasera de la cella, donde había una puerta que permanecía cerrada.

—¿Y esa puerta? —pregunté.

—Es la cámara de la Vida —respondió él con tono misterioso.

—¿De la vida? ¿Qué quiere decir eso?

—Humm... Es el sanctasantórum de este templo; un lugar prohibido donde sólo puede penetrar el sumo sacerdote del sagrado culto de Júpiter Serapis.

—¿No puedes abrir, aunque sea para que yo mire desde fuera? —le pregunté lleno de curiosidad.

—¡Oh, no, no! —contestó el muchacho dando un paso hacia atrás—. Si se enteraran los sacerdotes me desollarían vivo.

—Vamos, abre. Nadie lo sabrá. Te lo juro por el dios.

Le vi vacilar y adiviné que más de una vez se había asomado allí. Aproveché para palparme la bolsa y hacer sonar el tintineo de la plata. Él sonrió.

—Un argentus y te abro —dijo con picardía en los ojos.

Le di la moneda. Miró a un lado y otro, y descorrió el cerrojo de la puerta con apresuradas y temblorosas manos.

—Entra y mira rápidamente —dijo con voz que no le salía del cuerpo.

Estaba muy oscuro. Descendí unos escalones y me situé en la penumbra de una antesala pequeña y vacía, a cuyos lados se extendían sendos bancos de piedra adosados a las paredes. En el fondo, en la roca viva, se abría una especie de gruta que penetraba en la montaña contra la que se apoyaba el templo.

—¡Está muy oscuro! —le grité al muchacho—. ¿No puedes acercarme una lámpara?

—¡Shsss...! —pidió asomando la cabeza y sin atreverse a entrar—. Te costará otro argentus.

Le arrojé la moneda y al momento apareció con una lucerna de aceite de las que se amontonaban a los pies del dios.

—Por favor —suplicó—, mira y sal cuanto antes. Me estoy arriesgando mucho.

Penetré con la lámpara en la cueva. No era muy profunda. Sólo había una losa de mármol desnudo, a un lado. Un intenso escalofrío me recorrió de pies a cabeza al reparar en que se trataba de un sepulcro vacío. Salí a la antecámara y le dije al muchacho:

—Esto es una tumba, sólo eso. La cama de piedra del muerto está ahí, pero no hay nadie sobre ella. ¿Por qué es tan importante este lugar?

—¡Yo qué sé! ¡Por favor sal de ahí!

Una vez fuera, desilusionado, le reproché:

—Dos argentus por eso. ¡Bah! Deberías haberme advertido. ¿Ése es el lugar tan santo y misterioso que decías? ¿No me has tomado el pelo?

—¡Oh, no, señor! ¡Que la diosa me perjudique si te he mentido! Lo que te dije es verdad. Todos los años, en la primera luna de la primavera, los sacerdotes hacen sacrificios; y, en la medianoche, después de haberse purificado, el pontífice se introduce ahí bañado en la sangre del carnero degollado. Se cierra la puerta y permanece dentro hasta la primera luz del día.

—¿Para qué?

—¡Ah, eso no lo sé! ¡Ojalá lo supiera! Pero... veo que eres militar, señor. Pregúntaselo al tribuno que asistió esta mañana al sacrificio. Él es quien sostiene el culto de este templo y nunca falta aquí ese día. Quizás él pueda decirte algo.

Salí de allí dispuesto a ir al campamento militar. Los misterios me obsesionaban, no voy a negarlo; pero en aquella ocasión mi curiosidad por conocer el fondo de aquel culto se despertó de una forma especial. Sería porque se juntaban allí los intereses de los cristianos y las representaciones de los dioses de siempre. Sabía que tendría que haber forzosamente una razón misteriosa, pero llena de sentido, para que el sabio emperador Adriano hubiera escogido aquel lugar para instaurar ese rito. Él, que había sido iniciado en los viejos secretos Eleusis y que conocía bien las ocultas tradiciones de los pueblos, tuvo que descubrir algo especial en el Gólgota.

La Décima Legión estaba instalada en un enorme campamento, en la parte occidental, al pie de la ladera del gran monte sobre el que se asentaba la ciudad. Los guardias de la puerta se mostraron recelosos y tuve que presentar el documento que me acreditaba ante un centurión. Enseguida me condujeron al edificio donde residía el tribuno. Y, para mi sorpresa, cuando supo quién era yo, exclamó:

—¡Claro, Félix! ¡Félix el Lusitano! Esta mañana, en la penumbra, no te reconocí. Pero tu cara me resultaba familiar.

—¿Cómo...? ¿Me conoces?

—¡Naturalmente! Aunque estás algo desmejorado y has perdido ya ese aspecto aniñado que tenías... ¿No me recuerdas? Soy Racilio. Sí, hombre, sí, de la campaña de Mesopotamia. Yo era entonces centurión en el regimiento de los orientales. ¡Haz memoria! ¡No pongas esa cara! Combatimos juntos en las vegas del gran río. Pero... ¿no me recuerdas?

En ese momento le recordé. Se trataba del centurión de caballería que comandaba el destacamento que protegía las alas laterales del cuerpo de carros. Era uno de los oficiales que pertenecían al grupo de los árabes; es decir, a los hombres de Filipo. Lo cual explicaba que hubiera ascendido tan rápidamente a un cargo tan elevado. No es que yo tratara mucho con él en Mesopotamia; pero por mi proximidad de entonces al círculo del actual emperador, podría decirse que algo nos unía. Me alegré verdaderamente por ello.

—¡El centurión Racilio! ¡Te recuerdo perfectamente! —exclamé.

Él se aproximó hacia mí, manifestando efusivamente lo grato que le resultaba el encuentro. Echó su pesado brazo por encima de mis hombros y propuso:

—Vamos ahora mismo a la taberna; esto hay que celebrarlo.

Recorrimos la vía principal del acuartelamiento y fuimos a parar a un edificio de toscos ladrillos, en cuyo interior había mesas donde los oficiales jugaban a los dados y bebían vino. Cuando el cantinero nos hubo provisto de un par de copas, Racilio dijo:

—Brindemos por el emperador. ¡Que los dioses le den larga vida!

Bebimos y ambos hicimos un breve relato del recorrido de nuestros pasos hasta aquel momento. Como había supuesto, Racilio pertenecía al grupo de los incondicionales de Filipo, lo cual le había facilitado las cosas hasta el punto de convertirle en el importante militar que ahora era, con toda una cohorte bajo su mando.

—Ya no es como antes —me dijo—. Ahora un centurión, si es fiel y ha demostrado servir con inteligencia, puede aspirar a lo más alto. Ya me ves a mí. Filipo nos ha premiado con creces lo que hicimos por él en la campaña contra los persas. Es muy agradecido. ¡Que los dioses le protejan!

Volvimos a arrojar una libación y bebimos a su salud. Después le pregunté:

—Dime, Racilio, ¿cómo fue la llegada a Roma? Yo estaba entonces en Persia, ya lo sabes, y apenas he tenido noticias de lo que sucedió.

—¿Te refieres a lo qué paso cuando Filipo se presentó en la Urbe? ¿Cómo fue el recibimiento?

—Eso mismo. Como recordarás, había cierto temor a que parte del Pretorio no aceptara a Filipo. Aunque los mercenarios godos mataron a Gordiano, muchos pensaban que el Árabe estaba detrás del magnicidio. Tú estuviste allí y, al igual que yo, lo viste con tus propios ojos.

—¡Oh, nada de nada! —exclamó él—. ¡No pasó nada! Fue muy fácil. Ya sabes que el gran cuerpo de mercenarios apoyaba a Filipo. Lo más fiero del ejército estaba con él. Los senadores parecían encantados. Incluso Decio, el jefe de la legión de las Galias, que es el más temido, se acercó enseguida al Capitolio para ponerse a disposición del nuevo emperador.

—¿Y Roma? El pueblo, quiero decir.

—¡Ah, Roma ya no es lo que era! Los ciudadanos son de todas partes del Imperio. Para ellos un emperador nabateo no puede resultar exótico. Hubo juegos y fiestas. Lo de siempre. Cuando empezó a correr la abundancia por la ciudad, nadie se acordaba ya de Gordiano.

—Me alegro, de verdad —dije satisfecho—. Cuando yo dejé Roma, hace cinco años, el caos y el desorden eran dueños de todo.

—Ahora que dices eso —preguntó—, ¿no piensas volver a Roma? ¿Se puede saber qué haces todavía aquí, en el Oriente?

—Bueno. Escribí al emperador el año pasado, comunicándole lo que había pasado y diciéndole dónde me encontraba. Me contestó enseguida y me envió una subvención. Pero no he vuelto a recibir noticias.

—Y no las recibirás —dijo frunciendo el ceño en un serio gesto—. Ha habido muchos cambios. Los altos cargos del gobierno han sido sustituidos en su mayoría. Créeme, si no te haces valer se olvidarán de ti. Es necesario que regreses a Roma cuanto antes para hacerte un sitio. Tú colaboraste con Filipo y tienes derecho a recibir tu parte. ¿Es que piensas quedarte aquí de por vida? Eres muy joven; puedes llegar alto con tu preparación.

Me quedé pensativo. Racilio tenía razón: hacía tiempo que debía haber pensado en solucionar mi situación. En ese momento maldije mi temperamento poco decidido, que como otras veces me había hecho evadirme por derroteros espirituales y olvidarme de que mis pies estaban sobre la tierra.

—Y... ¿qué crees que puedo hacer? —balbucí.

—¿Qué? ¡Puedes regresar a Roma, naturalmente! ¿Es que no me has comprendido? Mira, haremos una cosa: la semana que viene tengo que enviar el correo oficial a la Urbe; aprovecharemos para mandar una carta con carácter oficial. Diremos que te encuentras en Aelia, que no puedes regresar a Persia y que aguardas instrucciones. Ya verás como te envían contestación. Mientras tanto, quédate aquí, en el campamento. Aelia Capitolina es una ciudad muy interesante. Te presentaré a mis amigos y... a mis amigas. Precisamente, mañana tengo una cena en el palacio del procónsul a la que acudirán los caballeros y las damas más distinguidos. Estarán encantados de conocer al famoso embajador.

Esa misma tarde, después de compartir la comida en la residencia de Racilio, regresé al Monte Sión. Cuando llegué a la casa de los cristianos, sentí alivio al no tener que enfrentarme a sus rostros, puesto que, según me dijo la mujer que atendía la puerta, habían ido hasta la cercana aldea de Belén para hacer sus oraciones. Le expliqué a la mujer lo que tenía que decirles de mi parte cuando regresaran: que me había surgido un imprevisto y que sentía tener que dejarles, que estaba muy agradecido y que me despedía con el deseo de volverlos a encontrar algún día. Le di unas cuantas monedas para contribuir de alguna forma a los gastos, entré a recoger mis cosas y salí aprisa de la casa.

Al emprender la pendiente que me alejó del monte, a pesar de que estaba absolutamente decidido, no pude evitar una cierta sensación de tristeza.

## 3

En el palacio del procónsul de Aelia Capitolina me aguardaba aún una sorpresa más. Nada más entrar en el atrio, donde los invitados eran recibidos por los esclavos, rociados con agua perfumada y conducidos cada uno a su triclinio, se abalanzó hacia mí un joven elegantemente vestido y con la sorpresa grabada en el rostro.

—¡Félix! ¡No es posible! —gritó.

Se trataba de Elintos, un compañero de la división de carros al que también había conocido en la guerra.

—¡Elintos! —exclamé—. ¡Tú aquí!

—¡Claro! —respondió—. Ésta es mi tierra. Soy de Cesarea. ¿No lo recuerdas? ¡Pero qué sorpresa! ¿Cómo has venido tú a parar aquí?

Fue uno de mis mejores amigos entonces. En Antioquía nos habíamos divertido juntos en más de una ocasión; pero no sólo fue un compañero de juergas, sino que era profundo y había recibido una buena formación en la escuela de Alejandría. Él me acercó al filósofo Plotino en las llanuras de Coele, cuando estuvimos acampados durante meses aguardando al comienzo de los combates.

Antes de que sirvieran la cena, estuvimos hablando un largo rato, atropelladamente, llevados por el impulso impaciente de querer contarnos todo lo que nos había sucedido en este tiempo. Elintos, como muchos otros, había prosperado.

La división de carros fue disuelta, pues ya no resultaba operativa; pero los que habían pertenecido a ella fueron premiados con suculentos aguinaldos o con la posibilidad de obtener un buen puesto como oficiales de la caballería.

—¡Ah, Félix, qué tiempos aquellos! —me dijo—. Jamás olvidaremos lo de Mesopotamia. ¡Ojalá pudiera regresar mañana mismo! ¿A ti no te gustaría?

—No, Elintos —respondí sin dudar—. Cada cosa tiene su tiempo. Yo no volvería a aquella guerra.

—¿Y a Persia? Me has dicho que fuiste feliz allí.

—No, tampoco regresaría a Persia. Allí no tengo nada.

—Y, pues, ¿qué te gustaría hacer?

—No lo sé, Elintos, sinceramente. Me encuentro en un momento raro. Es como una encrucijada.

—¿Irás a tu tierra? ¿Regresarás a Hispania?

—¡Oh, no! De momento no. Aunque no lo descarto para más adelante. Ahora creo que lo mejor para mí será ir a Roma y presentarme ante Filipo. Hoy mismo he enviado una carta, con el sello de la legión y la firma del legado. En ella pido que me den las órdenes oportunas.

—Te irá bien —dijo Elintos—. Estoy seguro. A nadie se le escapaba que Filipo te tenía en muy alta consideración. ¿Crees que, después de haberte confiado lo de Persia, no podrá encontrar un buen cargo para ti?

—Que sea lo que los dioses quieran.

—Bien —dijo él—. Ahora estamos aquí, en la fiesta del procónsul, y eso es lo que importa. ¡Disfrutemos del momento!

Cuando comenzaron a servir la cena, fui a sentarme junto a Racilio, pues él me había presentado al procónsul. Conocí además a los altos cargos de la administración de la ciudad y a otros funcionarios de la provincia, así como a un buen número de militares, comerciantes e importantes hombres de negocios. Calculo que habían acudido unos cincuenta invitados.

El gran atrio del palacio era espléndido. Las paredes estaban pintadas en cálidos tonos de fondo, sobre los que resaltaban exquisitas filigranas de vivos colores. Había también estatuas y bustos de mármol bajo una galería, entre jardineras repletas de plantas salpicadas de flores. Las mesas se llenaron de manjares y el vino empezó a ser escanciado a cada momento. En un extremo, bajo los arcos, unos músicos entonaban una canción oriental, sin impedir con ello que fluyera la conversación entre los comensales. Me fijé en la muchacha que cantaba. Era esbelta y su rostro era extraño, delgado, de rasgos alargados, pero armoniosos y con un rictus melancólico.

Racilio y yo charlamos acerca de muchas cosas. Aunque era un hombre poco instruido, se apreciaba que su curiosidad le había llevado ya en la madurez a interesarse por el conocimiento, tal vez para darle lustre a su nuevo e importante cargo. Pero no se las daba de nada, sino de haber sido siempre un buen soldado, algo de lo que se sentía orgulloso. Me habló de sus orígenes modestos, de los servicios que había prestado desde su adolescencia, cuidando primero los caballos, limpiando establos, segando forraje, y de cómo fue subiendo, de palafrenero de un centurión a montar su propio corcel guerrero y después a jefe de ala. Me contó los peligros que había arrostrado, las hambres, los miedos y las heridas que sufrió. Y, mientras dejaba escapar la retahíla de sus hazañas, apuraba una copa y otra, las cuales iban soltando aún más su lengua. Y yo aguanté pacientemente, e incluso fingí un interés y una satisfacción al escucharle que no eran otra cosa sino aguardar el momento oportuno para preguntarle acerca del templo de Júpiter Serapis, que era lo que verdaderamente me importaba. Y el momento llegó, justo cuando el vino había hecho que el tono de voz de los invitados perdiera su inicial recato y se alzara ya entre carcajadas arrancadas por los chistes y discusiones sobre asuntos de los juegos circenses. A esas alturas, el rostro de Racilio había enrojecido, congestionado por el buen número de vasos apurados, y era la ocasión más oportuna para introducirle en el tema de los dioses.

—Ahora comprendo, Racilio —le dije—, que seas tan devoto del *Dius Pater*. Te ha protegido de veras.

Una sonrisa tontorrona se le dibujó de oreja a oreja, y cerró los ojos satisfecho. Puso su mano grande y encallecida en mi antebrazo y me dijo:

—Oh, sí, sí. No voy a negarlo. Le debo mucho a Júpiter Stator. Y se lo agradezco como se merece. Cada semana acudo a ofrecer un sacrificio.

—Sí, ya te vi en el templo, con tu familia. Pero dime, ¿por qué precisamente a la imagen del templo ese tan alejado? Aquí, en el centro de Aelia, tienes un magnífico santuario dedicado a Júpiter Anmon que preside el Foro.

—Humm... Allí, en la muralla norte, hay algo —dijo aguzando uno de los ojos bajo la ceja enarcada.

—¿Algo? ¿Qué quieres decir?

—¿No has oído hablar del sepulcro? —me preguntó aparentemente conforme con entrar en el tema.

—¿Del Sepulcro? ¿Te refieres al sepulcro del Jesús de los cristianos?

—¡Sí, sí, eso mismo! Veo que estás bien enterado. Pues bien, en ese templo, en el de Júpiter Serapis, se conserva ese sepulcro. Y parece ser cierto, según aseguraron muchos que lo vieron, que ese judío fue resucitado por el dios. ¿Te das cuenta? ¡Un muerto vuelto a la vida! ¿No es impresionante?

—¡Ah, se trata de eso! —exclamé echándome hacia atrás con fingido escepticismo—. Eso es lo que dicen los cristianos. He oído contar esa historia y, no voy a negártelo, me ha parecido fascinante... Pero... ¿vamos a creerlo a pies juntillas? ¡Seamos sensatos!

—¡Ah! ¿Y por qué no? ¿Adriano era acaso un insensato? Él estuvo ahí, e interrogó a los más viejos de las comunidades de cristianos, algunos de ellos con casi cien años. Al parecer, los testimonios no ofrecían dudas y el propio emperador empezó a creer que en ese sitio había tenido lugar un suceso extraordinario por obra de los dioses. Pero no permitió que fueran los judíos quienes celebraran a su manera el culto en el sepulcro y mandó edificar el templo.

—¿Crees entonces en lo que dicen los cristianos?

—Los dioses son caprichosos y obran según sus misteriosos designios. Una cosa es creer en el poder del dios en ese sepulcro y otra muy distinta hacerse cristiano.

—¿Y cuál es el poder del dios en ese sepulcro? ¿En qué es, concretamente, en lo que crees?

Acercándose a mí, bajó la voz y dijo como con temor a ser oído:

—Los misterios de Júpiter Serapis en esa tumba consisten en creer que se puede retornar a la vida después de cruzar al Más Allá.

—¿Resucitar?

—¡Shsss...! Dejemos ahora esto. No es el momento adecuado para hablar de tales cosas. Si quieres saber más, mañana puedo presentarte al sacerdote.

No era muy tarde cuando el procónsul dio por terminada la cena. Educadamente, nos despidió con la excusa de que al día siguiente tenía que emprender un fatigoso viaje. Los criados repartieron entre los invitados algunas golosinas y nos acompañaron hasta la salida. Los músicos también recogieron sus instrumentos y todos emprendimos resignados el camino que atravesaba el gran jardín que se extendía delante de la villa.

Una vez fuera, unos y otros subieron a sus literas o a sus caballos. Pero Elintos se acercó a mí, cuando ya tenía el pie en el estribo, y me dijo:

—¿No te apetece seguir la fiesta? Estos banquetes del procónsul están chapados a la antigua: no pasan de medianoche. Los hace por cumplir con la sociedad de Aelia, pero nunca ha estado dispuesto a dar más de lo estrictamente imprescindible.

—¿Seguir la fiesta? ¿Dónde? —pregunté sin mucho entusiasmo.

—Conozco un sitio estupendo. ¡Vamos, anímate! ¡Por los viejos tiempos!

—No sé... —dije—. He venido con el tribuno Racilio y no me parece bien dejarle regresar solo.

—¡Eh, Racilio! —le gritó Elintos al tribuno que estaba ya sobre su caballo y comenzaba a alejarse— ¿Quieres continuar la fiesta? ¡Félix y yo nos vamos al Pozo de Sisinia!

—¿Al Pozo de Sisinia? ¡Ah, ja, ja, ja...! —rió Racilio—. No, no voy; no es sitio para un cincuentón que tiene que prestar servicio mañana. ¡Id vosotros y aprovechaos ahora que sois jóvenes!

—Ya ves —dijo Elintos—. No tienes excusa. ¡Sube al caballo y vamos!

Algunos de los más jóvenes se unieron, y arrastramos también con nosotros a los músicos. Alegremente, cruzamos la ciudad en dirección a los barrios de las afueras de la muralla, donde se encontraba el lugar propuesto por Elintos y que por lo visto era conocido por todos.

Al llegar comprendí que el Pozo de Sisinia fuera tan popular, y el porqué de aquel nombre. Se trataba de un huerto vallado con piedras, algo alejado de las murallas, situado en la ladera del monte y por ello de superficie irregular, dispuesto en terrazas ganadas al desnivel o rellenadas con tierra. Nada más entrar, había un gran pozo con poleas y una noria vieja y destartalada. El ambiente era agradable, propiciado por los arbustos aromáticos y las plantas regadas por la lluvia del día anterior. Había hombres y mujeres, aquí y allí, bajo la luz de múltiples candiles, conversando, riendo y sin mucho recato en sus manifestaciones amorosas.

Entramos y nos situamos junto al pozo. Al fondo había una casilla de adobe, con el tejado de cañas y ramas. Elintos se aproximó a la puerta y gritó:

—¡Sisinia! ¡Sisinia!

Salió una mujer fuerte y madura, con bozo sobre el labio, que era visible incluso a la luz del débil resplandor de las velas.

—¡Elintos! —exclamó sonriendo y mostrando una ennegrecida dentadura—. ¡El guapo de Elintos! ¡Cuánto tiempo sin verte!

—¡Anda, no exageres! —dijo él—. Estuve aquí la semana pasada. Tráenos vino y unas mantas!

Sisinia desapareció tras la puerta de la casa y al momento regresó con una gran ánfora en una mano y varios vasos en la otra, seguida de una muchacha que portaba un abultado montón de mantas dobladas.

—Aquí tenéis —dijo Sisinia—. Y si queréis algo, ya sabéis.

Recogimos todo aquello y fuimos detrás de Elintos, que ejercía como de maestro de ceremonias, ya que se veía que era el más experimentado en los asuntos de aquel lugar. Por fin, se detuvo bajo una palmera, casi al final del huerto. Extendimos las mantas y nos echamos esperando a que él escanciara el vino. La noche estaba algo fresca, pero al abrigo del muro se hizo cálida cuando hubimos bebido un par de vasos.

—¡Pero bueno! —le reprochó Elintos a los músicos—. ¿No tocáis? ¡Vamos, ganaos el vino que os estáis bebiendo!

Los dos músicos refunfuñaron un poco, pero los demás jóvenes los animaron y se incorporaron para coger sus instrumentos. La cantante permanecía en las sombras semioculta, recostada en la pared de piedras. Durante un rato sonaron solas la cítara y el pandero, en una alegre melodía con son de danza que atrajo a un grupo de muchachos que estaban junto a otra palmera cercana. Después fueron acudiendo los demás clientes del huerto, hasta que toda la fiesta se hubo reunido bajo nuestra palmera.

Elintos se arrancó a bailar en medio de dos muchachas y al momento se formó un corro en torno a ellos. La música aquella invitaba a mover los pies, pero yo siempre fui muy tímido para esas cosas. Me recosté en la pared y apuré un par de vasos más.

Al cabo de un rato, sin saber por qué, volví la cara hacia un lado y me encontré con los ojos de la cantante, que estaba junto a mí, mirándome. Sonrió y yo le devolví la sonrisa. Entonces me fijé en ella. No era el suyo un rostro bello, en el sentido clásico, puesto que sus facciones eran angulosas y duras, pero sus cejas alargadas, sus grandes ojos de oscuro iris y su cabello negro, lacio y brillante, le daban un aire exótico que se acentuaba por sus vestidos y sus joyas extravagantes. Así, sentada y con la espalda contra las oscuras piedras, no parecía tan alta, y el juego de luces y sombras realzaba su presencia.

—¿No cantas? —le pregunté.

—Nadie me lo ha pedido —respondió.

Vi que su vaso estaba vacío y le alargué el ánfora de vino. Bebimos los dos. De nuevo nos sonreímos. Volví a fijarme en los que bailaban, como si el encuentro no hubiera significado nada para mí; pero al momento mis ojos giraron hacia donde ella estaba y la sorprendieron mirándome todavía.

—¿Cómo te llamas? —le pregunté para escapar de mi turbación.

—Trivia.

—Es un nombre bonito —observé por decir algo—. Yo Félix.

—Ya lo sabía —dijo—. Oí cómo te nombraba Elintos al salir de la casa del procónsul.

—¡Trivia, canta! —gritó en ese momento alguien desde donde estaban los músicos con los demás.

Ella negó con la cabeza y se adentró en lo oscuro para ocultarse.

—¡Vamos, no te hagas de rogar! —insistieron.

—Anda, canta —le pedí yo.

Se puso en pie y se acercó hasta los músicos. Intercambiaron algunas palabras para ponerse de acuerdo. Al fin, uno de ellos se acercó una flauta a los labios y empezó a entonar una música dulce; el otro le acompañó con la lira. Trivia se echó los cabellos hacia atrás y alargó el cuello, elevando el rostro hacia el cielo, como para cantarle a la noche. Su voz sonó profunda, quebrada y llena de ternura. Era una canción muy triste, con una letra típica de amantes separados que no logran volver a encontrarse. Algo se derrumbó en el fondo de mi alma al escuchar aquello y un montón de recuerdos me llenaron de nostalgia.

Vi cómo unos cuerpos se acercaban a los otros, buscando el calor, huyendo del dolor que causaban aquellas palabras, o aprovechando la emoción que suscitaban. Elintos rodeó la cintura de una muchacha y a poco se perdió con ella por detrás de un seto. Entonces me di cuenta de que yo era el que estaba más apartado, y más solo. Bebí a largos tragos para hundirme en el espíritu mágico del vino, pero la tristeza no quiso dejarme.

Trivia cantó un par de canciones más; las suficientes para que las lágrimas se escaparan por algunos de los rostros. Hasta que alguien alzó la voz y dijo:

—¡Bueno, Trivia, basta! Esto es muy bonito, pero nos vas a aguar la fiesta entre lágrimas.

Ella agitó entonces los negros cabellos, orgullosa, y regresó junto a mí. Los músicos volvieron a las danzas de la cítara y el pandero.

—Querían que cantara, ¿no? —me dijo ella como para justificarse.

—Ha sido muy hermoso —observé.

Sin decir nada más, se acercó y se apoyó en mí. Mi piel sintió su contacto suave y noté un agradable estremecimiento. Pasé un brazo por encima de sus hombros y la atraje un poco más. Entonces posó sus labios en mi cuello y los apretó, ardientes. Aspiré su perfume y algo me resultó familiar. La abracé, con pasión, con furia casi. Sería por el engaño del vino, o porque la nostalgia anidaba ya en mi alma, pero pensé: «Es Néfele.»

—Néfele, Néfele —le susurré.

Un violento llanto, extraño, nacido de las ansias acumuladas y del dolor contenido, me brotó entonces.

—¡Eh, cariño! —dijo ella—, ¿qué te sucede?

—¡Oh... nada! —balbucí sin poder contener las lágrimas—. Nada...

—Bueno —dijo ella—, será mejor que nos alejemos un poco de aquí. ¿No querrás que te vean así tus compañeros militares? Se reirían.

Tiró de mí y ambos nos pusimos en pie. Quise coger el ánfora, pero ella me retuvo.

—No, no. Has bebido ya demasiado.

Anduvimos unos metros con pasos vacilantes, hasta un lugar donde la valla era más baja y nos sentamos en ella. Los campos estaban oscuros, pues no era noche de luna, pero las estrellas poblaban la bóveda celeste de una forma especial, como si estuvieran ahí mismo, suspendidas sobre nosotros. Trivia me cogió las manos y me preguntó con dulzura:

—¿Qué te ha sucedido, cariño? ¿Ha sido por causa de mi canción?

—Me asaltaron tristes recuerdos —respondí.

—¿Cómo decías? Néfe... ¿Era a ella a quien recordabas?

—Néfele. Sí, era a ella.

—¿Qué sucedió?

—La perdí en Persia. Pero... no quiero ahora hablar de ello. Es muy triste.

—No hay nada como desahogarse. Has hecho bien en llorar. Es una estupidez aguantarse.

Sacó su pañuelo y enjugó mis lágrimas. La abracé de nuevo. La cabeza me daba vueltas y su cuerpo me ofrecía seguridad. Era como agarrarse a un madero en mitad de un oscuro y embravecido mar que quisiera engullirme.

# 4

Si quisiera explicaros cómo me sentía en aquel tiempo, no encontraría la manera de hacerlo. ¿Qué me estaba sucediendo? Yo mismo era incapaz de comprenderlo. Pero aún me pregunto por qué hay ocasiones en la vida que la luz despliega todo su fulgor sobre el alma y se ve el mundo claro y transparente, pareciéndonos que esa iluminación va a permanecer ya para siempre. Sin embargo, esa luz, por brillante que sea, no permanece, sino que se retira cuando ella quiere y no puedes retenerla. Es como si hubieras ascendido a una alta montaña y hubieras contemplado el horizonte, con su final lejano, infinito, aunque hospitalario y accesible por la red de sus caminos, sorteando las suaves irregularidades de sus montes y valles; pero al descender de la altura al pie de la montaña, el horizonte desaparece detrás de innumerables obstáculos que se yerguen y los senderos se pierden entre arduas pendientes, ásperos pedregales y agrestes derroteros.

A pesar de que llegué dolido y confuso, después de huir de Persia y atravesar el ardoroso desierto, en Bostra había encontrado el sosiego. Y después, en el viaje con los cristianos por Palestina, tuve la sensación de que todo se volvía meridiano, puro, y que desaparecían los oscuros rincones de la duda y el miedo. Especialmente en lo alto del Monte Tabor, el mundo, la vida y la muerte habían cobrado sentido. Pero en Jerusalén esa claridad se desvaneció. ¿Adónde se había ido la luz?

Durante mi estancia en el campamento militar de Aelia Capitolina, acudí varias veces con Racilio al culto a Júpiter Serapis, en el templo situado en el extremo norte de la muralla, donde se encontraba el famoso sepulcro de Jesús el Nazareno. El rito era siempre el mismo: se sacrificaba una víctima y se hacía la plegaria invocando al dios para que acudiese desplegando los rayos de su brillante sol y disipara las sombras de la muerte. Júpiter se identificaba aquí con Serapis, el Osiris de los egipcios. Y como el acto tenía lugar antes del amanecer, la primera luz de la mañana coincidía con el final de las invocaciones y el efecto no podía ser más ilustrativo.

Con frecuencia me preguntaba qué sentirían los cristianos al saber que delante de su venerado sepulcro tenía lugar cada mañana el culto al *Dius Pater* de los que ellos llamaban gentiles. Y me hubiera sentido incómodo si el obispo Berilo y Orígenes me hubieran visto allí participando de las celebraciones. Pero supuse que el maestro habría regresado a Cesarea y los demás a la provincia de Arabia.

Retorné pues a los dioses y procuré olvidarme de momento de cuanto había conocido de la fe de los cristianos. Al principio fue como un alivio, pero pronto me di cuenta de que no estaba tranquilo del todo.

Me desilusioné después de acudir varias semanas al templo de Júpiter Serapis. Era lo de siempre. Y Racilio, que era un inculto, no creía en otra cosa que en el poder de la sangre de los carneros y el humo de la grasa quemada para inclinar al dios a su favor. Pero tampoco el sumo sacerdote guardaba el secreto de un misterio singular, como en un principio me había parecido. Todo era una extraña y forzada mezcla entre la religión tradicional, los ritos del Más Allá de los egipcios y la confusa intuición de que en aquel lugar había resucitado un semidiós.

Elintos era otra cosa. A diferencia de Racilio, él había recibido una buena instrucción en Alejandría, nada menos que en la escuela del afamado filósofo Plotino. Al menos se podía hablar de todo con él, aunque tampoco fuera capaz de comprenderme. Pero fue estupendo tener a alguien con quien divertirse y poder desahogarse de vez en cuando. Al vivir su familia en un apartado pueblo de la costa, era libre en Aelia y se desenvolvía como un soltero, no desaprovechando cualquier oportunidad que le saliera al paso. «Ya tendré tiempo de cargar con hijos y nietos», solía decir para justificarse.

Una de las veces que fuimos a beber vino al Pozo de Sisinia, le conté mi experiencia con los cristianos, la peregrinación por Galilea y todo lo demás.

—Pero... ¿te has vuelto majareta? —exclamó dando un respingo—. ¡Anda, no me tomes el pelo!

—Que sí, hombre, que es verdad. ¿Por qué crees que terminé viniendo aquí, a Aelia? Ya sabes que ésta es la ciudad Santa de los judíos y los cristianos. La peregrinación que emprendí con ellos terminaba aquí en Jerusalén.

—¡Oh, Félix! —dijo sin salir de su asombro—. ¡Pobre Félix! ¡Cómo has podido caer en manos de esa gente! ¡Con lo sensato que tú eras!

—Bueno, bueno —repuse—. No me malentiendas. Yo no he dicho que me haya hecho cristiano. Solamente te he contado que leí algunos de sus libros y que seguí a sus maestros en un viaje por Palestina.

—¡Ah! ¿Te parece poco? ¿Es que no has comprobado por ti mismo la palabrería que tienen y lo habilidosos que son para captar adeptos?

—Nadie me forzó a nada. No soy un niño... ni un tonto —repliqué enojado.

—Ya, ya... No te enfades, hombre. Pero me ha sorprendido tanto...

—¿Sabes una cosa, Elintos?, no son tan estúpidos como nos habían dicho.

—¿Ah, no? ¿Y puedes decirme qué tiene de bueno esa doctrina? ¿Qué has visto de nuevo en ella que te haya seducido?

—Ese... —balbuceé tímidamente—. Ese Jesús. Él es la novedad.

—¡Ah, ja, ja, ja...! —rió a mandíbula batiente—. ¡Pero bueno! ¿Se puede saber qué cuento te han contado?

—No, Elintos —repliqué con nerviosismo—, no me entiendes. Te repito que yo no me he hecho cristiano. Pero... no voy a negarte que ese Jesús me fascinó. Es algo... distinto. ¡Créeme! Su... su visión de la vida... Su fuerza...

Era inútil. Me sentía incapaz de explicárselo. Algo había sucedido. Aquella imagen, o mejor, presencia, con toda su fuerza, se había desvanecido.

—No sé explicártelo —proseguí—. Pero hay algo en él... ¿Cómo decirlo? ¡Su vida! ¡Sí, eso, su vida! Es diferente... Hizo milagros, ¿sabes, Elintos?

—Milagros, milagros... ¿Qué milagros? —replicó él—. ¿No vendrás a decirme que te has creído todo eso que cuentan?

—Hubo testigos —repuse—. La gente lo vio y lo contó a sus hijos y a sus nietos.

—¡Idiota! ¡Cómo has podido dejarte embaucar! Yo te diré quién era ese Jesús. ¿No te han contado cómo vino al mundo?

—De una virgen, me dijeron.

—Sí, claro, de una virgen. Nació del adulterio de un soldado con una virgen seducida, trabajó de jornalero en Egipto, donde aprendió artes mágicas y curanderismo, con cuyos trucos logró más adelante en su tierra proclamarse dios o hijo de dios.

—Pero la gente le seguía —repuse—. Tuvo muchos discípulos. No es fácil tener engañada a la gente mucho tiempo.

—¡Bah! Una panda de pescadores y alcabaleros, con los que anduvo por ahí errante mendigando ignominiosamente el sustento.

—¿Y los milagros?

—¡Ya te lo he dicho! Magia, taumaturgia barata, curanderismo... Y mucha imaginación. A la gente le gusta creer que ha visto lo que en realidad deseaba ver. Pero ¿hay alguna prueba? ¿Tenemos algo de aquello? Es muy fácil inventar lo que pasó hace más de doscientos años. ¡Como no queda nadie vivo para contarlo...!

—Re... sucitó —dije casi sin fuerzas.

—¡Cuento puro! —me espetó a la cara con unos ojos inyectados de seguridad—. ¡Cómo no iban a hablar de resurrección si querían ganarse a la gente después de que su maestro les había fallado!

—¿Fallado? Él no pretendía nada...

—Fue un fanfarrón y, en todo caso, un puro hombre que pretendió ser superior a los demás, como tantos otros que lo han intentado y han fracasado. ¿A quién no le gusta ser adorado?

—Pero, Elintos, él no sacó nada bueno de todo aquello. Se lo cargaron, y él lo aceptó. ¿No es eso algo diferente?

—¡Pues ése es el mayor escándalo! La prueba patente de que nada divino había en él. Si era Dios, ¿por qué se dejó humillar de aquella manera? ¿Por qué se dejo clavar en la cruz y no desapareció súbitamente de ella? ¿Por qué no aniquiló a los que lo fueron a prender? Lo lógico hubiera sido hacer un prodigio en ese momento. Hacer temblar los cielos, llamar a los ejércitos de seres celestes, descender triunfante... Entonces todos le hubiéramos creído y se acabó el problema.

Pero... ¿a qué tanto misterio? ¿No es vergonzosa una fe que adora a un fracasado?

—Pero, si resucitó —repliqué—, todo eso tiene sentido. Es el triunfo final de la vida y la verdad.

—¿Y si no? Porque son ellos los únicos que dicen haberle visto... Félix, querido amigo, dejémonos de tonterías. ¿A qué viene esa resurrección extraña, casi en secreto? ¿No es como tantas y tantas otras resurrecciones de que nos habla la literatura griega? Pero ¿quién ha visto jamás a un muerto vuelto a la vida?

Me quedé mudo. ¿Qué podía contestarle más a Elintos, cuando yo mismo estaba convencido de cuanto me decía? Sus razonamientos eran fulminantes, irreductiblemente lógicos.

—Sólo una cosa, Elintos —le dije desde mi frustración—. ¿De dónde has extraído toda esa información? ¿Qué maestro te habló así acerca de los cristianos?

—Fue en Alejandría. Allí hace tiempo que se enfrentan a esa plaga. Los maestros saben muy bien argumentar en su contra. Pero sobre todo fue en un libro donde aprendí la verdad acerca de ese Jesús.

—¿De qué libro se trata?

—El *Discurso de la verdad* de Celso. Es absolutamente genial, decisivo. Deberías leerlo cuanto antes. No hay mejor revulsivo para vomitar las mentiras cristianas que uno se ha tragado.

—Quiero leerlo. ¿Lo tienes?

—¡Naturalmente! Yo también estuve a punto de picar en el anzuelo de esos necios. Mañana mismo, en el campamento, te daré el libro.

Me lo leí de un tirón y ¡vaya si vomité! Se me llenó de bilis la garganta y de amargura toda el alma. El libro de Celso no me gustó: era negativo, hiriente, ácido e insultante; pero no voy a negar que resultaba lógico en sus planteamientos. El misterio del cristianismo quedaba disuelto en sus razonamientos. La conclusión del *Discurso de la verdad* era ésta: que el cristianismo era la suprema necedad, y que con él, siglos de conocimiento y sabiduría intelectual quedaban descalificados y anulados. La necedad se proclamaba un bien, y la ciencia un mal. Religiosamente, el cristianismo y su tronco o raíz, el judaísmo, eran un amasijo de absurdos en pugna con la razón y la filosofía. Desde luego, una vez terminada su lectura, se me hizo dentro un gran vacío y la tristeza se adueño de mí.

Cuando fui a devolverle el libro a Elintos, debió de adivinarlo al ver mi semblante. Estaba echado en su jergón con los codos apuntando al techo y las manos detrás de la nuca, canturreando. Me miró y, como si me estuviera esperando, me dijo esbozando una maliciosa sonrisa:

—¿Qué?

—Ahí tienes tu libro —respondí, dejándolo caer sobre la mesa.

—Estás hecho polvo, no lo niegues. Se te ha derrumbado tu sombrajo cristiano y estás a la intemperie. ¡Ánimo, hombre!

Saltó de la cama y me rodeó del cuello cariñosamente con el brazo. Me dijo al oído:

—Pobre Félix. ¿Creías haber encontrado la panacea? Mira, querido amigo, eres muy joven, y muy apuesto; no debes permitirte el lujo de ponerte triste. El mundo está ahí afuera, aguardándonos. Ya viste cómo se derretían las mujeres cuando nos vieron entrar aquella noche en el local de Sisinia. ¡Anda, no te dejes decaer! Vayamos a los baños, recibamos un buen masaje, pasemos por las manos del *tonsor* y descubramos el mejor vino esta noche. Créeme, la filosofía más dulce es el placer, y la religión más verdadera, vivir el presente. ¡Disfruta como si las viejas parcas no existieran!

# 5

Ya he dicho que Trivia no era muy bella, aunque a mí me resultaba atractiva por su aspecto exótico. Tampoco era una mujer especialmente cultivada ni de inteligencia deslumbrante. Aparte de su voz y su forma de cantar, no podría decir que despuntaran en ella otras cualidades. Pero, sinceramente, prefería estar con ella antes que con las presumidas mujeres que conocí en Aelia, por hermosas que fueran. Y a Elintos eso le extrañaba y se burlaba de mí.

—No lo comprendo —decía—. ¿Qué le has visto a esa cantante? ¿No te das cuenta de que tienes un montón de admiradoras? ¿Por qué pierdes el tiempo con esa delgaducha?

—No lo sé, Elintos. Ya te lo he tratado de explicar. Me siento a gusto con ella y basta.

—Bueno, bueno. Allá tú. Si te diviertes, eso es lo que importa. Pero ¿no te parece excesivamente extravagante?

En eso Elintos tenía razón. En un lugar como el Pozo de Sisinia, alguien como Trivia podía pasar desapercibida, puesto que había ordinariamente abundantes mujeres de aspecto llamativo, busconas y provocativas que iban allí para sacar tajada; pero por las calles de Aelia, especialmente en el centro, la gente se quedaba mirando. Por eso procurábamos siempre eludir el *cardo máximo* y el foro y atravesábamos la ciudad por las calles secundarias, buscando las tabernas del extrarradio, cuyo ambiente era variopinto e incluso sórdido a veces.

Uno de aquellos días nos dio por salir a media mañana. A Elintos se le había antojado ir a un sitio donde servían brochetas de carne especiada a la manera nabatea, con la idea de continuar después la fiesta, todo el día, y terminar en el Pozo de Sisinia como siempre.

La taberna estaba adosada a la muralla y tenía en el exterior una parrilla con brasas humeantes, donde una muchacha de rostro ennegrecido asaba los pedazos de carne insertados en frías varillas. El aroma a grasa de cordero y especias que se desprendía impregnaba el aire del callejón. El interior era oscuro y mugriento, por lo que decidimos sacar una mesa fuera y nos sentamos el uno frente al otro para compartir la primera jarra de vino.

El cielo, azul y limpio, era surcado por oscuros vencejos que se descolgaban desde sus nidos hechos en los salientes de la muralla. Y pronto acudieron varios gatos para solicitar las sobras restregándose por nuestras piernas y maullando lastimeramente. Como era una zona de paso, constantemente había sonido de esquilas del ganado y chirridos de oxidados ejes de carros que pasaban, pregoneros y asnos cargados de vuelta del mercado. Al ser viernes, una intensa actividad se había adueñado de la ciudad desde las primeras horas, pues era el día especialmente dedicado al comercio.

En torno a mediodía empezó a reinar la calma, cuando casi todo el mundo había regresado a sus hogares o se distribuía ya por las tabernas para celebrar los negocios realizados. A esa hora llevábamos ya nosotros unas cuantas jarras en el cuerpo y todo empezaba a ser alegre y despreocupado, vestido por las tonalidades de la hora más luminosa.

—¡Ah, qué bien se está! —comentó Elintos, echándose hacia atrás con gesto de gran satisfacción, mientras sostenía la jarra en una mano y la brocheta de jugosa carne asada en la otra—. Esto está exquisito y no creo que el propio Dionisio haya probado un vino como éste.

Elintos era pura ansia. Quería vivirlo y apurarlo todo como si el mundo fuera a terminar mañana. Era como un fuego encendido dispuesto a consumir la vida. Eso era lo que a mí me parecía, un fuego; con su cabello rojo vivo, su rostro rosáceo salpicado de vivas pecas y sus chisporroteantes ojos de anaranjado iris. A menudo me preguntaba cómo era posible que estuviera tan delgado si se pasaba la vida comiendo y bebiendo. Él mismo se consumía llevado por su pasión. Supongo que era ese tipo de personas que jamás se dan un respiro en el placer, hasta que un día se detienen de repente, como fulminados, en una calle o en una taberna, y se desploman para siempre.

Pero a mí empezaba a fatigarme aquel género de vida. Siempre me había pasado. Cuando llevaba más de tres días dedicado al placer, la mente se me llenaba de tinieblas. Entonces me venían extrañas ideas de muerte y una especie de angustia. Nunca he comprendido a la gente que, como Elintos, podía seguir un día y otro sin cansarse.

—Se está muy bien, Elintos —le dije—, pero deberíamos parar.

—¿Parar? ¿Por qué? ¿No lo estamos pasando bien?

—Sí, muy bien. Pero ¿no te das cuenta de que nos pasamos la vida subiendo y bajando? Ahora euforia, mañana resaca. Y, la verdad, si descansáramos unos días, pienso que disfrutaríamos más de las cosas. Hemos estado ya en todos los establecimientos de Aelia, hemos probado todos los vinos, ¿no empiezas a estar un poco hastiado?

—¿Eh? ¿Hastiado? ¡Anda! ¿Te estás haciendo un viejo? En Antioquía aguantabas más. ¿Qué te sucede?

—No lo sé —respondí, aun sabiendo que se reiría de mí—. Sinceramente, no pienso que la vida sea sólo esto; comer, beber y morir mañana...

—¡Bah! ¡Siempre igual! —se enojó—. ¡Sigues obsesionado con la muerte! Ahora me doy cuenta de que esos cristianos te han perjudicado mucho más de lo que yo pensaba. ¿Cuándo vas a sacarte esas estúpidas preguntas? ¿No ves que no conducen a parte alguna? ¡Vamos, disfruta! La vida es maravillosa.

«Sí, maravillosa —pensaba yo—, porque ahora no tenemos ningún sufrimiento que nos atenaza; pero ya llegará.» Era inútil discutir con Elintos acerca de esas cosas, así que decidí dejar el tema y, al menos ese día, seguir divirtiéndome.

Habíamos quedado allí mismo con Trivia para más tarde, puesto que durante la mañana despachaba baratijas en un tenderete del mercado y no podría acercarse hasta después de cerrar. Ella se comprometió a llevar consigo a una amiga para que Elintos no se encontrara solo. Pero mi amigo no estaba muy convencido de que la desconocida pudiera llegar a gustarle. Por eso no hacía nada más que decir con mucho retintín:

—Veremos cómo es esa amiguita. ¡Te aseguro que si no me gusta me voy!

Las vi venir por el final del callejón y no pude aguantarme la risa. La amiga de Trivia era pelirroja, tanto como Elintos o incluso más. Su cabellera parecía una llamarada, resaltando a lo lejos contra las oscuras piedras, suelta al viento y agitándose pues venían casi corriendo. Por lo demás, la muchacha era guapa y de buen tipo, ideal para acompañar a Elintos, aunque éste estuvo un poco huraño al principio, para no reconocer que al final el plan había resultado.

Y Trivia, como de costumbre, llegó muy llamativa: con una larga trenza enrollada con cintas de colores y grandes aros de oro pendiendo de los lóbulos de sus orejas, escotada al máximo y con la cintura demasiado ceñida. Presentó a su amiga, que se llamaba Laris, y ambas se sentaron a la mesa.

En torno a la hora sexta, reinaba ya una gran calma en las calles. Hacía calor y sólo pasaba algún borracho dispuesto a terminar de destrozar el salario de la semana, o pandillas de niños de camino a los campos. La muchacha de la parrilla se había sentado en el umbral de la puerta de la taberna y cabeceaba somnolienta. Hablábamos de una cosa y otra, como si el paso de las horas no fuera con nosotros, y las risas de las dos muchachas rompían de vez en cuando la suave quietud del momento.

De repente, el rostro de Elintos cambió frente a mí cuando vio algo a mi espalda.

—¡Oh, no! —exclamó— ¡Ya están ésos ahí!

—¿Quiénes? —pregunté sin mirar.

—Los cristianos —respondió con desdén—. Es su hora. Cada viernes pasan por aquí siguiendo el recorrido que ese Jesús hizo antes de ser crucificado.

Me volví para verlos y se me heló la sangre. Por el final de la calle venían el grupo de peregrinos que acompañé hasta Jerusalén. Al frente iban el maestro Orígenes y el obispo Gordio, y detrás Ambrosio con gran parte de los cristianos que conocía del viaje.

—¡Deberían prohibírselo! —protestó enojado Elintos—. Pero pagan un estipendio y el procónsul les permite esto.

Yo no sabía si levantarme y escapar de allí, hacerme el desentendido o acercarme y saludarlos como si tal cosa. Finalmente, la indecisión me paralizó y fueron ellos los que me vieron y se acercaron.

—Pero, Félix, ¿dónde te has metido toda la semana? —preguntó Orígenes—. Hemos estado muy preocupados.

—Bueno... tuve que solucionar unos asuntos —balbucí.

Miré a Elintos sin poder ocultar mi azoramiento. Sus ojos me traspasaban. Hubo un momento de extraño y espeso silencio. Suplicaba a la tierra que me tragara en aquel instante. Y, para colmo, la pelirroja dijo con su voz chillona:

—¡Anda, Félix, resulta que eres cristiano!

Di un respingo y me puse de pie.

—Orígenes, ¿podemos hablar un momento aparte? —Le pedí al maestro.

—Sí, ¿cómo no? ¡Seguid vosotros! —les mandó a los demás.

Los peregrinos siguieron por la calle, volviéndose extrañados de vez en cuando, y Orígenes y yo nos fuimos por un callejón paralelo que partía junto a la muralla, casi desde la misma taberna. Salimos por una de las puertas secundarias, anduvimos un poco por un descampado, junto a la ladera que descendía hasta donde comenzaba el valle de la Gehenna que era una gran necrópolis.

—Félix, Félix, ¿qué te ha sucedido? —me preguntó el maestro cuando nos detuvimos junto a unas rocas.

Me fijé en él y sentí lástima. Estaba frente a mí, mirándome desde su estatura muy inferior a la mía; su túnica era raída y descolorida, jadeaba por el esfuerzo del camino y parecía caído de un lado; en su frente amplia y en su calva brotaban gotitas de sudor. Volví a preguntarme cómo era posible que los dioses hubieran concedido un cuerpo tan menudo a un espíritu tan grande como el suyo.

Me venían a la cabeza montones de ideas; todo lo que quería decirle en un momento: mi rabia y mi impotencia ante el desengaño que había sufrido y mi deseo de no volver a saber nada de los cristianos. Finalmente, abrí la boca y solté un torrente de frases inconexas, mezcla de lo que Elintos me había dicho, lo que había leído en el *Discurso de la verdad* de Celso y lo que yo mismo pensaba.

Me escuchó con atención. Primero pareció desconcertado, pero después me miró con dulzura e incluso esbozó una sonrisa.

—¡Bah! Son calumnias —dijo—. Veo que todavía se le siguen levantando a Jesús falsos testimonios, y mientras exista la maldad entre los hombres no habrá momento en que no se le acuse.

—¿No decís que es el mismo Dios? ¿Por qué calla y se aguanta entonces?

—Nuestro Señor y Salvador Jesucristo calló cuando se le levantaban falsos testimonios y nada respondió cuando era acusado, pues estaba persuadido que su vida entera y cuanto hiciera entre los hombres era más fuerte que toda palabra para refutar el falso testimonio, más eficaz que todo discurso para defenderse de las acusaciones. Y, por lo que a él atañe, también ahora calla y no responde con su voz; pero es defendido por la vida de sus genuinos discípulos, que es el más fuerte clamor, más poderoso que todo falso testimonio para refutar y echar por tierra las calumnias y acusaciones.

—La gente dice que sois un atajo de tontos, necios, ignorantes e incultos —añadí, aun sabiendo que le dañaría.

—Ah, ¿eso piensa la gente? —respondió sin perder su firmeza—. ¿Y tú? ¿Qué piensas tú que has estado entre nosotros? ¿Qué mal te hemos hecho? ¿A qué te hemos obligado?

Bajé la cabeza. Dije:

—No os defendéis. ¿Es que no tenéis argumentos?

—Tú, Félix —prosiguió—, eres un hombre culto. ¿No recuerdas lo que le sucedió a Sócrates? Jenofonte cuenta en su *Apología de Sócrates* que, viéndolo su amigo Hermógenes cómo hablaba de todo menos del juicio que le esperaba, le dijo que pensara en su defensa. A lo que contestó Sócrates: «¿No te parece que he estado toda mi vida estudiando mi defensa?» «¿Cómo?», insistió Hermógenes. «Porque jamás en mi vida he cometido acción injusta, y ésta me parece ser mi mejor defensa...», contestó él. Los atenienses, sin embargo, le condenaron a muerte, aunque era un anciano ya, con lo que le quitaron unos años de vida y le dieron la inmortalidad.

Yo recordaba perfectamente aquel pasaje, y entendí rápidamente lo que Orígenes quería decirme al citarlo. Supe entonces que no se defendería con largos y complicados argumentos. Me miraba fijamente, como queriendo encontrarse con mi espíritu.

—Crees en Él, Félix, lo leo en tus ojos —añadió—. Pude verte vibrar emocionado en el Monte Tabor cuando la luz entraba en tu alma para iluminarla. ¿Qué te pasa pues? ¿A qué temes? ¿Qué te ha sucedido? Sinceramente, no creo que ese libro lleno de calumnias haya podido causarte ese efecto.

—Tienes razón al decir que Jesús me impresionó. Ciertamente, para mí fue algo distinto a todo lo que hasta ahora había aprendido acerca de los dioses. Sus palabras, sus hechos... Todo él es diferente.

—¿Entonces?

—Tengo dudas, muchas dudas. Estuve allí, ¿sabes?, en el sepulcro que se encuentra dentro del templo de Júpiter Serapis, donde decís que resucitó el Nazareno. Participé en un sacrificio ritual al *Dius Pater* y pude entrar en la cueva...

—¡Oh, Dios! —exclamó—. ¿Qué viste allí?

—Estaba vacío —proseguí—. No sentí nada especial. Era sólo eso, nada más que un sepulcro vacío.

—¿Y qué pensabas encontrar? ¿Creías que por entrar en esa cueva verías a Jesús?

—Pensé que si ahí tuvo lugar ese acontecimiento grandioso... No sé... Que los ángeles u otros seres celestiales lo custodiarían. Pero, ya ves, parece ser que a vuestro Dios no le interesa proteger el lugar donde resucitó a su Hijo, puesto que consiente que los paganos tengan en él un templo dedicado a un ídolo. ¡Qué ironía! Eso dice muy poco a favor de vuestro Dios. Allí hay constantemente sacerdotes del culto a los dioses que llamáis paganos, ¿por qué ellos no han visto a esos ángeles ni a vuestro Dios?

—Sólo quien tenga el corazón puro, y como tal se muestre digno de mirar, verá a Dios —respondió con voz serena—. Aun cuando esté sucio, en el mismo lugar, quien es puro de corazón y quien todavía está sucio, el lugar como tal no podrá ni perjudicarles ni aprovecharles, pues el puro de corazón verá a Dios, y quien no lo es no verá lo que otros avistan. Aquello que viste es sólo un sitio en la tierra, digno de respeto para nosotros, pero sólo eso. Tú mismo lo has dicho: un sepulcro vacío; la prueba evidente de que Él no está ahí. Pero eso no quita ni pone nada a nuestra fe. Los ojos de la carne no pueden ver el misterio, pues está velado, y sólo los ojos de un corazón puro pueden acercarse a él.

—¿Quieres decir con eso que sólo vosotros sois lo suficientemente puros para poder ver a Dios? ¿No es eso una gran soberbia?

—Oh, no, no... No me has comprendido. También yo, aun cuando pueda haber vencido al demonio, rechazando los pensamientos malvados que él me sugiere o, si se me insinúa dentro, acabando con ellos para impedirles hacer daño; aun cuando haya podido «pisar la cabeza de la serpiente», ese mismo hecho, sin embargo, me ensucia, porque he tenido contacto con aquel que es inmundicia e impureza; y aun cuando esté contento de haberlo podido vencer, estoy impuro y sucio por haber tocado al ser impuro, tengo necesidad de purificación. Por eso precisamente dice la Escritura: «Ninguno está limpio de mancha», todos tenemos necesidad de purificación, mejor dicho, de muchas purificaciones. Y muchas purificaciones de diverso tipo nos esperan; pero éstas son cosas misteriosas e inefables...

—Pues entonces, si ni siquiera vosotros que decís haberlo encontrado podéis verlo, ¿quién puede ver a ese Dios? ¿Qué es capaz de purificaros? ¿Cómo se alcanza ese estado? ¿Quién puede hallar ese estado de paz?

—¡Oh, cómo podría explicártelo! —se lamentó.

La luz de la hora sexta se derramaba sobre la ciudad, haciendo doradas sus piedras. La visión era hermosa. Él se volvió para mirarla y ambos permanecimos en silencio un momento. Después dijo:

—Mira Jerusalén. Ya te dije repetidamente que significa «visión de paz». Sin embargo, ¿habrá paz alguna vez aquí? Es en nuestro corazón donde debe estar edificada Jerusalén, es decir, si está fundada la visión de paz en nuestro corazón, también vemos y servimos siempre en el corazón de Cristo, que es nuestra paz; si estamos tan fijos y estables en esta visión de paz, que ningún pensamiento malo ni sugestión de pecado alguno sube nunca a nuestro corazón, podremos decir que estamos en Jerusalén. No obstante, aun cuando saquemos gran provecho cultivándonos con sumo cuidado, no creo, sin embargo, que nadie pueda alcanzar un grado de pureza de corazón tal que no esté manchado por algún pensamiento adverso... Pero Dios, con su gran poder, es capaz de alcanzarnos la verdadera paz.

Al oírle decir estas cosas volví a removerme por dentro. Pero era un sentimiento contradictorio.

—Desengáñate, querido Félix —prosiguió—. Darás mil vueltas por este mundo y no encontrarás esa paz. Vivirás en desasosiego, como todo el mundo pagano, donde reina la soledad entre los placeres, entre amantes, entre amigos, entre todos los hombres. Y cada vez que afrontes la muerte verás sólo el vacío de su frío, oscuro e insondable misterio.

—¿Es que acaso vosotros no moriréis? —repliqué—. ¡Los cristianos moriréis como todo el mundo!

—Dios no nos eximirá de morir, puesto que ha inscrito a la muerte en su plan creador. Pero el cristiano conoce esa muerte tan misteriosa, desconocida hasta que no se ha pasado por su experiencia, porque conoce a Cristo en el que la muerte ha encontrado su verdad.

—¡Un momento! ¿Crees que yo no conozco la muerte? He sufrido la pérdida de seres muy queridos y he estado en la guerra... Cientos de hombres han muerto ante mis ojos.

—La has visto con los ojos de carne, Félix; y crees que la conoces porque has asistido a la muerte de otros. Pero con tus ojos de carne no puedes descifrar el sentido divino de la muerte. Se puede tener cogido de la mano a alguien que camina hacia ella, pero no se acompaña a nadie en la muerte. Sin embargo, nosotros morimos compartiendo realmente la muerte de Cristo, porque estamos seguros de que resucitaremos con él.

—¡Bah! ¿Le habéis visto acaso? ¿Has visto tú a ese Jesús resucitado? Si me lo dijeras te creería; pero ni siquiera vosotros que creéis tanto en él lo habéis visto. Sólo tenéis ese sepulcro vacío y el testimonio de unos hombres muertos hace doscientos años.

—Eso yo no podría explicártelo ahora; y aunque lo hiciera no me comprenderías. Sería necesario que te unieras a nosotros y fueras iniciado a través del bautismo.

—Lo siento, Orígenes. Ahora no me encuentro con ánimos para iniciarme. Primero he de poner en claro mi vida. Pronto regresaré a Roma y no sé lo que el destino me tiene reservado. Pero, si te sirve de algo, no quiero despedirme de ti sin que sepas que estoy muy agradecido a cuanto aprendí de vosotros en el viaje a lo largo de Palestina. Al menos, algo de luz entró en mi alma en un momento de gran oscuridad.

—Me alegro de ello, aunque era una luz provisional. Dios quiera que un día encuentres la luz perpetua. Regresemos ahora, pues, cada uno con lo suyo.

Nos encaminamos silenciosos hacia la muralla. La tarde empezaba a extenderse. Alcé mis ojos y vi la ciudad asomándose. Los templos destacaban contra el cielo azul todavía.

Orígenes me tocó el brazo y dijo:

—No olvides nunca una cosa, Félix: detrás de todo lo que existe hay un sentido. Nada es porque sí y mucho menos el capricho de algún dios. No dejes de buscar, pues el mismo Jesús prometió que quien busca halla.

—Así lo haré, te lo prometo.

Allí mismo nos despedimos y nos separamos, él para ir junto a los fieles cristianos y yo con mis amigos. Después intenté seguir como si tal cosa, bebiendo y tratando de divertirme, pero ni el vino ni Trivia consiguieron que dejara de estar como ausente.

A principios del verano, llegó la contestación a mi carta desde Roma. Se me ordenaba que me presentara en la capital lo antes posible y se me enviaba una asignación monetaria para cubrir gastos. En el primer barco que partía desde Cesarea, Racilio me consiguió una plaza y por fin me vi en la cubierta, dejando atrás la costa de Palestina.

El tiempo era apacible y el trirreme surcaba el mar en calma a golpe de remo. El cielo azul del Mediterráneo palidecía en la costa que se hacía lejana lentamente, mientras que el interminable canturreo de los remeros dirigía el ritmo de las paladas. Se hizo de noche cuando aún se veía la tierra. Luego, desapareció todo menos las estrellas bajas en medio de la negrura y el gran faro, que permaneció, con vigorosa luz anaranjada, misteriosamente suspendido en el horizonte.

Acodado en la barandilla de popa, contemplando cómo se hacía pequeña aquella lumbrera, recordé las palabras de Plotino: «... lo que arde es la luz del Uno, pero a medida que te alejas crece la oscuridad, lejana y fría».

## 6

Desembarqué en Ostia vestido con la indumentaria militar que me proporcionó el procónsul de Cesarea: dalmática guerrera de cuero claveteada con tachones de bronce, lacerna corta sobre el hombro, grebas de mallas tejidas con correas y un casco adornado con una anticuada cresta de cola de caballo. Todo ello era bien diferente de lo que se estilaba por entonces entre los pretorianos de la Urbe, pero no desentonaba con las armaduras y los distintivos de los soldados y oficiales que me acompañaban, cuyo aspecto de miembros de las tropas orientales saltaba a la vista. Por otra parte, en mi equipaje no llevaba otra cosa que una coloreada túnica siria y un sayo con ribetes demasiado llamativos. En Bostra o en Judea todo ello podía resultar normal, pero prefería identificarme con mis orígenes y optar por una vestimenta más clásica y austera, como la que solía caracterizar a los habitantes de las provincias más occidentales del Imperio. Por eso, ya que tendría que presentarme en breve ante la curia, lo primero que hice al cruzar las puertas de Roma fue dirigirme hacia una de las buenas sastrerías que se encontraban en las proximidades de la vía Nova, entre el Aventino y el Celio.

En el bullicio de las calles me topé de repente con la realidad de Roma: todas las razas y todos los lugares del Imperio estaban allí, envueltos en sus peculiaridades, en una multiforme masa en la que abundaban las coloridas prendas orientales, las sedas, los tejidos meridionales, los blancos linos de Egipto, las verdes clámides de Asia Menor e incluso los postizos y tocados persas. No voy a negar que se veían algunas togas, pero las más de ellas histriónicas, con profusión de pliegues artificiales y en tonos diferentes al inmaculado blanco de lana de los tiempos de mi abuelo Quirino.

El sastre estaba ocupado, de manera que tuve que aguardar un largo rato sentado en un banco del gran atrio de una antigua casa señorial convertida en taller, cuyas estancias estaban aprovechadas al máximo por decenas de costureros, trenzadores y planchadores que hacían su trabajo sin dejar de parlotear, canturrear o silbar, mientras otros esclavos iban y venían a los estantes que ocupaban hasta el último rincón de las lujosas paredes, abarrotados de rollos de tejidos que tapaban las bellas pinturas.

Sobre el barboteo de los operarios y los ruidos de la calle que entraban por las ventanas abiertas, sobresalía la voz chillona del jefe del establecimiento, que posiblemente era el dueño, y que despachaba en un amplio salón separado del atrio por un biombo de tela. Al prestar atención a su acento, me di cuenta de que ni siquiera él era genuinamente romano, sino liberto tal vez, originario de cualquier parte de Asia.

Supe que había llegado mi turno cuando pasó por delante de mí para acompañar a dos historiadas matronas hasta la puerta, haciéndoles bromas y cumplidos con la solicitud de un buen comerciante. Después regresó al medio del atrio y dio algunas órdenes a sus subalternos, tras lo cual se detuvo un momento, suspiró y se fijó en mi presencia. Alto, delgado, extremadamente amanerado, con un ondulado y abrillantado cabello largo hasta los hombros, vestido de color azul cielo, con plateadas estrellas bordadas hasta los pies en la túnica; me pareció la persona menos indicada para aconsejarme sobre mis ropas en aquel momento, y maldije en mi interior al legionario que me recomendó esa sastrería y no otra.

El sastre sonrió y, como si me conociera de toda la vida, dijo con naturalidad:

—¡Uf! ¡Esto del Milenio nos trae locos! Los fastos están ya encima y todo el mundo quiere estrenar... ¿Tú no vendrás con prisa verdad?

No sé la cara que puse, pero chocó las palmas y añadió con resolución:

—Bueno, vamos adentro. ¿De qué se trata? Ya veo que eres militar. ¿Ropa de fiesta? ¿De calle?

—Quiero vestirme con prendas de buena calidad, pero que sea algo discreto.

—¿Discreto? ¿Solemne quieres decir? —preguntó, enarcando las cejas.

—He de acudir a la curia en breve —respondí.

—¡Ah, comprendo! —exclamó—. La toga, la toga romana...

—Lo más clásica posible —me apresuré a sugerir.

—Bien, bien, como desees —dijo mientras iba hacia uno de los armarios—. ¿Eres hispano? ¿Tarraconense tal vez?

Paseé la mirada por la lujosa estancia. Sobre el fondo ocre de las paredes resaltaban pinturas representando elegantes caballeros y damas, vestidos con ampulosos ropajes de vivos colores, entre fuentes, jardines, animales y sofisticados elementos arquitectónicos. La luz entraba por un amplio ventanal abierto de par en par a la bulliciosa calle. La pregunta del sastre seguía en el aire.

—Soy lusitano —respondí distraído—, de Emérita.

—¡Oh, qué maravilla! —exclamó—. No conozco tu provincia, pero me han hablado de ella. Dicen que es bella y extensa en sus bosques hasta donde termina el mundo.

Dijo aquello con fingida emoción, siguiendo los dictados de su oficio, que le pedían complacer a la clientela, fuera de donde fuera, regalando sus oídos. Pero yo sentí como una sacudida de emoción; se avivó el recuerdo en mi mente y me vinieron imágenes de mi tierra, como si acudiera en ese momento desde la bastedad del mundo. Retornaron a mí las calzadas, abriéndose camino entre brezos, encinas y alcornoques, los dilatados cauces de los ríos, los puentes, las oscuras montañas y los valles cubiertos de mieses; la blancura de los edificios de Emérita entre los pardos campos, los reflejos plateados del Anas, las garcetas retornando al atardecer y los verdes viñedos de las vegas repletos de racimos al final del verano. Incluso eché de menos el ambiente provinciano de mi ciudad, sus fiestas, el circo y los ritos de sus dioses. Salí de Emérita con dieciocho años y ahora iba a cumplir veintiséis. Ocho años son pocos en toda una vida, pero a quien se ha sentido madurar en ese tiempo le puede parecer una eternidad. Eso me sucedía a mí. Una vida había pasado. Me preguntaba qué esperaba encontrar en Roma. ¿Qué podía darme ahora la Urbe? ¿No era quizás el momento de regresar a Hispania?

—¡Señor! ¡Eh, señor! —me sacó de mi cavilación el sastre—. ¿Ha sido un largo viaje? Estás cansado y distraído. Deberías acudir a las termas.

Extendió sobre la mesa una suave toga confeccionada ya. Pasé la mano por el tejido y me pareció adecuado.

—La quiero así —dije—; pura, sin adornos.

—Bien. Si te sirve, me la pagas y es tuya. Pero, si quieres una túnica, tendré que tomarte medidas y tendrás que esperar al menos una semana.

Dejé mi dalmática guerrera en un perchero y, mientras él me tomaba las medidas, le pregunté:

—¿Eso del «Milenio» en qué consiste?

—Se trata de una fiesta grandiosa con motivo del cumplimiento de los mil años desde la fundación de Roma.

—Sí, sí. Eso ya lo sé. Pero ¿qué hay previsto? ¿En qué consisten los festejos?

—Habrá de todo, amigo —dijo interrumpiendo su tarea para gesticular—. Sobre todo juegos en el circo y en el anfiteatro, representaciones teatrales, procesiones y desfiles; grandes desfiles para conmemorar las victorias del emperador sobre los carpos y los persas.

—¿Sobre los persas? —exclamé sobresaltado.

—¡Claro, señor! ¿Por qué te sorprendes?

—Bueno —observé—. Lo de los persas no puede decirse que sea una victoria. Digamos que, más bien, se trata de un pacto. Los embajadores del emperador consiguieron la paz con sus gestiones en la corte de Sapor.

—Pero... ¿qué dices, señor? —respondió extrañado—. ¡En las provincias no os enteráis de nada! Todo el mundo sabe que, en Nísibis, Filipo derrotó a los persas. En los desfiles militares se exhibían los trofeos de la victoria.

Era inútil seguir la discusión. Aquel hombre no sabía quién era yo y, desde luego, no tenía intenciones de revelar que estaba tomándole medidas al embajador del emperador ante el rey de los persas. Al fin y al cabo, era lo que siempre me había temido: que Filipo se había presentado en Roma alardeando de su victoria en Mesopotamia, mientras yo me jugaba la vida en el oscuro mundo de las intrigas de Ctesifonte. Pero eso ahora me daba igual. Lo importante para mí era saber cómo estaría Filipo dispuesto a recompensar los peligros que yo había arrostrado por ser fiel a la misión que me encomendó. En todo caso, sabía que el Árabe era agradecido; al menos eso era lo que me había demostrado en la campaña de Oriente. Además, si me había llamado a Roma urgentemente debía de ser porque había pensado en alguna misión importante para mí. Pero eso no podría saberlo hasta pasadas algunas semanas, cuando el emperador regresara de Mesia. Mientras tanto, estaba en la Capital. ¿Qué mejor cosa podía hacer que divertirme? Tenía dinero, y el ambiente de euforia y de fiesta empezaba a correr como un fuego por toda la ciudad.

—Hazme caso, señor, ve a las termas —añadió con cierta exasperación, aguardando mi respuesta acerca de los tejidos que había extendido sobre la mesa—. Tu mirada perdida y tu mente ausente son las de un hombre que ha dormido poco últimamente. Ve a relajarte. Que te den un buen masaje y el vapor suelte la tensión de tus músculos. Y después duerme. Ése es mi consejo. Un hombre apuesto y distinguido como tú puede ser muy feliz en Roma durante estos días, una vez que esté descansado.

—Oh, perdona —dije volviendo en mí—. Esa tela gris azulada creo que irá bien para la túnica.

—Hummm... Sigues empeñado en los tonos serios —objetó con disgusto—. Lástima. En Roma está de moda el Oriente, ¿sabes? Y Oriente es brillo, color y misterio.

—Sí, sí, ya lo sé. Pero ahora prefiero otra cosa.

Puse una moneda de plata en su mano y le rogué que tuviera terminada la túnica lo más pronto posible.

—Antes de la llegada del emperador la tendrás terminada —aseguró.

—¿Dónde están las termas más próximas? —le pregunté antes de salir.

—¡Oh, señor! Las mejores están justo ahí al lado; al final de la vía Nova. Se trata de las termas de Caracalla. Allí podrás encontrar los mejores servicios. Además sus *tonsores* son los más afamados.

Crucé de nuevo las angostas y tortuosas calles que me condujeron hasta la amplia vía trazada por Caracalla hacía treinta años, en el valle entre el Aventino y el Celio, en línea paralela a la vía Apia, para comunicar sus nuevas termas. Era la caída de la tarde y una envolvente luz hacía más hospitalarias las piedras de los edificios. Todo parecía dulce y espeso; sería por el cansancio que se acumulaba en mi cuerpo.

Pagué la entrada más cara, pues deseaba aprovechar al máximo los servicios que ofrecía; no tenía prisa alguna. Me dejé llevar por dos esclavos del *tepidarium*, donde sudé y me frotaron en seco el polvo que me traje desde Cesarea. Fue maravilloso estirarse y distender los músculos en el *caldarium*, evolucionando en suaves movimientos y flotando en el agua caliente del gran pilón de bronce que ocupaba el centro de la vaporosa y cálida sala, sobre el más moderno hipocausto. Era verdad, ninguno de los baños podía rivalizar con las termas Antoninas o de Caracalla. ¡Qué lugar tan espléndido! Además de los servicios comunes de baños de agua caliente, fría, de vapor, había salas para unciones de aceite y habitaciones privadas para que los esclavos dieran masajes a sus amos. Sus paredes, recubiertas de mármol y estucos, le daban un aire de elegancia y sosiego inigualables. Tenía amplios salones para conversar y una gran biblioteca. Los suelos eran de mosaico, las bóvedas artesonadas y en las paredes se abrían multitud de hornacinas con magníficas figuras heroicas.

El agua del *frigidarium*, extenso como un lago, era clara y fría. Me sumergí varias veces y sentí cómo el cuerpo se compactaba y abandonaba la flacidez; todo un placer, al sentir volver cada nervio y cada músculo a su sitio. Terminado el baño, fui frotado y ungido con aceites deliciosamente perfumados con rosa, azafrán, mirto, ciprés e ingredientes orientales. Mientras tanto, un esclavo puso en mi mano una copa de dulce y aromático vino de Siracusa y me acercó un plato de almendras fritas en miel. Al saborear el perfume del *nardium oleum*, hecho de nardos indios, mi mente voló hacia Persia. Tendido, envuelto en una suave toalla, me adormecí entre los recuerdos de Oriente, oyendo el débil tintineo de un sistro que acompañaba a un canto melifluo desde algún jardín próximo.

Esa misma tarde me instalé en una fonda confortable del centro, próxima a las termas de Caracalla. Lo primero que hice, una vez que hube recogido mi nueva túnica, fue acercarme a la curia y presentarme. Me atendió un viejo funcionario llamado Licinio, que leyó mis credenciales y me miró de arriba abajo con cierto escepticismo en su semblante. Después, con frialdad, dijo:

—Tendrás que esperar.
—¿Esperar? ¿Esperar a qué?
—A que el emperador Filipo regrese a Roma.
—¿Eh? Entonces, ¿para qué me enviaron esa carta con tanta prisa?
—Bueno, bueno; no te pongas así. Se han enviado decenas de cartas como ésa. Hay muchos otros que están en tu situación. Todo se está reformando, ¿comprendes? Pero no te apures, ya te llegará tu momento.

Salí de allí desanimado. No me quedaba mucho dinero y nadie podía decirme cuánto iba a tardar en regresar el emperador. Era inevitable sentirse confuso, pues no era fácil la vida en Roma sin una seguridad. Eso yo lo sabía bien.

# 7

Acudía cada mañana a la curia con la esperanza de que alguien me indicara dónde debía ubicarme en Roma, y tardé poco en darme cuenta del caos que reinaba en la administración. Los viejos funcionarios, que eran quienes conocían los entresijos de la amplísima burocracia romana, no se atrevían a tomar ninguna determinación, por temor a dar un paso en falso que pudiera resultarles comprometido. Nadie se arriesgaba. Y por todas partes pululaban advenedizos, ascendidos a los altos cargos por el simple hecho de ser parientes o amigos de los miembros del partido de Filipo. Cuando intentaba que alguien solucionara mi problema o que al menos me orientase, los unos me remitían a los otros y los otros a los unos. Todo el mundo me daba largas en el Palatino. Pasaban los días y empezaba a estar harto de aquella situación.

Entonces me decidí a intentarlo por otra vía. Recordé a alguien que con seguridad estaría dispuesto a ayudarme. Se trataba del general Lauricio Panfilio, el que había sido nuestro jefe militar en el Pretorio de Roma cuando nos estuvimos preparando en la división de carros antes de la campaña de Oriente.

Me acerqué hasta el Pretorio, pero en la misma puerta, el oficial de guardia me dijo que el viejo general se había jubilado y que vivía retirado en una villa de la vía Ostiense.

No me fue difícil dar con la residencia. Hice sonar la campana de la puerta y al momento apareció un esclavo que me condujo a través de un tupido jardín, más bien un bosquecillo, hasta un edificio suntuoso, bajo cuya galería de entrada, sostenida por rosadas columnas, encontré al general sentado en una butaca y leyendo plácidamente. El criado se adelantó para anunciarme. Él levantó la vista del libro, me miró y me di cuenta de que no me reconocía. Lo cual era lógico, puesto que habían sido incontables los hombres que habían estado bajo su mando.

—Acércate, acércate —me pidió.

Ascendí las gradas hasta él y me situé a pocos pasos de donde estaba.

—Félix, soy Félix el lusitano —le dije—. Pertenecí al regimiento de carros. Me situaste a la derecha del emperador Gordiano a la entrada de Antioquía. ¿No lo recuerdas?

—¡Ah, del regimiento de carros! —exclamó—. ¡Claro! Acércate un poco más, muchacho, no veo muy bien desde lejos.

Me acerqué e incliné el rostro hacia él.

—Te recuerdo perfectamente —dijo al fin—. Eres aquel auriga de Emérita cuyo padre había sido tribuno.

—El mismo —confirmé.

Me invitó a sentarme y estuvimos charlando un largo rato. Estaba encantado de recordar cosas, aunque me pareció que prefería remontarse a tiempos más lejanos, como suele sucederle a los viejos militares. Escuché atento sus hazañas y le conté, cuando me lo pidió, lo que yo había hecho hasta entonces.

—¡Ah! ¿Tú fuiste el emisario enviado a la corte del rey persa? —preguntó sorprendido.

—Sí, fue una misión difícil.

—Claro, hijo, tuvo que serlo. Esos endiablados persas... Pero, dime, ¿qué piensas hacer ahora?

—Por eso he venido a verte. Necesito que me ayudes.

—Bien, tú dirás lo que puedo hacer por ti.

Le conté lo que me había sucedido en la curia. No tuve reparos en explicarle la impresión que me había causado el desorden que reinaba y la poca preparación que advertí en gran parte de los altos cargos que había visitado. Me escuchó atento, circunspecto, asintiendo de vez en cuando con un ligero movimiento de cabeza. Cuando terminé, puso su mano en mi antebrazo y me dijo con tono apesadumbrado:

—Ésa es la realidad, Félix, desgraciadamente. ¿Por qué crees que decidí retirarme? Estaba harto, no podía seguir luchando por una causa tan difusa. ¿Cuánto duran los emperadores? ¡Nada! Justo el tiempo necesario para que alguien se forme un grupo de partidarios en el ejército lo suficientemente fuerte para aspirar a la púrpura. Y cada uno que sube hace que la administración se llene de beneficiados que le deben el favor. ¡Es un asco! No merece la pena luchar por un estado así.

—Y ¿cuándo podrá cambiar esto? —le pregunté.

—¡Uf! ¿Qué sé yo? Llevamos así años.

Me quedé desalentado. Me eché atrás en el sillón y suspiré profundamente. Lauricio Panfilio me miró y, compadecido, dijo:

—Pero tú eres joven, Félix. No pierdas la esperanza. Has realizado ya un alto servicio para el Imperio. Estoy seguro de que Filipo te recompensará cuando regrese.

—Ése es el problema —dije—, que nadie sabe cuándo va a regresar de Mesia. ¿Qué hago yo mientras tanto deambulando por Roma sin un destino fijo? He estado todo este tiempo en Oriente y aquí no conozco a casi nadie.

—Haremos una cosa —propuso—. Conozco a un senador, es un gran amigo mío, servimos juntos en las Galias y, como yo, llegó a general. Después se dedicó a la política. Decio se llama. Es un hombre íntegro, de firmes convicciones, cuyo prestigio crece día a día en Roma. Iremos a visitarle. Estoy seguro de que él podrá aconsejarte mejor que yo lo que debes hacer en estos momentos.

Quedamos para el día siguiente en la puerta de las termas de Caracalla. Lauricio se presentó en su litera y me invitó a subir a ella. Cuando estuve sentado a su lado me explicó que había enviado a un esclavo a casa de Decio y que éste nos había citado en su despacho del Senado, así que nos encaminamos hacia allí.

Decio tendría entonces cuarenta y ocho años. Era un genuino ilirio, alto, fuerte, de rostro cuadrado y cabello ceniciento, con una fría mirada desde los grisáceos ojos propios de su raza. Por su reserva y su prudencia extrema en el trato, tuve la impresión de que no me ayudaría, pues parecía ser de esas personas que marcan las distancias. Sin embargo, después de un buen rato de conversación, le vi interesarse por mí. En cierto momento, como sin querer entrar en el tema, me preguntó:

—¿Y me dices que trataste con Filipo en la guerra contra los persas?

—Sí —respondí—. Fue él, personalmente, quien me pidió que ejerciera de embajador en la corte de Sapor.

—¡Humm... qué interesante! Claro, claro que oí hablar de esa embajada. ¿Cómo no? Aquí se dijo que los persas habían cedido ante la presión de nuestras tropas. Pero... ¿quién no conoce hoy la verdad de lo que pasó?

—El pueblo sigue creyéndose que Filipo venció en aquella guerra. ¡Qué estupidez! —observó el general Lauricio.

—Yo hice allí lo que pude —comenté—, pero nunca llagaron a tomarse muy en serio la embajada. Persia es otro mundo.

—Sapor es una gran amenaza —dijo Decio—. Algún día habrá que pensar en intentar buscar una solución. Aunque, por ahora, parece que nadie se preocupa por ello.

En ese momento empecé a intuir que el senador me estaba tanteando. Era muy posible que, como muchos otros, estuviera descontento con Filipo, y temiera manifestarlo abiertamente. Por mi parte, decidí ser prudente. Pero él tampoco entró de lleno en asuntos peliagudos, sino que dio un rodeo y la conversación derivó hacia temas menos comprometidos. El general Lauricio, en cambio, era más vehemente, y no perdía ocasión para poner de manifiesto su contrariedad y la amargura que le producía la corrupción que reinaba en el gobierno. Pero él tenía poco que perder.

—Bueno, Decio —dijo por fin Lauricio—, ¿qué crees que puede hacer Félix? Ha acudido ya varias veces a la curia y nadie le hace caso.

—Recibiste una carta con el sello imperial, ¿no? —respondió Decio—. Lo cual significa que el personal cercano a Filipo cuenta contigo. Y eso es muy importante.

—Sí —respondí—. Pero aquí nadie me conoce. Enseñé la carta y no parecieron darle importancia.

—No me extraña —observó él—. El cónsul de Roma está bastante despistado. Pero no te apures; he de decirte que pronto verás resuelto tu problema.

—¿Cómo? —le pregunté con ansiedad.

—El emperador viene de camino. Nadie lo sabe todavía en Roma, pero ayer precisamente se recibió la comunicación oficial. Los conflictos con los carpos han sido definitivamente resueltos y Filipo llegará pronto a la Urbe para celebrar los juegos del Milenio. Déjame tu dirección y te mandaré llamar cuando comience a recibir en el Capitolio. Acudiré contigo a la recepción y podrás presentarte ante él. A mí nadie me impide verle cuando lo deseo.

# 8

El palacio imperial era un edificio de colosales dimensiones que dominaba el valle del circo Máximo desde una inmensa plataforma. En lo más alto resaltaba la Domus Severiana, mandada edificar por Séptimo Severo tras reparar los daños causados por el incendio que devastó el Palatino en los días de Cómodo. Pero sobre todo resaltaba el Septizonium, el edificio que servía al mismo tiempo de fachada y de entrada monumental.

El senador Decio me condujo con decisión por los diversos conjuntos que se englobaban en la arcaica colina cuna de Roma. Contemplé maravillado los venerables restos de la vieja ciudadela o fortaleza Palatina —la cabaña de Fáustulo, el Auguratorium de Rómulo, la quinta capilla de los Argei, la escalera de Caco— conservados piadosamente en el ángulo suroeste de la colina, y de los dos templos de Júpiter Vencedor y de la Magna Mater, supervivencias de la época de la República. Pero la cumbre del Palatino, con sus palacios y dependencias, se había convertido en la verdadera ciudad imperial. Toda nuestra historia estaba ahí, desplegando su grandeza, por lo que el asombro debió de reflejarse en mi rostro y Decio lo advirtió complacido.

—Veo que estás emocionado —me dijo.

—¡Cómo no estarlo! Aquí está reunido cuanto hemos sido. Nunca imaginé que mis pies pisarían estos venerables lugares.

—Me alegro de que lo percibas así —observó él—. Dice mucho en tu favor. Hoy día son escasos los hombres que sienten la grandeza de Roma en el corazón. Pero la majestad y el poder del Palatino descansa en la presencia aquí del emperador. En cuanto éste se aleje, dará comienzo su decadencia. Es una lástima que los últimos soberanos, agitados siempre por los conflictos, hayan tenido que abandonar el palacio imperial para acudir a las fronteras.

—¿A qué crees tú que se debe tanta confusión y tanto desorden? —le pregunté.

Me miró con sus fríos ojos grises. Su rostro no podía reflejar mejor la dureza de un hombre acostumbrado a luchar y el temple propio de alguien hecho al mando. Provocaba en mí una extraña y doble sensación: admiración, veneración casi, a su aspecto firme, pulcro, elegante; pero también una especie de temor hacia alguien que se me antojaba que podría llegar a ser implacable. Frente a nosotros estaban aquellos recios edificios, desafiando al capricho y la inconsistencia de los hombres, con sus piedras seculares, firmes, frente a un Imperio amenazado por la ruina y la disolución. Yo era capaz de leer lo que él sentía a través de su mirada. Era un hombre de firmes convicciones, un ilirio de Bubalia, junto a Sirmium; de una raza que había dado al Imperio una serie de hábiles generales, políticos y emperadores. La vida era allí todavía sencilla y grave; todavía creían en los dioses. Él soportaba con dolor vivir en esa Roma, cuyos ciudadanos estaban corrompidos por el lujo, y donde se había quebrantado tanto la fuerza moral como la religiosa. Decio era uno de esos idealistas que soñaban todavía con restaurar la antigua Roma.

Mi pregunta seguía en el ambiente, aunque durante su silencio yo había ya leído la respuesta en su rostro. Mirando hacia la ciudad, que se extendía abajo, dije:

—Puedo imaginar que tantos emperadores asesinados, uno detrás de otro, han hecho que el príncipe ya no signifique lo mismo que antes para el pueblo. Es difícil hablar de lealtad cuando las traiciones se han sucedido durante generaciones.

—Nadie podría haberlo expresado mejor, Félix —me dijo—. Veo que aún hay jóvenes militares que se dan cuenta de las cosas.

En ese momento noté que se acortaban las distancias entre nosotros, y eso me hizo sentir más seguro. Empecé a querer ganarme su amistad, no ya porque pudiera ayudarme desde su elevada posición, sino porque me pareció haber encontrado a alguien auténtico, entregado verdaderamente a luchar por Roma desinteresadamente.

Ascendimos la escalinata que conducía a la puerta principal del palacio. En el inmenso peristilo que se abría nada más entrar aguardaban los senadores, magistrados y demás altos cargos del gobierno. Saltaba a la vista que había dos grandes bandos bien definidos: los viejos miembros de la clase dominante romana, perfectamente distinguibles por su aspecto de rancios nobles, vestidos con las clásicas togas de genuina e inmaculada lana blanca con bandas moradas; y los recién llegados al poder, parientes, amigos y aliados del grupo de los árabes, hombres de Petra y Aelana en su mayoría, pero también sirios, alejandrinos y egipcios. Muchos de los rostros me resultaban conocidos; lo cual era lógico, puesto que el nuevo sistema de Filipo había empezado a gestarse en la sección árabe del gran campamento militar en la guerra contra los persas, donde yo inicié mi ascenso.

Me pareció que un militar me hacía señas desde uno de los corrillos situados entre las gigantescas columnas. Miré a un lado y a otro, por ver si se dirigía a otra persona, pero no había duda; al insistir, vi que era a mí a quien llamaba. Me fijé en él. Era Prisco, el hermano de Filipo, el que fue nombrado en Antioquía gobernador general de las provincias orientales. Avancé con decisión hacia él. Me abrazó efusivamente y me besó, como suele ser costumbre entre ellos. Al momento nos rodearon diez o doce hombres, generales y altos cargos que habían formado parte del grupo de Filipo en Edesa; yo los recordaba perfectamente, aunque había olvidado los nombres de la mayoría de ellos. Prisco me asedió con un montón de preguntas; se veía que estaba muy sorprendido de verme, y los demás me felicitaban y me palmeaban los hombros. En ese momento me di cuenta de que nunca habían pensado que yo iba a escapar con vida de la misión que me encomendaron en la corte de Sapor y mi presencia les producía desconcierto.

Así que les dije que había venido al palacio acompañando a Decio, al cual busqué con la mirada por encima de las cabezas. Estaba en la otra parte del peristilo, en el grupo de senadores romanos, e intentaba a su vez localizarme. Fue un momento tenso para mí. Pero no podía ser descortés con él. Me excusé delante de Prisco y de los demás y acudí a su lado.

—Veo que conoces bien a la gente de Filipo —me dijo entre dientes.

No supe qué contestar. Aquella situación me había cogido por sorpresa. Nunca hubiera imaginado que me encontraría allí a todo aquel grupo de viejos conocidos de la guerra. Pero era natural que así fuera, puesto que constituían la garantía de que Filipo estuviera seguro en Roma.

Decio me presentó a sus compañeros. Bastaba estar un momento en su círculo para darse cuenta de que ejercía un claro liderazgo entre ellos, aunque supieran mantener las formas delante de un desconocido. Me sentí confuso. Eran estirados y petulantes, conscientes de que su formación clásica y su cultura abrían un abismo entre ellos y los bruscos hombres de las tierras desérticas que habían venido a pasear sus rostros tostados por la sacra colina.

—Félix es hispano —observó de repente Decio.

Supuse que había dicho aquello para diferenciarme del grupo de los árabes, ya que me habían visto entre ellos hacía un momento, y noté con mayor claridad la tensión que reinaba en el ambiente.

Sonaron las trompetas, y cesó el murmullo bajo los altísimos techos. Alguien pidió que se abriera paso y los presentes se fueron alineando a los lados. Al fondo había una gran puerta, flanqueada por dos imponentes lanceros revestidos de plateadas armaduras. Sendos mayordomos se acercaron y empujaron las enormes hojas, de manera que apareció el maestro palatino de ceremonias y gritó las fórmulas solemnes que invocaban al emperador como hipótesis del Sol, divino y único señor de los amplios dominios del Imperio. Nos inclinamos reverencialmente y, cuando se nos permitió enderezarnos vimos entrar a Filipo coronado de oro y revestido de brillante púrpura, junto a su mujer y su hijo. Estaba más grueso, su barba había encanecido desde la última vez que le vi, y aquellos atuendos y toda esa parafernalia le hacían parecer diferente.

Cuando ocupó su trono, el cónsul de Roma leyó una carta de bienvenida en nombre de la ciudad y después salimos todos al exterior, para ir hacia el templo de Júpiter Vencedor donde se ofreció un sacrificio en acción de gracias. Filipo ejerció su dignidad de Pontifex Maximus e incensó a la gran estatua dorada del dios, mientras las sacerdotisas del contiguo templo de la Magna Mater entonaban un solemnísimo canto.

Después de la ceremonia, el emperador se dirigió a los balcones que se descolgaban sobre los foros y saludó a la multitud que aguardaba concentrada bajo la colina. El rugido de la aclamación hizo temblar la ciudad.

Decio se acercó a mi oído y me dijo:

—Esto es Roma.

Más tarde, Filipo nos recibió en un salón recogido, dentro del palacio. Nos dispusimos en un amplio corro y él fue pasando para que cada uno expresara sus respetos. Seríamos un total de treinta o cuarenta personas. El emperador iba saludando y se detenía con algunos un poco más. Yo seguía junto a Decio. Cuando llegó a nuestra altura, Filipo le trató con gran afecto y ambos intercambiaron varias formalidades. Pero al reparar en mi presencia, se detuvo y elevó sus pobladas cejas en un gesto de sorpresa.

—¡Félix! —exclamó, al tiempo que extendía sus grandes brazos y me atraía hacia sí, como sólo había hecho con sus parientes y sus inmediatos colaboradores.

—Señor —dije—, me alegro de que los dioses hayan cuidado de ti.

—Y yo de que pudieras escapar de las garras de Sapor. Me dijeron que estabas en Palestina y ordené que te solicitaran cuanto antes a Roma. ¿Recibiste mi comunicación?

—Sí, señor, aquí me tienes para lo que ordenes.

—Bien, bien. Tenemos que vernos pronto —dijo con una complaciente sonrisa—. Habla con mis secretarios y que te den cita cuanto antes.

Al terminar la recepción, entró una larga fila de esclavos portando bandejas con jarras de vino, copas y platos con toda clase de exquisiteces. Los presentes se distribuyeron por el salón y comenzaron a disfrutar de un informal banquete.

Cuando Decio y yo fuimos junto al grupo de senadores de su círculo para brindar, uno de ellos, llamado Galo, observó con cierta ironía:

—Aun siendo un hispano de Lusitania, parece que nuestro joven Félix es bien querido entre los árabes.

A última hora de la tarde, cuando abandonamos el Palatino y descendíamos ya por el pie de la colina en dirección al foro de Trajano, Decio me habló con franqueza:

—No creo que tengas problemas. Salta a la vista que eres estimado entre el grupo que rodea al emperador. Es posible que recibas un trato de consideración y seas propuesto para algún cargo de importancia. Pero no olvides que la política es un mundo complejo. No es oro todo lo que reluce.

—Gracias —murmuré—. Te lo agradezco mucho.

—Oh, no, no me lo agradezcas. No he hecho nada por ti. Aunque, si he de serte sincero, te diré que me hubiera encantado poder ayudarte. Tienes un alma limpia, algo que no es frecuente en estos tiempos. Por eso, cuídate así, sin dejar que nadie te corrompa. Y no dudes en acudir a mí si alguna vez me necesitas.

Allí mismo nos despedimos. Y a mí, aunque no se lo dije, también me había encantado conocerle a él, pues me pareció un hombre de gran valor, lleno de buen sentido y honradez, digno descendiente de aquellos «viejos romanos» a quienes admiraba.

# 9

El emperador debió de estar muy ocupado preparando los juegos que iban a señalar el milenio de la fundación de Roma, cuya celebración estaba prevista para la primavera, por lo que no pude entrevistarme con él personalmente. Pero no perdí el tiempo. Insistí acudiendo una y otra vez al Palatino para hablar con sus secretarios y conseguí que el funcionario encargado de las solicitudes de audiencia me recibiera. Llevé conmigo una extensa carta donde explicaba detalladamente la manera en que se había desenvuelto mi embajada ante el rey Sapor: los peligros arrostrados en mi estancia allí y las desventuras que había sufrido por defender una causa difícil y engorrosa, que era la de convencer a los persas de lo beneficioso de mantener la paz con Roma. Le expliqué a aquel funcionario lo importante que era para mí que el emperador me recibiera, puesto que quería explicarle mi apreciación personal de la situación en Ctesifonte. Me escuchó atentamente y me aseguró que transmitiría a Filipo cuanto le había expresado, despidiéndome a continuación con la promesa de que pronto tendría noticias suyas.

Al cabo de una semana me mandaron acudir al Palatino. Me pasé la noche en vela pensando en qué le diría y pulí mi discurso con la intención de impresionarle para sacar de la situación el mayor provecho posible. Pero una vez más me vi desilusionado. El emperador no me recibió.

Fue nuevamente el funcionario quien me atendió en su despacho. Sobre el escritorio se amontonaban los documentos oficiales, y desde el principio tuve la impresión de que me recibía sólo por compromiso, de pasada y con prisas. Era un hombre menudo y de facciones sonrosadas, con una risita nerviosa y desagradable siempre dibujada en el rostro. Como la vez anterior, justificó a Filipo asegurando que se encontraba abrumado con múltiples ocupaciones, pero me garantizó que de ninguna manera había querido olvidarse de mí. Comentó elogiosamente mi actuación en Persia y me transmitió el agradecimiento y la estima del emperador. Luego llamó a un contable, que apareció con una pesada bolsa de cuero. Sin abrirla, se limitó a empujarla hasta ponerla delante de mí. Sin dejar de sonreír, me dijo que era el equivalente a quinientos mil sestercios, en áureos y denarios de plata, lo cual era una cantidad más que suficiente para recompensar el servicio prestado. Asimismo, me insinuó que lo más conveniente para mí era irme de Roma, a mi tierra o a cualquier otra parte, lejos del complicado mundo de la política que sólo podría perjudicar a un joven como yo, inteligente y lleno de sana ingenuidad.

Me quedé desconcertado. En la época a la que me refiero, aquella cantidad era exorbitante. Sin embargo, nunca pensé que Filipo fuera a quitarme de en medio de esa manera.

—¿Él ha leído mi carta? —pregunté con voz entrecortada.

—Sí, claro —respondió el funcionario con fingida seguridad.

—Entonces —murmuré—, se habrá dado cuenta de lo que yo quería explicarle: que Sapor es de temperamento indoblegable y que nuestra paz provisional con él puede sucumbir en cualquier momento...

—Bien, bien —dijo poniéndose en pie—, eso a ti no debe ya preocuparte... Será mejor que te olvides de ello y que emprendas una nueva vida.

Recogí mi bolsa y salí de allí sumido en un deprimente estado, mezcla de humillación y desconcierto. Verdaderamente, no sabía qué hacer a partir de aquel momento. Supongo que cualquier otro se encontraría satisfecho con tal cantidad de dinero, pero no era eso lo que yo había buscado. No es que tuviera grandes pretensiones en el campo de la política o de la administración, pero iba a cumplir veintiséis años, y no es ésa edad para sentirse como un jubilado y retornar a la tierra de uno con el aguinaldo para echar raíces y no volver a moverse de por vida.

Decidí pues permanecer en Roma de momento, esperando por lo menos disfrutar de las magnas celebraciones que se avecinaban, pero sin perder de vista la idea de que un día u otro tendría que pensar en retornar a Lusitania.

Durante aquel tiempo no tuve otra cosa mejor que hacer que deambular por Roma. Sin ocupación ni destino, me uní a la masa de gente ociosa que iba de los mercados, a las termas y de las termas, a las tabernas. Había un grupo de militares jóvenes, en situación semejante a la mía y me incorporé alegremente a su rutina de diversión: comer, beber y buscar mujeres. Pero pronto empecé a sentir hastío de aquella insaciable ansia de probar el vino de todas las bodegas y las muchachas de todos los tugurios.

Una de aquellas tardes, al salir de las termas, me disculpé ante ellos diciéndoles que no me encontraba bien. Se encogieron de hombros y se despidieron sonrientes, con la mirada llena del deseo de no desperdiciar ni un momento de diversión. Y yo puse rumbo a la posada dispuesto a cenar algo ligero y acostarme lo antes posible.

Pero no pude dormir casi nada. Era algo que me sucedía siempre después de varios días dedicado a los placeres de los sentidos: me invadía una gran vaciedad y mi alma se poblaba de tenebrosas imágenes. Intenté sosegarme pero no lo conseguí. Me veía asomado a un oscuro y frío abismo, sintiendo un vértigo mortal. Después se apoderó de mí una especie de añoranza de algo indeterminado, una nostalgia hueca. Busqué entre los recuerdos de las personas que había amado, pero no era a ellos a quienes echaba en falta. Sólo puedo explicar aquello, que ya me había sucedido alguna otra vez, como una lejanía infinita; la soledad y la separación en el confín de algo inexplicable.

Antes del amanecer, cuando rendido de dar vueltas buscando el sueño que no llegaba iba por fin a caer en sus brazos, unas voces en la calle espantaron definitivamente a Morfeo. Entonces decidí levantarme para pasear y refrescarme con el agua de alguna fuente, pues el sudor de la desasosegada noche estaba pegado a mi cuerpo.

Al salir, la brisa de la madrugada terminó de despejarme. Era esa hora de la última oscuridad, en la que los borrachos se cruzan con los que buscan, sobrios, ganarle tiempo al día. Chirriaban las ruedas de los carromatos de abastecimiento y los pasos decididos sonaban sobre las losas, mientras algunos se tambaleaban o se detenían para orinar o vomitar en las esquinas. Me alejé por las calles en penumbra, donde los pájaros medio dormidos comenzaban a lanzar sus llamadas.

Me detuve en algún lugar de la ladera del Quirinal y contemplé la ciudad amaneciendo. El cielo era violáceo en el horizonte y miles de hilillos de humo se elevaban desde las chimeneas. Las arboledas somnolientas y los grandes edificios se recortaban oscuros aún. Reinaba un gran silencio y pensé que en aquellas horas Roma pertenecía a los dioses. Entonces sentí la necesidad de recorrer el Foro antes de que la gente empezara a adueñarse de las calles. Descendí hasta la vía Sacra y caminé por ella casi en solitario, cruzándome tan sólo con algún sacerdote que acudía apresurado al primer culto. Pasé junto al templo de César divinizado y entré en la basílica Julia un momento, para salir después y detenerme frente al impresionante arco de Séptimo Severo, erigido en honor de este emperador y de sus dos hijos Caracalla y Geta, para celebrar las victorias de los ejércitos romanos sobre los partos. Finalmente, caminé con decisión y pasé sin detenerme por cierto número de monumentos honoríficos, que comenzaban a desplegar su esplendor iluminados por los primeros rayos del sol recién amanecido: estatuas ecuestres y diversas columnas conmemorativas. En el ángulo noroeste, me dejé llevar por mis pasos que me llevaron al arco de Triunfo de Tiberio, erigido por éste para conmemorar la recuperación de los estandartes perdidos en Germania cuando la catástrofe de Varo. Y me sorprendí a mí mismo introduciéndome en el laberinto de callejuelas que formaban el barrio donde se encontraba el templo de Salus, cuyos muros aparecieron de repente ante mí al torcer una esquina. Entonces quise engañarme diciéndome que no era justo pasar por allí sin entrar y presentarme ante los dioses a cuyo servicio estuve durante un año de mi vida; aunque no eran las imágenes de aquellos dioses lo que acudía a mi mente, sino el recuerdo de la joven sacerdotisa Salus. Me di cuenta de que, a pesar del tiempo transcurrido, sus ojos profundos seguían grabados en algún lugar de mi espíritu.

Fui bordeando los altos paredones, hasta que llegué ante la reja de entrada al recinto. El corazón me latía fuertemente. Tiré de la argolla y la campana sonó al otro lado con el tintineo que me resultó tan familiar como el aroma del mirto que escapaba del jardín. Aguardé un momento, impacientándome, y escuchando en mi interior al temor de que Salus no me hubiera perdonado por dejar el templo. Pero insistí con la campanilla, pues el deseo de volver a verla fue más fuerte que aquella incertidumbre.

Al cabo apareció un criado, distinto al que yo conocía, que sonrió ampliamente cuando hice el saludo ritual que recordaba bien y que le hizo suponer que yo era un iniciado.

—Perdona si te he hecho esperar, señor —dijo—, pero me encontraba en el otro lado del huerto.

Me indicó con un gesto que pasara y se puso delante de mí para que le siguiera por entre la vegetación que se extendía alrededor del templo. Las enredaderas estaban verdes y había grandes flores amarillas en las calabaceras. Me estremecí al pasar junto a la vieja acacia bajo cuya sombra solíamos sentarnos Salus y yo a conversar.

Al llegar ante las gradas que ascendían hasta la puerta principal del santuario, el criado me preguntó:

—¿Vienes a dejar una ofrenda o deseas solicitar un oráculo?

—Me gustaría ver a la joven del templo —respondí.

—Ah, comprendo. Entonces puedes aguardar dentro —sugirió—. Iré a buscarla.

Subí los escalones y en la puerta me alcanzó el aire espeso y caliente, hecho de la mezcla del olor dulzón de las flores y el humo del aceite quemado en las lamparillas. Cuando mi vista se hizo a la penumbra interior, aparecieron frente a mí las estatuas de los dos jóvenes dioses del templo, situados a ambos lados de la gran ara central, resplandeciendo y rebosantes de vigor y salud, para expresar así el sentido último de aquel culto que invocaba a la eterna juventud como signo de divinidad.

Un montón de recuerdos se agolparon en mi mente. Paseé mi mirada por la nave y comprobé que todo seguía igual: los exvotos colgados en las paredes —manos, piernas, cabezas y troncos de cera ofrecidos en agradecimiento por la sanación de alguna enfermedad—; vasijas, cabelleras, joyas, armas; y, en un rincón próximo al dios, el maniquí desnudo que un día sostuvo la armadura que sustraje para mí antes de embarcarme hacia Antioquía.

Mientras estaba contemplando todo aquello, empezó a sonar la fístula ritual que anunciaba la presencia de la sacerdotisa. El rostro de Salus vino entonces a mi memoria, evocado por aquella dulce música que el esclavo entonaba siempre que ella y yo acudíamos al interior del templo para atender a los fieles. Me volví, y vi entrar a contraluz la esbelta silueta revestida de fino lino que venía hacia mí con un delicado contoneo, siguiendo los pasos solemnes de la danza de entrada. El cabello estaba suelto, sedoso, agitado levemente por el movimiento; pero aún no podía ver su rostro, pues el resplandor de la puerta me deslumbraba. Sabía que aquella entrada insinuante se demoraba, con la finalidad de excitar el deseo en el fiel, que debía permanecer impasible a los pies de la estatua, hasta que la muchacha estuviera a su altura.

Por fin llegó junto a mí, se detuvo, extendió los brazos e hizo la pregunta:

—¿Qué mal turba tu alma? ¿Qué esperas de la diosa? ¿Por qué sufres?

Aquélla no era la voz de Salus, y el rostro que mis ojos se encontraron cuando le llegó la luz tampoco era el suyo. Se trataba de una muchacha diferente, casi tan hermosa como ella, pero me sentí defraudado; y la joven, preparada como estaba para adivinar los sentimientos, advirtió mi estupor y me preguntó con dulzura:

—¿Qué te sucede? ¿No te resulto agradable?

—Oh, no —balbucí—, no se trata de eso... Esperaba encontrar aquí a otra persona.

—Ah, ¿querías estar con el muchacho? Me pareció que el criado había dicho que solicitaste a la joven.

—No, no se trata del muchacho. Quería ver a la anterior joven, a Salus. ¿No está aquí?

—Lo siento —respondió con dulzura—, ella ya no es la joven del templo. Se ve, amigo, que hace tiempo que no frecuentas el culto, ya que ella dejó el santuario hace dos años.

—He estado lejos de Roma. Pero, dime, ¿puedes indicarme dónde podré encontrarla?

—Querido amigo —dijo poniéndose más seria—, para implorar el auxilio de la diosa no tienes que acudir a ninguna persona en concreto. Los hombres y las mujeres pasamos; los dioses son eternos. Si lo que buscas es la compañía humana, te has equivocado de lugar...

—Bueno, bueno, no hace falta que me expliques todo eso —le repliqué—; lo conozco muy bien. Te ruego que me digas dónde está Salus; es muy importante para mí encontrarla.

—¿No sabes que tengo prohibido dar esa información? Cuando

los jóvenes dejan el templo cambian de vida y no es bueno que los fieles los perturben. Esto es sólo un servicio transitorio.

—¡Está bien! —me impacienté—. ¿Quieres dejar de darme lecciones? Conozco muy bien todo eso. Ya te lo he dicho. ¡Por favor! ¿Dónde está ella? ¿Se encuentra bien o le ha sucedido algo?

La vi mirar hacia el esclavo y hacer un esfuerzo para mantenerse serena. Yo conocía bien el mecanismo, puesto que fui adiestrado y sabía que nunca debían mostrarse los propios sentimientos. Cuando algún fiel se propasaba o resultaba impertinente, los esclavos guardianes se ocupaban de él. Por eso, el criado salió y fue en busca de su compañero. Al momento, aparecieron los dos y se pusieron junto a la joven.

—¿No me lo vas a decir? —insistí.

—No —respondió ella con firmeza.

—Muy bien —dije—. Entonces te revelaré quién soy yo. Soy Félix, el anterior muchacho del templo. ¿No oíste hablar de mí?

Ella se sobresaltó y dio un salto hacia atrás. Después me miró horrorizada y les gritó a los esclavos.

—¡Echadlo! ¡Fuera! ¡Fuera de aquí!

Los esclavos eran muy fuertes. Me asieron violentamente y comenzaron a arrastrarme hacia la puerta, pero conseguí zafarme de ellos y dije:

—¡Basta! Me iré por mi propio pie.

Salí de allí asqueado y confuso, como lo hiciera en otro tiempo cuando descubrí con repugnancia lo que se traía entre manos ese culto, y me juré no volver jamás a poner mis pies en aquel templo.

# 10

Recordé que Prisco iba a permanecer en Roma hasta el final de los juegos, y que después regresaría a Antioquía para seguir haciéndose cargo del gobierno de las provincias orientales. Nunca me cayó bien. Durante la campaña coincidí con él más de una vez en la tienda de su hermano Filipo. Ya entonces me había parecido demasiado ambicioso para su poca inteligencia. Era una de esas personas que andan siempre merodeando y que no son capaces de contenerse cuando los demás están conversando, de manera que no se ahorraba su opinión, aunque el asunto no le concerniera. Alguien me dijo en Edesa que era como un moscardón pegajoso, y que si no hubiera sido hermano de Filipo lo habrían aplastado ya de un manotazo. Podéis imaginar lo que envanece a una persona así el hecho de convertirse de repente en hermano del emperador. Y para colmo le dieron el mando supremo de los ejércitos orientales y el máximo poder en el lado oriental del Imperio. Recuerdo que muchos generales se habían sentido desconcertados por este nombramiento; porque, aunque aceptaban la valía de Filipo, se daban cuenta de que su hermano era pretencioso y petulante. Pero para los árabes existen vínculos sagrados entre los hijos de un mismo padre, y enfrentarse a él habría supuesto ofender al emperador en persona.

Como sabía eso, hice de tripas corazón y decidí volver una vez más al Palatino a solicitar audiencia; esta vez al cónsul Prisco.

Igual que las veces anteriores, me hicieron pasar de un funcionario a otro, a los que tuve que ir explicando una y otra vez mi historia, comprobando humillado que les importaba poco. Finalmente, tuve que inventarme que el propio emperador me había ordenado acudir a su hermano para ponerme a sus órdenes. Estaba dispuesto a no escatimar ningún esfuerzo para conseguir hacerme un sitio en Roma, antes que resignarme definitivamente a regresar a Lusitania.

El secretario particular de Prisco me dijo que el cónsul de Oriente acudía sólo de vez en cuando al Palatino, pero se negó en redondo a indicarme el sitio donde podría encontrarlo. De manera que decidí esperar un día y otro en un banco que había junto a la puerta del despacho. Y mi paciencia fue recompensada, pues una mañana apareció por allí acompañado de algunos generales árabes.

—¡Félix! —se sorprendió—. ¿Todavía estás en Roma?

—Quisiera hablar contigo en privado —le dije.

Entramos los dos solos en su despacho, donde se amontonaban los documentos y los mapas desplegados por doquier entre el polvo y un gran desorden. Me pidió que me sentara, se situó él frente a mí y cruzó los brazos con gesto de atención esperando a que yo hablara. Volví a soltar mi traída y llevada historia. Una vez más expliqué la situación de Persia: el peligro que representaban los intereses guerreros de los sátrapas y las intrigas de los magos mazdeístas; que Sapor consideraba a Filipo un enemigo y que Occidente era para ellos la gran amenaza, frente a la que estaban dispuestos a luchar definitivamente de un momento a otro. Y terminé exponiendo mi opinión sobre la necesidad de pactar con Palmira un contrato de adhesión que nos asegurase su fidelidad.

Le vi sonreír con un gesto de hilaridad que conocía bien. Me pareció incluso que encogía los hombros.

—¿Crees que no sabíamos todo eso? —dijo.

—Supongo que sí —respondí—. Envié más de una docena de cartas desde Bostra, después escribí a la curia cuando estaba en Aelia Capitolina y, finalmente, hace diez días le quise hacer llegar al emperador una extensa relación donde se hacía referencia a cada uno de esos problemas. Y supongo que el funcionario que se hizo con ella la entregaría puntualmente. Pero nadie me ha pedido mi colaboración personal. No quisiera resultar inmodesto, pero creo que mi estancia en Ctesifonte durante más de dos años me da autoridad para aconsejar acerca del asunto persa.

—Vaya, Félix —observó con ironía—. Te consideras imprescindible. ¡Claro! Fuiste el único artífice de la paz que se disfruta ahora en Oriente. ¡Qué importante te crees!

Me di cuenta de que no me comprendía, o que no iba a pretender comprenderme. Entonces, algo se iluminó dentro de mí y vi con claridad lo que de verdad estaba pasando; por qué no me habían hecho caso y por qué habían querido quitarme de en medio con aquella suma de dinero. Les resultaba muy incómodo que alguien conociera los detalles de la paz con los persas. En Roma la cosa se había presentado como una victoria y como un éxito de las gestiones realizadas por Prisco. Así se justificaba el final de la campaña militar de Babilonia, y Filipo apareció en Roma como el nuevo emperador aupado como un gran vencedor, y no como lo que de verdad fue: un intrigante que había organizado hábilmente el asesinato de su antecesor, Gordiano, sin que él pasara como culpable. Y yo conocía bien todas esas maniobras, por lo que resultaba incómodo. Filipo me apreciaba, eso yo no lo dudaba; si no hubiera sido así, no me habría recompensado tan generosamente. Pero yo no le interesaba políticamente, pues conocía los entresijos del asunto persa, que era por ahora lo más oscuro de su reinado. Después de venir a Roma como vencedor de los carpos y de presentar a su hermano como garante de la calma oriental, era un peligro que apareciera alguien que supiera con todo lujo de detalles que Sapor era considerado en el extremo este como el único e indiscutible soberano. Y aún había otra cosa: yo no era árabe. Se habían servido de mí, porque aquella misión era peligrosa y necesitaban a alguien preparado, joven y locuaz, capaz de mantener entretenido al monarca sasánida haciéndole creer que la actitud de los romanos no era amenazante. Pero en el fondo ni siquiera imaginaron que yo pudiera regresar algún día con vida. Y eso era lo que más me dolía. Me enviaron por la ruta de Susa, sembrada de fieros bandidos, y sólo gracias a la providencia pude pasar junto a Gaugamela y Arbela sin que a alguno de los sátrapas se le antojara mi cabeza, ya que la escolta que me dieron era pobre e indisciplinada.

Me quejé amargamente delante de Prisco. Le dije todas estas cosas y muchas otras que se me fueron ocurriendo. Se puso en pie y me miró despectivamente.

—Bueno, ¿y qué esperabas? —me espetó—. Si llegaste a ser alguien entonces fue gracias a que mi hermano se fijó en ti. No te quejes ahora. ¿Es que no te parece suficiente la recompensa que has recibido?

Menos mal que no llevaba conmigo la bolsa de cuero con las monedas; se la habría arrojado a la cara y habría perdido incluso eso. En aquel momento, estaba demasiado poseído por el orgullo como para decirle lo que de verdad había esperado: que me hubieran dado algún cargo importante en Roma o en la administración de provincias para premiarme en vez de pagarme con una suma de sestercios, como si yo hubiera sido un funcionario liberto dispuesto a hacer fortuna.

—¿Qué pretendes? —prosiguió arrogante—. ¿Quién te crees que eres? Te recuerdo que eras un simple auriga de la guardia de carros de Gordiano.

—Mi padre pertenece al orden ecuestre —repliqué lleno de orgullo—, y mi abuelo fue senador aquí, en Roma.

—¡Ah, ja, ja, ja...! —rió con su estúpida suficiencia—. ¿Y a mí qué? ¡Bah! Romanos, hispanos, galos, ilirios... Todos sois iguales. ¿Os creéis acaso mejores que nosotros? ¡Pues te diré quién soy yo! Mi padre era un camellero de Haram y, ya ves, mi hermano es el divino emperador de los romanos. Y ahora, por favor, márchate; tengo muchas cosas que hacer esta mañana y ya he perdido demasiado tiempo.

Cuando salí de allí no podía sentirme más despechado. Parecía que últimamente querían echarme de todos sitios. Primero en el templo de Salus y luego esto. Los empeños de mi vanidad estaban sufriendo un desengaño tras otro y mi ánimo se vino completamente abajo ante la imposibilidad en la consecución de mis deseos de llegar a ser alguien.

Anduve cabizbajo, abatido, de un lugar a otro, dando vueltas y vueltas a todo aquello en mi cabeza. Sólo tenía ante mí una posibilidad: regresar a Lusitania e instalarme allí. Y, la verdad, no me apetecía nada presentarme en Emérita con una bolsa de sestercios, para disputarme el testamento de mi abuelo Quirino, que por otra parte no sabía si vivía aún o si ya había muerto.

Entonces recordé lo que el senador Decio me había dicho semanas atrás, que no dudase en acudir a verle en el caso de que me enfrentase a alguna dificultad. Desde entonces no había vuelto a saber nada de él. Medité acerca de si lo había dicho sinceramente, o si se trataba sólo de una forma de cortesía al despedirnos aquel día en el Palatino; y me desanimé al pensar que sería difícil que, en la forma en que estaban las cosas, pudiera solucionarme algo. Pero me decidí finalmente a acudir a él diciéndome que al menos era una persona seria, discreta y honesta que podía aconsejarme mejor que nadie en aquel momento. Además, ¿conocía yo acaso a alguien más en Roma? Confesaré que, en el fondo, se había despertado en mí un extraño y ciego deseo de hacerme un sitio entre los grandes del Imperio. Me había hecho ilusiones y no estaba dispuesto a verlas frustradas tan fácilmente.

Qué inteligente era Decio, y qué bien supo entender mis razonamientos cuando le expuse en su despacho del Senado todo lo que me había sucedido. Por enésima vez relaté mi historia en Persia y dejé que mis apreciaciones personales fluyeran libres desde mi desencanto y mi rabia. Me escuchó atentamente y sin interrumpirme durante un largo rato. Cuando hube concluido, meditó un momento y luego dijo:

—Esto es lo que hay, Félix. Has chocado de frente con la indignidad y la falta de ética que impera en Roma desde hace tiempo. Nada de lo que me has contado me extraña. Te creo de todo corazón. Y tu despecho no me es ajeno. Tienes razón al sentirte engañado y defraudado y siento de veras que te haya sucedido todo esto siendo tan joven. ¿Qué piensas hacer ahora?

—Sinceramente, no lo sé. Por eso he acudido a ti. No quisiera tener que regresar a mi provincia. Tuve problemas allí; algún día te los contaré. No creo que sea aún el momento de regresar.

—Entonces, ¿qué deseas hacer?

—¡Qué sé yo! Me había hecho ilusiones, ¿sabes? Seré sincero contigo. Supuse que, después de una misión como ésa, al regresar a Roma me esperaría algo importante. Tampoco aspiro a un puesto que supere mi capacidad... Pero ya te he dicho que hice estudios de leyes y, la verdad, no creo que muchos de esos árabes que han ascendido a la sombra de Filipo sepan poco más que escribir su nombre en una tablilla.

—Tienes razón. ¡Es una vergüenza! Hay cientos de jóvenes que, como tú, están preparados y no pueden acceder al puesto que les corresponde por culpa de este maldito sistema corrupto. Pero no te desanimes, hay otras vías..., otros caminos para alcanzar el éxito.

—¿Cuáles?

—¿Has pensado en continuar en el ejército? —sugirió.

—Claro que sí —suspiré—. Me gustaba mucho el ejército. Mi padre fue militar y yo me preparé con ilusión. Ya te he contado lo que sucedió con mi regimiento. Cuando me alisté como auriga para el carro de combate, mi entrenamiento estuvo orientado preferentemente a gobernar los caballos en la batalla. En eso soy un experto, no lo ocultaré por falsa modestia. Pero aquello fue un capricho del prefecto Timesiteo. Me refiero a todo aquel despliegue de carros, emulando a la antigüedad. Se trataba tan sólo de un golpe de efecto para darle vistosidad a la llegada del emperador Gordiano a Mesopotamia; como si de Alejandro el Grande se tratara. Después se vio que el carro no era nada operativo frente a las nuevas formas de hacer la guerra. Entonces se deshizo la división y, como consecuencia, me quedé sin mi lugar en el ejército. Ya sabes cómo funcionan los asuntos militares; si ahora quisiera pertenecer a otro destacamento tendría que empezar desde abajo.

—¿Y el cuerpo de caballeros de elite? —propuso con decisión.

—¿Allí? Es muy difícil entrar, ya lo sabes —respondí desalentado—. Necesitaría que mi padre me hubiera presentado, y no están las cosas como para que yo le proponga algo así.

—Yo te presentaré —aseguró—. Yo gobierno ahora la caballería selecta.

—¿Tú? —exclamé sorprendido.

—Sí, yo. Cuando regresé de las Galias para ocupar mi lugar en el Senado, tuve que dejar la legión que había comandado durante diez años. No sé si sabrás que la mayoría de los caballeros se formó allí, y hoy día ocupan importantes puestos al frente del verdadero ejército. Ellos me propusieron al emperador. Ya sabes cómo se hace hoy la guerra, lo has conocido en persona: abundan los ejércitos auxiliares formados por bárbaros mercenarios y por súbditos de reinos asociados, lo cual ha ido deteriorando el verdadero espíritu militar romano, donde radicaba gran parte de la grandeza del Imperio. Hoy pretendemos recuperar el viejo sistema.

—¡Eso es fantástico! —me entusiasmé—. Pero ¿cómo puede hacerse?

—Es sencillo y difícil a la vez. Hay que empezar por reunir en Roma lo mejor de lo mejor. Para ello, ya estamos en contacto muchos generales que pensamos de la misma manera y no escatimamos esfuerzos para detectar entre las filas de las legiones a los futuros jefes. Pero hay dificultades. Ahora, por ejemplo, con la llegada de todos esos árabes al mando supremo, no hay manera de continuar con el proyecto.

—¿Es que ellos no entienden lo importante que es eso que os proponéis?

—Ellos, Félix, van a lo suyo. ¡Qué te voy a contar a ti! Ya lo has visto. Mientras puedan colocar a su gente, lo demás les importa poco.

—Lo raro es que no se haya levantado nadie contra ellos —dije—. Teniendo en cuenta los tiempos en que vivimos, en los que los emperadores no duran nada, ¿cómo no ha intentado ya alguien acabar con la preponderancia de los árabes?

—¡Eso nunca! —se enardeció—. Alguna vez habrá que poner fin a esta cadena de magnicidios. La figura del emperador debe ser sagrada. Sólo cuando se consiga salvaguardar su persona se podrá fundamentar un estado estable y restablecer la legitimidad que ahora está por los suelos.

—Pero Filipo intervino en la muerte del anterior emperador —repliqué—. Yo estaba allí; lo vi con mis propios ojos. Si se busca restablecer la legitimidad como dices, ¿no es absurdo mantener a un emperador que está legitimado sobre la sangre de su antecesor? ¿No es eso un contrasentido?

—Sí, Félix, eso lo sabemos —repuso—. Pero alguna vez tendrá que terminarse ese sangriento juego. Aunque Filipo no nos guste, la única manera de restablecer el orden perdido es aguantándonos y teniendo paciencia. Los tiempos se encargarán de poner a cada uno en su sitio.

—¿Y mientras tanto?

—Ser nosotros honestos. Prepararnos y formar a nuestros hijos, cada día mejor, para que sean ellos los que compongan el nuevo estado que nosotros hemos de orientar. Por eso es tan importante ir creando un buen ejército e ir reformando las instituciones desde dentro.

Contra la corrupción y la desvergüenza que reinan en nuestro tiempo, sólo el buen ejemplo y la paciencia podrán luchar y vencer. Pero si nos enfrentamos con sus mismas artimañas, no haremos sino que continúe este fatal juego de fieras que se devoran las unas a las otras. Es un gran sacrificio, eso ya lo sabemos, pero merecerá la pena.

Me quedé pensativo. Casi me arrepentí de que mi resentimiento contra los árabes hubiera hablado. Comprendí perfectamente lo que Decio quería decirme. Él creía en la vieja Roma; era un enamorado de su historia y de sus grandes hombres. Pensaba que aquellos tiempos debían regresar y había llegado a la conclusión de que la única forma de llegar a ello era el esfuerzo, la fe en los dioses protectores y entregarse de lleno a formar a los jóvenes en la disciplina y los valores imperecederos del Imperio.

—Te comprendo, Decio —le dije—. Cuenta conmigo, te lo ruego. No te defraudaré. Dime, por favor, qué he de hacer.

—Lo primero, Félix, comprender que es un momento difícil. Deberás estar dispuesto a admitir que las cosas no llegan porque sí, sino que son fruto del sacrificio. Sólo lo que se consigue con el propio esfuerzo puede llenar nuestra alma. El sacrificio que hiciste al ir desinteresadamente a enfrentarte con el peligro persa, puedes estar seguro de que no cayó en saco roto. Los dioses ya lo han recompensado.

—¡Bah! —repliqué—. Tengo esa maldita bolsa llena de sestercios. ¡No la quiero! ¡Te lo juro! Mañana mismo iré al funcionario del departamento del emperador y se la devolveré. ¡Que hagan con ese dinero una ofrenda a Júpiter! Sí, eso les diré. ¡Va a saber esa gente que a mí su dinero no me interesa! ¡Que lo ofrezcan al dios en mi nombre!

—Bueno, bueno, más despacio —dijo él con una sonrisa paternal—. ¡No seas ingenuo! ¿Crees que el dinero acabaría en el templo? No, Félix, no devuelvas los sestercios. Te pertenecen. Yo te diré lo que harás con ellos: mañana iremos a adquirir el mejor caballo; te encargaremos una armadura a medida y mi armero te proveerá de armas adecuadas; después compraremos una casa para ti y un par de esclavos. Has de vivir aquí, en Roma, aunque sea modestamente.

—Pero... ¿qué voy a hacer aquí? ¿A qué me dedicaré?

—A prepararte. Ingresarás en la caballería, bajo mi mando. Pero, además, proseguirás los estudios de leyes que no llegaste a terminar.

He de hacer de ti un caballero. Estás hecho de buena madera, pero debes ser pulido. ¿Estás dispuesto a fiarte de mí?

Me puse en pie y extendí mi mano decidido. Decio la apretó con firmeza. Le miré a los ojos. Su expresión lo decía todo: era alguien firme, como una roca; justo lo que yo necesitaba en aquel momento de indecisiones y dudas. Me sentí emocionado, y debió de ver mis ojos vidriosos, desde los que por poco no se escaparon las lágrimas.

# 11

Al principio me pareció que Decio se había desentendido de mí, ya que, después de encomendarme al destacamento de militares galos e ilirios que le eran enteramente fieles, no volví a verle en varios meses. Pero con el tiempo supe que no había dejado de estar pendiente de mi formación ni un momento, preguntando puntualmente a los maestros de armas sobre mis avances. Una mañana, cuando me ejercitaba sobre el caballo dando pasadas rápidas para golpear con la espada en un maniquí fijo, le vi entre un grupo de oficiales que contemplaba el entrenamiento. Realicé las maniobras poniendo el máximo empeño, para no defraudarle. Había un ejercicio que se me daba especialmente bien, porque conservaba aún el sentido del equilibrio que me inculcaron en mis tiempos de auriga; y no dudé en hacerlo para que él me viera. Consistía en ponerme en pie sobre la grupa del caballo a todo galope y sujetar las riendas con una mano, mientras con la otra blandía la espada. Fui golpeando a los maniquíes que se alineaban en la pista sin fallar ni una sola vez. Mis compañeros jalearon la maniobra y aplaudieron entusiasmados. Cuando terminé, hice como si no me hubiera dado cuenta de que el senador estaba allí y me fui directamente hacia el esclavo que se encargaba de repartir paños húmedos y agua fresca. Me estuve secando el sudor y seguí haciéndome el desentendido cuando varios oficiales acudieron a felicitarme y a darme palmaditas en la espalda. Mientras bebía, miré de soslayo y vi a Decio a mi lado, sonriente. El tribuno le preguntó:

—¿Has visto, Decio? ¿Qué te parecen los progresos de Félix?

—¡Bah! —respondió él con ironía y sin dejar de sonreír—. Los hispanos son muy aficionados a ese tipo de ejercicios espectaculares.

Para el circo no están mal, pero en el campo de batalla resultan poco efectivos.

Noté que dijo aquello para no desprenderse de su halo de autoridad, pero que en el fondo había disfrutado con mi ejercicio. Enseguida supe que quería hablar conmigo.

—Acompáñame a dar un paseo —propuso—. Llevo días dedicado a los asuntos del Senado y no me vendrá mal un poco de aire fresco.

Subimos a los caballos y abandonamos el campamento por un camino secundario que discurría primero por medio de los sembrados y después por entre un apretado bosque. Estaba a punto de brotar la primavera; era un día de marzo, aunque sin viento y con un cielo nublado. De vez en cuando cruzaron algunas ciervas por delante de nosotros para perderse en la espesura. Me imponía tanto Decio que fui todo el tiempo en silencio, esperando a que fuera él quien hablara primero. Y me sentí aliviado cuando preguntó:

—Bueno, Félix, ¿qué te han parecido mis hombres? ¿Te encuentras a gusto en mi regimiento?

—¡Muy bien! —respondí entusiasmado—. El entrenamiento en la cohorte de caballeros me ha encantado. Y los compañeros son formidables.

—¿No echas de menos el carro?

—Bueno, al principio un poco. Pero he descubierto que el caballo no se me da nada mal.

—Sí, ya lo he comprobado esta mañana. Llevas poco más de seis meses de preparación y cualquiera podría decir que naciste en la caballería.

—En Hispania me crié entre caballos. Mi padre fue militar y cuando se jubiló se dedicó preferentemente a ellos; aunque lo que a él le privaban eran las cuadrigas.

—Comprendo. Hace años que lo mejor de la caballería nos llega desde Hispania; de la Bética y de Lusitania. Pero... dejemos ya el tema del entrenamiento. He preguntado a tus maestros de armas y están muy contentos contigo; lo cual, a mí me complace. Pero yo venía a hablarte de otra cosa.

—Bien, tú dirás.

—¿Recuerdas que te propuse continuar el estudio de las leyes? —me preguntó.

—Claro. Me dijiste que, una vez que me hubiera integrado en el ejército, me buscarías una escuela.

—Creo que ese momento ha llegado, Félix. Ayer hablé con mi amigo Carocinus, maestro de leyes, y le pedí que te hiciera un sitio en su escuela. ¿Estás dispuesto a comenzar?

—¡Naturalmente! —respondí lleno de alegría—. Mañana mismo.

—Bien. Daré órdenes para que te permitan asistir cada tarde, puesto que es necesario que las mañanas las sigas dedicando a la preparación militar. Eres ya algo mayor, pero todo lo que llevas aprendido en la vida puede resultarte muy útil más adelante.

Esa misma semana comencé mis estudios de leyes en la escuela de Carocinus, la más afamada por aquel entonces.

Llegó la primavera a Roma con todo su esplendor, y los altares de los templos lucieron repletos de flores de todos los colores, que exhalaban sus perfumes por el Foro, como la multitud de guirnaldas que eran tejidas por las muchachas en la vía Sacra para venderlas a los que venían a presentar sus ofrendas. Una verdadera muchedumbre acudió a Roma para unirse a las grandes celebraciones del milenio de la fundación y las calles se convirtieron en un gigantesco mercado, por donde se hacía difícil transitar entre los tenderetes, las improvisadas tabernas y la masa de gente que deambulaba de un lugar a otro llevada por el delirio de la fiesta convocada por el emperador. El bullicio, la música y los olores de las comidas que se cocinaban en cualquier rincón no cesaban ni de día ni de noche. Se interrumpieron las clases en las escuelas, los oficios públicos y cualquier trabajo o negocio que no tuviera como finalidad directa el ocio y la diversión durante la quincena decretada oficialmente para conmemorar la efeméride.

Los heraldos anunciaron en todas partes que los juegos darían comienzo oficialmente el 21 de abril, y ese día la multitud se concentró en el circo Máximo y sus alrededores, en una amplia extensión en la que la gente se apretujaba de manera que no cabía ni un alfiler.

Acudí de madrugada junto a mis compañeros, y aun así tuvimos que abrirnos paso a empujones pues una gran mayoría de espectadores había hecho noche en las inmediaciones para coger sitio. Pero los militares del cuerpo de caballeros no podíamos quejarnos, ya que teníamos reservada una amplia zona en las gradas y pudimos acceder sin problemas por la puerta que nos habían asignado. Nos sentamos en las piedras frías, húmedas aún por el rocío de la madrugada, y nos dispusimos a esperar a que comenzase el festejo. Y, aunque faltaba un buen rato, no nos aburrimos gracias a los dados que habíamos llevado para matar el tiempo, y a las cestas con comida y vino preparadas para que no nos faltase de nada durante las largas horas que teníamos por delante.

Cuando el sol asomó por detrás de las colinas, se apreció cómo la masa humana se convulsionaba nerviosa esperando a que de un momento a otro sucediera algo; y efectivamente, poco después todo el mundo comenzó a ponerse en pie mirando en dirección a la *porta Pompae*. Sonaron las tubas desde el lugar destinado a los músicos y enseguida fueron contestadas por una fanfarria militar de tibias y tímpanos de unos quinientos hombres vestidos con la armadura propia de los ejércitos africanos y luciendo sus espectaculares pieles de leopardo prendidas en el hombro derecho. Detrás de ellos aparecieron los supremos jefes militares a caballo, con pulidas corazas plateadas adornadas con *faleras* de oro y grandes penachos con plumas o crines en los yelmos. Después de ellos, los jóvenes équites, nuestros compañeros que ya habían recibido los distintivos del orden ecuestre, en cerrada formación de caballería, alineados de cincuenta en cincuenta, seguidos de sus ayudantes de armas que portaban las lanzas enristradas. Les siguieron los *signum* y las águilas, estandartes y tropas militares de las diversas legiones; custodiados por sus legados, a pie, acompañados por los tribunos y precediendo a una centuria de infantería de cada legión. Detrás vino lo que verdaderamente hacía el delirio de la multitud: los elefantes. La exhibición militar se cerró con la entrada de los generales especialmente distinguidos por las últimas victorias, precedidos de pregoneros que exaltaban sus éxitos a voz en cuello. Sentí rabia al ver al vanidoso de Prisco, sobre su gran camello blanco, coronado de laureles y luciendo una poco reglamentaria capa de seda verde que ondeaba espectacularmente al viento.

De momento, cesaron los vítores y los aplausos y se hizo un gran silencio. Entraban los coros de los grandes templos entonando cánticos a los dioses. La procesión con las estatuas no tardó en aparecer: Júpiter al frente, en una imponente carroza que se detenía a cada cincuenta pasos para que sacrificaran delante de ella reses inmaculadamente blancas. Detrás de él, Juno, frente a la cual se degollaban sedosos carneros, blancos también, que enseguida se teñían de rojo con su propia sangre. Muchos otros dioses fueron entrando: Apolo y Diana, con veintisiete jóvenes distinguidos de cada sexo que cantaban en su honor; Baco, con sus sacerdotisas; detrás los dioses orientales: frigios, egipcios, iranios, palmiranos y muchos otros, incluso desconocidos casi, entre los que destacó Mitra, tan de moda entonces. Finalmente, la *dea Roma*, con los *colegia* de sacerdotes, el cortejo de magistrados y el Senado, vestidos de blanco, coronados de flores y con palmas en las manos. Y por último, los grandes cónsules de Roma y el emperador, que sostenía el cetro de marfil con el águila de oro en la mano, y lucía el gran manto púrpura sujeto por esclavos en sus extremos, y la corona, que mantenía suspendida sobre su cabeza un joven *servus publicus*. Mientras avanzaba para dar la vuelta a la *spina*, dos filas de muchachos a caballo, el llamado *Ludus Troiae*, formado por los hijos de las mejores familias, flanqueaba los lados de la pista. Esto creó un cierto malestar, puesto que gran parte de ellos eran árabes venidos de Petra, Duma, Muza y de otros lugares nabateos.

Cuando el emperador y el cortejo de magistrados ocuparon su lugar bajo el baldaquino, las *bucinas* anunciaron el comienzo de los juegos. Lo primero fue una representación alusiva a la fundación de Roma, con la loba capitolina y Rómulo trazando los límites de la ciudad con un arado. Las máscaras eran excelentes y las evoluciones de los danzarines no pudieron estar mejor preparadas. Hubo seguidamente escenificaciones de grandes batallas, conquistas y asedios, con enormes decorados de madera donde se luchaba y se encendían grandes fuegos, figurando incendios en los que se quemaron un montón de desdichados esclavos, que lanzaron pavorosos gritos desde las llamas que los consumían. A la gente le maravilló una gigantesca águila magníficamente recubierta de plumas auténticas, que descendió como volando, deslizándose por un largo mecanismo de cuerdas desde el monte Palatino y cuya sombra recorrió todo el circo cuando el sol estaba en el cenit. Con ello se expresó que los cielos enviaban la victoria al Imperio. Después de esto hubo representaciones de las últimas guerras, con crueles matanzas de cautivos armenios, persas y bárbaros, aplastados por las patas de los elefantes, lanzados en catapultas para que se estrellasen espectacularmente contra las piedras, hervidos en calderos de aceite o arrastrados por bueyes desbocados. Los espectadores, aunque aterrorizados, disfrutaron sintiendo que no había piedad para con los enemigos de Roma.

Todo aquello era como un delirio, entre sobrecogedoras músicas, cantos de cientos de voces, ruido de armas y atronadores alaridos guerreros. No creo que alguna vez hubiera podido verse algo semejante por muy grandiosos que hubieran resultado otros juegos seculares que se recordaban.

Al día siguiente tuvieron lugar las naumaquias, fuera de los muros de la ciudad, en unos lagos artificiales creados a los efectos. También hubo gladiadores en el anfiteatro Flavio, muchas representaciones teatrales, fieras, banquetes gratuitos para la multitud y todo lo demás que suele organizarse en estos casos. Pero nada se gravó con tanta fuerza en mi memoria como lo de aquel primer día, en el circo Máximo.

# 12

Finalizados los juegos del Milenio, el senador Decio me invitó a una fiesta campestre en su villa de las afueras. Al principio no comprendí por qué se había fijado en mí para incluirme en el grupo de futuros caballeros elegidos para representar al destacamento entre el más de un centenar de invitados que acudieron, pero después él mismo me dijo que quería que yo conociese a sus hijos.

La casa era grande y sobria, destacando sus pálidas piedras al fondo de un extenso prado teñido de colores primaverales. Todo allí delataba el gusto clásico del anfitrión: las columnas de capiteles corintios; las estatuas de estilo griego que representaban los típicos patrones de atletas, guerreros y genios juveniles; los geométricos jardines distribuidos en parterres delimitados con mirtos, donde se eleveban enhiestos y oscuros cipreses a cuyos pies crecían los brillantes y nobles acantos; y, cómo no, los bosquecillos sagrados en los que se alzaban las imágenes de los dioses tradicionales y las aras sacrificiales a ellos dedicadas. Nada estaba dispuesto para impresionar a los visitantes o para desvelar la fortuna del propietario, como solía ocurrir últimamente en la mayoría de las villas. Había armonía y distinción, sólo eso; lo cual hablaba de lo que era Decio: un viejo romano.

Mientras iban llegando el resto de los invitados, el esclavo que gobernaba la casa nos fue mostrando hasta el último rincón. Pudimos contemplar las pinturas del atrio, con escenas de batallas y cacerías; la piscina, flanqueada por estatuas de ninfas acuáticas; la colección de armas reunida por el senador; los establos con los magníficos corceles; las realas de perros y, finalmente, un lugar destinado a la cría de exóticas aves.

Cuando terminamos de ver todo eso, me acerqué a Decio y a su familia para presentar mis respetos. Entonces vi por primera vez a sus hijos: Herenio Decio, que era militar y que acababa de regresar de las Galias donde se había formado en la legión que comandó su padre; Dionisia, gemela de éste, y el más pequeño, Hostiliano, que todavía era impúber. Los tres eran de raza iliria, de cabellos rubios pajizos y grisáceos ojos, bellos, sanos y robustos. El senador me los presentó en aquel momento, y sugirió que Herenio y yo podíamos ser amigos, ya que aquél al igual que los otros se había criado fuera de Roma, en Lutecia, donde él había estado destinado durante veinte años, por lo que no conocía aún a nadie en la Urbe. Inmediatamente me ofrecí para todo lo que necesitara de mí, encantado de recibir la confianza de Decio y poder con ello agradecer al menos de alguna manera todo lo que había hecho por mí.

Le propuse a Herenio ir junto a tres de mis compañeros que también estaban en la fiesta, mientras su padre se dedicaba a cumplimentar al resto de los invitados, y él asintió con un gesto de la cabeza, poniéndose enseguida a mi lado para acompañarme. Supuse entonces que era más joven de lo que parecía y que seguramente acababa de recibir su toga de adulto (después supe que tenía diecinueve años recién cumplidos), porque casi no abrió la boca y se manifestó con timidez en todo momento. Sin embargo, cuando vio que su hermana Dionisia nos seguía, se volvió y le dijo con tono áspero:

—¿Adónde vas tú?

Ella no le hizo caso y, sonriéndome maliciosamente, se dirigió a mí.

—¿Qué pasa? ¿No puedo ir con vosotros?

—Claro —respondí—. Estás en tu casa.

Fuimos los tres al lugar donde mis compañeros se habían echado sobre cojines en la hierba, junto a una mesa baja que un esclavo empezaba a servir, y después fueron llegando algunos jóvenes más, hasta que nos reunimos allí el sector de menor edad de la fiesta. Comimos, bebimos y nos reímos muy a gusto, escuchando las ocurrencias de un simpático joven originario de Campania, hijo del cónsul Emiliano, que no paraba ni un momento de hablar con un especial sentido del humor.

Más tarde, llegó un grupo de músicos y danzarines y todo el mundo se concentró frente a la casa para presenciar la danza que hicieron en honor de Decio. Me fijé en una cosa: no había orientales entre los invitados; o al menos eso me pareció, puesto que la indumentaria y el estilo de todos los presentes era el de las provincias más occidentales del Imperio.

Cuando el sol empezó a declinar, después de haberse prolongado la fiesta durante toda la larga tarde primaveral, mis compañeros y yo nos acercamos hasta el peristilo de la casa, donde Decio había estado casi todo el día rodeado de sus amistades. Debíamos despedirnos antes de que fuera más tarde, y regresar al campamento. El senador se puso en pie y me llevó aparte, mientras su esposa y sus íntimos bromeaban y departían con los jóvenes militares.

—Bueno, Félix —me dijo el senador—, ¿te has divertido?

—Sí, Decio —respondí—. ¿Cómo no? Había de todo en tu fiesta. Y tus hijos me han parecido encantadores.

—De eso quería hablarte, precisamente —observó—. Mi hijo Herenio es un muchacho excepcional. No está bien que lo diga yo, puesto que soy su padre; pero tengo puestas en él mis esperanzas.

—No lo dudo; su presencia y sus ademanes no pueden ser mejores.

—Sí, sí, mis hijos son hermosos, como su madre. Y he procurado que recibieran la mejor educación, buscando siempre para ellos una formación al viejo estilo, como la mía, ¿comprendes? Pero no creas que eso es fácil hoy día... Me he preocupado demasiado por ello y creo que... ¿Cómo decirlo? En fin, que a fuerza de alejarlos de los ambientes corruptos de nuestros tiempos son algo... tímidos, eso es, incluso apocados.

—Entiendo. Quieres decir que conocen a poca gente y que no han tenido trato social. Sí, ya me he dado cuenta de ello.

—¡Exacto! Cuando Herenio era más pequeño eso apenas me importaba. Pero, ya ves, es un hombre y tiene poca soltura.

—Sí —observé—. Es algo que suele suceder en provincias. Si ha vivido siempre en las Galias, rodeado de preceptores, Roma puede resultarle demasiado compleja.

—Eso mismo. Estamos en unos tiempos difíciles; todo es confuso, cambiante, pervertido... Me preocupa que pueda llegar a estropearse. ¡He visto a tantos hijos de amigos míos echarse a perder!

—Pero Herenio ya ha conocido el ejército, ¿no?

—¡Bah! Como comprenderás, siendo hijo del legado que gobernaba la legión donde ha sido instruido, nadie se ha atrevido a acercarse demasiado a él. Y eso es lo que me preocupa. Ahora tendrá que incorporarse al cuerpo de caballeros, aquí en Roma; y, ya lo sabes, en la Urbe todo es diferente. Me preocupa mucho que puedan envenenarlo con ideas extrañas; ya me entiendes: fantasías orientales, tonterías... En fin, que le llenen la cabeza de pájaros. En nuestra Roma hay de todo, ¡qué asco!, y especialmente en el ejército, donde van a anidar las doctrinas más extrañas.

—Te entiendo perfectamente —le dije—. Sería una lástima que Herenio entrara en contacto con las lucubraciones que pululan por doquier.

—Por eso he querido que tú le conozcas, Félix. Creo, sinceramente, que puedes ayudarme en este asunto.

—¿Yo? —me sorprendí.

—Sí. Tu itinerario personal ha sido completamente diferente. Tuviste la oportunidad de conocer el mundo desde muy joven y desengañarte por ti mismo de la multitud de ideas extrañas que proliferan en nuestro Imperio. Tu historia me impresionó. Estás... ¿cómo decirlo?... De vuelta, eso es. Pero a pesar de haber sufrido tantos desencantos, no has perdido la pureza de intenciones. Eres aún muy joven, pero ya has visto mucho. Eso es lo que yo hubiera deseado para mi hijo Herenio. Pero ¡cómo iba a arriesgarse! La verdad, siempre tuve mucho miedo a que pudieran corromperlo.

—Pero... ¿qué puedo hacer yo?

—Puedes hacer mucho. Tienes sólo unos cuantos años más que él; nunca te verá como a alguien de otra generación. Tu estilo es aún juvenil y has conocido mundo. ¡Gánatelo! Hazte su amigo, y ¡baquetéalo! Que conozca la vida de cerca, pero que aprenda de ti que no hay que fiarse de cualquiera. Sácalo por ahí, llévalo a divertirse, que conozca mujeres; pero que ninguna le meta pájaros en la cabeza. Ya sabes lo que sucede hoy: las mujeres andan libres, soliviantadas, y son capaces de dominar a cualquier alma cándida. ¿Me has comprendido?

—Naturalmente. Quieres que tu hijo aprenda a defenderse de las nuevas filosofías y religiones que nos invaden.

—¿Serás capaz de hacer lo que te pido?

—Lo intentaré.

—Gracias, Félix. Confío en ti. Sé que sabrás guiar a Herenio por en medio de los peligros de este mundo confuso. Por favor, nada de gnosis, nada de comagenos, nada de ritos de ultratumba y, sobre todo, nada de cristianos. Sobre todo eso, nada de cristianos —insistió con especial vehemencia—. De toda esa basura, el cristianismo es lo peor. Te ruego, Félix, que mi hijo descubra que los únicos dioses que interesan son los de siempre; los dioses del Imperio.

Comprendí lo que Decio me pedía, y no pude negarme a su ruego, puesto que le debía mucho. Pero me quedé algo confundido. Era una tarea difícil la que me encomendaba, especialmente para alguien como yo que aún seguía siendo fácilmente sugestionable. Decio me había sobrestimado en este aspecto. Pensó que yo ya estaba maduro del todo, y que mi espíritu representaba a tantos otros romanos que se habían visto desengañados por los nuevos cultos y que retornaban al lar familiar de los dioses tradicionales de Roma. ¿Era ése mi caso? Me lo pregunté a partir de aquel momento y no fui capaz de encontrar la respuesta. Ciertamente, estaba desengañado. Ni dioses de la salud, ni filosofías gnósticas, ni mitraísmo, ni maniqueísmo y, últimamente, tampoco cristianismo; pero ¿podía regresar sin más a los dioses de siempre? ¿No fueron ellos los primeros que me hicieron sentir vacío? Aunque, por otra parte, sentía que en ellos radicaba la seguridad de nuestro Imperio; y comprendía lo que Decio quería expresarme: sin la tríada capitolina —Júpiter, Juno y Minerva— y sin el culto a la divina Roma y al emperador, ¿qué era nuestro Imperio? ¿Adónde pensábamos ir sin ser fieles a nuestra fundación? Ante tal inseguridad, decidí no volver a alimentar las dudas de mi corazón inquieto. Sólo había una solución: conformarse; dejar de lado las preguntas y confiarse en la vieja religión. Al fin y al cabo, creer o no creer había resultado insustancial para mí. Ni unos dioses ni otros habían podido cambiar delante de mis ojos la realidad implacable. ¿No sería que mi sabio abuelo Quirino tenía razón desde su estoicismo, estando de vuelta de todo? Si los dioses no intervienen en nuestra vida, ¿por qué ir nosotros en pos de los dioses? Y eso era lo bueno que tenía para mí la religión oficial del Imperio: que en nada iba a modificar mi vida.

No me pedía nada, ni creer ni no creer; bastaba con incensar y sacrificar en los días prescritos.

Y en eso me pareció que Decio tenía toda la razón. Que cada uno creyera en lo que le viniera en gana, pero que todo el mundo respetara al Imperio y a los viejos dioses. Todo lo demás eran fuerzas dispersadoras que amenazaban la unidad y la consistencia de Roma. Si eso era lo que yo debía transmitirle a su hijo Herenio, era yo el primero que debía convencerme de ello.

# 13

Decio hizo que su hijo Herenio ingresara también en la escuela de Carocinus, donde yo casi finalizaba ya mis estudios de leyes. Como él se encontraba en los cursos preliminares, el estudio de las ciencias preparatorias le ocupaba mucho tiempo y tenía que permanecer en la escuela mañana y tarde. Yo sin embargo seguía asistiendo hasta mediodía al entrenamiento de los caballeros en el campamento de los équites, fuera de la muralla. Después, hasta la hora nona, iba a supervisar las obras de la casa que me había comprado en una zona adyacente a la vía Apia, que hube de rehacer en su totalidad por encontrarse en ruinas. Por entonces, un solar en Roma no era barato, por lo que se me fue casi todo el dinero de la indemnización y tuve que conformarme con una modesta estructura de dos plantas, aunque sólo pude decorar a mi gusto el atrio y un par de habitaciones. Después se me acabó el dinero y no me quedó más remedio que interrumpir las obras. Además, me quedé sin comprar los esclavos que necesitaba y, lo peor de todo, sin encargar la armadura de parada que tanta ilusión me hacía. Menos mal que ya tenía el caballo, que resultó una magnífica adquisición: un corcel de guerra de raza hispana, negro y brillante, con nervio al principio, pero que supe domar y hacerlo a mi mano hasta que fue la envidia del destacamento. Todo era muy caro entonces. Los precios subían y el dinero se devaluaba de un día para otro, por lo que aquella dichosa bolsa de sestercios que me había parecido tan abultada se me fue enseguida entre los dedos. Pero la casa de Decio, donde no faltaba de nada, era mi salvación en aquellos tiempos de penuria.

Herenio Decio era tal y como me había parecido desde la primera vez que le vi: un joven pulcro, por dentro y por fuera, hecho a dominarse al viejo estilo, mediante una dura formación; amante del ejercicio intenso y exigente con los demás como consigo mismo. Podía decirse que era «perfecto», pero esa misma perfección asustaba, porque parecía poder quebrarse en cualquier momento. Y eso era sin duda lo que temía su padre. Era tímido, lo cual delataba que en el fondo no estaba seguro de sí, y que le habían planteado un universo tan idealizado que en algún lugar de su espíritu clásico se escondía el temor y la duda.

Siempre había pensado, como mucha gente, que los gemelos se parecen tanto por dentro como por fuera. ¡Qué gran equivocación! Dionisia era la versión femenina de su hermano: el mismo tono de cabello, el mismo color de ojos, la misma piel; y todo ello en suaves contornos, en delicadas curvas, en un sensual cuerpo que no podía ser más femenino ni más bello. Aunque dentro guardaba un diablillo. Era caprichosa, intuitiva, sagaz y sutil como un felino, egoísta y perezosa; pero jamás he conocido una muchacha con tanta imaginación y capacidad para seducir. Y todo ello parecía lógico: Decio estaba escandalizado por la libertad de costumbres con que vivían las mujeres en Roma. Era fácil darse cuenta de que había puesto todas sus ilusiones en Herenio; lo cual resulta natural en un padre respecto a su primogénito varón, pero en el caso de gemelos de distinto sexo la cosa se complica. Dionisia había crecido viendo con recelo y frustración que los ojos de su padre miraban sólo a su hermano. Se podía adivinar su envidia hacia la educación que había recibido el otro, los caballos, las armas y la consideración de todos; mientras que ella se había refugiado en las esclavas y se había formado un mundo aparte, sustituyendo todo lo que no había tenido por una verdadera pasión por lo oculto y por buscar, tal vez por despecho, en aquellas cosas que despreciaba su padre.

Me sumergí en los asuntos de la familia de Decio, alegremente, creyendo que la situación era tan sencilla como aparecía a la vista, sin suponer que más tarde me vendrían complicaciones. Pero, entonces, me encontraba tan solo en Roma y era un momento tan difícil para mí que momentáneamente me sentí seguro en la organizada vida de la villa del senador.

Empecé por compartir con Herenio el poco tiempo libre que teníamos. Aunque él llevaba ya cierto tiempo en Roma, su vida estaba marcada aún por las costumbres provincianas de un joven de las Galias, y no parecía que de momento quisiera hacer nada nuevo. Íbamos a cabalgar, pescábamos en el Tíber y sobre todo cazábamos en los bosques que rodeaban la villa. Fue para mí como retornar a los tiempos de mi adolescencia en Lusitania.

Un día fuimos de madrugada a buscar un gran ciervo que merodeaba por un monte cercano, según dijeron los pastores. Nos habían ponderado tanto la altura del animal y las dimensiones de las cuernas que sentimos verdaderos deseos de hacernos con él. Llevábamos perros y esclavos suficientes para que ni un palmo de terreno quedara sin rastrear, pero no dimos con el ciervo, de manera que tuvimos que conformarnos con lancear a un par de jabalíes de mediano tamaño para no regresar sin nada.

Cuando íbamos de vuelta a última hora de la tarde, por un precioso camino que sorteaba arroyos y acequias pasando por encima de puentecillos de piedra, me vino a la cabeza el recuerdo de las cacerías de tigres en Persia, y le conté a Herenio parte de las aventuras que viví en aquellos lugares. Después la conversación derivó hacia el tema de la guerra, que era lo que a él más le interesaba. Se entusiasmó escuchando el relato de los combates en Mesopotamia, cuando yo conducía uno de los carros, frente a los inmensos elefantes de los persas y la gran masa de salvajes guerreros kusanas azuzados desde atrás por la caballería de los sátrapas sasánidas, con sus caballos acorazados y sus espesas armaduras de placas de hierro y rojo cuero.

—¿Qué se siente, Félix? —me preguntó con fuego en los ojos—. Tú estuviste allí siendo tan joven como yo. ¿Qué se siente la primera vez?

—¡Vaya! —dije—. Es tan difícil de explicar... Primeramente miedo. ¿Por qué no decirlo? Pero un miedo que después se va transformando. Está el estruendo de los cuernos, las tubas y el golpeteo de las espadas en los escudos... Cuando eso entra dentro de ti, el corazón se acelera y la sangre hierve. Después, ese alarido del momento de lanzarse... El miedo se va y eres una fiera, una llama, un viento... Es algo realmente misterioso.

—¡Es lo mejor! —exclamó perdiendo la mirada en el cielo rojo que teníamos delante.

—Bueno, yo no diría eso —repuse—. También hay otras cosas en la vida que alientan el corazón del hombre. La guerra está ahí, pero no debe buscarse. Es algo que llega cuando los dioses quieren.

—Pero... ¿qué puede hacernos más grandes? —replicó—. ¿Hay acaso algo más sublime que el honor de la victoria?

—También es dolorosa. ¿Crees que la guerra es como la representan las columnas del Foro? No, no lo pienses, no es así. Hay dolor, frío, soledad, angustia... La guerra tiene dos caras, pero una de ellas sólo se conoce cuando se ha estado en ella.

Me miró con sus ojos de hielo, bajo las cejas teñidas por el dorado reflejo que teníamos delante. Dijo:

—Quiero ir, Félix. Quiero conocer eso. ¡Ojalá pudiera ir mañana mismo!

—No tengas prisa —le dije—. Puedes estar seguro de que te llegará aunque no lo busques.

Estando en esta conversación, llegamos a la villa. Los criados fueron a guardar los caballos y los perros, y Herenio y yo nos detuvimos para refrescarnos en el chorro de agua que manaba del cántaro de una preciosa ninfa de piedra, frente al pórtico de entrada. Entonces me di cuenta de que Dionisia estaba sentada en la escalinata que ascendía hasta las columnas. Un criado comenzaba a encender las lámparas del jardín, aunque todavía había una tenue luz primaveral de última hora. Ella no dijo nada, sólo nos miraba, tal vez esperando captar algo de lo que hablábamos con tanto entusiasmo. Pero vio que yo me había percatado de su presencia y vino hacia nosotros.

—Ni rastro del ciervo, ¿eh? —dijo jugueteando con los dedos en el agua de la fuente.

—Hemos rastreado el monte entero y nada —aseguré.

—Hace calor ya —observó ella—. ¿No habéis pensado que a estas alturas pueda estar buscando el fresco del valle?

—¡Tú qué sabes! —replicó Herenio.

—¡Más que tú, estúpido presumido! —contestó ella—. No ves que salgo muchas mañanas por ahí, a dar una vuelta en mi yegua. ¿O te crees que tú eres el único que sabe de esas cosas? He visto al ciervo. ¡Entérate! Pero si no quieres hacer caso...

—¡Anda, métete en tus asuntos! —protestó él—. ¡Cómo vas a haberlo visto! ¿Crees que somos tontos?

—¡Lo he visto! —insistió Dionisia—. No una vez, sino varias. Sé dónde se oculta.

—¿Qué dices? ¿Estás loca? —se enojó Herenio—. Si hemos registrado hasta el último escondite. El ciervo se habrá marchado o lo habrá matado algún arquero furtivo.

—¿Apuestas algo a que sé dónde podemos encontrarlo? —le propuso ella.

—¿Apostar...? ¿Qué? —preguntó él.

—¿Si os digo dónde podéis hallarlo, me llevaréis con vosotros a Roma, de fiesta? —sugirió Dionisia.

—¡Bah! —replicó Herenio—. ¡Eso es una estupidez! Ni sabes dónde está el ciervo ni vendrás con nosotros a parte alguna. ¡Déjate ya de líos!

—Félix —me dijo ella—, ¿no es justo lo que propongo? No tenéis nada que perder. Yo os llevaré al escondite del ciervo y vosotros me llevaréis una noche a Roma.

Miré a uno y a otra. Me sentí extraño, mediando en aquel asunto casi infantil. Los había visto discutir con frecuencia, y notaba que ambos estaban muy distanciados. No me pareció mala idea hacer algo entre los tres. Quizás eso podría unirles un poco.

—Bien —dije—. No veo ningún inconveniente en acceder a lo que ella propone. Podemos ir mañana e intentarlo.

—Bueno —aceptó finalmente Herenio—. Pero es una tontería. Nos hará perder un día para nada. ¡Tú no la conoces!

Al día siguiente, temprano, los tres nos encontramos en el mismo lugar, frente a la casa. Dionisia apareció con pantalones ceñidos con tiras de cuero y una capa oscura sobre la túnica corta. Herenio no dejó de refunfuñar ni un momento. Fuimos solos los tres, con media docena de perros, arcos, flechas y picas. Confesaré que a mí, aunque me divertía aquello, nunca se me ocurrió pensar que daríamos con el ciervo, pero algo me empujaba a no darle la razón a Herenio.

No fuimos muy lejos. Anduvimos por senderos escarpados y serpenteantes durante un buen rato, siguiendo a la yegua de Dionisia entre pedruscos, brezos y tupidos bosques de arbustos y sabinas, hasta que la emprendimos hacia una escarpada pendiente cuyo final estaba coronado por rocas. Antes de remontarlo, Dionisia dijo:

—Será mejor que sujetes aquí a los perros, Herenio; podrían espantar al ciervo antes de que alcancemos el alto y escaparía por la otra vertiente.

Herenio, aunque a regañadientes, ató a los perros a los arneses que pendían de su caballo.

—Y ahora —pidió ella—, aguarda aquí. Félix y yo descabalgaremos e iremos hasta esas rocas a pie. Cuando yo te lo diga, ven hasta nosotros con cuidado.

Una vez más protestó, pero los perros sólo le obedecían a él y finalmente tuvo que consentir. Se sentó en una piedra y se quedó enfurruñado viéndonos subir la escarpada ladera.

Dionisia fue delante, rápida y ágil, como si todos los días anduviera por lugares tan agrestes. Cuando estuvo en lo más alto, anduvo encogida, como rastreando algo, hasta que, asomándose por entre las rocas, me hizo señas para indicarme que había algo al otro lado. Me acerqué hasta ella y miré por encima de unos arbustos. El ciervo estaba ahí, a cincuenta pasos de nosotros, entre un montón de hembras de su especie que pastaban tranquilamente. Entonces, con cuidado, regresamos al lugar donde aguardaba Herenio.

—¡Está ahí! —le dije—. ¡Es cierto! Tu hermana lo sabía.

Se puso en pie de un salto y los tres volvimos a ascender a lo alto de la colina con los perros y los caballos. No era difícil descender, pues la pendiente era más suave y terminaba en un pequeño valle cubierto de mullida hierba. Herenio soltó a los mastines. El ciervo se sobresaltó y corrió hacia unos arbustos, pero los grandes cuernos le hacían tropezar con las ramas bajas de los árboles, de manera que se revolvió y plantó cara aculado en una pared de piedra. Pudimos asaetearle sin mucho problema y rematarlo después con las picas entre los tres.

Lo más difícil fue cargarlo sobre el caballo para transportarlo, por aquellos abruptos parajes, hasta el sendero que conducía a la villa. Pero, cuando por fin aparecimos, sobre la hora sexta, con el gran ciervo en las casillas de los esclavos, nadie podía creerse lo que estaba viendo.

# 14

Había por entonces un proverbio que decía: «Baño, vino y Venus desgastan el cuerpo, pero son la verdadera vida.» La mayoría de la gente de mi generación pensaba de esa manera; teníamos esa edad tan adecuada para considerar como propio el presente de un modo apresurado pero sin saber adónde nos dirigíamos. Había tal deseo de placer que a veces se tenía la impresión de que el mundo se iba a terminar al día siguiente. Sería porque todo cambiaba veloz y desenfrenadamente; y más que nada las costumbres. Puede ser que en las provincias las cosas discurrieran más despacio, pero en Roma la vida hervía, atestada de gente llegada desde todos los rincones del Imperio para adherirse a la locura sensual que se había desatado después de los juegos. ¿Quién podía escapar de tal ansia febril?

La última moda eran las termas mixtas. Había oído hablar de ellas a algunos compañeros míos que las frecuentaban, pero no se me hubiera ocurrido ir a unas si no hubiera sido como consecuencia de aquella apuesta que hicimos Herenio y yo con Dionisia.

No podíamos negarnos a cumplir nuestra parte, una vez que hubimos cazado al ciervo, y a ella le correspondía ahora escoger el lugar adonde ir en Roma. Entonces me di cuenta de lo lista que era. Pensé que se conformaría con dar una vuelta por la ciudad y con entrar en alguna taberna, hasta que me percaté de que lo tenía todo bien premeditado; sabía de antemano dónde y con quién pasar la velada. Y lo sorprendente era lo bien informada que estaba, a pesar de no haber salido casi de la villa campestre. Pero tenía una amiga, Salonina, cuatro o cinco anos mayor que ella, hija también de un senador perteneciente al círculo político de Decio, y que había participado, por tanto, en los mismos encuentros familiares. Pero la educación de Salonina y el ambiente que había respirado eran diferentes: casi toda su vida se desenvolvió en la Urbe, y su padre, el senador Salustiano, era un hombre de edad avanzada que, aun teniendo convicciones semejantes a las de Decio, casi se había desentendido de sus hijos, absorbido por sus múltiples ocupaciones y confiado en su joven esposa, una alocada y novelera griega que había conocido siendo gobernador de Tracia. Dionisia envidiaba la vida libre y moderna de su amiga: los banquetes con jóvenes de las mejores familias, los sensuales juegos entre muchachos y muchachas en las termas mixtas de última moda, las historias de amantes, las infidelidades, los flirteos y los miles de chismes que circulaban en la alta sociedad romana; todo lo cual se lo contaba puntualmente Salonina cada vez que se veían.

Por eso, cuando tuvo la oportunidad de ir de fiesta, Dionisia no lo dudó: debía ser en compañía de su amiga y siguiendo el plan que ésta propusiera. Cuando nos lo explicó así a su hermano y a mí, Herenio se llevó las manos a la cabeza y exclamó:

—¡Con Salonina! ¿Con esa loca?

—¡Un momento! —replicó Dionisia—. Tú no la conoces. Lo que sabes acerca de ella son sólo las habladurías que circulan por ahí. Es mi mejor amiga. Y, además, cuando hicimos la apuesta lo dejamos todo bien claro: si yo os llevaba adonde estaba el ciervo, vosotros debíais aceptar llevarme a Roma a una fiesta.

—¡Eh! —repuso Herenio—. Eso te lo has inventado ahora. Nada se dijo de ir a Roma con Salonina y sus amigos; se dijo sólo que iríamos los tres.

—¡Quedamos en que yo escogería el sitio! —le gritó su hermana.

—Bueno, basta —terció yo—. No veo por qué hemos de temer a ir con esa Salonina. Es hija de un senador amigo de vuestro padre, ¿no? Será mejor eso que andar los tres por ahí de taberna en taberna.

Dije aquello porque, la verdad, apenas conocía a otra gente en Roma que mis compañeros de cuartel, y no me parecía adecuado llevar a Dionisia a alguna de las salidas que ellos solían organizar, por las calles, en busca de lo que cayera. Al fin y al cabo, tener ya un plan preparado, con un banquete privado al que asistir, era lo mejor que podía pasarnos. Y, por mi parte, hacía tiempo que no me divertía y no me venía mal conocer caras nuevas.

—¡Salonina y sus amigos son unos extravagantes! —protestó azorado Herenio—. No sabremos desenvolvernos entre ellos.

—¿Cómo que no? —le dije irguiéndome sobre mí mismo—. ¡Yo no he nacido ayer! ¿Crees que me puede enseñar algo a mí esa gente? No se hable más; iremos a esa fiesta de Salonina y sus amigos. A nadie le perjudica divertirse un poco de vez en cuando.

Lo peor fue convencer a Decio. Cuando le dijimos que Dionisia iría con nosotros a un banquete puso muy mala cara. Pero después, y mediando también su esposa, accedió finalmente, aunque sin ahorrarse un montón de advertencias. Y, desde luego, estoy seguro que, de no ir con nosotros, jamás la habría dejado. Se le oía despotricar con demasiada frecuencia de la libertad con que vivían las mujeres en aquellos tiempos.

La noche anterior a la fiesta la pasé en mi casa próxima a la vía Apia, en el destartalado atrio lleno de polvo y restos de materiales de construcción que aguardaban amontonados en los rincones a que yo volviera a tener dinero para reanudar las obras. En esa estancia hacía la vida cuando no estaba en el cuartel o en la villa de Decio, pues el resto de la casa resultaba más inhabitable aún. Pero tenía que andar de un lado a otro sobre las tablas que cubrían los sencillos mosaicos que no se pudieron terminar.

Me sentí un poco avergonzado cuando Dionisia y Herenio aparecieron al día siguiente en la puerta, compartiendo litera y acompañados por sus esclavos. No pude invitarles a pasar, y los recibí delante de la fachada que estaba hecha un desastre.

—No os esperaba tan pronto —les dije (sería aún la hora sexta)—. Ni siquiera me he arreglado.

—Nosotros tampoco —dijo Dionisia—. Primero hemos de ir a las termas.

—¿A las termas? —me extrañé.

—¡Claro! —respondió ella—. Salonina me dijo que ella siempre comienza sus fiestas en las termas. Allí nos vestiremos y nos acicalaremos, después del baño, para el banquete. ¡Anda, recoge tu ropa y vámonos!

No había contado con eso y además me resultaba raro. Por un momento, dudé si excusarme o no con algún motivo para acudir más tarde yo sólo, después de bañarme por mi cuenta en las termas de Caracalla que tan próximas estaban a mi casa.

—¡Vamos! —insistió ella—. Ya deben de estar esperándonos.

—Un momento, un momento —pedí.

Corrí al interior de la casa y busqué mis mejores ropas en el baúl, hice un hato con una vieja capa y salí con él para unirme al grupo.

Al llegar a la vía Apia alquilé una litera y subí, entonces Herenio saltó de la que compartía con su hermana y se sentó a mi lado. Las termas donde habíamos quedado estaban cerca del Aventino, por lo que había que callejear un poco por la zona céntrica, atestada de tenderetes y de gente que iba y venía interrumpiendo constantemente el tránsito.

—¿Has ido alguna vez a ese sitio? —me preguntó Herenio por el camino.

—No —respondí—. La verdad es que no he ido nunca a unas termas mixtas. Es algo muy nuevo, según creo.

—Hazme caso —comentó él—. No dejemos que mi hermana nos meta en algún lío. Ni ella misma conoce esas termas.

—Bueno, Herenio —repliqué— ¡Ya está bien! ¿A qué temes? ¿Qué pueden tener de extraordinario esa Salonina y sus amigos?

Enseguida lo supimos. El lugar donde habíamos quedado, aunque lujoso, era, más que unas termas, una casa de baños. Estaba cerca del Aventino, frente a uno de los edificios de la época de Adriano, y su pequeña fachada quería competir con las grandes estructuras de piedra a fuerza de no poder estar más recargada de hornacinas con imágenes y elementos decorativos de todo tipo. En la puerta nos recibió una extraña mujer de rostro rojizo y cabello estropajoso.

—Ah, vosotros debéis de ser los amigos de Salonina —dijo—. Pasad, los demás os esperan.

Cruzamos el patio exterior y un porche con columnas hasta llegar a otro patio donde unos cuantos jóvenes jugaban animadamente a la pelota.

—¡Salonina! —gritó Dionisia.

El juego se interrumpió y los jóvenes vinieron hacia nosotros. Eran seis en total, de edades variadas, pero ninguno mayor de treinta años. Supe quién era Salonina porque se acercó corriendo hacia Dionisia y la abrazó efusivamente. Era ya una mujer hecha, más o menos de mi edad, delgada, muy morena y de inquietantes rasgos, con una abundante cabellera, larga hasta la cintura, oscura y profusamente rizada. Cuando se volvió hacia mí y me miró con sus endiablados ojos negros, presentí que era una de esas personas que tienen la cualidad de poner nervioso a todo el mundo.

—¡Vaya, éste es Félix! —exclamó—. ¡El Félix del que me has hablado tanto!

Dionisia se ruborizó entonces y saltó hacia su amiga para taparle la boca. Pero Salonina se zafó de ella y, mirándome de nuevo de arriba abajo, añadió sin ningún pudor:

—¡Con razón tenías tanto interés en traerlo a la fiesta! ¡Me encanta el hispano! ¡Que tu genio lo proteja de mí!

Los demás rieron a carcajadas, pero yo me quedé atónito. Menos mal que alguien sugirió continuar jugando a la *paganica*, una de esas bolas de piel de conejo rellenas de plumas. El juego consistía en pasársela por equipos, sin cogerla, sino dándole con la palma abierta, de manera que ganaba el que más pases seguidos hiciera evitando que la pelota tocara el suelo. Como éramos nueve, nos agrupamos de cuatro en cuatro y uno, un tal Laenio, se quedó fuera para hacer de juez. Era divertido, pero muy fatigoso y hacía sudar bastante. Al cabo de un rato estábamos empapados y jadeantes.

—¡Ya vale! —gritó Salonina—. Dejemos ya esto y vayamos al baño.

Pasamos primeramente al *caldarium*, y fue Salonina la primera que se aligeró de ropa y se introdujo. Después fuimos entrando los demás. Es una hipocresía decir que las termas mixtas tienen su fundamento en la naturalidad y en la simplificación de las costumbres, cuando el fondo del asunto es la sinuosa exhibición de los linos mojados, pegados a la piel de unos y otros, dejando traslucir las formas de los cuerpos en un excitante juego en el que cada uno finge que se encuentra indiferente ante los demás.

Las anatomías que se habían juntado allí eran demasiado bien proporcionadas como para suponer que era por casualidad. No había que ser muy listo para darse cuenta de eso, y te llevaba a sospechar que Salonina organizaba a su gusto esos encuentros. Más tarde ella lo confesó y se quedó tan tranquila. Estábamos en el agua caliente, sumergidos hasta la cintura e introduciéndonos de vez en cuando del todo, cuando dijo:

—Antonina Julia me pidió venir, ¿sabéis? ¡Esa gorda y fofa! ¡Ja, ja, ja...! ¡Qué ilusa! Para ver el cuerpo de una cerda no hay que venir a estas termas; en el mercado de los puercos hay cientos de ellas. ¡Ja, ja, ja...! Le dije que habíamos suspendido la fiesta.

Los demás celebraron el comentario, pero a mí me pareció despiadado y repugnante. Cada vez estaba más a disgusto con Salonina, y ella no dejaba de mirarme, por lo que me hacía sentir aún más incómodo.

En la sala de vapor me fijé en Dionisia. Desde el primer día me había parecido muy bella, pero al verla con la fina túnica mojada, ceñida al cuerpo, pensé que no tenía por qué envidiar a una de las mejores estatuas de Venus que podían verse. Ella también me miraba, y de vez en cuando me enviaba una sonrisa.

El *tepidarium* era un edificio circular pequeño, cubierto por una cúpula que recibía su luz a través de una abertura en el centro del domo, y al lado, separado por una pared, estaba situado un patio con la piscina para el baño frío. Como era ya casi verano, fue en este último lugar donde, por estar más frescos, recibimos los masajes y fuimos ungidos con aceites perfumados, mientras bebíamos el primer vino de la tarde. Después nos vestimos y nos coronamos con guirnaldas de hiedras y flores, para ir desde allí a la casa de Salonina, que no estaba muy lejos.

La fiesta discurrió desde el principio siguiendo el ritual de los banquetes en honor de Baco, pero con todas las innovaciones que a la anfitriona le pareció bien introducir. Se hizo el sacrificio de un lechón en el ara familiar, al final de un pequeño jardín donde estaban las estatuas de los genios, y después nos acomodamos en los triclinios en torno a una gran mesa cuadrada que estaba dispuesta en una terraza, a un nivel más elevado que el atrio, abierta a la ciudad, desde donde se veían los tejados de las casas y las cornisas de grandes edificios. A esas alturas de la primavera, el tiempo era suave, la luz dorada, y miles de golondrinas surcaban el aire.

No me detendré en describir a todos los jóvenes invitados; pero os diré que, además de Salonina, destacaba un tal Orbiano, hijo del prestigioso general Eutiquiano. Era alto y delgado, extravagante como los demás, excesivamente refinado y, como Salonina, amante de llamar siempre la atención, por lo que uno y otra se disputaban constantemente la palabra. Algunas veces parecía que ambos se detestaban, pero en otras ocasiones daban claras muestras de una mutua complicidad.

Si no hubiera sido por Dionisia, no sé si hubiera soportado el panegírico de aquellos dos petulantes tratando todo el tiempo de llevar la voz cantante. No era necesario cavilar mucho para darse cuenta de que todo era un montaje para relucir ellos e impresionar a la concurrencia. Primeramente, evocaron los tiempos antiguos y la figura de Baco, el Dionisio de los griegos, con su virtud singular para liberar a los hombres; el delirio de las bacantes, la genialidad misteriosa de las reuniones en torno al vino y toda la mística conocida del semidiós; un montón de tópicos que a ellos podían resultarles excitantes, pero que a mí me aburrían. Y debieron de notarlo, porque Orbiano, en un determinado momento en que se hizo un espeso silencio, se dirigió a mí y me dijo:

—¿Qué te sucede, Félix? Estás muy serio.

—Comprendo que haya gente que pueda creer todavía en todo eso —respondí—, pero a mí hace tiempo que no me dice nada.

—¡Ah, claro! —exclamó él con cierto retintín—. Como tú has estado en Siria y en Persia... Pero, compréndenos, nosotros no conocemos otra cosa que Roma...

No iba a entrar en ese juego. Sonreí tratando de no reflejar ningún sentimiento en particular y decidí que las cosas siguieran su propio curso. Al fin y al cabo, estaba descubriendo por momentos que lo único que me interesaba de aquel banquete era estar al lado de Dionisia. Vestida de fiesta, con rosadas sedas brillantes y plateadas perlas en su cuello y sobre la frente, relucía con todo el esplendor de una belleza bien adornada. Al verla allí, entre el lujo, disfrutaba buscándola en el contraste: rememorando el día que cazamos el ciervo, a caballo, con desenvoltura en el bosque, como una Diana cazadora, salvaje; o con la fina túnica de lino, hacía unas horas en las termas, libre entre los vapores y las aguas.

Pero la pedantería de Orbiano era insoportable. Pretendía saberlo todo y no sabía nada. Era algo que por entonces estaba muy de moda: mezclar unas cosas y otras, hablar y hablar pretendiendo ser profundo, pero desconociendo el fondo de las cosas. Todo valía; nada se rechazaba. Era otra vez ese dichoso sincretismo tan dañino y confuso. Por un lado, la duda constante sobre todo y sobre todos, y, por otro, un afán de creer en lo oculto: espíritus, vida de ultratumba, magia, hechicería, astrología... Lo que más me fastidiaba era ver a Herenio atónito, escuchando esa sucesión de frases hechas y estupideces sin sentido.

Los platos que se sirvieron eran sofisticados; evocando Grecia, Sicilia y Cartago, en una mezcla que, por supuesto, estaba también elegida para impresionar. Yo habría preferido un tradicional cabrito cocido y aderezado, unos pescados en salsa de leche fermentada o unas chuletas a la parrilla, y no ese montón de platos de sabores indeterminados que eran la última moda en Roma.

Menos mal que el vino de Marsala era excelente. Me sumergí en él para evadirme de tanta tontería y me proporcionó la lucidez suficiente para dejar de estar huraño y manifestarme con hilaridad ante lo que me rodeaba. Lo que desde luego tenía claro era que no iba a entrar en aquellas conversaciones pretenciosas para satisfacer las vanidades de Salonina y Orbiano.

En un determinado momento, cuando ya estábamos bastante bebidos, hice caso a un extraño impulso y propuse:

—¿Por qué no vamos a un lugar que conozco?

Vi la contrariedad en la cara de Orbiano, pero Salonina, que al fin y al cabo era la anfitriona, contestó:

—¿A otro lugar? ¿Adónde?

—Un sitio divertido, en el barrio Tiberino. Allí suelen ir los militares y los aurigas del circo Máximo. ¿No os apetece ir?

—¡Estupendo! —exclamó Herenio poniéndose en pie de un salto.

—Un momento, un momento —objetó Orbiano—. ¿No será una de esas tabernas apestosas que...?

—¿Y qué? —le interrumpió Salonina—. Yo estoy de acuerdo en ir. Me parece excitante hacer algo diferente.

—Entonces, no lo pensemos —sentencié—. ¡Pongámonos en camino!

—Despertaré a los criados para que nos lleven —propuso Salonina.

—Oh, no; nada de eso —repliqué—. Iremos a pie. Roma es maravillosa a esta hora.

Nos encaminamos los nueve en dirección al barrio Tiberino, eufóricos, deteniéndonos aquí y allí, en los múltiples espectáculos callejeros que se exhibían en cualquier lugar, y haciendo también paradas en los tenderetes que encontrábamos a nuestro paso. Hasta que llegamos al sitio que yo solía frecuentar; un local amplio, con músicos y danzarinas, que regentaba un tabernero antioqueno al estilo de los de su tierra. Menos Orbiano, que seguía empeñado en hacerse el interesante, los demás enloquecieron al encontrase en un lugar así. Entonces comprobé que, aparte de sus fiestas particulares en los reductos íntimos de sus casas, habían tenido pocas ocasiones para divertirse de verdad.

En un aparte, mientras los demás miraban atónitos la frenética danza que evolucionaba al fondo del gran salón abarrotado de gente, Herenio se dirigió a mí con los ojos encendidos por el vino y la admiración y me dijo:

—Tú sí que sabes desenvolverte, Félix. Ha sido estupendo que nos sacaras de esa aburrida fiesta. Cómo se nota que has conocido el mundo. Me encantaría ver todo lo que tú has visto.

—No basta con ver —repuse—; es necesario también asimilar. Pero no te deslumbres demasiado por esto. Es ahora, por la euforia del vino y porque eres muy joven por lo que todo te parece luminoso y fascinante. Pero más adelante la vida pondrá las cosas en su sitio.

—Lo que hablaban en la fiesta Orbiano y Salonina no va contigo, ¿verdad? ¡Lo veía en tu cara! A ti nadie te engaña... —dijo convencido.

—Estoy cansado de que unos y otros me digan cómo es el mundo —observé—. Ahora, quiero verlo por mí mismo, sin que me den una explicación. Quiero aventuras, Herenio; no me importaría ir a la guerra. Es duro tener que decir esto, pero quiero estar al límite. Estoy viviendo un tiempo en el que no busco palabras profundas ni devaneos filosóficos. Creo que hay momentos en la vida en que debemos guiarnos por la pasión. Estoy deseando que me hagan caballero para verme sobre el caballo, revestido con mi armadura y hacer frente a lo que sea.

Vi sus ojos grises ardiendo, perdidos en el vacío al oírme decir aquello.

—¡Yo también, Félix! —dijo él—. ¡Ojalá suceda eso cuanto antes!

No sé lo que me había sucedido, ni por qué decía todo aquello, y ni siquiera si estaba convencido de ello; pero algo tiraba de mí hacia delante. Era como un fuego, que se encendía más y más, y que buscaba sólo lo humano, lo carnal y visible. Y lo más real en aquel momento fue el cuerpo de Dionisia, que se lanzó desinhibidamente a contonearse junto a las otras muchachas; como si en mis ojos fuera la misma primavera. Había atado sus rubios rizos con una cinta de plata y, vestida a la griega como iba, dejó desnudo un pecho, que cubrió sólo con un transparente velo; y movía también sus desnudos brazos con una deslumbrante sensualidad, como si danzara así a diario.

# 15

Una tarde, cuando estaba ocupado en intentar poner en orden mi casa, llamaron a la puerta. Abrí y me encontré con Salonina. El banquete celebrado días antes en su casa vino a mi mente, al verla ahí, con su maliciosa sonrisa y sus chisporroteantes ojos cargados de ironía. Me miró durante un rato, sin decir nada, como regodeándose en la turbación que me causaba su presencia.

—Bueno, ¿no puedo pasar? —dijo al fin.

—Está todo muy sucio y desordenado —balbucí—. Aún no he terminado las obras.

—¡Oye, que no te voy a comer!

—Está bien, pasa. Tú misma comprobarás que no te miento.

Me apartó a un lado y entró. Paseó su mirada llena de curiosidad por todo el atrio, que estaba polvoriento aún y con escaso mobiliario.

—Así que ésta es tu casa —observó—. No está mal. Cuando termines de decorarla, puede resultar un buen lugar.

Me desconcertaba; no sabía si hablaba en serio o si se estaba burlando de mí. Aun sabiendo que podía parecer descortés, no pude evitar preguntarle con tono áspero:

—¿A qué has venido, Salonina? ¿Sólo a ver mi casa?

Se puso seria, lo cual agradecí, y me dijo con un tono de voz diferente al suyo habitual:

—No te gusto, ¿verdad? No sé por qué, pero me di cuenta desde el principio.

Ella tenía razón; no me resultaba nada agradable. En aquel momento estaba nervioso, deseando que se marchara cuanto antes, y de ninguna manera quería entrar en conversación. Cuando se acercó más a mí, debió de notar que me ponía rígido.

—¿Me tienes miedo? —preguntó.

—¿Miedo?

—Creo que, para tener tanto mundo recorrido, eres demasiado tímido. ¿Piensas acaso que quiero seducirte? —avanzó un poco más.

Di un paso atrás y respondí:

—Mira, Salonina, no tengo nada en tu contra; pero seré sincero: no estoy acostumbrado a tratar con tanta libertad a las mujeres. En mi tierra las cosas no funcionan de esta manera.

Dio un respingo, orgullosa, haciendo que los velos que llevaba prendidos se agitaran.

—¡Está bien! —dijo—. Creo que te estás equivocando. No es por mí por lo que he venido, sino por Dionisia.

—¿Por Dionisia?

—Sí, ella me envía.

—¿Vienes de parte de Dionisia? ¿Para qué?

—Para que te lleve conmigo.

—¿Adónde?

—A mi casa. Durante varios días ella se hospedará conmigo. ¿No sabes que su padre está de viaje? El senador permanecerá fuera durante más de un mes y, mientras tanto, Dionisia vivirá allí. Anda, vístete adecuadamente y acompáñame.

Dudé por un momento.

—¿No te fías de mí? —preguntó con gesto fiero—. En fin, le diré a Dionisia que no quisiste venir.

Me exasperó.

—¡Vamos! —le dije con decisión.

Anduvimos en silencio por las calles, ella un poco adelantada y yo detrás, soportando su caminar lento, a pasos menudos. Durante todo el recorrido seguí desconfiando, y me preguntaba por qué me había fiado de ella. Pero iba decidido a no dejarme embrollar en uno de sus líos.

Pero me equivoqué. Cuando llegamos a su casa, nos estaba esperando Dionisia, en los jardines, a los que me condujo Salonina inmediatamente.

—Bien, aquí os dejo solos —dijo con ironía—. Y... no seáis malos.

Desapareció haciendo un guiño malicioso de despedida y nos dejó en el jardín. Era un día bochornoso, de finales de mayo, con olor dulzón a rosas y zumbido de abejas. Los tréboles y las plantas de acanto que había por doquier estaban verdes y brillantes, y los setos de mirto cobijaban a los pájaros que no dejaban de cantar protegidos del fuerte sol. Entre tantos colores, Dionisia me pareció una estatua, por su blanca piel y por su vestido a la griega de color crudo. Iluminado, su pelo sedoso parecía oro y sus ojos tan azules como el cielo. El corazón se me aceleró y me quedé momentáneamente como un tonto, mirándola. Hubiera deseado en aquel momento irme hacia ella y abrazarla, sin más, pero no sabía aún por qué me había citado allí y le pregunté:

—¿Te ha sucedido algo?

De momento sonrió, con su firmeza habitual, pero enseguida se derrumbó y un reguero de lágrimas se descolgó por sus mejillas.

—¡Eh! ¿Qué te pasa? —exclamé aproximándome.

Entonces extendió los brazos y me rodeó el cuello, sollozando. La abracé. Su cuerpo era firme, pero suave a la vez y de amables contornos. Olía deliciosamente, mejor que todas aquellas flores que nos rodeaban.

—¿No vas a decirme qué te pasa? —le susurré al oído.

—Mi padre me echó de casa —respondió suspirando.

—¿Te echó? ¿Decio te echó? Pero...

—Discutí con él, me rebelé. Entonces me pegó, me tiró al suelo y luego dijo que no quería volver a verme... Tuve que venirme a casa de Salonina.

—¿Por qué discutisteis?

Se apartó un poco y me miró a los ojos. No parecía la de siempre; estaba temblorosa, asustada y pálida. Vi un moratón en un lado de su cara. Entre sollozos, respondió:

—Por lo de siempre. Ya sabes cómo es él. Me odia. No puedes imaginar cómo ha sido mi vida. Sólo ama a Herenio; yo no cuento, ¿comprendes?

—Bueno, bueno... Yo lo arreglaré. Mañana mismo hablaré con él...

—¡Oh, no! No puedes. Se fue de viaje y no regresará en un mes.

—Entonces será mejor que regreses a casa. Cuando tu padre vuelva verás como ya se le ha pasado.

—¡No le conoces! Si supiera que he regresado sin su permiso sería capaz de matarme. Me quedaré aquí... De momento no quiero ir a esa casa.

—Está bien. El tiempo lo arreglará; el tiempo todo lo pone en su sitio —le dije para consolarla.

—¡No te apartes de mí, por favor! —suplicó.

Aquello no me lo esperaba, y menos en ese momento, pero lo deseaba, me sentí feliz teniéndola entre mis brazos. Comencé a besarla y a acariciar sus cabellos, mientras ella se aferraba a mí, cambiando los sollozos por fuertes inspiraciones que hacían vibrar su pecho contra el mío.

—¡Eh! —gritó entonces Salonina desde algún sitio—. ¡Aquí no! ¡Hala!, venid conmigo, tortolitos.

Cogió de la mano a Dionisia y tiró de ella. Yo las seguí por el jardín hasta las casitas de los esclavos que estaban al otro lado de un prolongado huerto. Salonina abrió la puerta de una de las casas y le gritó a una esclava que estaba cosiendo.

—¡Vamos, Histia, sal de aquí!

La muchacha obedeció y desapareció enseguida. Dionisia y yo entramos. Salonina cerró la puerta por fuera y oímos alejarse sus carcajadas mientras nos entregábamos a nuestra pasión.

# 16

Al cabo de un mes, Decio regresó y me mandó llamar de inmediato. Cuando estuve en su presencia, tragué saliva, azorado, y no pude evitar ruborizarme, al suponer lo que sucedería si supiera que me había estado viendo durante más de un mes con su hija en casa de su amigo el senador Salustiano.

—¿Qué te sucede? —me dijo al ver mi cara—. ¿No te alegras de volver a verme? Cualquiera diría que has visto a un fantasma. ¡Alegra esa cara, hombre!

—Me ha sorprendido que me llamaras —murmuré—. No sabía que habías regresado.

—Ha llegado tu momento, Félix —me dijo poniéndome la mano en el hombro—. La semana que viene serás admitido definitivamente al orden ecuestre.

—¿La semana que viene? —exclamé—. ¿Tan pronto?

—Y hay algo más —añadió—. Mira ahí.

En un rincón del despacho, había un bulto tapado con una capa.

—¿Qué es? —pregunté.

—¡Vamos, descúbrelo!

Me quedé sin habla. Al retirar la capa me encontré con una impresionante armadura de caballero. No le faltaba de nada; brillante, pulida, con impecables correas engrasadas, y una espectacular figura de Minerva en medio de la coraza, rematada con adornos broncíneos. También había grebas, lorigas, un yelmo magnífico con una cresta en forma de penacho de erizadas crines y el *sagún*, que era lo que yo sostenía en la mano y que había cubierto el resto. No recordaba haber visto un conjunto guerrero tan bien terminado.

—¡Es demasiado! —exclamé—. ¡No puedo pagar esto! Se me terminó el dinero hace tiempo.

—Anda, tonto, acéptalo. Es mi regalo para el día que seas nombrado caballero. La encargué junto con la de mi hijo Herenio. Tú te lo mereces tanto como él.

—¡Es demasiado! —insistí—. Me habría conformado con algo más sencillo.

—¡Nada! Te esperan cosas importantes y debes representar lo que vas a ser: un gran caballero. Hoy día en el ejército, con tantos advenedizos y tantos bárbaros mercenarios, es necesario que se distingan los verdaderos romanos.

—Gracias, Decio —le dije emocionando—. No creo haber hecho tanto como para merecer un regalo así. Pero puedes estar seguro de que llevaré esta armadura con honor. Jamás te defraudaré.

—Lo sé; tengo mucha confianza en ti y en la nueva generación que parece despuntar al fin entre tanta corrupción y degeneración. Ya sabes que lo mejor que me han dado los dioses es mi hijo Herenio. Hoy mismo le entregaré a él su armadura. Quiero que estés presente. ¿Vendrás esta noche a mi casa a cenar?

—Claro, Decio. ¿Cómo no? Quiero ver el semblante de Herenio cuando reciba su armadura.

Esa misma tarde, en la villa de Decio, vi al joven entusiasmado, pasando su mano, temblorosa por la emoción, por la imagen del dios Apolo que tenía grabada su coraza. En general, la armadura era semejante a la mía, por lo que yo también me emocioné al comprobar que el senador me consideraba digno de ir como su propio hijo.

Pero me alegré aún más al ver que Dionisia estaba en la casa. Cuando encontré la ocasión, la llevé aparte y le pregunté al oído:

—¿Cómo es que estás aquí?

—Todo se ha solucionado —respondió—. Mi madre fue a buscarme y me dijo que a mi padre se le había pasado ya el enfado.

—Me alegro mucho —le dije—, sinceramente. Es mucho mejor así.

Supe que a partir de aquel momento me sería mucho más difícil encontrarme con ella a solas, pero prefería esa solución. Aquel asunto de la casa de Salonina me tenía desasosegado y vivía preocupado por si algún día llegaba a saberse. No me habría perdonado destrozar a Decio de esa manera, después de lo que él había hecho por mí.

Sirvieron la cena bajo el pórtico de entrada, entre la puerta principal y la sobria columnata que lo sostenía, de manera que estábamos a un nivel superior al jardín que se extendía abajo, ante nosotros. Más allá estaban los prados, limitados más lejos por los umbríos bosques. Fuimos viendo cómo el cielo perdía su color azul intenso, a medida que avanzaba la tarde, y se teñía con tonos morados más oscuros cada vez. Pero, antes de que la noche cayera del todo, nos acercamos hasta el lar de la villa para hacer la libación. Decio se cubrió la cabeza y derramó incienso sobre las brasas encendidas, bajo la estatua del genio familiar a cuyos lados se alineaban los penates. En silencio, vimos ascender el humo blanco y perderse en el cielo infinito. Después roció con vino los pies de una bella imagen de Apolo que resaltaba con su mármol blanco entre dos oscuros laureles.

Terminado el rito, nos distribuimos en torno a la mesa y nos echamos en los triclinios. Una criada fue encendiendo las antorchas que se alineaban a un lado y otro, y las lamparillas situadas en el centro para que nos viéramos las caras. El senador estaba pletórico, satisfecho, rodeado de su radiante familia: su hermosa mujer, Cupienna Etruscilia, y sus tres hijos. Me recreé paseando la vista por ellos. La luz de las llamas jugaba maravillosamente con sus rostros de raza ilírica. Viéndolos allí, en la armonía del viejo estilo familiar, era inevitable sentir nostalgia de la Roma de siempre; con el *pater familias* al frente de la casa, afianzado en los dioses y en el amor a los antepasados.

Se habló de todo en la mesa. Decio contó lo que había hecho en su viaje y, después, por deferencia al invitado, se dirigió a mí para saber cómo había transcurrido ese mes y medio de mi vida en Roma. Le expliqué mis progresos en el cuartel y no escondí mi entusiasmo por la proximidad de mi ingreso en el orden ecuestre. Luego él siguió preguntando a sus hijos; le gustaba saber lo que sucedía en su ausencia. Cuando le llegó el turno a Dionisia, no pude evitar sentir la tensión del momento. Pero el senador, como si tal cosa, le preguntó tan sonriente como con los demás:

—Y tú, pequeña, ¿qué tal has estado en casa de mi amigo Salustiano? ¿Ha sido buena idea enviarte a la ciudad durante todo ese tiempo?

Dionisia se ruborizó, me buscó con los ojos y después respondió:

—Claro, padre; ya sabes lo bien que me entiendo con Salonina.

Aquello me pareció extraño; no entendía a qué venía la pregunta del senador. Pero todo se desveló cuando él, como si yo le hubiera pedido una explicación, se volvió hacia mí y me dijo:

—Me pareció buena idea enviar a Dionisia a la casa del senador Salustiano, para que entrara en contacto con la ciudad. Es ya una mujer y tanta vida campestre no me parece adecuada para ella. Es bueno que empiece a entrar en contacto con la sociedad e ir pensando en buscar un marido.

—¡Bah! —exclamó Dionisia dando un respingo—. ¡Qué tontería! Yo no tengo ninguna prisa.

—¡Ah, ja, ja, ja...! —rió Decio—. ¿Ves como estás sin domesticar? ¡Pobre del que tenga que cargar contigo!

Ardí de rabia por dentro. Dionisia me había mentido, estaba seguro de ello. Si su padre la había echado de casa como ella decía, ¿qué sentido tenían esas explicaciones? Entonces comprendí que había sido todo un montaje urdido con Salonina; una de sus mentiras. Deseaba estar a solas con ella para interrogarla, y el resto de la cena transcurrió sin que pudiera quitarme de la cabeza aquel asunto.

Menos mal que, cuando todavía no era muy tarde, el senador se levantó y dijo:

—Bien, aún estoy cansado del viaje; me retiro a dormir.

Nos pusimos todos en pie para dar por terminado el banquete. Pero él nos retuvo.

—Oh, no; vosotros seguid. Hace una buena noche para conversar. Sois jóvenes y seguro que queréis continuar la velada. Pero a mí perdonadme; me caigo de sueño.

Cupienna también se disculpó y se marchó con su esposo. Entonces le pedí a Dionisia que nos apartáramos un momento para hablar a solas.

Ella me siguió por el jardín, hasta un lugar donde apenas llegaba la luz de las antorchas.

—Dionisia... —traté de decirle. Pero ella me rodeó el cuello con los brazos y me atrajo hacia sí. La aparté y le grité—: ¡Me has mentido!

—¡Shsss...! —dijo ella poniendo su mano en mis labios—. Pueden oírnos esos dos.

—¿Por qué me has mentido? —insistí—. Todo era falso, ¿verdad? Tú padre no te echó. Fuiste a casa de Salustiano con su consentimiento. ¿Qué necesidad tenías de mentirme?

—¡Bah, tonto! —dijo restándole importancia— ¿Por qué te pones así? Anda, bésame.

—¡No! Dime antes por qué esa mentira.

—No lo sé, Félix —respondió con tono inocente—. Me dejé llevar por Salonina. A ella se le ocurrió que si inventábamos esa historia sería más fácil atraerte hacia mí.

—¡Pero eso es absurdo! —repliqué—. No es necesario urdir enredos para ganarse a las personas.

—Es un juego, ¡bobo! No te pongas así. Estamos juntos, ¿no? Ahora eso es lo único que debe importarnos.

Dicho esto, se abrazó a mí. Sentí su cuerpo ardiente, palpitante, y deseé apretarlo contra mi pecho; pero me contuve. Trataba de razonar; de ver claridad en aquel turbio asunto; pero su piel suave y su aroma ofuscaban más mi mente.

—No me gusta nada lo que hiciste —comenté—, y tampoco me gusta Salonina. Por favor, prométeme que no te dejarás influir por ella ni una vez más.

—Anda, ¿qué te pasa?

—¡Prométemelo!

—Sí, te lo prometo. ¡Bésame!

Ella acariciaba mi espalda, y trepaba con sus dedos hasta mi nuca. Busqué sus labios con los míos y la besé. Querría no haberlo hecho en aquel momento, pero era más fuerte que yo.

## 17

Si algo les debía la Roma de aquellos años, en que todo se desvanecía, a hombres como Decio era sobre todo haberle devuelto al ejército parte de la confianza perdida en los últimos tiempos. Era él quien se había empeñado en crear una caballería independiente como cuerpo de combate; aunque la cúpula militar, dominada por el grupo árabe de Filipo, no veía la necesidad de implicarse demasiado en ese esfuerzo. Por eso, fue el círculo de militares próximo a Decio el que se encargó directamente de acometer la gran empresa; convencidos de que el ejército representaba todo lo que era visible de la civilización superior romana. Ya Séptimo Severo se había dado cuenta de eso y había promovido una serie de reformas, como el aumento de la paga y el permiso de matrimonio legal para los soldados en servicio; y se habían añadido luego otras ventajas que permitían a los soldados avanzar en el escalafón social hasta los mismos estamentos privilegiados del orden ecuestre y senatorial. Siendo así que el ejército vino a convertirse en el único medio de superar los abismos insalvables por la extracción de origen. Pero también, con esto, se convirtió en una fuente de provisión para la administración civil; de manera que proporcionaba oficiales ecuestres para las abundantes procuratelas imperiales. Lo cual había sucedido con muchos veteranos, especialmente los árabes, que habían retornado a la vida civil como miembros destacados de su comunidad de origen, con sus privilegios legales e inmunidades fiscales, y las magistraturas locales estaban llenas de antiguos oficiales.

Pero a mí no me interesaba algo así. Y creo que eran por entonces pocos los compañeros de la nueva caballería que habían entrado allí para hacer después carrera en la vida civil. Al menos no era ése el espíritu que nos transmitieron nuestros superiores. Por el contrario, había un deseo generalizado de regresar a la institución militar creada por Augusto y desarrollada a lo largo de los dos primeros siglos del Imperio; que manifestaba una gran decadencia en los últimos tiempos, con dos problemas fundamentales: la insuficiencia de un sistema de defensa estático frente a presiones cada vez más duras de los pueblos exteriores y la incompetencia de las legiones que estaban minadas por el escaso reclutamiento y la poca calidad guerrera y moral de los efectivos. Por eso se habían producido constantes sublevaciones de los ejércitos provinciales. Las luchas de los bárbaros invasores pedían la creación de un ejército móvil, estacionado al lado del emperador o en lugares neurálgicos de las provincias. Precisamente lo que buscaba Decio con la nueva caballería: un ejército rápido, desplazable, articulado en unidades de quinientos jinetes, expertos y disciplinados.

Pero el artífice de la transformación no fue el senador, sino su lugarteniente, el general Valeriano, un viejo militar, experto en organización, que había servido tanto en las campañas de Persia como en el Danubio frente a los germanos. Y se había dado cuenta ya desde hacía tiempo de que había cambiado la forma de guerrear: las luchas contra persas y germanos, que basaban su táctica en la utilización de grandes masas de caballería, hacían de ésta un arma fundamental. Por eso había que transformar las tropas a caballo del ejército romano, hasta entonces sin importancia, y reorganizarlas para crear la gran caballería de combate independiente: la nuestra. También habían cambiado las armas de tiro, ganando significación, y las legiones debían ser adiestradas con nuevas técnicas más acordes con lo que tenían que enfrentarse. Las legiones debían reducir el número de sus efectivos para hacerse más móviles y los legionarios sustituyeron el tradicional *gladius* y el *pilum* por la *spatha* germana de doble filo y la *lancea* arrojadiza.

A nuestros destacamentos se les llamó *vexillationes*, y vivíamos la emoción de pertenecer a algo nuevo, sabiendo que a partir de aquel momento se modificaría la forma de luchar; lo cual nos hacía estar deseando acudir al combate para poner en práctica las técnicas que habíamos aprendido. Éramos los protagonistas de una nueva oscilación en la historia militar, la superioridad del jinete más pesado, apto para precipitarse contra el adversario en grupos, conservando su cohesión en la maniobra; y no podíamos estar más orgullosos por ello.

Provisionalmente, me encomendaron el mando de una unidad de caballería, con lo que pasé de golpe a gobernar a quinientos jinetes. Me dijeron que sería sólo para preparar el gran desfile de presentación del nuevo destacamento, puesto que yo ya tenía cierta experiencia por mi antigua pertenencia al desaparecido regimiento de carros.

Faltaban treinta días para el acontecimiento y me dediqué plenamente a organizar la unidad para no defraudar a Decio. Entonces me di cuenta de que el mando no se me daba del todo mal. Traté a los soldados como si fueran compañeros, sin ponerme en ningún momento por encima de ellos, y la táctica dio resultado. Acostumbrados como estaban a las brusquedades de los oficiales pretorianos, no tardaron en cogerme aprecio. Descubrí también que para gobernar a un número tan grande de hombres no había nada mejor como intimar con un grupo de ellos, de manera que se sintieran incondicionales amigos en vez de subordinados. Y fueron los cinco centuriones que escogí para que mandaran cada una de las centurias que componían mi unidad: Herenio Decio, Antiocus, Lucius, Marinus y Aciliano.

Aunque sabíamos que nuestra misión era solamente provisional, nos entregamos plenamente a ella, con una ilusión que nos hizo ser verdaderamente felices. Trabajábamos denodadamente, pues contábamos con poco tiempo, en conseguir que la sección evolucionara en movimiento como si fuera un solo jinete. Conseguíamos rápidas alineaciones en forma de estrella, en círculo, en punta de lanza; maniobras envolventes, espectaculares asaltos a pleno galope y un montón de formaciones vistosas para impresionar en el desfile. Las horas que teníamos libres, íbamos a las tabernas y seguíamos inventando lo que haríamos al día siguiente. Fuimos los primeros en incorporar el escudo redondo persa y la larga lanza de choque, cuya conveniencia era todavía muy discutida. Pero el general Valeriano, que era un militar abierto a las innovaciones, me dio permiso para intentar el experimento. El propio Decio sufragó de su peculio los escudos y las lanzas como ofrenda a la diosa Minerva.

Estuve tan entusiasmado con todo esto, que mi ascenso al orden ecuestre se me echó encima sin que apenas me diera cuenta. Pero una vez que me vi en el atrio del Senado, acompañado de otros cincuenta caballeros, para recibir mi anillo áureo, sentí una gran emoción y un gran orgullo, porque percibí que aquello no se lo debía a la suerte de haber nacido en una familia noble, sino a mi propio esfuerzo y a los derroteros por donde me había llevado la Fortuna. A partir de ese momento podía lucir en mi toga la banda purpúrea, el *augusticlavo*; y recordé que un día mi padre, que también fue équite, me dijo que sólo debía llevarlo quien sintiera en su alma que lo merecía, y no el que lo hubiera conseguido por el abuso de ser presentado como hijo o heredero de algún caballero.

Pero lo verdaderamente emocionante era el gran desfile que nos esperaba. Y por fin llegó el día señalado en los Idus de Julio. La noche anterior, fui con los centuriones a hacer un sacrificio a Minerva, en el antiguo santuario del Aventino; nos pareció lo más conveniente. Ofrecimos un toro, que era lo máximo, convencidos de que la ocasión lo merecía, y presentamos nuestros escudos para que fueran rociados con la sangre, siguiendo la costumbre que se había impuesto últimamente para solicitar la protección de la diosa en la guerra. Aunque, como sabéis, mi armadura me la proporcionó Decio, el escudo lo encargué yo mismo a mi gusto: redondo, de madera forrada por dentro con cuero y por fuera con brillante hierro con un relieve representando a la Égida con la cabeza de Medusa en el centro.

Después fuimos a brindar a una conocida taberna que solíamos frecuentar. No podría describiros la ilusión que sentíamos en aquellos momentos.

Al día siguiente, la celebración de la presentación del nuevo ejército comenzó con una especie de cabalgata en la que los del orden ecuestre acudieron con todos los distintivos del mismo, recordando la antigua *recognitio* de los caballeros inaugurada por Augusto, con los caballeros veteranos al frente, portando las recompensas que hubieran recibido por sus servicios y con coronas de olivo. Comenzó la marcha en el templo del Honor, en el Foro, y terminó en el Capitolio, desde donde cada una de las secciones se encaminó hacia el circo Máximo, que era el lugar previsto para el desfile.

El emperador estaba en el palco presidencial, con los grandes magistrados. Y supongo que toda la ciudad estaba allí, expectante; aunque dudo mucho que tuvieran alguna idea de lo que representaba la novedad de las unidades vexilatorias para el Imperio. Eran tiempos en los que a la gente lo único que le interesaba del ejército era la vistosidad de los desfiles. Por eso se entusiasmaron cuando vieron aparecer una tras otra las cinco secciones de caballería rápida, es decir, un total de dos mil quinientos jinetes perfectamente equipados y evolucionando con agilidad a lo largo de la pista.

Algunos de los centuriones de mi unidad se disgustaron porque nos habían dejado el último lugar, de manera que desfilaron todos antes de que nosotros lo hiciéramos. Pero yo no lo sentí sino como una gran deferencia, pues se marcaba así más las novedades que nos diferenciaban del resto. Supuse que Valeriano lo había hecho aposta, porque en el fondo él también estaba entusiasmado con lo nuestro.

No se habían visto nunca en Roma las lanzas largas, sino únicamente los tradicionales *pilum* que portaban los jinetes en sus fundas, amarrados a los aparejos de los caballos, y que sólo se sacaban en combate. Cuando vieron aparecer un bosque de quinientas lanzas largas, moviéndose velozmente, se levantó un gran murmullo de admiración. Yo cabalgaba delante, sobre mi gran caballo hispano de inmejorable planta, luciendo mi rojo penacho y mi capa, y el escudo pulido que lanzaba destellos; pero lo más emocionante era sentir detrás la tierra temblando, bajo las pisadas de las cinco filas de jinetes, con cien caballos cada una.

Más tarde, toda la cúpula militar disfrutó contemplándonos en la gran explanada del Pretorio. Hicimos todas las maniobras que habíamos ensayado y nos salió todo perfecto. Al finalizar nos felicitaron; aunque algunos siguieron poniendo en duda que las nuevas armas llegaran a ser efectivas, lo cual era de esperar.

## 18

Pasó un año, en el que me convencí definitivamente de que lo mejor que hice en aquel tiempo fue ingresar en el ejército. Una y otra vez le pedía a Decio que me enviara a los *limes*; mis centuriones también lo estaban deseando. Nos ilusionábamos suponiendo cómo sería nuestra entrada en combate. Queríamos hacer cosas grandes. Además, llegaban constantemente noticias de escaramuzas con los bárbaros, que se adentraban aquí o allí para incomodar a las ciudades fronterizas. Pero Decio siempre respondía lo mismo:

—No. Tened paciencia. No hemos hecho el nuevo ejército para enviarlo a perseguir bárbaros malolientes por los bosques.

En el fondo, el senador tenía razón, y hacía bien en frenar nuestros impulsos. No se trataba de seguir improvisando, como se había hecho durante los últimos años. La finalidad del ejército no era saciar la sed de aventuras o el ansia de botín de los hombres; para eso estaban los mercenarios y los auxiliares. Ahora se necesitaba otra cosa: una fuerza fiel y leal, capaz de permanecer con temple en Roma para asegurar la estabilidad del emperador, y evitar así que una vez más se produjera una sangrienta revuelta dispuesta a imponer su candidato. Eso sólo era capaz de verlo un hombre como Decio, enamorado del viejo orden. Con frecuencia él evocaba los tiempos de Augusto, o de Trajano, y estaba convencido de que la vida podía volver a ese punto. Tenía paciencia. Confiaba en que los dioses tan sólo estaban quietos, expectantes, pero no habían abandonado a Roma.

Lo bueno era que durante aquel tiempo los árabes empezaron a desaparecer del panorama. Se agenciaban buenas procuradurías en África y en Oriente y se marchaban a vivir la buena vida. En el fondo, nunca les gustó vivir en la Capital. Se sentían diferentes, y supongo que comenzaban a darse cuenta de que nunca serían admitidos en la vieja sociedad patricia. No quedaban pues muchos militares árabes en los altos cargos, y a ninguno se le ocurrió intentar meterse en el Senado; no estaban tan preparados como para eso. En Roma permanecía tan sólo la corte particular del emperador, gastando y gastando, aprovechándose de todo lo que el gran poder de su pariente podía ofrecerles. Nunca pude haber supuesto, cuando le conocí en Mesopotamia, que un hombre tan dispuesto y seguro de sí como Filipo pudiera degenerar de aquella manera y rodearse de tantos gaznápiros. De él sí podía decirse que se durmió en los laureles.

Me hice muy amigo del general Valeriano. Noté que él me iba tomando cariño día a día. A menudo me pedía que le acompañase en sus desplazamientos oficiales o me invitaba a ir a comer con él a su casa. Hablábamos con frecuencia. Y me percaté de que, aunque había sido durante mucho tiempo el lugarteniente de Decio, era diferente a él y en muchas cosas pensaba de otra manera; porque Valeriano tenía diez años más y estaba ya de vuelta en algunos asuntos. Por otra parte, no era tan obsesivo de la austeridad y el orden como el senador ni tan radical en el tema de la religión. De hecho, no tenía inconveniente en acudir regularmente a dejarse aconsejar por un teúrgo egipcio llamado Macriano que estaba muy de moda, y algunas veces convidaba a su casa a conocidos gnósticos con los que le gustaba conversar.

En cierta ocasión, mientras íbamos a caballo a una villa de Tibur para visitar a un amigo suyo, me sorprendió la manera en que se confió a mí. Hablamos de todo; de los árabes, de la situación caótica de la administración y del descontento que reinaba en cierto sector del ejército.

—Decio tiene esperanzas en que las cosas puedan llegar a enderezarse —comenté.

—¿Enderezarse? —dijo, chasqueando después la lengua contra el paladar—. Decio es demasiado optimista. Piensa que lo mejor es tener paciencia y confiar en que las nuevas generaciones vengan con otros bríos. Pero no se da cuenta de que, en vez de desaparecer la corrupción, lo que sucede es que aumenta, y que esos jóvenes en los que tiene tanta esperanza no son sino los hijos de los tiempos que vivimos.

—¿Y qué puede hacerse? —le pregunté.

Detuvo el caballo y me miró directamente a los ojos. Era un hombre sereno, cuyo rostro tenía grabado el reflejo de todo el mundo que había visto.

—Mira, Félix —respondió sin alterar la expresión—, mientras no tengamos un emperador en condiciones, aquí no cambiará nada. Y te diré lo que yo pienso: Filipo puede que fuera un líder para sus hombres, no digo que no, pero aquí, en la cúpula del Imperio, no es nada más que el hijo de un jeque camellero que gobierna en el Palatino como si siguiera en su tienda, en mitad de las arenas de su maldito desierto árabe.

—Sí, yo también pienso eso —confesé—. Conozco muy bien a los nabateos. Hice la guerra con ellos, ya lo sabes, y no pude dejar de sentir que se aprovecharon de mi ingenuidad de entonces. Pero ¿qué se puede hacer?

—¡Quitarlos de en medio! —respondió a la vez que arreaba al caballo para continuar el camino.

—Eso supondría elevar a un nuevo emperador. ¿No te parece que ya ha habido demasiadas revueltas militares? Decio piensa que ahora es el momento de parar...

—¿Y dejar que herede el trono el hijo de Filipo? ¿Tú crees que haría otra cosa diferente a lo que hace su padre? ¡Bah!

—Entonces, ¿quién puede ser el más indicado para sucederle?

—Una nueva dinastía. Un emperador impregnado del viejo espíritu. Alguien seguro de sí, inteligente, decidido y, sobre todo, un verdadero romano.

—¿Quién? ¿Dónde hay un hombre así?

—¡Aquí en Roma! ¡Decio es ese hombre! —respondió con rotundidad.

Me sorprendió que me confesara tan abiertamente lo que pensaba. Pero vi que tenía razón, y le dije:

—Claro, Valeriano. Eso que dices sería maravilloso. No hay otro hombre mejor que Decio para poner cada cosa en su sitio. Pero él es un senador, y un militar fiel; jamás se rebelaría. Ya sabes lo que piensa de la ininterrumpida sucesión de deposiciones violentas que se han vivido.

—Ése es el problema. Lo cual es una verdadera lástima. Pero, en fin, que sea lo que los dioses quieran. Seguiremos como estamos y que ellos dispongan lo que ha de ser de Roma.

Era muy difícil vivir rodeado de tanto descontento y no contagiarse. Todo iba a la deriva. No he conocido los tiempos antiguos, pero llegué a creerme que había vivido en ellos a fuerza de escuchar constantemente lo mal que iban las cosas en el presente y lo deseable que era retornar al pasado. Esa nostalgia nos iba embargando y a veces se convertía en rabia al ver que la vida pasaba y nada indicaba que pudiera haber un cambio.

Pero la corrupción estaba tan afianzada que no se apreciaba ningún indicio de que pudiera llegar un momento en el que algo del orden perdido retornara a ocupar su sitio. Por el contrario, los pocos magistrados honrados que quedaban preferían retirarse antes que seguir un día más soportando aquella situación. El erario público se derrochaba a la vista de todos, en gastos desmesurados que sólo buscaban contentar a la plebe; los espectáculos no podían ya llegar a ser más burdos, más obscenos y más vacíos de sentido. Parecía que lo único que interesaba era la sangre, el dolor y las debilidades humanas de cualquier clase, con tal de que no fueran fingidas. Por eso se perdió el sentido del antiguo teatro, en el que, ya fuera en la tragedia o en la comedia, las miserias de los hombres se ocultaban detrás de las máscaras. Ahora se buscaba la realidad; todo debía verse en el espectáculo, hasta el último detalle. Acudí un par de veces a aquellas representaciones que por entonces estaban de moda; y me sentí asqueado y confuso. Y puedo aseguraros que no era yo el único que pensaba así. Aunque parte de los males de entonces se achacaban a los jóvenes, éramos muchos los que nos veíamos ajenos al absurdo torbellino que engullía a la sociedad de nuestro tiempo.

Debéis creerme cuando os digo que Roma daba la impresión cada vez más de haber agotado sus energías vitales, de no avanzar ya sino por el impulso del pasado. En todos los ámbitos se apreciaba esa decadencia, incluso en el arte que se había imbuido de un encanto dulzón, y las esculturas eran sosas, banales y estereotipadas. En los monumentos reinaba lo colosal, y la influencia oriental se veía por todas partes, en los excesos en la decoración, en el énfasis, en el deseo de llenarlo todo de sabrosos detalles, pero cuyo conjunto carecía de sentido y de verdadera grandeza. De todo ello, había algo que a mí me disgustaba más que nada: la atracción que Persia ejercía sobre un gran sector de la población. Es propio de todas las sociedades profundamente deficientes considerar con malsana emoción a sus adversarios, y la amenaza sasánida era entonces la más seria enemiga de Roma; aquella que se oponía a sus tradiciones, ejercía sobre ella una extraña fascinación. Y yo, que había conocido de cerca los métodos de la religión mazdeísta, no podía soportar ver las procesiones al amanecer con los fuegos sagrados, recorriendo las calles de la vieja Roma, como si de repente hubiera regresado a Ctesifonte. Mientras las viejas divinidades continuaban viviendo por la fidelidad de los humildes, el innumerable Panteón de dioses asiáticos arrojaba una oleada de potencias sobrenaturales que hallaban todas ellas sus adoradores entre los ricos del momento; y bullían el ocultismo y el esoterismo; la magia y la astrología se difundían por doquier.

Hoy me doy cuenta de que lo que de verdad le sucedía a aquella Roma era que había perdido ya el sentido de la vida, que no sabía adónde iba y qué perseguía, en una desatada huida hacia delante, hacia un fin que ya no podía definir.

Creo que era esa sensación la que nos impulsaba a desear tanto la guerra; porque era como buscar la escapada, la confrontación del impulso ciego que nacía del asco y del hastío. Éramos jóvenes y nuestro mundo no nos gustaba; había pues que luchar contra algo o contra alguien para desgarrar la realidad y buscar el horizonte.

## 19

Hay veces que pretendemos engañarnos diciéndonos que es amor, cuando lo que de verdad nos sucede es que hemos sido atrapados por un cuerpo. Precisamente eso —he de confesarlo—, era lo que a mí me sucedía con Dionisia. Pero ir en pos de aquella belleza me suponía tener que soportar todas las tonterías y todos los caprichos que se albergaban en su linda cabecita; y, lo peor de todo, también tener que ir detrás de la imaginación calenturienta de su inseparable amiga Salonina.

Por aquel tiempo salíamos mucho por Roma. Creo que después de aquella fiesta, tras la cual les enseñé la vida nocturna de la Urbe, se aficionaron demasiado a las tabernas de ambiente dudoso. Decio se mostró más tolerante con Dionisia y ésta no dudó en aprovechar la coyuntura. Fueron días y noches de no parar. Si no hubiera estado tan cegado por ella, creo que no habría aguantado tanto tiempo aquel ritmo. Pero no me extenderé narrando nuestra febril peregrinación, de fiesta en fiesta, por la Roma sensual y ebria de placer de aquellos días en que todo valía con tal de aparentar una felicidad que en el fondo ocultaba una cierta sensación de hastío ante el absurdo de vivir.

No voy a decir que lo pasara mal entonces, pues no me faltaban amigos, diversión y amor. Pero a veces me resultaba tan decepcionante todo lo que veía sobre la Tierra, que mi alma volvía a sus viejas preguntas. Supongo que por eso tenía tantos deseos de ir a la guerra. Aunque parecía que los generales no se iban a decidir nunca a enviarnos al frente.

No interpretéis mi desencanto como la queja de alguien que disfrutó y desdeña lo que sabe que no ha de volver; no se trata de eso. Si quiero expresar fielmente cómo me encontraba, inevitablemente he de recordar que, a pesar de que mi espíritu estaba adormecido, mi conciencia seguía agitada a veces entre mil enigmas. Pero las respuestas que recibía eran múltiples y contradictorias. Y no era yo sólo el que se debatía y angustiaba ante los eternos problemas de Dios, de la naturaleza, de la muerte y del destino; en medio de tan prodigiosa confusión, me di cuenta de que muchos otros andaban en búsqueda. Las miradas se elevaban entonces naturalmente hacia el cielo. Pero las contestaciones que se recibían de él eran tan exóticas y, a veces, ridículas que pocas almas quedaban satisfechas.

La magia y la astrología se difundían por doquier. Y Salonina, como muchas damas desocupadas, era una auténtica aficionada a hurgar en los destinos y a dejarse llevar por los sacerdotes astrólogos que estaban entonces de moda. Pero para alguien como yo, que había conocido de cerca a los caldeos de esa Mesopotamia en la cual hacía milenios que se había instaurado el culto de divinidades astrales, las paparruchadas de los aficionados instalados en Roma no me suscitaban ningún fervor. Además, aquella pretendida ciencia exacta, que tenía a muchos encandilados, no dejaba de ser un sincretismo más que se había apropiado de algunos elementos de la sabiduría griega y del esoterismo egipcio; enlazándose con las tradiciones de Hermes Trismegisto y con otros secretos y asociándose a los demás cultos orientales. En el fondo, era más de lo de siempre: los mejores sacerdotes astrólogos lo único que hacían era añadir a sus doctas enseñanzas algunos elementos de moral tomados en préstamo de otras doctrinas, a la vez que satisfacer el supersticioso anhelo de las almas por conocer el porvenir.

Dionisia en cambio se lo creía todo a pies juntillas y constantemente estaba empeñada en llevarme a las insoportables reuniones organizadas por aquellos charlatanes, en cuyas predicaciones no había otro fondo que el fatalismo: puesto que el mundo terrestre parecía absurdo y la desdicha era el patrimonio del hombre contemporáneo, lo que había que hacer era dejar obrar a los destinos y atender a los cursos de los planetas. Hasta que un día me planté y le puse las cosas claras.

—Mira, Dionisia —le dije—, yo tengo veintisiete años, y ya he pasado por todo esto. No me creo nada, lo siento. No estoy dispuesto a escuchar a nadie más. Lo que hay es lo que se ve, sea bueno o malo. No quiero saber nada más. Hace tiempo que me cansé de que me explicaran el porqué del mundo. Ahora sólo quiero vivir.

—¡Bueno! —protestó—. ¡Ya salió el que todo lo sabe! ¿Por qué eres tan incrédulo?

—Ya te lo he dicho. Yo tuve tu edad, y en ella me cansé de perseguir explicaciones. Comprendo que tú ahora estés alucinada con todas esas cosas; pero te digo que no encontrarás nada ahí, en la magia y en las peroratas de esos cuentistas.

Como si no hubiéramos mantenido esa conversación, a los pocos días Salonina y ella fueron a esperarme a la salida del cuartel. Herenio y yo terminábamos muy fatigados la jornada, después de una intensa sesión de adiestramiento sobre el caballo, y sólo queríamos en aquel momento relajarnos en las termas y cenar después en algún lugar tranquilo. Nos sorprendió encontrarlas allí, pues solíamos reunirnos con ellas al final de la semana, y aún faltaban un par de días. Al vernos, Dionisia saltó de la litera y corrió hacia mí, se colgó de mi cuello y me dijo al oído:

—Félix, tenemos una sorpresa.

—¿Una sorpresa?

—Sí. ¡Vamos, no hay tiempo que perder! Subid a los caballos y seguidnos.

El lugar de la sorpresa estaba al pie de la *scalae cassi*, en una casa antigua que se escondía entre un frondoso y mal cuidado jardín cuyo sendero de acceso casi desaparecía en la umbría de cipreses, rosales y asilvestradas enredaderas. Al llegar frente a la fachada, a esa hora de la tarde, en la penumbra que producían los enormes árboles, una cierta sensación lúgubre se acentuaba por el olor a cera quemada y a resinas aromáticas egipcias.

—Pero... ¿se puede saber adónde nos lleváis? —murmuré.

—¡Shsss...! —replicó Salonina—. ¡Por favor, no os impacientéis! Ahora lo veréis.

Nos abrió la puerta un esclavo de tez oscura, ataviado con la librea de estilo alejandrino, y nos hizo pasar a un vestíbulo oscuro, con columnas rojizas y estucos abarrotados de jeroglíficos y escenas propias de las regiones del Nilo. Allí aguardaban también media docena de personas que habían acudido, como nosotros, a lo que quiera que fuera aquello, fiesta, reunión o ceremonia, pues aún no lo sabíamos.

Después de un rato, apareció un extraño personaje que se dirigió inmediatamente a Salonina, para cumplimentarla y saludarla efusivamente, sin que de momento reparara para nada en nosotros. Hasta que ella nos presentó:

—Dionisia y Herenio, hijos del senador Decio, y un amigo nuestro, Félix, del cuerpo selecto de équites.

—¡Ah, maravilloso! —exclamó él esbozando una descomedida sonrisa.

—Éste es Macriano —nos dijo Salonina—. Ha tenido la amabilidad de invitarnos a una de sus sesiones teúrgicas. Ésta es la sorpresa que os reservábamos.

Macriano era un hombre de color arena, con unos ojos profundos que le miraban a uno fijamente, como si quisieran decir que podían leerle los pensamientos; su nariz era afilada y su rostro largo, terminando en una barba de chivo que aderezaba con algún producto para que se mantuviera tiesa y en punta. Era egipcio de origen, y por aquel tiempo el teúrgo más afamado de Roma, además de un buen matemático, según decían, experto en muchos otros saberes. Pero sus reuniones eran muy restringidas, pues él se cuidaba mucho de no ser confundido con los múltiples «sabios» que pululaban por ahí y que él consideraba embaucadores. Por entonces, algunos maestros como él habían preferido llamarse «teúrgos», por considerar insuficiente las palabras «teosofía» o «filosofía» puesto que, en lugar de conformarse con conocer a los dioses, tenían la ambición de actuar con ellos, por ellos y como ellos; a la vez que se separaban de los practicantes de los oráculos caldeos.

Nos hicieron pasar a una sala con decoración artificiosa y fantasmagórica, en la que reinaba la oscuridad, salvo en los rincones iluminados por la luz vacilante de las velas. Allí Macriano habló desde una especie de púlpito, vestido de blanco, y dejándose bañar por la luz que le enviaba un espejo situado a sus pies en el que se reflejaban unas lámparas, consiguiendo el efecto que él pretendía: resaltar entre las sombras y ser el único centro de atención. He olvidado el contenido de su discurso, pero recuerdo que estaba poblado de símbolos y de evocaciones a los misterios egipcios de la vida de ultratumba, con alusiones a los espíritus de los muertos que se convierten en démones que pueden acudir en nuestra ayuda o, por el contrario, a perjudicarnos. Los presentes le escuchaban con la boca abierta, pero a mí me entró sueño y creo que incluso ronqué, porque Dionisia me clavó un par de veces el codo en el costado.

Después vino el espectáculo. Macriano se retiró a alguna parte cuando empezó a oírse música y unos ruidos insólitos; y emanaron desde algún lugar perfumes, vapores y humos. Luego aparecieron algunas sombras en movimiento y juegos de luces que impresionaron a todo el mundo. Entonces, alguien empujó desde el fondo de la sala una gran imagen de Hécate, con tres rostros y un perro vivo atado a su brazo, que avanzó hacia nosotros sobre una plataforma con ruedas seguida por unas cuantas mujeres vestidas con pieles de lobo, como una jauría aullante. Dionisia, aterrorizada, clavó sus uñas en mi antebrazo y dio un gran grito.

—¡Es la hora de hablar con los muertos! —exclamó Macriano desde detrás de unas cortinas con una voz profunda y cargada de seducción.

Una gruesa mujer desnuda se situó entonces en medio de la estancia y empezó a convulsionar, como si fuera a entrar en trance. Luego se arrojó al suelo y se puso rígida, con los ojos en blanco. Macriano avanzó hacia ella y le hizo una especie de pases mágicos con un cetro; tras lo cual, se volvió hacia nosotros y nos dijo:

—Los espíritus están en ella. Podéis preguntarle lo que queráis saber acerca de la vida presente y futura.

Reinaba un silencio tenso y todos estábamos serios, expectantes. Y el efecto no podría haber resultado más creíble si no hubiera sido por lo que pasó a continuación: el perro se fue hacia la gruesa mujer y le hundió su nariz en la entrepierna, para olerla, a lo que ella dio un respingo y abrió los ojos, sobresaltada, con lo que estropeó todo el ambiente. Aunque, enseguida, volvió a dejarse caer en su «éxtasis». Pero yo no pude evitarlo; me entró una risa ingobernable que inmediatamente se le contagió a Herenio y, por más que quisimos sujetarnos, al final se nos escaparon las carcajadas.

Macriano se volvió hacia nosotros con la indignación dibujada en su rostro, al ver que se echaba a perder el clima místico de su sesión, y como viera que éramos incapaces ya de contenernos, se enfureció y nos gritó:

—¡Estáis enojando a los espíritus! ¿Sabéis acaso a quiénes os enfrentáis con esas burlas?

Pero la cosa ya no tenía arreglo, porque algunos de los presentes también se habían contagiado y aquello ya no había manera de que recobrase la seriedad. Entonces Macriano empezó a gritarnos más furioso aún:

—¡Fuera, necios! ¡Fuera de aquí! ¡Hécate os castigará por esto! ¡Los démones os harán sufrir! ¡Yo os maldigo!

Salimos Herenio y yo de allí, aprisa, sin poder contenernos todavía la risa, y al llegar al jardín exterior nos revolcamos a placer por la hierba, dejando escapar las carcajadas.

Dionisia y Salonina salieron indignadas detrás de nosotros y enfilaron el sendero sin decirnos nada. Las seguimos tratando de disculparnos de alguna manera.

—¡Lo siento! —les grité— ¡Por favor, comprendedlo! Esa gorda ahí tirada... y el perro...

—¡Ja, ja, ja...! —seguía riendo Herenio.

Alcancé a Dionisia y la sujeté por un brazo.

—Dionisia, por favor —insistí—. ¡Quién iba a pensar que ese perro...!

Ella me miró con los labios apretados y con ojos fieros; pero, súbitamente, algo se encendió en su mirada y se le dibujó una débil sonrisa que trató de reprimir. Y después tampoco pudo ella aguantarse la risa.

# 20

Bajo un radiante sol de mayo, Flora desplegó todos los aromas de la primavera y poco después nos pareció que el verano se había anticipado, pues los calores aligeraron las ropas y las tardes se tornaron doradas y largas. Pero, como suele suceder en estos casos, acudieron oscuros nubarrones que desataron violentas tormentas con feroces truenos que hacían temblar los magnos edificios, vientos que levantaron los tejados y lluvias trepidantes que lo inundaban todo. Los patios que había al final de mi casa se anegaron y el agua corrió por los pasillos hasta el vestíbulo, escapando después hacia la calle, tras haber arruinado la pasta base de los mosaicos que no terminaban de componerme. El barro se adueñó de toda la superficie y mi modesta vivienda en obras se hizo inhabitable. Entonces recogí mis pertenencias más indispensables y me trasladé al cuartel, mientras no consiguiera contratar a alguien para que pudiera recomponer tanto desperfecto.

En el fondo me alegré, porque mi nueva residencia me facilitó identificarme aún más con la vida militar. Entonces pude apreciar de cerca que los caballeros estábamos siendo el alma del verdadero ejército romano, y que si queríamos retornar a los tiempos gloriosos no había otra forma de hacerlo que rehabilitar el orden ecuestre, recomponerlo y recuperar su sentido. Pero eso era muy difícil. En Roma todavía podía encontrarse algo de ese espíritu; no así en otros lugares del Imperio, donde a muchos se les consideraba soldados por el hecho de haberles dado una lanza y un pedazo de tierra, con la condición de que acudieran cuando se les llamara. En algunas fortalezas emblemáticas de la frontera seguía habiendo guarniciones al viejo estilo, pero eran los menos. La mayoría de las guerras se hacían con fuerzas compuestas por alas de auxiliares, mercenarios bárbaros y ejércitos de federados, indisciplinados, organizados a su manera y, por supuesto, indiferentes ante la gloria de Roma.

Ardíamos por dentro cuando nos llegaban noticias de los *limes* amenazados por pueblos hostiles, en los que las autoridades, en vez de organizar la defensa, solucionaban el asunto con sacas de monedas y con cargamentos en especie para contentar a los agresores. O, peor aún, cuando los soldados se replegaban hacia el interior, a la menor amenaza, dejando abandonadas las fronteras sin el más mínimo interés por arriesgar sus vidas. Por no hablar de los territorios que, sencillamente, desobedecían las órdenes que llegaban desde Roma de defender este o aquel lugar. Algunas provincias alejadas vivían como independientes, en convivencia con los bárbaros, pagándoles tributos y dejándoles asentarse en los dominios del Imperio, antes que tener que enfrentarse a ellos. Te enterabas de estas cosas a través de los veteranos que regresaban jubilados o que pedían la reserva, hartos ya de ver cómo se descomponían las fronteras sin que nadie desde la Urbe hiciera algo por remediarlo.

Llegamos al colmo de la indignación cuando hablamos con un viejo legado que regresó jubilado después de haber defendido Viminiacium, en la línea danubiana, donde dos años antes se había puesto freno a los carpos, en la famosa campaña que le había valido a Filipo el título de *Carpicus Maximus* antes de que se presentara triunfante en Roma para celebrar los juegos del Milenio.

El viejo militar se llamaba Gario, era enjuto y reseco; amigo personal de Valeriano, por lo que acudió con éste al acuartelamiento para contemplar cómo maniobrábamos. Se vio entonces lo orgulloso que el general Valeriano estaba de nosotros, porque gozaba mostrándoles a sus antiguos compañeros los progresos de las tropas encomendadas a su mando. Al terminar la exhibición, nos invitó a un ágape en la taberna, donde quiso que Gario nos conociera de cerca y departiera con nosotros.

—¡Os felicito y brindo por vosotros! —exclamó el viejo legado emérito nada más acomodarnos en torno a la mesa—. Esto me hace recordar otros tiempos y me levanta el ánimo, querido Valeriano —prosiguió volviéndose hacia su amigo—. ¡Cuánta falta hacen hombres como éstos en la frontera!

Valeriano, henchido de satisfacción, alzó la vista hacia el cielo y dijo como para sí:

—¡Ah, si yo tuviera treinta o cuarenta años! Me iría con ellos al fin del mundo. Iban a saber esos bárbaros que Roma aún pertenece a sus dioses.

—¡Vamos a esa frontera, Valeriano! —exclamé llevado por un impulso—. ¡Pídele al Senado que nos envíe allí!

—¡Eso, general! —secundaron otros oficiales—. ¡Envíanos allí! ¡Estamos deseándolo!

—Bueno, bueno —pidió calma él, extendiendo pausadamente las manos—. No os exaltéis. Ya hemos hablado de esto con frecuencia. No es aún el momento oportuno.

—¿Por qué no? —salió al paso su amigo Gario—. Estos jóvenes tienen derecho a demostrar lo que valen; hay que darles su oportunidad. ¿Quién se opone a que salgan a defender el Imperio adonde más se los necesita? ¿Qué hacen aquí? ¿No estáis acaso ya lo suficientemente preparados?

Valeriano le miró circunspecto, cruzó los brazos y se echó hacia atrás en su asiento. Después de un breve silencio, respondió:

—¿Crees que yo no pienso así? ¿Para qué supones que los hemos preparado?

—¿Entonces? —murmuró el legado—. ¿De quién depende la decisión?

—Bueno... —respondió el general con cautela—. Ya sabes, el alto mando es quien dispone. Se le ha propuesto y... parece ser que no se toma ninguna decisión al respecto.

—¡Mierda! —saltó Gario—. ¡Esos malditos árabes! ¡No tienen ni idea! ¡Cuándo empezarán a funcionar las cosas!

—Habla con Decio —propuse—. Gario, tú has estado allí y debes aportar tu experiencia. Si Decio ve la necesidad de enviar el nuevo regimiento, puede comunicarlo al Senado. Tal vez entonces el emperador se decida a hacer algo de una vez. Filipo suele confiar en lo que el senador Decio le propone.

—Tienes razón —asintió él—. Iré inmediatamente a verle. Decio tiene otro talante y sabrá comprender todo lo que le diga sobre lo que sucede en las regiones danubianas.

Supongo que el legado Gario se esforzó cuanto pudo en explicarle a Decio el peligro que amenazaba más allá de Viminiacium, en las fronteras que él había defendido fieramente, con escasos medios y poco interés por parte de los soldados que, de tarde en tarde, le enviaban desde la Urbe. Después supe a través del general Valeriano que el senador se había desgañitado en la asamblea exponiendo la necesidad de hacer un replanteamiento del sistema defensivo de los *limes*, pero como él era de Sirmium, una población cercana a la provincia en cuestión, habían malpensado que su proposición era interesada y le habían dado largas. Roma estaba demasiado acaparada por los árabes y los orientales como para hacerle caso a un ilirio sospechoso de hacer retornar las cosas a tiempos anteriores. Una vez más nos vimos desanimados. ¿Para qué tanta preparación y tanto entusiasmo? Le daban a uno ganas de dejarlo todo y orientar su vida en otro sentido.

Pero una semana después, como si en algún lugar hubieran hecho coro a nuestros deseos, llegó por fin la noticia de que graves sucesos amenazaban la paz en el norte.

Fui a toda prisa al barracón de la prefectura y me encontré allí a Decio y a Valeriano, frente al gran mapa que colgaba en la pared norte, que era el que correspondía a las regiones del Danubio. El gesto de ambos era grave, y señalaban diversos puestos con el dedo mientras hacían conjeturas. Al advertir mi presencia, Decio se volvió y me dijo:

—¡Ah, Félix, estás ya aquí! Vamos, acércate. Ha sucedido algo que va a afectarte a partir de este momento.

Avancé hacia donde estaban. El senador tuvo que empinarse para apuntar con el dedo un lugar del mapa, al norte.

—Los bárbaros federados de Brigetio se han sublevado —explicó—. Asesinaron a los soldados de las guarniciones vecinas, saquearon Aquincum y se replegaron después hacia sus tierras. Pero lo peor es que, aprovechando la coyuntura, los terribles yácigas del otro lado del Danubio atravesaron el río y han hecho toda clase de tropelías en la región.

—Lo que se temía, Félix —añadió Valeriano—; al no haber una seria contención, los bárbaros se remueven.

—Sí —prosiguió Decio—. Y ha llegado el momento de actuar. El emperador me ha pedido que organice un ejército que vaya allí a poner orden.

—¡Júpiter! —exclamé—. ¿Ha llegado nuestro momento?

—¡Claro! —respondió él—. No tendremos una oportunidad mejor para demostrar la eficacia de la nueva caballería. Enviaré allí una legión, con infantes y caballeros al estilo tradicional, alas de auxiliares y tres unidades de vexilatores. Tu irás al frente de estas últimas.

—¿Cuándo partimos? —pregunté entusiasmado.

—Enseguida —respondió Valeriano—. Debéis prepararlo todo en menos de una semana. Saldréis hacia Aquilea, para desde allí ir a poneros a las órdenes del legado de Emona. Ya os indicarán después cuál ha de ser vuestro cometido en esta campaña.

—No os defraudaremos —aseguré.

—Sí, lo sé —observó Decio—. Pero he de darte un consejo: habréis de ser humildes. No hemos creado el nuevo regimiento para impresionar a nadie, salvo a esos bárbaros inmundos. Poneos a las órdenes de aquellos generales y actuad sólo si os lo piden. Creo que los dioses os reservan un destino glorioso. ¡Que ellos dispongan su momento!

# 21

Después de haber conocido las provincias orientales del Imperio, Mesopotamia y Palestina, no podía imaginarme que algún paisaje fuera a impresionarme; pero al llegar a las regiones danubianas me sentía en un mundo verdaderamente diferente. Entonces me di cuenta de que las noticias demasiado pobres que nos llegaban de esa vasta zona se relacionaban en su mayor parte con la historia de los ejércitos. Ya desde tiempos antiguos, los viejos militares solían decir que quien no había estado allí no conocía la guerra.

Y lo que yo sabía acerca de esas tierras era bien poco; que se agrupaban en esa extensa región todas las provincias por donde corría el *Danubius* de los celtas, el *Istex* de los helenos, y que los pueblos que se establecían al otro lado de su orilla izquierda eran bárbaros, estrechamente emparentados entre ellos, con fieros instintos de rapiña que les llevaban a frecuentes tentativas de forzar las fronteras del norte de Italia; lo cual obligó desde siempre al Imperio a mantener un denodado esfuerzo por cubrir por estos lados la península y la metrópolis. La más conocida era Retia, quizá por las campañas de Druso y Tiberio, bajo Augusto, que redujeron por fin los clanes germánicos de los réticos que se reunían para el pillaje en el valle del Po. Siempre se recordaba que los soldados llevaron como esclavos a gran número de jóvenes de este pueblo, no dejando en el país más que la mano de obra indispensable para el cultivo, y los veteranos vinieron a reemplazar a los desterrados. Las fronteras de Retia nunca fueron precisas; al norte, el Danubio sirvió en un principio de límite; después se llevó más lejos, hasta el día en que Adriano hizo establecer el *Limes Raeticus* y fijó la capital en la parte más rica, *Augusta Vindelicorum*. Sin embargo, la región montañosa quedó largo tiempo descuidada y, aparte de Curia Raetorum y Brigetio, los habitantes se hicieron independientes, conservando incluso su lengua. Los valles de este gran macizo atrajeron muy pronto de nuevo a los bárbaros; primero los catos, bajo Marco Aurelio; luego les llegó su turno a los marcomanos, más temibles aún. Después, Cómodo retiró las tropas a sus antiguas posiciones, reduciendo casi a la nada los esfuerzos de Varo y de Marco Aurelio en estos parajes. A partir de Alejandro Severo, el *limes* de empalizadas construido por Adriano, y que había pasado a ser después un muro de piedra, fue evacuado. Actualmente, los alamanes habían obligado a las autoridades locales a atrincherarse detrás de la barrera de agua; no constituían un ejército propiamente dicho, pero hacía tiempo que nadie se atrevía a pasar el río, porque residían en los bosques del otro lado, dueños y señores ya de lo que en otro tiempo fueran municipios romanos.

Ahora el peligro no estaba como otras veces en Retia, sino en Nórica y, sobre todo, en Panonia inferior. Por lo que nuestro viaje debía transcurrir más al este, por la llamada ruta de Aquilea, siguiendo las vías apisonadas con el fin de dar todas las facilidades a los ejércitos y a los comerciantes romanos para penetrar por los valles del Friul y del Save. Continuando después hacia el norte, cruzando el Drave, para ir al territorio militar de primer orden, donde los campamentos romanos estaban sufriendo la presión del temible pueblo de los yácigas, que se agitaba junto al Danubio, y los cuados, más al norte, que tenían en jaque a la legendaria Carnuntum, donde Séptimo Severo fue proclamado emperador.

Desde Aquilea hasta Neuportus el viaje se hizo prácticamente de un tirón, pero más adelante, en Emona, hicimos nuestra primera parada, para esperar a que avanzara la primavera y cesaran las persistentes lluvias. El campamento estaba a orillas del río Save, en el mismo lugar donde Augusto fundó una colonia de veteranos que precedió a la anexión entera de Nórica. Los barracones se extendían a lo largo de un plano cuadrado, perfectamente ordenado, con sus calles que cubrían canalizaciones abovedadas. Casi en sus mismas puertas, Emona se alzaba fortificada por precaución, aunque se dedicaba sobre todo al negocio pacífico; los ríos vecinos la ayudaban. Puede decirse que esta ciudad, además de ser la más prospera, era el núcleo desde donde se gobernaba no ya Nórica, sino también toda Panonia inferior, cuyos territorios comenzaban al otro lado del Save. En otro tiempo hubo un legado consular para cada una de las provincias, pero en la actualidad, dados los constantes conflictos con los bárbaros, la Panonia se había quedado casi desierta y era gobernada por el mismo legado de Nórica, que residía en Emona mandando dos legiones.

Os podéis imaginar el descanso que supuso para nosotros llegar a las llanuras de las vegas, despejadas y cubiertas de cultivos florecientes, después de un largo viaje por umbrías y boscosas regiones de montaña. Aunque los nublados persistieron y el tiempo invernal se resistía a dejar paso a la primavera, enviando vientos desagradables del este. Era delicioso sentirse seco junto al fuego, saboreando la tierna carne asada que tan fácil era conseguir, resguardados en los viejos edificios del campamento, bajo cuyos techos habían residido aquellos soldados de los tiempos gloriosos.

Cuando cesaron definitivamente las lluvias y el aire se detuvo, un rojo cielo apareció una tarde en el horizonte sobre las turbulentas aguas que se perdían hacía el oeste. A la mañana siguiente lució un brillante sol y una extraña quietud reinaba en el ambiente, detenido el crepitar del agua en los tejados y el ulular del viento entre las alamedas del río. Hacia mediodía, un tímido canto de pájaros preludiaba los maravillosos días que se avecinaban.

Mientras el alto mando no se pusiera de acuerdo en la forma y la fecha del inicio de la campaña, no teníamos nada que hacer, salvo ir a recorrer las calles de Emona que empezaban a convertirse ya en un gran mercado. Fue una semana después, con las aguas ya serenas, cuando empezó una febril actividad batalera en el río. Barcas y más barcas llegaban desde Siscia, Sirmium y Singidunum, y desde los innumerables pueblecillos que se alineaban en las orillas, para exhibir sus productos en el emporio fluvial que reunía en primavera la mayor concentración humana de la región. Entonces era cuando se apreciaba lo mezclados que estaban estos pueblos: el pueblo ilírico se había fundido con la masa céltica inmigrada que, a su vez, en buen acuerdo con los indígenas, no había opuesto gran resistencia a las infiltraciones italianas de veteranos y comerciantes asentados ya definitivamente. También se veían germánicos y tracios, de los que habían formado parte de las alas de mercenarios federados, cuya mezcla quedaba atestiguada sobre todo por el atuendo de sus mujeres. Era pues una población en la que abundaban los singulares rasgos de estas razas: ojos y cabellos claros, miembros largos y cierta lentitud en sus movimientos, así como una especie de resonancia metálica en la pronunciación de nuestra lengua latina. Entonces te dabas cuenta de la grandeza y variedad del Imperio. Qué lejano se veía todo esto al peculiar Oriente romano.

Supongo que en tierras como éstas, con tan largos y fríos inviernos, el triunfo del sol estival suponía llegar al delirio, con la llegada de tal cantidad de gente. Nosotros tuvimos que conformarnos con pasar allí sólo un par de semanas de primavera, puesto que enseguida llegaron las órdenes de partir hacia la fortaleza de Mursa, desde donde había de iniciarse la ofensiva contra los yácigas.

La inminencia del combate nos llenó de euforia. Yo recibí la noticia junto con otros oficiales, en el gran edificio que hacía las veces de Pretorio en el centro del campamento. Allí nos reunió el legado y nos comunicó que los terrenos estaban ya lo suficientemente secos para iniciar el desplazamiento hacia las orillas del Danubio, de manera que se nos concedían dos días para ponerlo todo en orden y, al sonido de las trompetas, el próximo viernes sería la partida.

La fortaleza de Mursa, junto al río Drave y muy cerca de la desembocadura de éste en el Danubio, era impresionante. Aquí sí se comprendía que ése era un territorio militar de primer orden y que los bárbaros estaban sólo un poco más allá. No eran los imponentes muros de piedra oscura ni las elevadísimas torres lo único que te sobrecogía al final de la calzada, en el gran claro robado a los bosques, sino la inmensa extensión protegida por un intrincado laberinto de empalizadas y muros de adobe en cuyo centro se alzaba el *castrum*. Al ver esto, supimos por qué nos habían mantenido en Emona hasta que viniera el buen tiempo, pues asentar en estas explanadas a tal cantidad de hombres y caballos habría convertido la zona en un insufrible barrizal, ya que la fortaleza no tenía espacio suficiente para albergar a las tropas de refuerzo. De manera que tuvimos que poner manos a la obra nada más llegar y levantar cabañas con troncos. Además de la guarnición que permanecía allí de manera estable, fuimos a asentarnos al pie de las murallas una legión completa de la Nórica y las tres unidades de vexilatores llegadas desde Roma.

El gobernador de la fortaleza, Marino, era un tribuno que se encontraba ausente a nuestra llegada, por lo que recibimos las primeras instrucciones del suboficial que asumía el mando en sustitución y cuyo nombre he olvidado. Pero sí recuerdo que nos convocó a los jefes en una amplia y fría sala donde nos puso al corriente de la situación, de una manera que por fuerza hubo de sorprendernos. Explicó:

—El tribuno Marino es un militar singular; un loco temerario para algunos, especialmente para los que no conocen la guerra de cerca y sólo reciben noticias de ella desde sus cómodos asientos de Roma. Pero para nosotros, que bregamos día a día con las hordas de bárbaros rabiosos, es un valiente —sus palabras resonaban potentes bajo la bóveda de ladrillos. Se hizo un expectante silencio. Los rostros reflejaban la gravedad del momento, puesto que empezaba a atisbarse la cercanía del peligro—. Hay que estar aquí, un año y otro, para entender lo que pasa. Aquí no se trata de perseguir pastores de cabras por los cerros, como con los carpos...

Un murmullo brotó de la reunión. Nos miramos unos a otros. La alusión a Filipo no podía ser más clara. El emperador se había presentado en Roma como vencedor de los carpos, después de poco más de un mes de campaña en la línea danubiana, cuando el trabajo sucio y anónimo lo venían haciendo estos hombres de la frontera hacía décadas.

—¡Esto es diferente! —prosiguió con energía—. Ahora vais a saber lo que son bárbaros. Yácigas, bastarnos, marcomanos y cuados llegan en oleadas, sin parar, desde el este y desde el norte, como salidos de las entrañas de los infiernos, y confluyen justo aquí, en esta línea fronteriza, desde Mursa a Carnuntum... ¡No damos abasto! ¡Es agotador! ¿Creéis que estamos de brazos cruzados, a verlos venir? ¡No! Constantemente hacemos ofensivas, los buscamos, damos con ellos y matamos a cientos, a miles... Pero vienen más...

—¿Y las olas de auxiliares? —preguntó un tribuno de Nórica—. Antes daba resultado lanzar a bárbaros contra bárbaros. ¿Es que no hay dinero para pagar a los federados mercenarios germanos y dalmacios?

—Hay federados auxiliares —respondió el suboficial—. Precisamente a eso ha ido el tribuno Marino; a reclutar bárbaros en las proximidades de Aquincum, más arriba. ¿Crees que sin ellos duraríamos aquí un solo día? Pero no puedes fiarte. Últimamente los mercenarios son muy volubles... Ya os he dicho que aquí la guerra es muy compleja. Nunca se sabe lo que va a pasar mañana. Por eso, sólo puedo daros la siguiente norma: ¡siempre preparados! En cualquier momento, cuando menos lo esperéis, os podéis ver envueltos en un combate. Así son aquí las cosas; no hay previo aviso. Y la vida de un soldado no vale nada en la Panonia... Eso, ya lo veréis.

—Entonces —le preguntó otro de los oficiales—, en principio, ¿qué hemos de hacer? ¿Hay alguna orden precisa?

—De momento no —respondió él—. Sólo lo dicho, esperar y estar preparados. Cuando Marino regrese, después de efectuar un reconocimiento, él nos indicará por dónde hemos de empezar.

Habría preferido que mis hombres no hubieran oído aquellas explicaciones; eran desalentadoras, confusas. Pero fue inevitable, porque los centuriones también habían sido convocados a la reunión. Al salir de la fortaleza, los vi un poco cabizbajos, y me temí que el buen ambiente que habíamos tenido hasta entonces entre nosotros se echara a perder.

Antiocus me pareció el más desanimado en aquel momento.

—¿Qué clase de guerra hemos venido a hacer aquí? —me preguntó.

—¿Preguntas eso por lo que acaban de decirnos ahí? —respondí—. Vamos, no os desaniméis. Al principio suele suceder que las cosas no son como uno las ha imaginado. Pero ya veréis como tendremos ocasión de lucirnos.

—No sé —comentó él—. He tenido la impresión de que las batallas aquí son en los bosques y ¿habéis visto cómo son estos bosques? Nosotros nos hemos preparado para atacar en formaciones alineadas, haciendo cargas rápidas. ¿Crees que ahí, entre esa maraña de árboles, podemos hacer algo?

—Bueno, bueno —le dije—. Eso ya se verá. No adelantemos acontecimientos.

Pocos días después solicitamos autorización para hacer una descubierta más al norte, en las tierras que según decían estaban en paz y no habían sufrido aún las embestidas de los yácigas.

—Permaneced siempre a este lado del Danubio —me ordenó el tribuno—. El peligro está al otro lado. No paséis el río bajo ningún pretexto; los bosques allí resultan imprevisibles.

Siguiendo estas instrucciones, emprendí la calzada que subía hacia el norte, en dirección a Savaria, con la intención de tomar contacto con el país, sin pretender pasar por ahí más de tres días. Esas zonas eran uniformes, con algunos montículos cubiertos de bosques y amplias zonas despejadas, especialmente en los alrededores de los pueblos panonios. En ellas el terreno, generalmente fértil, ofrecía el aspecto de un mar de trigo ondulado por el viento; pero se trataba de pastos donde pacía libremente el ganado caballar de las aldeas. Con tantos ríos y arroyos, así como lagunas resultantes de las pasadas lluvias, algunas veces tuve la sensación de haber regresado a Mesopotamia.

—Estos llanos son otra cosa —le dije a Antiocus—, ¿verdad? Aquí sí podríamos poner en funcionamiento las tácticas que conocemos.

—Tienes razón —asintió—. Ojalá pudiéramos luchar en terrenos como éste.

Aquella zona estaba en paz, y era la más civilizada, con algunas poblaciones de aspecto genuinamente romano, calzadas, puentes y abundante tránsito de comerciantes. Incluso, en una de las casas de postas que atravesamos, un rico hacendado nos salió al paso y nos animó diciendo:

—¡Ah, qué gusto ver a tantos soldados! A ver si vais al otro lado del Danubio y ponéis en orden de una vez por todas a esas alimañas bárbaras que andan asustando a las ciudades del río.

Preguntábamos aquí y allí, y en todos los sitios nos respondían lo mismo. Casi todo el mundo había oído relatos de pueblos del otro lado masacrados, de feroces asaltos, de amplias zonas arrasadas, abandonadas después; y de que ya no se podía ir por ahí con el ganado, en busca de pastos libres y a la aventura. Un gran temor flotaba en el ambiente.

Cuando regresamos a la fortaleza de Mursa, nos encontramos con que Marino ya había vuelto. Como la reunión del tribuno con los demás oficiales ya había tenido lugar, creí oportuno ir a su despacho para presentarle mis respetos. Pero su ayudante me dijo que en aquel momento se encontraba tomando un baño en las termas.

—Bien, en otra ocasión volveré —dije.

—Oh, no —repuso él—, te acompañaré a los baños. Marino recibe a cualquiera en cualquier lugar.

Insistió tanto el ayudante que no me pareció oportuno contradecirle, así que le seguí hasta las termas y, una vez allí, decidí que un baño no me vendría mal después del viaje. Dejé mi ropa en el vestuario y pasé al *caldarium*, que era donde al parecer se encontraba Marino:

—Aquel de la esquina es —me dijo el ayudante.

Había una espesa neblina de vapor que impedía distinguir bien las caras, pero, al fondo, vi a un hombre de espesa barba sentado sobre una toalla y recostado en la pared, como dormitando. Me acerqué hasta él. Nunca he visto un cuerpo con más cicatrices. Tendría Marino unos cincuenta años, y su piel parecía un mapa, surcado por rosadas hendiduras, aquí y allí. Se encontraba con los ojos cerrados y los labios entreabiertos, roncando, y destacaba una gran cicatriz que prolongaba su boca desde la comisura izquierda, mostrando el hueco de una encía destrozada por un golpe que debió de ser terrible y que ya había cicatrizado. También su frente estaba surcada un par de veces y le faltaba el lóbulo de una oreja. No era alto, pero abultaba a lo ancho, por sus amplios hombros y sus enormes brazos que descansaban cruzados sobre su vientre.

No creí conveniente despertarle, así que me sumergí en el depósito de agua caliente y, después de relajarme allí un rato, fui a sentarme cerca de él para esperar a que saliera de su profundo sueño. Entonces reparé en que, aunque me consideraba un hombre fuerte, yo parecía insignificante, sin ninguna señal de heridas guerreras en mi cuerpo, al lado de aquella mole compacta y endurecida como un viejo tronco de encina.

Cuando despertó, me miró como extrañado y se desperezó después sin decir nada.

—Soy Félix —me presenté—, el jefe de la unidad de vexilatores.

Volvió a mirarme, esta vez de arriba abajo, y, con una voz quebrada que sólo podía escapar de aquella garganta cubierta de vello hirsuto, respondió:

—¡Vaya, el jefe de los niños bonitos de Valeriano!

No me gustó nada aquella contestación y debió de notarlo, porque al momento repuso:

—Bien, bien, no pongas esa cara, muchacho. No lo he dicho con ánimo de ofender. ¿Cómo se encuentra el viejo?

—¿Te refieres a Valeriano?

—Claro, ¿cómo está el viejo zorro?

—Muy bien. Envía sus saludos.

—¡Ah, qué bien hizo en quitarse de aquí! Servimos juntos en Mesia en tiempos de Séptimo Severo. Entonces ambos éramos simples decuriones. Ya ves, él ahora en Roma; y yo no he salido de aquí...

—Eso será porque no quisiste. Después de tanto tiempo de servicio nadie permanece donde no le gusta estar.

Me miró ceñudo, desde unos ojos entre fieros y sorprendidos.

—¡Vaya! Tienes razón, pollo. Pero tú no sabes cómo son las cosas aquí, en las regiones danubianas. Cuando crees que la tormenta ha cesado, prepárate, porque viene el huracán. Aquí no se ha parado de luchar. No es que los viejos, como yo, nos creamos indispensables, pero a esos pulgosos bárbaros de más allá no se los conoce en diez días... ni en diez años —carraspeó y escupió a un lado, en el suelo, aunque el bacín estaba sólo un poco más allá. Desde luego, no hacía ningún esfuerzo para ser agradable. Prosiguió—: No me malinterpretes. A mí me importa una mierda que Valeriano decidiera irse a la Urbe; tiene derecho a hacer carrera como quiera, y me alegro de que se fijaran en él. Siempre se le dio muy bien eso de ser tomado en serio. Valeriano se hizo viejo cuando cumplió los veinte; yo le conozco desde hace mucho. Le gustaba más la toga que la armadura. Con ese aire..., digamos, «místico», y ese hablar pausado... En Roma gustan las personas así; ¡qué diablos! Luego se pegó al senador ilirio ese... Decio, eso, Decio. Le conocí también en Mesia, en Sirmium; él es de allí. ¡Bah! Otro de esos remilgados militares que hacen la guerra desde sus despachos. ¿Conoces a ese Decio?

—Sí —respondí con decisión—. Le conozco mucho y le debo mucho. Gracias a él estoy hoy aquí.

—¡Vaya! He vuelto a meter la pata —dijo con una sonrisa de medio lado, mostrando su desdentada encía—. ¡Pensarás que soy un animal!, ¿no?, pollo.

—No me llames pollo, por favor —repliqué con disgusto—; mi nombre es Félix. No soy un muchacho. Creo que te equivocas conmigo. Estuve en la campaña de Mesopotamia; conozco la guerra, ¿sabes?

—¿Cuántos años tienes? —me preguntó, volviendo a mirarme de arriba abajo.

—Veintisiete. Serví en la sección de carros y también he pasado lo mío, no creas.

—Humm... Te hacía más joven. ¡Saludémonos! —dijo mostrando una palma encallecida y unos grandes dedos, como garfios—. No vamos a llevarnos mal desde el primer día, ¿verdad?

Apreté su gruesa muñeca cuanto pude. A primera vista, Marino resultaba desagradable, pero después desvelaba el encanto de un verdadero veterano que en el fondo guardaba un buen corazón.

—Te invito a cenar, muchacho —propuso repentinamente.

Fui con él hasta el corazón de la fortaleza. Atravesamos el gran patio de armas y llegamos a las cocinas. Trataba con naturalidad a los cocineros, como si estuviera acostumbrado a pasar por allí frecuentemente.

—¿Qué tenemos, Nacus? —le preguntó a un grueso cocinero que acercaba una gran olla a las brasas.

—Ciervo con salsa de ciruelas pasas, mi tribuno —respondió Nacus, sonriente—. Te encantará.

—¡Humm...! Prepáranos a este oficial y a mí una mesa ahí mismo —le ordenó, señalando a un lado, junto a una gran chimenea.

Al momento, uno de los criados dispuso una mesa con dos rudimentarios triclinios. Colocó encima platos, copas y una gran jarra de vino. Nos echamos el uno frente al otro. El olor de aquella cocina era delicioso. Las puertas estaban abiertas de par en par y se veía el patio, donde los intendentes empezaban a repartir a los soldados de la guarnición tortas de harina y pedazos de pescado seco.

—Y dime, Filux, ¿de dónde eres? —me preguntó Marino.

—No, Filux no; Félix. Me llamo Félix y soy de Hispania, de Emérita, en la Lusitania.

—¡Ah, un lusitano! ¡Fenomenal! Nos entenderemos tú y yo. He tenido muchos compañeros lusitanos a lo largo de mi carrera. ¡Buena gente! Sinceramente, prefiero un hispano, un cartaginés o un siciliano a esos engreídos latinos.

—¿Y tú, de dónde eres?

—Soy dálmata, de Burmum; del sur. Justo al sur de donde estamos, en la costa. Primeramente fui marinero. Hasta que conocí la infantería en la guerra contra los marcomanos; me alisté y, ya ves, no he vuelto a moverme de la línea danubiana. ¿Ves todos estos agujeros? —me preguntó señalándose cada una de las cicatrices—. Son los recuerdos que me han dejado los malditos bárbaros. Todavía me sorprendo yo mismo de estar vivo. Aquí, en toda la boca, me dieron un hachazo. Parecía que me estaba riendo, porque me cortaron la cara casi hasta la oreja, y me tragué mis propios dientes. Menos mal que di con un buen físico tracio que me cosió con hilo de seda; porque, si no, habría estado comiendo moscas durante todo este tiempo. ¡Ja, ja, ja...!

Marino no paraba de hablar. Contaba y contaba anécdotas de todo tipo. Nos sirvieron el ciervo, y, después de comerlo, el vino. Cuando el tribuno dio el primer trago, dijo:

—¡Meada de burro! Es a lo que sabe al principio este vino de los panonios. A mí el vino me lo traen de mi tierra; pero ahora no me queda. No termino de acostumbrarme al caldo de aquí. Aunque, ¿qué remedio me queda?

No le gustaría, pero apuraba una jarra tras otra. Y yo, por acompañarle, bebí también más de la cuenta. Pero mereció la pena aquella borrachera, porque me enteré de muchas cosas y acorté una enormidad las distancias con Marino. Bien entrada la noche, cuando estábamos ya bastante cargados por el vino, me hizo una confesión que dudo mucho que se hubiera atrevido a soltar estando sobrio a alguien que conocía sólo desde hacía un rato.

—Me caes bien, Félix —dijo—. Eres diferente a lo que mandan últimamente desde Roma. Te diré una cosa, aunque te suene a una barbaridad: aquí no soportamos a esos árabes que ha metido Filipo en todas partes. ¿No hay nadie con redaño suficiente para cargarse a ese camellero pretencioso? Cualquier día... ¡Qué sé yo! Cualquier día nos alzamos... Ellos allí, disfrutando, y nosotros aquí conteniéndoles a los bárbaros. Empieza uno a estar harto.

Cuando ya era muy tarde, no se le entendía lo que decía y la cabeza se le iba para los lados. Entonces apareció el cocinero grueso y me dijo:

—¡Hala!, oficial, ya puedes irte a descansar. Ya me encargo yo del tribuno.

Lo levantó del triclinio y se lo llevó, cargándole sobre sus hombros, casi a rastras. Les seguí por el patio y después salí al exterior por la puerta principal, donde oí las risitas de los guardias al verme tambaleándome. Todavía no sé cómo conseguí bajar la cuesta tan empinada y dar con mi barracón.

# 22

El gobernador de Mursa, fuera de la locuacidad y la simpatía que le proporcionaba el vino, era un verdadero hueso. Cuando vino el legado imperial desde Vindobona para revistar a las tropas concentradas al pie de la fortaleza, lo pude comprobar por mí mismo, y llegué a pensar que no se acordaba ya de la velada que habíamos pasado juntos hacía sólo una semana en las cocinas.

Formé a mis hombres en el lugar que nos indicaron. Los caballos estaban pulcros, cepillados hasta un momento antes de la parada; las armaduras brillantes, las puntas de las lanzas pulidas. No creo que aquellos veteranos danubianos hubieran visto en su vida un espectáculo como el de nuestra unidad de vexilatores. Y creo que fue eso lo que les llevó a despreciarnos.

Ya a primera hora, había visto las caras de algunos de los oficiales reflejando la hilaridad que les producía vernos evolucionar en un último ensayo, fuera de las empalizadas. Pero nunca supuse que, cuando nos llegó el turno de presentarnos ante el Pretorio del campamento, llegarían a abuchearnos y a golpear burlonamente las espadas contra sus escudos. En aquel momento, habría ordenado de buena gana cargar contra ellos.

Cuando terminó el desfile, piqué a mi caballo y galopé hasta la tribuna. Estaba indignado y quería una explicación. Me detuve frente al alto mando que abandonaba sus estrados en ese momento y le grité a Marino:

—¿Qué pasa con tus hombres? ¿Ésta es la famosa disciplina de los veteranos de Mursa?

Se volvió hacia mí, arrogante, se desabrochó la correa del yelmo y sonrío irónicamente, alargando cuanto pudo la cicatriz de la comisura de su boca.

—¡Bueno, más despacio, pollo! ¡Espera a que te salga la cresta para cacarear en este gallinero! ¡Aquí la disciplina se demuestra en la batalla! ¡Espera a que tus niños bonitos oigan aullar a los yácigas desde la espesura del bosque! ¡Entonces los verás cagarse encima de sus lindos caballitos!

—¡Marino, basta! —le recriminó el legado imperial—. Esos muchachos no han venido aquí para ser humillados de esa manera. Tus hombres no recibirán hoy su ración de rancho como castigo a lo que han hecho.

Bajé la cabeza en señal de respeto al legado y en agradecimiento a su justa sentencia, y me marché de allí, pues no deseaba ver la cara que puso Marino. Pero no supuse entonces que aquella deferencia a favor nuestro iba a empeorar mucho más las cosas. A partir de aquel día, creció la enemistad entre los veteranos y nuestro regimiento.

En los días siguientes comenzaron las operaciones de rastreo, y las diversas unidades empezaron a desplazarse más allá, a las zonas boscosas que se extendían por la otra orilla del Danubio. Entonces Marino se vengó de lo del día del desfile. Como él era quien dirigía la campaña, nos ignoró completamente y no fuimos avisados en ninguna de las salidas que se fueron sucediendo. Mis hombres se desesperaban.

—¿Qué está pasando, Félix? —se quejó un día Lucius en nombre de los demás—. ¿Para esto hemos venido? Hace ya diez días que salieron los últimos hombres, la caballería tracia. ¿Y nosotros? ¿Por qué nos dejan aquí como si no sirviéramos para nada?

—Tengamos paciencia —respondí—. Alguna razón habrá. Mientras tanto, todo este tiempo nos viene bien para practicar.

—¡Vamos, Félix! —replicó—. Tú sabes bien que no nos tragan. Nadie aquí se fía de nosotros. Se piensan que hemos venido a lucirnos como cuando los árabes vinieron a llevarse la gloria de la campaña contra los carpos. Nadie se cree que nuestra caballería pueda llegar a ser eficaz.

Aquella situación era decepcionante y no debía continuar ni un momento más. Me armé de valor y fui a las dependencias de Marino en la fortaleza. Cuando su ayudante me dio paso a su despacho, lo encontré con la mirada puesta en unos documentos y me tuvo allí un buen rato, esperando sin que me hiciera el menor caso. Carraspeé un par de veces y, finalmente, se dio por aludido. Me miró de arriba abajo, como solía hacer, y preguntó con retintín:

—¿Tienes alguna queja que presentar? ¿Siguen estando a disgusto los soldaditos venidos de Roma?

—¡Ya está bien, Marino! —protesté—. Te he pedido un montón de veces que no uses ese tono conmigo. ¿Qué tienes contra nosotros? ¿Te he perjudicado acaso en algo? ¿Te han molestado mis hombres?

—Te recuerdo que los soldados de la guarnición se quedaron sin su comida un día por culpa vuestra —me echó en cara.

—¿Por culpa nuestra? ¡Ellos se lo buscaron! Actuaron indisciplinadamente en el desfile. Todo el mundo pudo verlo. Nos ofendieron. ¿Iba a callarme? ¡No hemos venido aquí para que nos humilléis! Empezamos a hartarnos de todo esto.

—¿Y a mí qué? —contestó poniéndose en pie bruscamente—. ¿Qué tengo yo que ver con vosotros? ¡Yo no os pedí que vinierais!

—Eres el jefe de las operaciones contra los bárbaros. Sin contar contigo no podemos hacer nada.

—¿Y...?

—Nos tienes relegados. No contáis con nosotros para nada. ¡No es justo! Mis hombres han venido ilusionados a luchar por Roma y se desesperan viendo cómo nos menospreciáis.

—¡Oye! —gritó—. ¡Yo tampoco me he movido aún de aquí!

—Pero han salido ya la mayoría de las secciones y nadie nos dice cuál es nuestro cometido.

—¡Eh, un momento! Mis hombres de confianza, mi guarnición de veteranos, tampoco se han movido todavía.

—¿Y a qué esperáis?

—Al momento adecuado. ¿Piensas que esta campaña es una simple cacería? ¿Una batida de mugrientos bárbaros en esos bosques? ¡Qué equivocado estás! ¡Qué equivocado está todo el mundo! Os creéis que esto de los yácigas es salir ahí, más allá del río, a perseguirlos en una operación de castigo contra unos salvajes desorganizados y hambrientos; y que bastará con coger cautivos a mil o dos mil de ellos y con destruir sus cabañas. No, Félix, estáis muy equivocados. Esto no es un juego de niños. Durante años hemos obrado así con los bárbaros; les dábamos un golpe y nos retirábamos otra vez a lo nuestro. Como se hace con un niño travieso, que se le da una bofetada y, ¡hala!, a esperar la próxima travesura. Ya no basta con eso. Tengo mis informaciones, ¿sabes? Últimamente lo de los bárbaros va muy en serio. Esto es una invasión.

—¿Una invasión? ¿Qué quieres decir?

—Pues eso, una invasión. Esos yácigas, al igual que antes los carpos, los marcomanos, bastarnos, cuados y sármatas, cruzan el Danubio porque sus tierras van siendo invadidas por otras tribus de bárbaros que llegan desde más lejos, del norte y de las grandes llanuras que hay al este, según dicen. Cientos de miles de germanos avanzan y van tomando terreno cada primavera. Antes se encontraban con fronteras bien guarnecidas por legiones genuinamente romanas, pero ahora en los *limes* sólo hay desorganizados ejércitos de federados, mercenarios o simples hordas de nativos que cultivan la tierra, incapaces de enfrentarse por sí mismos a tal avalancha.

—¿Eso se sabe en Roma?

—¡Ah, Roma! ¿Qué es Roma hoy día? ¡Parece mentira que vengas de allí y preguntes eso! Roma tiene puestos los ojos en Oriente. A los árabes de Filipo esto les trae sin cuidado; para ellos estos países pertenecen a un mundo lejano, frío, que nunca han entendido y que no entenderán jamás. Pero no se dan cuenta de que aquí se está templando el acero para el hacha que ha de cortarles el cuello.

Marino me había parecido un bruto. Ahora, al oírle decir esas cosas, me asaltaba una sensación contradictoria: o era un exagerado tremendista, que vivía obsesionado por los bárbaros a fuerza de pasarse la vida luchando contra ellos; o por el contrario, tenía razón, pues nadie como él conocía lo que de verdad estaba pasando. En cualquiera de los casos, yo me había quedado mudo, al imaginar siquiera la amenaza que según él se cernía sobre el Imperio.

—¡No pongas esa cara! —prosiguió—. Venías a decirme que querías luchar, ¿no? Tú y tus hombres no tenéis ni idea de lo que es la guerra. Hasta ahora habéis hecho batallitas de pacotilla sobre esos lindos caballitos...

—¡Marino no...! —salté.

—¡Déjame terminar, por Júpiter! —gritó dando un fuerte puñetazo en la mesa—. Te decía que no habéis estado nunca en un combate de verdad y, en eso, no me puedes quitar la razón. Pero tenéis ganas y eso me gusta. Aunque esas ganas tienen que transformarse en coraje; hasta que eso no pase no podré fiarme plenamente de vosotros. ¿Me has comprendido?

—Sí, perfectamente —asentí—. Y yo te digo que, cuando nos veas luchar, pensarás de otra manera.

—No sé —murmuró llevándose los dedos a su barba rizada y canosa—. Hay una cosa que me preocupa.

—¿Qué es?

—Esa caballería vuestra. No le veo la utilidad, la verdad. Tengo la sensación de que los yácigas, con sus grandes hachas y sus mazos, les quebrarán las patas a esos caballos y daréis en tierra con ellos antes de que podáis siquiera pensarlo.

—Te equivocas —repliqué—. Hemos hecho decenas de maniobras con hombres reales que nos atacaban a pie o a caballo. Hemos aprendido a ensartar maniquíes de paja casi con los ojos cerrados. Esas lanzas que manejamos, ligeras y largas, constituyen un arma inigualable para la carga a toda velocidad.

—Pero esos bárbaros son altos y fornidos; su constitución no tiene nada que ver con la de los hombres latinos. No es fácil derribar a esos gigantes.

—¡Ya lo verás! —aseguré con absoluto convencimiento—. Hemos fortalecido nuestros brazos con ejercicios intensivos; esas lanzas son como una prolongación de nuestro cuerpo, y nuestras espadas son más largas y consistentes que el tradicional *gladium*. Créeme, Marino, es una nueva forma de hacer la guerra que no hemos inventado nosotros. Ya los persas y los guerreros de las grandes estepas luchan así hace años. Decio trajo a Roma maestros de armas expertos, partos gedrosios, que nos enseñaron la técnica. Yo mismo vi actuar a la gran caballería de Sapor y te aseguro que su eficacia es implacable.

No sé si le convencí en aquel momento, pero le vi aflojar en su actitud. Se quedó un rato pensativo y después alargó la mano hacia una botella que había en un estante, detrás de él. Sacó el tapón y echó vino en dos vasos.

—Este vino es de mi tierra —dijo—, de Dalmacia. Prueba y verás. Esto no es orina de burro panonio —extendió el vaso hasta mí y aguardó a ver mi reacción.

—¡Excelente! —exclamé.

Sonrió mostrando su quijada hendida y desdentada en el lado de la cicatriz. Con tono más amable, dijo:

—Bien, no se hable más. Me has convencido. Yo sólo conozco una manera de hacer la guerra: encomendarse a todos los dioses y lanzarse contra el enemigo con la fuerza de un torrente, hasta estrellarse con él, aplastarlo, pisotearlo —se enardeció y se puso como en trance—, deshacerlo... Y sentir esa furia, esa llama, que le convierte a uno en una centella incandescente, invulnerable...

—¡Eso es fascinante! —exclamé—. ¡Brindemos por ello!

A un lado, colgado en la pared, estaba su gran escudo cuadrado, en cuyo centro había grabado un anónimo genio guerrero sosteniendo un venablo que debía de ser su devoción protectora. Arrojé una libación y bebí el vino hasta el fondo. Él hizo lo mismo, complacido. Después, me miró fijamente y añadió:

—Brindemos ahora por la batalla que nos espera. Pasado mañana, tú y tus hombres acompañaréis a mi regimiento, más allá del río, a las oscuras tierras de esos diablos. ¡Veremos lo que sois capaces de hacer con vuestros lindos caballitos!

Sonreí aceptando aquella última broma. Celebrar aquello me tocó soportar otra borrachera con Marino, hasta que se le acabó la última de aquellas botellas de vino dálmata y aparecieron el ayudante y el cocinero para llevar al tribuno a la cama.

## 23

Los bosques de la Yacigia, al otro lado del Danubio, eran espesos y oscuros, máxime cuando el cielo se obstinaba en cubrirse con densas nubes grises, a pesar de que estaba ya próximo el verano. Sólo se podía recorrer la región siguiendo las estrechas calzadas que se adentraban en la umbría, próximas a los márgenes del río, conectando entre sí los pueblos de bateleros que se extendían entre Mursa y Aquincum, cuyos habitantes preferían desplazarse en sus rápidas lanchas fluviales, inalcanzables para las bandas de bárbaros que acechaban apostadas en las proximidades de los caminos.

Mientras nuestro regimiento avanzaba hacia la negra espesura del interior, le pregunté a Marino cómo era posible que hubiera hombres capaces de vivir en territorios tan hostiles y tenebrosos.

—Son tierras ricas —respondió—, a pesar de su apariencia. Basta con talar aquí o allá una extensión para obtener fértiles predios de labor o abundantes pastos para el ganado, en cualquier estación. Además, en esos bosques hay bestias de gran tamaño, bueyes almizcleros, alces y bisontes, cuyas carnes son apreciadas, y que no son difíciles de cazar. Por no hablar de los enormes peces que se pescan en las aguas del río, los siluros, cuyo peso alcanza en algunos ejemplares al de un cerdo. Cortados en tajadas y ahumados con aromáticas maderas, se conservan perfectamente durante meses. ¿Vas a comparar tales riquezas, al alcance de la mano, con algunos países del sur, donde no hay nada más que harina y escuálidas cabras?

—No sé... —respondí—. Pero vivir toda la vida atemorizados...

—Para eso estamos nosotros, ¿no?

—Sí, tienes razón. Somos nosotros, el ejército, quienes debemos preservar el orden en los territorios fronterizos. Pero, por lo que se ve, en estas regiones es difícil conseguir la pacificación definitiva. ¿A qué crees que se debe eso?

—Bueno. Ya hemos hablado tú y yo acerca de eso. En Roma piensan que la cuestión de los bárbaros se reduce a unas simples hordas de bandidos que se acercan cada año a los *limes* para llenar sus alforjas con el botín de sus rapiñas y que después se marchan, replegándose sin más hacia sus tierras lejanas y salvajes del este o del norte; en cuyo caso no es sino un problema de orden. Pero, créeme, yo llevo aquí más de treinta años y, últimamente, he apreciado que las cosas han cambiado. Ahora los bárbaros llegan para asentarse; traen a sus mujeres y a sus hijos y establecen sus poblados en las proximidades. Quieren vivir en los territorios del Imperio, sea como sea. Algunos buscan la alianza, federándose o haciéndose mercenarios; otros se adentran, sin más, para hacer una nueva vida; pero otros muchos, miles de ellos, se empiezan ya a plantear adueñarse de las ciudades y dominar nuestro mundo.

—Pero ¿por qué? ¿Qué es lo que les mueve a venir aquí?

—No lo sé. Supongo que, a su manera, les atrae nuestra civilización. Les asombran las calzadas, los puentes, los acueductos; en una palabra, las comodidades de nuestra manera de vivir.

—Eso que dices es muy preocupante, Marino. Algunos hombres sabios han vaticinado que los pueblos bárbaros podrían llegar un día a hacerse con el Imperio, pero nadie les ha creído. ¿Qué piensas tú de eso?

—¡Ah, ja, ja, ja...! —rió con energía echándose hacia atrás en la montura—. Son una gran amenaza, ya te lo he dicho; pero no creo que la cosa pueda llegar a tanto. ¡No, desde luego que no! —exclamó con rabia—. Para eso necesitarían estar organizados y, hoy por hoy, se llevan tan mal entre ellos que me resulta imposible verlos algún día unidos en una campaña de tal envergadura. Pero, si los dejamos, aunque en desorden y a oleadas, podrán hacerse con algunas provincias.

—Sería una lástima —comenté—. ¡Costó tanto agrandar el Imperio hasta estas tierras!

—¡No lo consentiremos! —exclamó, perdiendo su fiera mirada en la oscura profundidad de los bosques—. Aunque el emperador no sea consciente y el Senado se obstine en olvidarse del peligro que nos amenaza...

—¿De verdad crees que no son conscientes?

—¡Bah! ¡Les preocupa demasiado Oriente! ¡Creen que los persas son la única amenaza!

—También es un serio enemigo —repuse.

—No lo niego. Pero están demasiado ocupados en beneficiarse del comercio oriental y proteger Antioquía como para poner aquí sus ojos.

—Fue el senador Decio —repliqué—, con el apoyo del Senado, el que nos envió aquí a nosotros. No está bien que yo lo diga, pero, hoy por hoy, en Roma consideran que somos la fuerza mejor preparada.

Marino no contestó a eso. Puso un gesto circunspecto y permaneció en silencio durante un buen rato. Entonces advertí con disgusto que aún no confiaba en nosotros. Es posible que yo le resultara simpático, pero no veía en mí al tipo de militar que él consideraba apto para su manera de hacer la guerra. Me dio por pensar entonces que había optado por incorporarnos al destacamento que él mandaba directamente para tenernos más controlados, porque en el fondo temía que fuéramos a descalabrar a la primera. Decidí, pues, no seguir con el tema y desviar la conversación hacia otros asuntos.

Así anduvimos hasta la última hora de la tarde, cabalgando despacio y charlando animadamente, al paso de la infantería que nos seguía a pie y deteniéndonos con frecuencia a esperar a que los que nos precedían despejasen los caminos de los obstáculos amontonados por las crecidas de las aguas.

Por la mañana, antes de llegar a Aquincum, la avanzadilla de observadores envió a un emisario que retornó con noticias nada halagüeñas: las hordas de bárbaros estaban arrasando la ciudad mientras la guarnición romana aguantaba el asedio replegada en la ciudadela fortificada.

—¡Me lo temía! —exclamó Marino—. ¿De qué bárbaros se trata? —le preguntó al observador.

—Yácigas, señor —respondió él.

—¿Estás seguro? ¿Cómo lo sabes?

—Unos campesinos que huían nos lo dijeron.

—Me extraña —observó el tribuno—, me extraña mucho. No veo a esos piojosos capaces de aventurarse contra una guarnición como la de Aquincum. ¿No serán cuados? —insistió.

—Los campesinos eran nativos —respondió el soldado—; no creo que se equivocaran. Estaban muy seguros de que los bárbaros eran yácigas.

—¡Vamos! —ordenó el tribuno—. Podemos estar allí antes de mediodía.

—Si adelantamos la caballería podríamos ganar unas horas —me atreví a sugerir.

—¡No, nada de eso! —respondió con brusquedad Marino—. No tenéis experiencia. No adelantaremos nada precipitándonos. Hagamos bien las cosas. Forzaremos la marcha. El *castrum* de Aquincum es demasiado consistente para esos bárbaros; necesitarían máquinas de asedio y técnicas de asalto que, desde luego, desconocen.

—Pero... ¿y la ciudad? —repuse.

—¡Ah, la ciudad! Por mucho que corramos no encontraremos allí a nadie vivo.

Marino no se equivocó. Llegamos a Aquincum cuando el sol empezaba a declinar, puesto que la marcha se demoró por tan agrestes pasajes, y nos encontramos la ciudad en llamas y la fortaleza también, sin que se hubiera salvado ni uno solo de los soldados de la guarnición. El olor de la carne abrasada impregnaba el aire y resultaba repugnante respirar, por temor a que las pavesas que descendían del cielo fueran las cenizas de tantos cuerpos quemados y penetraran por nuestras narices o nuestras gargantas. Pero no había ya ni rastro de los bárbaros que habían causado tal desastre. Era desolador ver la destrucción de una ciudad que debió de ser muy hermosa hasta el día anterior. Y los ojos de mis jóvenes caballeros se encontraban por primera vez con el desastre de la guerra.

—¡Buscad por los alrededores! —ordenó el tribuno—. ¡Que me traigan a cualquier vivo que encuentren! ¡Hay que saber de inmediato lo que ha sucedido!

Efectivamente, pronto dieron con numerosas personas que habían logrado escapar de la guerra, por encontrarse laborando en los campos o porque consiguieron huir a tiempo. Se supo que los bárbaros estuvieron merodeando durante días por las proximidades, pero que no se le dio más importancia que en otras ocasiones, hasta que cayeron como una avalancha sobre el terreno atrincherado que se extendía alrededor de Aquincum, considerado hasta entonces como inexpugnable. Arrasaron la ciudad, asaltaron la ciudadela y, finalmente, la fortaleza interior. Miles de bárbaros perecieron en el ataque, pero otros tantos llegados después que ellos pudieron saciar su sed de botín y destrucción antes de poner rumbo hacia el este, en dirección a Brigetio, que se encontraba también en la orilla del río, a pocas leguas.

En la arrasada Aquincum no había nada que hacer, por lo que Marino consideró que lo más oportuno era emprender enseguida la persecución de los bárbaros, para aprovechar las horas de luz que nos quedaban; de manera que sin darnos un respiro nos encaminamos a marchas forzadas por la gran calzada que seguía el río hacia el este.

La estela dejada por los bárbaros era bien apreciable, no sólo en la carretera, sino también a ambos lados, como una polvorienta vía de pisadas y tierra removida abierta en el verde primaveral de la llanura. Aquí y allí se habían dejado a sus heridos, muertos ya, rematados, desangrados o rendidos por la caminata. Marino y sus oficiales los observaron detenidamente, fijándose en su vestimenta y en las marcas rituales que sus compañeros habían hecho en la tierra, alrededor de cada cadáver, con la intención de protegerlos y alejar de ellos las asechanzas de los malos espíritus o la profanación por parte de sus enemigos.

—Estos bárbaros no son yácigas —concluyó Marino con rotundidad.

—No, no lo son —confirmó uno de los oficiales, mientras los demás manifestaban estar de acuerdo con tales consideraciones.

—Pero tampoco son carpos —añadió el tribuno—, ni marcomanos. Esos signos y su aspecto son los de hombres de más allá, tal vez de las estepas. ¿No os parece?

—¿Sármatas, tal vez? —sugirió uno de los oficiales.

—No, no lo creo —negó Marino—. Apenas quedan sármatas, y los pocos que hay casi viven fundidos con los marcomanos.

—¿Entonces...? —preguntó el oficial con extrañeza.

Marino meditó un momento. Después, sin dejar de mirar al cadáver de uno de aquellos gigantescos hombres que yacía a un lado del camino, dijo:

—¡Godos! Estos muertos son godos.

—¿Godos? ¿Aquí? —se sorprendió un veterano centurión.

—¿Habéis olvidado lo que sucedió el año pasado en Dacia? —les recordó el tribuno—. Llegaron noticias de que ingentes masas de godos se habían adentrado cruzando los *limes*, hasta asediar algunas de las más importantes ciudades. ¿Por qué os extrañáis? Ya hace años que nuestros observadores nos vienen informando acerca de los godos. Además, ¿quién se hubiera atrevido con una fortaleza como la de Aquincum? ¿Esas bandas de mugrientos habitantes de los bosques? No, de ninguna manera; ni aunque se hubieran juntado todos habrían osado siquiera intentar hacerse con alguna de las pequeñas fortificaciones de los alrededores. ¡Han sido los godos! Lo cual supone que hemos de plantearnos esta guerra de otra manera. No es lo mismo buscar a esos zorros yácigas en los bosques que ponerse frente a frente contra un ejército de godos con estrategias de combate y armas hechas a conciencia.

—¿Has luchado alguna vez contra los godos? —le pregunté.

—Sólo una vez; cuando se sublevaron los auxiliares de Mesia en tiempos de Maximino. ¿Por qué lo preguntas?

—Decio y Valeriano consideraban que en una confrontación directa con un ejército de bárbaros la caballería podría resultar infalible. Me refiero, naturalmente, a la nueva caballería.

—¡Bah! ¡Pamplinas! —replicó—. No se ha inventado aún nada tan eficaz como la infantería romana, atacando en bloque y protegida por las alas de auxiliares.

—¡Por favor! —supliqué—. Si nos topamos con esos godos, déjanos intentarlo. ¡Por Júpiter! Hemos venido aquí para eso.

—¡Basta! —me gritó zanjando la cuestión—. ¡No es momento ahora de discusiones! Acamparemos aquí y proseguiremos mañana, antes del amanecer. Esos malditos godos deben de estar agotados después de lo de Aquincum y seguramente se habrán detenido para recobrar fuerzas antes de continuar.

No puede decirse que acampáramos en sentido estricto, puesto que había que conformarse con estirar las mantas sobre el suelo, echarse y mitigar algo el cansancio, después de la fatigosa marcha de todo el día. Pero los hombres se apresuraron a encender hogueras para cocinar y enseguida brotaron una inmensidad de resplandores en la gran extensión que ocupaba el ejército. Resultaba una visión sobrecogedora en la noche que cayó enseguida: las llamas terminando de devorar Aquincum a lo lejos, con sus reflejos anaranjados brillando en el Danubio, vacilantes, agitados por las ondulaciones de las turbulentas aguas; los negros bosques recortándose en el firmamento teñido de oscuro azul y la luna lejanísima, asomándose desde detrás de las montañas cubiertas aún de plateadas nieves. Un rumor de caballerías, armaduras, hierros, cacharros de cocina y parloteos se alzaba intenso al principio, y fue decayendo más tarde hasta convertirse en un murmullo que le ayudaba a uno a conciliar el sueño.

Aquella noche yo era incapaz de dormir. Se presentía ya la batalla, y los recuerdos de mi otra guerra acudieron a mi mente. Como aquella vez en Babilonia, antes de mi primer combate, ese misterioso instinto guerrero que vive oculto en cada hombre se despertaba desde lo más profundo. Regresaban las imágenes de la lucha; el temor a los proyectiles, piedras y flechas, que volaban sobre la cabeza de uno; el fragor del choque cuerpo a cuerpo, los barritos de los elefantes, el relincho de los caballos heridos, el retumbar de las pisadas, el jadeo y el rugido de tantos guerreros afanados en matar; y casi venía a mi nariz ese olor peculiar, a hierro y cuero mezclado con tierra removida, sangre y sudor. Y montones de preguntas acudían también. ¿Cómo serían esos godos? ¿Cómo eran sus armas? ¿Nos dejaría Marino entrar en combate? En ese caso, ¿cómo se portarían mis hombres?, puesto que nunca habían visto una verdadera batalla.

Unos quejidos a mi lado me despertaron bruscamente. Abrí los ojos y vi a Herenio incorporado.

—¡Eh, Herenio! —le dije—, ¿qué te sucede?

Me miró con ojos perdidos aún en el pánico de una pesadilla. Sudaba y su frente brillaba a la tenue luz de las ascuas, con un rojo reflejo que se extendía hacia sus cabellos alborotados.

—¡He tenido un sueño horrible! —respondió—. ¡Mira cómo late mi corazón!

Me llevó la mano a su pecho y comprobé las violentas sacudidas y el ardor que salía de su cuerpo humedecido por el sudor.

—¿Qué has soñado? —le pregunté.

—Íbamos por los bosques, por una región umbría y solitaria, y los bárbaros nos acechaban desde la oscuridad. Después... después saltaron sobre nosotros e intentaban asirnos por todas partes. Intenté huir de ellos, corrí, me oculté entre los árboles... Pero había aguas revueltas, fango... mucho fango que me impedía avanzar... Y...

—¿Y qué?

—Y un bárbaro... —Estaba aterrorizado y tragaba saliva de vez en cuando.

—Vamos, tranquilízate —le dije, sabiendo que la mejor forma de arrojar de la mente un mal sueño era contarlo de inmediato—. ¿Qué sucedió después?

—Un bárbaro sin rostro estaba frente a mí... Puso una flecha en su arco y me disparó... Sentí la punta fría, aquí, en mi cuello. Entonces... entonces me desperté. ¡Era tan real!

—Vamos, Herenio —le dije—; no deberías cenar tanto. Pusiste demasiada de esa manteca rancia en la hogaza. Te habrá sentado mal. Por eso has tenido esa horrible pesadilla.

—¡Uf, la manteca! —exclamó mientras le venía una arcada.

—Será mejor que vomites —sugerí.

Él se levantó y se alejó unos cuantos pasos hacia la oscuridad. Le oí vomitar varias veces.

—No te preocupes por esa pesadilla —le dije, pues temía que se ofuscara pensando en que podía ser un funesto presagio—. Alguien me aseguró que los sueños no son sino la manera en que los dioses nos muestran los deseos y los miedos de nuestro espíritu, pero que no tienen por qué llegar a convertirse en realidad. Mañana haremos un sacrificio a Helios con la primera luz y las tinieblas se llevarán para siempre sus sombras de temor.

—Gracias, Félix —musitó con débil voz—. No te preocupes por mí; duerme. Ya estoy más tranquilo.

Pero yo me había desvelado del todo y retorné a mis cavilaciones. No sé si fue por la pesadilla de Herenio, o porque en el fondo yo también tenía miedo, pero de pronto empecé a sentir una especie de soledad y absurdo vacío. ¿Qué hacíamos allí, en aquella tierra tan rara? ¿Por qué perseguíamos la guerra? ¿Por qué pensábamos que ella iba a saciar nuestros espíritus ansiosos y desasosegados?

Pasado un rato, empezaron a oírse lejanísimos aullidos, espaciados primero y después como un coro de cientos de voces. Era estremecedor. Al principio supuse que eran lobos, pero luego comprendí que eran los bárbaros. Creí que los demás dormían y que nadie, excepto yo, lo estaba oyendo. Pero Herenio se removió y me preguntó:

—¿Oyes eso, Félix?

—Sí, claro —respondí.

—¿Qué es?

—Creo que son esos bárbaros yácigas, en algún lugar muy lejos de aquí, pero la noche envía los ruidos a largas distancias. Es luna llena; estarán realizando algún rito a sus dioses.

Permanecimos un rato en silencio, escuchando aquello. Supongo que a Herenio le recorrió el mismo escalofrío que a mí. Nos habíamos hecho ilusiones en Roma, con nuestros caballos y nuestras lanzas, soñando estar algún día en la guerra. Ahora la realidad estaba ahí, aterradora, amenazante en la fría oscuridad de la noche, y no era una simple pesadilla.

## 24

Antes de llegar a Brigetio, las huellas de los bárbaros se desviaron de nuevo hacia el río dejando la calzada. Los rastros terminaban en la orilla y se apreciaban claramente los signos de un gran embarque de hombres y animales. Los exploradores dieron con una atemorizada familia de leñadores que vivía en una cabaña dentro de la espesura de las alamedas; los condujeron ante Marino y contaron lo que ya era sabido: que el ejército invasor se había embarcado en grandes lanchas y había estado pasando al otro lado del río durante toda la tarde anterior.

—¡Cómo es posible! —se sorprendió el tribuno—. No se ven árboles talados para hacer balsas, ni señal alguna de la construcción de las mismas. Y, aunque se vieran, no podrían haber tenido tiempo suficiente para fabricarlas. ¡Son miles de hombres y bestias!

El más viejo de los leñadores, que hablaba en su lengua, explicó que grandes embarcaciones habían subido por el río horas antes y, con expresivos gestos, dio a entender que habían cruzado el Danubio con rapidez, perdiéndose pronto al otro lado, por los caminos que conducían a las montañas. Cuando le tradujeron todo esto a Marino, éste se puso furioso y gritó:

—¡Apestosos godos! ¡Qué zorros son! Debieron de saber que íbamos tras ellos y no perdieron el tiempo. Abandonaron la idea de ir a Brigetio y, seguramente, decidieron escapar hacia el norte. Con un día entero de ventaja sobre nosotros y, teniendo en cuenta que tendríamos que construir balsas o ir hasta el badén más próximo, nos resulta ya imposible darles alcance en las montañosas regiones que hay más allá. ¡Hemos hecho la marcha en vano!

—Bueno —repuse—, al menos se ha salvado Brigetio. Si no hubiéramos corrido tanto, habría pasado allí lo mismo que en Aquincum, ¿no?

—Eso sí —dijo él—. Pero a partir de ahora habrá que replantearse la defensa de estos *limes*. No creo que esos zorros se conformen con el botín de una sola ciudad, después de haber descendido desde sus lejanas tierras.

Un grupo de soldados cruzó en una barca hasta el otro lado para continuar la exploración. Cuando regresaron, contaron que las barcazas de los godos estaban más allá, destrozadas o quemadas, lo cual podía resultar un signo de que habían puesto fin a la correría. Pero Marino desconfió de esta posibilidad y ordenó:

—No hay que fiarse. Iremos hasta Brigetio y cruzaremos desde allí para hacernos presentes en el otro lado. ¡Que sepan que no nos conformamos con patrullar en las regiones de más acá! Además, hay que advertir a todas las guarniciones para que estén alerta.

En Brigetio ya estaban advertidos. Cuando llegamos, nos encontramos a toda la población dentro de las murallas, de manera que en los alrededores no se veía ni un alma. El procónsul de Carnuntum, que gobernaba la región, se encontraba allí desde hacía una semana, pues había acudido con refuerzos de su regimiento y del vecino de Vindobona en cuanto se supo que los godos habían cruzado el Danubio. Desde entonces, y sobre todo al conocer la destrucción de Aquincum, habían permanecido en tensión, a sabiendas de que lo que se aproximaba era algo más serio que las habituales bandas de germanos sin más pretensiones que asolar algún pueblo. Con la llegada de nuestro ejército y las noticias de que los bárbaros se habían replegado hacia las montañas, desaparecieron los temores y el júbilo se desató en toda la región. En realidad, no habíamos hecho nada de particular, excepto seguir a los invasores, pero la gente nos recibió como a los héroes que los habían salvado de la angustia que habían sufrido durante días. De manera que pusimos rumbo hacia la cercana Vindobona y acampamos en el campamento de la Décima Legión Gémima.

Aprovechamos para disfrutar de la ciudad que, según decían, era la más hermosa de cuantas se alineaban en las orillas del Danubio. Al menos, a nosotros nos lo pareció, después de recordar la desoladora visión de Aquincum arrasada, que era la única que podía disputarle ese título. Así que un nutrido grupo de oficiales salimos por sus calles con la intención de divertirnos un poco.

Al día siguiente, estuve en una reunión que tuvo lugar en el Pretorio de la Décima Legión. El legado explicó detalladamente la situación, haciéndonos partícipes de las informaciones que había estado recabando durante semanas. Como Marino había supuesto, los bárbaros que cruzaron hasta Panonia y arrasaron Aquincum eran godos que, impulsados por la presión de otros pueblos, por el hambre o por un oráculo de sus dioses o sencillamente atraídos por las riquezas de nuestra civilización, se habían unido en una confederación de alamanes, suevos y francos y se habían puesto en marcha desde sus tierras siguiendo al rey Cniva, que como líder y guía había sabido agruparlos en un gran ejército que empezaba a actuar de forma organizada, con tácticas militares, hábiles maniobras y elaborados sistemas de asedio, como no se había visto hasta ahora entre los pueblos germanos.

El rey de los godos era mucho mejor estratega de lo que todo el mundo había supuesto. Esta vez no se trataba de hordas de bárbaros que atacaban y desaparecían después en los bosques, aunque ésa era la impresión que habían querido causar al principio. Cniva venía a presentar batalla de forma inteligente, dividiéndonos en dos direcciones: envió contra Brigetio a sus aliados, yácigas, cuados, marcomanos y germanos locales, engolosinados con el botín; mientras él aguardaba con su ejército, numerosísimo, engrosado con sus propias alas de auxiliares formadas por bárbaros de las montañas. Eso era una verdadera guerra, y como tal se empezó a desenvolver en varios frentes: al otro lado del Danubio, donde no paraban de llegar germanos que acudían a la llamada de Cniva, y hacia donde tuvo que desplazarse gran parte de la Décima Legión; en la gran llanura que se extendía entre Vindobona y Brigetio, en los extensos campos de labor; y en los bosques cercanos, donde se tenía la impresión de que los bárbaros brotaban de la tierra como una plaga de malas hierbas, aquí o allí, en desordenadas bandas que no paraban de incordiar.

Al principio pareció que se avecinaba el desastre, porque algunos de los germanos federados que luchaban como auxiliares nuestros se pasaron al enemigo, traidoramente, y se tuvo la sensación de que nos quedaríamos solos los soldados de las cohortes de recién llegados y las guarniciones locales. Pero en un hábil y rápido reclutamiento de hombres en toda Nórica y Panonia inferior se reunió un nuevo ejército a base de campesinos y habitantes de las ciudades que no estaban dispuestos a caer en manos de los invasores.

Fue un mes en el que constantemente hubo batallas, frente a esta o aquella ciudad, en los bosques, en los valles y en los llanos. Cuando llegaban las noticias, los ejércitos partían y libraban el combate; después, los bárbaros eran abatidos o huían, pero al día siguiente la cosa empezaba de nuevo. Y momentáneamente no parecía que la balanza se inclinara hacia nosotros o hacia ellos, lo cual generaba cierta ansiedad.

La primera vez que nuestra unidad entró en contacto con el enemigo fue en el bosque de Scarbantia, entre Carnuntum y Savaria, en los grandes llanos que se extendían hacia el interior de Panonia. Después de que la Décima Legión expulsara sin mucha dificultad a los yácigas de las proximidades de Brigetio, Marino, que ya no se fiaba en absoluto de las intenciones de Cniva, tuvo conocimiento a través de sus observadores de que, como se imaginaba, los bárbaros seguían sin estar dispuestos a retirarse definitivamente a sus tierras, máxime cuando no paraban de llegarles refuerzos, y de que una horda de godos más o menos organizada avanzaba desde el interior, irrefrenable, hacia Panonia inferior. Entonces emprendimos la vieja calzada que conocíamos bien, por haber discurrido por ella en nuestra misión de reconocimiento cuando estuvimos en Mursa.

Scarbantia se alzaba en un promontorio, rodeada por los campos de cultivo que eran el único terreno despejado que se abría en medio de los tupidísimos bosques de hayas, fresnos y robles, cuya negrura era el único horizonte que se veía en cualquier dirección que mirabas. Una vez más, se repetía el paisaje que servía de marco a los pueblos y ciudades panonios: la calzada abriéndose paso entre la espesura hacia el claro donde se alzaba el núcleo de población sobre un cerro coronado por una fortaleza.

Nos detuvimos a distancia, y comprobamos con alivio que el pueblo estaba en calma, en torno a mediodía, con sus hilillos de humo alzándose desde las chimeneas de las casas donde se cocinaba a esa hora. Una carretera tirada por un par de bueyes, cargada de heno, y algún rebaño pasaban el puente en dirección a la puerta principal de la muralla.

—¡Uf! —exclamó Marino—. ¡Menos mal! Me temí que encontraríamos Scarbantia arrasada. Lo cual habría sido una lástima, a la vista de esas mieses sin recolectar y de toda la riqueza que supone ese ganado que se extiende por los prados.

Marino tenía razón: las cosechas estaban ya casi maduras para la siega, igualadas y ondulándose dulcemente con la brisa, y los animales pastaban más allá, tranquilamente, orondos y lustrosos entre los jugosos herbazales verdes. Dominándolo todo, en mitad de los campos, la visión de Scarbantia no podía ser más hermosa, con las laderas de su monte pobladas de brillantes viñedos que se derramaban hasta una vega.

Avanzamos hacia la cabecera del puente y acampamos en la orilla, mientras una muchedumbre de curiosos salió de la ciudad para ver el espectáculo del ejército asentándose en los extensos prados.

Pero apenas tuvimos tiempo suficiente para distribuirnos por secciones, porque los centinelas advirtieron los signos de que algo estaba pasando. Vi a Marino subir de nuevo al caballo y galopar junto a algunos oficiales hacia un altozano, para otear el horizonte. Monté a mi vez al presentir que algo les preocupaba y me acerqué hasta ellos.

—¿Qué sucede? —le pregunté a Marino—. ¿Qué miráis?

—Allí, a lo lejos, en la línea de los bosques —respondió señalando con el dedo hacia los límites de la inmensa arboleda que cerraba los prados hacia el este—. ¿No ves los ciervos?

Efectivamente, se los veía perfectamente. Manadas de ciervos de pelaje claro, como son en aquellos lugares, salían de los bosques en nerviosa carrera hacia el terreno despejado.

—Sí, los veo —dije—. ¿Y qué?

—Es extraño —respondió un observador—. ¡Huyen! Si no se vieran amenazados no dejarían los bosques. Es un signo clarísimo de que una ingente masa de hombres viene en esa dirección.

—¡Los bárbaros, sin duda! —exclamó Marino—. ¡Rápido, toque de alerta!

Antes de que sonaran las trompetas, la gente de Scarbantia prorrumpió en un griterío que no podía ser más expresivo como aviso de lo que sucedía; ellos, desde el alto de la ciudad, vieron con antelación la llegada de los bárbaros y enseguida los vimos nosotros aparecer, saliendo de entre los árboles, no en columna, sino como una gran formación abierta, inmensa, que comenzó a extenderse por el claro en dirección a las primeras casas.

Cuando sonaron los toques de alerta, cundió momentáneamente el desorden, especialmente entre nuestros auxiliares, hasta que todo el mundo se apercibió del lugar por donde venía la amenaza y pronto se completaron las formaciones. Entonces, cuando los godos se percataron de la presencia de nuestro ejército, puesto que avanzaban con la vista puesta en la ciudad al principio, se detuvieron y después volvieron a replegarse hacia los bosques.

Marino aprovechó el momento para reunir a todos los que éramos oficiales.

—¿Huyen? —preguntó alguien, exteriorizando la duda que todos teníamos—. ¿Los bárbaros se van?

—¡De ninguna manera! —respondió Marino con rotundidad—. Quieren llevarnos a su terreno. Les he visto otras veces hacer ese juego. Lo que pretenden es que nos lancemos hacia la línea del bosque para asaetearnos desde ahí o incordiarnos desde la espesura.

—¿Qué haremos entonces? —preguntó otro de los oficiales.

—Nada —respondió el tribuno—. Aguardaremos a que inicien su movimiento. Es un gran ejército en el que estoy seguro de que va el propio rey Cniva. Posiblemente, aún no han llegado todos, y eso que hemos visto es sólo la avanzadilla; pero, una vez que se concentren, plantearán batalla.

Como si Marino hubiera leído en los pensamientos de los godos, todo se desenvolvió como él lo había previsto. Permanecimos en estado de alerta durante el resto de la tarde y toda la noche, sin abandonar la formación de combate, echados cada uno en el palmo de terreno que le correspondía para descansar lo que se pudo, con los caballos al lado y las armas dispuestas; porque, aunque lo más probable era que la lucha fuera al amanecer, no había que fiarse.

La noche se hizo larga, con la tensión de la espera, hasta que se vio el primer resplandor del amanecer y comenzó a reinar una gran agitación. Los caballos estaban inquietos, resoplando y golpeando el suelo con los cascos, y un murmullo denso, como un zumbido de abejas, se alzaba desde la gran cantidad de hombres que parloteaban a media voz para ahuyentar el miedo. Y cuando la luz creció, en un instante indeterminado, de manera que podía distinguirse ya lo lejano y lo cercano, un espeso silencio lo llenó todo.

—¡Ya están ahí! —gritó alguien.

Como una oleada oscura, los bárbaros salieron de repente de la negrura del bosque. Era una masa desordenada de hombres, pegados unos a otros, vestidos con pardas pieles y cueros, que avanzaban a paso firme aplanando los trigales y las suaves plantaciones de alta cebada.

Nuestro ejército estaba dispuesto a la manera tradicional: alas de auxiliares federados, entre los que destacaban la nutrida división de arqueros llegados de Dalmacia; una avanzadilla compuesta por varios millares de panonios recién reclutados, pobremente armados con rudimentarias armas hechas en casa; las dos cohortes de infantería de Mursa en el centro; detrás de ellos, la caballería clásica; y, en último lugar, las dos unidades de vexilatores, formadas en una hilera de cincuenta jinetes cada una, a los que seguían filas de diez, según la disposición de combate que nos habían enseñado en Roma. Yo ocupaba el centro, con las diez hileras de cincuenta caballeros a cada lado.

Volaron en primer lugar las flechas, las piedras y las demás armas arrojadizas. Estalló el atronador vocerío de los bárbaros al lanzarse a la carrera del ataque y respondió el rugido de nuestros hombres. Al chocar ambos frentes, brotó el fragor del combate. Las alas de los hombres a pie se fueron sucediendo, seguidos de la infantería, y a veces se tuvo la sensación de que los panonios recién reclutados caían a los pies de los godos con mayor rapidez que las espigas que pisoteaban. Pero al entrar en faena el regimiento de Mursa la cosa cambió. Éstos eran los verdaderos veteranos hechos a enfrentarse a los bárbaros un año y otro. Se vio a los abultados grupos de enemigos blandiendo sus hachas y mazas, seguros de sí, pero que se topaban como contra un muro con la tupida formación, compacta, escudo con escudo, que avanzaba arrolladora como un solo hombre. El combate se hizo entonces recio, lento y persistente, entre los guerreros verdaderamente preparados de un lado y otro.

Herenio estaba próximo a mí, con una inquietud que transmitía a su caballo y que le hacía encabritarse alzándose sobre las patas traseras de vez en cuando.

—¡Lo que daría por ir allí! —me gritó—. ¡Si nos dieran la oportunidad de lanzarnos, acabaríamos con esto en un momento!

—¡Calma! —respondí—. Si Marino no nos da la orden, no debemos iniciar ningún movimiento.

Pasó un largo rato. El sol estaba ya alto y empezó a hacer calor. La línea de combate seguía en el mismo puesto, pero empezaba a apreciarse una ligera superioridad de nuestros hombres, que no se movían del sitio, mientras que los godos enviaban oleadas y oleadas de guerreros a estrellarse contra la infantería.

De repente, se empezaron a oír gritos detrás de nosotros. Miré hacia los centinelas que estaban apostados en lo alto del puente y los vi hacer señas, exasperados, indicándonos que nos fijásemos en la dirección contraria al combate, es decir, a nuestras espaldas. El corazón me dio un vuelco. Una masa de godos, casi tan numerosa como la que teníamos enfrente, venía hacia nosotros por la retaguardia en frenética carrera.

—¿Qué es eso? —me gritó Herenio.

—¡Por Cibeles! —exclamé—. ¡Es una maniobra envolvente!

Miré hacia el altozano desde donde Marino y los demás oficiales dirigían el combate, y vi cómo el legado se apercibía del nuevo ataque y se llevaba las manos a la cabeza, sobresaltado. Enseguida arreó al caballo y corrió hacia nosotros, dando órdenes a su paso a las fuerzas que permanecían inmóviles. Cuando llegó a mi altura, fuera de sí, gritó:

—¿A qué esperáis? ¡Ordena que tus hombres den media vuelta e id contra ellos! ¡Dioses! ¿Quién podía esperar esto?

Avisé al trompeta y éste tocó las señales de alerta. Entonces, no sé por qué, decidí repentinamente ordenar la formación de cuña en vez de la columna lineal que manteníamos. Herenio, que estaba a mi derecha, se volvió hacia mí extrañado.

—¡En cuña! —le grité— ¿No lo has oído?

Lo que llamábamos formación en cuña era una maniobra de ataque que consistía en alinear a los caballos en una especie de punta de lanza que tenía como finalidad atravesar un frente de soldados a pie, buscando abrirles una brecha para desconcertarlos. Dado que ya había poca distancia entre los bárbaros y nosotros, una especie de intuición me dijo que lo mejor era evitar que nos envolvieran, atrapándonos de espaldas a la otra batalla.

Las dos primeras centurias se agruparon inmediatamente, dispuestas de la manera que tantas veces habíamos ensayado. Ordené la carga y me lancé seguido por el estrépito de las pisadas de mil caballos. Enseguida, me vi sobre la primera línea de bárbaros y los arrollé sin vacilar; con los ojos fijos en el frente, sabiendo que lo peor vendría un poco más adelante; y, efectivamente, pronto noté que mi caballo se refrenaba y casi me pareció que era rodeado por varios de aquellos hombretones que intentaban golpearme. Ensarté a uno de ellos y luego a otro, y al momento estaba acompañado por un montón de jinetes que me libraron de los demás atacantes. Lo demás fue fácil: pasé junto a godos que se apartaban o que caían bajo las patas de nuestros caballos y, antes de que pudiera darme cuenta, me encontré en terreno despejado. Entonces miré hacia atrás y vi cómo los vexilatores se abrían igualmente paso sin dificultad. Al galope, fui hasta la línea de árboles, al final del prado, donde no tardaron en concentrarse todos los caballeros. Desde la distancia vi a los bárbaros que empezaban a darse cuenta de que nos encontrábamos en su retaguardia, pero ahora tenían que enfrentarse a los infantes que nos seguían a nosotros.

Sin dejarlos recomponerse, cargamos contra ellos una y otra vez, haciéndoles verdadero daño; mientras, en su desconcierto, trataban de revolverse a la vez que eran empujados por los soldados de a pie.

Cuando vi que estaban ya deshechos y que trataban de ponerse a salvo corriendo en todas direcciones, sólo una cosa empezó a preocuparme: la otra batalla que se mantenía más allá. Concentré a mis hombres y tomé la decisión de ir al otro lado. Al llegar casi a la línea donde se batían los hombres de Mursa, busqué a Marino con la mirada, y lo divisé al fin, reagrupando a su caballería en el altozano que había escogido para dirigir la batalla. Galopé hacia él. Antes de que llegara a su altura, me vio y me gritó:

—¡Lo he visto todo! ¿Podréis hacer algo parecido con esos bárbaros de ahí?

Miré hacia donde me señalaba con su espada extendida. Se veía como a un millar de godos, atacando un flanco de la infantería de la legión panonia; habían deshecho el ala de nóricos arqueros y campesinos y penetraban ya hacia los infantes, dañando uno de los costados de la columna que avanzaba hacia el frente.

—¡Eso es pan comido! —respondí.

Tardamos poco en pasar por encima de los bárbaros e hicimos varias cargas a galope tendido, sin encontrar demasiada resistencia, hasta que se dieron cuenta de que no podían nada contra nosotros y huyeron despavoridos. Entonces ordené perseguirlos, para no darles respiro y que pudieran sumarse al otro frente. Era fácil darles alcance todavía en el prado, pero una vez que entraban en el bosque la cosa se complicaba.

—¡Sólo hasta la línea de árboles! —gritaba yo una y otra vez—. ¡No entréis en el bosque!

Pero con el griterío y el estrépito de las pisadas nadie me oía. Cuando conseguí que el trompeta detuviera la persecución, muchos de los caballeros se habían aventurado ya dentro del bosque. Vi a Lucius entrar en la espesura, seguido de varios hombres, enloquecido por el deseo de dar alcance hasta el último de los godos.

—¡No, Lucius! —le grité.

Pero él siguió, lanceando a uno y otro, hasta que desapareció por entre los árboles.

Algunos de nuestros hombres cayeron de sus monturas o fueron abatidos por los bárbaros en el bosque, y otros anduvieron perdidos un largo rato, sin poder retornar al claro. Fue un momento de gran incertidumbre. Pero, finalmente, empezaron a retornar y conseguimos reorganizarnos de nuevo.

En la otra parte, los soldados de Mursa habían rechazado ya a los enemigos y los empujaban también hacia el bosque. Poco después, los últimos bárbaros huían a la carrera, en desorden, buscando el abrigo de los árboles. Entonces nuestro ejército prorrumpió al unísono en un jubiloso alarido de victoria.

Estaba ya atardeciendo, cuando lo invadió todo ese misterioso silencio que sigue al combate. Contemplé desde la distancia el campo de batalla, pisoteado, removido, sembrado de hombres caídos, animales reventados y armas rotas; con un rojo cielo al fondo, desde donde parecía llegar ese olor tan peculiar de la sangre vertida y las hierbas aplastadas.

Lo peor venía después, cuando se hacía el recuento de los hombres y se conocía a los muertos, o se tenía noticia de los heridos. Entonces supe que había perdido a pocos hombres, muchos menos de los que había supuesto. Pero faltaba uno de mis centuriones, Lucius.

—¿Y Lucius? —le pregunté a los demás lleno de preocupación.

—Está vivo —respondió enseguida Antiocus—, aunque herido.

Más tarde, en la extensión que dedicaron momentáneamente al cuidado de los heridos, dimos con él. Uno de sus hombres le asistía, en tanto en cuanto llegaba el físico para ocuparse de la herida. Estaba tendido sobre unas mantas y un paño cubría un lado de su cara.

—Está inconsciente —explicó el soldado que le asistía—. Cuando lo encontré, había caído de su montura y andaba vagando, con la memoria perdida. Una vez que conseguí llevarlo a terreno seguro, perdió el conocimiento.

—¿Dónde le hirieron?

—Mira —respondió él, retirando el paño que tapaba parte de la cabeza. Tenía el ojo izquierdo estallado y se veía brotar sangre y líquidos.

—¡Oh, no! —exclamé—. Fue demasiado impulsivo. Le advertí que no debía aventurarse por ese bosque...

Cuando llegó el físico, confirmó nuestros temores: había perdido el ojo para siempre. Pero su vida no corría peligro. Después de recibir el tratamiento adecuado con emplastos y ungüentos, le cauterizaron la herida con una barra de hierro incandescente. Días después, Lucius fue recobrando la memoria, pero nunca pudo recordar si la herida se la causó una piedra lanzada por los bárbaros o si se la hizo él mismo al chocar con alguna rama en el tupido bosque. Como era fuerte, se reintegró pronto a la vida militar con un solo ojo, encantado de lucir un parche de cuero sobre el lado dañado, que acentuaba su aspecto de fiero e intrépido guerrero.

# 25

Los observadores que enviamos en pos de los godos regresaron pronto para comunicar el estado de la situación: los bárbaros dieron un pequeño rodeo por el este y después emprendieron la ruta del norte, apresuradamente, lo cual significaba que huían de nosotros, buscando cruzar el Danubio y perderse por los derroteros que conocían bien y por donde sabían que nos sería más difícil darles alcance. Marino mandó veloces mensajeros a Carnuntum, para que la Décima Legión les cortara el paso antes de que llegasen al río, y ordenó que levantáramos inmediatamente el improvisado campamento de Scarbantia, en el que apenas habíamos podido descansar un día completo. Cuando uno de los oficiales le preguntó hacia dónde nos dirigíamos, todos nos sorprendimos ante su rotunda respuesta:

—¡A por los godos, naturalmente!

—¿Otra vez hacia el norte? —replicó el jefe de los infantes—. ¿Hacia el Danubio?

—¡Claro! —respondió el tribuno—. ¿Vamos a dejar que se escapen los malditos bárbaros? ¡Nada de eso! Hay que perseguirlos sin tregua.

—Pero... los hombres están agotados —protestó otro de los oficiales—. Desde que salimos de Vindobona, apenas hemos parado...

—¡Y no pararemos hasta acabar con ese Cniva! —sentenció Marino—. Si le dejamos escapar ahora, mañana puede reunir a más godos y volver a intentarlo. No, esto no es un juego de niños. ¡Es una guerra! ¿Habéis olvidado acaso lo que sucedió en los tiempos de Varo? ¿Queréis que aquello se repita con nosotros?

Comprendo que hubiera quien dijera que Marino estaba loco.

Desde luego era un hombre impulsivo, de reacciones violentas e inesperadas; pero sólo un temperamento así habría podido conseguir los logros militares que se apuntó nuestro ejército en la guerra contra los godos. También había quienes opinaban que la vida del soldado se estaba volviendo blanda, en comparación con lo que se consideraban los tiempos gloriosos, especialmente con la época de Séptimo Severo, cuyas guerras se ponían siempre de ejemplo. Dudo mucho que la diferencia fuera tan grande como querían darnos a entender algunos veteranos. Pero, en todo caso, ¿a quién podía no apetecerle ser contado entre los vencedores de la campaña contra Cniva? Sobre todo en aquellos tiempos de crisis en los que sólo se cosechaban fracasos o victorias a medias.

Aparentemente, Marino no parecía estar muy cuerdo y era cierto que le gustaba demasiado emborracharse —yo mismo lo había sufrido—, pero nadie podía negar que jamás se acercaba al vino cuando estaba próximo el combate. Además, se arriesgaba como nadie en la lucha, de lo cual daban fe las cicatrices que recorrían su cuerpo. De manera que la mayoría de los oficiales estuvimos plenamente de acuerdo en adherirnos a su impulsiva resolución de ponernos inmediatamente a seguir a los godos.

Lo sentía por Lucius y por los demás heridos, que tuvieron que incorporarse a la acelerada marcha sin apenas el tiempo mínimo para reponerse.

De nuevo fue un viaje agotador, extenuante casi, por la gran calzada que habíamos recorrido pocos días antes en sentido contrario. Pero nos confortaba saber que los godos lo tenían mucho peor, huyendo por agrestes parajes, zonas pantanosas y tupidos bosques, teniendo que orientarse y sabiendo, seguramente, que la Décima Legión recorría el Danubio de un lado a otro para cerrarles el paso.

Como fue todo tan rápido, apenas hubo tiempo para que se reconociera el fulminante éxito de nuestras unidades de caballería en la batalla de Scarbantia. Pero algo cambió en el ambiente del regimiento: los rudos veteranos de Mursa empezaban a tomarnos en serio. En el ejército esas cosas no se dicen; y no es necesario, uno se da cuenta de que deja de ser considerado un estorbo para pasar a ser una garantía más a la hora de meterse en el peligro de la batalla. Tampoco Marino me felicitó directamente, aunque con medias palabras me dio a entender que le había sorprendido nuestra manera de luchar. Mientras íbamos en la forzada marcha por la calzada que atravesaba los bosques, se puso a mi altura y, después de iniciar la conversación acerca de la batalla, me preguntó como quien no quiere la cosa:

—Y ¿dices que esa manera vuestra de usar la caballería fue idea de Decio?

—Sí, él lo ideó —respondí—. ¿Quién si no? Nadie en Roma se preocupa por el ejército como él.

—¡Qué raro! —comentó—. Conozco bien a Decio, ya lo sabes; siempre me pareció un militar tradicional. Me sorprende que se decidiera por algo tan novedoso.

—Ya sabes que fue gobernador de Dacia —le dije—. Allí se dio cuenta de que era necesario renovar el ejército... Al menos en parte.

—Sí. Es un hombre inteligente, no digo que no. Lástima que atravesemos unos tiempos en los que eso no cuenta.

—Entonces —aproveché para sugerir—, ¿entraremos directamente en combate en la próxima batalla?

—¡Vaya, Félix, no os habéis asustado! —dijo con su particular ironía. Pero añadió—: Eso me gusta. Hacen falta hombres decididos. La próxima vez os tendré en cuenta desde el principio.

Me alegré de que por fin empezara a haber entre Marino y yo un cierto entendimiento, pero estaba seguro de que no llegaría a fiarse plenamente de nosotros hasta que no se lo hubiéramos demostrado unas cuantas veces más.

Anduvimos todo un día sin que viéramos señal de los bárbaros. Por la noche no hubo hogueras, para no delatarnos, y tuvimos que contentarnos con pescado salado y pan duro y enmohecido. Marino, fiel a su costumbre, había enviado batidores para reconocer nuestro frente de avance. De madrugada, volvieron muy agitados, asegurando que a Cniva se le había unido un buen número de jinetes armados, habitantes de la parte superior de Dacia.

—¡Malditos oportunistas! —se enfureció el tribuno—. ¿Veis? ¡Creen que retornamos a Mursa! Ya os dije que no debíamos conformarnos con lo de Scarbantia. ¡Que todo el mundo se disponga a reiniciar la marcha!

Lo que sucedió esa misma mañana vino a darle la razón de tal manera que casi hacía pensar que tenía un sexto sentido para la guerra o que nadie como él se anticipaba a los pensamientos de los bárbaros. Efectivamente, nada más llegar al Danubio, frente a Carnuntum, nos encontramos con que los godos, fortalecidos con ingentes refuerzos, se precipitaban de nuevo contra la Décima Legión en los campos que se extendían delante de las zonas fortificadas.

Desde lejos, era fácil ver cómo se desenvolvía la batalla y apreciar los errores del ejército frente al indiscriminado ataque de los bárbaros. Todo parecía caótico desde el principio, pues, por lo que puedo recordar, una lluvia de flechas enviadas por yácigas y alamanes se abatió sobre ellos y diezmó a las alas y a los infantes. Después vino hacia ellos una muralla de lanzas largas, mientras los traidores jinetes de Dacia que habían venido a sumarse a Cniva los atacaban por los flancos. Viendo que se cernía la derrota sobre la legión, Marino decidió lanzar una carga temeraria, aunque nuestros hombres y caballos necesitaban un respiro después de la cansina marcha.

Le vi venir hacia mí, desde la posición que ocupaba al frente de su división y, cuando estaba a la distancia suficiente para que pudiera oírle, me gritó:

—¡Ésta es la vuestra! ¡Abrid una lucha como en Scarbantia!

Me sorprendí al ver que ponía en nuestras manos la mayor responsabilidad del combate, pero, la verdad, de todos nuestros cuerpos sólo el nuestro podía hacer algo rápido que no se esperaran los godos. Di las órdenes oportunas y enseguida estábamos entrando a los jinetes bárbaros por uno de sus flancos, que cedió pronto a la presión. Entonces los escuadrones de infantes de Mursa, fieros y veteranos, se introdujeron y pronto el combate se convirtió en una matanza.

La batalla duró el tiempo justo para que los godos se dieran cuenta de que les estaban haciendo pedazos desde la retaguardia y desde el flanco que daba a los bosques. Al otro lado, sólo les quedaba el Danubio, hacia donde empezaban a huir ya muchos de sus hombres para iniciar una desordenada retirada por las alamedas. En el campo quedaron millares de yácigas y alamanes sobre todo, porque Cniva, con sus tropas más selectas, volvió a escaparse una vez más por el río, en las grandes barcazas que le seguían en todos sus movimientos.

No es por darme importancia, pero no me ahorraré recordar que algunos de mis hombres y yo llegamos a estar muy cerca del rey de los godos y, si no hubiera sido porque las embarcaciones se movieron con gran rapidez y habilidad, podríamos haberle dado alcance.

Todo sucedió de forma muy rápida, y posiblemente fuimos demasiado arriesgados; pero estábamos ya poseídos por la soberbia de sabernos eficaces. Nuestra columna se movía con gran agilidad —nos habían adiestrado para eso— y envolvíamos a los escuadrones de godos sin dificultad, desconcertándolos, hasta que podíamos echarnos encima de ellos para lancearlos. Después de penetrar hasta el corazón mismo de las fuerzas enemigas en un avance fulgurante, me percaté de que la batalla estaba ganada a nuestro favor: los infantes de Mursa llegaban ya casi a nuestra altura por el flanco que habían deshecho y la Décima Legión se rehacía y aprovechaba impetuosa el desconcierto de los arqueros yácigas y alamanes. Entonces comenzó la estampida, y lo que había sido un bloque de fieros atacantes se deshizo en una desordenada y alocada carrera de bárbaros que buscaban las orillas del río, tal vez para salvarse a nado o en los barcos.

Ése fue el único momento (como ya me sucediera cuando Lucius perdió el ojo) en el que mis hombres se desorganizaron un poco. Animados por la huida de los enemigos, se lanzaron a la persecución, en el gratificante juego de causarles bajas persiguiéndolos y lanceándolos por la espalda, como en una cacería. No podría precisar el número de muertos que quedaban sembrando el terreno, pero, a más de uno por jinete, podían ser miles. Yo mismo me cegué, y guiado por ese impulso cruel de humillar más al vencido, me sumé a la persecución. Era muy fácil: la mayoría de los bárbaros escapaba a pie y en casi ningún caso se volvían para encararse, de manera que fijábamos la punta de la lanza en el centro de su espalda o en la nuca, lo ensartábamos y a por otro. En algunos casos bastaba con derribarlos y pasar por encima de ellos con el caballo; los jinetes de atrás se encargaban del resto.

Cargábamos exultantes, ebrios de satisfacción por ver el perjuicio que les estábamos causando a los temidos godos, envueltos en un ensordecedor alarido mezcla de furor y júbilo. Vi a mi lado el rostro de Antiocus, que me miró con ojos delirantes, como queriendo transmitirme lo que yo también sentía: huyen por nuestra causa; esta victoria nos pertenece. En ese momento, cerca ya de una zona donde se ensanchaba el Danubio y se veía una explanada todavía despejada de árboles, un pelotón de godos a caballo se arremolinaba, nervioso, sin decidirse a emprender la dirección de las alamedas. Serían un centenar, bien pertrechados, con buenos escudos, cascos de hierro y lorigas flamantes de estilo germano, de las que usaban sus jefes y sus nobles. Entonces, sin ninguna duda, me percaté de que se trataba de los hombres de Cniva y supuse que el rey estaría entre ellos. En efecto, cuando estábamos un poco más cerca, distinguí a un fornido hombre de largos cabellos rubios, trenzados, que lucía distintivos reales, diadema de oro y alas de águila sobre el casco.

—¡Es Cniva! —grité a mis hombres— ¡Es el rey de los godos! ¡A por él!

Pero los guerreros que lo protegían no se intimidaron ante nuestra violenta carga. Eran gépidos; fieros y expertos jinetes hechos a luchar desde el caballo y hábiles como nadie para esquivar las embestidas. Enseguida se cerraron en apretada formación y nos hicieron frente, mientras Cniva se escapaba en veloz galope hacia el río. No hubo manera de sortear la barrera que se nos puso delante, hasta pasado un buen rato; así que, mientras me batía con uno de aquellos bárbaros que blandía su gran hacha sobre una gigantesca yegua, vi cómo el batel se acercaba a toda prisa, a golpes de remo, para recoger al rey fugitivo. Conseguí herir en la ingle a mi contrincante, aprovechando la ventaja que me daba la longitud de mi lanza, pero tardó en desplomarse desde su elevada montura, y en vano galopé hacia la orilla, porque el bote se alejaba ya hacia la barcaza que aguardaba en el centro del río. Entonces advertí que otros de nuestros caballeros habían intentado también darle alcance y junto a ellos me detuve a contemplar cómo se iba veloz, a favor de la corriente, la perdida oportunidad de habernos alzado con la máxima victoria.

Al caer la tarde no había un solo godo vivo en los alrededores. Ni siquiera los temibles gépidos con sus grandes caballos se atrevían a proseguir el combate. La gente de Carnuntum, que había contemplado la batalla desde las murallas, salió enloquecida de alegría a ofrecernos todo tipo de regalos por haberlos librado de los invasores. Los muchachos de la ciudad se esparcieron como fuego por el campo de batalla, una vez que los soldados quitaron a los muertos todo lo que podía servir de botín. Después empezó ese macabro juego de profanar los cadáveres al que eran tan aficionados los semibárbaros habitantes de las provincias germanas.

Las trompas sonaron llamándonos. Sudorosos, cubiertos de polvo y sangre, acudimos a concentrarnos frente al gran campamento que se extendía al pie de los muros. Entonces apareció Marino, abriéndose paso por entre el mar jubiloso de soldados que lo aclamaban fuera de sí como al vencedor indiscutible; como al jefe sin el cual la Décima Legión habría sucumbido sin duda alguna a manos de los bárbaros. Yo estaba próximo a él cuando se acercó hasta el legado, aunque no pude oír lo que hablaron ambos, pues el griterío era ensordecedor. Pero vi perfectamente cómo discutía con él, enardecido, y manoteaba hecho una furia, por lo que supuse que le estaba echando en cara lo que podía haber pasado de no ser por su idea de venir velozmente como refuerzo desde Scarbantia.

Declinaba el sol cuando los soldados se dispersaron, y todos, en un ambiente de fiesta, se dispusieron a celebrar la victoria. Más tarde, cuando el vino y la cerveza habían alegrado hasta el último rincón de la ciudad y los alrededores, y los cánticos de guerra hacían retemblar las copas de los árboles, llegaron noticias de que en el Pretorio había tenido lugar un tumulto. Pero todo el mundo estaba ya demasiado borracho como para que pudiera uno enterarse de lo que había sucedido. Recuerdo que, desde la puerta de una taberna, vi correr a varios oficiales conocidos en dirección a la parte alta de la ciudad y les pregunté:

—¡Eh, muchachos! ¿Qué sucede?

—Nada, nada —me respondieron—. ¡Seguid a lo vuestro!

Poco más tarde se supo que había sido una pelea en la ciudadela, por lo que no le dimos mayor importancia.

# 26

Antes de romper el alba, nos despertó sobresaltados una atronadora fanfarria de tubas y tambores. Habíamos caído rendidos por el vino apenas unas horas antes y, en medio de la resaca, confundidos, nos levantamos y salimos fuera de los barracones para ver qué sucedía. Reinaba aún la oscuridad, cuando vimos a otros tantos soldados y a los veteranos de Mursa uniformados, alineados y dispuestos como para ir al combate.

—¡Vamos, todo el mundo arriba! —gritaban las voces expertas en dar órdenes de los jefes—. ¡Vestíos y salid de los barracones!

Obedecimos, aturdidos, suponiendo que algo grave había sucedido. Cuando estuvimos todos fuera, nos concentramos en la explanada central del campamento. Empezaba a amanecer. Entonces apareció Marino a caballo, con sus oficiales de confianza. Los instrumentos callaron y se hizo repentinamente un gran silencio. El tribuno descabalgó y se subió a la tarima que servía para lanzar discursos, arengas o para dar instrucciones al ejército.

—¡Soldados de Roma! —gritó con una voz que delataba que había bebido mucho esa noche—. ¡El legado de Vindobona ya no está al frente de las tropas! ¡A partir de ahora daré yo las órdenes!

Un gran murmullo se alzó desde las diversas secciones, especialmente de los hombres de la Décima Legión. No hubo más explicaciones. Marino descendió de la tarima y se marchó por donde había venido, hacia el Pretorio. Entonces, un general nos ordenó que lo dispusiéramos todo inmediatamente para partir hacia Mesia esa misma mañana.

Desconcertado, monté en mi caballo y le hice galopar en la dirección que había tomado Marino, con la intención de recibir alguna explicación acerca de aquel súbito cambio de planes. Pero, una vez en la puerta del Pretorio, se me impidió entrar, y el ayudante del tribuno me convenció con medias palabras de que regresara y cumpliera la orden que se había dado, asegurándome que más tarde serían aclaradas mis dudas.

El viaje hacia Mesia fue a marchas forzadas, una vez más, monótono y sin incidentes. Al cabo de varios días, ya en la margen norte del Save y casi en su confluencia con el Danubio, avistamos a lo lejos las murallas de Singidunum.

Durante todo el camino había intentado en vano entrevistarme con Marino, pero una y otra vez sus subalternos me habían dado largas, por lo que empecé a sospechar que algo extraño se estaba tramando. Y mis sospechas aumentaron cuando, antes de llegar a la ciudad que servía de puerta de entrada a la región de Mesia, salieron a nuestro encuentro las tropas allí destinadas, junto a un buen número de legionarios que al parecer acababan de llegar desde Dalmacia.

Singidunum tiene la situación geográfica privilegiada propia de un cruce de caminos; está situada como he dicho en la confluencia del Save con el Danubio y allí se han cruzado desde época muy antigua las grandes rutas del nordeste del Imperio: la ruta transversal desde los Alpes y desde el mar Adriático hacia el Danubio y el mar Negro y la vía meridional desde las llanuras panonias al golfo de Tesalónica. Esta situación le permite alcanzar una importancia, si no de gran ciudad, por lo menos de importante fortaleza y destacamento de legiones. Los dos ríos son navegables y el puerto tiene una gran actividad. Aquel lugar resultaba, por estas razones, ideal para concentrar a las tropas a la hora de realizar un movimiento militar de gran envergadura.

Montamos nuestro campamento donde nos indicaron, no muy lejos del río. En los días siguientes no pararon de llegar soldados procedentes de otros destacamentos: legionarios del norte, de Apulum, cuya guarnición al parecer había sido ya abandonada porque la presión de los godos era insoportable; también de otros lugares de Dacia, donde la inseguridad había pasado a ser un estado crónico. Definitivamente, se había perdido la región que Filipo pretendía haber reconquistado rechazando a los carpos —enemigos secundarios en comparación de los godos—, y que le había servido para ganar el sobrenombre de *Carpicus*. Ahora, con las tropas venían también las gentes acomodadas, comprometidas en sus bienes con la partida de las guarniciones, mientras que los pobres, colonos obscuros, antiguos soldados y semibárbaros, que tenían más problemas para partir, arriesgaban menos quedándose. ¡Qué lástima ver cómo se había perdido la provincia de Dacia, constituida después de los éxitos de Trajano!

Más tarde llegaron a Singidunum tropas procedentes del este, de la vecina Viminiacium, de Novi y hasta de Troesmis, ya en la Sitia Menor. Entonces no tardé en ver confirmadas las sospechas que había tenido desde que salimos de Panonia: todos los rumores apuntaban a que se estaba preparando una gran sublevación. Pero Marino, que según el parecer general, era el alma de aquel movimiento militar, no acababa de dar la cara.

Una mañana vino a buscarme el ayudante del procónsul de Mesia superior, cuya residencia estaba en Viminiacium, pero que al parecer se había trasladado provisionalmente a Singidunum y, cosa rara, se alojaba en la casa de un comerciante rico de la ciudad. Me pareció muy extraño todo aquello, pero seguí al funcionario sin poder imaginar qué era lo que se necesitaba de mí en un momento así.

El procónsul se llamaba Fabio. Era un hombre maduro, de elevada estatura y rostro alargado, con recortada perilla canosa bajo unos labios finos. Me recibió en una salita interior de la casa del comerciante, en un segundo piso, y en ningún momento me invitó a sentarme. Después de presentarse, con cierto nerviosismo y mirando alrededor, me preguntó:

—Te extrañará que te haya mandado llamar, ¿no?

—Sí... La verdad —balbucí—. No sé quién ha podido darte mi nombre...

—Soy amigo personal de Decio —dijo mirándome fijamente a los ojos.

—¡Ah! Siendo así —respondí más tranquilo—. ¿Qué deseas de mí?

Él también pareció tranquilizarse. Despidió a su ayudante y avanzó hacia mí sin dejar de mirarme fijamente. Dijo:

—Debes confiar en mí... Félix. Te llamas Félix, ¿no?

—Sí, Félix.

—Bien. Debes confiar en mí y yo he de confiar plenamente en ti. ¿Estás de acuerdo en eso?

—Bueno... No sé de qué se trata.

—Bien, bien. Iré al grano, muchacho. Ya te he dicho que conozco a Decio; somos viejos amigos. Estuve a su servicio durante todo el tiempo que fue gobernador de Mesia y le debo mucho. Hace meses, antes de que tú y tus unidades de caballeros fuerais destinados a Panonia en la campaña contra los bárbaros, recibí una carta suya en la que me anunciaba que su hijo Herenio se incorporaba a las legiones que venían desde Roma como refuerzo. También me hablaba de ti en la carta. No me pedía nada, ¿comprendes?; era sólo una indicación... Por si pasaba algo. Ya sabes, los amigos estamos para eso...

—Entiendo —respondí tranquilizándome definitivamente—. Puedes confiar en mí, como si el mismo senador Decio estuviese presente.

—Te lo agradezco, sinceramente —dijo frotándose las manos—. Lo que tengo que tratar contigo es algo muy complicado y..., sin esa confianza...

—Vamos, ya te lo he dicho, puedes hablar sin rodeos —le apremié.

—¿Qué relación tienes con Marino? —me preguntó entonces directamente—. Quiero decir que si le conoces bien, aparte de la pura relación militar. ¿Has entablado amistad con él? O... por el contrario... En fin, ¿cómo te llevas con él, bien o mal?

—Es un hombre difícil.

—Sí, sí, eso ya lo sé. Pero... ¿has tenido oportunidad de tratarlo en profundidad?

—Bueno. Al principio no creo que yo le cayera bien. Es muy reticente con todo lo que viene de Roma. Y, recién llegados a Mursa, nos miraba con recelo. Pero después, tras las victorias de Scarbantia y Carnuntum, la cosa cambió. Es un militar valiente y decidido, aunque un poco..., digamos, brusco, intempestivo tal vez...

—¡Está loco! —repuso Fabio—. Es una persona realmente peligrosa.

—Hombre, si no hubiera sido por él, ¿hasta dónde habrían llegado los godos?

—No, no, no... —replicó con nerviosismo—. No me refiero a eso. Sin duda es un magnífico estratega, lo cual le ha servido para ganarse muchos partidarios entre los oficiales. Demasiados partidarios para ser un simple tribuno. ¿No has oído rumores acaso en el campamento?

—¿Rumores? ¿Qué clase de rumores?

—¡Vamos, Félix! Todo el mundo habla de ello. ¿Por qué crees que se encuentran concentrados aquí tantos soldados?

—¿Te refieres a eso que se habla sobre una rebelión?

—¡Claro! ¿A qué si no?

—Pero... ¿tienen algún fundamento esos rumores?

—Bien, sentémonos —dijo él entonces, señalándome un diván tapizado con ajada tela rojiza. Hasta ese momento, me pareció que toda la conversación discurriría de pie. Pero, cuando le vi andar hacia el asiento, observé que padecía una grave cojera que quizá quiso disimular al principio. Una vez sentado, me fijé en que una de sus piernas permanecía demasiado recta, estirada, bajo la túnica; el pie que asomaba era de madera, aunque estaba muy bien tallado y coloreado. Se colocó bien la prótesis, con las dos manos, y suspiró como aliviado. Prosiguió—: Félix, todo lo que hayas podido oír acerca de esa rebelión es cierto. No es algo que esté por hacerse. Digamos que ya se ha producido. Marino, junto con un montón de generales de peso, ha resuelto romper con Roma y levantarse contra Filipo con todas las fuerzas de las regiones del Danubio.

—¿Qué? —exclamé sobresaltado— ¿Cómo sabes eso?

—Félix, soy el procónsul. Conozco a Marino desde hace años, mucho antes que a Decio; fui compañero suyo en múltiples campañas y nada de lo que él pueda planear en estas tierras se me escaparía. Además, él cuenta conmigo. Puede ser un loco, pero es leal a sus viejos camaradas. Hace tiempo que me comunicó sus propósitos.

—Entonces, ¿estás implicado?

—Sí y no. Participé en todas las reuniones y asentí como uno más cuando Marino expresó sus planes. ¿Cómo no hacerlo? ¿Crees que se detendría? Él odia a los árabes, como muchos otros en el ejército, y está plenamente decidido a hacer algo...

—¿Algo? —repliqué—. ¡Ésa no es la manera! Yo tampoco trago a los árabes, pues están haciendo mucho daño al Imperio; pero una guerra civil, ahora, sólo beneficiaría a los godos y a los persas. ¡Es una barbaridad!

—Sí, lo sé. ¿Por qué crees que te he llamado? Hay que hacer algo, antes de que sea demasiado tarde.

—Pero ¿qué se proponen con la rebelión? ¿Buscan acaso independizarse como las Galias? ¿Piensan hacer frente ellos solos a la invasión de los bárbaros desde aquí?

—Humm... Félix, me temo que es algo mucho peor. Quieren proclamar un nuevo emperador aquí y después marchar contra Roma para destronar a Filipo.

—¿Cómo? ¡Eso es terrible! ¿Un nuevo emperador? ¿Qué emperador?

—Marino.

—¿Marino? ¿Se han vuelto locos? ¿Marino emperador?

—Sí, Félix, ése es el problema. ¿Comprendes ahora que te haya mandado llamar?

—No, no lo comprendo. ¿Qué puedo hacer yo con dos mil hombres a mis órdenes? En ese campamento hay más de treinta mil legionarios, veteranos y experimentados, manejados firmemente por sus generales. ¿Qué podemos hacer?

—Nada de momento —respondió él removiéndose en el diván y volviendo a colocarse la pierna de madera—. Seguramente os ofrecerán uniros a la sedición, tal vez hoy mismo. ¡Oh, dioses, debería haberte advertido antes! Pero ha sido todo tan rápido...

—¡No podemos apoyar eso! ¡Es una locura!

—Shsss... Ahora hay que actuar de forma inteligente. ¿Confías en todos tus oficiales?

—Plenamente. Somos uña y carne.

—Entonces, Félix, sigue este consejo: reúnelos y ponlos al corriente de la situación; explícales todos los detalles del asunto y pídeles máxima discreción. Cuando Marino os ponga en la tesitura de apoyarle en su plan, decid inmediatamente que sí, que aprobáis la maniobra y que estáis plenamente decididos a marchar contra Roma para poner fin a la oligarquía de los árabes...

—Pero... —le interrumpí.

—¡Déjame terminar! Si no lo hacéis así, os ahorcarán sin más miramientos. Debéis al menos salvar vuestras vidas y ganar tiempo. Mientras tanto, enviaremos un mensajero bien escoltado a Roma, directamente al senador Decio, que es el único que podrá resolver esta situación tan desastrosa.

—¡Ah, comprendo!

—Hay que actuar con rapidez. Ya he pensado en los detalles: creo que lo más adecuado es enviar a Roma a Herenio, el hijo de Decio, puesto que a nadie como a él creerá el senador. ¿Qué te parece?

—Perfecto. Es un joven inteligente y decidido; ideal para una misión así. Además, por ser hijo del senador tendrá mayor facilidad para acceder a las autoridades. Ordenaré que le acompañen mis mejores hombres y puedes estar seguro de que harán el viaje velozmente.

—Confío en ello —aseguró el procónsul asiéndome con fuerza por la muñeca—. ¡Dioses, una vez más me arrepiento de no haber acudido a ti! Pero ahora... no hemos de perder tiempo. ¡Rápido, regresa al campamento y pon en marcha cuanto hemos acordado!

Regresé a toda prisa y, ya en la entrada, me percaté de que la situación no era del todo normal en el campamento. Había hombres que corrían en todas direcciones y los oficiales, pertrechados y escoltados por sus guardias, iban hacia el Pretorio apresuradamente, con gestos graves. Antes de llegar a nuestra área, me salió al paso Antiocus, muy agitado, y me dijo:

—¡Félix! ¿Dónde estabas? Te hemos buscado por todas partes. El tribuno Marino ha venido varias veces preguntando por ti.

—¿Por mí? ¡Zeus! ¡Llamad inmediatamente a Herenio!

Todavía me sorprendo al recordar cómo pude resolverlo todo en tan poco tiempo. Reuní a los centuriones y les conté lo que pasaba. Gracias a Dios, no pidieron demasiadas explicaciones y estuvieron de acuerdo en hacer lo que yo mandara. Preparamos enseguida los caballos, elegí a los hombres y, poco después, Herenio partía hacia Roma con una veintena de los mejores caballeros. Menos mal que, al tratarse de él, no necesitaba redactar una carta para Decio, sino que bastaba con que memorizara bien la situación. Una vez allí, confiaba en que el senador sabría comprender el giro que estaban dando los acontecimientos y tomar las medidas oportunas. En cualquier caso, mejor era eso que enviar una misiva que podía ser interceptada por los seguidores de Marino.

Aquella noche no pude pegar ojo. Pero no creo que nadie pudiera dormir siquiera un momento, con el ajetreo que hubo: lejanas órdenes, movimientos de hombres y caballos, llegada de más soldados de fuera... Pero yo no estaba sólo preocupado por el viaje de Herenio; además de eso, no dejaba de pensar en lo que Marino había podido querer de mí esa tarde. Después de organizar a mis hombres, había ido al Pretorio para presentarme a él, pero me encontré con que ya se había marchado a Viminiacium. Entonces me inquieté suponiendo que podía haber sospechado algo; el tribuno era muy sagaz.

Al día siguiente, en torno a la hora sexta, vinieron a buscarme. Un centurión me condujo hasta la fortaleza y tuve que aguardar en el callejón que había entre murallas, junto a otros oficiales, a que me llamaran al interior. Cuando llegó mi turno, el centurión me hizo pasar al gran patio de armas donde debía presentarme ante los generales. Los jefes militares estaban sentados en toscos bancos de madera formando un amplio círculo, y detrás de cada uno estaba su respectiva escolta, en formación. No sólo había oficiales legionarios, sino también auxiliares y nobles bárbaros de las alas de federados. Al fondo, bajo la poderosa torre del Pretorio, habían puesto una tarima donde estaba Marino sentado en una especie de trono, con las águilas imperiales detrás y algunos otros signos y trofeos a los lados. También se encontraba dispuesta en un estrado contiguo la Tríada Capitolina y delante de ella se extendían los restos humeantes de un sacrificio.

Un lictor me anunció y tuve que avanzar en medio del círculo que formaban los generales y sus guardias. Supuse entonces que aquello era algo parecido a un juicio o un juramento, algo así como el *sacramentum* que hacen los soldados. Pero me equivoqué, puesto que enseguida comprobé que nadie pretendía juzgarme ni tomarme juramento. Aquello era más bien una especie de asamblea que pretendía determinar quién estaba dispuesto a sumarse a la rebelión y quién no. Aunque el corazón me latía frenéticamente y la boca se me había quedado completamente seca, me tranquilicé cuando vi que Marino me sonreía desde la tarima. Me situé a un lado y, como uno más, me dispuse a escuchar cuanto se quería manifestar en aquel acto.

Comenzaron la ceremonia dos lictores que solicitaron los auspicios de los dioses y la intervención de los genios protectores de las legiones. Después presentaron a Marino en primer lugar, como elegido, guía y héroe, y después a los demás jefes militares. Los discursos de los generales se sucedieron después, interminables, repetitivos, y todos con un tono inflamado. Se acusó al emperador Filipo, como impostor, advenedizo, codicioso y pernicioso para la causa del Imperio. Asimismo, se condenaron los abusos de la administración propiciada por él, los desmanes de los funcionarios árabes, la usurpación, el despilfarro de los bienes públicos y la decadencia de la Urbe en los últimos tiempos; sin dejar de poner de manifiesto la fatal connivencia del Senado en todo ello. Desde luego, aunque todo estaba muy exagerado, ninguna de esas afirmaciones andaba falta de razón, y por ello los ánimos se fueron enardeciendo y finalmente se concluyó entre vítores y gritos pidiendo justicia, orden y deposición de todos los árabes.

Después, un instruido y viejo general pidió a gritos desde la tarima un mando único capaz de solucionar tantos desatinos, sin dejar de mirar a Marino ni de implorar la ayuda de los dioses. Entonces todo el mundo empezó a corear el nombre del tribuno, seguido del título «Imperator».

Marino se puso en pie y pidió silencio. Con tono de arenga de cuartel, en su pobre retórica, abogó también por el nombramiento de un mando unificado y se ofreció a sí mismo para tal menester, proponiendo que tres generales participaran con él. Al fin, fueron elegidos sus colaboradores entre los jefes que habían hablado con anterioridad y todo el mundo estuvo de acuerdo. Marino se juramentó entonces delante de los dioses y pidió la lealtad de todos los presentes. Una explosión de vítores volvió a corear su nombre y a pedir para él el título de emperador. Pero el tribuno, extendiendo su espada y con una expresión delirante, gritó:

—¡Primero a Roma! ¡Preparad a vuestros hombres y emprendamos la marcha! ¡Mañana a Roma!

# 27

A medida que avanzábamos hacia Roma, lo que al principio parecía una absurda y pretenciosa revuelta de suboficiales fue cobrando entidad al unirse algunos generales. En ningún sitio se nos opusieron, sino que, muy al contrario, la rebelión iba engrosando sus filas con soldados que se nos sumaban desde las guarniciones que íbamos atravesando y desde otros lugares más lejanos. Por el camino supe que habían sido asesinados los legados de Filipópolis, en Tracia, y de Macedonia; y entonces me enteré de que el propio Marino había degollado al gobernador de Vindobona, aquella noche en Carnuntum, después de la batalla, cuando tuvo lugar el extraño revuelo que entonces no supimos a qué se debía. Por otra parte, en el enorme ejército que se encaminaba hacia la Urbe no se apreciaba ninguna disensión, por leve que fuera, hacia la rebelión que pretendía derrocar al emperador. Todo el mundo estaba convencido de que hacíamos lo correcto.

En Aquilea se nos unió la legión de Venecia, hombres llegados desde los Alpes e incluso desde la Galia Transpadana, y se supo que Retia había comunicado su conformidad con el levantamiento. Era comprensible una respuesta así, puesto que siempre hubo descontento en las regiones del nordeste. Además de Marino y sus colaboradores se habían preocupado con anterioridad de enviar mensajeros portando libelos que exponían sus intenciones.

Con soldados llegados desde tantos lugares del Imperio, te enterabas de un montón de cosas, aunque uno no sabía cuáles de aquellas noticias eran verdaderas y cuáles eran sólo fruto de la invención de los sectores militares que querían justificar la insurrección. Por ejemplo, se supo que en Oriente también había estallado la guerra civil, provocada por la disconformidad general con los métodos de gobierno de Prisco, especialmente por su rígida exacción de impuestos. Ahí fue proclamado emperador un tal Jotapiano. No me extrañó nada, conociendo la codicia y la prepotencia del hermano de Filipo.

Yo sentí una gran sensación de angustia al ver cómo todo se desmoronaba a un tiempo: hacía años que las Galias funcionaban independientes de Roma, nombrando gobernadores a su aire; se hablaba ya de un emperador oriental; y las otrora fieles y valerosas legiones de Mesia marchaban contra Roma, engrosadas por mercenarios germanos, y gobernadas por un suboficial bebedor y medio loco que no rechazaba la absurda pretensión de los que se proponían proclamarle emperador. ¿Quién sería capaz de poner freno a tales desmanes?

Hasta Aquilea habíamos avanzado con gran rapidez, sin oposición alguna de las guarniciones que atravesábamos y sin apenas detenernos. Pero, frente a Concordia, tuvimos que detenernos por primera vez. Había sido ésta una vieja colonia mimada por Roma desde antiguo; situada en el cruce de la vía Postumia y de la vía Amia, en un terreno fértil y de hermosos paisajes, gozó siempre de paz y bienestar, y en ese momento se encontraba allí establecida una importante guarnición compuesta por legionarios romanos en su totalidad y un destacamento especializado en la producción de arsenal militar, saetas principalmente. Advertidos desde la Urbe de nuestra llegada y con ingentes refuerzos de otras guarniciones, se negaron a sumarse a la rebelión y prepararon una impresionante barrera con máquinas de guerra, trincheras y empalizadas que frenó implacablemente los ataques de mercenarios que Marino les envió. Entonces nos vimos obligados a prepararnos para una verdadera batalla y este contratiempo que nadie se esperaba sembró el primer desconcierto entre los rebeldes.

Acampamos en una extensa llanura y permanecimos varios días sin hacer ningún movimiento, tal vez esperando a que las gestiones de los emisarios de Marino convencieran a las autoridades de Concordia de que nos dejaran pasar. Pero no os aburriré con detalles, puesto que lo verdaderamente interesante sucedió coincidiendo justamente con el comienzo del verano, cuando se tenía ya la impresión de que, de un momento a otro, se iba a realizar el ataque definitivo.

Una madrugada, en la que dormía en mi tienda de manera poco

profunda, me sobresalté al notar que alguien entraba súbitamente, arrastrándose por debajo de los faldones de la lona. Alargué la mano para coger la espada, puesto que se producían muchos asesinatos a traición aquellos días, y pensé que venían a por mí.

—¡Quieto, soy Antiocus! —me susurró una voz en la oscuridad.

—¿Antiocus? —reaccioné sumido aún en mi estupor—. ¿El centurión?

—Sí, soy yo. Baja la voz.

Suponía que Herenio y Antiocus, si todo había salido bien, habrían llegado ya a Roma para ponerse en contacto con Decio; pero de ninguna manera se me habría ocurrido pensar que pudieran estar de regreso tan pronto.

—¿Conseguisteis llevar el mensaje que os encomendé?

—Sí. Decio viene hacia aquí con un gran ejército enviado desde Roma para hacer frente a la rebelión. Él me ordenó que viniera a comunicártelo.

—¡Júpiter! —exclamé—. ¡Se avecina una guerra civil! ¿Se me pide actuar?

—Sí —asintió él—. Tienes que tomar una decisión, cuanto antes. Nuestros hombres están en el frente rebelde y, como es natural, debéis pasaros al lugar que os corresponde, el de los leales. Por eso me envía Decio; para advertirte de que, con la barrera de Concordia, lo que se pretende es ganar tiempo mientras el ejército de Roma se acerca a toda prisa. He galopado día y noche para llegar hasta aquí y ponerme en contacto contigo. Anoche burlé a los centinelas y me colé en el campamento...

—¡Te has arriesgado demasiado! Hay órdenes para que nadie pase desde el otro lado. Marino es muy astuto y puso especial cuidado en eso para evitar que entraran espías. Todavía no comprendo cómo lo has logrado, Antiocus.

—Mira —me respondió acercándose la lámpara y mostrándome los brazos y las piernas. Su ropa era de color negro y toda su piel visible estaba teñida de oscuro—. Me pinté con carbón. Ya sabes que soy buen corredor. Nadie pudo verme en la oscuridad.

—¡Increíble! Pero, dime, ¿qué es concretamente lo que Decio me pide?

—Que aguantes mientras puedas y que, en el último momento, una de dos: o hagas daño desde la retaguardia a los rebeldes o cruces la línea en un rápido movimiento con toda la caballería. Aunque esto último, teniendo en cuenta la barrera de arqueros de Concordia, puede ser lo más peligroso.

—Bien. ¿Y cuánto tiempo crees que tardará en llegar Decio con ese ejército?

—Tres días.

—Mientras tanto, ¿qué harás tú?

—Debo permanecer aquí, escondido, al menos hasta mañana, porque Decio me ha pedido algo más.

—¿Algo más? ¿Qué?

—Bueno, Decio te pide que indagues. Herenio y yo le dijimos al senador que no te sería difícil sonsacar a Marino, que incluso en alguna ocasión habías bebido con él. Eso le pareció una circunstancia muy favorable y consideró que sería fundamental conocer sus intenciones y sus planes inmediatos.

—Comprendo —dije—. He de hablar con Marino lo antes posible; hoy mismo, si puedo, para averiguar todo eso y después tú pasarás al otro lado con la información.

—¡Exacto!

—Bien, veré qué puedo hacer. Pero la situación es complicada. Hace tiempo que no he tenido ocasión de estar a solas con Marino. Últimamente está siempre rodeado por los generales conspiradores que se empeñaron en proclamarle emperador.

No se me ocultaba la gran dificultad que entrañaba lo que se me pedía, pero deseaba intentarlo a toda costa, sobre todo por no defraudar a Decio. Así que oculté a Antiocus en mi tienda y me encaminé hacia el Pretorio.

El oficial de guardia me permitió el acceso al interior de la empalizada que protegía la gran tienda del alto mando y las otras tiendas más pequeñas donde cada general vivía con sus criados y ayudantes. En ningún momento me dejaron solo mientras me dirigía hacia donde se encontraba el secretario, por lo que se confirmó mi suposición de que había un especial cuidado para evitar cualquier conspiración. Una vez en el Pretorio, me informaron de que Marino se encontraba fuera sin que pudieran decirme cuánto iba a tardar. Decidí esperar. Sería cerca de la hora nona cuando me senté en un banco de madera y permanecí soportando mis nervios y temores hasta que el sol empezó a declinar.

Por fin, apareció Marino rodeado de los demás generales rebeldes. Venía por el callejón que se formaba entre las dos hileras de las tiendas principales, con paso firme y rápido, con el ímpetu que le caracterizaba y dejando que su voz potente se oyera desde lejos, mientras comentaba con tono enojado algún suceso de la jornada que terminaba. Me pareció más corpulento que de ordinario, con la armadura que se había agenciado para su nuevo cargo, en la que relucían los adornos dorados de la coraza y las grebas brillantes que jamás antes había usado.

Varios oficiales y algunos funcionarios aguardaban también y se apresuraron a rodearle antes de que llegara a la tienda. Entonces tuve la sensación de que me sería más difícil tratar con él de lo que había supuesto; máxime cuando le oí gritarles intempestivamente:

—¡Hasta mañana no quiero saber nada! ¡Dejadme ahora! ¡Dejadme descansar!

Los demás se retiraron, pero yo le seguí a cierta distancia hasta la puerta de su tienda.

—¿No has oído al emperador? —me espetó uno de sus ayudantes—. Hoy no atenderá a nadie más.

«Emperador»; aquello sonó extraño a mis oídos, pero no me arredré y me atreví a gritarle:

—¡Marino!

—¡Eh, tú! —replicó el ayudante dándome un fuerte empujón en el pecho—. ¿Quién te crees que eres?

Marino se volvió entonces y me miró por encima de los guardias.

—¿Qué pasa ahí? —dijo con autoridad.

—Señor, este oficial... —balbució el ayudante.

—¡Félix! —exclamó entonces Marino—. ¿Qué es lo que quieres?

—¿Puedo hablar un momento a solas contigo? —le dije—. Necesito algo importante.

—¡Por los dioses! —protestó él—. ¿No me has oído? Estoy cansado.

—¡Es muy importante! —insistí—. ¡Tengo noticias de Roma!

—¿De Roma...? —murmuró con gesto de perplejidad, alargando la desagradable cicatriz de la comisura de sus labios—. ¡Vamos, no me vengas con...!

—¡De Decio! —proseguí con energía.

Me miró con mayor interés y me indicó con un movimiento de la mano que le siguiera al interior de la tienda.

—Vamos, dejadle pasar —le ordenó a los guardias.

Entramos en la tienda, y la cortina de la puerta se cerró detrás de nosotros. Un esclavo se apresuró a encender las lámparas, pues atardecía ya. La decoración interior era una mezcla extraña: armas, entre austeros muebles de tosca madera panonia que debían de haberle acompañado durante años en las campañas; pieles y, como contraste, objetos dorados y lujosos, repartidos aquí y allá, sin que todavía hubieran encontrado su acomodo en la estancia del rudo militar convertido ahora en augusto; como si alguien hubiera pretendido que el nuevo título requiriera que algo recordara a un palacio. En el centro, una gran mesa estaba ya dispuesta con diversos platos de humeantes viandas, copas de plata y jarras con diversos vinos.

—Anda, acomódate —me pidió con tono más acogedor.

Con un gesto instintivo, miré a los ayudantes que estaban junto a mí, firmemente decididos a permanecer allí mientras no se les ordenara otra cosa. Marino pareció comprender mis pensamientos y les gritó:

—¿A qué esperáis vosotros? ¡Fuera!

Me sentí mejor, pero los nervios me oprimían el estómago y la garganta. Avancé hacia el triclinio y me senté simplemente, sin dejar de mirar a Marino. Un esclavo se acercó entonces y estuvo desabrochando cuidadosamente las correas de la armadura. Le quitó la capa, la coraza, grebas y túnica interior, cuyo olor a sudor se desplegó por la tienda al airearse. El pretendido emperador apareció entonces desnudo, con su grosero cuerpo de veterano suboficial surcado por cicatrices, como un odre viejo remendado con costurones. Los esclavos acercaron un barreño lleno de agua caliente y se pusieron a frotarle la piel con una áspera toalla y a ungirle con esencias de romero, hasta que él se hartó y con un gesto les dio a entender que ya era suficiente. Entonces se vistió una amplia túnica y se acercó a la mesa.

—¿Eh? ¿No tomas nada? —me preguntó extrañado.

Sonreí y llené una de las copas. El pulso me temblaba y lo notó.

—¿Qué te pasa, muchacho? —dijo—. ¿Tiemblas? ¿Te asusto? ¡Vamos! Te he visto firme en la batalla. ¿Te doy acaso más miedo que Cniva, al que perseguías con ahínco por los bosques? ¡Ja, ja, ja...!

Aquello que dijo me tranquilizó. Me llevé la copa a los labios y bebí a grandes tragos, buscando serenarme aún más.

—Así me gusta —dijo él, sonriendo. Bebió, miró lo que había sobre la mesa y se decidió por un asado de aspecto apetitoso; arrancó un trozo de carne con los dedos y, antes de llevárselo a la boca, me preguntó—: ¿Has cenado?

—Llevo aguardándote ahí fuera desde la hora nona.

—¡Vaya! —exclamó con ironía—. ¡Qué importante debe de ser eso que tienes que decirme!

—Créeme, es muy importante —repuse con tono grave.

—Vamos, come algo y... ¡tranquilízate de una vez, hombre!

Alargué la mano hacia el mismo asado que él había elegido y pellizqué un pedazo. Comí y, no sé por qué, vino a mi mente el recuerdo de aquella primera noche en Mursa, cuando me emborraché con él; entonces me sentí más tranquilo. Y, como si él leyera mi pensamiento, me dijo:

—¿Te acuerdas del vino de Mursa? Al menos en eso he ganado con lo de ser emperador. ¡Ja, ja, ja...!

Reí con él. Sentí que mis músculos se distendían y respiré más a gusto. Marino volvía a ser el veterano amante de la mesa y el vino que se transformaba, cuando dejaba las armas, en un ansioso glotón y bebedor. Se me ocurrió en ese momento que él era algo similar a esos actores de teatro que parecen temibles representando a Aquiles o a Heracles en la escena, pero que después en la taberna, cuando se han quitado la máscara, no llevan nada en sí mismos del personaje que sólo un momento antes les hacía hablar con gravedad y pasión. Entonces decidí ir de lleno al asunto.

—Marino, escúchame con atención, antes de que ambos bebamos demasiado —le pedí.

Me miró fijamente, aguzando los ojos bajo las revueltas cejas, grisáceas y pobladas. Se pasó la mano por la barba y después se introdujo los dedos en la boca para arrancarse una fibra de carne de entre las muelas.

—Anda, habla, ¿de qué se trata? —dijo al fin, sin demasiado interés.

—Decio viene hacia aquí desde Roma —respondí con tono grave. Sonrió ampliamente. Parecía que la cicatriz le llegaría hasta la oreja.

—¿Y...? —preguntó sin inmutarse.

—¡Marino! ¿Me has escuchado? —repliqué fingiendo gran preocupación—. Decio viene con un gran ejército para ponernos freno. ¡Ese maldito Filipo le envía contra nosotros!

—¿Ah, sí? —me preguntó entonces sin dejar de sonreír—. Y tú, ¿cómo sabes eso?

—Decio es nuestro superior. Él nos envió a Panonia para luchar contra los bárbaros. Me creí en la obligación de mandarle un emisario...

—A su hijito Herenio, ¿no? —repuso poniéndose más serio—. ¿Creías que yo no sabía eso? ¿Piensas que se me escapa algo de lo que pasa en mi campamento?

Me aterroricé. Un gran calor, como un fuego, empezó a subirme desde el estómago; sentí que vomitaría el vino que había bebido. Marino se aproximó hasta poner su cara junto a la mía, frente a frente, como esperando a ver mi reacción. Una gran confusión se adueñó entonces de mi mente, pero de nuevo un impulso de lucidez me llevó a tratar de controlar la situación.

—Sí, claro —respondí inventando sobre la marcha—. ¿Te parece acaso eso extraño? ¡Decio siempre ha estado en contra de Filipo! —exclamé enardeciéndome—. ¡Ahora puedo decirlo con tranquilidad! Pensé que ésta era la oportunidad para acabar por fin con esos árabes y así quise comunicárselo al senador. Me pareció que lo más indicado era enviar a su propio hijo, pues sería la mejor forma de expresarle nuestras verdaderas intenciones.

—¿Crees que soy tonto? —me gritó dando un fuerte golpe con el puño en la mesa—. ¡Te he tenido vigilado! ¡Tú y tus hombres no habéis estado cómodos desde que decidí rebelarme! ¿Crees que no se os nota?

En ese momento me di cuenta de que era mucho más astuto de lo que yo pensaba. Desde luego, no se había tragado que estuviera allí sólo para decirle aquello; pero me hice consciente de que tal vez quería desconcertarme, aunque, si hubiera desconfiado totalmente de mí, habría llamado a la guardia y me habría mandado ahorcar sin más contemplaciones. En cierto modo, algo me decía que me tenía cierta simpatía. Decidí jugar con ello. Me eché hacia atrás en el triclinio, convencido de que me estaba jugando la vida y decidí hacerme la víctima. Como si estuviera muy afectado, le dije:

—No confías en mí, ¿verdad, Marino? Nunca has confiado en mí, ni siquiera en el campo de batalla. Mis hombres y yo hemos luchado a tus órdenes contra los bárbaros, arriesgándonos al máximo, buscando siempre tu aprobación... Y ¿qué hemos cosechado? Sólo tus desprecios y tu desconfianza. Y ahora, que una vez más me he arriesgado por ti, sin otra intención que buscarte partidarios entre los militares de Roma, me lo pagas con más desconfianza.

Le vi aflojar perceptiblemente, pero seguía aún mirándome fijamente, con unos duros ojos, agudos como los de un zorro, que parecían penetrar dentro de mí para escrutar mis verdaderas intenciones; unos ojos hechos a reconocer la lealtad o la traición durante años de trato con bárbaros jefes mercenarios, sagaces líderes yácigas y embusteros bandidos, y a vigilar de cerca los inestables pactos que se hacían constantemente en las amenazadas fronteras. Aproveché para llenar las copas y darme un respiro mientras mi mente buscaba lo que diría a continuación. Los dos bebimos con avidez. Proseguí:

—¿Qué piensas de mí, Marino? Dime la verdad. ¿Crees que yo no detestó como tú a Filipo? ¡Ya te conté cómo me trató su hermano Prisco. ¡Daría lo que fuera por verlos en el patíbulo!

—¿Y Decio? —replicó furiosamente—. ¿Puedo fiarme acaso de Decio? ¡Cómo se te ha ocurrido mandarle un emisario! ¡Ha sido una estupidez! ¡Una chiquillada! Un hombre como Decio jamás se sublevaría contra el emperador.

—Te equivocas —repuse—. Debes creerme. ¡Por Júpiter! En numerosas ocasiones hablé con Decio de esto, y con el general Valeriano. ¿No te das cuenta de que no he tardado ni un momento en venir a decirte lo que he sabido hoy mismo? ¿No ves que yo puedo servirte de enlace para dialogar con Decio y solucionar esto sin una guerra civil? El senador se fiará de mí...

—Bien, bien, bien... En cierto modo yo ya había pensado en eso.

Lo tengo todo programado... ¿Por qué crees que no te corté la cabeza hace tiempo, en Viminiacium?

—¡Por favor! Confía en mí —insistí con vehemencia— y en mis hombres. Podemos serte muy útiles. ¿No hemos demostrado suficientemente nuestro valor?

—Sí, muchacho —respondió al fin con un tono más amable—. Nunca he dicho que no sirváis en combate. Al principio... Bueno, al principio no estuve muy seguro; pero he visto que sois valientes. Yo sé reconocer las cosas. Lo hicisteis muy bien en Scarbantia y en Carnuntum. Con una caballería así se puede estar tranquilo.

—Entonces, ¿cuentas con nosotros?

—Humm... Eso se verá. No pierdo nada enviándote a parlamentar con Decio. Pero mañana hablaremos de eso, más tranquilos. Ahora, muchacho, bebamos. —Llenó una vez más las copas y después de beber le vi ya totalmente distendido. Esbozando una complaciente sonrisa, añadió—: Sí, es una buena idea; si ese ejército se une a nosotros, Roma será pan comido.

Por fin pude relajarme. Sabía lo que venía a continuación: una copa detrás de otra y escuchar las hazañas de Marino, como ya me había sucedido con él otras veces. Empezó pues a hablar como solía cuando se disponía a emborracharse, pero advertí que me trataba de manera diferente a las primeras veces en que me uní a beber con él; pareció que me tenía en más alta consideración. Recordó las últimas batallas; volvió a repasar las victorias de Scarbantia y Carnuntum; se pavoneó de tener en el bote todas las guarniciones del Danubio y noté que de verdad se estaba empezando a creer lo de ser emperador, o que al menos hacía esfuerzos para creérselo. Finalmente se le aflojó la boca y su monólogo se hizo monótono, monocorde y casi incomprensible a veces. A cada momento llenaba las copas y, aunque mi preocupación me mantenía sereno, llegué a notar cierto mareo, a pesar de que luché contra aquel vino, derramando de vez en cuando el contenido de mi copa o cambiándola disimuladamente por otras vacías.

Los criados estaban sentados al fondo de la tienda, casi aburridos, y me angustié al darme cuenta de que la noche avanzaba sin que hubiera podido sonsacar a Marino, como me proponía. Aunque ahora parecía acercarse el momento más oportuno.

—¡Eh, Marino! —le susurré—. Si vamos a seguir bebiendo, deberías despedir a los criados. Ya sabes, luego hay murmuraciones...

—¿Murmuraciones...?

—Sí, si vas a ser emperador de Roma, deberías empezar a cuidar tu imagen. Los emperadores no se emborrachan delante de la gente.

Se irguió con gesto interesante y volvió la cabeza hacia donde dormitaban los esclavos.

—¡Vosotros, fuera de aquí! —les gritó—. ¡Pero, antes, traed más vino!

—Oh, no, ya lo traigo yo —me apresuré a decir—. Llevo demasiado tiempo en el triclinio y no me vendrá mal estirarme un poco.

—Estírate lo que quieras —otorgó.

Acompañé a los criados fuera de la tienda, hasta una especie de almacén que había en una cabaña contigua. El esclavo que me dio la botella de vino era el grueso cocinero que en otras ocasiones se había encargado de acostar a Marino cuando estaba muy borracho. Los demás esclavos se retiraron, pero él me siguió hasta la puerta.

—Puedes irte —le dije—. Yo acostaré a tu señor; me ha pedido que pase la noche aquí.

Pude adivinar la suspicacia en sus ojos, a pesar de la oscuridad.

—¿No me has oído? —insistí— ¡Marino y yo deseamos estar a solas!

Se retiró con pasos rápidos. Un poco más allá, los guardias parloteaban a media voz junto a un fuego. Por lo demás, reinaba un gran silencio dominado por el canto de los grillos. Regresé a la tienda y cerré con cuidado las trabillas de la lona. Marino se volvió y extendió la copa hacia mí. Brindamos y volvimos a beber, aunque procuré apenas mojarme los labios.

—¿Eh! —exclamó él—, ¿no te gusta?

—Oh, claro —respondí volviendo a llevarme la copa a la boca y apurando todo el contenido, mientras permanecía de pie.

—¿No te echas en el triclinio? —me preguntó.

—Estaba fijándome en tu armadura —respondí improvisando—. ¡Es preciosa!

—Me la merezco. Me he pasado la vida con una de cuero. Ha llegado el momento de lucir una de ésas. ¿O no?

—¡Claro! Para entrar triunfante en Roma es perfecta.

—¡Ja, ja, ja...! —rió él—. ¡Entrar triunfante en Roma! ¡Qué cosas dices, muchacho!

Me acerqué hasta la armadura e hice como si la estuviera admirando. De reojo, me fijé en que Marino se inclinaba una vez más hacia la mesa, de espaldas a mí. Hablaba algo acerca de la armadura, algo que le hacía gracia y yo también reí. Vi su espada a un lado y la cogí en mis manos.

—Y la espada es soberbia —comenté.

—Pues mira —dijo—, precisamente es hispana, de tu tierra.

La desenvainé y admiré su brillo y su hoja pulida y afilada.

—Es un genuino *gladium* de factura cántabra —explicó Marino—. Me lo proporcionó un centurión galo. Dicen que son las mejores armas.

—¡Oh, es verdaderamente fabulosa! —exclamé.

Le vi alargar de nuevo la mano hacia la jarra de vino, a dos pasos de mí. El corazón me empezó entonces a palpitar frenéticamente y la sangre subió hasta mis sienes. Me sacudió un pensamiento que fue como un relámpago. Di un salto y alcé el brazo con la espada fuertemente sujeta. La nuca de Marino estaba ahí, con sus rollizos pliegues en la piel tostada, curtida. Descargué un tajo, otro más, y al golpear la tercera vez, sentí el hueso duro que crujía y vi brotar un gran chorro de brillante sangre. No hubo ningún grito; sólo una especie de ronquido y después un gorjeo. No me di descanso; busqué sus costillas y hundí la espada entre ellas, a la altura del corazón. La túnica clara se teñía de rojo y Marino sólo agitaba las piernas, con estertores violentos que hicieron temblar toda la vajilla. Entonces temí que alguien pudiera oír algo extraño y me eché sobre él, cubriéndolo con mi cuerpo, mientras buscaba su cuello con la espada y le cortaba a la altura de la nuez. Espesa y caliente sangre me bañó y sentí que su vida se escapaba, hasta que quedó inerte.

Como pude, llevé su enorme cuerpo hasta el lecho, lo acosté y lo cubrí con las mantas y pieles. A un lado, estaba el barreño de agua y las toallas con que los criados le estuvieron aseando. Limpié la sangre del triclinio y procuré dejar todo en orden. Apagué las lámparas y salí al exterior.

Los guardias ni siquiera me miraron. Atravesé el recinto del Pretorio y pasé por delante de los centinelas de la puerta a los que saludé como si tal cosa. Después corrí como un loco por el prado, buscando el campamento. Cuando llegué a mi tienda, me encontré con Antiocus que estaba despierto, aguardando mi regreso. A la débil luz de la única lucerna que había encendida, vio la sangre en mis ropas y exclamó:

—¡Félix! ¡Qué te ha sucedido!

—Nada, nada, estoy bien —respondí con nerviosismo.

—¿Y esa sangre?

—¡He matado a Marino!

—¡Dioses! ¡Cómo es posible!

—Vamos, no hay tiempo que perder —dije mientras me cambiaba la ropa—. Tendrás que correr y pasar a Concordia cuanto antes. Entretanto, despertaré a todos nuestros hombres y les ordenaré que se preparen. Tú advertirás a las autoridades del otro lado de que pasaremos a toda prisa cuando nos deis la señal. Tenemos el tiempo justo para huir antes de que amanezca y descubran que Marino está muerto.

Antiocus, con sus ropas negras y la piel oscurecida con carbón, desapareció como una veloz sombra en dirección a los bosques. Desperté a los centuriones y les comuniqué mis planes.

De madrugada, cuando una tenue luz despuntaba hacia Oriente, estábamos al límite de nuestra impaciencia, esperando la señal, en completo silencio junto a los caballos escrutando la silueta de las murallas de Concordia en el horizonte.

—¡Allí! —gritó entonces uno de los oficiales.

Sobre una torre, tres antorchas se agitaban; era la señal acordada.

—¡Ahora! —ordené.

Sonó nuestra trompeta y subimos a los caballos. Al momento estábamos galopando frenéticamente con nuestras lanzas en ristre en dirección a Concordia. Nadie en el campamento rebelde tuvo ocasión de reaccionar y pronto escapábamos como un solo hombre, aunque éramos casi dos mil. Los soldados de la guarnición del otro lado tenían ya preparado un paso entre sus empalizadas y un montón de legionarios leales agitaban los brazos y celebraban con gran alborozo nuestra llegada.

# 28

—¡Es increíble! ¡Me aseguras que has matado a ese rebelde! —me repetía Decio una y otra vez— ¡Tú solo! ¡¿Cómo es posible?! ¡Increíble!

—Sí, Decio, créeme... Ni yo mismo puedo explicarme todavía cómo pudo ser... ¡Los dioses me ayudaron!

El senador acababa de llegar a Concordia y el ejército que venía con él estaba aún en formación de marcha, detenido frente a la muralla, con los jinetes sobre los caballos y los hombres de a pie con la impedimenta a la espalda. Antiocus y yo salimos a recibirle y le contamos, todavía en el camino, todo lo que había sucedido el día anterior. Decio se había quedado perplejo, no comprendiendo al principio muy bien lo que ambos le decíamos atropelladamente, sin que hubiéramos salido aún de nuestro propio estupor. Descabalgó, vino hacia nosotros y nos llevó a un lugar aparte.

—A ver —nos pidió una vez más—, repetidme todo despacio. Resulta que, después de llegar Antiocus con mi mensaje, tú, Félix, fuiste a hablar con Marino y... le mataste, ¡Júpiter, es increíble!

Él quería oírlo otra vez, aunque parecía que ya se había enterado bien, por asombroso que le resultase, y yo lo repetí todo, más despacio, al tiempo que Antiocus iba corroborando cada una de mis palabras.

—Os creo, os creo... —dijo circunspecto, como para sí—. Jamás me mentiríais en una cosa así; os conozco bien. ¡Júpiter! Esto lo cambia todo. Sin Marino, tendrán que replantearse la rebelión. Es posible que pronto cunda el desorden entre ellos.

Me sentí extraño en aquel momento, como ajeno a lo que estaba sucediendo, a pesar de ser un protagonista tan directo. Es muy difícil explicarlo. Todavía recuerdo aquello como algo misterioso y aún no puedo comprender cómo pude hacerlo, qué fuerza me impulsó a asesinar a Marino de esa forma, con su propia espada, fríamente y sin una pelea, sin ni siquiera una disputa. Había matado a muchos hombres en combate, pero eso es muy distinto; eres tú o ellos, no hay tiempo para pensárselo. En la guerra es diferente. Durante mucho tiempo pensé que esa noche fui poseído por un genio, tal vez por un dios, que me dio la fuerza y el coraje suficiente para hacerlo.

Al ver frente a mí a Decio estupefacto, sorprendido por lo que él consideró una audacia sin par, empecé a darme cuenta del verdadero alcance de mi acción, y que era en ese momento, al contárselo, cuando Marino había muerto de verdad para mí.

En el campamento rebelde, observado desde lejos, parecía que aún estaba vivo. No se veía ningún movimiento extraño, todo estaba en calma, demasiado quieto. Desde la torre de Concordia se podía contemplar en toda su extensión. Decio me pidió que subiera con él y le explicara con qué efectivos tendríamos que enfrentarnos en el caso de un eventual ataque. Con detenimiento, le fui describiendo las fuerzas que había aglutinado Marino: veteranos de Mursa, Carnuntum, Viminiacium; arqueros dálmatas; caballería tracia; dárdanos; dacios; federados germanos, bárbaros auxiliares, carpos, cuados y sármatas.

—¿Hay algún líder que pueda ocupar de alguna manera el lugar de Marino? —me preguntó.

—Lo dudo mucho —respondí—. Marino se cuidó de quitar de en medio a cualquier jefe militar que pudiese hacerle sombra.

—Y, aparte de los hombres que abandonasteis el campamento, ¿puede haber alguien allí que disienta de la rebelión? Quiero decir, alguien que no estuviera de acuerdo totalmente con ellos y que temiera manifestarlo.

—Sólo hablé con una persona: Fabio, el procónsul de Mesia superior.

—¿Fabio...? ¡Ah, sí! Fabio *el Cojo*.

—Exacto, fue él quien me animó a enviar a tu hijo para ponerte en conocimiento de lo que estaba sucediendo.

—¡Claro! Conociendo a Fabio, no me extraña que no estuviera de acuerdo con Marino. ¿Está en el campamento?

—Me temo que no. Ya sabes, por su defecto físico, un viaje así debió de resultarle demasiado fatigoso. Supongo que se quedó en Singidunum. El caso es que no volví a verlo una vez que emprendimos la marcha hacia Roma.

—Le enviaré inmediatamente mensajeros. Si conseguimos poner a nuestro favor las guarniciones que han quedado atrás, aislaremos a los rebeldes y todo resultará más fácil.

Los emisarios partieron por barco, con destino al puerto de Salonae y buscando distribuirse desde allí por Dalmacia, Mesia e incluso Tracia. En sus mensajes, Decio anunciaba a los gobernadores la muerte de Marino y les proponía una solución pacífica al conflicto, prometiendo que haría lo posible para que el emperador y el Senado fueran indulgentes con los insurrectos. En el caso de que se obstinaran en su postura, el senador les advertía de que el ejército imperial actuaría contundentemente y sin usar clemencia.

Las respuestas llegaron cuando el verano estaba ya avanzado. Los gobernadores y los militares rebeldes no se arredraron ante las amenazas, sino que, muy al contrario, daba la sensación de que se afianzaban en su postura. Después de conocer la muerte de Marino, aunque ningún líder despuntaba entre ellos, seguían decididos a no volver a aceptar a Filipo el Árabe. Era una situación muy complicada, puesto que, por importante que fuera el ejército que comandaba Decio, las tropas danubianas constituían lo más veterano y selecto del Imperio; algo que no podía olvidarse.

Durante días, vi a Decio nervioso, intentando una y otra vez evitar la guerra. Él conocía mejor que nadie a lo que se enfrentaba, pues había sido gobernador de Mesia y gran parte de su vida militar se había desenvuelto en esos territorios. Además, muchos de los militares rebeldes fueron sus compañeros de armas, aquellos con los que luchó codo a codo en el periodo más intenso de su carrera.

La tensión se agudizó cuando Filipo y el Senado empezaron a impacientarse en Roma. Decio enviaba carta tras carta a la Urbe, explicando la situación y justificando su postura de intentar una solución pacífica hasta el último momento. Pero el partido de los árabes veía peligrar su preponderancia y exigía que se tomaran medidas drásticas cuanto antes.

Una mañana se presentó en Concordia un legado del emperador, a modo de inspector, que pidió explicaciones a Decio con malas maneras, asegurando que Filipo había llegado al límite de su paciencia y ordenaba actuar de inmediato.

Se reunió a todos los jefes militares y se les comunicó la orden del emperador. Como Decio, muchos de aquellos veteranos tenían antiguos compañeros en el otro frente y sus mentes no asimilaban enfrentarse a ellos, máxime cuando sentían que defendían a un emperador que en el fondo detestaban. La reunión se convirtió en una discusión que se fue enfervorizando. Finalmente, se acordó enviar a un nuevo emisario para parlamentar con los rebeldes, como último intento. Decio escogió al general Valeriano, que era el que tenía mayor número de conocidos entre los militares rebeldes.

Valeriano estuvo dos días completos en el campamento contrario. Aquel tiempo pareció una eternidad, con el legado de Filipo en actitud cada vez más impertinente y una tensión creciente que, hora a hora, se iba transformando en una especie de fluido de energías que se filtraban desde el otro lado, creando una creciente actitud de simpatía hacia los rebeldes.

Cuando regresó, se produjo algo insólito. Nos reunieron a los oficiales en el salón principal de la fortaleza. Al fondo sobre un estrado, estaba Decio con el legado de Filipo y los demás generales. Valeriano avanzó, saludó y esperó a que el senador le pidiera las nuevas.

—¿Qué novedad traes? —le preguntó Decio.

El general miró en derredor, con gesto extraño y, con voz potente, anunció directamente:

—¡Los rebeldes han proclamado emperador a Decio!

Primero se hizo un espeso silencio, pero al momento estalló un gran murmullo mezcla de sorpresa y jolgorio. A mí me sacudió una sensación de eufórica satisfacción y supongo que la sonrisa se dibujó en mi rostro, como en el de la mayoría de los hombres que estábamos en aquella sala. Miré de frente a Decio. Se había puesto lívido, aunque se esforzaba en mantenerse muy serio.

El legado de Filipo empezó a ponerse muy nervioso, adivinando tal vez que aquella respuesta de los rebeldes iba a crear más problemas todavía. Se puso frente al senador, como esperando a ver su reacción. Todos mirábamos a Decio. Él recogió el yelmo y se lo colocó sobre la cabeza, apretó la correa bajo la barbilla y con gesto firme, ordenó:

—¡Preparaos para la batalla!

De nuevo se hizo el silencio. Los generales empezaron a mirarse unos a otros sin que nadie diera un paso.

—¿No habéis oído? —insistió Decio—. ¡Hay que atacar!

El murmullo brotó de nuevo, con un rumor de quejas y gestos de descontento. Nadie quería obedecer aquella orden, aunque viniera del propio Decio. El legado lo advirtió y se revolvió furioso, mirando con un gesto de rabia a la concurrencia.

—¡Vamos! —gritó—. ¿A qué esperáis? ¡El nombre de vuestro emperador ha sido ultrajado por esos bárbaros! ¡Todo el mundo al combate!

En ese momento, en la confusión creada por las órdenes cruzadas y el murmullo que aumentaba, se oyó por detrás una voz:

—¡Decio emperador!

Entonces estalló un gran aplauso y un griterío espontáneo que secundó aquel atrevimiento.

—¡Decio augusto! ¡Emperador! ¡Viva Decio!

Aquel sentimiento era unánime y ya nadie podía pararlo. El legado de Filipo, demudado y con gesto de no poder creer lo que oía, salió airado del salón seguido de sus ayudantes. Entonces arreció el clamor, a pesar de que Decio hacía expresivos gestos con las manos pidiendo calma. Vi a Valeriano y a otros generales ir hacia él y suplicarle a voz en cuello que aceptara, mientras una especie de locura colectiva se había apoderado de todos los que estábamos allí. Finalmente, el senador, harto de pedir silencio inútilmente, sacó su espada y golpeó con toda su fuerza con la hoja plana en el tablero de la mesa; logrando que por un momento cesara el escándalo.

—¿Os habéis vuelto locos? —gritó con energía—. ¿A qué viene esto?

—¡Decio, acepta la propuesta de los rebeldes! —le pidió Valeriano—. ¡Evitemos la guerra y salvemos Roma!

El senador se volvió hacia él, enarcando las cejas en un gesto de estupor.

—Pero..., Valeriano, ¿qué dices? —balbució.

—¡Es la oportunidad de salvar Roma! —insistió el general—. ¡O ahora o nunca! ¡Los dioses han dispuesto este momento! ¿No lo ves? Rebeldes y leales estamos en eso de acuerdo. ¡Decio, acepta!

—¡Decio emperador! ¡Augusto! ¡Viva Decio! —secundaron las voces.

—¡No, no, no! —contestó Decio—. ¡De ninguna manera!

Dicho esto, saltó de la tarima y se abrió paso, buscando la puerta, mientras un gran griterío volvía a aclamarle y a insistir en que aceptara.

## 29

Pasado el tiempo, he oído decir a algunos que fue el propio Decio quien con habilidad y de forma solapada buscó desde el principio encumbrarse para alcanzar la púrpura. Pero yo que estuve allí puedo aseguraros que de ninguna manera fue así; sino que, por el contrario, él trató siempre el tema con desprecio, como si se tratara de un tumulto precipitado e irreflexivo. Estoy seguro de que habría sido incapaz de hacer una comedia en esto, ni de ninguna otra cosa. Era un romano rígido y de antiguo temple, fiel a las tradiciones y al emperador. Lo que sucedía es que nadie como él conocía desde dentro el ejército, y por eso se dio cuenta de que una guerra civil podría resultar fatal en aquellos momentos, ya que las fuerzas estaban muy divididas y la sangría habría sido terrible. También se ha dicho que Decio fue obligado por la fuerza a aceptar la dignidad imperial, bajo amenazas de muerte, después de que se negara categóricamente a traicionar a su soberano; lo cual tampoco es cierto. Es más acertado decir que, en realidad, se vio en una dificilísima tesitura, con medio ejército en estado de rebeldía y el otro medio dispuesto a rebelarse si él no aceptaba la púrpura. En esta situación, la conducta de Decio resultó inevitable. Intentó calmar a todo el mundo, aceptando en principio ponerse al frente de unos y otros, tal vez con la intención de ganar tiempo, esperando instrucciones de Roma. Pero lo que sucedió después le forzó definitivamente a asumir lo que pareció ser el único designio de los dioses.

El legado de Filipo se presentó en Roma, escandalizando y excediéndose en sus apreciaciones, sacando el asunto de madre, hasta el punto que todo el mundo allí pensó inmediatamente que Decio se había unido a los rebeldes para ser proclamado emperador. Pero yo soy testigo de que envió mensajes a Filipo asegurando su inocencia y lealtad y afirmando que en cuanto llegara a Roma renunciaría a los títulos que se había visto obligado a aceptar. Pero nadie ya quiso creerle, y mucho menos los árabes.

A finales del verano, se supo que Filipo venía a nuestro encuentro, en pie de guerra, con todas las fuerzas que había podido reunir. La guerra civil que Decio había intentado eludir por todos los medios se hacía ahora inevitable. Aún así, todavía intentó una y otra vez parlamentar, enviando como mensajeros a oficiales de su confianza, pero Filipo, encolerizado y fuera de sí, los mandó ahorcar. Entonces fue cuando Decio se unió definitivamente al ejército rebelde y, con nuevos refuerzos llegados de Panonia y Mesia, ordenó emprender la marcha para hacerle frente sin más contemplaciones.

La batalla se dio junto a Verona, un triste y nublado día de principios de otoño. Nuestro ejército se detuvo en un llano cuyos campos habían sido recientemente hendidos por los arados para preparar las nuevas siembras. De madrugada llovió y un denso olor a tierra húmeda impregnó el aire cálido aún por el pasado estío. Más tarde surcaron el cielo bandadas de aves que volaban hacia el sur y los *auspicis* interpretaron aquel signo como un augurio favorable a Decio, así como un viento ululante que sopló esa misma tarde desde el septentrión. Por la noche, se hicieron sacrificios a los dioses. Me impresionó un magno taurobolio que se ofreció bajo la luz de una luna llena que se asomó, ora sí, ora no, entre las nubes que corrían veloces empujadas por los vientos. Un centenar de toros fueron degollados al tiempo que un ejército de sacerdotes entonaban un trepidante canto a Júpiter. Decio prohibió expresamente que se hicieran otros ritos que no fueran los de la religión oficial y especialmente las imágenes, ceremonias y amuletos dedicados a dioses orientales. Supongo que la inmensa llama que se alzó en el cielo consumiendo a las víctimas debió de verse desde una gran distancia. Yo, como otros muchos soldados, me aproximé al lugar del sacrificio, y me estremecí cuando el fuego lamió con reflejos rojos la égida de bronce de mi escudo.

Poco antes de que amaneciera, las trompetas anunciaron que el enemigo se acercaba y las fanfarrias prorrumpieron en un ensordecedor estruendo para caldear los ánimos y hacer vibrar la ferocidad guerrera de los espíritus de nuestros hombres. Decio sabía hacer bien las cosas: era la guerra al viejo estilo; como en los tiempos de Trajano, al que tanto admiraba. Enseguida se dieron las órdenes y nuestras tropas se alinearon a la manera tradicional, con la legión danubiana y las cohortes, llegadas desde el Rin, en el centro. Lo que en definitiva venía a constituir lo más numeroso y preparado del ejército desde la época de los Antoninos; aunque, desgraciadamente, hubiera sufrido también con los reclutamientos regionales, pues, en su parte este, en Mesia, había recibido en sus filas a helenos y asiáticos, de débil resistencia. Destacaban sobre todo las unidades de caballería que llevaban nombres antiguos (*alae*) o nuevos (*cunei, equites, vexillationes*) como la nuestra. Y a los lados se situaron, como siempre, los *auxilia*: cohortes de infantería de quinientos hombres aproximadamente y más unidades de caballería. Y como una masa sin orden, envolviéndolo todo, las decenas de miles de federados bárbaros, mercenarios germanos que Marino había reclutado.

Cuando apareció a lo lejos el ejército que traía Filipo, nos dimos cuenta enseguida de que aquello era pan comido. Estaban, eso sí, los feroces pretorianos y los legionarios que protegían Roma, pero lo demás era fruto de un improvisado reclutamiento, a base de ilusorias promesas, y abundaban los provincianos reunidos aprisa, con armas hechas en casa y con pobres armaduras de cuero; en fin, una inmensidad de hombres poco preparados que tenían que enfrentarse a lo más experto del ejército romano.

La batalla duró poco, y nuestra caballería ni siquiera llegó a entrar en combate; lo cual agradecí, pues no me resultaba nada agradable verme frente a adversarios que enarbolaban los estandartes y los símbolos del Imperio. Desde lejos, en las inmensidades de aquella llanura veronesa, vi los movimientos de los diversos destacamentos y las evoluciones de la refriega, con fluctuaciones en ambos ejércitos que se agitaban como un mar de hombres y animales, hasta que pronto se vio quién llevaba las de perder.

A gran distancia, hacía tiempo que habíamos distinguido perfectamente dónde se encontraba Filipo, rodeado por sus incondicionales seguidores árabes y custodiado por una ingente cantidad de pretorianos. Cuando sus fuerzas empezaron a replegarse, empujadas por nuestra legión, se los vio ir a toda prisa en dirección a Verona. Poco después se produjo la estampida: muchos de aquellos hombres corrieron despavoridos para ponerse a salvo dejando al descubierto a los legionarios romanos. Estos últimos no tardaron en rendirse. La batalla estaba ganada a nuestro favor.

Vi a Herenio venir hacia mí desde el altozano donde Decio había estado dirigiendo a las tropas.

—Mi padre dice que le acompañemos —me dijo al llegar a mi altura.

Galopamos en dirección a Verona y por el camino intuí que Decio pretendía a toda costa encontrarse cuanto antes con Filipo; buscando tal vez una confrontación personal con él para darle las explicaciones oportunas, o porque verdaderamente temía por la vida del emperador. Así era de leal. Cuando llegamos a la ciudad, nos encontramos las puertas cerradas y las murallas bien guarnecidas con arqueros y pretorianos pertrechados.

—¡Mandad a por los arietes! —se oyó gritar a uno de nuestros generales.

—¡No! —replicó Decio—. No forzaremos las defensas. Aguardaremos a que entren en razón.

—¿Vas a darle otra oportunidad? —protestó Valeriano—. ¡Vamos, desencajemos esas puertas y terminemos de una vez con esto!

—¡He dicho que no! —le contestó Decio—. Mientras Filipo esté ahí dentro, la ciudad será respetada.

Él no quería de ninguna manera cargar con la responsabilidad de una acción violenta contra el emperador. Todavía no había aceptado definitivamente la púrpura y supongo que quería hacer bien las cosas. Aunque es imposible saber lo que pretendía salvando la vida de Filipo. Decio era muy reservado en sus intenciones.

Se puso sitio a Verona y se levantó un gran campamento en los alrededores, con la finalidad de detener la marcha hacia Roma, mientras Filipo no se decidiera a parlamentar. En los días siguientes se rindieron con todos sus seguidores y muchos de los que habían huido se presentaron a cumplimentar a Decio y a reconocerlo como único soberano. Todos fueron perdonados y restablecidos en sus puestos.

Nada ya podía oponerse a que él fuera el único emperador, salvo el grupo de los árabes y el regimiento de pretorianos que permanecían acuartelados en Verona.

Una mañana, cuando muchos de nuestros generales estaban ya a punto de perder la paciencia porque Decio no se decidía a ordenar el asalto, apareció una bandera blanca sobre la muralla.

—¡Por fin se deciden a parlamentar! —exclamó el senador con satisfacción, cuando vino a anunciárselo un centinela.

Fuimos hacia las puertas de la ciudad, confiando en que estaba cerca la resolución definitiva del problema. A cierta distancia, comprobamos con sorpresa que los pretorianos nos saludaban con grandes gestos desde la muralla. Pero no se veía al prefecto, que era un conocido árabe de la confianza de Filipo, ni a ninguno de los altos cargos que solían acompañar al emperador. Un suboficial y algunos heraldos honorarios eran los que parecían llevar la voz cantante.

—Es Mario Priscilio —le explicó Valeriano a Decio señalando a la torre—. Es uno de los jefes de la guardia del Palatino.

—¿Qué sucede? ¿Qué queréis? —le gritó Decio a los pretorianos que estaban en la torre—. ¿Dónde está Filipo?

—¡Queremos parlamentar! —respondió el tal Mario Priscilio.

—¡Sólo hablaré con Filipo! —contestó Decio—. ¡Que se asome él en persona y podremos entonces parlamentar!

Se vio cómo los oficiales pretorianos hablaban entre ellos, sin que pudiera oírse lo que decían. Después se retiraron al interior.

—Seguramente van en busca de Filipo —comentó Valeriano.

—No sé... —repuso Decio—. El Árabe es demasiado orgulloso como para comparecer personalmente.

Tardaron un rato, mientras se creaba una gran expectación al pie de la muralla, con la gran cantidad de oficiales, équites, jefes auxiliares y mercenarios que se iban concentrando allí llevados por su curiosidad, para ver cómo se resolvía finalmente el asunto.

Los oficiales pretorianos asomaron de nuevo entre las almenas de la torre. Mario Priscilio otra vez tomó la palabra y gritó:

—¡Enseguida tendréis abajo a Filipo!

—¿Eh? —le dijo extrañado Valeriano a Decio—. ¿Se va a entregar?

Decio estaba firme, hierático, con gesto serio y su heladora mirada fija en la torre.

De repente, un grupo de aquellos enormes pretorianos comenzaron a levantar algo por encima de las almenas. Era el cuerpo de un hombre. Con un impulso lo lanzaron desde la torre. En el trayecto desde la gran altura, se vio hondear la capa púrpura y brillar la coraza dorada mientras caía. Se oyó un estrepitoso impacto y la exclamación de asombro de cuantos lo contemplaron.

—¡Ahí tenéis a Filipo! —gritó desde la torre el jefe de los pretorianos.

En efecto, quien yacía estrellado contra las piedras era el mismísimo emperador. Después fueron cayendo, uno a uno, los demás miembros del grupo de árabes: el prefecto del Pretorio, generales, cónsules, senadores y demás altos cargos que habían acompañado a Filipo.

—¡Por Júpiter, yo no pedía esto! —exclamó con rabia Decio.

Pero cuantos estaban concentrados a los pies de la fortaleza acogieron la acción de los pretorianos con júbilo, jaleándolos desde abajo y vitoreando a quien desde ese momento era el único emperador.

—¡Viva Decio! ¡Decio emperador! ¡Viva Roma! ¡Decio augusto!

En ese instante vino a mi memoria como un relámpago, el momento en que Filipo el Árabe, en Edesa, zarandeó a su antecesor, el joven emperador Gordiano, y lo lanzó desde la tarima del trono a las manos de los feroces mercenarios bárbaros que lo hicieron pedazos con el fin de proclamarse él en su lugar. Era inevitable pensar: «Quien a hierro mata, a hierro muere.»

# 30

Decio ordenó encarcelar a los pretorianos que habían participado en el asesinato de Filipo. Fueron juzgados enseguida, todavía en Verona, y condenados a morir entre horribles tormentos, como correspondía a los culpables de magnicidio. No habían expirado aún los últimos de ellos en el patíbulo cuando llegaron noticias de que otros pretorianos en Roma se habían encargado por su cuenta de dar muerte al joven César Filipo, el heredero, en su residencia. Debieron de hacerlo para congraciarse con el nuevo emperador, creyendo que matando al hijo de su rival le hacían un gran favor; sin saber la suerte que habían corrido los asesinos del padre. Se pasaron de listos. También a éstos los mandó encarcelar Decio y fueron juzgados más tarde en Roma, siendo condenados en idénticos términos que los primeros.

Los detractores de Decio han dicho después que vengó la muerte de Filipo para darle viso de legitimidad a su proclamación. Pero él no necesitaba eso, porque, aunque no creo que hubiera una total unanimidad, los viejos aseguraban que desde los tiempos de Séptimo Severo hasta entonces no se había sentido en Roma la presencia de un genuino emperador. Es más, parte de la nobleza romana y los antiguos senadores depuestos por el Árabe quisieron borrar a Filipo de la genealogía imperial; pero Decio no lo consintió de ninguna manera y quiso que a su antecesor se le concediera la *consecratio* y se prepararon sus funerales de la forma más grandiosa. Supongo que con ello quería advertir a todo el mundo, y en especial a los pretorianos, de que tenía que terminarse de una vez para siempre la sucesión violenta de deposiciones y los magnicidios que venían desde hacía tiempo ensombreciendo la historia de Roma.

¡Con cuánta claridad recuerdo los acontecimientos que tuvieron lugar en la Urbe! Los restos mortales de Filipo, según las costumbre, se enterraron de una manera espléndida. Decio ordenó que fueran trasladados a Roma en una carreta, sobre un lecho de marfil, vestido de púrpura y adornado con sus atavíos más ricos; una vez que expertos físicos reconstruyeron su rostro desfigurado. Por mi condición de oficial de los équites me correspondió tomar parte de la comitiva fúnebre en la gran escolta de jinetes que acompañaban al difunto y tuve que adelantarme por ello con un buen número de mis hombres.

Cuando llegamos a Roma, la ciudad salió a nuestro encuentro sin demasiado entusiasmo —nunca tragó del todo al Árabe, aunque le regaló los juegos del Milenio—; pero se apreciaba enseguida que estaba ansiosa por recibir a Decio. Siguiendo instrucciones estrictas, el cadáver fue enterrado provisionalmente en un lugar secreto, para evitar la profanación por parte de sus muchos enemigos; pero la imagen de cera del emperador muerto se colocó en el lecho de marfil dispuesto sobre alfombras bordadas con oro enfrente del palacio. Allí permaneció durante siete días, custodiado a su lado izquierdo por los miembros del Senado y a la derecha por las damas con los habituales trajes de luto blancos, sencillos, sin adornos ni joyas.

El séptimo día estaba prevista la llegada de Decio a Roma. Las calles y plazas por las que iba a pasar la procesión se adornaron festivamente. Los templos fueron abiertos y en todos los altares humeaba abundante incienso. Había puestos improvisados con coronas de fiesta que exclamaban en su centro con grandes letras «*Io triumphe!*». El nuevo emperador estaba mientras tanto reunido con sus tropas cerca de los templos de Apolo y Belona, fuera de la ciudad. Cuando el sol se encontraba en su punto más alto, el Senado salió a recibirle a la *porta Triumphalis*, con los magistrados y numerosos ciudadanos importantes, quienes se pusieron a la cabeza de la procesión, mientras los lictores abrían paso entre la multitud. Después de los dignatarios seguían los *tibicines* (tocadores de flauta), detrás de ellos los trofeos, armaduras y estandartes; también cuadros de batallas y tablas con las hazañas de las tropas en Panonia y una gran estatua que personificaba al Danubio; además, cientos de soldados coronados portaban tesoros de arte, platos y vasos valiosos, monedas de plata y oro, y ámbar procedente de Carnuntum y Aquincum. Detrás iban encadenados los jefes yácigas y los cautivos godos que apresamos en nuestras victorias anteriores a la rebelión de Marino. En esto Decio estuvo muy acertado, ya que disimuló los turbios sucesos acaecidos bajo la apariencia de una gran victoria en el Danubio y el pueblo se lo creyó, o hizo como si se lo creyera. El caso es que en Roma sólo había ojos para contemplar la llegada de su nuevo augusto. Y el Senado no había escatimado en gastos para hacer un recibimiento al viejo estilo. Eso se vio cuando apareció la inmensa fila de bueyes sacrificatorios con cuernos de oro, acompañados de sacerdotes, y la gran cantidad de cantantes, músicos y bufones enviados para preceder al homenajeado.

Como me había tocado custodiar la comitiva fúnebre, no pude formar parte de la procesión triunfal acompañando a Decio, entre los miembros del ejército que le seguían desde el Campo de Marte a través del circo de Flaminio hasta la *porta Carmentalis*, y desde allí al Capitolio por el Velebro y el circo Máximo, la vía Sacra y el Foro. Pero pude contemplar desde un lugar privilegiado toda la ceremonia, desde una tarima elevada, próxima al estrado que había de ocupar el nuevo emperador. Y vibré de emoción cuando le vi aparecer en el carro triunfal tirado por cuatro caballos, vestido con la toga picta y la túnica palmada, tomadas provisionalmente de la estatua del Júpiter Capitolino, y llevando en la mano el cetro de marfil con el águila, mientras el *servus publicus* que iba detrás de él sostenía sobre su cabeza la corona hecha con una rama del laurel plantado por Augusto en la vía Flaminia. Entonces recordé cuando el propio Decio me había dicho, allí mismo, junto al Capitolio, que la grandeza de Roma descansaba en el culto a su emperador.

Esa misma tarde, antes de que anocheciera, los caballeros y los senadores más jóvenes transportaron el féretro de Filipo a través de la vía Sacra hasta el antiguo Foro, y allí fue depositado en un gran andamio con forma de terraza. Los patricios jóvenes a un lado y las damas nobles al otro entonaron himnos de alabanza a favor del difunto con tono solemne y triste. Después el féretro fue llevado al Campo de Marte. Se colocó dentro de una gran estructura de madera cuyo exterior estaba adornado con alfombras bordadas con oro, estatuas de marfil y varias esculturas. En la parte más alta, que era más estrecha, como una pirámide, se quemaba incienso. Fueron pasando carros con personas que llevaban máscaras y vestidos que representaban a emperadores y generales famosos, a modo de último homenaje, mientras el féretro se cubría con incienso, especias, hierbas y frutas olorosas. Después, cuando el sol se ocultó tras las colinas, Decio avanzó y arrojó una antorcha a la estructura. Inmediatamente, se lanzaron llamas desde todos los lados y comenzó a arder el edificio. En ese momento, desde algún lugar soltaron el águila que según la tradición se lleva el alma del emperador al cielo.

Vi arder la gigantesca pira, enviando llamaradas al oscuro firmamento, y pasó por mi mente en un instante lo que Filipo había sido para mí y para Roma. Entonces, tuve que hacer un gran esfuerzo para creer que su alma compartiera desde ese momento los honores de los dioses.

Con el nombre de Gayo Mesio Quinto Trajano Decio, el nuevo emperador fue proclamado con la mayor solemnidad, apoyado por el Senado, libre ya del partido de los árabes, y en medio de la satisfacción de todo el pueblo de Roma que acogió con júbilo los ciento setenta días de juegos decretados con tal motivo. Decio asoció a su hijo como coemperador y el joven *princeps* fue proclamado también con el nombre de Etrusco Herenio Decio.

Aunque la mayor parte de los ritos tuvieron lugar ante la Tríada Capitolina y los sacrificios en los templos del Foro, Decio escogió el Panteón para ofrecerse especialmente a Júpiter Vengador en la presencia de todos los dioses romanos. Sin duda fue ésta la ceremonia más sugestiva.

Nos concentramos frente al pronaos del templo a media mañana y las horas transcurrieron mientras crecía la expectación y corría de boca en boca la noticia de que el nuevo emperador acudiría allí de un momento a otro, aunque el acontecimiento, por expreso deseo de Decio, sólo se había hecho público entre los altos cargos del ejército y su círculo de amigos y colaboradores. Éste era su momento íntimo y privado con los dioses, su particular acción de gracias, y quiso evitar que se convirtiera en un espectáculo más de la apoteósica sucesión de presentaciones públicas, procesiones y ritos en que había llegado a convertirse el ritual palatino de la proclamación en las últimas décadas.

Tal exageración había sido fruto de la voluntad de cada emperador de manifestar la conformidad de su elección con la voluntad divina, e impresionar a todos con unos fastos que le realzaran frente al anterior (cuando no de un verdadero temor por la inestabilidad del solio imperial). Decio pretendió remontarse más atrás, a los tiempos de Agripa y Adriano al menos, cuando todavía la divinidad del emperador era un asunto exclusivo entre él y los dioses.

Cuando el sol estaba a punto de llegar a su cenit, Decio y Herenio llegaron revestidos de Pontifex Maximus de Júpiter, con las cabezas veladas, y acompañados por un gran número de militares y senadores. El cortejo atravesó los jardines que se extendían delante del pórtico y frente a ellos se abrieron las grandes hojas de bronce de la puerta del Panteón. Entonces apareció el sumo sacerdote y los invitó a entrar con un solemne saludo. Quienes pudimos, accedimos al interior detrás de ellos y nos sumergimos en el ambiente inquietante que reinaba bajo la inmensa cúpula revestida de bronce dorado y resplandeciente. El padre de los dioses resaltaba majestuoso, al fondo, en la hornacina principal, presidiendo a las otras seis oquedades que contenían estatuas de otras tantas deidades; entre las que destacaban Marte y Venus, y el divino César. Las paredes del gran círculo interior estaban adornadas con *gaillo autico* (una clase de mármol amarillo jaspeado de forma hermosa, pulido y brillante); las columnas estaban hechas con mármoles de colores ingeniosamente intercalados. Pero llamaba la atención sobre todo la cúpula, enorme, en cuya parte superior, en el centro, hay una abertura de cuarenta pies de diámetro, a través de la cual entraba desde el cielo limpio un gran rayo de luz.

Los esclavos del templo acercaron el buey, la oveja y el cerdo de la *suovetaurilia*, inmaculadamente blancos, perfectos, coronados de flores y adornados con cintas. Decio alzó los brazos al cielo y el victimario descargó su hacha sobre las víctimas, que se desplomaron y convulsionaron durante un momento en el suelo, cubriéndose de rojo con su propia sangre. Un *camillus* presentó la caja con el incienso al emperador y éste arrojó una buena cantidad sobre las brasas del altar en llamas, mientras el sumo sacerdote rociaba los animales con la libación del vino. Resultó sobrecogedor ver alzarse el humo blanco tiñendo el chorro de luz y buscando el firmamento por la abertura de la cúpula. En ese momento, el ejército de sacerdotes que estaban dispuestos alrededor, en el círculo interior de la soberbia nave, inició un canto ritual con voces guturales y profundas, que retumbaron y parecieron provenir de un lugar ultraterrenal.

Cuando los intestinos de las víctimas fueron examinados por los *auspicis*, sin que detectaran ningún presagio desfavorable, fueron rociados con vino y quemados en el altar entre oraciones. Entonces los sacerdotes despojaron a Decio y Herenio de las togas pictas y ambos lucieron las armaduras doradas que traían debajo, que brillaron iluminadas por el rayo del sol que penetró por la abertura; recibieron la corona de oro y el cetro. «Son dioses», pensé, estupefacto, abrumado por tanta grandeza.

Al día siguiente, el emperador recibió en el Capitolio, uno por uno, a todos los oficiales que habían colaborado con él y le habían sido fieles. Era un hombre magnánimo y agradecido que quería hacer partícipes de su triunfo a quienes le apoyaron en su encumbramiento. Repartió oro y regalos en abundancia, y situó en importantes cargos a los principales generales.

A mí me trató como a un hijo. Me abrazó, emocionado, a pesar de lo frío que solía ser en el trato, y me dedicó un buen rato de su precioso tiempo, agradeciéndome mi valor en Concordia y, especialmente, que hubiera librado a Roma de Marino (algo que quedó siempre en secreto entre él y los pocos que lo sabían). Después, me comunicó que había pensado en un importante puesto para mí: legado de la legión de Mesia; el mismo cargo que él ocupó en su feliz y añorada juventud. Lo cual me enorgulleció y me dijo mucho acerca de la alta estima en que me tenía.

# 31

Después de ser proclamado su padre emperador y su hermano augusto, Dionisia se hizo consciente de que era una principalísima dama en la cúspide de la corte y se convirtió en centro de todas las miradas. Ya antes había sido caprichosa y voluble; ahora además se envaneció, convencida de que podía tener al alcance de su mano cualquier cosa que se le antojara. Y encima estaba mucho más bella, o al menos eso me pareció a mí cuando me encontré con ella por primera vez tras los largos meses de separación. Ahora era ya una mujer completamente hecha, sus formas se habían afianzado y los peinados, joyas y vestidos propios de su rango realzaban su hermosura, dándole el aire de una verdadera princesa. Y como tal se comportó conmigo cuando coincidimos en la fiesta celebrada con motivo de la proclamación de Herenio; marcó la distancia y se hizo la indiferente, mirándome con arrogancia desde su nueva condición y segura de su flamante y espectacular aspecto. Incluso me pareció más alta y más esbelta; sería por el tocado y la reluciente tiara de oro y piedras preciosas que la coronaban. Pero a mí no podía engañarme, porque un ligero rubor en sus mejillas y una tenue vibración en sus labios delataban que sintió alguna emoción al volver a verme. Aunque en aquel momento intercambiamos sólo algunas palabras de saludo y después se disculpó con el pretexto de tener que atender a los invitados junto a las demás damas de palacio. Mientras duró la fiesta, no pude dejar de observarla en todos sus movimientos, y noté decepcionado que sólo me crucé con su mirada en un par de ocasiones. Me temí que algo había cambiado.

Como no la perdí de vista ni un momento, no tardé en comprobar que como sospechaba había otra persona de por medio. Un hombre maduro togado con los signos propios de la clase senatorial la seguía constantemente, visiblemente preocupado por que ella le hiciera caso sólo a él. Decidí no preocuparme demasiado por ello, pero, como suele suceder en estos casos, los celos se removieron dentro de mí y mi interés por Dionisia aumento aún más. Aunque quise consolarme pensando: «¡Bah! Ella lo hace para llamar mi atención.»

Un poco más tarde llegó Salonina acompañada por un joven al que yo conocía bien: Licinio, el hijo mayor del general Valeriano, que había realizado su formación militar en mi campamento, aunque no participó en la campaña del Danubio por ser aún menor de edad. De momento me extrañé por aquella mutua compañía, ya que desde luego no pegaban nada el uno con la otra; pero mi sorpresa llegó al máximo cuando supe que se habían casado recientemente. Ambos me saludaron y, cuando me dieron la noticia, me reí ingenuamente creyendo que se trataba de una de las bromas de Salonina. Ella entonces se puso muy seria y con irónica crueldad me espetó:

—Sí, ya ves, Félix, la gente se casa. Pero, claro, tú eres hombre de mundo... ¿O es que nadie quiere casarse contigo?

—No he querido ofenderos —balbucí—. Me ha sorprendido; sólo se trata de eso.

—¿Has visto ya a Dionisia? —me preguntó cambiando el gesto.

—Sí —respondí—. Está muy ocupada atendiendo a los invitados.

—Ah, entonces te habrá anunciado que también ella se casa —dijo con una media sonrisa llena de malicia. Y al comprobar con placer que yo me quedaba estupefacto, añadió llevándose la mano a la boca—: ¡Oh, creo que ya he metido la pata! Por un momento olvidé que todavía es un secreto. Pero... ¡al fin y al cabo, tú eres como de la familia! Y en el fondo te alegrarás. El senador Basiano es apuesto y rico; alguien ideal para Dionisia.

La habría estrangulado allí mismo. Creo que no he conocido a alguien más capaz que ella para usar palabras cargadas de malas intenciones, agudas como flechas. Deseaba mostrarme indiferente, manejar alguna contestación ocurrente y devolverle su veneno; pero quedé como paralizado y seguramente con cara de tonto.

Un poco después fui donde estaba Herenio y aguardé a que los últimos invitados le presentaran sus respetos antes de pasar al triclinio.

Todavía no estaba convencido del todo de que fuera cierto lo que me había dicho Salonina, así que, mientras íbamos hacia donde se iba a servir el banquete, le pregunté:

—Herenio, ¿Dionisia se casa?

—Sí, claro —respondió como distraído—. ¿No te lo había dicho? ¡Con tanto acontecimiento he debido de olvidarlo! El senador Basiano se la pidió a mi padre hace ya tiempo, antes de la primavera. Ella le conoció y, bueno, parece encantada. —Me miró entonces a los ojos y, como adivinando lo que había en mi interior, añadió—: Pobre senador; no sabe lo que le espera. Mi hermana es capaz de amargar la vida a cualquiera...

—No sé... —comenté—. La verdad es que no me lo esperaba.

—¡Vamos, no pongas esa cara! Ahí hay un montón de mujeres.

Nunca me había sentido más ridículo. Me dolió profundamente que Herenio adivinara mis celos y mi contrariedad, y que fuera él ahora quien me daba consejos, cuando yo había aparecido siempre como el que se las sabía todas en estos asuntos. Si hubiera sido otro quien estuviera en mi lugar, habría sabido enseguida qué decirle. Pero ahora estaba en conflicto conmigo mismo. ¿Sería que estaba de verdad profundamente enamorado? El caso es que sentí un gran desgarrón en mi alma al experimentar que un viejo adinerado me arrancaba la belleza risueña y la dorada lozanía de Dionisia.

No disfruté de la situación privilegiada que me daba ser amigo del nuevo augusto, ni de los exquisitos manjares que se sirvieron; ni siquiera de los deliciosos vinos escogidos para la ocasión, que bebí en amargos tragos de rabia, buscando perderme cuanto antes en la abulia de la embriaguez. Dionisia me había robado la alegría de mis habituales placeres. Entonces me sentí peor aún, al recordar las veces que había pensado en ella en las soledades guerreras pasadas, suponiendo que me aguardaba, que me echaba de menos, e imaginando cómo sería el reencuentro.

—¡Eh!, ¡qué te pasa, hombre! —me sacó de repente Herenio de mis cavilaciones—. ¿No te diviertes? ¿No estarás así por lo de mi hermana?

—Oh, no, no es nada, pensaba en mi futuro —dije para salir del paso.

—¿Ahora? ¿En tu futuro? ¿Qué quieres decir?

—No lo sé... Supongo que tendré que pensar ya en establecerme en algún sitio. Pronto cumpliré veintiocho años y... en fin, he de tener hijos; fundar una familia. Es lo normal, ¿no?

—¡Ah, claro! —contestó él con tono burlón— ¡Ya eres un viejo!

Aquella fiesta pasó para mí con más pena que gloria. Pero creo que fue a partir de aquel momento cuando comencé a presentir que algo había cambiado en mi vida. Aunque sus palabras habían sido dichas en broma, Herenio tenía parte de razón: yo no era un viejo, pero ya no era un joven. Empecé a plantearme entonces, como nunca antes lo había hecho, una serie de cosas que suelen pasar por la cabeza del que se siente madurar: tener mujer, hijos, parientes con los que disfrutar y perpetuar mi existencia. También comprendía que, aunque esas cosas generalmente vienen solas, requieren unas condiciones previas: estabilidad y posesiones que garanticen el futuro. Lo cual, en mi nuevo cargo de legado y con la movilidad que exigían las nuevas unidades del ejército, no me iba a resultar nada fácil.

Lo de ir a Mesia como gobernador me parecía interesante (allí se habían forjado muchos de los nombres insignes del Imperio), pero me suponía regresar a la vida inestable de las campañas, con desplazamientos constantes y cambios de residencia. ¿Eso era lo que quería para mí en ese momento? Sentía claramente que no. De ninguna manera me apetecía regresar a la guerra, aunque fuera en aquel elevado cargo. Pero ¿cómo decirle a Decio que no deseaba aceptarlo?, después de la gran confianza que depositaba en mí asegurándome la región que le había valido a él para alcanzar el sobrenombre glorioso de Mesio en su augusto título.

Sin embargo, cuando fui llamado a hablar con él para tratar acerca de las obligaciones de mi cargo, bastó con que le insinuara con medias palabras mi poco entusiasmo para que, rápidamente, se adelantara a decirme:

—¿Qué te pasa, Félix? Tengo la sensación de que no quieres regresar al Danubio. ¿Temes algo?

—No tengo ningún miedo a los bárbaros —me apresuré a responder.

—Oh, no he querido decir eso. Te portaste allí como un valiente. No me refiero a la guerra. Pero tengo la sensación de que te preocupa algo. ¿No te ves con fuerzas para gobernar a aquellos veteranos soldados? ¿Se trata de eso? ¡Vamos, Félix, eres muy capaz para eso y mucho más!

—No sé... Había pensado en algo más tranquilo. Ya sabes, llevo años de aquí para allá. No es que quiera dejar el ejército, pero...

—¡Ah, comprendo! Quieres permanecer aquí, en Roma.

—No, no, tampoco es eso.

—¿Quieres regresar a Hispania? ¿Te gustaría asentarte en Lusitania?

—Sí, eso es, asentarme. Pero no en Lusitania. La verdad es que me da igual. El caso es que quisiera cambiar de vida.

—¡Hombre, haber empezado por ahí! ¡Claro! Lo que quieres es fundar una familia. Has encontrado a una mujer que te gusta y deseas casarte con ella. Lo comprendo. ¿Cómo no iba a comprenderte? ¡Quién es ella? ¿La conozco?

—Bueno, la verdad es que aún no he dado con la mujer adecuada, aunque...

—Ya entiendo, no sigas. Bien, creo que lo que necesitas es un lugar tranquilo, en provincias, donde puedas hacer una vida social desde un puesto relevante. Aquí, en la Urbe, todo está muy revuelto. No te preocupes; veré lo que puedo hacer por ti.

—Pero, por favor, Decio, no quisiera cambiar tus planes...

—¡Qué dices, hombre! Lo importante es tu felicidad. Mira, has sido muy leal a mí y, ante todo, yo he de premiar eso. Lo que necesito ahora son hombres como tú; he de hacer muchas reformas en el Imperio. Enseguida encontraré un puesto adecuado para ti, en un lugar donde puedas desenvolverte y prosperar.

A los pocos días supe que Decio había nombrado como legado de Mesia a Treboniano, un oficial galo mayor que yo que también había participado directamente al lado del nuevo emperador en los acontecimientos de Verona que culminaron con su proclamación. Entonces me sentí muy aliviado, al comprobar que mi nombre no era hecho público en ninguno de los cargos nombrados para las regiones danubianas. Y pasadas algunas semanas más me impacienté, viendo que se iban rellenando los huecos dejados por los árabes expulsados de la administración provincial sin que yo fuera llamado.

Entonces tuvo lugar la boda de Dionisia. La ceremonia se celebró casi en privado al estilo más tradicional: la novia, con el rubio cabello recogido desde la noche anterior en una redecilla roja de seda, vestida con la túnica lisa ceñida por un cinturón de lana con doble nudo, cubierta con el manto color azafrán y coronada con una guirnalda trenzada con mirto y flores de naranjo. Las novias suelen estar hermosas, pero ella parecía una diosa descendida de la hornacina de algún templo. Habían acudido sólo los amigos más cercanos y la familia del emperador; contado entre ellos me sentí honrado, aunque deshecho por dentro. Y me encontré fuera de lugar cuando tuve que unirme al cortejo que acompañó a la novia hasta el santuario de la casa de Decio, para recibir allí al novio con su familia y amigos. Cerca de ese sitio había pasado momentos muy felices con ella.

El *auspex* hizo el sacrificio y transmitió los buenos auspicios a la pareja. Se intercambió el mutuo consentimiento y culminó el rito con las exclamaciones de los asistentes deseándoles buenos augurios. Después estuvimos de fiesta todo el día, hasta que, caída la noche, llegó el cortejo de flautistas y los amigos del marido con antorchas para arrancar a la recién casada de su madre y arrastrarla a la casa de su esposo. Cuando era transportada en brazos por el padrino de honor hacia la carroza que había de llevársela, lanzó una última mirada al grupo de sus amigos y parientes, entre los que yo estaba, y me pareció adivinar un fondo triste en sus ojos que se detuvieron en los míos mientras se alejaba.

Pasados algunos días, en los que anduve vagabundeando por los rincones de Roma que me traían recuerdos, lleno de abulia y robadas mis energías por una extraña nostalgia, me mandaron llamar a palacio. Decio había resuelto por fin mi nombramiento: *Praefectus legionis* en la Tercera Legión de África, con lo que mi destino era Cartago.

## 32

Dicen que las ciudades del Imperio desean parecerse a Roma, y que no hay ciudadano que no sueñe con vivir algún día en la Urbe. Será por ello que a la Capital no dejan de afluir hombres de las diversas razas y pueblos, y que pertenece a todo el mundo menos a ella misma; porque, ya se sabe, lo que es de todos pasa a ser de nadie. Pues bien, debía de ser yo de los pocos que preferían vivir en cualquier sitio menos en Roma. Y eso no significa que no me pareciera una ciudad hermosa; pero demasiada proximidad a la belleza termina por cansar. Por eso —y no puedo ser más sincero al decirlo—, algo dentro de mí se alegraba al dejar allí a Dionisia y a la perfecta ordenación de las piedras que llamaban eternas.

De nuevo la cubierta del barco y una vez más el ancho mar, ahora hacia el sur, eran el tránsito hacia otra tierra y otras gentes, desconocidas para mí, que aguardaban en algún lugar para configurarme una nueva vida. Iba ilusionado, pero sereno y nada impaciente, a mi encuentro con la vieja y renombrada Cartago.

El tiempo fue apacible —demasiado apacible—, por lo que el barco tuvo que surcar el mar en calma a golpes de remo. Generalmente se tardaba menos de una semana en llegar a la costa de África, pero el piloto de la nave se empeñó en rodear Sicilia buscando vientos favorables y al final tuvimos una avería en la cubierta que nos hizo retrasar tres días más. No me importó, pues disfruté de la parada en Lilybea como si hubiera perdido el sentido del tiempo. Me sentaba en la terraza de una vieja taberna al atardecer y contemplaba el cielo con su color rojo pálido sobre un horizonte azul, hasta que aparecían las estrellas y la brisa se hacía fresca. No sé lo que pasó por mi mente, pero aquella serenidad parecía borrar las imágenes de la guerra. Por primera vez desde mi juventud no tenía prisa por llegar a mi destino y era como si desease que el viaje no terminara nunca.

Lo que más sorprende al llegar a Cartago es que el puerto no se ve desde el mar, gracias a un astuto dispositivo que a modo de canal se introduce en la dársena de repente, de manera que el piloto debe conocer bien la entrada. Una vez dentro, se atraviesa un gran lago cuyo centro está ocupado por una isla sobre la que hay un templo y un faro. No creo que haya otro puerto como ése en el mundo. A lo largo de la escollera había postes colocados en haz para fondear las embarcaciones. Un entendido comentó a mi lado que había allí espacio para unas trescientas galeras. Y eso solamente en el puerto militar, porque al sur y separado de éste por altos muros se hallaba el puerto comercial, casi tan grande como el anterior, pero con la dársena rectangular y con astilleros donde los barcos eran sacados en seco. Sorprendían también los enormes terraplenes artificiales y los pasillos de fortificaciones que protegían el este por la orilla del mar.

La ciudad baja comienza en la misma zona portuaria, como un apretadísimo barrio de edificaciones menudas que se extienden desde el pie de las construcciones militares apiladas unas sobre otras durante siglos. Es un conjunto que mira hacia los mares como esperando la guerra. Aunque en los nuevos tiempos tanta precaución resulta innecesaria, por lo que da la impresión de que la ruina se cierne sobre torres y almenas que ahora sólo albergan a gritonas aves de la costa. Pero el faro y el templo dedicado a Neptuno siguen siendo majestuosos, irguiéndose como gigantes sobre la infinidad de casitas bajas de pescadores que se desparraman por todo el litoral, de manera que no puede saberse dónde empieza de verdad la legendaria Cartago de los tiempos púnicos.

Nada más descender del barco, me rodeó una avalancha de oportunistas para ofrecerme todo tipo de servicios: transporte, posada, comida, vestuario, prostitutas o todo a la vez. Llevaba asignados desde Roma dos ayudantes que se ocuparon de mi caballo y mi equipaje, pero, aun así, me decidí a valerme de un hombre casi anciano que me pareció serio y que tiraba de un borrico. Cuando le pedí que me condujera al palacio del procónsul, puso cara de haber llegado su ocasión del día y, después de cargar mis cosas en su bestia, me abrió paso con decisión por entre los mozalbetes que arreciaban con sus ofertas. El latín de aquella gente era el más incomprensible que había oído hasta entonces.

El procónsul vivía en el centro de la ciudad; algo inaudito en unos tiempos en que los magnates buscaban la comodidad e intimidad de apartadas y lujosas villas de las afueras. Pero todo en Cartago hacía recordar siempre a otras épocas gloriosas. Había quienes decían que era como la Roma de hacía cien años o, los más exagerados, como la Atenas de hacía quinientos. En todo caso, era sin duda la segunda ciudad del Imperio, seguida por Alejandría y Antioquía, a las que superaba ampliamente en riquezas y número de habitantes. Desde los emperadores Flavios y Severos, el África proconsular había alcanzado el máximo de su esplendor cuando varias de sus regiones se dedicaron a enviar trigo y aceite a Roma, favoreciendo el nacimiento de numerosas ciudades, puertos y mercados. La misma Cartago era el mayor centro de aprovisionamiento de víveres y la influencia de sus formas de decoración y sus mosaicos alcanzaba desde hacía tiempo a otras importantes ciudades.

El anciano guía señaló con el dedo la ciudadela, sin dejar de sonreír y, en su acento difícil de entender, explicó:

—¡Birsa! ¡Allí está Birsa!

Entonces lo comprendí. Se trataba de la legendaria colina que Escipión había conquistado con sus hombres en la tercera guerra púnica, en la victoria romana que terminó con la total destrucción de la ciudad, cuyas vicisitudes eran narradas en la historia del griego Apiano y que yo había estudiado en mi adolescencia.

Ascendimos lentamente hacia el norte del puerto, por las calles empedradas, estrechas y malolientes. Franqueamos la puerta interna que daba sobre la meseta de la ciudadela, rodeada de elevadas casas de hasta seis pisos, y llegamos donde se erguía el palacio. Lucía un intenso sol oblicuo de media tarde que iluminaba los anchos escalones y las columnas pintadas de rojo del pórtico de entrada. Allí se paseaban los centinelas, que acudieron enseguida. Cuando me presenté, se llevaron mi caballo y me condujeron a través de un gran patio donde crecían poderosos árboles, pinos y cipreses, alrededor de un estanque profundo con verdosa agua donde nadaban peces de color anaranjado. Yo creía haber visto aposentos suntuosos; pero eran pobres comparados con los del interior de ese palacio. Las cosas estaban muy cuidadas, las pinturas de las paredes retocadas y frescas y los mosaicos con un color como yo no recordaba de ningún otro sitio. Había columnas de cedro talladas y frisos con escenas de gran movimiento y expresividad. El guardia me puso en manos de un elegante criado que me llevó por un peristilo, sobre un piso con losas y teselas intercaladas formando olas, y por fin llegamos a un pasadizo que terminaba en una gran puerta, con incrustaciones de clavos de bronce. El esclavo dio un golpecito con el pie; otro sirviente la abrió y me hizo entrar y esperar en un recibidor que estaba separado por una cortina de lo que parecía ser un gran salón, donde se oían voces que arrancaban ecos en los majestuosos y elevados techos.

A poco, apareció un tercer criado que descorrió la cortina y despidió a un grueso hombre lujosamente vestido.

Después se dirigió a mí y me dijo con perfecto acento romano y cuidada entonación:

—Bienvenido a la casa del procónsul, señor caballero. ¿A quién debo anunciar a mi amo?

—Turno Quintilio Félix, el prefecto del emperador para la Tercera Legión.

—¡Ah, por fin! —oí exclamar desde el fondo.

Miré y vi el gran salón, cuyo techo sostenían columnas de madera oscura finamente tallada; la luz llegaba desde altas ventanas situadas bajo los aleros; las paredes estaban estucadas y decoradas con luminosas pinturas y, una vez más, destacaba el impresionante mosaico que se extendía en una sola composición hasta el extremo. Un hombre alto de unos cincuenta años de edad venía hacia mí; era robusto, de cabellos oscuros, encanecidos, y su barba ocultaba el mentón, aunque tenía la piel afeitada alrededor de la boca. Enseguida supuse que se trataba del procónsul, y él lo confirmó presentándose como tal.

—Me llamo Aspasio Paterno —explicó—. Hasta ahora he sido yo el legado de la Tercera Legión; bueno, quiero decir, hasta que Decio fue proclamado emperador. Como comprenderás, el anterior procónsul fue depuesto de su cargo por una orden que llegó pronto desde Roma.

En fin, ya te lo explicaré todo más detenidamente... El caso es que en Roma decidieron que yo me hiciera cargo del gobierno proconsular. Y, ya ves, estoy recién llegado al palacio. ¡Hay tanto por hacer!

Me pareció un hombre nervioso, algo abrumado por el cargo que le acababa de caer encima. Aún no sabía desenvolverse bien en aquel suntuoso edificio, entre funcionarios provinciales y magistrados. Al fin y al cabo, era un militar de carrera, llegado de repente a un puesto civil de primer orden, y todavía había dado pocos pasos propios en su nueva situación.

—Bueno —contesté con tono solidario—, yo vengo casi directamente de la guerra del Danubio. A mí también me ha cambiado la vida el nuevo emperador.

—¡Anda, eres hispano como yo! —exclamó al oír mi acento.

—¿Eh? ¿Hispano? ¿De dónde? —le pregunté a mi vez.

—De la Bética; de Itálica, para más señas.

—Pero... no se te nota.

—¡Ah, amigo! ¡Cómo se me va a notar! Salí de Hispania con tan sólo diecinueve años alistado en los équites de Mauritania. He servido en los destacamentos de Numidia entre asiáticos, bretones, corsos, dálmatas, españoles, galos, sardos, tracios... Llevo treinta años en África. ¡Cómo se me va a notar, si ya casi no recuerdo cómo era mi tierra!

—Yo soy de Lusitania —observé—, de Emérita Augusta.

—¡Ah, renombrada ciudad! —Y dicho esto me miró de arriba abajo—. ¿No eres demasiado joven para un cargo tan elevado? ¿Cuántos años tienes?

—Veintiocho —contesté, aunque aún no los había cumplido.

—¡Humm...! Hubiera jurado que no pasabas de los veintitrés. ¡Claro, estás tan delgadito! —dijo sujetándose un amplio anillo de grasa que le rodeaba la cintura—. Aquí engordarás. ¡No sabes cómo se come en Cartago! Bueno, ya lo averiguarás. ¡Ja, ja, ja...!

Aspasio Paterno era un hombre locuaz y divertido que derrochaba expansiva vivacidad. No paraba de hablar intercalando chistes y frases ocurrentes constantemente. Me alegré de verdad al presentir que mi primer conocido en Cartago me iba a facilitar la vida. Al ser mi predecesor en el cargo de prefecto podía instruirme mejor que nadie en mis nuevas obligaciones y, lejos de ser alguien distante y encumbrado en su posición, no podría encontrar a nadie mejor para introducirme en la sociedad de la provincia.

Esa misma noche me invitó a cenar a su casa. Después de tomar un buen baño y presentarme en el Pretorio, me dirigí de nuevo al palacio, aunque estaba cansado por el viaje; pero no quise desairar al procónsul.

La cena se sirvió en una de las terrazas, con inigualables vistas sobre la ciudad: las monumentales termas de Antonio allá abajo, casi en la misma orilla del mar, y el constante tránsito de embarcaciones hacia el gran puerto y los pequeños muelles de pescadores diseminados por la costa. También podía verse el teatro, el Foro, la basílica judicial y los colosales templos de Júpiter Anmon y Juno Caelestis, pero destacaba sobre todo el de Esculapio, que dominaba por encima del resto de los edificios. El sol, teñido de púrpura, se hundía en las lustrosas aguas del horizonte.

Me alegré de que Aspasio no hubiera invitado a nadie más aparte de mí, pues no tenía ganas de presentaciones ni de comprometidas situaciones de sociedad y mi mente estaba aún espesa por los días de navegación a los que no estaba acostumbrado. Además, así tuve ocasión de acortar las distancias con mi anfitrión en un ambiente más íntimo y relajado. Me di cuenta de que él también deseaba que nos conociéramos bien desde el principio, por lo que se comportó conmigo de la forma más natural, familiarmente, como si ya hiciera tiempo que nos tratábamos. Primeramente hablamos de comida y de vinos, su tema favorito, expresando cada uno nuestros gustos y los conocimientos que teníamos en esta materia.

—Vaya, vaya —comentó paternalmente—, veo que has conocido mundo a pesar de tu juventud.

—Salí de mi casa con pocos años —observé.

—Yo también. Y me alegro de ello. Nada como destetarse pronto para conocer bien todas las caras de la vida. Hoy día los jóvenes son unos mimados. No saben desenvolverse fuera de casa. Quizá los padres tenemos la culpa.

—¿Tienes hijos? —le pregunté, reparando en que había dicho «tenemos».

—Oh, sí; dos hijos varones en el ejército y una hija casada en

Thugga. Precisamente, mi mujer se encuentra allí ahora, en la villa que poseo en dicha ciudad. Por cierto, tú eres soltero, ¿no?

—Sí. Hasta ahora he andado de acá para allá y no ha habido ocasión.

—Claro, claro. Tienes tiempo; no hay por qué tener prisa para eso. Si un padre de familia quiere ejercer su paternidad como manda la ley, debe renunciar a otras cosas. Aquí te sentirás bien, ya lo verás. Cartago es un buen lugar para echar raíces. Y en lo que a mujeres se refiere no podemos quejarnos; dicen que las cartaginesas son las mujeres más hermosas del Imperio.

—¿Tu esposa es de aquí? —pregunté inocentemente.

—¡Oh, no! Es siciliana, de Mesina. Cuando estuve destinado en Sicilia, alguien me dijo que las sicilianas eran las hembras más hermosas del Imperio. ¡Ja, ja, ja...! Ya sabes, no hay provincia del *Mare Nostrum* que no presuma de sus mujeres o su vino.

—Bueno —observé—, este vino no está nada mal, pero aún no conozco las mujeres de Cartago.

—Todo a su tiempo, Félix. Primero has de conocer el África proconsular. Es posible que tu destino aquí vaya para largo y no te sentirás verdaderamente a gusto mientras no asimiles la forma de ser de la provincia. Cartago es compleja, diferente al resto del Imperio. Para ser feliz aquí, es necesario olvidarse de la prisa; todo es lento en Cartago.

Aspasio tenía razón. Llevaba allí apenas unas horas y ya había percibido que la vida africana era distinta; densa y vaporosa, como su aire impregnado de olores a cueros y especias, o como el vuelo de sus aves que se dirigían lenta y pesadamente hacia el sur.

# 33

Entre el Pretorio de Cartago y la fortaleza militar que se ocupaba de defender el puerto, sumaban apenas quinientos soldados distribuidos en cinco centurias que eran las más antiguas y emblemáticas del África proconsular. El resto de la Tercera Legión Augusta, con su efectivo medio de cinco mil hombres reforzados por gran número de auxiliares, se distribuían entre diversas guarniciones desde Numidia a Byzacena, principalmente en la parte sur. Por eso, para tomar verdadera posesión del mando del ejército que tenía encomendado, debía visitar al menos cada una de las principales cohortes acantonadas en las otras ciudades de la provincia. Aspasio Paterno, recién nombrado también en su cargo, debía a su vez recorrer la extensa área de su gobierno; por lo que nos pareció que lo más oportuno era que ambos hiciésemos juntos el viaje. Así que, después de dedicar un par de semanas a poner en orden algunas cosas y a disponer los preparativos, nos pusimos en camino con la intención de aprovechar la primavera y parte del verano para conocer aquel territorio.

Sería fastidioso que yo enumerase aquí las ciudades de África, dada su abundancia. Baste decir que sólo en el valle del Medjerda y sus afluentes no se encuentran menos de treinta y cinco colonias o municipios, y catorce en el valle del Miliana, sin contar el hormiguero de casitas agrícolas y pequeñas poblaciones indígenas que poco tenían de romanas. Nuestro itinerario lo iniciamos, pues, por estos valles, siguiendo las antiguas y cómodas calzadas que ya desde los Severos habían sido ensanchadas y acondicionadas con puentes, instalaciones para postas, fuentes y demás facilidades. Visitamos Thuburbo Minus, Thubursicum Bure y Thibaris; lugares en los que fuimos agasajados y tratados con las máximas consideraciones por parte de los magistrados, senadores y aristocracia local; pero no me detendré en describir estas bellas ciudades levantadas a orillas del río. Aunque no puedo dejar de recordar el *nymphaeum*; el templo de las Aguas al que se llega entre árboles centenarios, pasando por huertos cobijados por las tupidas hayas, por pasajes de un verde singular al pie de umbríos montes. Sorprende el templo, en forma de hemiciclo, donde dos grandes colectores recogen las aguas que brotan allí misteriosamente y que un inmenso acueducto lleva a Cartago.

Cuando dejamos las orillas del río, algo de aquello me devolvía a Hispania; serían los bosques bajos de lentisco y romero, el canto de la abubilla o el planeo majestuoso de las águilas en el cielo.

Pero África es otro mundo. Los contrastes son tan vivos y tan frecuentes, que la mente te engaña y te parece llevar viajando semanas cuando sólo ha transcurrido una jornada. Las tierras negras del bosque de las laderas en su vertiente norte, arbolado por pinos de Alepo, algarrobos y acebuches, se desvanecen al final de las dulces pendientes y se convierten en rojizas arcillas en las bajas llanuras, blanquecinas rocas en los profundos cañones o arenas limpias, como polvo de oro, en los desiertos. En las cimas arraigan los cerezos, entre alcornoques y chaparros de los que brotan extraños pájaros como flechas coloreadas que se pierden en la espesura. Hay antílopes y gacelas en las regiones meridionales, abundantes en manadas como grandes rebaños; enormes gatos montaraces y grandes fieras ocultas en sus guaridas, venenosísimas víboras y, en las aguas costeras, sedosos flamencos rosados que se reúnen en bandos de tal inmensidad que te hacen estremecer cuando levantan el vuelo sobre las suaves olas de las playas.

Después de dejar los valles, proseguimos hacia el este, adentrándonos en Numidia. Nos detuvimos en Cirta algún tiempo. Es un centro considerable a orillas del río Ampsagar, atribuido durante las guerras civiles al aventurero Sicio y a su familia y que constituyó una colonia desde César. Augusto la englobó con Rusicade, Chullu y Mileu en una «confederación de las cuatro colonias», en la que Cirta conservaba la preeminencia, aunque la dependencia de las demás estaba a punto de disolverse por los conflictos que no cesaban entre los municipios de las cuatro ciudades. Por ello Aspasio se vio obligado a permanecer allí hasta que hubiera orden.

La residencia del gobernador y la capital de Numidia estaban en el cuartel general de la legión. Y las tropas acantonadas parte en Tebesa y parte en Lambesa. Tuve que reorganizar sus *vexillationes* reagrupando las ciudades que se habían dispersado a su antojo por los diversos puntos del *limes*, hasta Tripolitana. Y nuestra estancia allí fue la más trabajosa, ya que tuvimos que meter en cintura a un montón de jefes civiles y militares que se habían acostumbrado en los últimos tiempos a hacer lo que les daba la gana, atribuyéndose poderes y prerrogativas fuera del gobierno central de la región. Restablecimos en su puesto al gobernador de Cirta, la antigua capital de los reyes númidas, y nos vimos obligados a juzgar y encarcelar a un montón de aprovechados que se creían ya que la autoridad de Roma era cosa de tiempos pasados.

Por lo demás, no tuvimos mayores preocupaciones que disfrutar de las magníficas recepciones que nos fueron preparando en cada uno de los municipios que fuimos inspeccionando, y cargar con los montones de presentes que nos entregaban para obsequiar al nuevo césar reinante. Aunque recibimos noticias de que un poco más allá, en la llamada Mauritania Sitifiense, las cosas no iban del todo bien; pues el vasto territorio romanizado por Adriano iba volviendo poco a poco a las manos de los nómadas rebeldes de la cadena de los Bibanes y de Cabilia, haciéndose dudosa la seguridad hasta en los mismos *castella*, torres y murallas de la gran cadena defensiva que no había vuelto a ser reforzada desde hacía veinte años. Pero eso ya se salía de nuestra competencia, aunque elaboramos un amplio informe con los datos que nos dieron las autoridades de la colonia de Sitifi.

De todo lo que vi en las provincias de África, fue el sur lo que más me impresionó. Cuando atraviesas la cordillera de los montes de Tipasa, el relieve disminuye en altitud, desmembrándose en ondulantes cerros y pequeñas depresiones; desaparecen el monte y el chaparral y dan lugar a las estepas habitadas por nómadas dedicados a sus rebaños de cabras y ovejas. Pero más al sur se abre una amplia llanura que se pierde en el desierto, fascinante por sus dunas y sus extensiones rocosas, aunque desolado y sin otras gentes que las que se agrupan en torno a los pozos artesianos excavados por sus antepasados.

La verdadera puerta del desierto es Capsa, el oasis más septentrional del país, que según dicen fundó el dios Hércules y fue siempre la etapa principal de la estratégica vía que conectaba el campamento de la Tercera Legión de Augusto (situado en Ammaedara) con los confines del Imperio en la unión de la estepa y el desierto, que marca las tierras de recorrido de los nómadas. Durante el verano el aire allí quema y, si se levanta el viento ardiente, grandes nubes de arena fina envuelven a los hombres, los animales y las cosas. El agua es tan cara como el vino y en todas partes se lucha contra el sol por un pedazo de sombra. No creo que exista otro lugar en el mundo donde la vida llegue a hacerse tan difícil. Por eso no permanecimos mucho tiempo, temiendo que la primavera avanzara y se echase encima el rigor del verano. Aunque he de recordar el inmenso placer de nadar en los grandes estanques de recogida del agua de las fuentes, que el gobernador nos ofreció como obsequio, en una dorada tarde en la que el contraste del calor y el fresco de la transparente agua se hacía delicioso.

Desde Capsa nos dirigimos directamente al norte, con una única parada larga en Ammaedara para reorganizar la legión acantonada. Después Aspasio decidió que la inspección finalizara en Thugga, donde él tenía su segunda residencia y sus rentables negocios particulares.

Ante nosotros, en la llanura de donde sacaba su riqueza, la calzada llevaba a las murallas de la ciudad, que se veía suspendida en una meseta inclinada, a cuyos pies se extendían los campos que alternaban el olivar verde y los trigos que comenzaban a dorarse. Remontando la pendiente de la ladera de la colina, las vistas no podían ser más bellas sobre el valle del río y sobre los relieves que lo rodean. Una vez superada la pared rocosa, flanqueada protectoramente por un gran paredón, pasamos entre las primeras casas y algunos poderosos árboles, pinos y cipreses, plantados como defensa contra el viento y para obtener sombra; y enseguida aparecieron las antiguas construcciones, apiñadas para aprovechar el terreno, pero en orden, entre limpias y enlosadas calles.

Antes de franquear la gran puerta que daba a la ciudadela, nos aguardaban ya un buen número de funcionarios municipales con la guardia y una fanfarria de tambores y flautas; nos ofrecieron el vino de bienvenida y se hizo un sacrificio delante del templo de Caelestis. Pero declinamos la invitación a una recepción preparada para esa misma tarde, pues estábamos cansados y sucios. Así que fuimos bordeando el Foro, el mercado y las grandes termas Licinianas, para ir a parar a la residencia propiedad de Aspasio en un lugar verdaderamente envidiable, a un paso del centro de la ciudad, pero rodeada de espaciosos y frescos jardines.

La esposa de Aspasio nos recibió en la puerta principal, avisada a voces por una esclava que se encontraba en ese momento cortando flores en el jardín para confeccionar un ramillete. Me dio la sensación de que la mujer del procónsul estaba hecha expresamente para él: gruesa y saludable, lustrosa, sonriente, gesticuladora y parlanchina; era el complemento ideal para el hombre vitalista, comilón y alegre que era Aspasio. Nada más vernos, Vitunia —que era su nombre, aunque él la llamaba Tunia— corrió hacia su esposo con tembloroso movimiento de carnes bajo las sedas coloreadas que la envolvían, resuelta a pesar de su gordura, y gritando incomprensibles palabras en el raro dialecto de Cartago. Aspasio la apretó contra su prominente barriga y ambos se fundieron en un abrazo. Después, sujetándola por uno de los rollizos brazos, la atrajo hacia mí y dijo:

—Mira, Tunia, éste es Félix, el nuevo prefecto.

—¡Anda, qué jovencito! —exclamó ella sonriente—. ¡Y qué apuesto!

Al ver la impresionante *domus* que el procónsul se había construido en Thugga, comprendí que en realidad era en esta ciudad donde él quería vivir. El palacio proconsular de Cartago resultaba antiguo, desolado y demasiado incómodo para organizarse una vida a la manera que le gustaba a Aspasio. Sin embargo, en Thugga tenía sus negocios, sus amigos y la espectacular residencia que él se había hecho a su gusto con las ganancias obtenidas en la gestión de productivos terrenos de cereal y la explotación de una docena de molinos aceiteros repartidos por la orilla del río.

Sólo en África he visto grandes casas como aquélla, alzadas en las proximidades del Foro y disponiendo de una superficie como para que sus piezas se hallen distribuidas en torno a un peristilo. También es cierto que en estas provincias, lo mismo si la vivienda es rica que si no lo es apenas, se cuida mucho la decoración, con vivos colores que recubren los suelos, los muros y los techos de mosaicos, de estucos y de pinturas; y hay además fantásticas arquitecturas pintadas que abren sobre las paredes espacios imaginarios. Aunque también me encontré ejemplos de un mal gusto estentóreo: paredes recubiertas de conchas, caparazones de tortugas o piedras de diferentes tonos; pinturas estridentes alternándose en infantilonas escenas de fábulas y guirnaldas de horrorosas flores de colores.

Fue en Thugga donde vi por primera vez a Aspasio en su salsa, rodeado de su parentela y sus amigos, entregado a los placeres de la mesa. Y pude apreciar entonces que sin la capacidad de organización de Vitunia se encontraba perdido a la hora de divertirse. Podía resultar un buen gobernador y había sido un impecable legado al frente de su legión, pero dentro de su casa era su esposa la que tenía el mando. Me di cuenta de eso nada más atravesar la puerta principal y luego lo comprobé día a día, viéndola a ella dominar la situación durante la semana que siguió a nuestra llegada, mientras preparaban la gran fiesta con la que celebraban anualmente las cosechas con motivo del solsticio de verano, a la que vino a sumarse nuestro recibimiento. Creo que no he vuelto a ver un ejército de mayordomos, cocineros, criadas y esclavos como el que se movía entre aquella casa y el resto de las posesiones del procónsul. Y era Vitunia la que los manejaba a todos, con una soltura y una facilidad que ya quisieran para sí los mejores intendentes militares.

Verdaderamente era una de esas veces que yo tenía ganas de divertirme, no voy a ocultarlo. Aunque habíamos sido agasajados en las diferentes paradas en nuestro recorrido por la región, aquellas recepciones no fueron más allá de la excesiva solicitud de los gobernantes locales por congraciarse con nosotros. Lo cual resultaba más un fastidio que un entretenimiento. Ya se sabe lo que sucede en tales casos: la gente aprovecha la mínima ocasión para expresar sus peticiones o hacerse valer, suponiendo que el ambiente relajado de la fiesta y el vino son el mejor cauce para conseguir favores. Anduve con cuidado en esas circunstancias para no verme envuelto en ninguna situación comprometida.

Por otra parte, en África me sentía libre, no tenía que dar explicaciones a nadie y no necesitaba aferrarme a ninguna imagen preestablecida. Al contrario de lo que me había sucedido en Roma, donde mi excesivo contacto con los círculos estrictos y disciplinados de Decio me obligaron a no salirme del papel que tal grupo desempeñaba en el rígido y anquilosado sistema aristocrático de la vieja clase patricia. Si me hubiera comportado allí de otra forma, siendo yo de provincias, rápidamente me habrían identificado con los sectores que empezaban a estar muy mal vistos en la nueva corte imperial, como los orientales y especialmente los árabes. En Thugga la cosa era diferente. La nobleza local parecía más abierta y actuaba de forma distendida, sin prejuicios ni vacilaciones a la hora de incorporar a los que venían de fuera. Máxime si ocupabas un cargo relevante.

La fiesta fue maravillosa. O a mí al menos me lo pareció, pues me divertí en ella tanto que por fin conseguí relajarme y sentir plenamente que una nueva vida me abría sus puertas. Sucedieron además otras cosas que por sí solas harían que jamás olvidase aquella noche de junio.

La residencia de Aspasio tenía adosadas unas preciosas termas, donde acudí a media tarde para sacarme de encima el calor y el polvo de los caminos acumulado durante días de viaje por las ardientes tierras africanas. No he recibido masajes como los que saben dispensar los expertos esclavos númidas. A diferencia de otros lugares, ellos no aprenden el oficio por ser destinados a un establecimiento de baños, sino que son escogidos precisamente por poseer esa cualidad, heredada de padres a hijos en una antiquísima tradición que se pierde en la noche de los tiempos. Saben soltar cada músculo y cada nervio hendiendo sus hábiles y finos dedos entre fibras y coyunturas con una destreza singular. Ponerse en sus manos es abandonarse en una extraña mezcla de dolor y placer. ¡Y qué perfumes!, los de aquellos ungüentos resbalosos y balsámicos que corren por la piel en las rápidas pasadas de tan adiestradas manos. En fin, después de la alternancia de vapores calientes y frías aguas, ese colofón me dejó suelto, desmadejado y tendido sobre una suave toalla en una fresca sala de las termas, entre aromas de almizcle y saboreando una tisana a base de hierbas tonificantes. Después dejé que me rasuraran la barba y me arreglaran el pelo, y el propio *tonsor* comentó que me había descuidado bastante últimamente. Mientras sostenía el espejo delante de mí, dijo sin reparo alguno:

—Sácate partido ahora que aún eres joven, señor. Ya quisieran muchos cartagineses que van por ahí de bellos lucir una figura y un rostro como el tuyo.

Me sonrojé. Pero tales halagos me daban seguridad y confianza en mí mismo de cara a la fiesta que tenía esa misma noche. En África, como en otras regiones meridionales, se valora mucho el aspecto físico y no dudan en celebrar a una persona hermosa diciéndoselo a la cara sin pudor.

Estrené para la fiesta una soberbia toga de lino crudo, con dorados bordados que me habían regalado en Lambesa, donde los tejedores tienen fama de preparar los mejores paños y las viejas técnicas egipcias han formado a inmejorables artesanos textiles. Y nada más acceder al peristilo donde el mayordomo iba recibiendo a los invitados, comprobé cuán importante era para aquella sociedad el aspecto exterior. Con razón se oía que en ninguna otra parte del mundo se vestía como en Cartago. Las togas no están sencillamente ribeteadas, sino que exhiben hasta dos o más cuartas de bordados, con finos hilos de seda de múltiples colores, oro y plata. Las mujeres se adornan con perlas y pedrería, y cuidan especialmente sus peinados, con tiaras y diademas resplandecientes que sujetan complicados tocados a base de postizos y largas trenzas enrolladas o sueltas hasta la cintura. Resulta un espectáculo que impacta al principio, hasta que vas acostumbrándote.

La cena con que Aspasio nos obsequió fue digna del gran aficionado a la comida que era: fruslería de todo tipo, almejas, pececillos fritos, caracoles, olivas con diversas salsas, diferentes clases de *garum* y después aves doradas en las brasas, cabrito cocido en leche y deliciosas tiras de tierna carne de avestruz joven; todo ello abundantemente especiado, como a ellos les gusta. Detrás de los dulces escanciaron el vino macerado con laurel, clavo y frutas. En ese momento entraron los músicos y comenzó la parte más sugerente de la fiesta.

En total se habían juntado más de cien invitados; lo más granado de Thugga y un buen número llegado desde Cartago. Al principio me resultó un poco agobiante la interminable sucesión de saludos y presentaciones, pero más tarde pude estar a mis anchas, protegido en cierto modo por Aspasio y su círculo de íntimos. La noche avanzó y la música fue deliciosa, aunque no comprendía las letras de las canciones en la complicada lengua púnica, pero debían de ser preciosas odas de amor por su tono dulce y triste. Más tarde, cuando parecía que la cosa iba a languidecer, se arrancaron los músicos con alegres melodías y todo el mundo se animó a salir al medio. Los africanos son muy aficionados a moverse al ritmo de sus danzas, aunque, si no conoces los pasos, es inútil intentarlo sin hacer el ridículo. Entonces me aparté discretamente a un lado y me dispuse a disfrutar del espectáculo.

Era inevitable fijar la atención en Vitunia, que a pesar de su gordura se movía con una gracia increíble. Los de alrededor le dejaban espacio y ella evolucionaba a sus anchas, girando sobre sí misma y dando saltitos, ante la mirada complaciente y la sonrisa de su esposo. Aquello me pareció encantador, casi infantil, absolutamente alejado de la gravedad de la vida romana. Todo me empezó a resultar ligero, suave; sería a causa del vino. Veía a las muchachas danzar con naturalidad, entre risas y coqueteos, y corretear de un lado al otro del salón, llevadas por el ritmo de los cimbeles y panderos, como si hubieran nacido para no hacer otra cosa. Eran muy hermosas, de cuerpos prietos y piel atezada por el sol de África; sensuales en el contraste de su morenez con la blancura de las perlas que las adornaban. Mantuve largas miradas con algunas de ellas, percibiendo con gusto que yo no pasaba desapercibido para las que más me agradaban, y aguardé, siguiendo ese juego durante un rato, a que llegara un momento favorable para acercarme más a ellas.

Pero entonces descubrí a una joven que también permanecía sin bailar al otro lado del salón, llevando el ritmo con las palmas, recostada en una de las columnas. No era muy llamativa, pero me pareció encantadora desde el primer momento, distinta a las demás. Su cuello era fino y sus hombros delicados, bronceados, asomando desde un vestido azul cielo de vaporosa seda que caía delicadamente sobre el resto de su cuerpo delgado. Su rostro era inteligente y sus ojos vivos, aunque miraban con dulzura, oscuros y bellos. El cabello negro, recogido en la nuca, no tenía otro adorno que unas cuantas pequeñas caracolas, encadenadas y resplandecientes. Estas cosas suceden así, de repente: el resto de la fiesta desapareció para mí y empecé a sentir esa extraña sensación hecha de agitación interior y misterioso deseo. Debí de mirar demasiado en aquella dirección, porque el resto de las muchachas repararon en ello y no tardaron en ir a avisarla. Una de ellas le cuchicheó algo al oído y la joven pareció salir del éxtasis con que contemplaba a los danzantes. Entonces buscó en derredor, con despistado gesto, hasta que se encontró con mis ojos. Le sonreí y ella me devolvió una sonrisa de blancos y perfectos dientes, pero enseguida bajó la cabeza y después se volvió hacia donde antes miraba. Aguardé un largo rato, confiando demasiado en que me encontraría de nuevo con sus ojos, pero siguió absorta, a lo suyo, como si tal cosa. Algo decepcionado, salí a la terraza que tenía detrás de mí. La noche era muy hermosa, cálida y envuelta en un cielo estrellado. Aspiré profundamente el aroma de los jazmines y, al cerrar los ojos, acudió inmediatamente la imagen de la joven a mi mente. Percibir el aire suave y perfumado, mientras me recreaba en el recuerdo inmediato de aquel rostro, fue como un éxtasis de placidez. «¿Quién será ella?», me pregunté. Tal vez la esposa de alguno de los nobles, me respondí al momento, o tal vez no. En todo caso, había en ella algo misterioso y sublime que me cautivó desde el momento en que la vi.

—¡Pero, hombre, qué haces aquí solo! —me sacó de mi cavilación la ruda voz de Aspasio.

—Es una noche hermosa —respondí.

—¿Una noche...? ¿Pero no has visto las mujeres que hay ahí dentro? ¿Es así como piensas encontrar a una para casarte? ¡Anda, regresemos al salón! —me pidió con autoritario cariño, echando su pesado brazo sobre mis hombros.

Al vernos entrar, Vitunia corrió alegremente hacia nosotros, me cogió de la mano y, tirando de mí, le ordenó a su esposo:

—Déjame un momento a Félix, Aspasio; quiero presentarle a una jovencita.

Mientras la seguía por entre la gente, me hice ilusiones imaginando que la joven fuera la que antes había llamado mi atención. Pero eso habría sido una casualidad demasiado feliz. Vitunia me llevó hacia un rincón donde conversaban animadamente varias muchachas de la fiesta y, con su impetuosidad característica, sacó del corro a una y la puso frente a mí.

—Mira, Félix —me dijo—, ésta es Licia.

La muchacha era muy joven, no mayor de dieciséis años, aunque iba muy adornada, vestida y peinada como una mujer madura. Era bella, pero me resultó simple. La llevé a la terraza y quise iniciar una conversación. «Sí», «no» y «bueno» fueron sus únicas palabras. No era lo que yo necesitaba en aquel momento, pero su cuerpo era hermoso y sus labios sensuales, así que la rodeé con mis brazos y la atraje hacia mí. Ella entonces se mostró suelta y dócil, por lo que supuse que ya conocía el juego del amor.

# 34

Después de la fiesta en casa de Aspasio, permanecí algún tiempo en Thugga disfrutando de su hospitalidad. Fueron días de tranquilidad, buena comida y descanso, en los que aprendí mucho acerca de la vida en el África proconsular. Resultaba allí absurdo vivir con prisas, y la impaciencia o la ansiedad por hacer cosas eran del todo desconocidas. Aunque nadie me reclamaba, decidí irme cuanto antes a Cartago para organizarme a mi manera en la ciudad donde debía ejercer mi cargo. Aunque seguí el consejo del procónsul y enseguida me puse a hacer negocios, pues no se comprendía el desempeño de una profesión relevante sin que estuviera unido a la posesión de bienes cuantiosos, haciendas y participación en el comercio. Comencé pues por adquirir unos terrenos y una villa, en una buena zona que le había sido expropiada a algunos funcionarios corruptos que se aprovecharon del pasado desorden en la administración. No es que fuera exactamente la casa de mis sueños, pero, como había estado recientemente ocupada, tuve que hacer pocas modificaciones y me instalé pronto, con media docena de criados que Vitunia me buscó amablemente. Ella me fue de gran utilidad a la hora de organizarme, conocer gente y empezar a moverme con soltura en aquella sociedad tan peculiar. Aunque de momento fracasó en una cosa; en su empeño en encontrarme a toda costa una mujer entre el círculo de sus conocidos. No estaba yo dispuesto a ceder a un matrimonio rápido y de compromiso con la única intención de llenar cuanto antes mi casa de hijos. No sé si era por las especiales relaciones que había tenido en mi vida, pero en el amor me había hecho de verdad exigente.

Pasaron algunos meses y pude sentir que me encantaba vivir en Cartago. El verano avanzó y tiñó los paisajes con colores de estío;

pero estaba el mar, que enviaba brisas frescas con aromas de algas y sal. Era maravilloso acudir a las playas y dejarse envolver por baños de espuma bajo aquel cielo tan limpio y azul. Y también estaban las termas de Antonio, el monumento más espectacular de Cartago, que no quedaban nada lejos de mi casa. Era un lugar ideal para hacer ejercicios gimnásticos en sus dos palestras y disfrutar con un agua dulce en el amplio *frigidarium*, concurridísimo cuando el calor llegaba a hacerse insoportable. Me gustaba sobre todo relajarme leyendo en su biblioteca octogonal, en las inigualables galerías concéntricas abovedadas, en cuyas paredes había bellas ménsulas con hojas de acanto, inscripciones y columnas adosadas con espectaculares esculturas de atlantes con caras de serpientes y cabezas de dragones.

Durante aquel tiempo me vinculé al culto imperial. Era algo que le debía a Decio, que me pidió con especial empeño que colaborara en la provincia con las autoridades en el denodado esfuerzo por restablecer la religión tradicional romana, frente al maremagno de dioses que afloraban por todas partes. El procónsul, por su cargo, también obedeció la orden del emperador. Entonces nos dedicamos a rehabilitar una vieja *schola* de los tiempos de Adriano, donde tenían lugar las reuniones de una asociación fundada para dar esplendor y prevalencia a la Tríada Capitolina y al divino Augusto. La sala destinada a dichos fines resultaba muy especial, por la existencia de un peculiar mosaico en el ábside, representando a unos niños que bailaban bajo un *tholos*. Una vez adecentada y trasladada allí una estatua de Decio que se encargó a toda prisa a un escultor local, comenzaron las reuniones, en un ambiente de exaltación que pronto atrajo a un buen número de ciudadanos relevantes deseosos de congraciarse con las nuevas autoridades. De allí partió la idea de restaurar el culto público en el Foro, que había caído en desuso en los últimos tiempos, a causa del escaso empeño de los gobernantes decantados hacia las divinidades egipcias o hacia antiguos dioses púnicos que resurgían desde su olvido en aquellos tiempos de tanta confusión. También, cómo no, acudieron los militares, el prefecto de la guardia de la ciudad y los nuevos funcionarios que acababan de llegar de la Urbe, enviados por la curia recientemente reformada por Decio en su denodado esfuerzo por rehacer la gran Roma que había estado a punto de irse a la deriva.

Organizamos procesiones, grandes sacrificios e hicimos fiestas con generosos banquetes para el pueblo. Pero saltaba a la vista que la gente acudía con el único fin de saciar su apetito y emborracharse con el vino gratis que se repartía; participando con escaso interés en las ceremonias. A la entronización de la imagen del emperador en el Foro, que con tanto ahínco habíamos preparado, fueron acudiendo tarde y con desgana, y faltaron muchos de los magnates de la ciudad. Cuando finalizó el acto, con más pena que gloria, le pregunté desalentado a Aspasio:

—¿Se puede saber qué pasa? No vienen. ¿No les interesa la religión del Imperio?

—Ah, Félix, esto no es Roma —me explicó él—. Aquí la gente va a lo suyo. Hace ya años que se han desencantado con los cultos oficiales y prefieren sus propias religiones. La vieja diosa Tamis ha resurgido y reúne cada vez a más fieles; Isis y Osiris no se quedan cortos; pero, sobre todo, en Cartago proliferan cada vez más los cristianos.

—Pero eso pasa en todas partes... ¿Dónde no hay ya cristianos?

—Sí, pero aquí más. Los líderes cristianos son hombres inteligentes y muy preparados. Hay obispos que vienen de familias relevantes en África. Sin ir más lejos, el de Cartago, Cipriano, es un hombre de leyes que ejerció brillantemente la abogacía antes de convertirse a la secta judía. Tendrás ocasión de conocerlo. Es amigo mío y me encuentro con él con cierta frecuencia. Ya te lo presentaré.

—Oh, no, Aspasio, muchas gracias.

—¡Cómo! ¿Tienes algo en contra de los cristianos? Es gente normal y corriente. Profesan esa fe, sólo eso; pero aquí no causan mayor problema.

—No, no, no tengo nada contra ellos. Al contrario; tuve buenos amigos cristianos.

—¿Entonces?

—Son muy absorbentes. Sus creencias son muy fuertes y llegaron casi a convencerme. Menos mal que supe darme cuenta a tiempo.

—¡Anda, no me digas! —se sorprendió Aspasio—. ¡Con lo seguro que pareces!

—Bueno. Eso sucedió en un momento difícil de mi vida. Es una larga historia. Era yo muy inexperto y había sufrido ya algunos golpes del destino.

—Vaya, vaya —dijo paternalmente—. Eres aún joven para decir eso. En todo caso, aquí tienes un amigo. Siempre que quieras desahogarte cuenta conmigo. Creo que Vitunia y yo debemos cuidarte. ¡No vayas a sentirte solo!

No decliné aquel amable ofrecimiento, y creo que empecé a apoyarme en ellos más de lo que en un principio había deseado. Eran acogedores como nadie y el calor de su amistad me libró de muchos momentos de triste nostalgia. Perdí con eso mi independencia y la libertad con la que me había propuesto vivir en Cartago. Mi vida se unió a la de ellos. Frecuentemente acudía a su casa, iba a todas sus fiestas y sus amigos fueron pronto los míos. Incluso, cuando remitieron los calores del verano, acepté su invitación de descender de nuevo hacia el sur, a Thugga, donde daba comienzo la temporada de caza.

Por mucho que hayas visto luchar con fieras en el anfiteatro, no puedes hacerte una idea de lo que es asistir a una verdadera cacería de leones en África, en el territorio que ellos dominan en manadas como reyes de todo el reino animal. Ni siquiera la caza del tigre, en que yo participé en Persia, puede compararse con la experiencia que supone, puesto que el tigre es solitario, tímido y huidizo. Los leones en cambio viven en grupos de treinta o cuarenta, con jóvenes machos y leonas agresivas que atacan enfurecidas cuando ven a alguien acercarse adonde ellas reúnen a sus cachorros. Las manadas viven tranquilamente en las llanuras, junto a alguna laguna o próximas a los oasis, dormitando en las arenas bajo las pobres sombras de los arbustos, sin otra molestia que los moscones que espantan parsimoniosamente con sus rabos rematados en una especie de brocha.

La cacería era un entretenimiento y al mismo tiempo un negocio que aportaba suculentos beneficios. Aspasio lo organizaba todo desde Thugga e invitaba a funcionarios y ricos comerciantes a los que premiaba con ello sus favores; otros potentados acudían pagando una suma importante. Y, por otra parte, las fieras cazadas eran vendidas a buen precio a los tratantes que abastecían a los espectáculos de las principales ciudades de Occidente. El procónsul, según me dijo, no tenía intención de guardarse todas esas ganancias, sino que proyectaba invertirlas en unos grandes juegos ofrecidos a la ciudadanía de Cartago para festejar la proclamación del nuevo emperador. Me pareció que esa idea, además de honrarle, serviría para acercar al pueblo a sus nuevos gobernantes y beneficiaría a todos.

Acudí lleno de entusiasmo a la cacería, aunque en tales menesteres era inexperto. Por el camino, incorporado a la gran caravana que transportaba la impedimenta, Aspasio me explicó amablemente en qué iba a consistir el acontecimiento. Como comprenderéis, todo difería mucho de la caza del jabalí que yo recordaba de mi juventud en Lusitania. Pero siempre he tenido alma de cazador y participar en algo tan emocionante me encendía por dentro.

—Estoy deseando estar delante de uno de esos leones —comenté.

—¡Eh, un momento! —replicó el procónsul—. No te animes demasiado. Esto no es un juego. He visto a muchos hombres atrevidos deshechos a zarpazos. Es mejor que de momento te conformes con observar.

Levantaron el campamento en una inmensa llanura donde la vista se perdía en un lejanísimo horizonte de cielo amarillo. La vegetación era escasa y un viento suave hacía rodar las secas matas espinosas. Manadas de antílopes y gacelas nos miraban curiosas repartidas por un espacio infinito que te hacía meditar sobre el origen del mundo. En algún lugar del este, oscuras nubes de tormenta descargaban su aguacero; se veía el resplandor cárdeno de los rayos y llegaban aromas frescos de tierra húmeda. Un arco iris lejano se extendió en el firmamento y me pareció no haber visto nunca algo más hermoso.

Montaron una gran tienda con doseles y finas gasas como protección contra los insectos. Dentro alfombraron la arena con pieles de cebra y dispusieron triclinios, mesas bajas, jarrones, candelabros y todo el menaje que podría haber pertenecido a un palacio. Las varas que sostenían las lonas eran de brillante bronce pulido y la plata relucía en cualquier rincón, creando un ambiente suntuoso en contraste con la abundancia de tejidos, doradas melenas de pieles de león y plumeros de cola de avestruz. ¡Qué extraña sensación al contemplar desde tal lujo el árido desierto que se extendía más allá de los cortinajes entreabiertos!

Durante toda la tarde estuvieron llegando los participantes en la cacería. Mientras sus criados les montaban la tienda y lo disponían todo para el día siguiente, los señores se acercaban hacia las instalaciones principales, donde el procónsul les recibía y se hacían las presentaciones. A última hora se sirvió una cena, pero todo el mundo se retiró pronto a sus aposentos para descansar suficientemente. Después se apagaron la mayor parte de las lámparas y reinó el silencio. Entonces llegaron unos broncos y lastimeros rugidos lejanos. Eran los leones que parecían presentir lo que les aguardaba.

Me despertó el ajetreo de los batidores que se disponían a iniciar su tarea y me pareció que aún era noche cerrada, pero vi algo de claridad por las rendijas de las lonas y sentí el inconfundible fresco del amanecer en el rostro. Al momento estaban mis ayudantes preparando algo de comer y enseguida me trajeron el cántaro con agua y las toallas.

—¡Félix! —oí gritar a Aspasio desde el exterior—. ¡Vamos, Félix!

—¡Voy! —respondí.

Cuando salí, le vi sentado y malhumorado, mientras un esclavo le liaba las tiras de cuero a lo largo de las rollizas pantorrillas y otro le acercaba el caballo y los venablos.

—¡Qué mala suerte! —refunfuñó—. Tengo vómitos y diarrea. No he pegado ojo. Debió de sentarme mal algo de lo que cenamos anoche.

—¡Vaya! —dije—. Pero... ¿vas a ir?

—¡Naturalmente! Llevo todo el año esperando este día. Aunque me estuviera muriendo, no me perdería esa cacería.

Estaba amarillo y ojeroso, y le dieron unas cuantas arcadas cuando fue a montar.

—¡Vamos! —me gritó—. ¿A qué esperas?

Subí a mi caballo y ambos cabalgamos hacia donde se habían concentrado el resto de los cazadores. Los guerreros númidas danzaban frenéticamente al ritmo trepidante de los tambores y la emoción del momento se palpaba. Había una veintena de caballeros y más de cincuenta hombres a pie, con venablos y escudos de cuero. El experto que dirigía la cacería ordenó silencio y explicó detenidamente el plan de caza: avanzar sin demasiada prisa en la dirección que él señalaba, esperando a que los batidores rodearan por el otro lado a las fieras y las condujeran hacia nosotros. Aparentemente era todo muy sencillo, dejando aparte el peligro que conllevaba acercarse a los leones. Pero la dificultad estaba en el hecho de que había que descabalgar, puesto que los caballos resultaban inútiles para enfrentarse a tales fieras.

Avanzábamos en silencio, oteando el horizonte, con el sol a las espaldas que nacía con brillos anaranjados en la lejanía. Yo trataba de imaginar cómo sería el desenlace, pero a mi mente no venían otras imágenes que las que había contemplado en los juegos de fieras en el anfiteatro. De repente, uno de los ojeadores que iban a pie gritó:

—¡Allí! ¡Allí vienen!

Efectivamente, a lo lejos se veía venir hacia nosotros una especie de bultos de aspecto terroso, casi confundidos con el seco paisaje.

—¿Son leones? —le pregunté a Aspasio que iba a mi lado.

—Sí, un buen número de ellos —respondió sin demasiada energía.

Cuando estuvieron más cerca, distinguí las melenas de los machos poderosos, brillando como fuego con los reflejos del sol matinal. También venían hembras y un buen número de cachorros. En ese momento, se intensificó el griterío y el estrépito de los batidores que los empujaban hacia nosotros, y los animales, más pendientes de ellos que de los cazadores que íbamos a su encuentro, aceleraron su huida.

—¡Ahora, ahora! —ordenó el experto que dirigía la maniobra—. ¡Los rederos a los flancos! ¡Y todo el mundo a pie!

Obedientemente, los que portaban las redes se fueron a los extremos de la partida y los demás descabalgamos. Entonces los guerreros númidas se adelantaron a la carrera, lanzas en ristre, para hacer frente a las fieras.

—¿Qué hacemos nosotros? —le pregunté a Aspasio.

—No te apartes de mí —respondió él con una voz que no le salía del cuerpo. Estaba muy pálido y parecía que le flaqueaban las piernas.

—¿Te encuentras mal? —le pregunté, al verle en tal estado.

—Tengo grandes retortijones en el vientre —contestó doblándose sobre sí mismo—. Acompáñame hacia aquellas matas. ¡Por Cibeles, qué inoportunidad! ¡Esta maldita diarrea precisamente ahora!

Cuando íbamos hacia unos matorrales para que el procónsul pudiera descargarse, vi cómo se iniciaba la cacería. Los lanceros, en grupos de diez o doce, se enfrentaban a los grandes machos y a las leonas, mientras los rederos arrojaban sus redes a los cachorros y los envolvían con gran habilidad. Entonces lamenté tener que asistir a Aspasio y no poder contemplar de cerca el espectáculo. Y me subí a un promontorio de arena para no perderme nada de lo que sucedía. Los cazadores lanceaban a las fieras y las remataban; pero sin arriesgarse demasiado, puesto que sólo se acercaban a ellas cuando los númidas y los batidores las habían herido ya suficientemente después de rodearlas. Resultaba como una emocionante batalla, con grandes polvaredas que se alzaban por las carreras de hombres y animales en el fragor de la lucha.

Y el estruendo de las voces, rugidos y ruidos de la batida era tal que apenas oí a Aspasio gritando a mis espaldas, mientras yo contemplaba absorto todo aquello.

—¡Félix! ¡Socorro! ¡Félix!

Me volví y vi cómo una gran leona venía furiosa en dirección a él. Entonces reparé en que estábamos solos, ya que los criados se encontraban más allá, en plena cacería. No me lo pensé. Descendí por el terraplén y fui a hacerle frente a la fiera, antes de que se avalanzara sobre Aspasio, que escapaba como podía, casi a gatas, con las pocas fuerzas que le quedaban. Pero no pude evitar que la leona se echará sobre él violentamente. Entonces reparé en que estaba herida y comprendí lo difícil que iba a ser la cosa. Aun así, pude acertarle en un costado y hendir profundamente mi lanza. Se revolvió como una centella y me propinó un zarpazo en el muslo. Una vez más le clavé el venablo, esta vez en el cuello. Giró sobre sí misma y se desplomó con fuertes convulsiones; momento que aproveché para rematarla sin darle tiempo a rehacerse.

Me pareció mentira verla allí, muerta, tan grande como era. Me temblaban las piernas y una especie de furia salvaje y misteriosa me brotaba de dentro; como una rabia, que me había superado y dominado para poder vencerla. Aspasio, unos pasos más allá, ensangrentado, se ponía en pie y exclamaba:

—¡Por Júpiter! ¡Si no lo veo no lo creo!

Los criados acudieron al momento, advertidos por uno de ellos que se había dado cuenta. Más allá, la cacería estaba ya concluyendo. A nosotros nos subieron al caballo y nos condujeron hasta el campamento, mientras los demás se quedaban allí, recogiendo las piezas muertas y enjaulando a las vivas.

Resultó que, una vez en la tienda, cuando nos quitamos la ropa y nos lavamos las heridas, Aspasio apenas tenía unos rasguños, salvo unos profundos arañazos en la cabeza. Pero mi pierna estaba desgarrada y parecía más grave de lo que supuse en un principio. Así que tuve que dar por terminada la cacería y regresar a Thugga para ponerme en manos de los físicos.

## 35

El físico que me atendió en Thugga no puso muy buena cara cuando vio mi herida. «Las leonas llevan en las uñas una ponzoña invisible que pudre la carne abierta», me dijo, mientras me lavaba con vino. Aspasio curó enseguida; pero la dichosa ponzoña debió de pasar toda a mi cuerpo, porque la herida de mi pierna se infectó y se llenó de pus. Después me entró una especie de fuego y las fiebres llegaron hasta la cabeza. Fueron unos días horribles en los que tuve que guardar cama entre abundantes sudores y temblores constantes. Hasta que otro físico, más experimentado, decidió aplicarme una cura muy dolorosa que estoy seguro de que me salvó la vida. Con unas finas varillas incandescentes, él y un ayudante me fueron abrasando las zonas corrompidas. Con los ojos vendados, la confusión de la fiebre y el terrible dolor, creí que había descendido a los suplicios del averno. Cuando terminaron me dieron una pócima y, deshecho, caí en un profundo sueño, como si hubiera muerto.

Toda mi vida pasó por mi mente. Podría decir que lo había soñado; pero aquello era distinto. La niñez y la adolescencia estaban otra vez ahí, como vividas en un instante, con sus temores y angustias. Y la muerte, con toda su realidad; como una distancia infinita que te separa de la existencia, como un vacío imposible de rellenar. Después me vi en un mar de aguas oscuras y tenebrosas, inabarcable. Pero al final percibí una orilla y sentí que llegaba a tierra. Era como regresar repentinamente de un viaje. Una voz que sonaba lejana me llamaba; después se hacía más intensa, más cercana.

¡Félix! ¡Félix! ¡Félix!...

Abrí los ojos y encontré junto a mí el rostro de Vitunia y a su lado el de Aspasio. Recorrí la habitación con la mirada. No reconocía nada, excepto a ellos. Todo me parecía espeso y me costaba mantenerme despierto. Creo que me hundí de nuevo en el sueño durante un tiempo indeterminado. Al fin desperté del todo. Vitunia seguía ahí, pero su esposo ya no estaba. Sin embargo, un poco alejada, había una mujer joven. Fijé mis ojos en ella. Sonreía. Me era desconocida, aunque familiar. Tenía los cabellos castaños, la tez clara, y los dientes blancos y perfectos. Junto a las comisuras de los labios, distendidos por la sonrisa, unos hoyitos le daban un aire cándido, algo infantil, a pesar de que tendría mi edad.

—Es Fidelia —dijo Vitunia al ver que me mantuve mirándola—. Me ha ayudado a cuidar de ti mientras estabas inconsciente.

—Gracias... Fidelia —balbucí.

Con un gesto de su mano, ella me dio a entender que no era necesario mi agradecimiento. Luego se ruborizó sin dejar de sonreír.

—Bueno —dijo—, que te mejores —y se retiró hacia la puerta. Después se despidió.

—¿Quién es? —le pregunté a Vitunia cuando se hubo marchado.

—Una viuda de Cartago —respondió ella—, amiga mía. La invité a la cacería. Pero al saber que yo tenía que cuidarte, enseguida se prestó a ayudarme. Es encantadora. Ya tendrás ocasión de conocerla mejor.

—¡Ah, la cacería! —recordé en ese momento—. ¿Y los demás? ¿Siguen allí?

—¡Oh, no! La cacería terminó y cada uno regresó a su casa. Has estado enfermo una semana.

—¿Tanto?

—¡Claro! Lo que pasa es que con las fiebres se pierde la noción del tiempo. Has dormido mucho, con pesadillas y temores. ¡Tendrías que haberte escuchado! Hablabas en sueños de guerras con los godos y de una tal Dionisia. ¡Hay, quién será esa Dionisia!

—¡Qué vergüenza! —exclamé, cobijándome bajo las sábanas.

—Anda, no te avergüences —dijo Vitunia con tono maternal—. ¿Es malo recordar a una mujer? ¡Ja, ja, ja...!

Cuando pude levantarme, tuve que sostenerme con un bastón durante algún tiempo. Así que decidí permanecer todavía en la residencia de Aspasio, en Thugga, esperando a reponerme del todo para regresar a Cartago. Vitunia me mimó como a un hijo. Pero más placentero que sus deliciosas comidas fue el reposo en su maravilloso jardín, dedicado a la lectura, y a meditar sobre cosas que antes, con tanto ajetreo, no había tenido tiempo de plantearme.

El sufrimiento purifica, dicen. Al detenerme a causa de mi enfermedad, tuve tiempo para reflexionar. Después de haber estado durante meses en la tensión de los oscuros bosques del Danubio, no se me había ocurrido pensar que podía morir en cualquier momento, a manos de los godos. Pero un absurdo incidente, en un día de diversión, puede acabar con todo sin esperarlo. Ésa es la realidad; así de simple. El dolor que había sufrido, la confusión mental de las fiebres y las pesadillas me dejaron en un estado extraño. Al lado de la sensación de haber estado al borde del abismo, empezó a dominarme una cierta indiferencia. ¿Y qué?, pensaba. Al fin y al cabo, ¿qué hay aquí que merezca tanto la pena? Era una abulia nada triste y mucho menos angustiosa; pero teñida de cierta sensación de vaciedad y desgana. Y lo peor de todo era que no tenía a quién contárselo. Aspasio había regresado a Cartago para hacerse cargo del gobierno y, en todo caso, ¿me habría comprendido? No lo creo, puesto que era un hombre vitalista que no se planteaba nada que fuera más allá de sus comilonas, cacería y negocios. Empecé, pues, a sentirme solo, no físicamente, sino en el alma. Es algo muy difícil de explicar.

No sé si Vitunia lo hizo a propósito, pero me causó un gran beneficio al traer a menudo a su amiga viuda a casa. Aunque Fidelia no era nada habladora, su presencia me producía un raro bienestar. Las dos se ponían cada tarde un poco más allá de donde yo leía en el jardín y se dedicaban a tejer o bordar, mientras hablaban divertidas de sus cosas. Me encantaba oírlas reír. De vez en cuando me preguntaban algo y yo contestaba poco elocuente. Me bastaba con saber que estaban ahí y comprobar que eran felices.

Empecé a fijarme en Fidelia. No era nada llamativa; su belleza era serena y casi inapreciable a primera vista. Pero había algo dentro de ella que salía al exterior y que suponía su verdadera hermosura. Me pació que era luminosa en su alma. Cuando nuestros ojos se encontraban, sostenía la mirada, sin delatar turbación alguna, pero tampoco con desafío. Era sencilla; creo que eso fue lo que empezó a atraerme. Algunas veces nos juntábamos los tres para tomar un refresco o alguna golosina. Entonces hablábamos de cosas intrascendentes; del calor que hacía o de la mejoría de mi herida. Después cada uno regresaba a lo suyo; ellas a su telar y yo a mis libros. Fidelia intentó en alguna ocasión que yo contara algo de mi vida, pero me hice el desentendido; no quería centrar en mí la atención.

Una tarde Vitunia tuvo que ausentarse (nunca sabré si fue a propio intento). Fidelia llegó a la hora de siempre y, como se manejaba en la casa como si fuera la suya, pasó hasta el jardín y la criada trajo el telar para que comenzara su tarea. Después de saludarme, me preguntó por su amiga.

—No sé adónde habrá tenido que ir —respondí—, pero no creo que tarde.

Ella se encogió de hombros y se dispuso a colocar su bastidor en el lugar de siempre, bajo una higuera, a unos diez pasos de mí. Pronto inició la labor canturreando, como si yo no estuviera ahí. Con gusto, la vi manejar los hilos con sus finos y hábiles dedos, pero no distinguía desde allí la composición del bordado. Lleno de curiosidad, me levanté y me acerqué sigiloso para no interrumpirla. Como estaba de espaldas, no se dio cuenta de mi llegada y continuó absorta. Era un bello cuadro, con pájaros y plantas que rodeaban a una cierva que se acercaba a una especie de torrente de agua azul.

—¡Qué bonito! —se me escapó.

—¡Ah! —exclamó sobresaltada—. ¡Qué susto!

—Oh, perdona, no quería asustarte.

—No... no es nada —balbució—. Sólo que no me lo esperaba.

—Quería decirte que es muy bonito ese bordado —observé señalándolo—. ¿Qué representa?

—Humm... Me resultaría difícil explicártelo.

—Vamos, inténtalo. No soy tan tonto.

—Oh, no. No quería decir eso. No pienso que seas tonto. Pero el bordado representa algo que me explicaron y que quizá tú no comprendas.

—Aun así, ¿no me lo dirás? Me parece que esa cierva y el torrente significan algo más que una escena campestre.

—Bueno, veo que eres agudo —dijo con una sonrisa entre dulce y maliciosa—. Efectivamente, el bordado guarda un sentido.

—¿Y bien?

—En fin, ya que te empeñas, trataré de explicártelo. Esa cierva representa el alma de una persona. Ese alma está sedienta, ¿comprendes? Y busca por el bosque con qué saciar su sed. Esos pájaros, con sus cantos hermosos, las flores con sus aromas o las frutas con sus múltiples sabores no pueden calmar toda esa ansia... Y, como ves, sólo el agua que está detrás de esos matorrales sería capaz de saciarla, pero está oculta a sus ojos... En el fondo representa a todo hombre; la insatisfacción que mora en nosotros, sin saber por qué deseamos, sin vernos calmados, sin conocer la causa de tal deseo ni con qué se ha de calmar...

Me quedé perplejo. Aquellas palabras de Fidelia no podían expresar mejor cómo me sentía yo en ese momento. Vi reflejado con claridad el extraño estado que me había embargado desde que desperté de la fiebre. Ahora lo comprendía: esa sensación de desencanto y desgana brotaba de lo que había sucedido en mi búsqueda. Había ido detrás de algo, sin que yo mismo supiera qué; y mi deseo me había conducido por la guerra y por el amor, en pos del prestigio, de hacerme valer... Pero ¿qué había encontrado? Sólo una pregunta: ¿para qué? Y la falta de una respuesta lo dejaba todo inservible, vacío, vano. Mi sed seguía ahí. ¿De dónde nacía esa ansia? ¿Qué podría saciarla?

—Es muy sabio eso que has explicado —le dije a Fidelia—. ¿Dónde has aprendido esa sabiduría? ¿O lo has pensado tú misma?

—Oh, no. Estoy bordando esto porque representa lo que se dice en un cántico muy antiguo que compuso un rey sabio.

—¿Quién era ese rey?

Un hebreo. Se llamaba David, pero es conocido como el Profeta; porque nadie como él supo expresar lo que es hablar con Dios.

—¿Hablar con Dios? —observé con desdén—. ¡Anda, eso son cosas de judíos! ¡Qué tontería!

Ella me miró durante un momento, con un semblante sereno, y no dijo nada más. Recogió de nuevo el hilo y retomó su tarea. Yo me había quedado ahí, esperando, y con tono dulce repuse:

—¡Eh! ¿Te has enfadado? ¿He dicho algo inoportuno?

—¿Enfadarme? —preguntó—. ¿Por qué? Tú me preguntaste por el bordado y yo respondí. Si lo que te expliqué te parece absurdo, lo dejamos y... en paz.

—No, no, Fidelia; no me pareció absurdo. Al contrario. Pienso que lo que dijiste es muy sabio. Creo... creo que el cántico de ese David expresa muy bien lo que hay dentro del hombre. Al menos yo lo siento así. Me parece haberlo comprendido: el alma del hombre siempre está insatisfecha; aunque sobreabunde en placeres y dichas, siempre hay algo lejano que añora. ¿No se trata de eso?

—Ciertamente. Eso es precisamente lo que expresa este bordado.

—¿Quieres pasear un rato? —le pedí como llevado por un impulso.

—¿Pasear? —se extrañó ella—. ¿Tienes ganas de pasear? Eso significa que ya te sientes repuesto.

—Bueno, me vendrá bien ir hasta el final del jardín.

Dejó la caja de las bobinas y las agujas y se levantó del taburete. Ambos emprendimos un lento paseo, sin decir nada, hasta donde crecía la última fila de árboles. El agua corría alegre por las acequias y las flores brotaban aquí y allá, entre las hortalizas y los arbustos que exhibían sus frutos maduros. Pero al final, la valla de piedras marcaba el límite de lo verde. Más allá el abrasador verano y los rebaños de cabras había terminado con la última brizna de hierba. En el árido suelo sólo crecían secas y amarillas plantas, entre las cuadras terrosas y los estercoleros donde escarbaban las aves de corral.

—Me dijo Vitunia que vives en Cartago —comenté por decir algo.

—Sí, soy de allí —respondió distraída, mirando hacia los campos—. Pero vengo a Thugga con frecuencia. Vitunia me invita constantemente a su casa. Es una buena amiga.

—¿Pensabas ir a la cacería? Quiero decir que si dejaste de ir sólo por cuidar de mí.

—¿Por qué lo preguntas? —respondió mirándome a los ojos.

—Vitunia me dijo también que te ofreciste para ayudarla a cuidarme cuando supiste que aquella fiera me había herido.

—Humm... Vitunia es demasiado habladora —contestó con un mohín malicioso.

—Bueno, si de verdad te ofreciste, te estoy muy agradecido; pero si fue ella quien te lo pidió, también he de agradecértelo.

Me miró sonriente y estuvo a punto de ruborizarse. Bajando los ojos, respondió:

—Me ofrecí yo.

—¿Puedo saber por qué? No me conocías.

—Sí te conocía.

—¿Eh?

—Claro, tonto. ¿No lo recuerdas? Aquella noche en la fiesta, cuando el procónsul y tú regresasteis de vuestro viaje de inspección.

—¡Ah, naturalmente! ¡Eras la que estaba junto a la columna! ¡Ahora te recuerdo!

Era ella, en efecto, aunque no la había reconocido, pues en la fiesta tenía un tocado diferente. Por eso me había resultado tan familiar al verla la segunda vez, cuando desperté de la fiebre.

Entonces —dijo tímidamente—, ¿comprendes por qué me ofrecí a cuidarte?

Su gesto tierno y sus ojos dulces me encantaron. De repente cobró mucho más interés para mí; no sabría decir por qué. Me fije en el dorado reflejo que el sol de la tarde dejaba en sus mejillas y en su frente. Un cálido vientecillo agitaba su cabello castaño. Algo se agitó también en mi interior.

## 36

Aquel tiempo lo recordaré siempre como el de los paseos. El sabio físico de Thugga me aseguró que los humores febriles saldrían de mi cuerpo con largas caminatas y bebiendo abundante agua de una fuente que brotaba en un bosquecillo sagrado, a un par de leguas de la residencia de Aspasio. Me apliqué a aquella medicina sin remolonear. Era un placer seguir esa disciplina al lado de Fidelia, que se prestó voluntaria a acompañarme diariamente. Fueron momentos felices que no olvidaré jamás. Al principio me costaba un poco; pero pronto se afianzaron mis piernas y me sentí ligero como una pluma. Se trataba de hacer que brotara el sudor, siguiendo las instrucciones precisas del físico, para expulsar del cuerpo la ponzoña venenosa de las garras de la fiera, y regenerarse más tarde con el agua fresca y transparente que manaba a borbotones en la umbría de una gruta, entre las rocas de un monte próximo donde se veneraba a un viejo dios de los cartagineses.

Era pleno verano y el camino discurría entre amarillos rastrojos, donde todo estaba ya segado y recogido, y no quedaban sino los duros tallos que sólo las cabras podían arrancar del suelo seco, aterronado. A medida que avanzaba la mañana, el horizonte ocre se difuminaba en el ondulante aire que levantaba el calor. Pero las hileras de palmeras sobresalían siempre contra el cielo luminoso y azul. También se veían las lejanas y azuladas montañas hacia las que se dirigían interminables caravanas de camellos, en un fluir lento, parsimonioso, que nacía de las propias entrañas pacientes del África que desconoce la prisa. Y llegas a sumirte en ese ambiente. Sientes que todo permanece, a pesar de las sequías y los vientos ardientes; de las guerras del pasado o los miedos del ahora.

Las gentes saludaban a nuestro paso apresurado, con desdentadas sonrisas, sinceras, de los viejos sentados a la vera del camino; o con largos y simpáticos silbidos de los niños que cuidaban desnudos sus cabras, soleados y tostados por el sol implacable que lo castigaba todo. Y un ir y venir por las veredas llenaba de vida los áridos campos, donde aquí o allí alguna noria sacaba el agua justa para regar insignificantes huertecillos donde crecían orondas y doradas calabazas.

Me encantaba caminar al lado de Fidelia. Ella iba decidida, empeñada, como si su salud dependiera también del cumplimiento de aquella recomendación del físico. Vitunia se había escusado alegando que estaba demasiado gorda para tal menester. Y yo me alegré de que nos dejara solos a ambos; puesto que, como he dicho, nada me gustaba más que salir cada mañana a emprender el camino de la fuente con mi nueva amiga. Supongo que a ella tampoco le desagradaba demasiado —el calor era a veces sofocante—, pero a mí me pareció que lo hacía únicamente por ayudarme. De vez en cuando hablábamos. Me contaba cosas de Cartago, de su amistad con la familia del procónsul y de su infancia feliz junto a sus padres y hermanos. A mi vez le conté lo que quise de mi vida; lo que no, lo guardé para mí.

Al cuarto o quinto día se mostró más sincera. Entonces me habló de su esposo. Me dijo que había muerto de una extraña enfermedad hacía ahora cinco años.

—Pero... no habías dicho nada —murmuré.

—Bueno. Las cosas van surgiendo poco a poco...

Me quedé en silencio, pensativo. No es que aquello me importara demasiado, pero desde luego venía a poner una variante en el asunto.

Esa misma noche le pregunté acerca de ello a Vitunia.

—Fidelia ha sufrido mucho —me respondió—. Y no se lo merece. Es una criatura encantadora. Primero fue lo de su padre y después lo de su marido.

—¿Lo de su padre?

—Sí. ¿No te lo ha contado? Bien, a ella no le gusta hablar de cosas tristes. Yo te contaré lo que sucedió. El padre de Fidelia era el renombrado Capeliano, legado de Numidia, que había tomado partido por Maximino, cuando la Tercera Legión Augusta fue disuelta. El gobernador de Mauritania le dio muerte y ordenó que todos sus bienes fueran expropiados y su familia vendida. Menos mal que un senador ya maduro se compadeció de Fidelia. La compró y enseguida la manumitió para casarse con ella. Luego él murió de un mal extraño.

—Pobre Fidelia —comenté—. Ciertamente, ha sufrido.

—Pero no por ello se ha hecho triste o desencantada —añadió—. Por el contrario, es una persona optimista y llena de fe.

—Sí, ya lo he comprobado. Siempre está dispuesta a ayudar.

—¡Claro! Donde ve que alguien padece de alguna manera se ofrece enseguida. ¡Ah, yo misma le debo tanto! Ya ves, a mí no me falta de nada y, sin embargo, es ella la que me consuela y alienta. Conocerás a pocas mujeres como Fidelia. —Dicho esto, me lanzó una mirada cargada de visibles segundas intenciones y añadió—: ¡Ah, si alguien se diera cuenta de la joya de esposa que puede resultar una mujer así!

Me hice el desentendido y procuré cambiar la conversación. Pero lo que Vitunia no imaginaba era que esa idea se había pegado a mi mente sin que yo pudiera hacer nada por evitarlo. Pero todavía tenía yo una especie de pereza para el amor que me impedía plantearme nada serio.

Al día siguiente hizo más calor que de costumbre. Además nos entretuvimos y salimos tarde a nuestro paseo. Sería por eso que el recorrido se hizo más largo y fatigoso. Luego, en el bosquecillo sagrado, agradecimos el agua fresca más que ningún día. Me encantó ver a Fidelia refrescarse los brazos y la nuca en el pequeño estanque que se formaba delante de la gruta. La luz entraba en finos rayos desde el techo que formaban las copas entrelazadas de los árboles y jugaba con su piel arrancando brillantes destellos de las gotas de agua. Ella, ajena al principio, se dio después cuenta de que la miraba y me pareció verla ruborizarse.

—¡Uf! Ha hecho calor hoy —murmuró, mientras iba a sentarse en una de las piedras.

Me fijé bien en ella. Había conocido a muchas mujeres más hermosas, pero Fidelia tenía un algo especial que me llenaba. No era esa mera atracción que proviene de un cuerpo bello y, sin embargo, me gustaba mucho mirarla y estar a su lado. Pensé entonces que empezaba a hacerme viejo, porque había oído decir por ahí que el primer síntoma es que el deseo pasa a ser menos importante.

—¿En qué piensas? —me dijo ella—. Hoy estás muy raro. ¿Te pasa algo?

—¿Amabas a tu marido? —le pregunté yo, dejando escapar el primer pensamiento alocado.

Me miró y la vi hundirse en un pozo de recuerdos. Pero sus ojos no perdían esa transparencia que la hacían ser tan especial.

—Sí, claro —respondió—. Fue muy bueno conmigo...

—Ya lo sé —observé—. Vitunia me lo contó todo.

—Bueno, entonces me comprenderás. ¡Cómo no iba a amarle!

—Vamos, Fidelia, era mucho mayor que tú. Sería más bien un padre para ti.

—¿Qué quieres decir? —me preguntó con un gesto extraño.

—Bueno, si no quieres hablar de ello...

—¡Oh, sí! ¿Qué quieres saber de mí?

—Te lo preguntaré más directamente: ¿estabas enamorada de tu esposo?

Arrancó una ramita de un arbusto y comenzó a juguetear con ella entre los dedos, sin levantar la cabeza. Después de un momento, alzó la mirada y con rotunda sinceridad respondió:

—No.

Me acerqué hasta ella y le puse la mano en un hombro, que estaba húmedo y frío. Acercó la mejilla al dorso de mi mano y después los labios. Sentí ahora el suave y cálido contacto de su piel y detecté un asomo de estremecimiento.

—¿Y tú? —me preguntó—. ¿Has estado enamorado alguna vez?

—Eso ahora no importa —murmuré atrayéndola hacia mí.

La abracé. Me pareció frágil y, aprecié el aroma de su cabello. Sentí que se refugiaba en mí, como si cesara en ese momento su desvalimiento al encontrar mi alma a la vez que mi cuerpo. Pero cuando intenté besarla se apartó súbitamente y esbozó una sonrisa maliciosa.

—¡Eh! ¿Qué te pasa? —protesté.

—Vamos, se hace tarde —fue su contestación.

Algunos días después pusimos fin a nuestros paseos. Yo me encontraba completamente repuesto y tenía que regresar a Cartago. Agradecí a Vitunia y a Fidelia sus cuidados y partí una mañana de

Thugga con una extraña sensación. Me había curado de la fiebre del cuerpo; pero el amor, la fiebre del alma, me ardía por dentro.

Cuando llegué a Cartago, me acerqué inmediatamente al palacio proconsular para saludar a Aspasio. Lo encontré eufórico.

—¡Por fin repuesto! —exclamó al verme, extendiendo los brazos.

—¿Y tu herida? —le pregunté yo.

—Ah, curó enseguida. Lo mío no tiene ninguna importancia. Pero tú me has tenido preocupado. ¡Oh, qué maravilla aquella cacería! ¡Qué valentía la tuya! Jamás olvidaré aquel momento. ¡Con qué arrojo te lanzaste a la fiera!

—Bueno, bueno. ¿Qué otra cosa podía hacer?

—¡No seas tan modesto! ¡No le restes importancia! —me pidió él, sujetándome por el brazo y conduciéndome hacia su despacho—. Ven, te mostraré algo.

A un lado, en el suelo, se encontraba la piel de la leona, curtida ya y extendida. Me pareció inmensa.

—¡La has mandado preparar! —exclamé—. ¡Sensacional!

—Sí. Es tuya, como recuerdo de aquella hazaña memorable. Y todavía hay más —comentó yendo hacia un gran envoltorio de telas que comenzó a retirar—. Mira, lo encargué para ti.

Cuando Aspasio retiró las telas, apareció una amplia tabla pintada, en la que se representaba a un cazador lanceando a una leona. Era uno de esos cuadros llenos de colorido que estaban tan de moda por entonces y que solían decorar los salones de las mejores casas. Advirtió mi gesto de admiración y dijo:

—Te gusta, ¿eh? Yo mismo le expliqué al artista lo que debía pintar. Creo que es una buena obra.

Le agradecí efusivamente el regalo a Aspasio y le vi contento como un niño. Enseguida comenzó a contarme las novedades y las últimas noticias llegadas de Roma. Entonces comprendí la causa completa de su alegría.

—Parece que por fin marchan las cosas en Roma —me explicó mientras llenaba un par de copas de vino—. Decio ha conseguido contener la disolución interior del Estado, restableciendo la disciplina y las antiguas costumbres.

—¡Oh, dioses, menos mal! —exclamé—. ¡Vamos, cuéntame!

—Lo primero que hizo fue restablecer la censura, que como sabes fue olvidada desde los tiempos de Claudio y Domiciano. Decio ha propuesto al Senado que se nombre de nuevo al censor, para hacer que retorne aquella vieja institución que tantos beneficios proporcionó a Roma.

—¡Qué genial idea! —me entusiasmé. Yo sabía bien lo que Decio pretendía con ello: retornar a los añorados tiempos del orden imperial, en los que el censor era el magistrado investido de autoridad para salvaguardar la moral pública y el cumplimiento de las leyes—. ¿En quién ha recaído la elección? —le pregunté.

—Valeriano es el censor.

—¡Ah, el viejo Valeriano! Nadie mejor que él para ese cargo. Decio ha sido muy inteligente.

—Sí. Creo que esta vez los dioses han querido que una mente preclara ocupe la cabeza del Imperio. ¡Brindemos por ello!

Con exaltación, alzamos nuestras copas y bebimos llevados por la felicidad que nos causaban aquellas noticias. Después, Aspasio me guiñó un ojo pícaramente y me insinuó:

—Bueno, y con tales expectativas de estabilidad, ¿no vas a sentar la cabeza?

—¿Eh? ¿Qué quieres decir?

—Vamos, Félix, no te hagas el tonto. ¿Qué pasa con Fidelia?

—Pero...

—Anda, pillín, que lo sé todo.

—Pero si yo no...

—Vitunia me lo ha contado: los dos juntitos, a todas horas, paseando desde por la mañana... ¡Ella está encandilada! No encontrarás a otra como Fidelia.

—¿Fidelia...? ¡Pero si no se deja poner una mano encima! —se me escapó.

—¡Ah, ja, ja, ja...! —rió él con ganas—. Esto no es Roma. ¡Ya irás aprendiendo, hombre!

# 37

Hay veces que te dejas llevar por la vida y cedes en tus determinaciones, de manera que el torbellino de los acontecimientos te arrastra y son los demás quienes parecen decidir sobre lo que te concierne, por importante que sea. Algo así me sucedió cuando, de repente, me vi conducido a mi propia boda, en casa de Aspasio. Él mismo había elegido cuidadosamente la fecha, evitando los meses y los días de malos augurios. Pero, al ser viuda, Fidelia no tuvo que consagrar a la divinidad los juguetes de su infancia; sino que portó el día de la celebración el huso y la rueca, símbolos de la actividad doméstica. Cuando me vi de repente en la puerta, esperando a que apareciera la novia, sentí una especie de vértigo extraño y un amago de tristeza se asomó a mi alma. Pero pronto apareció Fidelia, acompañada por su cortejo, en el que iba Vitunia como tutora y tres muchachas jóvenes que tenían vivos a su padre y a su madre, según determinaba la tradición. Iba vestida con el traje nupcial ceñido con el típico cinturón y cubierta la cabeza con el velo rojizo que solía usarse en Cartago. Y me tranquilicé al verla sonreír, saludable y bella, aunque con cierto halo de candidez, como si fuera apenas una quinceañera conducida por sus familiares a los esponsales.

A continuación la *pronuba*, una matrona que dirigía la ceremonia, unió nuestras manos, poniendo una sobre otra. Y después procedimos a firmar los *tabulae nuptiales*. Tras el banquete, hacia el anochecer, fuimos acompañados hasta mi casa. Se fingieron lágrimas y lamentos y ella se despidió de todos los suyos, mientras se emitían los cantos propios del momento. De repente nos vimos solos los dos, en las habitaciones que los criados habían adornado con flores, guirnaldas y tapices, y sentí con plena claridad que una nueva etapa daba comienzo en mi vida.

Si había algo en mí que rechazaba la estabilidad y la vida familiar, se disipó por completo. Fue como si me brotara desde dentro otro ser, que hasta entonces había estado oculto, tal vez sepultado por tal maraña de cambios, viajes y aventuras que no le habían dejado manifestarse. Era el Félix que en el fondo amaba la calma y que, desde hacía tiempo, había dejado de hacerse preguntas. Fidelia lo despertó, lo sacó a la luz exterior y lo cubrió de cuidados y mimos. Qué delicioso fue para mi alma remansarse en ella y descansar en el cálido regazo de su amor incondicional y sincero.

Vinieron días felices. Mi villa estuvo pronto terminada y ella la llenó de color y alegría. Fue maravilloso por otra parte tener a alguien que se ocupaba de todo. Creo que en eso quiso parecerse a su benefactora, Vitunia, y buscó ser para mí la mujer de su casa que en el fondo le gusta tener a todo hombre. Me organizaba fiestas y así fui siendo conocido en Cartago. Me procuró pronto una servidumbre de lo más adecuada, con la que se llevaba admirablemente, y logró en poco tiempo hacerme preguntar a mí mismo cómo era posible que hubiera podido antes vivir sin ella. Pero nada de eso fue mejor que experimentar esa dulce sensación de no estar solo, en la rutinaria sucesión de los días, cuando la vida avanza sin que uno tenga que ir a parte alguna o regresar a ningún sitio. Me encantaba oírla canturrear por las mañanas o verla en su paz habitual encargarse de las plantas, alimentar a las palomas o bordar plácidamente bajo la gran acacia de nuestro jardín.

Hablábamos mucho los dos. Nos fuimos conociendo sin prisas; descubriéndonos en nuestros paseos, que retomamos, pues nos pareció que les debíamos el habernos encontrado; en la escucha conjunta de una flauta lejana; en las poesías que se sabía y que recitaba para mí cuando se lo pedía; en la contemplación del mar o en el silencio, pues también había silencios. Cada uno contó de su vida lo que quiso. Eso fue como un pacto tácito. Lo demás fue surgiendo solo, poco a poco; sin que la curiosidad exprimiera el pasado, pues el presente tenía fuerza suficiente para mantenerlo todo luminoso, vivo y amable.

Una tarde fuimos junto a la orilla del mar. Fidelia solía ser natural, pero de suyo era pudorosa. No conseguí que se quitara la túnica y que jugara conmigo en el agua. De manera que tuve que conformarme viéndola con la blanca espuma hasta las rodillas, aguardándome muy quieta mientras yo me adentraba nadando hacia donde no se hacía pie.

—¡Félix, por favor, no te alejes más! —la oí gritar preocupada, con las manos juntas a la altura del pecho, como en una piadosa súplica—. ¡Sal ya del agua! ¡Félix!

—¡Anda, tonta! ¿No te dije que me crié junto a un río? —le contesté indolente, antes de lanzarme en veloces brazadas hacia la profundidad.

—¡Félix, no! ¡Por favor, no lo hagas!

Sentí un absurdo e infantil placer mortificándola de aquella manera, e incluso me sumergí aguantando la respiración cuanto pude, para desaparecer de su vista durante un rato e intensificar su temor. No sé por qué me dio por divertirme haciéndola sufrir como un niño travieso. Pero, cuando regresé a la orilla, la encontré impávida, con el terror grabado en los ojos y un temblor en los labios, amoratados. Entonces me arrepentí de haberle hecho aquella pesada broma. Fui hacia ella y la abracé.

—Pero, Fidelia, querida, ¿qué te sucede? Era un juego. No habrás pensado de verdad que... ¡Vamos, reacciona!

Se aferró a mí con un llanto convulsivo, como si verdaderamente me hubiera recuperado de las profundidades. Luego, entre beso y beso, sin ira, me suplicó:

—Félix, cariño, no vuelvas a hacerlo... ¡Por favor! Ha sido horrible. Júrame que no volverás a asustarme de esa manera.

—Claro, querida, claro... Perdóname. Nunca pensé que te lo tomarías así.

Fuimos a sentarnos más allá, en la arena fina caldeada por el sol. Hubo un rato de silencio, mientras ella se calmaba y yo me maldecía por haber hecho aquella estupidez.

—Fidelia —insistí—, por favor, perdóname. No volverá a suceder, lo juro.

—No te culpes demasiado —respondió—. Ya sé que no lo hiciste con mala intención. Pero hay algo que debes saber para comprender por qué reaccioné así.

—Bien, querida, tú dirás.

—A mi padre lo ahogaron en este mar —prosiguió dejando la mirada perdida en el horizonte.

—¡Oh, dioses! —exclamé—. ¿Cómo fue? ¿Quieres hablar de ello?

—Fue horrible, Félix —respondió llevándose las manos a los ojos—. Él era un militar íntegro, alguien demasiado obcecado. ¡Maldita política! Se empeñó en apoyar a Maximino... Pero sus propios hombres le traicionaron. Se dio cuenta cuando era ya tarde, pero aun así pretendió que nos salváramos y... Entonces yo era muy pequeña. Una noche nos despertó a mi madre y a todos los hermanos. Corrimos hacia la playa donde nos aguardaba una nave para huir hacia alguna parte. Sería aquí en este lugar, o más allá, no lo recuerdo muy bien, pero no debió de ser muy lejos de aquí. El caso es que, nada más zarpar, nos dieron alcance los soldados del gobernador de Mauritania que nos habían seguido hasta aquí, hasta Cartago, avisados por algún espía. Cuando mi padre vio que todo estaba perdido, se arrojó al agua y la pesada armadura le condujo enseguida hacia las profundidades. Nunca olvidaré su mirada... Yo le vi lanzarse al mar. ¿Comprendes?... ¡Oh, Dios!

—Ya, ya está, querida —la abracé. Temblaba como una pequeña niña asustada. Creo que revivía aquel momento como si aún estuviera ahí—. Ahora estoy yo contigo y no debes temer nada. Pero desahógate, te vendrá bien para tranquilizarte.

Sollozó un poco más y después se calmó. Estuvimos así, abrazados bajo el suave sol de la tarde durante un rato, escuchando el murmullo de las olas y los gritos espaciados de una gaviota. La sentí mía, desvalida y adorable; saboreé la sal de sus lágrimas y la estreché fuertemente para darle seguridad. Luego fui yo el que deseó que ella supiera algo más de mi vida.

—¿Sabes? —le dije casi al oído—, ya hay una cosa más que nos une. Yo perdí a mi madre siendo todavía un muchacho. También a ella se la tragaron las aguas.

Creo que desde que aquello sucedió no lo había vuelto a comentar con nadie. Fue como si el recuerdo brotara de repente, con toda su realidad. Le conté el suceso, sin ahorrarme detalles: lo que sentí entonces, cuando mi madre fue a celebrar un rito a Isis en una isla del río

Anas, en un día de tormenta; su barca fue arrastrada por el ímpetu de la corriente y ella pereció ahogada, sin que su cuerpo fuera encontrado hasta pasadas muchas horas de búsqueda. Fidelia me escuchó atenta, sin interrumpirme, con los ojos cargados de compasión. Cuando terminé mi relato, fue ella la que tuvo que consolarme a mí, pues debió de darse cuenta de que se me había hecho un nudo en la garganta y casi me habían brotado las lágrimas.

—Mi Félix —comentó con ternura—. Mi adorable y dulce Félix. ¿Sabes una cosa? Hay algo en ti de niño y, ¿cómo decirlo...? Desvalido. ¡Eso! En el fondo, a pesar de tus historias de guerras y tus viajes llenos de peligros, eres como un niño...

—¡Eh! ¡Será posible! —repliqué con falso enojo—. ¿Te crees tú muy madura? ¿Quién lloraba hace un rato como una niña asustada? ¿Me voy otra vez al agua? —amenacé con un ademán de ponerme en pie.

Entonces se arrojó sobre mí y ambos rodamos por la arena, en una fingida pelea que culminó en otro abrazo, más fuerte que el anterior. Juntamos las mejillas y sentí su piel suave, al mismo tiempo que su corazón palpitando contra mi pecho, cuando ella estuvo sobre mí. Una brisa fresca llegó después de que el sol se apagara en la lejanía del mar. Deseé que aquél fuera el último momento de la vida y que todo permaneciera así, quieto, pero encendido de amor.

—¡Qué dicha tan grande haberte encontrado! —le dije al oído—. Eros ha sido muy generoso conmigo.

—Félix, ¿dices eso de corazón?

—¿Lo dudas? Hace poco que estamos juntos, pero empiezo a estar seguro de que eres lo mejor que me ha pasado en la vida.

Ella se separó entonces y me miró con unos ojos transparentes que mostraban un gozo infinito.

—Me alimentaré durante años de esas palabras —comentó—. ¡Gracias por haberlas dicho!

Nos hubiéramos quedado allí toda la vida, pero la brisa empezó a ser más fría y nuestras ropas eran de veraniego lino ligero, de manera que vimos llegado el momento de regresar. Nos sacudimos la arena y emprendimos el camino que subía hasta Cartago. Los pescadores también regresaban con la última luz de la tarde. Arriba, el destello anaranjado del sol permanecía aún prendido de los edificios más elevados que se destacaban contra el cielo azul que se iba oscureciendo. Había una calma deliciosa invadiendo la ciudad baja, con el mar al fondo, surcado como siempre por las naves que llegaban o se alejaban del puerto, y los cientos de farolillos que se encendían en los pequeños establecimientos que humeaban ya ofreciendo pescado asado, frituras y cerveza, cuyos aromas comenzaban a extenderse por la zona portuaria. Fidelia me pidió divertida:

—Félix, cenemos hoy en uno de los puestos, al aire libre, como un matrimonio más de pescadores.

Me pareció una buena idea, pues así podíamos prolongar aquel momento tan especial y, además, era difícil que alguien pudiera reconocernos.

—¿No tendrás frío? —le pregunté.

—Me aguantaré. ¡Me hace tanta ilusión!

Nos detuvimos en el puesto que nos pareció más adecuado, al abrigo de las piedras de la muralla caldeadas por el sol de la tarde, después de ser requeridos por los dependientes de todos los demás establecimientos por los que fuimos pasando.

—Habéis hecho una buena elección, amigos —nos dijo amablemente el dueño, mientras extendía una bandeja de pescados frescos—. Puedo freíros o asaros lo que deseéis y sabed que tengo el mejor *garum* de Cartago.

Nos decidimos por una especie de anguila que se cogía en aquellas aguas y que estuvo deliciosa aderezada con una salsa que nada tenía que envidiar a las de los mejores cocineros de Roma. Pero la cerveza de África siempre me pareció agua lodosa, así que le pedí vino, que el amable dependiente fue a buscar presuroso a una taberna cercana y que no me resultó demasiado malo. Hablamos mucho esa noche; creo que más que en todo el tiempo anterior desde que nos conocimos. Cada uno contó sucesos de su vida, lo triste y también lo alegre. Me di cuenta de que éramos más parecidos de lo que supuse en un principio. También reímos. No recordaba haberme divertido tanto desde hacía años. Ella me hacía joven, y experimentaba a su lado esa deliciosa sensación de no tener que fingir, ni aparentar nada, ni reservarme nada. Creo que una mirada de sus ojos era suficiente para sentir mi alma al descubierto. Al principio nuestras palabras estaban llenas de prisas y urgencias, pero después se fueron apaciguando, hasta que por fin se abrió esa puerta misteriosa y aparecieron los fantasmas de la felicidad. Entonces hubo un momento de silencio y hablaron sólo los ojos. No sé si a ella le sucedió lo mismo, pero yo experimenté ese misterioso vértigo de llegar a creer que nos conocíamos de una vida anterior, o antes aún, de toda la eternidad.

—Fidelia —le pregunté, rompiendo el mágico encanto—, ¿temes a la muerte?

—¡Eh! —se sobresaltó—. ¿A qué viene eso ahora?

—No lo sé. Me vino de repente la pregunta.

Extendió las manos y las situó delicadamente a ambos lados de mi cara, como sosteniéndola.

—¿Y tú, Félix, temes tú a la muerte? —dijo.

—Antes no la temía... Pero creo que ahora sí.

—¿Por qué?

—Porque temería a todo aquello que pudiera separarme de ti, supongo.

Cuando me besaron, sus labios no hablaron de otra cosa que de la vida. Fueron ardientes y palpitantes, y dulces, por un leve resto de aquel vino delicioso.

—Anda, tonto —dijo después—, regresemos a casa; ahora parece que empieza a hacer más frío.

Pasé mi brazo por su talle y solté una moneda sobre el mostrador. Todavía quise apurar mi copa, pero ella ya se había puesto de pie.

—Tienes razón —observé—, soy un tonto. No debería haber estropeado un momento tan hermoso con una pregunta así.

Emprendimos la cuesta de subida a la ciudad alta bañados por una azulada luz de la luna. El fuego del faro ardía allá lejos, enviando reflejos anaranjados al mar. La noche no podía ser más bella.

—¡Nada nos separará! —dijo ella de repente, ansiosa—. ¡Nada, nada, nada...!

## 38

El verano avanzó hacia su fin y el roce del otoño suscitó en mi madurez esa tristeza cósmica que produce la felicidad cuando ya no se es joven del todo. Aunque el sol de África nunca palidece, tanta belleza y tanto amor decaían en mi interior al mezclarse con el amargo omnipresente del destino y la muerte. Con frecuencia me preguntaba por qué tenía yo que ser de esa manera y empezaba ya a estar definitivamente harto de cargar con mis viejos interrogantes. Pero ¿podía acaso librarme de ellos? No sabía en aquel momento cuáles de los recuerdos, que durante los últimos años habían permanecido dormidos en la memoria, retornaban ahora para empañar el presente con el vaho de la añoranza.

Trataba de explicárselo a Fidelia y al principio no me entendía.

—Pero ¿no somos acaso felices? —me decía—. ¿No eres feliz conmigo?

—Sí, claro. Gracias a ti todo es más fácil —le respondía yo, y así lo pensaba de verdad. Pues si no hubiera sido por ella habría languidecido.

—¿Qué es lo que te angustia, cariño? —insistía preocupada—. ¿Echas en falta algo?

—No lo sé... Es muy difícil de explicar.

—Quizás es tu tierra lo que añoras. ¿Te gustaría regresar a Hispania?

—Humm... No creas que no lo he pensado últimamente. Pero ahora eso no puede ser. Decio me confió este puesto y no puedo defraudarle dejándolo. De todas formas, creo que eso tampoco sería la solución. Mi problema es algo profundo... ¿Recuerdas lo que me explicaste aquella vez en el jardín de la casa de Aspasio en Thugga? Sí, mujer, cuando estabas bordando la cierva y el manantial en una tela. ¿Lo recuerdas?

—¡Ah, sí! Te refieres a lo que hablamos acerca del alma que está sedienta y que busca ansiosamente, cuando apenas nos conocíamos.

—Pues eso. No sé de dónde sacaste aquellas explicaciones, pero nada mejor podría expresar cómo me siento.

Ella se quedó en silencio, pensativa. Me resultaba agradable que me escuchara, con tanto interés, con sus tostados brazos desnudos apoyados en la mesa y una expresión honrada y preocupada en la bonita cara, con el liso cabello oscuro recogido a los lados. Pasado un rato, empezó a hablar de cosas que se había reservado hasta entonces.

—Voy a decirte algo que no he contado a nadie. Cuando murió mi anterior marido me hundí totalmente. Todavía no había superado del todo lo de mi padre y otra vez me encontraba sola. Era demasiado. Me negué a comer y la vida perdió interés para mí. Lo único que me hacía mantenerme un poco viva eran mis amigos. Entonces Vitunia me ayudó, ya lo sabes. Durante algún tiempo fui a alojarme a su casa y se portó muy bien conmigo. Pero el mayor beneficio que pudo hacerme fue llevarme a ver a un conocido suyo que sanó mi alma.

—¿Que sanó tu alma? ¿Qué quieres decir?

—Verás. Vitunia, como te he dicho, me llevó a casa de ese hombre, un tal Tascio, con el cual hablé sólo en un par de ocasiones, pero que me infundió una gran fuerza y consiguió que se restableciera en mí el deseo de seguir adelante.

—¿Es un filósofo ese tal Tascio? —le pregunté lleno de interés.

—No exactamente. Es un hombre sabio, eso sí, pero no al estilo de los filósofos. Fue rétor y un abogado eminente, pero un día lo dejó todo, según me contaron, y se dedicó a otras cosas.

—¿A otras cosas? ¿Qué cosas?

—Sí, a cosas religiosas.

—¿Religiosas? ¿Se inició en algún misterio?

—Se hizo cristiano.

—¡Ah, haber empezado por ahí! Ese tal Tascio es un cristiano, ¿no?

—Sí. Tengo entendido que actualmente es como el jefe o el sumo sacerdote de los cristianos de Cartago. Pero no me hagas mucho caso porque no estoy muy enterada. Aunque... Vitunia seguramente podrá darnos más información.

—Pero, dime, ¿qué es exactamente lo que te dijo ese cristiano?

—Humm... Ahora no podría poner muy en claro todo lo que me dijo, pero recuerdo que eran palabras muy convincentes y consoladoras. También impuso sus manos sobre mi cabeza y oró a su manera. Y... una luz nueva entró dentro de mí.

—¡Bah! ¡Cosas de cristianos! —repliqué con desdén—. Yo también conocí a algunos sabios cristianos y me parecieron muy convincentes. Pero luego empiezan con todo eso de la cruz y la muerte cruel de su dios, ese Jesús, y todo se vuelve confuso y absurdo. Sinceramente, hoy por hoy no creo que esa religión pueda resultarme útil.

—Sí —asintió ella—, tal vez tengas razón. Pero yo sólo puedo asegurarte que ese Tascio a mí me ayudó mucho.

—¿Y no has vuelto a verle?

—No.

—¿Y Vitunia? ¿Le ve con frecuencia?

—Sí, de vez en cuando. A Vitunia le gusta mucho enredar en esas cosas. Si no fuera la mujer del gobernador se habría hecho cristiana ya.

No hablamos más del tema. Pero Fidelia debió de comenzar a darle vueltas al asunto en su cabeza, de manera que poco después empezó a frecuentar unas reuniones en la casa de ese tal Tascio. Venía encantada y me contaba lo que él les decía y lo que hablaban en esas tertulias. El caso es que a mí no me parecía mal en absoluto. Siempre que ella se divirtiera y fuera feliz, yo estaba conforme. Pero cosa diferente era que quisiera involucrarme a mí en esos asuntos.

—Deberías venir, Félix —insistió—. ¡Es sensacional! Aclararías muchas de tus dudas y serías más feliz.

—Oh, no, querida, ya te lo he dicho muchas veces. No me interesan los misterios orientales. Ya tuve bastante con ellos en mi juventud. Ahora, con la religión romana tradicional tengo suficiente.

—¡Pero eso no puede llenarte! Es siempre lo mismo.

—Anda, dejémoslo —repliqué—. Disfruta tú con esas cosas, pero a mí no me líes.

Por un tiempo tuve que dejar de lado mis preocupaciones espirituales y dedicarme de lleno a mi cargo de legado. En el sur, más allá de Capsa, algunas tribus nómadas se habían sublevado y habían pasado a cuchillo a todos los efectivos de una guarnición limítrofe. La cosa había empezado a causa de una simple pelea entre familias por la posesión de un pozo en uno de los oasis, para ir aumentando hasta convertirse en una fiera revuelta que, como siempre, terminó viendo en Roma y en el Imperio la causa de todos los males. De manera que tenía que ser implacable, para evitar que el fuego rebelde se extendiera y llegase a convertirse en verdadera amenaza para alguna de las ciudades principales.

Me trasladé a Capsa con la legión y mandé a la flota hasta la isla de Girba, para organizar desde allí un desembarco masivo en Tapacae y cortarle a los rebeldes una posible escapada hacia los desiertos que tan bien conocían. Fue como aplastar hormigas a pisotones. No sé cómo habían llegado a suponer que podían enfrentarse al ejército y salir bien parados. En poco menos de una semana deshicimos la resistencia, arrasamos sus campamentos y exterminamos a todos los sublevados. Las mujeres y los niños fueron conducidos a Adrumetum, como un rebaño lloroso, para ser embarcados con destino a diversos puertos donde serían vendidos. Y también fueron capturados medio centenar de cabecillas que llevé a Cartago para exhibirlos en los festejos que el gobernador venía preparando hacía tiempo para exaltar al nuevo emperador.

Cuando llegué a la capital al mando de las tropas, con un amargo regusto por la crueldad de aquella misión, fui recibido como un jefe victorioso por la multitud deseosa de jolgorios que salió a las plazas sabedora de que pronto podrían disfrutar de unos buenos espectáculos públicos.

Por la noche, en la cena que se dio en la residencia del gobernador, Aspasio me felicitó eufórico delante de todos los magnates de la ciudad. Pero después del brindis, cuando fui a sentarme a su derecha, no pude evitar manifestarle mi malestar.

—Ha sido demasiado fácil —le comenté—. No es lo mismo enfrentarse a un ejército de poderosos godos bien armados que despedazar a unos cuantos cientos de nómadas extenuados por las sequías de su ardiente desierto. No, no me gustan este tipo de campañas. Prefiero la guerra abierta a las operaciones de castigo. Y, por lo que empiezo a ver, mi tarea aquí no va a ir más allá de perseguir nómadas harapientos.

—¡Hombre, no te quejes! —protestó Aspasio—. Esto no deja de ser una victoria y te dará prestigio, tanto aquí, en Cartago, como en Roma.

—Lo siento, Aspasio, no puedo evitarlo. Me acostumbré en el Danubio a otro tipo de guerra.

—Bueno, bueno, no seas tan negativo. ¿Qué más quieres? Dentro de unos días inauguraré los juegos. He traído fieras abundantes para que durante dos semanas el anfiteatro no pare de ofrecer los mejores espectáculos; gladiadores, compañías de teatro y, como comprenderás, esos cincuenta jefes rebeldes nos vienen de maravilla para darle carnaza al pueblo. ¿Qué más podemos pedir? Nos está saliendo todo de maravilla. Cuando se sepa en Roma, Decio estará contento.

—No sé...

—¡Vamos, Félix, no pongas esa cara! Eres un héroe. Compórtate como tal. Bebe y disfruta. Tienes una mujer muy hermosa. ¿Te vas a amargar por haber cumplido tu deber?

Me pareció que Aspasio tenía razón. Bebí y traté de divertirme. No era muy difícil dejarse seducir por los halagos de tanta gente importante.

Dieron comienzo los juegos. Aquello no era Roma, pero en Cartago sabían organizar las cosas a su manera. La procesión que abrió los *ludi* circenses fue precedida por una banda singular de músicos a los que seguía el carro adornado donde iba montado el gobernador, rodeado de personas vestidas de blanco y seguidos por las imágenes de los dioses con las asociaciones y colegios sacerdotales que les correspondían. En lugar preferente iba la estatua de Decio que fue aplaudida y ovacionada a rabiar por la multitud durante todo el recorrido. A mí me correspondió presidir el desfile triunfal, al frente de mis oficiales, a caballo y seguidos por una representación de la legión que arrastraba a los cautivos rebeldes, cargados de cadenas, abucheados y escarnecidos por la gente que veían realizado su mayor placer humillando aún más a aquellos desdichados.

Cartago contaba con una buena escuela de gladiadores, pero, para darle mayor interés a los juegos, se trajo a luchadores de Preneste, Rávena y Alejandría, que eran entonces los más afamados. Me imagino que los gastos de los contratos con los *lanistae* y los traslados de los hombres y la impedimenta debieron de suponer una verdadera fortuna. Sin embargo, las representaciones teatrales fueron pobres y poco lucidas. Las compañías concedieron demasiado al gusto de la época y abundaron las obscenidades en el mimo. Ni siquiera la única tragedia que se representó puede decirse que estuviera a la altura de la ciudad tan importante que era Cartago.

En cambio, en el anfiteatro, en los juegos de fieras no se escatimó. Y no era para menos, pues estábamos en África, donde tenían su sede los principales negocios de este tipo de espectáculos, y de donde partían los animales para los juegos de Roma y de otros lugares relevantes.

Había oído decir que Pompeyo preparó en Roma una lucha de quinientos o seiscientos leones, dieciocho elefantes y otros cuatrocientos diez animales salvajes traídos desde África. Y también que en una cacería preparada por Augusto se mataron treinta y seis cocodrilos en el circo Flaminio, inundado para el propósito. Se cuentan todo tipo de historias al respecto; como que Calígula preparó una lucha entre cuatrocientos osos e igual número de bestias salvajes africanas. No puedo imaginar cómo sería un espectáculo de ese tipo. En cierta ocasión, durante los juegos del milenio de la fundación, vi el *venatio* de animales salvajes en el anfiteatro Flavio: grandes felinos, toros y osos enfrentados a hábiles cazadores, entrenados a los efectos; que terminaban con la emoción de ver sometidas a las bestias, aunque también había heridas y muertes entre los hombres. Pero lo que habían organizado en Cartago era una exhibición sanguinaria capaz de poner los pelos de punta a cualquiera.

Por mucha emoción que tuvieran tales escenas, siempre preferí el teatro. Creo que en ello influyó el gusto personal de mi abuelo Quirino, educado como estaba en el alma del estoicismo, que siempre condenó severamente estas frivolidades. Por eso no sentí sino repugnancia cuando un centenar de cautivos, entre los que estaban los nómadas capturados por mi ejército, fueron obligados a enfrentarse, de forma imperfecta o casi indefensa, sin entrenar y con pobres armas, a la furia de leones, panteras y elefantes azuzados por el hombre o aguijoneados con hierros candentes. Me pareció algo horrible y una náusea se pegó a mi garganta para terminar de amargarme los festejos.

Fidelia se negó a ir al anfiteatro. Vitunia y ella estaban cada vez más iniciadas en el misterio cristiano y ese Tascio era absolutamente contrario a los juegos de gladiadores y fieras. Me alegré de que mi mujer se ahorrara la sanguinaria escena. Pero Aspasio no estaba del todo conforme. Él era el gobernador, y la ausencia de su esposa en el palco que reunía a las autoridades no dejaba de ponerle en cierto compromiso.

—Me da igual que se haga cristiana —me comentó con disgusto—. No tengo nada contra los cristianos, ya lo sabes. Pero me fastidia que esa religión altere nuestras costumbres.

—Bueno, bueno —traté de calmarle—. A mí tampoco me gustan demasiado algunos de estos espectáculos. Cada día hay más gente que empieza a mirar mal toda esa sangre absurdamente derramada.

—¡Qué estupidez! —replicó—. Y también hay mucha gente que disfruta con ello. Así ha sido siempre y así será siempre. ¡Qué estúpida manera de amargarse la vida! ¡Qué tendrá que ver la religión de uno con los juegos!

Esa misma noche, el día que terminaron los *ludi*, quise hablar de ello con Fidelia. Le conté la conversación que Aspasio y yo habíamos mantenido y me interesé por conocer su opinión.

—Félix —observó—, esos juegos son inhumanos y crueles. Ya te dije que no soporto esa manera de divertirse.

—Sí, querida, yo te entiendo. A mí tampoco me gustaron nunca demasiado. Me parece muy bien que no acudas si no es de tu agrado. Pero me preocupa que alguien pueda meterte pájaros en la cabeza.

—¿Qué quieres decir?

—Ese Tascio —dije al fin—; no le conozco...

—¡Ah, es eso! Querido, ¿qué te preocupa? Ya te he contado todo lo que hablamos en esas reuniones. Tascio, como otros cristianos y mucha gente de bien de Cartago, piensan que es un sinsentido y una barbarie atroz organizar juegos para que la sangre apaciente la crueldad de los ojos. En el fondo, es lo mismo que tú piensas, ¿no?

—Sí, pero hay algo más —repliqué—. Tampoco has ido al teatro. Ahí no había ni crueldad ni sangre.

—¿Para ver las mayores obscenidades? ¿Para tener que soportar el lamentable espectáculo de enanos y mujeres rebajados a lo más depravado? ¿Para ver a la gente reírse viendo representar las torpezas, vicios e incestos y toda clase de ignominias contra las leyes de la naturaleza?

—¡Querida, son representaciones! ¿Qué mal pueden causarte?

Me miró con unos ojos alterados, entre suplicantes y angustiados. Se acercó más a mí y me cogió las manos entre las suyas.

—Félix —dijo—, sólo quiero sentirme bien. Quiero sentir la gran dignidad de mi alma y de la tuya... De la de todo hombre. Este mundo nuestro está contaminado. ¿No lo ves?

—¡Ah! ¿Es eso lo que te ha dicho ese Tascio? —me enojé—. ¿No ves que ése es el sistema de todos esos predicadores? ¡Claro, así es muy fácil! El mundo contaminado, ponzoñoso, pernicioso... Y ellos los únicos puros y perfectos... ¡Vamos, esa historia ya me la sé!

—No, querido, te lo ruego, no te enfades —suplicó—. Quisiera que tú le escucharas. No puedes juzgar lo que no conoces. Por favor, acompáñame a una de las reuniones. Conoce a Tascio y después podremos hablar.

—Pero, Fidelia —le dije más calmado—, no estoy enfadado. Lo que pasa es que yo ya he tenido contacto con hombres de ese tipo y...

—¿Te hicieron acaso algún mal?

—No, ningún mal.

—¿Entonces?

—Es difícil de explicar... No sé. Hay algo dentro de mí que me impide aceptar las doctrinas de esa gente.

—¡Pero, por Dios, qué tienen de malo! —replicó ella—. ¿Es malo acaso descubrir la dignidad que tiene el alma?

—Bien, bien, querida, dejémoslo —le pedí—. No tengo nada en contra de esas reuniones tuyas con cristianos. Por mí, puedes seguir asistiendo. Lo importante es que tú y yo seamos felices.

—¡Oh, Félix, gracias! —exclamó rodeando mi cuello con sus brazos—. ¡Eres tan bueno!

La abracé. No quería hacerla sufrir ni un momento. Pero no estaba dispuesto a que nadie sembrara en su alma dudas o temores.

# 39

—Bueno, ¿qué quieres saber acerca de ese tal Tascio? —me preguntó con disposición Aspasio cuando fui a verle al palacio del gobernador.

—Todo lo que puedas decirme —respondí. Había estado preocupado desde mi discusión con Fidelia y decidí que no pasara ni un día más sin abordar el asunto.

—¿Te interesa tanto ese rétor cristiano?

—A mí, no demasiado, pero sus enseñanzas están afectando a Fidelia y eso...

—¡Ja, ja, ja...! —rió, encogiéndose de hombros—. ¡No te preocupes, hombre! Ya ves, mi mujer también acude hace tiempo a sus reuniones y yo, aunque soy el gobernador, no le doy la más mínima importancia.

—Pues el otro día, en el anfiteatro, estabas enfadado porque no había acudido a los juegos de fieras.

—Sí. ¿Y qué? —observó indiferente—. Porque me parecía una cabezonería absurda de mujeres. Tampoco a Vitunia le gusta que yo vaya de caza y, aunque se enfada, las cosas cambian poco.

—No, no, Aspasio, creo que no me has entendido. A mí no me preocupa en absoluto si nuestras mujeres son o no contrarias a los juegos de fieras y gladiadores. Ya sabes que yo no soy muy partidario. Lo que me inquieta es que Fidelia puede entrar en una determinada concepción de la vida. Ese predicador, al parecer, tiene una personalidad muy fuerte y puede llegar a convencerla de verdad.

—Bueno, ¿y qué? —dijo con gesto despreocupado—. Es una diversión más. Ellas no tienen guerras, ni cacerías. ¡Déjalas que se diviertan a su manera! Aquí en Cartago estamos acostumbrados a que la gente crea en lo que más le guste. Esto no es Roma, amigo mío.

—Pero, Aspasio, ¡cómo puedes decir eso! ¿Y si se hacen cristianas?

—Pues se hacen.

—¿Eh? ¿No te importa?

—Hombre, sí, pero no demasiado. Mira, querido amigo, ya te dije que aquí en Cartago la gente, llamémosle, «importante» es de Isis o de Tanis, de Cibeles o de... ¿Qué más da? En su vida privada pueden seguir la religión que quieran. Lo importante es que en público veneren a la *dea Roma* y al divino emperador y que los viejos dioses, los de siempre, sigan en sus pedestales. ¿No es eso lo que quiere Decio? ¿No es lo ideal para nuestro Estado?

—Bueno, visto de esa manera...

—Pues, entonces, no te preocupes, hombre.

—Pero ese Tascio... —insistí.

—Bien, bien, te hablaré acerca de él, si es lo que quieres. Ese tal Cecilio Cipriano, apodado Tascio, es cartaginés de nacimiento. Tendrá unos cuarenta años y su familia es rica, creyente en los dioses de Roma y culta, perteneciente al mejor círculo de potentados del África proconsular. Yo conocí bien a su padre y tanto él como sus hermanos son buenos amigos míos.

—¿Es posible? —le interrumpí.

—Sí, pero déjame terminar, yo te iré explicando. Tascio se educó de la mejor manera que un joven puede pretender: pasó por los estudios menores, superiores y después cursó la retórica y las leyes, como camino para prepararse hacia las dignidades sociales y políticas a la moda de nuestros tiempos. Ejerció como abogado; muy brillante, por cierto; y ganó gran fama como enseñante en la mejor escuela local. Hoy día, incluso, sus escritos son altamente valorados y se distribuyen en numerosas copias por la ciudad. Ganó mucho dinero y no rehusó las ventajas de su fortuna: el lujo, las comodidades, los placeres y los honores. Yo mismo lo encontré en numerosas fiestas cuando ambos éramos más jóvenes; y, créeme, era uno más.

—¿Quieres decir que se convirtió de repente al cristianismo? —le pregunté, sin salir de mi asombro.

—Exacto.

—¡Cómo es posible, siendo tan culto!

—¡Ah, amigo! ¿Ves cómo son las cosas en Cartago?

—Me dejas asombrado. Prosigue, por favor.

—Sucedió como suele pasar: conoció a un maestro cristiano, un presbítero, un tal Ceciliano o Cecilio, no sé... El caso es que éste le dirigió hacia ciertas lecturas y fue su pedagogo en las materias de esa religión. De él tomó su otro nombre, ¡tanto aprecio le tenía!, y por su parte el tal Ceciliano le encomendó a su muerte el cuidado de su mujer e hijos, según se dice por ahí.

—¿Y Tascio se pasó definitivamente a la religión cristiana?

—Totalmente. ¡Qué cosas! ¡Habiendo sido gran cumplidor del culto romano y defensor de los dioses como profesor!

—Vaya, vaya —comenté—. Ahora comprendo que tenga tales dotes de convicción como dicen.

—Es buena persona, créeme. Es un ciudadano inteligente que comprobó con disgusto los vicios de nuestro tiempo: la inmoralidad pública y privada, la corrupción en el gobierno y la administración, el declive del Imperio...

—Pero bien pudo dedicarse a la política —repliqué—, con las dotes de que gozaba, en vez de sumergirse en los oscuros misterios de la secta hebrea.

—Bueno, dicen que no deja de hacer el bien.

—¿Qué bien?

—Ayudar a necesitados, socorrer a viudas, procurar sanación a enfermos, consolar a los tristes... En fin, todas esas cosas que hacen ellos.

—Ya comprendo. Su dichosa manía de solucionarle la vida a los demás.

—Sí —declaró Aspasio con voz tranquila—. Predican el amor al prójimo, ¿no?

Pero, dime una cosa —quise saber , ¿qué pasó con su familia y sus amigos? ¿Cómo se tomaron ese cambio?

—Como te dije, su vida precristiana estaba ligada a la amistad de hombres de alta posición. El mismo Cipriano quedó aturdido por la reacción que se produjo entre sus más allegados. Pero él siguió adelante y se sintió tan profundamente cristiano que se propuso dejar todo lo que pertenecía a su vida anterior. Vendió sus bienes y distribuyó el dinero que obtuvo entre los pobres.

—¿Todo?

—Algo se reservó para seguir haciendo sus buenas obras. Pero lo más extravagante es que hizo voto de continencia.

—¿Eh? ¿Qué es eso?

—Nada, nada, nada de mujeres ni placeres carnales de ningún tipo.

—¡Qué estupidez!

—Cosas de cristianos —sentenció él —. Pero no creas que se aisló de Cartago; por el contrario, sigue conservando buenos lazos con sus conocidos e incluso goza aún de cierto prestigio logrado por su talento de gran rétor y buen maestro. No es un cualquiera Tascio Cecilio Cipriano. No es por eso extraño que poco después de su conversión fuera elegido por los propios cristianos como presbítero primero y después obispo de su comunidad.

—Claro, no creo que abunden entre ellos los hombres con tal carrera y preparación —observé.

—Así que, querido Félix —añadió él—, ya sabes con qué clase de hombre se reúne Fidelia. Como ves, no se trata de un tontaina charlatán.

—¡Quiero conocer a ese Tascio! —dije de repente—. ¿Podrás presentármelo?

—Naturalmente. Pero... no pretenderás ir a su casa, a una de sus reuniones. No estaría bien que tú y yo nos presentásemos allí.

—¿Entonces...?

—Le citaré aquí. Le conozco y siempre ha habido cordialidad entre él y yo. No se negará a acudir a una cita con el gobernador. Le invitaremos a una cena y podrás hablar con él cuanto desees.

—¡Magnífico!

—Invitaremos también a las mujeres —añadió él—. Se alegrarán.

Cuando se lo conté a Fidelia, se entusiasmó. Agradecida, se tiró a mi cuello y me cubrió de besos. Enseguida, comenzó a ponderarme lo buena idea que había sido tal decisión y cogió la carrerilla de relatarme una vez más las virtudes del tal Tascio.

—Bueno, bueno —la retuve—. Que quiera conocerle no significa nada. Ya sabes lo que pienso de los cristianos y nadie me va a convencer al respecto.

—¡Pero, Félix, te alegrarás! —exclamó entusiasmada—. Te conozco bien y sé que ese encuentro sólo puede beneficiarte. ¡A ver si se aclaran de una vez por todas esas angustias tuyas!

—Anda, cariño —le dije—, no seas tan ingenua. ¿No querrás decirme que tus dudas se han disipado en las reuniones tenidas con ese hombre durante poco más de dos meses?

—¿Cuándo será el encuentro? —me preguntó ella.

—El próximo jueves.

—Pues después del jueves hablaremos.

# 40

La primera impresión que recibí al encontrarme frente a Tascio Cecilio Cipriano fue de sorpresa y, por qué no decirlo, desconcierto. Generalmente asimilamos talento, sabiduría y cultura con canas, calvicie o poca gracia en el rostro. Tascio era completamente diferente a la pobre imagen que me había hecho de él. Por el contrario, a pesar de sus cuarenta años pasados, sus ojos grandes y brillantes no habían perdido aún la chispa de la juventud; había, eso sí, algunos surcos en su amplia frente y en su delgada cara; y conservaba todo el cabello oscuro, liso, con sólo algo de ceniza en las sienes que realzaban su aire interesante. No era corpulento, siendo de buena estatura, pero su cuerpo tenía la firmeza y las formas propias de haberse ejercitado en la palestra. Y mi primer desbocado pensamiento ante tal presencia física fue como una infantil ráfaga de celos. Algo así como percibir de repente que nuestras mujeres estuvieran más encandiladas con el maestro que con su doctrina. Entonces se me escapó una mirada hacia Fidelia; pero me volví rápidamente, furioso conmigo mismo por dejarme sorprender.

Yo fui el último en llegar a casa de Aspasio, a causa de un inesperado asunto en el pretorio, y los cuatro estaban ya alrededor de la mesa, echados en los triclinios, de manera que tuvieron que incorporarse cuando entré en el salón íntimo donde se iba a servir la cena. Tascio permaneció de pie esperando a que se hicieran las presentaciones, sonriente y sereno, pero era imposible distinguir nada en él de forma inmediata, como no fuera su patente buena presencia y la confianza que solía acompañarle; era como tratar de leer algo impreso en una superficie que deslumbrara.

—Turno Quintilio Félix —me presenté yo mismo—, *praefectus legionis* de Cartago.

—Cipriano —respondió él.

La situación no era de las que se prestaban a palabras; todo dependía del tipo de persona que fuera Cipriano. Decidí esperar a que él rompiera el hielo. Pero fue Aspasio el que deshizo la leve tirantez, diciendo:

—Bueno, bueno, sentémonos.

—¡Vamos, a la mesa! —añadió Vitunia—. Quiero que probéis los mariscos que escogí yo misma esta mañana en el mercado del puerto.

No dejaban de llamarme la atención los caracoles *(murex)* que jamás faltaban en una buena mesa de Cartago, así como las ostras, exquisitas, que se servían siempre al principio, en el *promulsis*, con su peculiar mezcla de vino oscuro y miel, para preparar el estómago para los demás platos y los vinos más ricos. También destacaré las pintadas, que abundaban en los corrales o libres en los campos, deliciosas en especiadas salsas de almendras y ciruelas o enteras, asadas y rellenas de castañas, uvas y aceitunas.

No recuerdo bien cómo se inició la conversación, pero sí que pronto salió el tema del emperador, Roma y el nuevo orden de cosas que parecía por fin despuntar en el horizonte. Aspasio discurseó a sus anchas sobre lo bien que iba todo ahora y ponderó la buena idea de nombrar un censor, como en los viejos tiempos del Imperio, para asegurar el orden y el cumplimiento de las leyes. Pero no tardó mucho en ser evidente el motivo de la invitación a la cena: queríamos sostener una conversación con Tascio y conocer sus opiniones sobre diversos asuntos entre los que también entraba el Estado, el emperador y, por consiguiente, la visión de los cristianos acerca de la unidad del Imperio y los peligros conocidos que la amenazaban en las últimas décadas. Por eso, con resolución, intervine:

—Opino que es a partir de finales del reinado de Severo Alejandro cuando empezaron los problemas serios. Comenzó entonces un proceso de guerra en dos frentes que no podía ser sino desastroso en los últimos años. Por un lado, la nueva dinastía persa, los sasánidas, donde antes amagaban los pastos, y por otra parte, en el Danubio, se ha ido formando un cinturón continuo de tribus enemigas: sajones, francos, alamanes, marcomanos, cuados, sármatas, yácigas... En fin, lo que últimamente se está denominando «el peligro godo».

—Bueno, nuestro prefecto Félix sabe bien de todo eso —explicó Aspasio mirando a Tascio Cipriano—. Fue embajador de Filipo en la corte de Sapor y, recientemente, su vida militar ha transcurrido en Panonia, en el frente del Danubio. Allí cosechó los méritos que le han valido su actual puesto en nuestra provincia.

—Te felicito de corazón —me dijo Tascio, con una sincera sonrisa y una reverente inclinación de cabeza—. Eres joven para tantas vivencias.

—Gracias —asentí—. Los dioses han sido generosos conmigo. —Y proseguí—: Como decía, esa presión en dos frentes trajo consigo los problemas que ha sufrido el Imperio. Un emperador no podía estar en más de un teatro de operaciones al mismo tiempo, y que algún subordinado defendiera exitosamente una frontera distante podía conllevar su elevación al trono por parte de los militares como emperador rival. Y a la inversa, el fracaso militar de un emperador era probable que le acarreara la muerte a manos de sus propias tropas.

—¡Efectivamente! —corroboró Aspasio—. Menos mal que un hombre inteligente e íntegro ha sido capaz de ver eso. Decio sabrá poner fin a la nefasta sucesión de efímeros emperadores.

—Pidamos a Dios que así sea —dijo Tascio—. Pero..., y perdonad mi desconocimiento en esta materia, ¿podemos estar seguros de que los pretorianos se conformarán definitivamente? ¿Se estará ahora quieto el ejército?

Aspasio y yo nos miramos. Él debió de notar nuestro estupor, así que se explicó con más palabras:

—Quiero decir, nobles amigos, que, al fin y al cabo, Decio es un militar, ¿no?, salido también del mismo ejército que Maximino o Filipo el Árabe...

—¿Eh? —balbució Aspasio— ¿Cómo...?

—Bueno, seré más directo —prosiguió Tascio—. ¿Tan seguros estáis de que con Decio se resolverán definitivamente los problemas? ¿No tendremos que asistir pronto a otra revuelta, otro magnicidio y otro nuevo emperador?

—¡De ninguna manera! —le contesté con vehemencia—. Decio es diferente. Él nada tiene que ver con sus predecesores.

—¿Por qué? —preguntó él, con gesto sereno.

—Porque está hecho de otra pasta —respondí con rotundidad—. Yo le conozco bien, muy bien. Decio fue senador, de la vieja clase. Él lleva Roma en su sangre. Es un hombre noble, seguro, honesto y, sobre todo, frío. No es un pelele capaz de doblegarse a los caprichos de Oriente, ni a las alucinaciones de las sectas que proliferan, ni al lujo, ni a los nuevos dioses que adormecen el espíritu con sus absurdas consolaciones y sus misterios de muertos y resucitados —dije aquello a conciencia, para quedarme encima de él, pues me había molestado su duda hacia Decio. Y, sintiendo placer al escucharme a mí mismo, añadí—: Aunque, naturalmente, un emperador así resulta molesto para los sectores que tratan de vivir a su aire, desdeñando las antiguas y buenas costumbres de nuestra civilización.

—Perdona —preguntó él—, ¿dices eso por nosotros, los cristianos?

—Ya que lo preguntas, sí —respondí rotundamente.

—¿Y por qué piensas eso? —quiso saber él.

—Porque es evidente —contesté—. Ha habido emperadores en las últimas décadas que han hecho mucho daño al Imperio a causa de sus errores en materia religiosa: los Severos se vieron influidos por mujeres orientales que quisieron llenar Roma de devociones exóticas; por no hablar de Heliogábalo, ¡ese descentrado! Últimamente, Filipo el Árabe, nadie sabe qué creencias profesaba, porque quiso contentar a todo el mundo. ¡Qué grave error! Pero creo que ningún grupo ha causado tanto desconcierto como la actitud ante la vida de los cristianos.

—¡Félix, por favor! —saltó Fidelia—. No hemos venido a discutir.

—¡Oh, no! —pidió Tascio—. No me importa escuchar lo que piensa Félix. Te lo ruego, amigo, continúa; me interesa mucho lo que dices.

—¡Naturalmente! —proseguí—. Nos hemos juntado para exponer nuestras ideas. Pues bien, como decía, opino que nadie como los cristianos han contribuido a la decadencia y a la corrosión interna de nuestra cultura. Esa secta, como ninguna otra, se empeña en crear un mundo aparte; con su propia jerarquía, sus normas, sus prohibiciones y su manera de juzgar nuestro mundo.

—¿Y eso es un mal? —preguntó él.

—¡Claro! —respondí—. Eso es el mayor mal. A los cristianos les oí decir: «Una sola fe, un solo bautismo, un solo Señor.» ¿No es eso como replicar contra nuestra única Roma, nuestro único Imperio, nuestro único emperador?

—Oh, no, de ninguna manera —replicó finalmente Tascio—. Nosotros oramos continuamente por el emperador. Quienes piensan que no nos preocupamos en absoluto de la salud de los césares se equivocan. Nuestras Escrituras, que nosotros mismos no ocultamos y por muchas circunstancias caen en manos de extraños, son para nosotros la palabra de Dios. En ellas se nos manda, para plenitud del bien, orar a Dios por ellos.

—¿Ah, sí? —preguntó Aspasio con interés— ¿Qué dicen esas escrituras?

Tascio Cipriano irguió la cabeza y recitó de memoria:

—«Orad por los reyes, por los príncipes y por las autoridades a fin de que todo sea tranquilo para vosotros.» Y así lo pensamos, porque cuando el Imperio está alborotado, se alborotan todos sus miembros y, ciertamente, también nosotros, aunque ajenos a los tumultos, nos encontramos implicados. Nosotros respetamos en los emperadores el juicio de Dios, que los puso al frente de los pueblos.

Pensé que era demasiado listo, y que quería condescender, para no quedar mal con nadie y así ganarse a todos. Así que decidí ser más directo y ponerle en un apuro.

—¡Vamos, Tascio! —le dije—. Nadie ha visto jamás a un cristiano llamar «Señor» al emperador.

—Porque creemos que su nombre es «César» —contestó—. Y es mejor llamarlo así, puesto que ha sido constituido como tal por nuestro Dios.

—¡Pero bueno! —repliqué—. De manera que él está donde está porque vuestro Dios así lo quiere. ¡Vamos, hombre!

—Así es —dijo él—, porque, aunque tú no lo creas, le consideramos nuestro emperador. Así pues, en cuanto que es mi emperador coopero más a su salud: porque le suplico a aquel que puede concederla; y también porque, atemperando la majestad del César colocándola bajo la de Dios, lo encomiendo más a Dios, al único que lo someto, sin embargo, sin hacerlo par.

—Entonces —concluí—, el César no es Dios para vosotros.

—No llamaré Dios al emperador, porque no sé mentir —observó, llevándose la mano al pecho—. Porque no me atrevo a reírme de él, porque ni él mismo creo que se considere Dios. Si es hombre, le interesa someterse a Dios. ¡Bastante tiene con llamarse emperador! También es grande ese nombre. Lo niega como emperador quien lo llama dios: si no es hombre, no es emperador. Incluso cuando va triunfante en su magnífica carroza, se le advierte que es hombre. En efecto, detrás lleva un esclavo que le sostiene la corona y le susurra por la espalda: «¡Mira detrás de ti! ¡Acuérdate que eres hombre!» Porque ciertamente se alegra tanto de resplandecer con una gloria tan grande, que se le hace necesario que le recuerden su condición.

—Eso que dices es muy razonable —comenté—. Desde luego, yo también considero que él es un hombre. Pero llamarle Señor es una forma de hablar. Él representa la soberanía y la grandeza de Roma; la divinidad de nuestra civilización que por voluntad de los dioses brilla más que ninguna. ¿O son acaso esos judíos a los que seguís los elegidos, como ellos mismos se creen? Desde luego, la historia no dice eso. Hoy son un pueblo sometido, dispersado y humillado. ¿Dónde está su Dios? Ya no tiene reyes, ni profetas, ni templos... Su Dios, según creo, es el mismo de vuestras Sagradas Escrituras. Y no vendrás a decirme que ahora os creéis vosotros, los cristianos, los elegidos...

Cipriano tomó algún sorbo de vino. Le vi conforme con entrar en la discusión. Relajado, y con tranquilidad, dijo:

—En efecto, en un principio los judíos fueron favorecidos por Dios; fueron justos en el pasado, y por eso sus antepasados habían guardado su religión. De ahí provino el estado floreciente de su nación y la propagación maravillosa de su linaje. Pero después se hicieron desobedientes y engreídos por las glorias de sus padres, al despreciar los preceptos divinos, perdieron los favores que antes habían recibido. Sus costumbres profanas y las ofensas que infligieron a la religión las atestiguan ellos mismos, que, si las callan con la lengua, las confiesan con sus vicisitudes y su paradero. Andan dispersos y desparramados de acá para allá; prófugos de su tierra y de su clima, tienen que acogerse a la hospitalidad de tierras extrañas.

—O sea que fue la justicia de vuestro Dios lo que los sometió a tal destino. Antes arriba y después abajo. ¿Cómo se puede confiar en un Dios así? —observé.

—No, no —contestó él—. Ellos se buscaron la ruina. Fueron libres para elegir su destino. Los reinos están sujetos a la volubilidad de la suerte. Y así, primero reinaron asirios, medos y persas. Y sabemos que reinaron griegos y egipcios. Así pues, también tocó a los romanos su turno del poder, como a los demás.

—¿Insinúas que nuestro Imperio es sólo fruto del azar? —protestó Aspasio— ¿Y Rómulo y Remo?

—Bueno —sonrió Cipriano—, eso es leyenda. Por otra parte, qué vergüenza si te remontas al origen de nuestra Roma. Su población se fue formando de gavillas de malvados y salteadores, y, sirviendo de asilo, hace crecer su número la impunidad de los crímenes; y para que el mismo rey lleve la preeminencia en el crimen, Rómulo comete parricidio. Además, para contraer matrimonio, dan principio a una concordia contra la discordia. Roban, saquean, engañan para aumentar la población; celebran bodas, rompen las leyes de la hospitalidad y entablan crueles guerras con sus propios suegros...

—¡Eh! —le interrumpí—. ¡Cómo te atreves a hablar así de nuestros orígenes! ¿Y las instituciones, la vieja monarquía, nuestras leyes...?

—Asuntos humanos, nada más —contestó—. Pero de ninguna manera acción y voluntad de ídolos.

—¡Nuestro Imperio se fundó siguiendo los auspicios de los dioses! —exclamó Aspasio exaltado.

—Nada de eso —negó Cipriano—. Entre los romanos, el consulado es el mayor grado de las dignidades, ¿no es así?; y el consulado tuvo sus principios como la monarquía: Bruto mata a sus hijos para recomendar con un crimen el prestigio de la dignidad. Así pues, no progresó la nación romana gracias a los auspicios, ritos religiosos y agüeros, sino que sigue el turno que le toca a plazo fijo, como un reinado humano más. Por el contrario, Régulo observó los auspicios y fue aprisionado. Mancino también guardó los ritos y pasó bajo el yugo. Paulo, que tuvo igualmente el augurio de los pollos que comían normalmente, fue, sin embargo, derrotado en Cannas. Cayo César, a pesar de la oposición de los augurios y auspicios para que no pasase a África sus naves antes del invierno, los despreció y pasó con toda facilidad y obtuvo la victoria.

—No sé adónde quieres ir a parar con todo eso —repliqué.

—Pues a que nuestros emperadores no son dioses —sentenció—. En un principio fueron reyes que, en memoria de su realeza, empezaron a ser venerados entre su pueblo después de su muerte. Más tarde se irguieron templos para su culto; luego estatuas para que sobreviviera en su efigie la imagen de su fisonomía; les inmolaban víctimas y celebraban fiestas en su honor. De este modo aquello que los primeros consideraron como solaz, los posteriores lo convirtieron en cosa sagrada.

Ante tales argumentos, tan bien expuestos y tan contundentes, uno se quedaba desconcertado. Desde luego Tascio Cipriano no era un cualquiera. En su vasta cultura entraba toda la historia de Roma, con un examen juicioso y una visión moderna y serena. Él no era un hombre vehemente y fanático como pensé en un principio. Me di cuenta de que era inútil luchar contra su oratoria fluida y precisa. Aun así, con pasión, le dije:

—Mira, Cipriano, todo eso que has expresado suena muy bien y es coherente y sincero. Pero también tu religión está plagada de cosas absurdas e incompresibles que de ninguna manera podrán calar en nuestra civilización. ¿Qué es eso de que vuestro Dios tenga que morir en una cruz para alcanzar la salvación de los hombres? ¡Qué necedad! De manera que el Dios de los cristianos quiere el bien de la humanidad, pero calla y soporta impasible el sufrimiento y el dolor.

—Eso, querido Félix —respondió mirándome fijamente—, es algo que yo no puedo explicarte ahora, con pocas palabras; es una sabiduría profunda que viene directamente del corazón de nuestro Dios y que, efectivamente, es una necedad y una locura a los ojos de los hombres. Porque Dios no mira el mundo como nosotros, que nos aferramos a lo que vemos como si fuera lo único existente. La mirada de Dios es más amplia y va más lejos. Y él, como Dios que es, se reserva su misterio.

—¡Pero, Cipriano! —repliqué—. ¿Cómo se puede creer en un Dios tan oculto y tan distante? Yo estuve en Roma, presente en la exaltación de la divinidad del nuevo emperador, en el Panteón. Aquello sí que era grande y majestuoso. Los dioses estaban ahí con todo su poder para dar fuerza y dignidad al nuevo soberano.

—Y ¿cuánto durará eso? —dijo—. ¿Acaso crees que estarán seguros y estables, aun entre las magnificencias de dignidades y poderíos, aquellos que, brillando con el esplendor del palacio regio, están rodeados de una escolta de guardias armados y vigilantes? Ésos precisamente tienen más miedo que los demás. Se ven en la necesidad de temer tanto cuanto ellos mismos son temidos.

La discusión no llegaba a ningún acuerdo y se hizo muy tarde. Cipriano se puso en pie y paseó su mirada en derredor. Con un suspiro dijo:

—Bueno, amigos, siento que hayamos disentido. Pero, gracias a Dios, tenemos lengua e inteligencia para poder expresar lo que sentimos. Por mi parte, pensad que os comprendo, y que de ninguna manera siento que esta discusión aleja mi corazón de vosotros. Cada uno tiene su camino y la luz... sólo llega cuando Dios quiere.

—¡Bah! —le dije—. Que cada uno se ilumine a su manera.

—Eso mismo —asintió él—. Pero debemos comunicar, expresar lo que sentimos. ¿No sirve para eso la palabra? También Dios quiere expresar su sentir y lo hace como Él quiere.

—¿Cómo? —preguntó Aspasio.

—Pues viniendo Él mismo a manifestar su palabra. Pero... dejémoslo ya.

Fidelia se acercó a mí suavemente y situó su brazo cálido alrededor de mi cintura, al tiempo que apoyaba su mejilla en mi hombro. Salimos todos al exterior. La luna brillaba a lo lejos, dejando su estela de reflejos plateados alargarse en el mar. Llegaban aromas de sal y algas, mezclados con los nocturnos perfumes de las últimas flores otoñales.

# 41

—No me has dado tu opinión acerca de Tascio Cipriano —dijo Aspasio un día que despachábamos juntos sobre asuntos militares—. Me parece que no te cayó muy bien, ¿eh?

—¿Por qué dices eso?

—No sé. Me dio la impresión de que no congeniasteis.

—Te equivocas —respondí convencido—. Me pareció un tipo muy interesante; demasiado interesante

—Ah —dijo él sonriendo—. Por la discusión que mantuvisteis, cualquiera diría que estabais muy lejos de llegar a algún acuerdo.

—Claro. Una cosa es la amistad y otra las ideas. Ya sabes cómo pienso yo acerca de eso. Cipriano habla muy bien. ¡Cómo no iba a hacerlo!, siendo rétor, abogado y profesor. Pero hablar bien no significa tener razón. Creo que es sincero y que está convencido de lo que dice. Una persona que ha dejado tanto para embarcarse en una empresa tan arriesgada debe de estar muy segura de sus creencias. Pero, hoy por hoy, ser cristiano es jugar a perdedor. Por muy convencido que esté de su fe, veremos lo que sucede más adelante...

—¿Más adelante? —preguntó Aspasio—. ¿Qué quieres decir?

—Vamos, Aspasio —respondí con urgencia—, ¿crees que esta proliferación de sectas y cultos orientales va a durar mucho?

—¿Y qué se puede hacer? Los tiempos vienen así —observó con resignación.

—En Roma el emperador prepara una campaña unificadora. Conozco bien a Decio y sé que intentará de cualquier manera hacer que las aguas retornen a sus cauces.

—¡Ah, Roma! —exclamó con desdén—. Pero esto no es Roma.

La Urbe, en todo caso, es manejable. Pero ¿quién puede con estos territorios donde prolifera el cristianismo con tanta fuerza? Ya ves, ese Tascio Cipriano es el ejemplo más significativo: un hombre hermoso, rico, inteligente... Y no hay quien le aparte de su camino. Se metió en eso y ahora anda por ahí haciendo prosélitos por decenas. A esclavos, torpes y desheredados nadie los sigue. Pero a hombres como Cipriano... Ya has visto cómo están nuestras mujeres con él.

—Mira, Aspasio —le dije algo exaltado—, volvemos a lo de siempre. No se trata de prohibir esta o aquella religión. Creo que Decio tampoco quiere eso. ¡Hay tantas!; sería imposible acabar con ellas. Que la gente crea en lo que quiera. A Roma eso le da igual. Pero que haya unidad a la hora del culto oficial y que todo el mundo venere al emperador y a la Tríada Capitolina. Y eso los cristianos son los primeros que no piensan admitirlo. Ya lo viste la otra noche en la discusión con Cipriano en tu casa. ¡Allá ellos! Pero me preocupan nuestras mujeres...

—A mí también. Aunque no veo nada malo en que frecuenten esas reuniones. Parece ser que hacer el bien las tiene contentas. Y si ellas son felices...

—¡Oh, claro! —asentí—. Desde luego no voy a prohibirle a Fidelia que siga asistiendo a las charlas de Cipriano. Sería una estupidez. Siempre he detestado a los que se inmiscuyen en la conciencia de los demás. Si yo he querido ser libre, ¿por qué voy a impedírselo a ella?

El tiempo pasaba sin novedades y los días en Cartago se parecían mucho los unos a los otros, pero no por ello aquella rutina empañaba la felicidad; por el contrario, una calma gozosa vino a mi vida, como si el tiempo se hubiera detenido en un lapso de eternidad que nada podía quebrar.

El breve otoño africano es maravilloso. La lluvia se estrella en gruesas gotas contra el suelo polvoriento y levanta deliciosos aromas de tierra mojada. Los vientos se agitan al amanecer y traen oscuros nubarrones, mientras bandadas de grandes aves procedentes de los países del norte surcan altísimas los cielos lanzando lastimeros graznidos, cansinas después de haber cruzado el ancho mar.

Pero nunca hacía demasiado frío como para que no pudiéramos

disfrutar de nuestro jardín, que se hacía frondoso con las primeras aguas caídas y mostraba ya el contraste de hojas verdes, amarillas y rojas en la apretada maraña de árboles que se extendía hasta los límites de la ciudad para cobijar nuestra intimidad. Dispuse algunas columnas aquí o allí, para que el blanco mármol destacase contra el oscuro verdor de los setos, y me hice con algunos patos para el estanque, así como con unas cuantas tórtolas blancas que pronto se acomodaron en un pequeño palomar colocado en alto, entre los delgados cipreses. El conjunto resultaba tan bello que parecía querer sugerir que los mortales ocupábamos el lugar de los dioses. Por eso me decidí a instalar el lar de mi casa, con el genio particular y los dioses de las devociones que consideré más oportunas. Situé en el centro de la hornacina a Júpiter, con la intención de dedicarle cada día una libación, pues esa costumbre había heredado de mis mayores. También encargué una estatua de Decio, porque consideré que el emperador merecía el homenaje de mi casa. Y finalmente me agencié una pequeña imagen de bronce a la que nombré mi propia divinidad tutelar, pues representaba a un joven sonriente y de rostro inteligente que personificaba admirablemente la abstracción de la felicidad, o al menos a mí me lo pareció cuando lo vi en el taller del imaginero. Desde que lo deposité en el lar, lo llamé mi genio feliz y me regocijé pensando que alguna presencia invisible y benéfica vendría a poseerlo para serme propicia. Después llamé al *auspex* y consagró todo aquello e hicimos los sacrificios oportunos.

Durante tales preparativos Fidelia había estado ausente, visitando a una pariente enferma en Útica. Estuve deseando que regresara para mostrarle nuestro lar recién inaugurado, pues ello suponía que nuestra residencia en Cartago era definitiva y que poníamos los cimientos para fundar una familia romana como nuestras tradiciones lo mandaban.

Pocos días después, una tarde que volví a casa, después de una ajetreada jornada en la que tuve que redactar y enviar a Roma unos informes que me habían sido solicitados, vi las mulas y la litera en la puerta y supe que ella había regresado. La esclava me dijo que estaba en los jardines y recorrí apresurado e impaciente la casa. Encontré a Fidelia frente al lar, como absorta. Al verme, se arrojó a mi cuello y ambos nos fundimos en un abrazo.

—Querida —le dije entusiasmado—, deseaba que regresaras para mostrarte nuestro lar. Pero ya veo que lo has descubierto tú sola. ¿Qué te parece?

Su cara me dio la respuesta: hizo un mohín extraño, que adiviné como un gesto de disgusto.

—¡Eh! —pregunté— ¿Qué pasa? ¿No te gusta?

—Félix, cariño —dijo—, creía que no eras demasiado aficionado a este tipo de cosas.

—¿Cómo? —balbucí algo contrariado—. ¿Qué quieres decir?

—Me pareció que no confiabas en la providencia de los dioses. Tú mismo me dijiste que acudías a los templos y ofrecías libaciones sólo de manera rutinaria, por cumplir con la tradición y con las normas del Imperio. Pero nunca pensé que traerías los ídolos aquí, a nuestra casa.

—¡Claro, querida! ¿Crees que he traído esas imágenes para encomendar mi vida a ellas? Eso son sólo símbolos. Desde luego, no creo en su poder o su eficacia. He pretendido únicamente expresar mi piedad. No quiero aparecer como un impío y que nuestra casa sea un lugar frío, sin lar. Pronto tendremos hijos y deben crecer en las tradiciones. ¿Es tan malo eso?

—Te comprendo, Félix. Pero no creo que ésta sea la mejor manera de expresar la piedad. ¿Qué significan esos ídolos? ¿Crees en esos rostros horribles ahí representados?

—¡Oh, no, querida! —repliqué—. Es la manera de adorar a los dioses y a las diosas, en general, y hacerles sacrificios a todos juntos. Esa imagen de Júpiter representa para mí al dios conocido o desconocido, se lo llame como se lo llame: Júpiter Anmon, Zeus en griego, Taranis en galo o Yahvé en hebreo. ¿Qué más da? Los nombres de los dioses se traducen de una lengua a otra igual que los nombres comunes y los nombres de animales o plantas.

—Entonces, según eso, no crees en ningún dios —observó ella.

—Ni creo ni dejo de creer. Sólo quiero rendir homenaje a la piedad romana. Derramar sobre el altar doméstico las primeras gotas de la copa que voy a beber o tener algo superior a lo que saludar cada mañana y cada noche. Por lo demás, no espero más de los dioses.

—Y ¿para qué sirve eso? ¿De qué pueden salvarte esos dioses y esos genios?

—¿Salvarme? Querida, por favor, no me hables con términos cristianos. Ése es el consuelo y la tranquilidad de los cristianos, la salvación. Pero... ¿qué significa eso? ¿Salvación de qué? ¿De la muerte? ¿Ya te ha contado Tascio Cipriano su linda historia de la resurrección? ¡Qué estupidez!

Fidelia se aproximó más a mí. Sus manos se posaron en mis antebrazos y me miró muy fijamente. Sus ojos, animados por su gran fuerza interior y su amor, tenían siempre ese brillo de los de una niña; pero su rostro empezaba ya a ser maduro, a sus veintiocho años. Me sentí ridículo en ese momento, por haber discutido con ella. Era tan agradable. Nada merecía la pena hasta el punto de hacerla sufrir, aunque sólo fuera un momento.

—No, Félix —dijo—, no bajes la mirada. Mírame, mírame fijamente.

Puse mis ojos frente a los suyos y la atraje hacia mí.

—Nada hará que discuta contigo —le dije—. Cualquier dios es para mí basura a tu lado. Si quieres, ahora mismo arrojaré esos ídolos fuera de nuestra casa.

—No, Félix —dijo con dulzura—. No se trata de eso. He sido una tonta contradiciéndote. No te lo mereces. Lo que me sucede es que desde hace algún tiempo siento algo aquí dentro.

—¿Qué? —le pregunté apretándola contra mi pecho.

—Es muy difícil de explicar. Sobre todo, desde que te conozco... Quiero que... quiero que siempre estemos juntos.

—Claro, cariño —le dije al oído—. Nada nos separará. ¿Qué temes?

—Temo a la muerte, Félix. Ayer, en Útica, desperté en mitad de la noche envuelta en sudor y aterrada. Había soñado que morías y que un infinito vacío, oscuro y frío, te separaba de mí. Por eso decidí regresar aquí inmediatamente. Porque no deseo estar separada de ti ni un momento mientras ambos vivamos.

Eso era amor, pensé. En ese momento me sentí absoluto, lleno; hubiera podido morir satisfecho. Pero enseguida apareció esa tristeza cósmica y la misma sombra de temor a la muerte que la envolvía a ella me cubrió a mí. Pero no quise que ambos nos afligiéramos y decidí que nos apartáramos del lar, pues había sido el causante de nuestra discusión.

Le pasé el brazo por encima de los hombros y emprendimos un paseo por el camino central a cuyos lados se erguían las blancas columnas de mármol. Un poco más allá se iniciaba un viejo sendero de ladrillos bordeado de lavanda, que ya estaba ahí cuando adquirí la villa. Detrás del ciprés más viejo, demasiado nudoso y retorcido sobre sí mismo, la vegetación se volvía frondosa. Un vientecillo que soplaba por debajo de las copas levantaba un susurro de primeras hojas caídas de otoño. Todavía brillaría el sol durante un rato. Parecía que la punzada de la anterior discusión se había suavizado. Pero creo que ella, como yo, era incapaz de saborear la belleza de esa hora de la tarde, a causa de la enorme presencia del tiempo, el amor y la muerte.

—Cuéntame eso —le dije de repente.

—¿Eso? —respondió con ingenuidad—. ¿El qué?

—Lo que en el fondo deseas decirme. Lo que has escuchado de boca de Cipriano y que tanto te ha llenado.

—¿De veras quieres oírlo? —preguntó sonriente.

—Sí, querida. Claro que sí. Todo lo tuyo me interesa.

—Pero no quiero discusiones, ¿eh?

—No. Te lo prometo —dije llevándome la mano al pecho—. Puedes hablar con toda tranquilidad.

—Bien —respondió ella—. Ahora no sé por dónde empezar.

—Cuéntame qué hacéis en las reuniones.

—¡Oh, Félix! —exclamó entusiasmada—. ¡Es maravilloso! Si supieras...

—Vamos, cariño, habla sin miedo. ¿Crees que me voy a escandalizar? Ya sabes que tengo experiencia en esas cosas. ¡Anda, dime lo que hacéis allí! —insistí.

—Oramos, Félix, sobre todo oramos.

—¿Oráis? ¿Cómo?

—Hay algo, Félix —dijo con viva emoción—. O, mejor, alguien... ¡Oh, cómo explicártelo! Orar es hablar con él, como a alguien que escucha. No es una fría estatua, no... Es espíritu, puro, vivo... Alguien único y ¡tan grande! Que por la fuerza de su poder hizo brotar de la nada esta mole inmensa, ¡todo!

—Sí, querida —repuse—, ya escuché eso a los cristianos que conocí en Oriente. Pero cuando veo que aparentemente nada ocurre y que

Dios parece callar, surge en mí un reflejo inmediato que me hace sentir: ¿Es que te estás engañando? ¿No son todo eso más que historias?

—Yo también sentía así al principio. Pero después, en lugar de abandonar, me entregué a creer con más fuerza e intensidad, según me indicó el propio Cipriano. Y entonces empecé a comprender... Acudí a Dios como a un Padre y se disiparon mis miedos y mis dudas. ¡Ah, qué paz experimenté al llamarle con esa palabra, Padre! Era como si todo se sostuviera; sentí que ya nunca estaría sola y que no había amarguras definitivas. ¿Comprendes?

—Humm, quiero entenderte, de veras, Fidelia. Pero me resulta tan difícil...

—¡Félix, amor mío! —dijo situándose frente a mí—. ¿No lo ves? Un padre siempre querrá el bien de sus hijos. Ahora puedo dirigirme a él segura y en calma. Cuando digo Padre todo se pacifica. Ahora sé que viviremos siempre; lo siento, lo percibo como que tú y yo ahora estamos aquí, juntos. ¡Él es inagotable, porque su amor es inagotable!

Empezaba a oscurecer. El huerto olía a octubre y a humedad temprana; pero la hierba verde aún no había asomado. Los campos, todavía secos y de color ocre llenaban la tarde de una quietud dorada y apacible. Un mirlo, el último que estaba despierto, parecía meditar en voz alta con un dulce silbido. Recordé entonces el lar, con sus pobres estatuillas y creo que se me dibujó una leve sonrisa de hilaridad. Me sentí inundado por una sensación de trascendencia, de misterios desconocidos. Pero no quise decirle nada a Fidelia; me conformé con guardar sus palabras dentro de mí.

# 42

Lo que me había temido sucedió: Fidelia se introdujo de lleno en los misterios cristianos. Todavía intenté disuadirla con todo tipo de razonamientos durante algunas semanas, pero finalmente desistí, viendo que mi oposición no hacía sino entristecerla. Concluí que, al fin y al cabo, su felicidad era la mía y que no se ganaba nada de discusión en discusión, máxime cuando fui comprobando que su nueva religión no afectaba a nuestra vida en común; sino que, por el contrario, parecía que ella cobraba vida día a día y en su alma se disipaban sus antiguos temores. ¡Cómo iba a imponerle yo nada!, si ella era toda ternura y dulzura para conmigo. Siempre estaba en movimiento, alegre siempre. Sus voces y sus risas llenaban la casa, que ella adornaba cada día para mí con una dedicación que ya desearían para sí los dioses de los mejores templos con respecto a sus vírgenes consagradas. Desarrollaba una actividad que podía agotar a cualquiera. Inventando ir a este sitio o al otro, preparando viajes y salidas campestres; llenaba mi vida, que sin ella habría dejado llevar por la rutina, pues mi temperamento fue siempre algo lánguido y aburrido.

Desde niño había escuchado de los viejos principios estoicos de mi abuelo Quirino que la felicidad no puede hacerse depender de las cosas materiales, ni tampoco de las personas. Pero puedo asegurar que toda esa filosofía cedió cuando tuve que aceptar el hecho de que mi dicha en Cartago descansaba únicamente en la presencia de Fidelia. Y ello me hizo celoso y tal vez posesivo, como creo que no lo había sido antes.

Cuando llegó el invierno, apenas tuve trabajo en la prefectura. Las guarniciones estaban ya inspeccionadas y en orden, y el mal tiempo impedía que llegasen despachos desde Roma. A mediados de noviembre casi se interrumpió la actividad militar. El puesto permanecía cerrado y no llegaron otras comunicaciones que los rutinarios correos terrestres desde los *limes* del interior. Mi actividad se redujo a unas horas de reunión un par de veces a la semana y a poco más. Entonces pude saborear un placer que en mi vida anterior no había tenido sitio: permanecer largo tiempo en mi propia casa. No negaré que me costó al principio, y que las jornadas se me hacían muy largas, especialmente por la tarde, pues la oscuridad caía pronto. Pero enseguida descubrí que podía dedicarme a algo que me había gustado siempre, y que las circunstancias me habían permitido poco: los libros. Y precisamente Cartago era un lugar ideal para encontrar buenas obras y a precios muy asequibles.

Por entonces estaban muy de moda en todo el África proconsular las obras de Apuleyo y no me fue nada difícil hacerme con algunos ejemplares, lo cual da una idea de la popularidad de este autor. Las obras filosóficas que compré, *De deo Socratis* y *De mundo*, me resultaron incomprensibles y aburridas; pero me divertí muchísimo con una especie de cuento, titulado *Las metamorfosis*, como la obra de Ovidio, cuya genialidad estriba en narrar las peripecias de su protagonista, convertido en asno, pero que sigue pensando y sintiendo como hombre. También cayeron en mis manos, entre otras, algunas epopeyas, que eran muy celebradas, de Heraclides y Diomedes, pero desde luego me parecieron un descarado plagio de las inigualables obras virgilianas.

Por otra parte, me sorprendió mucho lo aficionados que eran los cartagineses a los *auditorium*, donde la lectura pública de obras poéticas y la interpretación de canciones les hacían prestar una paciente atención de horas, manteniendo una compostura y un silencio como no había visto yo en ningún otro lugar. Pero sucedía que eran muy dados a guardar las apariencias, y sospecho que muchos de los que frecuentaban estos actos eran «oyentes a sueldo»; porque las recitaciones, de obras de autores ricos y demasiado deseosos de ser aplaudidos como geniales poetas, eran verdaderamente malísimas. Por eso acudí sólo cuando el compromiso me impedía excusarme.

Pasé mucho tiempo en las bibliotecas públicas y comprobé que en Cartago las letras griegas brillaban con luz propia. Me entretuve consultando la *Geografía* de Estrabón; ojeando la *Arqueología romana* de Dionisio de Halicarnaso y sumergiéndome de lleno en la gran *Biblioteca histórica* de Diodor Sículo. Pero nada me gustó tanto como la *Anábasis* de Arriano de Nicomedia, pues en su precioso relato de la expedición de Alejandro encontré muchos detalles de la Persia que yo había conocido.

Mientras tanto, Fidelia progresó alegremente en su iniciación cristiana. Y yo empecé a aceptarlo como algo natural; sorprendido como estaba de que no existiera ruptura alguna entre los cristianos de Cartago y la sociedad de su tiempo. Tal vez a este respecto me había hecho al principio una torpe idea, considerando que esa fe había alcanzado sobre todo a gente de origen humilde, a libertos, bataneros, zapateros o cardadores de lana. Al menos eso era lo que yo recordaba de otros lugares donde había vivido. Aunque ya en Bostra y Aelia Capitolina encontré a cristianos pulidos como Berilo o el maestro Orígenes. En Cartago los fieles pertenecían a cualquier sector de la sociedad y ejercían toda clase de oficios, excepto los que les estaban expresamente prohibidos por la inmoralidad o la idolatría que admitían; como los de proxeneta, escultor o pintor de ídolos, autor y actor dramático, gladiador, sacerdote o guardián de templos, juez y gobernador, en la medida en que estas funciones daban derecho a condenar a muerte; mago, adivino, astrólogo, encantador de serpientes e intérprete de sueños...

Fidelia me contaba todo. Y yo la escuchaba atento, con una mezcla de curiosidad y cautela. Para ella aquel proceso había sido algo sencillo: un entretenimiento primero, una afición después y más tarde una especie de pasión. Ahora era casi consustancial a ella y parecía que ya nada podía hacerla volverse atrás.

Fue nuestra amiga Vitunia la que le presentó a Tascio Cipriano, hacía unos dos años, y ambas comenzaron a asistir como *audientes* a las reuniones de preparación de los neófitos, convencidas casi desde el principio de haber encontrado su sitio en la Iglesia de los cristianos. A estas alturas, ninguna de las dos estaba en absoluto dispuesta a dejar lo que tanto las llenaba.

Un día regresó encantada de su reunión. Como un torbellino, atravesó la casa y se llegó hasta el salón donde yo solía entretenerme leyendo.

—¡Félix, mira lo que traigo! —me dijo con la cara radiante de felicidad, mientras me mostraba un libro que traía entre las manos.

—¿Qué es? —le pregunté.

—Un regalo de Cipriano. Es la *Didaché* o *Doctrina de los apóstoles*. Contiene las obligaciones que debe aceptar el candidato al cristianismo. ¡Es precioso!

—Humm... ¡Qué será eso! —murmuré escéptico.

—¡Oh, Félix, es un libro encantador! Verás, te leeré un poco. —Fijando la vista en su libro, entusiasmada, comenzó a leer—: «Hay dos caminos: uno, el de la vida; otro, el de la muerte. Entre ambos existe gran diferencia. He aquí el camino de la vida. Primer mandamiento: Amarás a Dios, que te creó; luego, amarás a tu prójimo como a ti mismo, y lo que no quieras que te hicieren, tampoco lo harás tú a los demás...»

—Con que me ames a mí... —la interrumpí irónicamente.

—¡Félix, tonto, déjame! —protestó. Y prosiguió su lectura—: «El segundo mandamiento de la doctrina es éste: no serás adúltero; no corromperás a los jóvenes; no cometerás fornicación, ni robo, ni maleficio; no matarás niños por aborto o después del nacimiento; no desearás el mal de tu prójimo. No perjurarás y no levantarás falsos testimonios; no murmurarás y no guardarás rencores. No tendrás dos maneras de pensar, pues la duplicidad es una trampa de muerte; tu palabra no será mendaz, ni vana, sino cierta. No serás avaro, ni rapaz, ni hipócrita, ni cruel, ni orgulloso, y no formarás malos designios contra tu prójimo. No debes odiar a nadie, sino que a unos debes edificarlos y rogar por ellos; y a los demás, amarlos más que a tu vida.»

Me quedé en silencio, meditando un momento sobre aquellas palabras sencillas, extrañas y exigentes. Fidelia me miraba como impaciente, esperando a que dijera algo.

—Bueno, ¿qué te parece? —preguntó al fin.

—¿Y tus cristianos cumplen todo eso? —respondí por decir algo.

—¡Anda, Félix, no empecemos! —se quejó—. ¿A qué viene eso ahora? ¿Qué te ha parecido? ¿No puedes decírmelo?

—No sé..., querida. Desde luego, todo eso suena muy bien. Pero... ¿quién puede llevar una vida así?

—Sé sincero —insistió—. ¡Es impresionante! ¿Verdad?

—Sí, por supuesto. Pero una moral así exige un gran sacrificio. No creo que a nuestro mundo, malvado y egoísta, le interese.

Ella atizó el brasero en el centro del salón y después se recostó en el diván que había a un lado, donde ambos solíamos sestear cada día, después del almuerzo, abrazados y cubiertos con una suave manta de lana. Esa estancia era nuestra preferida, pues la habíamos decorado juntos, según el gusto de Fidelia, aunque me había permitido a mí escoger algún detalle. El techo no era muy alto, por lo que resultaba cálida y acogedora. Había platos de cerámica en tonos amarillos y verdes colgados en las paredes, grandes jarrones de bronce con flores secas recogidas por ella y muchas lámparas con espejos de plata, pues queríamos que estuviera bien iluminada. Todo el suelo lo recubrimos con pieles, entre las que estaba la de la leona que abatí en la cacería y que estuvo a punto de matarme.

Fidelia me pareció radiante, con una sonrisa de felicidad y los ojos brillantes y sospeché que toda esa alegría no podía venir causada por ese libro.

—¡Pero bueno! —le dije—. ¿Qué te han dado hoy en esa reunión?

—Hoy me he enterado de una cosa —respondió divertida.

—¿Qué cosa?

—¡Adivínalo!

—¡Bah! —repliqué—. Será otra de esas doctrinas.

—No, no, no...

—Bueno, si no me lo quieres decir, allá tú. No me interesa.

—Sí, sí que te interesa —dijo con una sonrisita maliciosa—. Vas a tener un hijo.

—¿Eh?

—Lo que oyes.

—Pero... —balbucí—. ¿Estás segura?

—Claro, hombre, las mujeres siempre sabemos eso. Hace días que lo sospechaba, pero hoy una matrona experta me lo ha confirmado.

## 43

Aquéllos eran tiempos en que las almas de los hombres estaban inquietas. Por mucho que los gobernantes se empeñaran en hacer retornar las cosas al viejo orden, algo en el ser profundo del Imperio había cambiado. Decio había sido saludado en su advenimiento como emperador con la fórmula ritual: «Que sea más dichoso que Augusto y mejor que Trajano.» Pero, aunque él estaba a la altura de las bellas figuras de aquella época gloriosa, sus súbditos éramos ya otros y el Estado había perdido su aureola divina desde hacía varias décadas. Efectivamente, el nuevo emperador reinaba con el nombre de Trajano Decio, como homenaje al insigne antecesor que tanto admiraba. Pretendió emularlo en casi todo, y no le faltaban cualidades que le asimilaran a él: la armonía de sus rasgos, la nobleza de su actitud, su inteligencia matizada, su amor al trabajo, la sencillez de sus costumbres... En fin, tenía Decio, como su adorado Trajano, una personalidad que podía admirarse en todo tiempo. Y eso fue lo que le favoreció a la hora de poner en su sitio a la Urbe, que tan agitada venía desde hacía tiempo. Pero el resto del Imperio, mal acostumbrado por los desórdenes precedentes y hecho a que los gobiernos de Roma durasen poco, campaba a su aire y no le importaba ya que su emperador fuese uno u otro.

Eso lo pude apreciar en Cartago. Desde mi entusiasmo por haber conocido en persona al soberano, me parecía que todo el mundo tenía que estar impregnado de nueva ansia de hacer bien las cosas. Pero enseguida choqué como con un muro al darme cuenta de que la gente iba a lo suyo, y que les daba igual quién estuviera en el trono, con tal de mantener sus negocios y que nadie se inmiscuyera en sus costumbres. Nada en el África proconsular funcionaba mejor que en cualquier otro lugar del Imperio. Supongo que me había hecho demasiadas ilusiones.

Creo que fue justo entonces cuando desaparecieron para siempre los grandes ideales. No había ya nadie relevante por su honradez o por su espíritu elevado; sino que todo pertenecía a una clase de hombres de negocios, de fabricantes, de especuladores, de usureros, de asentistas en general que, ávidos de ganancias, se reían de cualquier otra cosa que no fuera dar un buen golpe para arramplar con una buena cantidad de dinero. Así que todo se compraba: la condición de liberto, los puestos municipales y también el ser caballero o senador. Era muy difícil sustraerse a esa manía febril de tener siempre el dinero en movimiento. Todo se gravaba con intereses: se prestaba a interés entre amigos y entre familiares, y la usura formaba parte de la vida cotidiana de todo el mundo. Parecía que el dinero era el único motor que movía la existencia de las ciudades. Y los usureros de la época no eran banqueros, sino notables y senadores.

Incluso las relaciones personales estaban determinadas por el interés. Cualquier esfuerzo reclamaba un salario, aunque fuese a la vez un placer. Se hacía la corte a un viejo opulento a la espera de su testamento; la esposa que engañaba a su marido recibía de su amante una gruesa suma y, en caso de ruptura, había quienes recuperaban la donación incluso haciendo intervenir a los juristas. El caso era que toda la sociedad ridiculizaba estas conductas y todo el mundo las practicaba. No es de extrañar que en tal ambiente los matrimonios eludieran tener hijos, pues salían ganando: se ahorraban preocupaciones y se veían más rodeados de agasajos.

En mi trabajo como militar no me vi exento de preocupaciones y problemas a causa de una sociedad tan corrompida y disoluta. Siempre había alguien que quería llevarte a su propio terreno y tuve proposiciones deshonestas de todo tipo. Aunque la misión de los soldados del emperador era únicamente reprimir las revueltas y perseguir a los bandidos, y para nada teníamos encomendada la seguridad ciudadana. Pero casi siempre te veías salpicado por los problemas que eran frecuentes: secuestros, usurpaciones y prisiones privadas para los deudores, que creaban verdaderos enfrentamientos civiles entre los sectores de la población. Y eso por no hablar de las continuas denuncias que llegaban desde territorios apartados donde los poderosos no vacilaban en apoderarse de las tierras de los vecinos más pobres. El gobernador era el que debía imponer la autoridad soberana y no daba abasto intentando solucionar tanto desmán. Lo cual le acarreaba constantes disgustos, a pesar de su buena voluntad, pues se veía obligado a tratar con miramiento a los poderosos por razón de Estado y no contrariarles demasiado, ya que eran aliados suyos mediante una complicada red de amistades e intereses.

Aspasio me llamó un día muy preocupado. Había recibido una denuncia en contra de Tascio Cipriano y no sabía cómo resolver el asunto. El denunciante era un tal Larcius Surio, un rico oligarca originario de Bulla Regia que además era un alto magistrado y amigo suyo.

—Este Cipriano al final acabará creándonos complicaciones —me dijo con gesto grave—. Aunque sea él una buena persona.

—¿De qué se trata? —le pregunté.

—¡Bah! En sí es poca cosa. Pero Larcius es un pamplinoso y no dejará de molestarme mientras no le haga caso. Se trata de un asunto que viene de largo; ya la familia de Cipriano y la suya estaban enfrentadas y ahora parece ser que vuelven a la carga. Larcius ha presentado una denuncia formal contra Cipriano y veo que no tendré más remedio que resolver al respecto.

—¿De qué le acusa?

—Parece ser que Cipriano defendió como abogado a un contendiente de Larcius y, aunque este último ganó el pleito, no quedó nada conforme, porque, según él, el obispo vertió graves injurias y acusaciones durante el juicio contra el magistrado y su familia. Pero eso no es lo peor. Larcius se empeña en asegurar que circula por ahí un libro escrito por Cipriano donde se denigra al Estado, a las leyes romanas y a los jueces. Y eso, como comprenderás, es mucho más serio.

—Pero ¿existe tal libro?

—¡Qué sé yo! Como te he dicho, Larcius asegura que sí, y anda por ahí empeñado en dar con él. Conociéndole, tenemos asunto para rato. Me ha pedido que abra una investigación y que inicie un proceso inmediatamente.

—Y ¿qué piensas hacer?

—En principio, llamar a Cipriano y conocer su versión del asunto. Pero me temo que la cosa se promete complicada. Ambos litigantes son amigos míos y figuras muy relevantes en la ciudad. No sé cómo terminará todo esto.

—Y ¿por qué me has llamado a mí? —le pregunté—. Parece tratarse de un juicio meramente civil.

—¡Pues eso es lo más grave! —suspiró—. Larcius pretende que la cuestión rebase la esfera puramente civil, puesto que, según él, en ese libro hay una especie de llamada a la rebelión contra el Estado y... contra el mismísimo emperador.

—¡Bah! —repliqué—. ¡Qué cosa tan absurda! ¡Cómo se le iba a ocurrir a un hombre tan inteligente como Cipriano una cosa así!

—Eso mismo pienso yo. Pero no conoces a Larcius. Cuando la emprende contra alguien...

—Bueno —dije para tranquilizarle—. Mientras no aparezca ese libro no tenemos por qué preocuparnos.

—¿Y si aparece? ¿Y si Larcius da con él?

—Entonces ya veremos. Si lo que hay escrito es tan subversivo contra el orden público como él dice, habrá que hacer algo.

Al día siguiente estuve presente cuando Aspasio citó a Cipriano en el palacio proconsular para interrogarle. No se trataba de una comparecencia formal; si así hubiera sido, tendría que haber estado presente el tribunal del procónsul y el interrogatorio habría tenido lugar en el atrio. Pero el gobernador quiso obtener primero una información fuera del proceso, por si se podían solucionar las cosas mediante un acuerdo privado. Así que recibió al denunciado en su despacho, estando presente yo como único testigo de lo que hablaron ambos.

Cipriano llegó muy sonriente —sospeché desde el principio que ni siquiera imaginaba la que se le venía encima—; correctamente vestido, pero discreto, como solía ir, casi con la severidad de un filósofo. La toga era sencilla, con una orla de apenas dos dedos de anchura, de lana excelentemente cardada. Las sandalias, con hebillas de bronce, de manufactura cartaginesa. Como las otras veces que le había visto, pensé que un hombre con tanta clase merecía ser un senador o un alto magistrado, aunque daba la impresión de querer dar poca relevancia a su presencia.

Saludó primero al procónsul, cordialmente, y después se dirigió a mí con la familiaridad de alguien a quien ves frecuentemente, a pesar de que hacía meses que no nos encontrábamos. No pude evitar pensar en que Fidelia le hablaría frecuentemente de mí y que por eso me consideraba tan cercano.

—Me alegro de verte, Félix. —Su sonrisa fue franca cuando me tocó el brazo y se llevó la otra mano al pecho, como solían saludar los cartagineses a sus amigos—. No esperaba encontrarte aquí y, sinceramente, es una agradable sorpresa.

—Bueno —salió al paso Aspasio—, he creído necesario que Félix, como *praefectus legionis*, esté también presente en esta conversación.

Cipriano no abandonó su sonrisa, pero, echándose un poco hacia atrás y enarcando una ceja, dijo con tono de perplejidad:

—¿Como prefecto? ¿Tan grave es la cosa?

—Bien, bien, sentémonos —rogó el procónsul—. Es un tema delicado y necesitamos tiempo y tranquilidad.

—Tú dirás, Aspasio —pidió Cipriano cuando los tres nos hubimos sentado.

—Mira, Cipriano —comenzó a decir el procónsul—, tú y yo nos conocemos desde hace tiempo, mucho tiempo; tu padre ya era amigo mío y he tenido siempre buenas relaciones con tus hermanos y con toda tu familia. Por eso no quiero que pienses que puedo tener algo en contra tuya...

—¿He hecho algo malo? —le interrumpió Cipriano con una mezcla de sorna y curiosidad. Comprendí que conocía bien a Aspasio y que quería ir al grano, para ahorrarse toda la retahíla de cumplidos con que el procónsul solía iniciar cualquier conversación.

Se hizo entonces un silencio algo tenso. Cipriano me miró; los tres cruzamos las miradas.

—Te han denunciado —dijo al fin Aspasio con rotundidad.

—¿Eh? —preguntó Cipriano, con un marcado gesto de extrañeza. Su sonrisa desapareció y se puso en pie frente al procónsul— ¿Denunciado? ¿A mí? ¿Quién?

—Larcius Surio, el magistrado, ya sabes —respondió Aspasio.

—¿Larcius? ¿Larcius Surio? —repitió Cipriano llevándose una mano a la cabeza con visible sorpresa en el rostro—. ¿Por qué? ¿Qué motivo alega?

—Bueno —contestó el procónsul—. Estuvo aquí anteayer y me contó que interviniste como abogado en un juicio entablado contra su familia en Bulla Regia el año pasado.

—¡Ah, se trata de aquello! —exclamó Cipriano—. ¿Qué te ha contado?

—No —negó Aspasio—. Prefiero que me des tu versión del tema. ¿Qué sucedió en aquel juicio?

—Está bien —asintió él—. Te contaré toda la verdad de lo que pasó en Bulla Regia. Larcius y sus hermanos son propietarios de la mayor parte de los bosques que rodean la ciudad, además de compartir los principales cargos de la colonia. En fin, eso ya lo sabes, para qué dar detalles. Baste con decirte que son la familia más poderosa de aquella demarcación, además de ser muy influyentes aquí, en Cartago. Pero tú, como yo y como todo el mundo, Aspasio, sabes que no usan de muy buenas maneras para aumentar y mantener tan enorme patrimonio...

—Bueno, bueno —protestó el procónsul—, dejemos eso ahora, Cipriano. Los Surio son gente respetable.

—¿Respetable? —replicó Cipriano—. ¿Es que acaso respetan ellos a los demás? Yo te contaré. Resulta que llevan años añadiendo bosques y ensanchando sin límites sus fincas, arrojando a los pobres y pequeños propietarios de las heredades en su derredor. Eso todo el mundo lo sabe en Bulla Regia. ¡Así es como los Surio han engrosado su inmensa fortuna!

—¿Y a ti, qué? —le reprendió Aspasio—. ¿Quién eres tú para irte nada menos que a Bulla Regia a meter las narices?

—¿Cómo que a mí qué? —contestó Cipriano—. Mira, Aspasio, ya sabes que soy el obispo de los cristianos de esta parte del África proconsular. Esa comunidad de Bulla Regia, harta de soportar los atropellos y las injusticias de Larcius y sus hermanos, acudió a mí en la esperanza de que yo, por mi condición de jurista, podría defenderlos en los tribunales. De manera que acudí allí y entablé un procedimiento judicial para reclamar los derechos de algunas familias que habían sido desposeídas de sus propiedades. Pero, claro, los tribunales de Bulla Regia dieron la razón a los Surio y, más tarde, también éstos ganaron la apelación. Así que no comprendo cómo encima viene ese

Larcius a quejarse y a denunciarme. ¿Es que no quedó contento saliéndose con la suya?

—Ésa es tu versión —repuso Aspasio—. Pero, según Larcius, tú vertiste insidiosas y malintencionadas palabras en tus alegaciones del juicio que dañaron la imagen respetable de los Surio. ¿Es eso cierto?

Cipriano se quedó pensativo, con los ojos muy abiertos. Al fin, respondió, mientras se dejaba caer sobre el asiento:

—¿Insidiosas y malintencionadas? ¡Dije la verdad! Que ellos habían abusado de su poder y relevancia social para apabullar y atemorizar a los pobres campesinos y pastores a quienes habían desposeído de sus propiedades. ¡Y ésa era la verdad! ¿Qué pretendían? En un proceso el abogado tiene derecho a hacer uso de todas las armas de la retórica a su alcance. En ningún momento injurié ni calumnié; expuse la realidad. Aunque, claro, esa verdad a ellos no les interesa y no quedaron contentos. Y ahora vienen a vengarse como pueden. ¡Qué sibilinos! De manera que me la tenían guardada.

—Bien —dijo suavemente el procónsul—. Hay una cosa más, mucho más grave a mi juicio. Tiene que ver con tu posición de obispo de los cristianos.

—¡Ah, ya me imaginaba yo que también saldría eso! —observó.

—Oh, no, Cipriano —se apresuró a calmarle Aspasio—. Pretendo ser imparcial. Mi mujer y la de Félix son seguidoras de tu comunidad y ya sabes que no me he inmiscuido nunca en ese tema.

—Sí, es cierto —asintió Cipriano—. Y yo te lo agradezco de todo corazón. Pero ¿qué tiene que ver mi condición de jefe de los cristianos con lo otro?

—Yo te lo diré —respondió el procónsul—. Larcius asegura que circula por ahí un libro escrito por ti donde hablas en contra de las leyes, de los tribunales y autoridades, y que, en cierto modo, es una llamada a que tus seguidores se rebelen y desobedezcan al orden de Roma. ¿Qué tienes que decir a eso?

—¡Es falso! —gritó el obispo—. ¡Es una calumnia! Nunca me he enfrentado al orden de Roma y tú lo sabes. En mi comunidad se ora por el emperador y por las autoridades. Nunca he ocultado que no sea un dios para nosotros, pero lo aceptamos, obedecemos sus leyes y respetamos su autoridad.

—Entonces, ¿ese libro...? —insistió Aspasio.

—¡No hay tal libro! —negó rotundamente él—. Si Larcius ha levantado esa acusación deberá probarla, como lo exigen nuestras leyes. Si eso es verdad, yo responderé con mi persona; pero si es falso, como yo demostraré, responderá él por calumniador.

—Bien, bien —asintió el procónsul—. Que así sea. Pero creo que será mejor que él como acusador y tú como acusado, ya que niegas lo que se te imputa, comparezcáis formalmente ante el tribunal.

—Compareceré —afirmó el obispo, seguro de sí—. Que él traiga a sus testigos y ese libro que asegura que he escrito. Yo, por mi parte, traeré a los míos. En fin, me marcho, no quiero quitaros vuestro precioso tiempo —dijo poniéndose en pie. Y, dirigiéndose a mí, añadió—: Félix, siento que hayamos tenido que reencontrarnos en estas difíciles circunstancias. Ya sabes dónde vivo. Si deseas hablar conmigo de otras cosas, llámame; acudiré gustoso a tu casa. Y si deseas visitarme, te recibiré encantado. Adiós, señores, y... gracias por todo, Aspasio. Procuraré no crearte complicaciones, lo prometo.

Dicho esto, salió del despacho. Aspasio y yo quedamos pensativos, dándole vueltas a todo en la cabeza.

—¿Qué opinas? —me preguntó el procónsul.

—Creo que dice la verdad. Un hombre que ha dejado todo en pos de un ideal tan raro como el cristiano, no tiene por qué andarse con zarandajas y enredos de este tipo. Él, hoy por hoy, no tiene nada que perder; mientras que el tal Larcius parece ser que busca sus intereses... Pero, claro, no conozco aún la otra versión. Aunque... si ese magistrado ha levantado una acusación tan grave como decir que el obispo ha escrito un libro en contra de Roma y el emperador, deberá probarlo, como bien ha dicho Cipriano...

—Eso es lo que me preocupa —observó Aspasio—. Cipriano conoce bien las leyes, pero Larcius no se queda manco. No, el magistrado no es tonto, ni mucho menos. Si ha dicho lo del libro, seguro que es con algún fundamento. Le conozco muy bien. Es un hombre implacable que no dudará en llegar hasta el final.

—Pero... Cipriano lo ha negado rotundamente.

—Y Larcius también lo afirma rotundamente. Veremos. Me temo que esto traerá cola.

## 44

—¡Oh, Félix! —exclamó Fidelia cuando se lo dije—, ¿de verdad vas a visitar a Cipriano? De manera que te lo había pedido un montón de veces y no quisiste complacerme. Y ahora, después de ese encuentro en el despacho de Aspasio, te decides. ¿Qué sucedió allí?

—Bueno, es simple curiosidad —respondí—. Me pareció mucho más interesante que la otra vez, cuando nos reunimos en aquella cena. Considero que es un hombre de temperamento.

—Ya te lo decía yo. ¿Es que la opinión de una mujer no cuenta para ti?

—No, Fidelia, no se trata de eso. Es simplemente que cada cosa tiene su momento. Pero, si te sirve de algo, te diré que tu opinión acerca de él también me ha influido. Hace tiempo que maduraba la idea de acudir a verle.

—Quedarás encantado. Cada día hay más gente que opina que no hay nadie mejor que él en Cartago.

—Bueno, bueno. No exageremos —repliqué—. Es un hombre inteligente y preparado a lo que se une la siempre interesante ventaja de ser un líder religioso. Pero no debemos sacar las cosas de su sitio. También hay mucha gente que lo detesta. Tiene un buen montón de enemigos, ¿sabes?

—¡Envidiosos! Cuando alguien brilla, no por su dinero o sus propiedades, sino por su valía personal, genera envidias. ¿Vas a negar eso?

—Tienes razón, querida. Pero creo que no deberías ser tan apasionada con respecto a ese obispo. No me parece..., digamos, razonable.

—¡Ah, ja, ja, ja...! —rió con una de sus peculiares carcajadas de niña traviesa—. Amor mío, ¿no estarás celoso...?

—¿Celoso? ¿Yo? ¿De quién? ¿De Cipriano?

—Sí, claro, ¿de quién si no? —asintió jocosamente—. No irás a sumarte a los que se enfurecen porque él brille tanto.

—¡Qué dices, mujer! —exclamé algo enojado.

—¡Eh! No te enfades. Era una broma.

—No me enfado, querida —dije, algo serio—. Es sólo que creo que no deberías ser tan ferviente seguidora de Cipriano. Puede crearnos complicaciones.

—¿Complicaciones? —preguntó ingenuamente—. ¿Qué clase de complicaciones?

—No sé. Es un presentimiento. Tengo cierta experiencia y algo me dice que alguien como Cipriano puede mover en pos de sí todo un cúmulo de energías buenas y también malas. Se habla demasiado de él aquí en Cartago... La gente en estos lugares meridionales es muy apasionada.

Fidelia pareció preocuparse. Se puso frente a mí y, cogiéndome las manos como buscando seguridad, me preguntó:

—No te comprendo, amor mío. ¿Qué quieres decir exactamente?

—No es nada, déjalo —repuse al ver que se preocupaba.

—Habla, por favor.

—Mira, Fidelia —expliqué ante su insistencia—, no quiero disgustarte. Somos ahora muy felices. Todo en nuestra vida es maravilloso. Tenemos esta casa, esclavos que nos sirven, inmejorables amigos... Pero nada es para mí más importante ahora que tú y yo; nuestro amor. En mi vida no he conocido a nadie como tú. ¡Me haces tan feliz! Y últimamente, desde que supe que tendremos un hijo... ¡Es todo tan delicioso! No quiero que nada lo estropee, ¿comprendes?

—Pero, amor mío, ¿qué puede estropear todo eso?

—El mundo es muy complicado. Todo parece estable, imperecedero, inmutable... Pero, de repente, las cosas cambian. Lo que ahora está arriba puede perder el equilibrio y... ¡caer! Por eso es mejor ser prudente, cauteloso... Eso me ha enseñado la vida. Hace unos años yo era más impetuoso; buscaba, indagaba, me hacía partidario de esto o aquello. Pero ahora voy viendo la vida de manera diferente. Me preocupa más el futuro.

Fidelia me escuchaba con los ojos muy abiertos y brillantes. Noté que mis palabras habían entrado con fuerza dentro de su alma. Me apretó las manos y se mordió el labio inferior mientras asentía con un ligero movimiento de cabeza. Luego, con gravedad, dijo:

—Tenías razón, Félix. Creo que ahora te comprendo. Quieres decir que te preocupa que me haga cristiana por si eso, en un futuro, puede perjudicar a tu posición y, en definitiva, a la familia que formaremos. ¿No es eso?

—Sí, cariño —asentí rotundamente—. Temo por ti. ¿No te das cuenta de que Cipriano tiene enemigos que serán también los nuestros si te proclamas incondicional seguidora suya?

—Claro. ¡He sido una tonta!

—No, no —dije para tranquilizarla—. Tampoco es para tanto. No quiero yo que dejes esas reuniones que tan feliz te hacen. Sólo te pido que seas algo más cautelosa en tus manifestaciones acerca del obispo.

—Lo haré, puedes estar seguro —prometió más calmada.

¿Qué misterio quería desvelar yo yendo a visitar a Tascio Cipriano? No era sólo la curiosidad lo que me puso en camino aquella misma tarde en dirección a las afueras de la ciudad. Aunque no quería darme cuenta de ello, mis viejas preguntas se habían despertado dentro de mí. Quise contentarme diciéndome que mi espíritu, de natural intrépido y desasosegado, se había detenido por fin en su búsqueda; pero el Félix que no se conformaba con lo visible estaba ahí, palpitante a pesar de haber cumplido algunos años más y de haberse estabilizado, comprando una casa en una bella ciudad africana para asentarse junto a una mujer maravillosa que pronto le daría un hijo. Y era esa misma mujer, a la que tanta seguridad debía, la que sin saberlo había ahondado en mi alma haciendo brotar de nuevo mi insaciable deseo de mirar hacia el Más Allá.

Un esclavo cristiano me condujo a la casa de Cipriano, situada al otro lado de la ciudad, en un lugar agradable, no muy elegante, pero apartado de las vías transitadas por los ociosos que no sabían en qué pasar el tiempo. El sol declinaba ya en la dirección del puerto y los contrafuertes rocosos brillaban bañados por una luz dorada, en un día de invierno en el que no se había dejado ver ninguna nube. No hacía viento, pero una brisa fría ascendía desde el mar trayendo un húmedo aroma de profundidad y algas. La luna en cuarto creciente resplandecía en un cielo nítido, azul aún, aunque en el horizonte se difuminaba en una tenue neblina.

La casa blanca y hermosa asomaba por encima de una oscura arboleda, en la que algunos sauces estaban desnudos junto a esplendorosos pinos y alcornoques orgullosos con sus perennes hojas. Vi macetas con ramas colgantes, arbustos cuyo aroma dulzón había levantado el sol del mediodía y enredaderas secas pegadas a los muros.

Cipriano, que no me esperaba, debió de verme llegar desde alguna ventana o fue avisado por alguien, pues surgió de entre unos setos para acudir a mi encuentro.

—Bienvenido, Félix. —Allí, en su elemento y a la luz del día, me pareció más joven—. Me alegro de que hayas decidido venir a visitarme. Aunque... ¿no habrá sucedido algo malo?

—¿Te refieres a la denuncia de Larcius Surio? —le pregunté adivinando la causa de su preocupación.

—En efecto. Espero que no se haya agravado el asunto.

—Oh, no, no te preocupes. Las cosas siguen su curso y, según me dijo Aspasio, sólo falta esperar a que Larcius comparezca y se ratifique en su acusación.

—Bueno, siendo así, dejemos ese tema —dijo prudentemente—. Ya que por fin has resuelto que ambos nos encontremos, no aprovecharé la circunstancia para hablar en mi favor. Porque... supongo que habrás venido a hablar conmigo de otras cosas, ¿no?

—Sí, sí, de eso se trata.

—Entonces, pasemos al atrio —propuso—. ¿O prefieres charlar aquí fuera para ver las últimas luces del día?

—Por mí, podemos pasear si te apetece.

Hacía una tarde muy agradable y los setos impedían que la brisa fría penetrase en los jardines. El sol calentaba aún algo y era delicioso escuchar el tímido canto de algunas aves alentadas por aquel radiante día a pesar de que era invierno todavía.

Cipriano se excusó un momento y supuse que había ido a dar instrucciones a alguien para que nos preparase la cena. Mientras, yo me entretuve contemplando el campo que se extendía más allá, donde la ciudad se desparramaba en montones de casitas que se alzaban, cada vez más separadas, entre huertos y pequeños viñedos. El camino era poco concurrido, pero algunos atrevidos paseantes se aventuraban hasta un lejano cementerio, cuyos túmulos marmóreos resplandecían entre parduscas encinas y secos cardizales. En alguna parte, un muchacho cantaba acompañado de una cítara. Me fijé en la letra de su canción. Era una especie de invocación, una alabanza que exaltaba la misericordia y la bondad de Dios, a la vez que suplicaba.

—Es un salmo —explicó mi anfitrión surgiendo de nuevo de entre los setos y rozando la enredadera con la cabeza.

—Ah, sí —confirmé—. Ya había oído alguno en otra ocasión.

—¿En otra ocasión?

—Bueno —expliqué—, no sé si sabrás que en otro momento de mi vida tuve algún contacto con cristianos.

—Lo sé. Fidelia me lo contó. Y es ése uno de los temas que deseaba tratar contigo. Naturalmente, si es de tu agrado hablar de ello.

—¿Por qué no? Aunque discutimos en aquella cena en casa de Aspasio, no pienses que tengo algo especial en contra de tu religión. Por el contrario, hay muchas cosas en ella que me llaman la atención y, por qué no decirlo, que me agradan.

—Ah, bien —manifestó su conformidad con una sonrisa—. Siendo así, puedes empezar contándome tu experiencia, si lo deseas. Pero, por favor, amigo, no dudes en ser sincero y expresar también todo lo que te disgusta de nosotros.

—Puedes estar seguro de que así lo haré. He venido a hablar contigo con todas las consecuencias.

—Perfecto. Hablemos pues. Cuéntame cómo fue esa experiencia.

Sin muchos detalles, empecé a narrar mi peripecia en las guerras de Mesopotamia, cómo conocí a Filipo el Árabe, la misión que ejercí de embajador en Ctesifonte y mi huida apresurada de Persia; mi posterior encuentro con los cristianos de Bostra, mi amistad con el obispo Berilo, y la peregrinación que emprendí por tierras palestinas, bajo las enseñanzas amables del maestro Orígenes. Llegado a este punto, Cipriano se entusiasmó y me interrumpió exclamando:

—¡Dios sea bendito, conociste al maestro Orígenes! ¡Eso es maravilloso!

—Como lo oyes —confirmé—. Fue poco el tiempo que pasé con

él, pero pude saborear su profunda sabiduría. Desde luego, es un hombre singular.

—Sí, sin duda. Yo también tuve la suerte de conocerle recientemente y quedé vivamente impresionado por su personalidad.

—¿Dónde te encontraste con él? —le pregunté por simple curiosidad.

—En Cesarea. Acudí allí para asistir a un sínodo, que es la reunión de los obispos de la Iglesia. Pude conversar largamente con él y traerme algunos de sus tratados para enriquecer los conocimientos de la comunidad de Cartago. Pero —me pidió—, por favor, prosigue. ¿Qué fue lo que te llamó la atención de aquellos cristianos que conociste?

—Toda la figura de Jesús, en sí, es muy atractiva —continué—. Recorrí Palestina, su tierra, y pude comprobar que no se trataba de un mito, ni de una idea temporal, ni de una invención caprichosa de la primitiva comunidad de cristianos. Jesús fue un personaje real. Eso allí se palpa. Sus gestos, sus palabras, sus actitudes, su doctrina, su muerte... Son tan singulares. Y todos aquellos milagros que dicen que hizo. ¡Me fascinó!, no voy a negarlo. Sinceramente, quedé sobrecogido por la experiencia. Fue como una luz para mí en un momento de duda y oscuridad.

El rostro de Cipriano se iluminó. Adiviné que mis palabras le complacían mucho, porque tal vez había supuesto que yo sería más duro. Sin poder contenerse, intervino:

—Sí, efectivamente, Félix. El contenido esencial de nuestra profesión de fe está ligado al anuncio de la historia de Jesús, Hijo de Dios, que nació, vivió en este mundo, murió y resucitó por nuestra salvación.

—¡Ése es el problema! —repliqué—. Jesús fue un hombre real, aunque parece ser que disponía de poderes divinos que le hacían realizar obras grandiosas. ¿Por qué entonces se dejó humillar y matar de aquella manera? ¿Cómo el hijo de un dios iba a soportar aquello sin rechistar? ¿No es eso un gran absurdo? ¿Para qué entonces su poder?

—Ah, Félix, comprendo tu duda. ¡Es tan lógica! —suspiró él—. Verás, querido amigo, déjame explicarte. Existen dos concepciones del poder: una es la de Dios y la otra es humana. Efectivamente, como bien has dicho, Jesús dispone de poderes divinos que le hacen realizar obras grandiosas; sin embargo, esos poderes no hacen de él un déspota, sino un servidor. Su decisión es tajante: «El Hijo del hombre no ha venido a ser servido, sino a servir», dijo rotundamente cuando algunos de sus discípulos quisieron servirse de él para obtener poder a la manera humana. Incluso llegó a decirles a ellos: «El que quiera ser el primero entre vosotros que sea el último y el servidor de todos.»

—¡Pero eso no tiene sentido! —repliqué—. ¿Por qué esa humildad?

—Porque en Jesucristo la majestad divina se presenta llena de humildad y de debilidad paradójica. Así es nuestro Dios, ya te lo he dicho, su concepto del poder no es igual al de los hombres, sino extraño u opuesto a la común opinión y al sentir del mundo, que está muy cerca de los de Satanás. Ya sé que eso es muy difícil de comprender para ti, como también lo fue para mí en otro tiempo; pues ambos hemos sido educados en una cultura y un ambiente que exaltan el poder como grandeza, gloria y triunfo. ¿Quién puede irse en pos de un servidor? Pero en el título de Hijo del hombre de Jesús se recuerda una vieja profecía de un profeta llamado Daniel, en donde la llegada del reino de Dios se compara con un hijo de hombre, un humano, que viene sobre las nubes en un despliegue inmenso de poder: «Se le concedió el imperio, la gloria, y la realeza, y todos los pueblos, naciones y lenguas le servirán», se dice. La profecía se ha realizado, pero a la manera de Dios y no a la de los hombres: el Hijo del hombre, al que han de servir todas las naciones, viene para servir. Ése es el contraste impresionante que cuesta tanto entender.

—No sé, sinceramente —le dije—, cómo se puede asimilar todo eso. ¡Es tan extraño! ¿Cómo pudiste dejar tu posición y tu fortuna por ir en pos de un ideal tan extravagante?

—Es largo de explicar, y difícil, muy difícil. Pero, si te sirve de algo, te diré que cuando más alto estaba, cuando todo me sonreía, sentí una extraña sensación de repugnancia y vacío... Era como comprender de repente que mi felicidad no podía reducirse a un pomposo aparato de dignidades y cargos, a estar rodeado de una escolta de clientes, cortejado por la numerosa comitiva de aduladores y a frecuentar sin descanso espléndidas cenas y opíparos convites. Esto me decía una y mil veces a mí mismo. Pues notaba que me hallaba como retenido y enredado en errores y pasiones de las que no podía desprenderme.

—Y ahora —le pregunté—, ¿te sientes liberado?

—¡Claro! Fue como pasar a ser un hombre nuevo. Aunque, naturalmente, mi naturaleza humana sigue ahí, tirando de mí hacia abajo. Pero se infundió una gran luz en mi espíritu, transformado y purificado, y empecé a sentir una gran libertad al saber que estaba sólo en manos de Dios y no en las tinieblas de la noche o zozobrando en las aguas de este mundo.

Nos sentamos en un banco junto a un olivo. Las aceitunas brillaban jugosas, negras, pidiendo ser recogidas un día u otro. Cuando me hube acostumbrado a estar con Cipriano, sentí que volaban todos los prejuicios que sobre él me había hecho. No era un rétor de esos que hablan para escucharse a sí mismos, ni un abogado pendiente sólo de defender con aplastantes razonamientos su propia causa, ni tampoco un predicador ensimismado en su verdad. Era Cipriano fundamentalmente un hombre convencido, seguro, pero no de sí mismo, sino de su Dios. En muchas cosas podía yo identificarme con él: ambos habíamos estudiado leyes y ambos habíamos estado en búsqueda. Esa vaciedad a que se había referido la conocía yo muy bien. Pero una cosa parecía separarnos y nos hacía mirar el mundo de diferente manera: él era un hombre decidido, había hecho su opción y eso le permitía mirar el mundo erguido; no parecía tambalearse ni un ápice a un lado u otro; yo en cambio podía irme allá o acá, guiado por mi eterna incertidumbre y mi poca confianza en el futuro.

Me di cuenta de que la luz decrecía con la rapidez con que cae la noche invernal y vi a un criado encender un candelabro de pared en la terraza. El crepúsculo dejaba una línea purpúrea en el horizonte y un gran silencio lo envolvió todo. Refrescó de repente.

—Bueno, entremos —sugirió Cipriano—. Comienza a hacer frío. Seguiremos charlando junto al fuego.

—Oh, no —me excusé—, te lo agradezco, pero no quisiera regresar hoy muy tarde a casa. Mañana tengo trabajo.

—Había encargado algo para cenar —insistió él.

—Gracias, pero no quiero molestar demasiado. No te avisé antes de venir y no me parece justo entretenerte más. Pero te prometo que volveré para cenar contigo en otra ocasión.

—Bien, como quieras —asintió él—. Sólo dime una cosa antes de marcharte.

—Por supuesto. ¿De qué se trata?

—¿Qué te hizo rechazar definitivamente la fe cristiana? Puesto que, como tú me has dicho, hay cosas en ella que te llaman la atención.

Quedé pensativo, analizando lo que iba a contestarle. Pero decidí no darle una respuesta meramente complaciente.

—Te diré la verdad, Cipriano —dije—. Fue un libro que me entregó un compañero y que me afectó mucho. Después de su lectura concluí que el cristianismo, tal y como lo planteáis al mundo, es una gran necedad.

Advertí que mi respuesta le había desagradado. Cipriano, en cambio, sonrió.

—¿Qué libro es ése? —preguntó.

—El *Discurso de la verdad* de Celso.

Muy rara vez se le veía reír abiertamente, pero ahora mostraba una cierta sonrisa, con la cabeza ligeramente echada hacia atrás, que equivalía en él a una carcajada.

—¡Por Dios! —exclamó—. ¿Por qué no te lo habré preguntado antes? Espera aquí.

Dicho esto, desapareció veloz por la puerta principal de la casa. Me quedé algo extrañado, meditando sobre si había sido oportuno decirle aquello. Pero enseguida regresó con gesto divertido y trayendo algo entre las manos. Cuando se acercó, vi que se trataba de un libro.

—Toma —me dijo—. Lee ahora esto, si tienes tiempo.

Lo cogí y leí el título en la portada de dura piel, escrito con grandes y elegantes letras griegas: *Contra Celso, escrito por Orígenes.*

—¡Oh! ¿Es posible? —exclamé.

—Sí que lo es —afirmó él—. Por eso me reía antes. Orígenes me entregó este libro en Cesarea y me explicó que lo había escrito motivado por el efecto que habían causado los escritos de Celso en un joven que conoció. ¿No es fantástico? ¡Las cosas de la Providencia son increíbles!

# 45

El libro que me entregó Tascio Cipriano era en realidad el compendio de ocho libros, que contenía la respuesta de Orígenes a los ataques filosóficos de Celso en su *Discurso de la verdad* contra el cristianismo. Deduje que el maestro había escrito aquello tal vez motivado por el efecto que las tesis de Celso habían causado en muchos hombres de aquel tiempo, paganos como yo o próximos, aunque todavía indecisos, hacia la fe cristiana. No comprendí todo lo que se decía en el tratado, por ser demasiado elevado o porque yo no estaba preparado para adentrarme en una apología tan elaborada. Pero recuerdo que, aunque no me resultaba irreductiblemente lógico, sentí que Orígenes estaba ahí, tal y como yo le había conocido, como un hombre fundamentalmente espiritual, como alguien que conocía muy bien la filosofía y la ciencia de nuestro tiempo. El caso es que la huella que había dejado en mi alma el filósofo Celso, con el libro que mi compañero Elintos me prestó en Aelia Capitolina, se borró definitivamente. Lo cual en absoluto supuso que yo me inclinara otra vez hacia los cristianos, puesto que muchas de sus cosas seguían pareciéndome grandes necedades y absurdos que no cabían en mi cabeza.

En cambio, Fidelia se decidió finalmente a pedir el bautismo. Pero antes me lo comunicó buscando mi aprobación.

—Oh, no, Fidelia —le dije—. No des ese paso, por favor.

Suspiró profundamente, me miró a los ojos y afirmó:

—Lo tengo decidido, Félix. Sabía que no te iba a gustar, por eso he querido hablar contigo antes.

—¡Claro que no me gusta! No tengo nada en contra de que acudas a sus reuniones, al contrario, si ello te hace feliz, yo encantado.

Cipriano es un hombre cabal, inteligente y de firmes criterios; no es un funesto sacerdote oriental ni un charlatán de esos que andan por ahí ganándose adeptos para que engrosen su fortuna personal con donativos.

—Entonces, ¿dónde está el problema? —preguntó ella.

—En la libertad, en tu libertad. Si te bautizas te significarás definitivamente como cristiana. Adquirirás un compromiso. Lo que compromete es excluyente de por sí, porque impide elegir otra opción. ¿No comprendes? Si te haces, cristiana, todo lo demás lo dejarás fuera.

—¿Y qué es lo demás? —replicó encogiéndose de hombros.

—¡Tantas cosas! Ya sabes cómo pienso. El hombre está siempre en búsqueda. La vida a cada paso te presentará algo nuevo; si ya has escogido, si ya te has decidido por algo, las novedades ¿qué? ¿No ves que todo es cambiante y mutable? Todo eso que para ti dice tanto ahora, mañana puede perder su sentido...

—Oh, no, amor mío —replicó con cariño—. Tú eres el que no entiendes. ¡Oh, Dios, cómo explicártelo! Es algo que tengo aquí dentro —dijo llevándose la mano al pecho—. La fe que he encontrado no excluye nada; por el contrario, da sentido a todo lo que tú llamas «lo demás». Eso no podré explicártelo con palabras. Es... es como si se me hubieran abierto otros ojos que ven más allá.

—Pero ¿no eres feliz con lo que tenemos? ¿No está todo bien así?

—Sí, claro que soy feliz. Eso lo sabes de sobra. Soy más feliz que nunca —aseguró con una voz que le nacía de dentro—. Precisamente por eso ha arraigado en mí el deseo de una vida perdurable. No me satisface ya agarrarme al momento presente como lo único que voy a encontrar en esta vida.

—¿Y crees que los cristianos te van a dar una vida perdurable?

—No ellos, pero sí el único Dios que pueden darme.

—¡Qué tontería! —repliqué.

No se enojó, pero se retiró hacia atrás ladeando un poco la cabeza y penetrándome con unos ojos tristes.

—Félix, ¿tú me amas? —me preguntó.

—Claro, Fidelia —respondí extrañado por esa pregunta—. ¿A qué viene eso ahora?

Me cogió las manos como solía hacer y contestó:

—Porque he visto que la vida no tiene otro sentido ni finalidad que el amor. El amor es el misterio más grande del mundo. Todos los hombres quieren ser amados y saber que su vida tiene significado. Todos creen saber lo que es el amor, porque, de algún modo, han sido amados por sus padres, por sus amantes, por sus amigos o por otros. Y todos los hombres en el fondo buscan amor. Pero la muerte amenaza todo lo que somos, lo que tenemos y lo que amamos.

—¿Y qué? —dije, pues no la entendía.

—Pues que el amor es el misterio central del cristianismo. Su Dios es amor. ¿No se lo has oído decir una y mil veces? Y nada se sustrae a la fuerza del amor de un Dios así; nada, Félix, nada, ni la muerte misma. Por eso siento aquí dentro que Él nos resucitará cuando muramos y nos restituirá cuanto aquí hemos amado, pero en perfección y de manera perdurable.

—Bien —murmuré—. Veo que ya nada puede convencerte.

—No, nada. Y no voy a pedírtelo, pero me harías la persona más feliz de este mundo si quisieras bautizarte conmigo. Esperaría hasta que estuvieras preparado y...

—¡Oh, no! —le dije—. Por favor, dejémoslo estar. Bautízate tú y déjame a mí con mis dudas. Tú creerás por los dos, ¿vale?

—¡De acuerdo! —exclamó arrojándose en mis brazos.

Sentí su pelo suave en mi mejilla y su corazón palpitando contra mi pecho. Fui consciente de que no la abrazaba sólo a ella, sino también al hijo que tenía dentro. Yo la amaba mucho, pero Fidelia estaba toda hecha de amor. En ese momento vi que tenía que ser así, que no debía oponerme al fuego que había prendido en ella, y que de alguna manera todo eso que había recibido con los cristianos, fueran o no fantasías, tenía el encanto de un maravilloso sueño, pues convertían aquella vida feliz en la intuición y el presagio de la supervivencia más allá de la oscura muerte. «Que haga lo que ella quiera», pensé. Me decidí definitivamente a no contradecirla y a dejar que su vida espiritual siguiera su curso.

—¿Cuándo será ese bautismo? —le pregunté fingiéndome vencido sobre el respaldo del diván.

Se separó sonriendo con un delicioso gesto de complacencia y volvió a abrazarse a mí.

—¡Te amo tanto! —exclamó en mi oído.

—¿Cuándo será? —insistí.

—En lo que ellos llaman la Pascua —respondió—. Eso es en primavera, en torno al mes de abril.

Ella siguió con su preparación, encantada, y yo continué perdido en mi búsqueda particular. Como el invierno avanzaba, pude seguir leyendo, que era lo que más me llenaba por entonces.

Volví a visitar a Cipriano y le expuse mis opiniones acerca del *Contra Celso* de Orígenes. Discutimos una vez más. Él tenía mucha paciencia. Fue después de expresarle mis incertidumbres acerca del destino después de la muerte cuando me entregó la *Apología* de Justino. Ese libro sí fue verdaderamente revelador para mí. Me encontré en él con una extensa explicación que ponía en evidencia todo lo que el hombre intuye desde antiguo sobre su supervivencia más allá de la muerte. Lo leía de corrido, vibrando de emoción al reencontrarme pasajes clásicos extraídos por el autor de otros textos literarios, en los que se mostraba patente la convicción generalizada acerca de la existencia ultraterrena. Por ejemplo, las doctrinas de Empédocles y Pitágoras, Platón y Sócrates. Qué sugestiva me resultó en ese momento la evocación del hoyo aquel de Homero, donde el protagonista llamó a algunas personas muertas, y la bajada de Ulises para averiguar estas cosas.

Había leído la *Eneida* de Virgilio antes, como es natural, pero ahora descubría en el texto de Justino un nuevo sentido a la llegada del piadoso Eneas a los campos Eliseos, guiado por la Sibila de Cumas, paraje de premio para los buenos: como conseguir arribar a «los lugares apacibles, a los amenos vergeles de bosques gloriosos, a las moradas de los bienaventurados». Releí una y otra vez el párrafo donde dice que «un éter más difuminado cubre aquí los campos y los viste de luz purpúrea y conocen su sol y sus estrellas». Me resultaba estremecedor cómo el poeta mantuano expresaba la existencia de los moradores de tales paraísos, como una naturaleza intermedia entre lo espiritual y lo material. Y cerré los ojos perdido en mi imaginación cuando leí que Eneas encontró allí a su madre e «intentó tres veces rodearla con sus brazos y tres veces la imagen en vano asida se le escapó de las manos, igual que los vientos livianos y muy semejante al volátil sueño».

Justino, hábilmente, me descubría en su libro lleno de intuitiva sabiduría el sentido de las composiciones virgilianas, que para él eran como un maravilloso espejo que reflejaba más realidades misteriosas; el anuncio gozoso de una época dichosa y de gran plenitud: «La serpiente morirá y fenecerán las falaces plantas venenosas. [...] Amarillearán poco a poco los campos con blandas espigas, y rojiza uva penderá de cepas silvestres, y, a modo de rocío, destilarán miel las duras encinas. [...] Mira cómo todas las cosas se renuevan con el siglo que va a venir.»

Leyendo estas cosas y meditándolas, caí en la cuenta de que uno de los aspectos más lúgubres e inquietantes del mundo en que vivíamos, sobre todo el más occidental, el romano por excelencia, era su falta de esperanza. La humanidad parecía inmersa en la angustia y en el miedo por su supervivencia, a causa de las guerras constantes, de las amenazas de persas y bárbaros de las divisiones intestinas del Imperio, del fracaso de las viejas instituciones y de la corrupción. En cambio, para los cristianos el principio «esperanza» era la persona de Jesucristo y su mensaje. Jesucristo era quien daba significado último a la esperanza humana en las dos situaciones límite: la muerte y la historia de los hombres. Frente a la muerte, los cristianos estaban convencidos de que no caminaban hacia la nada, sino hacia una existencia plena de felicidad en Dios. Frente al incierto devenir de la historia, ellos estaban educados para leer en el caos y veían la trama de la vida como algo que lleva a la salvación.

Creo que era a causa de esta originalidad suya por lo que se llamaban a sí mismos *tertium genus* (tercer género) y así eran también apodados con sentido hostil por los paganos. Y en el fondo es eso lo que querían ser en medio de aquel mundo difícil y oscuro: otra cosa, algo diferente a lo que ya era conocido.

Releí entonces un antiguo texto que Cipriano me entregó y que yo había leído años antes, en una biblioteca de Bostra: la *Carta a Diogneto*, escrita en tiempos del emperador Adriano por un tal Quadrato y que expresaba mejor que nada la novedad de la existencia que anhelaban representar los cristianos en el mundo:

«Los cristianos no se distinguen de los otros hombres ni por el territorio, ni por la lengua ni por los vestidos. No habitan en ciudades propias, no usan un lenguaje particular, ni llevan una vida especial. Su doctrina no es conquista del genio agitado de los hombres indagadores; ni profesan, como algunos hacen, un sistema filosófico humano. Habitan en ciudades griegas o bárbaras, según lo que a cada uno le toca en suerte, y, adaptándose a los usos del país en el vestido, en la comida y en todo el resto del vivir, dan ejemplo de una forma de propia vida social maravillosa que, según confesión de todos, resulta sorprendente. Habitan en su respectiva patria como gente extranjera; participan en todos los deberes como ciudadanos y soportan todas las cargas como extranjeros. Toda tierra extranjera es patria para ellos, y toda patria es tierra extranjera [...]. Por decirlo en una palabra, los cristianos están en el mundo como el alma en el cuerpo.»

# 46

Cuando entré en el despacho de Aspasio, lo primero que encontré fue la mirada de Larcius Surio, orgullosa y satisfecha, y ya no fue necesario que el procónsul me explicara por qué me había mandado llamar.

—Bien, Félix —dijo Aspasio—, toma asiento y escucha lo que el magistrado Surio tiene que decirnos.

Surio carraspeó y comenzó a desliar la cuerda de un envoltorio que tenía entre sus manos. El procónsul y yo nos miramos.

—Queríais una prueba de las actividades subversivas de Tascio Cipriano, ¿verdad? —dijo en voz baja el magistrado mientras terminaba de desenvolver el libro que había traído—. Pues aquí tenéis esa prueba —añadió con tono grave, dejándolo caer sobre la mesa del despacho.

El procónsul lo cogió, lo ojeó y leyó en la primera página:

—*Ad Donatum, Tascio Cecilio Cipriano.* —Miró al magistrado y preguntó—: ¿Y bien?

—¡Ése es el libro del que te hablé! —respondió rotundo Surio. Arrebató el volumen a Aspasio y comenzó a pasar las páginas con nerviosismo mientras aguzaba la vista—. Aquí, aquí está: «Aunque se hayan grabado las leyes de las doce tablas y se hayan expuesto al público en láminas de bronce; se peca dentro de las mismas leyes; no se salva la honradez ni allí donde se defiende. Un furor recíproco se ensaña entre los litigantes, y en el tribunal resuena el estrépito molesto de los pleitos sin lograr la paz.» Ahí tienes lo que ha escrito Cipriano.

—¿Eso dice de nuestras leyes? —exclamó el procónsul lleno de espanto—. ¿Es posible? ¿Se refiere a las leyes de Roma?

—¡Y eso no es nada! —contestó Surio con los ojos encendidos—.

Escuchad lo que opina ese loco cristiano sobre abogados, jueces y tribunales: «¿El abogado? Si él es el primero que prevarica y engaña. ¿El juez? Si se deja sobornar a cuenta de la sentencia. El magistrado que se sienta en el tribunal para castigar los delitos, él mismo los comete, y, a cambio de hacer perecer a un reo inocente, se hace delincuente el juez.»

—Pero... qué... —balbució Aspasio poniéndose en pie—. A ver, déjame eso. —Cogió el libro de las manos del magistrado y releyó en voz baja—. ¡Esto es una barbaridad! —exclamó espantado—. ¡Este hombre se ha vuelto loco!

—¡Y hay cosas peores! —repuso el magistrado animándose al ver la reacción del procónsul—. Veréis, veréis lo que dice más abajo acerca de nuestro orden social y de la justicia romana. —Retomó el libro y continuó leyendo—: «Por todas partes cunden los delitos, y en todas las formas de delincuencias se impone por medio de los malvados la iniquidad. Éste finge un testamento; aquél falsifica una escritura bajo fraude del título; aquí se les quita a los hijos la herencia; allí se dan a extraños los bienes; el enemigo acusa, se levanta una calumnia, el testigo depone falsamente.»

Aspasio cogió la campanilla que había sobre su mesa y la hizo sonar violentamente. Al momento, el ordenanza abrió la puerta y se hizo presente para cumplir lo que se le solicitara.

—Que venga a mi presencia inmediatamente Tascio Cipriano —le ordenó el procónsul con gran seriedad.

—Eso, que se explique —asintió el magistrado hinchado de satisfacción. Y, mirándome, como buscando aprobación, añadió—: Cuando alguien suelta barbaridades como ésas, debe dar explicaciones. Veremos, veremos lo que dice ahora ése. No, si ya os decía yo...

Mientras aguardábamos en el despacho del procónsul, Surio siguió vertiendo acusación tras acusación; releyó una y otra vez los párrafos del libro y añadió otros, igualmente críticos, contra los espectáculos públicos, las diversiones, los juegos, el teatro y los derroches y dispendios de las clases dirigentes y los poderosos. Alzaba la vista del libro y explicaba:

—Toda, toda nuestra sociedad está aquí insultada, infamada... ¡Qué horror! ¡Qué infundios! Ya os lo decía, ya os lo decía yo...

Aspasio paseaba nervioso de un lado a otro de la estancia. Y yo no daba crédito a lo que escuchaba.

—Pero... ¿estás seguro de que ese libro lo escribió Cipriano? —le pregunté, confundido, pues no terminaba de creérmelo.

—¡Cómo! —exclamó él como ofendido por mi duda—. ¡Naturalmente que lo escribió él! ¿No has visto aquí su nombre, en la primera página? Además, es su estilo; él es así. Ya os lo dije.

Cogí el libro. Lo ojeé. Efectivamente, esas frases estaban ahí. No era la letra de Cipriano, sino una caligrafía de copista, lo cual daba la razón al magistrado, que ya nos había dicho que el tratado se difundía por Cartago, de mano en mano, en varias copias que habían salido de la biblioteca del obispo.

—¿Cómo te hiciste tú con este volumen? —le pregunté a Surio.

—¡Y eso qué importa! —replicó airado—. ¡Oye, prefecto, me está dando la sensación de que crees que todo esto es cosa mía...!

—Oh, no, no —me apresuré a negar—. Pero me parece tan extraño... ¿No podía haber añadido algún copista esos párrafos?

—¡Pero qué dices! —contestó furioso—. ¡Esto lo ha escrito Cipriano! ¡Os lo aseguro! Le conozco muy bien.

—No sé... —murmuró Aspasio—. Parece tan respetuoso con las leyes y las autoridades...

—¡Ah, ja, ja, ja...! —rió irónico el magistrado—. ¡Cómo se ve que no le conocéis! Yo estudié con él, ¿sabéis? Siempre le ha gustado..., ¿cómo decirlo? ¡Figurar! Eso es, figurar. Le gusta que se hable de él. Va de divino por el mundo. ¿Por qué creéis que se hizo cristiano y todo eso? Ya veis. Lo que le gusta es dominar a esa gente, que le sigan y le consideren su salvador. ¡Sí, eso es lo que le encanta: que ellos le vean como su defensor y su guía! No, él no quiere conformarse como todo el mundo con una vida normal. Él tenía que dar el golpe. ¡Pues esta vez lo ha dado! Vaya que sí. Pero ahora se va a enterar...

—Bueno, bueno, vayamos con tiento —le contuvo Aspasio—. Primero hay que averiguar si ese escrito es suyo.

—¡Ah, veo que seguís dudando! —replicó Surio fuera de sí—. ¡Claro, os cae simpático! ¿Cómo no? Ése es su truco, caer simpático. ¡Cuidado! Es un zorro; no hace nada sin premeditación. Creo que... creo que os tiene engañados como a tanta gente. Le resulta tan fácil...

Defensor de causas nobles y grandes. ¡Algo sacará de todo eso! ¿Quién se cree esas patrañas de que dejó todo a los pobres? ¡Algo sacará a cambio!

Estando en tal discusión, llegó el ordenanza y pidió permiso para entrar.

—Vamos, pasa —le urgió el procónsul—. ¿Qué hay de Tascio Cipriano?

—El obispo está ausente —respondió el subalterno—. Pregunté a un criado y me dijo que se encontraba fuera de la ciudad y que no regresaría hasta el domingo.

—Bien, bien —asintió Aspasio—. Hoy es jueves. Ordena de mi parte al heraldo de la guardia proconsular que el lunes a primera hora conduzca a mi presencia a Tascio Cipriano. —Y, dirigiéndose a nosotros, añadió—: Señores, no se hable más. Ya habéis oído. Tú, Larcius Surio, no hace falta que comparezcas el lunes. Deja aquí el libro como prueba y aguarda a que te cite para el juicio. Por mi parte, interrogaré al obispo y convocaré a la magistratura para que determine el tipo de proceso que hemos de emplear.

Me fui a casa muy preocupado y al llegar me encontré a Fidelia, feliz, entregada a sorprenderme con una deliciosa cena que había organizado con el pretexto de festejar cualquier cosa. Pero debió de adivinar algo en mi rostro, porque, cuando me contaba animada algo, se detuvo y me preguntó muy seria:

—¿Qué sucede, Félix?

—Oh, nada, querida —respondí, pues había decidido no preocuparla a ella—. Ha sido un día de mucho trabajo; sólo se trata de eso.

Procuré charlar sin que se me notara, pero ya no podía quitarme la idea de la cabeza, y finalmente terminé contándoselo todo. Ella se quedó atónita. Directamente, le pregunté:

—¿Conocías tú ese libro?

—Sí, claro —respondió—. El opúsculo llamado *Ad Donatum* es muy célebre en la comunidad. Es el primer libro que escribió Cipriano, justo después de convertirse. Sobre todo se utiliza para exponer su pensamiento acerca de la inmoralidad de los juegos, especialmente la crueldad de la lucha de gladiadores y la impudicia del teatro, pero... En absoluto se considera algo ofensivo a Roma.

—No sé —comenté—, todo esto es extraño. Larcius Surio leyó algunos párrafos del libro que parecían atacar directamente a nuestra civilización.

—¡No me hables de ese Larcius Surio! —exclamó ella de repente.

—¿Eh? —murmuré—. ¿Conoces a Larcius?

—Ese magistrado es un ser detestable —respondió ella—. Nunca he querido decírtelo, para no influir en tu vida profesional. Pero los Surio son la gente más malvada e interesada de Cartago. Su poder viene de muy atrás y no consienten que nadie se les oponga. Mi padre cayó en desgracia frente a ellos a causa de algunos asuntos y siempre he sospechado que tuvieron mucho que ver en su ruina.

—¿Quieres decir que sospechas que Larcius Surio fue uno de los que conspiraron en contra de tu padre?

—Sí. Pero, eso ya es algo pasado. No quiero desenterrar rencores ahora que soy tan feliz. Aunque he querido decírtelo por si te sirve de algo a la hora de juzgar a Cipriano.

—Eso no cambia nada; el libro de Cipriano está ahí.

—¿Tan seguro estás de que Cipriano quiso decir esas cosas para dañar al Imperio? ¿No será todo una maniobra de los Surio? Ya te he dicho que son una gente muy intrigante.

—Sí, sí, querida —asentí—. Eso mismo pensaba yo esta mañana.

—Mira, Félix —me propuso ella con calma—, creo que lo mejor es que vayas tú mismo a hablar con Cipriano en persona. Ya sabes que es muy razonable; seguro que él podrá explicarte todo con claridad. ¿No te parece?

—Tienes razón, querida —asentí—. Lo malo es que él está fuera de Cartago y no regresará hasta el domingo, y Aspasio ha dado ya órdenes para que sea conducido al palacio proconsular el lunes a primera hora.

—Yo sé dónde está el obispo —dijo ella—. Se encuentra retirado en una pequeña propiedad que se reservó de la herencia de sus padres. Se trata de una viña que no está muy alejada de la ciudad. Si quieres, mañana podemos acercarnos hasta allí.

—Me parece muy bien. Iremos y le pondremos al corriente de todo lo sucedido. Creo que será mejor que esté sobre aviso.

## 47

Al día siguiente salimos muy temprano. Era ya finales de diciembre y hacía frío de madrugada, pero abrigados y juntos dentro de una radea viajamos deliciosamente, viendo el bello paisaje invernal africano, que se cubría de verde hierba bajo un cielo de color plomo. Remontamos un par de lomas y en menos de una jornada arribamos a un pequeño valle donde las vides se extendían con sus sarmientos desnudos, aún sin podar, alargados sobre una tierra roja. Una casita de color ocre se alzaba a lo lejos, flanqueada por almendros y palmeras.

—Aquélla es la propiedad de Cipriano —explicó Fidelia.

En el camino salieron a recibirnos algunos perrillos con alegres ladridos y un bando de perdices alzó el vuelo por encima de las vides:

—¡Tascio Cipriano! —gritó Fidelia desde la litera—. ¡Eh, Cipriano! ¿No hay nadie en casa?

Alguien apartó una espesa y oscura cortina de basto cáñamo y asomó desde la puerta principal de la casita. Era un grueso hombre, un subdiácono de nombre Celerino a quien Fidelia conocía bien.

—¡Ah, señora Fidelia! —exclamó el subdiácono al vernos llegar—. ¿Qué la trae por aquí?

—Venimos a visitar al obispo —respondió mi mujer—. ¿Está en casa?

—Ha ido a dar un paseo —respondió Celerino—, pero enseguida estará de vuelta.

—Bien, le esperaremos —dijo ella.

No pasó mucho tiempo antes de que se viera a Cipriano venir a lo lejos, montado en un asno que trotaba alegremente por una vereda que atravesaba el viñedo.

—¡Anda, qué sorpresa! —exclamó al encontrarnos frente a su casa—. ¿A qué se debe esta visita?

—Tenemos que hablar contigo —le explicó Fidelia.

—Pasemos adentro —pidió el obispo—. Comeremos algo, porque tendréis apetito después del viaje, ¿no?

Celerino atizó las brasas del fuego bajo una gran chimenea de adobe y extendió algunas tortas de masa de harina que tenía fermentando en un barreño a un lado. El pan creció en contacto con las piedras ardientes y un agradable y apetitoso aroma se extendió por la pequeña estancia, en cuyo techo de troncos y cañas colgaban racimos de uvas pasas y pedazos de carne de cabra secos. Cuando nos hubimos sentado en una alfombra de esparto junto a la lumbre, instantáneamente aparecieron dos gatos bien cebados que empezaron a frotarse contra nuestras piernas.

—¡Bueno, me alegro de veros! —exclamó Cipriano mientras escanciaba vino en cuatro vasos de barro cocido—. Esta casita y la pequeña viña de alrededor es mi retiro particular. Heredé las tierras que nos rodean de mis padres, pero sólo me reservé este pedacito. Es mi capricho. Me costaba mucho prescindir de los recuerdos que me traían estos parajes. Mis abuelos plantaron las vides y veníamos aquí, cada otoño, para disfrutar viendo la vendimia. Hoy me alegro de haber conservado al menos esto. Cartago a veces llega a ser cargante y esta soledad beneficia mucho a mi alma.

—Tienes razón —comentó Fidelia—. Es un lugar delicioso.

En aquel sitio Cipriano parecía diferente. Estaba descuidado, suelto y a su aire. La melena corta le caía hasta el cuello y en ella aparecían ya hilos plateados. Aunque no era ningún atleta, de su arrugada túnica de lino con desgastados remiendos en los codos, de sus pies fuertes cuyas cómodas sandalias se acababa de quitar y de su postura relajada con la espalda recostada en la pared, emanaba salud y esa tranquilidad que irradian las personalidades de gran fortaleza interior.

Repentinamente, empezó a oírse el tableteo de la lluvia sobre el tejado y se mezcló con el reconfortante crepitar de la lumbre.

—Vaya —observó Celerino—, fuera empieza a llover.

Sentí que Fidelia se estremecía a mi lado, suspiró y adiviné que, como yo, saboreaba el momento: el suave calor de las ascuas, el aroma del pan recién hecho y el dulce vino en sus labios. Le tendí los brazos y ella dejó que su cabeza descansara sobre mi hombro, mientras yo le rodeé el talle, sintiendo su vientre ya algo abultado en contacto con mis muñecas. Cipriano sonrió y comenzó a partir las tortas, cuyos pedazos fue distribuyendo alrededor de un plato de salsa hecha con especias y carne seca.

—Esto es lo que hay para comer —explicó—. Si hubierais avisado...

Aquella sencilla cena nos pareció exquisita. Enseguida se hizo de noche y caímos en la cuenta de que aún no habíamos sacado el tema que nos había llevado allí. Supongo que el ambiente distendido y entrañable borró de momento el ímpetu de nuestra preocupación. Hablamos de cosas triviales, reímos y también estuvimos algunos ratos en silencio, contemplando los cuatro absortos el espectáculo del pequeño fuego.

—¿Por qué no os quedáis aquí esta noche? —sugirió Cipriano—. Hay dos horas de camino hasta Cartago; tendréis que hacerlas a oscuras y con lluvia.

Lo pensé un momento.

—¿Por qué no? —dije—. En la carreta hay mantas suficientes y aquí se está muy a gusto.

Fidelia me dio un beso y dijo:

—¡Estupendo! Las cosas que surgen así son las mejores.

—Entonces —sonrió Cipriano—, no se hable más. Salgamos a por las mantas y dispongámonos a conversar antes de dormir.

Fuera la lluvia arreciaba.

Una vez dentro, instalados de nuevo confortablemente, el silencio se precipitó por el espacio que cada uno dedicó a regocijarse con el placer de estar abrigados, contemplando el resplandor de las llamas y saboreando de nuevo el vino dulce.

Me pareció que no tenía derecho a estropear el momento sacando a relucir el asunto sucio de la demanda del magistrado. Preferí guardar silencio al respecto y supongo que Fidelia pensó lo mismo, porque tampoco abrió la boca para hablar de ese tema. Al día siguiente habría tiempo suficiente. En cambio, la conversación derivó esa noche hacia cosas más agradables.

—¿Por qué buscaremos la felicidad en lugares tan complicados? —comentó Fidelia—. Creo que casi todo el mundo está de acuerdo en que ser feliz es algo muy sencillo. Se puede ser feliz con tan poco...

—Ah, amiga —observó Cipriano—, así es el hombre. Éste puede tocar las estrellas pero no puede vivir en paz en su misma familia. Todos los hombres desean la felicidad pero no llegan a ponerse de acuerdo sobre lo que es y, sobre todo, parecen incapaces de alcanzarla.

—Bueno —opiné—, creo que si no se han conocido el dolor y las dificultades es muy difícil apreciar lo bueno.

—¿Quién no ha conocido en su vida el dolor? —repuso Fidelia—. Quiero decir que tras una dificultad o un momento de angustia, cuando llega la calma, es cuando verdaderamente se es feliz. ¿No?

—Sí —asintió Cipriano—, de eso se trata. El hombre está compuesto de gloria y de miseria, de vida y de muerte. Así se debate en su existencia: es depositario de la verdad, pero no puede liberarse de incertidumbres y errores.

—Me vienen a la memoria unos versos de Homero —recordé—. En la *Ilíada* el poeta griego observaba que «Los hombres somos como las hojas. El viento las esparce por la tierra, y el bosque hace germinar otras, y las primaveras se suceden. Así nace y se extingue cada generación de hombres».

—¡Qué triste es eso, Félix! —protestó Fidelia.

—Sí, recuerdo esos versos —observó Cipriano—. Como dice Fidelia, son tristes; guardan en sí todo el rigor y la nostalgia de Homero. En realidad, es una comparación aguda que demuestra que la vida humana, como la de las hojas, es insignificante y trágica. Hagamos lo que hagamos, seamos infelices o dichosos, el viento todo se lo ha de llevar.

—Sí, es triste —comenté—. Toda la realidad humana cae como las hojas esparcidas por el viento...

—Así es Homero —dijo el obispo—. Para él las iniciativas humanas terminan con frecuencia en fracaso. Como en toda la tragedia griega, lo que subyace es el sentimiento de que al hombre no le es posible controlar la divinidad. El universo parecía un campo de batalla en el que se tropezaban numerosas fuerzas hostiles, y el hombre se encontraba, en su mismo ser, lacerado por conflictos y deseos. Unas veces le impulsa la pasión, inmediatamente después la ira, otras veces una tierna piedad y, después, el remordimiento...

—Pero, ¿no es así la vida misma? —se preguntó Celerino—. A unos les atrae el tener, a otros el poder y a otros el saber. Por eso hay tantos conflictos y luchas.

—¡Claro! —afirmó Cipriano con ímpetu—. Por eso no es sorprendente que, para explicar esta mezcla alborotada de deseos y fuerzas, se inventasen desde antiguo una multitud de divinidades. Los grandes poetas épicos, como Homero y Virgilio, cantaron el destino de Troya y sus consecuencias, para explicar de alguna forma el hecho de que muchos seres humanos sufrían y eran destruidos, porque según ellos estaban envueltos en la rivalidad de los dioses.

—Entonces —le pregunté—, ¿lo divino no existe? ¿Es sólo invención de los hombres?

—Depende de lo que consideremos divino —respondió él.

—Pues lo inmortal y lo permanente —contesté—, al contrario de la mutabilidad y la mortalidad del hombre. ¿No es eso lo que considera divino todo el mundo? Basta mirar la realidad humana, pasajera e inestable, para considerar que divino es lo que no es de esa manera.

—Tienes razón —asintió él—. En eso es en lo que todos están de acuerdo, en que lo divino es lo inmortal y permanente. Ésa es la idea, pero eso no dice nada en relación a la forma en que se manifiesta lo divino. Para unos, es el mismo universo divino, pues existe antes del hombre y da la impresión de continuar existiendo después de que toda esta generación retorne al polvo. Para otros, sería la misma naturaleza con su retorno rítmico de las estaciones. Otros miran a las estrellas y encuentran en los astros, con sus ciclos recurrentes, la guía del actuar humano. Pero ¿es lo divino personal? ¿Es alguien? Tú mismo, Félix, opinas que el emperador y toda Roma son divinos, ¿no es así?

—Claro —dije—. Existen fuerzas divinas que gobiernan el mundo, y el hombre debe contar con ellas. Mi emperador, revestido de todo su triunfo, y Roma, con toda su grandeza y su poder en nuestro mundo, son en cierto modo divinos. Yo no creo que a esas fuerzas deba llamárselas de una manera u otra; están ahí y con saberlo me basta. Yo he podido percibir toda esa grandeza y esa gloria y vibrar de emoción ante la presencia misteriosa de lo divino.

—¿Cuándo? —preguntó él.

—En el Panteón de todos los dioses de Roma, en la ceremonia sacrificial que sirvió para entronizar a Decio y a su hijo Herenio.

—¿Percibiste que ellos eran dioses? —preguntó Celerino, que escuchaba muy atento.

—No exactamente, pero sentí que algo de la divinidad descendía para posarse en ellos. Es la divinidad que descansa en nuestro Imperio y que se manifiesta en su ciudad y en el emperador cuando rinde honores a los dioses en nombre de todos los ciudadanos.

—Eso no son sino manifestaciones humanas —repuso Cipriano—. Y las iniciativas humanas terminan con frecuencia en fracaso. ¿Dónde irá a parar toda esa divinidad si Decio fracasa como otros emperadores antecesores suyos?

—No fracasará —dije convencido—. Decio no fracasará. De eso estoy completamente seguro. He combatido a su lado. Le conozco bien. Es un hombre hecho de otra pasta; es un elegido para conducir a Roma a la manera de Augusto o Trajano, en quienes también, de alguna manera, descansaba toda esa divinidad.

—En fin —suspiró Cipriano—, no discutamos. Ésa es tu forma de entender la divinidad. Y te comprendo, cómo no hacerlo, pues yo también pensaba y sentía como tú.

—Entonces —le pregunté—, ¿cuál es ahora tu concepto de divinidad?

—Uno solo es el Señor Dios de todos los hombres —respondió con rotundidad—. Y no puede ser visto, porque su resplandor es más brillante que la luz de los ojos, ni puede ser palpado, porque su pureza es superior al tacto, ni ser comprendido, porque está por encima de la comprensión.

—Ah, muy bien —aventuré sosegadamente—. Y ¿cómo se manifiesta entonces? Porque, como me dijiste antes, cuando te expuse mi concepción de la divinidad, ésa es la idea. Pero no dice nada en relación a la forma en que se manifiesta ese dios.

—Tienes razón —contestó—. Para nosotros, está presente en las cosas que nos lo enseñaron: el mundo, el tiempo y los acontecimientos. Pero es en las Escrituras donde descubrimos su majestad desde antiguo. Y es al final del Nuevo Testamento donde san Juan proclama con extrema claridad la realidad misteriosa de Dios: «Dios es amor.» Esta nueva designación no es una abstracción que un filósofo aplica a la esencia divina, sino que es la verdad última de Dios, su manera de ser. Él no puede ser de otra forma.

—Y eso ¿quién se lo ha dicho a ese san Juan? —le pregunté.

—Jesús —declaró, con una sonrisa enigmática—. Jesús les dijo a sus discípulos con total claridad que Dios es un padre que ama y desea reconciliar a todos los hombres consigo. Dios es «Padre». ¿Entiendes lo que eso significa? «Padre» revela con profundidad extrema quién es Dios y revela a los hombres lo que Él quiere ser.

—¡Y cómo no va a querer un padre la felicidad de sus hijos! —exclamó Fidelia con emoción—. Él nos dará esa felicidad, para siempre, por eso creo en Él.

Celerino se acercó a la puerta, apartó la cortina y miró afuera.

—Ha dejado de llover —dijo.

Salimos los cuatro a ver. Contemplamos el campo nocturno que la lluvia caída hacía brillar bajo la luna. El aire estaba muy limpio y fresco, e imperaba un gran silencio que ninguno quiso romper. Las últimas palabras de Fidelia parecían resonar aún. «Padre» me resultaba un nombre demasiado íntimo para llamar a Dios. Era como si quedara suprimida la distancia que separa el cielo y la tierra. Un verdadero padre quiere a su hijo; desde el nacimiento lo acoge con amor. Y el amor desea que el otro viva y no muera jamás. Si en ese Dios el amor es todo poderoso y es un amor infinito, posee el poder para comunicar una vida infinita...

# 48

Cipriano me explicó el sentido de su opúsculo *Ad Donatum*. Trató de hacerme comprender que de ninguna manera había pretendido con su tratado enfrentarse directamente a la sociedad romana, y mucho menos al Estado. Quiso manifestar únicamente la liberación y la transformación en sus sentimientos más íntimos que había supuesto para él la conversión al cristianismo. En definitiva, en el libro buscaba sólo comunicar a su amigo Donato, cristiano como él, la renovación admirable que había experimentado en el fondo de su alma con la nueva fe.

—Pero en la obra se ponen de manifiesto aspectos de nuestra cultura que tú consideras graves corrupciones, vicios y depravaciones —repuse.

—Y lo son —asintió—. ¿Funciona acaso todo bien en nuestra civilización?

—No, desde luego que no.

—También Séneca y Marco Aurelio dijeron lo que no funcionaba en su época y nadie se escandaliza hoy por ello —observó—. En mi obra he pretendido ofrecer la perspectiva de la vida vista como desde una alta montaña: ahí están las diversiones, los teatros, juegos y ajetreos, con toda su corrupción encubierta, especialmente en los tribunales y en los cargos públicos. Pero eso no significa un ataque al modo de vida romano, sino la denuncia de lo que no marcha bien. La gente se queja de que todo va a la deriva en las últimas décadas; es un tema de conversación frecuente. ¿Es acaso peor reflejarlo en mi libro? En mi tratado *Ad Donatum*, como en un monólogo, expreso con soltura lo que todo el mundo honrado piensa. Y termino concluyendo que sólo con la regeneración de las almas se podrá alcanzar la paz en nuestro mundo.

—¿Es posible esa regeneración?

—Claro. Ésa es mi lucha.

Visto de la forma que me explicó, concluí que el asunto no era tan grave como nos había parecido en un principio. Y que, ciertamente, sacando algunas frases de contexto, el libro de Cipriano podría resultar algo fuerte, pero el conjunto no suponía en absoluto un ataque a Roma. Era más bien un tratado de contenido espiritual que reflejaba la visión del mundo de un converso al cristianismo, sin que hubiera llamadas a la rebelión o a la resistencia a las autoridades. Cuando me lo hube leído entero —lo cual hice en una mañana, pues no era extenso—, estuve convencido de que la intención del opúsculo no era otra que la que el autor me había manifestado, y que, tal y como sospechaba Fidelia, Larcius Surio pretendía torcer las cosas y manipular al tribunal para que interpretara el libro como una grave amenaza contra el Estado.

Pero ese juicio no llegó a celebrarse nunca, porque otros acontecimientos, mucho más trascendentales, vinieron a poner verdaderamente en peligro no sólo a Cipriano, sino a todos los cristianos del Imperio.

A finales de año, Decio emprendió una guerra decidida contra la dispersión de cultos que estaban perjudicando a la religión tradicional romana. El culto de Roma y de Augusto formaban parte del Estado que el emperador quería revivir y, a ejemplo de Trajano, cuyo nombre llevaba, quiso ser el guardián de las tradiciones nacionales. Y para conseguir este propósito se publicó un edicto que obligaba a todos los súbditos del Imperio a manifestar su adhesión a la religión oficial.

La ley llegó una mañana en manos de un emisario imperial que venía encargado de inspeccionar su estricto cumplimiento. Y enseguida se convocó a una comisión local compuesta de notables y de funcionarios encargados de llevar a cabo la orden. Como prefecto de la legión, me correspondió formar parte de dicha comisión que presidía Aspasio por ser el gobernador de Cartago.

Cuando tuve en mis manos el pergamino que contenía el edicto, me di cuenta de que era una ley muy bien pensada, que buscaba terminar definitivamente con la vieja polémica religiosa y con las fuerzas disgregadoras que destruían el Imperio y devolver a la vieja Loba su fuerza y su prestigio. En síntesis, se permitía a cada cual que creyera en lo que quisiera, siempre que reconociera públicamente que veneraba y honraba a los dioses de Roma. Y para demostrar esta adhesión se debía ofrecer alguna libación o sacrificio en el Foro, estando presentes las autoridades, o quemar incienso delante del altar. Los que cumplieran con estos requisitos, recibirían de los magistrados un documento de confirmación, el *libelli*, y su nombre sería incluido en las listas oficiales de ciudadanos. Y quienes se negaran a cumplir la orden serían perseguidos y castigados severamente.

En principio, a Aspasio y a mí, como al resto de los magistrados, nos pareció una ley justa. No era Decio por naturaleza un hombre cruel, un verdugo sediento de sangre; sino que buscaba mantenerse en la línea de otros emperadores, como Trajano, que no pretendían castigar el ser cristiano como un crimen, sino hacer cesar los aspectos de esta nueva religión que iban en contra de la unidad y las tradiciones del Imperio. Los adeptos a cualquier religión, si querían ser considerados ciudadanos romanos, debían cumplir con esta primera obligación, y ofrecer en público aunque fuera un grano de incienso a los dioses del Estado, si no lo hacían, debían atenerse a las consecuencias. Decio no apuntaba especialmente a los cristianos, sino a todos los sospechosos de independencia y rebelión.

Una vez publicado el edicto, se entronizó en el Foro provincial de Cartago a la *dea Roma*, a Augusto y a la Tríada Capitolina y se convocó a notables, magistrados y funcionarios para que cumplieran solemnemente con la orden, los primeros, para dar ejemplo. El comienzo de las celebraciones se fijó el martes siguiente.

El sábado anterior se presentó en mi casa Aspasio, muy alterado.

—Vitunia se niega a cumplir el edicto —me dijo.

—¿Que se niega? ¿Se ha vuelto loca?

—Sí, se niega rotundamente. Dice que tiene decidido bautizarse esta misma primavera y que de ninguna manera puede sacrificar a dioses paganos. He intentado convencerla, pero no entra en razones.

—¿Y qué piensas hacer?

—De momento enviarla a Thugga; allí el edicto todavía no ha sido publicado. Diré que se encuentra enferma y acudiré yo solo al Foro.

—Tarde o temprano tendrá que comparecer públicamente. La ley es terminante en eso.

—Sí, pero mientras no sea publicada en Thugga, podré ganar tiempo. Ya pensaré en algo.

Ese mismo día el mismo problema del gobernador se me presentó a mí en idénticas circunstancias: Fidelia me comunicó que ella tampoco sacrificaría a los dioses.

—¡Cómo me dices eso ahora! —le grité—. ¡Es absurdo! ¿Te das cuenta del lío en que nos vamos a meter?

—Félix, por favor, escucha mis razones —me suplicó.

—¿Razones? ¿Qué razones? ¡Vuestra postura es irracional y fuera de toda lógica!

—No podemos hacerlo, debes comprenderlo. Eso supondría renegar de nuestra conversión; tirar por tierra todo lo que hemos ido aprendiendo en la catequesis... sería como si no hubiéramos avanzado nada...

—Pero, querida —traté de hacerle entender—, es muy peligroso negarse. Ha venido expresamente desde Roma un emisario encargado de vigilar el cumplimiento del edicto. La orden es formal y universal. No se deja a los representantes del poder el menor derecho a interpretarla o restringirla. Todo el mundo debe sacrificar, hacer libaciones o quemar aunque sólo sea un grano de incienso ante los dioses. ¡Todo el mundo! ¿Te das cuenta de lo que eso significa? En los próximos días, a partir del martes, toda Cartago pasará por el Foro para cumplir. Y yo debo ir de los primeros. Eres mi esposa y debes acudir a mi lado...

—Tú puedes hacer lo que quieras —contestó tajantemente—, pero yo no iré. Es algo que tengo decidido.

—Esto no es un juego, Fidelia —insistí—, vendrás conmigo o si no...

—¿Qué? ¿Qué puede pasarme? —preguntó con una mezcla de ingenuidad y desafío.

—Será terrible. Las órdenes son tajantes: cárcel de momento, y es posible que lleguen órdenes complementarias, con penas de severos castigos e incluso muerte.

—¿Serán capaces de hacer eso?

—Naturalmente, querida. La ley es la ley.

—¡Pero si más de media Cartago es cristiana! —observó con convencimiento—. ¿Van a encarcelar a tanta gente? Vamos, cariño, esa ley es poco realista.

—¡Fidelia, por favor, no seas ingenua! Conozco a Decio y sé que no le dolerán prendas a la hora de llevar a cabo su plan. Será implacable.

—Tal vez en Roma lo pueda ser —replicó—. ¡Pero esto es Cartago! En África las cosas funcionan de otra manera. ¿No te das cuenta de que aquí casi nadie tiene ya en cuenta a los dioses del Imperio? No digo que todo el mundo sea cristiano, pero están por ahí los que adoran al dios Cocodrilo, a Tauris, a Isis, a Mitra... ¡Qué se yo! ¿Crees tú que toda esa gente va a renunciar a lo suyo para cumplir el capricho de tu emperador?

—No es un capricho, Fidelia. Esa ley no es únicamente una medida de carácter religioso. Todo el Imperio está en juego. Vivimos tiempos muy difíciles y es necesario unificar a la nación para hacer frente a la decadencia que corroe nuestra civilización por todas partes.

—Los cristianos no corroen nada —replicó—, y tú lo sabes bien. ¡Cómo puedes decir esas cosas ahora! Me parecías tan convencido últimamente...

—Ya sabes que no tengo nada contra los cristianos. Al contrario, hay muchas de sus cosas que me reconfortan bastante.

—¿Entonces? No comprendo por qué estás tan de acuerdo con esa ley.

—No he dicho que esté completamente de acuerdo, querida.

—Pues pareces defenderla a toda costa.

—Porque considero que no debemos ofrecer resistencia a los esfuerzos que está haciendo Decio para devolver a Roma su antigua grandeza. Debemos empezar por obedecer las leyes, aunque no estemos conformes con todo lo que mandan.

—Hay que obedecer a Dios antes que a los hombres —repuso ella.

—Eso te lo ha dicho Cipriano —aseveré.

—Claro.

—¡Dioses! ¡Ya sabía yo que terminaría trayéndonos complicaciones! —exclamé dando un puñetazo en la pared.

—Por favor, no te enojes —me pidió entristecida.

Me fui hacia ella, la abracé. Deseaba decirle que la cosa no iba con ella, pero era incapaz de tranquilizarme.

—Te lo ruego, Fidelia —le supliqué—, por nosotros, por nuestro hijo, hazme caso y acude conmigo a cumplir esa orden.

—Creo que te estás tomando todo esto demasiado en serio —me dijo con dulzura—. Ya verás como no pasa nada al final, querido. Dios nos protegerá. ¿No es acaso nuestro Padre? Él cuidará de que no nos pase nada malo.

—Al menos hazme caso en una cosa —le pedí—. Aspasio enviará a Vitunia a su casa de Thugga. Allí el edicto no ha sido aún publicado. Prométeme que irás con ella hasta que veamos en qué acaba todo esto.

—De acuerdo, lo prometo.

# 49

En la madrugada del martes, el Foro provincial de Cartago resplandecía con la luz de los fuegos que los sacerdotes encendieron con las llamas traídas desde el templo de Júpiter. Los asuntos públicos se suspendieron y la gente se concentró para aguardar a que dieran comienzo los cultos públicos ordenados por el emperador. Se habían mandado construir unos elevados estrados donde descansaban las estatuas de los dioses del Imperio, sobre pedestales de mármol rojo, y delante se situaron altares adornados con ramas de ciprés. Nobles, funcionarios, magistrados, militares y miembros de colegios sacerdotales iban acudiendo para ocupar sus sitios. Como deferencia, se reservó un lugar preeminente al emisario imperial, próximo al ara principal y debajo justo de la estatua de Decio divinizado.

Cuando el sol apareció sobre los tejados, el séquito sacerdotal partió desde la colina de Birsa y descendió por la pendiente hasta el *cardo máximo*, por donde discurrió encabezado por los sumos sacerdotes, a los que seguían los esclavos públicos que conducían a las víctimas, cerdos, carneros y toros, y que transportaban grandes cestos con frutas, vino y alimentos. Detrás iban los músicos tocando clarines militares, flautas y cuernos curvados. Los cantos eran solemnes, con poca melodía y demasiado forzados. Por último, un grupo de danzarines evolucionaban y giraban en movimientos rituales más propios de la antigua Cartago púnica que de la Roma imperial. Después de éstos venían coros de jóvenes con túnicas blancas, haciendo sonar panderos y sistros con ritmos poco acordes con la sobriedad que exigía el viejo ritual del culto oficial.

Se hicieron las purificaciones con agua mezclada con sal, fuego y aceite, y los augures pregonaron sus vaticinios determinando que el momento elegido para la realización de los sacrificios era el más oportuno. Se degollaron las víctimas y fueron dejadas a la vista sus entrañas para que los *auspicis* las examinaran, tras lo cual fueron quemadas y se comenzó a asar el resto de la carne.

Todos los presentes en los sacrificios participamos del banquete sagrado, comiendo de las ofrendas y bebiendo el vino de los dioses. Después se entonaron plegarias y fuimos pasando delante del altar para incensar. Y cada uno de los ciudadanos que cumplió con la obligación en presencia de las autoridades fue inscrito en los libros preceptivos, quedando pendiente de ir a recoger el *libelli* en los días siguientes para certificar con ello su obediencia al edicto.

Y fue precisamente en la semana que siguió a la celebración de los sacrificios cuando se puso de manifiesto lo que ya se sospechó, a primera vista, en la concentración del Foro: que una buena parte de los habitantes de Cartago hizo caso omiso a la convocatoria y no acudió a cumplir con lo preceptuado. Una vez revisadas las listas y cotejadas con el censo, resultó que sólo un tercio de la población había participado en el culto oficial.

Como era de esperar, el emisario imperial quiso saber enseguida el porqué de la masiva desobediencia y convocó con carácter de urgencia a los procónsules y a los magistrados. Con evidentes muestras de disgusto, manifestó que no podría regresar a Roma sin llevar a efecto la misión que el emperador le había encomendado y exigió que se tomaran medidas para hacer que los dos tercios de cartagineses restantes pasaran por el Foro para cumplir.

Uno de los magistrados achacó el poco éxito de la convocatoria a que se había hecho público el edicto precipitadamente, sin que los habitantes de las villas rurales y los dueños de los negocios alejados de la capital hubieran tenido siquiera conocimiento.

—¡Que se repita! —sugirió otro de los magistrados.

—¿Repetirlo? —observó el procónsul—. ¡Cómo vamos a poner otra vez en funcionamiento toda la parafernalia que exige el ritual! Habría que interrumpir de nuevo la vida de la ciudad y suspender los asuntos públicos del Foro.

—No será necesario repetirlo todo —repuso el emisario imperial—. Opino que deben destinarse unos días determinados a los efectos. Por ejemplo, los martes, y dar la posibilidad de que el pueblo vaya pasando por los templos oficiales para cumplir con la obligación. Que esos días esté allí un magistrado a las horas previstas y dé fe para la expedición de los certificados.

—Es una buena idea —manifestó conforme Aspasio.

—¿Y creéis que la gente cumplirá? —dijo el magistrado Larcius Surio, desde su estrado, con tono cargado de escepticismo—. Yo, sinceramente, creo que el problema es mucho más profundo que el hecho de que se hayan enterado o no del edicto.

—¿Y bien? —le preguntó el emisario imperial—. ¿A qué crees tú pues que se debió la ausencia de los ciudadanos el martes pasado?

—En principio, he de decir que creo que no acudieron entonces ni acudirán ahora —aseguró rotundo—; ni cincuenta veces que se les convoque. ¡Seamos serios! Todos los aquí presentes sabemos que los cartagineses son fríos con respecto a la religión oficial. Les importan un comino los dioses del Imperio. Ésa es la realidad.

—¿Es eso cierto? —inquirió el emisario paseando la mirada por el resto del consejo local y deteniéndose en Aspasio.

—Eso es una visión muy particular —contestó el procónsul, nervioso.

—¿Particular? —replicó Larcius— ¡Vamos, Aspasio, si ni siquiera tu esposa estaba a tu lado en las ceremonias, como le correspondía a la mujer de la primera autoridad!

—¡Mi esposa está en Thugga! —repuso Aspasio con visible contrariedad—. Sabes de sobra que tengo allí mi segunda residencia. Cuando llegue el momento, ella acudirá a cumplir con su obligación.

—No, si yo no he querido decir que tu esposa pretenda eludir la ley —dijo el magistrado dulcificando el tono—. Pero considero que hemos sido demasiado condescendientes en este tema. La gente de Cartago no se lo toma en serio; es para ellos una obligación... relativa, eso es, relativa.

—Las leyes del Imperio son universales —sentenció el emisario—; obligan a todos y en todas partes por igual.

—Pues, ya ves —le dijo Larcius—, aquí en Cartago cada uno va a lo suyo. Si queremos que sean tomados en serio los edictos del emperador, habrá que adoptar medidas más firmes.

—Bien, bien —intervino el procónsul—. De momento la prudencia exige que publiquemos de nuevo el edicto y esperemos a ver qué sucede.

Al día siguiente la norma fue pregonada hasta el último rincón de Cartago. En los martes que siguieron, durante más de un mes, estuvieron pasando gran número de ciudadanos por el Foro; unos sacrificaban y otros ofrecían víctimas o participaban de la carne inmolada y del vino consagrado a los dioses; y muchos se conformaron con quemar incienso ante los altares, lo cual fue suficiente para extenderles el *libelli*. Pero pronto se detuvo el ir y venir de ciudadanos y se presumió que habría cumplido ya hasta el último de los que quisieron hacerlo. Ahora había que hacer el recuento de los que optaron abiertamente por desobedecer. Y los funcionarios encargados de hacer esta tarea fueron minuciosos a la hora de informar: todavía era muy elevado el número de cartagineses censados que no habían recibido el certificado; y entre ellos había importantes hombres de la ciudad, nobles, magnates, hacendados, ricos negociantes, funcionarios e incluso autoridades.

—Pues bien —dijo tajante el inspector—, ha llegado el momento de actuar con firmeza.

—¿Qué hemos de hacer? —le preguntó el procónsul—. Si un tercio de la población se niega a cumplir, ¿vamos a meterlos a todos en prisión?

—Tú lo has dicho —afirmó el inspector—. Las órdenes que he recibido de Roma son muy precisas: que se detenga a todos los que no tengan el *libelli*.

—¿A todos? Pero... ¿sabes lo que estás diciendo? —observó Aspasio, llevándose las manos a la cabeza.

—Sí, a todos. ¿Cómo si no vamos a obedecer al emperador? —insistió con rotundidad el emisario—. Empieza a citar, uno por uno, a quienes no estén en las listas.

Ese mismo día, la guardia proconsular comenzó a conminar casa por casa a los ciudadanos de Cartago que no figuraban en las listas. Se constituyó un tribunal encargado de verificar que la orden fuera llevada a cabo y una comisión local compuesta por notables y funcionarios para evitar abusos o corrupciones. Todo debía estar de lo más claro. Los detenidos eran conducidos al templo e invitados a sacrificar a los dioses o, por lo menos, a quemar incienso ante el altar.

Estuve presente en varias de aquellas redadas y asistí, cuando me correspondió como miembro de la comisión, al templo para verificar el cumplimiento de los sospechosos. Había de todo: unos remoloneaban o se negaban primero, para ceder finalmente, cuando iban comprendiendo que no les quedaba más remedio; algunos ponían excusas y trataban de zafarse a toda costa, pero, conminados y amenazados con la prisión o la confiscación de bienes, terminaban por obedecer; y todavía hubo quienes se negaban rotundamente, se les dijera lo que se les dijera.

El problema vino con estos últimos, que pronto llegaron a ser varios centenares, y las prisiones estaban abarrotadas, cuando sólo se habían citado a las primeras letras del abecedario, pues se siguió el orden alfabético.

El procónsul reunió al consejo local a petición del inspector imperial y expuso el estado de la situación.

—Que den comienzo los castigos —sentenció el emisario—. Eso nos aligerará mucho el trabajo, pues los que faltan acudirán por su propio pie una vez que sepan lo que les sucede a los desobedientes.

—Considero que debemos esperar todavía un poco —expuso Aspasio.

—¿Esperar más? —saltó enardecido Larcius Surio—. ¿A qué vamos a esperar ya? ¿No hemos actuado con demasiadas contemplaciones? El edicto es tajante en esto: o se da culto a los dioses, o la cárcel y los consiguientes castigos.

—Larcius Surio tiene razón —afirmó el emisario imperial—. Este asunto está ocupando demasiado tiempo. Debemos adoptar medidas o no terminarán nunca de tomarse en serio la ley.

—Se me ocurre una cosa —propuso Aspasio—. Conozco personalmente al jefe de los cristianos de Cartago. Le citaré para que comparezca en mi presencia y trataré de convencerle para que los adeptos de su religión cumplan aunque sea con lo más elemental.

—¡Eso es demasiado! —protestó Larcius, acompañado por un murmullo de apoyo salido de los magistrados que solían respaldar sus propuestas—. ¿Vas a ir a suplicar a ese rebelde que cumpla las leyes? ¡Por todos los dioses, adónde vamos a llegar!

—No —negó el procónsul—. Es sólo una forma pacífica de solución a este grave conflicto. No olvidemos que hay un buen número de personas notables de la ciudad entre los que se niegan a cumplir el edicto. No podemos abrir una herida tan profunda en nuestra sociedad. Si empezáis a enviar a la cárcel y a castigar con severidad a funcionarios, comerciantes, hombres de leyes...

—¡Habrá que hacerlo! —repuso con firmeza el emisario—. ¡La ley es la ley!

—Pero dejadme primero intentarlo —insistió Aspasio—. Conozco esta ciudad; vivo aquí desde hace veinte años, desde mucho antes de ser procónsul. Y puedo deciros que Cartago no es Roma. Si nos enfrentamos abiertamente con un sector tan amplio de la población, podemos tener graves problemas. ¿No os dais cuenta de que hay cristianos en todos los sectores? ¿Quién de nosotros no tiene parientes o amigos que todavía no han cumplido con el edicto? ¿Vais a asistir impasibles a su detención, su encarcelamiento o a la aplicación de las duras penas previstas en la ley?

—¡Ni hablar! —protestó de nuevo Larcius—. ¡Parece que somos nosotros los culpables de su desobediencia! Ellos son quienes se niegan a cumplir la ley. Considero que tener tantas contemplaciones perjudica a la nación. Ahí está precisamente el problema. Pero... ¡quién se ha creído que es ese Cipriano! Tú, Aspasio, como procónsul del emperador, no puedes rebajarte a negociar con el jefe de un sector rebelde que constantemente busca ir a su aire, ignorando a la autoridad legislativa.

—No me rebajaré —negó el procónsul—. Le conminaré severamente a cumplir la ley. Os aseguro que será el último intento pacífico para arreglar el problema. Después actuaremos con toda la dureza que exige el edicto.

—Bien, bien —estuvo de acuerdo el emisario—. Si estás tan seguro de poder hacer entrar en razón a todo ese sector, no perdemos nada intentándolo.

## 50

Cuando Cipriano compareció en el palacio proconsular obedeciendo a la citación de Aspasio, lo hizo acompañado por un presbítero llamado Rogaciano y por Tertullus, un funcionario que ocupaba un alto cargo en la administración portuaria y que también era cristiano. El encuentro tuvo lugar en privado, en el despacho de Aspasio; y yo acudí invitado por éste, sin que ninguna otra persona fuera testigo de lo que se habló.

El procónsul explicó con minuciosidad el sentido del edicto y, aunque no era un hombre elocuente, se esforzó presentando argumentos que pudieran convencer a los cristianos para que cumplieran la ley.

—Nosotros obedecemos a Roma, somos y nos consideramos romanos —observó Cipriano—; eso tú lo sabes bien, Aspasio.

—Pues, entonces —le dijo el procónsul—, ahora tenéis una ocasión inmejorable para demostrarlo. Reunid a los cristianos de Cartago y hacedles ver que tienen que venerar a los dioses de Roma según lo mandado por nuestro emperador.

—No podemos hacer eso —negó rotundo Cipriano.

—¿Por qué? —le preguntó el procónsul.

Porque soy cristiano y obispo, no reconozco más dios que el verdadero, que es uno solo.

—Bueno, bueno, Cipriano. Vayamos por partes —dijo Aspasio—. No se os pide que reconozcáis a los dioses de Roma. Nadie va a obligaros a creer en ellos. Se trata sólo de guardar las ceremonias. Es un acto externo, puramente formal. Manifestáis obediencia y, en vuestro interior seguís creyendo en el dios cristiano. Así de sencillo.

—Eso sería una gran hipocresía —repuso Cipriano—. Y los cristianos no debemos ser hipócritas. No podemos adorar a unos ídolos, pues adoramos a un Dios que es el que creó los cielos, la tierra, el mar y cuanto hay en ellos. A este Dios le adoramos en espíritu y en verdad, y le rogamos día y noche por nosotros, por todos los hombres y también por la salud del emperador.

—¡Así no iremos a ninguna parte! —gritó Aspasio, nervioso—. ¡Por favor, seamos razonables!

—Te he expuesto nuestras razones —respondió Cipriano—. Nos pides algo que no podemos hacer. Quieres que vayamos en contra de lo que hemos predicado en nuestras asambleas constantemente.

—La ley es la ley —salté yo—. Cipriano, tú eres un hombre preparado e inteligente; conoces el funcionamiento de nuestro Estado. Sabes que la grandeza y el poder de nuestra civilización radican en nuestras leyes y en la persona del emperador. ¿Qué es Roma sin eso?

Me miró pensativo y guardó silencio negando con la cabeza.

—¿Qué dices a eso? —le apremió Aspasio—. ¿Callas?

—Esta discusión es absurda —contestó el obispo al fin—. Me pedís una postura racional para algo que escapa a la razón: el hecho mismo de creer. Decís: «No adoráis a los dioses ni ofrecéis sacrificios por los emperadores.» Y es lógico que no sacrifiquemos, pues hemos dejado de venerar a vuestros dioses desde el momento en que descubrimos que no lo son. Los cristianos sólo deberíamos ser castigados, si constara que son dioses aquellos a los que no veneramos por entender que no lo son.

—Pero para nosotros son dioses —replicó Aspasio—. Para Roma son dioses.

—¿Te das cuenta, Félix? —se dirigió a mí Cipriano— ¿Ves como esto es una discusión absurda? ¿Por qué perder el tiempo, si en este tema no llegaremos a un acuerdo?

—Di al menos por qué consideras que los dioses de Roma no son dioses —le pedí.

—Porque son sólo figuras, ídolos inertes. Porque su pretendida grandeza cayó por los suelos hace mucho. ¡Pero si hasta los recitados de los cómicos ponen de manifiesto toda la infamia de vuestros dioses! Llora Helios a su hijo arrojado del cielo, y vosotros os alegráis;

Cibeles suspira por un desdeñoso pastor, y nadie se avergüenza; soportáis que se canten elogios a Júpiter, y que Juno, Venus y Minerva sean juzgadas por un pastor. ¡Cuántas ridiculeces! Venus fue herida por una flecha humana al querer sustraer a su hijo Eneas del peligro de la muerte; que Marte casi se consumió al estar trece veces encarcelado; que Júpiter fue liberado, por obra de un cierto monstruo, y ora llora por causa de un Sarpedón, ora, deseando vergonzosamente a su hermana...

—¿Y por qué es más razonable adorar a vuestro Dios? —le preguntó Aspasio.

—Porque nosotros adoramos al único Dios, quien, con el mandamiento de su palabra y la disposición de su razón y por la fuerza de su poder, hizo brotar de la nada esta mole inmensa con la estructura de todos sus elementos corporales y espirituales; por lo cual, los griegos aplicaron al mundo el nombre de «Kosmos»; el orden y la belleza de todo lo que existe.

—Bien, pues precisamente por eso —observé para intentar llegar a alguna solución—; si, como has dicho, esos dioses a los que se te pide que veneres no significan nada para ti, preséntate ante las estatuas, que no son sino mármol o madera, y les ofreces incienso. Con ese sencillo acto cumples la ley y evitarás graves males para ti y para todos los cristianos.

Sonrió taciturno y después, enarcando una ceja, contestó:

—Eso es muy «razonable» para ti que no crees, Félix; pero para nosotros ofrecer incienso es hacer un acto intrínsicamente religioso; es como elevar el alma hacia lo que se adora. Nuestro gran imperativo es amar a Dios, consagrarle todas las facultades y toda la vida. Y ese amor impone el observar las normas morales dictadas por Dios; tener el pensamiento y la voluntad siempre vueltas hacia Dios. La luz y la vida, la verdad y la virtud, el amor y la entrega no admiten el doble juego.

—¡Ah, resulta que es un Dios celoso! —le dije.

—Sí, en cierto modo —asintió—. Pero no es celoso por capricho; no es solamente un amo al que se sirve; es algo más, es el bien, la fuente del bien y de la vida, lo que hay que amar. Es celoso y exclusivo porque el Infinito no puede limitarse, la Santidad no puede contaminarse.

—Entonces —le preguntó Aspasio—, ¿definitivamente os negáis a cumplir la obligación del edicto? ¿No hacéis siquiera un fingido acto de acatamiento?

—Definitivamente —contestó con rotundidad—, pues no haremos lo que pueda llevar al equívoco. Nuestro deber es inflexible: enteramente con Dios o enteramente contra Dios.

—¿Te das cuenta de lo que eso significa? —le gritó el procónsul—. ¡Es una temeridad!

—Que sea lo que Dios quiera —respondió.

Me di cuenta de que era inútil intentar convencer a Cipriano para que hiciera algo que no cabía en sus firmes creencias. Su forma de creer era absoluta, irreductible. Dios no era «aceptado» o «admitido» por él, sino que estaba encarnado en su pensamiento, en todo su ser. En esta radical seguridad, seguir alegando razonamientos hubiera sido como discutir el principio de identidad; caer en lo irreal. Tuve la sensación de que pedirle que demostrara una vez más lo que para él era tan evidente iba a ser como decirle que no me convencería jamás de la existencia de ese Dios.

Y sin embargo empezaba a calar dentro de mí nuevamente la inquietud por el Dios de los cristianos. Aunque, como siempre, temía que el objeto de mis anhelos terminase convirtiéndose en una imagen falaz; porque en realidad seguía empeñado en tener pruebas racionales y no barruntos, presentimientos o testimonios de otros. Pero la fe de Cipriano me impresionaba —eso ya no podía negármelo a mí mismo—, sin dejar de parecerme irracional. Aun así, sus palabras eran como proyectiles de luz que penetraban en la oscuridad que tan larga y prolija se había aferrado a mi alma.

Había procurado mantener alejada a Fidelia. Me parecía que todo el problema suscitado por el edicto podía afectarla y no quería que sufriera lo más mínimo. Y a pesar de que no soportaba estar separado de ella ni un momento, la convencí para que se retirara una temporada a Thugga, con Vitunia. Pero, no habían pasado tres semanas desde que ambas se marcharon, cuando se presentó repentinamente en Cartago. Al llegar a casa, la encontré en el patio ocupándose de las plantas como si tal cosa; momentáneamente me sacudió un estremecimiento de alegría, pero enseguida me enojé:

—¿Qué haces aquí, querida? —inquirí intentando ponerme lo más serio que podía—. ¡Me prometiste que permanecerías en Thugga hasta que se calmaran las cosas!

Sonriente, se vino hacia mí, me rodeó el cuello con los brazos y suspiró hondo.

—Te echaba mucho de menos —dijo.

No contesté nada. Sólo experimenté una desbordante ternura hacia ella al oír aquello. Al cabo de un rato me tomó de la mano y me llevó por el sendero que atravesaba el jardín.

—¡Qué descuidado está todo! —comentó—. Falto veinte días y...

—Fidelia, por favor —le dije—. ¿No te das cuenta del peligro que corremos? Las cosas están muy feas para los adeptos al cristianismo. Si quieres vivir en Cartago, tienes que ir a cumplir ese edicto.

—No tenemos nada que temer —contestó—. Todo se arreglará, Félix, ya lo verás. Dios cuidará de nosotros.

En su rostro y en su sonrisa había algo tan convencido, triunfal y a la vez cándido, que me estremecí y me quedé mirándola. Me apretó la mano y añadió:

—No pienses más en eso. Lo que tenga que pasar pasará. Creo que te has tomado demasiado en serio lo de ese edicto. ¿Qué pueden hacer? ¿Matarnos? ¡Anda, amor mío! Esas cosas pasaban antes; hoy no se mata a nadie por creer en este o aquel dios. Nuestro mundo ha cambiado.

—Querida, la ley es la ley. No se puede desobedecer al emperador y quedarse uno así, como si tal cosa. Hay castigos, cárcel y terribles penas que no dudarán en aplicar. Créeme, yo entiendo de eso.

—Y ¿quiénes van a aplicar esos castigos? Si hay más soldados cristianos que paganos en la guardia. Por no hablar de magistrados y funcionarios.

Me di cuenta de que, verdaderamente, vivía en la mayor ingenuidad. Quise que conociera la realidad y, sin dudarlo, le expliqué:

—Mañana a primera hora, en el patio del Pretorio, se comenzará a azotar a quienes se niegan a cumplir el edicto. No son muchos, pero al menos medio centenar de personas sufrirán tormentos y penas atroces. Confío en que se atemoricen pronto y no sea necesario llegar a tales extremos. Pero si continúan en su contumacia no habrá piedad.

Palideció y cerró los ojos.

—¿Dices eso de verdad? —murmuró—. ¿O pretendes meterme miedo?

Con el corazón encogido, la besé con ternura y la abracé deseando que se sintiera protegida.

—Es la verdad, amada mía. ¿Crees que mi deseo de que permanezcas en Thugga, alejada de mí, es un capricho? Sólo tenemos dos caminos: o vienes conmigo hoy mismo al templo de Júpiter para echar un puñado de incienso delante de los dioses o partes de nuevo mañana hacia Thugga.

Comenzó a llorar, con llanto convulsivo e incontrolado. Le brotaron muchas lágrimas y los labios se le quedaron amoratados. Intenté consolarla, pero no lo lograba.

—¡Maldito cristianismo! —grité—. ¿Por qué habrá tenido que venir a nosotros esta religión absurda y cargada de problemas?

—No, no digas eso —me suplicó poniéndome los dedos en la boca—. Te lo ruego, Félix, no digas esas cosas.

Me miraba fijamente, con los ojos llenos de dolor y angustia. Decidí que no discutiría con ella; no añadiría ni un ápice más a su sufrimiento. Pero debía hacer algo, pues no podía permitir que nos pusiéramos en peligro. Viendo que no tenía otra salida, le dije:

—Créeme, querida, a mí no me puede ocurrir nada peor que el no poder verte más ni sentirte a mi lado. Así que nos marcharemos a cualquier parte, lejos de aquí, donde esa ley no haya sido todavía publicada.

Al día siguiente, muy temprano, me pasé por el palacio proconsular para comunicarle a Aspasio mi decisión de ausentarme temporalmente de Cartago. Pero el secretario me dijo que el procónsul había ido al Pretorio, para presidir la aplicación de las penas que los magistrados habían aplicado en sus sentencias en relación a los procesos contra los que se negaban a cumplir el edicto del emperador.

Corrí hacia la fortaleza y, una vez allí, un guardia me condujo a la galería donde estaban situados los asientos de los jueces y autoridades. Desde un segundo plano, tuve que contemplar el cumplimiento de las condenas. El procedimiento era siempre el mismo: un heraldo leía una breve síntesis del edicto, llamaba al ciudadano que se negaba a obedecer y se le conminaba por última vez a venerar a los dioses; si rehusaba ante este último requerimiento, sin más contemplaciones, dos robustos esbirros echaban mano al condenado y lo desnudaban para comenzar a aplicarle los tormentos previstos. Vi cómo azotaban a un anciano comerciante, cuya cara me resultó conocida.

—Es el viejo Cepio —comentó alguien a mi lado, con tono jocoso—. Después de la tunda que le están dando, no creo que pueda volver a cargar con la cesta.

Entonces reconocí a ese pobre hombre. Era un vendedor ambulante de mariscos cocidos que solía recorrer la vía Salaria, junto al puerto. Más de una vez, Fidelia y yo le habíamos comprado cangrejos en nuestros paseos, porque se acercaba sonriente, mostrando unas encías desdentadas, y nos resultaba simpático.

El anciano Cepio perdió pronto las fuerzas y se desplomó sin sentido. Con infinita tristeza vi cómo era arrastrado por los pies y sacado de allí camino de las mazmorras.

Inmediatamente se repitió la escena con otros condenados: respetables padres de familia, matronas, jóvenes de aspecto pulcro e incluso impúberes. Los espantosos gritos resonaban en las galerías y herían cualquier alma sensible. Os ahorraré la descripción de las escenas que contemplé, una detrás de otra, durante un buen rato. Hasta que, asqueado, me acerqué hasta donde estaba Aspasio y le dije al oído:

—Esto es una barbaridad.

—¡Ah, Félix, estabas ahí! —se volvió sorprendido.

—¿Vamos a seguir con esto? —le pregunté.

Enseguida se puso en pie y me llevó aparte, a un lugar donde pudiéramos hablar sin ser oídos por las demás autoridades.

—¿Y qué podemos hacer? —me dijo, con un gesto extraño, y con cierta despreocupación, por lo que empecé a sospechar que había bebido vino de antemano, para consolarse de su disgusto.

—Hay que buscar otra solución —propuse—. No podemos quedarnos impasibles mientras se apalea a la buena gente de Cartago. Ahí hay artesanos, vendedores, marinos, soldados, abogados, físicos, matronas, familias enteras...

Se encogió de hombros y cerró los ojos, como no queriendo oírme.

—Eso no me lo digas a mí, Félix —respondió—. Ve y díselo al emisario de tu querido emperador Decio y a los magistrados que están ahí. Yo no he condenado a nadie. Mi única obligación es velar por el cumplimiento de la ley.

—¡Pero tiene que haber alguna otra salida! —repuse—. ¡Hay que pensar algo!

Me miró y, con enojo, gritó:

—¡Por Júpiter, que se vayan! ¡Que se ausenten de Cartago!

—¿Qué se vayan?

—¡Claro! El África proconsular es muy extensa y, de momento, el inspector enviado por el emperador sólo tiene potestad en Cartago.

—¡Eso es! —exclamé—. ¡Igual que hemos hecho con nuestras mujeres! La solución es que se alejen de la capital.

—Pues apresúrate y ve a convencer de eso al testarudo de Cipriano. Porque debes saber que mañana, a primera hora, él será detenido, junto con toda la jerarquía de la Iglesia de Cartago; serán traídos aquí y, si manifiestan la misma resistencia a los requerimientos, se les aplicará la máxima pena.

—¡La muerte!

—Exacto. Ayer fue contundente en eso el emisario. Larcius Surio ha sido nombrado juez especial en estos procesos y, como comprenderás, no dudará en condenar a Cipriano con suma firmeza.

—¡Dioses! —exclamé—. ¡He de ir inmediatamente a avisarle!

—¡Corre! A ver si consigues disuadirle.

# 51

En casa de Cipriano me abrió la puerta un joven que se sobresaltó y se puso lívido al ver mi atuendo militar. Le expliqué que era amigo personal del obispo y que iba allí con la única intención de ayudarle, pero no me creía.

—¡Soy el marido de Fidelia! —le grité—. ¡Soy el prefecto de la Legión! ¿No ves que no tengo nada que ver con la guardia de la ciudad? ¡Cómo comprendes que un militar de tan alto rango iba a venir solo a detener a alguien! ¡Vamos, no me hagas perder más tiempo!

—Cipriano está en la iglesia —murmuró al fin—. Hay una asamblea de la comunidad.

La iglesia estaba en la misma manzana, dando la vuelta a la casa del obispo, en una calle que partía de las mismas traseras. Era un edificio grande y cuadrangular, con aspecto de basílica, en cuyo ábside abovedado había mosaicos con los clásicos símbolos cristianos: el pez que lleva sobre su dorso la cesta con panes, el ancla, la nave y el Buen Pastor. Debía de haber allí reunidas unas cien personas, de ambos sexos y edades diversas, a las cuales vi desde la entrada, pues fui retenido por un par de corpulentos hombres que guardaban la puerta. Uno de los cuales, cortésmente, me explicó que sólo podía dejar pasar a los fieles. Les dije quién era y les pedí que me permitieran entrar para hablar con Cipriano.

—Un momento —me respondió—. Iré a comunicarle al obispo tu deseo.

Enseguida apareció Cipriano, acompañado por el diácono Gordio y por Fidelia.

—¡Ah, querida, estás aquí! —exclamé al verla—. ¡Cómo se te ha ocurrido venir!

—Debía comunicarle a ellos todo lo que me dijiste ayer —contestó—. No podía marcharme de nuevo sin que al menos supieran a lo que se exponen.

—Entra —me rogó Cipriano—; hablaremos dentro.

Los cuatro atravesamos la nave por el centro. A derecha e izquierda los hombres y mujeres que estaban reunidos hicieron un gran silencio, pero saltaba a la vista que reinaba una angustiada excitación.

Cuando llegamos al final de la iglesia, les expliqué lo que estaba sucediendo en el patio del Pretorio.

—Ya lo sabemos —dijo Gordio—. Yo estuve allí a primera hora y algunos familiares de los condenados me contaron todo eso.

—¿Recuerdas al vendedor de cangrejos de la vía Salaria? —le pregunté a Fidelia.

—Claro, el viejo Cepio —respondió.

—Le dieron una paliza de muerte —les conté—. Intentaron que ofreciera una oblación a los dioses y se negó. Entonces el magistrado le pidió que al menos bebiera del vino consagrado a Júpiter y, cuando el viejo rehusó, sin más, comenzaron a golpearle hasta que perdió el sentido. He visto cosas terribles esta mañana. Tenéis que hacer algo pronto o no sé qué puede llegar a suceder.

—No podemos hacer nada —observó Cipriano, circunspecto—, excepto tener paciencia y orar.

—Pero... ¡qué estás diciendo! —repliqué—. Eres responsable de esta comunidad; ¿vas a abocarla a un fin tan desastroso?

—Yo no les aboco a nada —contestó—. Es tu emperador el causante de esta situación.

—¡Ah!, ¿«mi» emperador? ¿Ya no es «vuestro» emperador?

—¡Vamos, Félix! —me gritó—. ¿Has venido aquí a discutir conmigo?

—No, no, Cipriano —dije con suavidad, intentando calmarle—. Debes comprender mi azoramiento, porque en el fondo no termino de asimilar vuestras razones.

—Pues, por favor, aguarda a que concluyamos nuestra asamblea y después continuaremos hablando —me pidió.

Me hice a un lado y me dispuse, como uno más de los presentes, a escuchar lo que tenían que comunicar los miembros de la jerarquía eclesiástica a los fieles que se habían reunido con motivo del difícil trance que atravesaba la comunidad. Un presbítero de edad avanzada y blancos cabellos y barba, cuyo nombre no recuerdo, desenrolló un pergamino y leyó pausadamente, con voz grave:

—«Los que desconocen el lenguaje de las Santas Escrituras se burlan de nosotros; nos desprecian como si fuésemos impíos o locos. Recordemos entonces que la más y mayor esperanza nos será dada dentro de muy poco; nos la proporcionarán ellos, los que nos desprecian. ¿Quién no acogerá la más y mayor aflicción para recibir enseguida la más y mayor esperanza? Considerad con Pablo que los sufrimientos del tiempo presente con los cuales realmente compramos la bendición no son comparables con la gloria que se ha de manifestar en nosotros. Ellos menosprecian la aflicción de un momento; es despreciable, como dicen, soportar el peso de las tribulaciones presentes. Eso va a suceder cuando nuestros perseguidores intenten desalentarnos como si fueran a conseguirlo. Nosotros, en cambio, levantaremos el corazón en medio de esta prueba. Miramos no a los sufrimientos presentes sino al galardón reservado a los atletas que con su paciencia en la tribulación combaten ayudados por la gracia de Dios.»

Se hizo un gran silencio. De momento sólo se oyó algún carraspeo y el suspirar de un ciego, anciano y con tembleque que se encontraba a un lado, sentado en las gradas que ascendían hacia el ábside, y que tenía los ojos cubiertos por unos parches de cuero.

—Esas palabras son duras —dijo alguien, con sonora voz, desde las últimas filas.

—¡Ay, pido a Dios que nuestras almas nunca desfallezcan! —rezó una mujer.

El silencio volvió a reinar. Me fijé en Cipriano. Su rostro revelaba su estado interior; toda la tensión que estaba soportando y su esfuerzo por mantenerse firme, para que los demás no se desalentaran. A mi lado, Fidelia apretó fuertemente la mano que me tenía cogida y se pegó a mi costado como buscando refugio.

—¡Habla, Cipriano! —gritó el ciego desde su rincón, alargando el cuello, como tratando de buscarle en la oscuridad de sus ojos.

—¡Eso, padre, háblanos! —secundaron algunas voces—. ¡Dinos algo, obispo!

Todos los ojos estaban fijos en él. Tenía la cabeza hundida entre los anchos hombros y miraba hacia el suelo. Su frente brillaba a causa del sudor. Me pareció que sus sienes habían encanecido más últimamente y me dio la sensación de que estaba ausente, como si aquellas peticiones no fueran con él. Pero de repente alzó la mirada y toda su fuerza interior centelleó en sus ojos. Señaló con los dedos una cruz sobre su pecho y se adelantó. Con profunda voz, comenzó a hablar:

—Dios vive en nosotros. Gracias a nuestra fe, participamos en la vida de nuestro Dios... ¿No es así, hermanos?

—¡Así es! —gritó firmemente el ciego, juntando las manos y entrelazando los dedos, fervorosamente—. ¡Él está aquí! ¡No estamos abandonados!

—Y nuestra fe no sólo es la participación en la vida de Dios —prosiguió diciendo Cipriano—, sino que, además, es la adhesión de nuestros pobres seres a Cristo, como el único Señor y el único amor. Esto nos exige hacer una elección y orientar la voluntad hacia él, como el objetivo final y el valor supremo.

—¡Eso! —exclamó el ciego como un eco, con su voz cascada—. ¡Él es el único Señor! ¡El único!

—¡Shsss...! —le pidieron—. ¡Déjale hablar! ¡No le interrumpas!

—Ay, perdón, hermanos, perdón... —se excusó el ciego.

Cipriano esbozó una media sonrisa y después prosiguió:

—Como os decía, esa fe que es adhesión a Cristo como único Dios y único amor requiere que nos dirijamos hacia él como valor supremo. El Evangelio dice «nadie puede servir a dos señores, porque aborrecerá a uno y amará al otro; o bien, se entregará a uno y despreciará al otro», en la lengua original, el griego *kyrios* significa poder absoluto y señor. El Evangelio nos dice, pues, que somos propiedad del Señor; somos y seremos siempre propiedad de nuestro Señor Jesucristo.

—¡Suyos! —gritó el anciano sin poder contenerse—. ¡Somos del único Señor!

—Y, precisamente porque le pertenecemos —prosiguió Cipriano—, es también en él en quien debemos apoyarnos exclusivamente. Y ahora, ante esta amenaza, en la falta de seguridad que sentimos por ser perseguidos, sentimos temor; lo cual es muy lógico. Y ese temor, como es natural, nos hace tener grandes deseos de vernos libres cuanto antes de este peligro. Pero para que nuestra fe sea verdadera, limpia, debe ser sólo apoyo en Cristo y abandono en él, debemos estar convencidos de que únicamente él es nuestra verdadera seguridad. La fe no es sino apoyarse en Dios, en su amor ilimitado y en su infinito poder.

—¡Pero Dios parece no escuchar! —replicó uno de los fieles—. Oramos constantemente; fijos nuestros ojos sólo en él... Y él calla. ¿Por qué no nos ayuda?, si somos su pueblo...

—¡No, no nos desesperemos! —exclamó un tal Luciano, presbítero asimismo—. No estamos abandonados, aunque pueda parecerlo. ¡Esto es una prueba! Al hombre que carece de todo le quedan únicamente dos cosas: desesperarse o entregarse totalmente a Dios. ¡Confiemos en Dios! ¡Eso es tener fe!

Me resultaba muy difícil entender todo aquello. Me pareció que iban directamente a la locura, al suicidio. Así que no pude contenerme y salté:

—¡Pero debéis confiar también en las leyes, en el Estado! Nuestras leyes no quieren el mal de los hombres, sino su bien. Hay que confiar en Roma.

Todos se volvieron hacia mí, extrañados de que alguien introdujera un nuevo criterio, tan diferente de todo lo que allí se había expuesto.

—No, Félix —me respondió Cipriano—; no nos negamos al orden romano ni a las leyes romanas, y mucho menos a lo que Roma aporta a la civilización. A lo que nos negamos es a la superstición tal y como la practica nuestro Imperio, llegando incluso a erigirla en regla. Es a la idolatría del Estado a lo que no estamos dispuestos a obedecer, pues consideramos que es «reino de este mundo». Nos oponemos a la inmoralidad profunda a que han llegado los poderes públicos; a la injusticia de una sociedad que denigra al ser humano en sus espectáculos, esclaviza, mata y subyuga a los indefensos... ¡Que Roma se convierta y le seremos fieles!

—¿Es que sois acaso los únicos buenos de este mundo? —repliqué—. ¿Sois vosotros los incontaminados, los puros y perfectos?

—¡Nada de eso! —contestó el obispo—. Estamos llenos de pecados. Constantemente repetimos aquí que necesitamos convertirnos. ¡Nosotros, los cristianos, los primeros! Últimamente en nuestras comunidades todo se había relajado mucho, propiciado por el ambiente inmoral en que vivimos. Cada cual se aplicaba únicamente a incrementar su fortuna. Ya no había piedad en muchos sacerdotes, ni integridad en la fe entre los ministros de Dios, ni caridad en las obras, ni regla en las costumbres. Muchos andaban preocupados sólo por su aspecto exterior, entregados al culto del cuerpo como si fuera lo único importante. Usábase de la astucia y del artificio para engañar a los corazones sencillos. Los cristianos casábanse de cualquier manera y deshacían sus matrimonios por simple conveniencia o por seguir los deseos de su carne. No sólo se juraba con cualquier motivo, sino que se perjuraba. No se sentía por los superiores más que vanidoso desdén. Lanzábase contra el prójimo el veneno de la maledicencia. Tenaces odios dividían las comunidades. Por eso, pienso que esta persecución ha puesto a cada uno en su sitio. Es en la dificultad cuando el buen creyente es probado, purificado y hallado digno de continuar con su fe.

—Veo que no podré convenceros —dije—. Pero debo advertiros de que no habrá piedad. El magistrado que está al frente de los procesos especiales en materia de religión es Larcius Surio, y podéis estar seguros de que hará todo lo posible para que el edicto imperial se cumpla a rajatabla.

—Conocemos a Larcius Surio —me respondió Cipriano—; es un viejo enemigo de los cristianos de Cartago. Y pido a Dios que nuestras almas no desfallezcan ante los tribunales y las espadas amenazantes...

No había terminado de decir esto cuando se oyó un gran revuelo en la parte de atrás. Todos los presentes, que estábamos pendientes de las palabras del obispo, nos volvimos y vimos entrar a un nutrido grupo de personas que avanzaron, azoradas, hacia donde nos encontrábamos.

—¡Cipriano, escucha lo que tenemos que decirte! —gritó un hombre de barriga prominente y sonrosado rostro que parecía venir al frente de los otros.

—¿Qué sucede, Saloniano? —le preguntó el obispo.

—Venimos del Pretorio —dijo el tal Saloniano—. ¿Estáis enterado de lo que allí está sucediendo?

—Lo sabemos todo —contestó el presbítero Luciano.

—¡Van a matarnos, hermanos! —exclamó una mujer que venía en el grupo.

—¡Están matando a los nuestros! —explicó otra mujer—. A Licia la han atravesado con un hierro incandescente... ¡Oh, Dios bendito! A Servilia y a Rutibio, el diácono, los han degollado delante de nuestros ojos...

Estalló un estrépito de voces y lamentos y la reunión degeneró en un caos; la gente comenzó a ir de un lado a otro, algunos golpeaban las paredes con los puños, se dejaban caer de rodillas o alzaban los brazos, crispados; una mujer perdió el sentido y cayó desmayada sobre los escalones, y la mayoría de los de las últimas filas se dirigían en tropel hacia las puertas. Cipriano estaba como paralizado, mirando hacia la asamblea con la mirada perdida, mientras el diácono Gordio no cesaba de llamar al orden.

—¡Vámonos! —le pedí a Fidelia—. Marchémonos de aquí.

—Aguardemos un momento —me rogó—. No podemos dejarles ahora.

—¡Tranquilizaos! —gritaba Gordio— ¿Ésta es la confianza que tenéis en nuestro Dios?

—¡Van a matarnos! —aullaba Saloniano—. ¡No podemos quedarnos así, de brazos cruzados, mientras degüellan a nuestra gente! ¡Debéis decirnos lo que hemos de hacer!

De repente, unas cuantas mujeres prorrumpieron en un canto, débil al principio, que después fue tomando fuerza hasta imponerse sobre el histerismo de los fieles:

*¿Por qué estás triste alma mía?*
*¿Por qué te me turbas?*
*Espera en Dios, pues volverás a alabarle.*
*¡Salud de mi rostro! ¡Dios mío!*

La gente pareció calmarse al oír aquello y muchos se unieron al canto. Entonces, Cipriano aprovechó para hablarles con voz potente y segura:

—¡Hermanos, por favor, tranquilizaos! ¡No temáis! Evitemos que nuestra turbación nos domine...

—Pero... ¿no te das cuenta? —replicó Saloniano—. ¡Esto va en serio!

—¿Y qué esperabais? —dijo el obispo, con el rostro iluminado por una extraña sonrisa—. Es ahora cuando se nos pide que confiemos en el poder y el amor infinito de Dios. ¡La prueba ya está aquí! Recordad la tempestad en el mar, descrita en el Evangelio. Recordad a los apóstoles que temblaban de miedo cuando parecía que su barca iba a zozobrar; y por otro lado, Jesús dormía. La actitud del Señor parecía extraña. Incluso los apóstoles llegaron a reprocharle: «Maestro, ¿no te importa que perezcamos?» Es ahora, en esta tormenta, cuando nos parece que Jesús nos ha abandonado y que duerme en nuestra trágica situación..., cuando nos parece que todo está perdido.

Los fieles le escuchaban atentamente en medio de un gran silencio, roto sólo por algún suspiro, y su voz resonaba en las bóvedas. Noté cómo Fidelia se tranquilizaba a mi lado.

—Pero cada tempestad tiene un sentido —prosiguió—. Y debemos aceptar esta prueba con la certidumbre de que Cristo está cercano, y con la fe en que él triunfará. Debemos tener dentro de nosotros una fe inalterable en aquel que es paz, poder, alegría y resurrección. Él está de manera especial junto a nosotros en este momento de prueba y sufrimiento. ¡Sed valientes!

—¿Nos pides que no temamos, cuando hemos visto la muerte esta misma mañana? —replicó Saloniano—. ¡Somos humanos!

—La valentía no consiste en no sentir temor o inquietud ante los males del mundo —le respondió Cipriano—, sino en no dejarse vencer por ese temor. Hemos de creer que no estamos solos; hay alguien a nuestro lado que nos ama y todo depende de él.

—¡Escuchadme a mí! —gritó de repente el ciego, que se había puesto en pie y avanzaba trabajosamente. Se había quitado los parches de cuero para que se vieran las cuencas vacías de sus ojos—. ¡Mirad mi rostro! En la persecución de Séptimo Severo me pidieron renegar de mi fe. Me negué y me sacaron los ojos con un gancho. Me arrancaron los ojos de la carne; pero mis ojos interiores, los del alma, los de la fe, siguen viendo y tienen luz. Recordad: «No temáis a los que matan el cuerpo pero no pueden matar el alma.» Si os dejáis vencer por los terrores de este mundo y derramáis libaciones delante de esos ídolos materiales, ¿qué habéis ganado, sino seguir apegados a este mundo y sus mentiras? Yo ya soy viejo, y ciego, y puedo decir que cuanto vemos es engañoso. ¡Lo que está más allá y que aún no hemos visto es lo que importa! ¡Todo lo que hay delante de nuestros ojos es falaz, pasajero!

El presbítero de avanzada edad y cabellos blancos se adelantó entonces y desenrolló de nuevo el pergamino que tenía entre las manos. Leyó:

—«No améis al mundo ni lo que hay en él. Si alguien ama al mundo, el amor del Padre no está en él, puesto que lo que hay en el mundo (el apetito y los deseos de placer, la concupiscencia de los ojos y la jactancia de las riquezas) no viene del Padre sino del mundo. El mundo y sus deleites pasan, pero quien cumple la voluntad de Dios permanece para siempre.»

Terminada la lectura, alzó la vista del pergamino y dijo con solemnidad:

—Del Evangelio de Juan.

Cipriano se dirigió entonces a los fieles y les pidió:

—Ahora, hermanos, oremos a Dios; es lo mejor que podemos hacer. Y después marchemos cada uno a nuestras casas. Mañana nos volveremos a encontrar aquí para seguir alentándonos unos a otros mientras dura este penoso trance.

Las mujeres iniciaron entonces un canto que fue seguido por todos los presentes:

*Levanto mis ojos a los montes.*
*¿De dónde me vendrá el auxilio?*
*El auxilio me viene del Señor que hizo el cielo y la tierra.*

Cuando salimos de la iglesia, delante de la puerta, le dije a Cipriano:

—Sigo sin comprender esa forma vuestra de valorar la vida presente. Este mundo, con todo lo que hay en él, es cuanto tenemos. Vosotros mismos decís que lo hizo Dios, que es obra suya y querido por él. ¿Por qué lo despreciáis, pues? Aquí está cuanto conocemos y amamos, ¿a qué odiarlo? ¿No sería más justo mejorarlo y luchar por su perfección?

Leyó mis pensamientos y sonrió débilmente.

—Verdaderamente no has comprendido lo que hemos querido decir, Félix. Efectivamente, el Padre creó y organizó el conjunto de lo que existe e hizo ser lo que no era, y puso el mundo al servicio del hombre. Sin embargo, sabemos que en el mundo predominan normas y costumbres empapadas del mal. ¿Puede alguien negar eso?

—Desde luego que no —dije—. Y eso tampoco lo comprendo. ¿Creó Dios también ese mal? ¿Por qué consiente su existencia?

—Lo siento —respondió apenado—. Pero la razón se queda siempre muda ante esa cuestión, y sin duda no podrá resolverla jamás.

—Entonces, ¿cómo podéis decir que el mal existe contra la voluntad de Dios?

—Así lo creemos. Aunque nuestra inteligencia sigue siendo impotente para comprender el origen de la maldad, incluso en nuestra propia vida. Sólo podemos decir que por el hombre entró el pecado en el mundo. Pero creemos que Dios tiene poder para sacar bien del mal. Es más correcto pensar y decir que Dios lucha contra el mal y nos libra del mal.

Sonreí con amargura e hice un gesto de asentimiento. Fidelia tiró de mí diciendo:

—Estamos todos alterados. Vámonos a casa y procuremos descansar. Quizá mañana se solucione este problema que hoy nos atenaza.

# 52

Durante los días siguientes reinó el terror en Cartago. Las detenciones se suspendieron porque no se daba abasto a la hora de llevar a cabo los procesos con el rigor que requerían. Pero, una vez que fueron conocidos por todo el mundo los duros castigos aplicados en el Pretorio, se difundió el espanto, y los que antes se habían negado rotundamente a cumplir con lo ordenado en el edicto comenzaron a acudir en masa a sacrificar. Algunos de los más notables claudicaron enseguida, especialmente los que estaban investidos de cargos públicos, por temor a ser apartados de sus funciones, y también hubo una gran cantidad de ellos, los más astutos, que, a costa de dinero o por medio de influencias, se hicieron incluir en las listas y obtener certificados falsos de sacrificio.

Sin que ella lo supiera, yo mismo le pedí a uno de los magistrados que me extendiera el *libelli* de Fidelia, con lo que conseguí excluirla definitivamente de la relación de sospechosos. Y a Aspasio, como gobernador de la ciudad, tampoco le fue nada difícil hacer lo mismo con su esposa. Con esta sencilla maniobra pudimos librar a unos cuantos cristianos del suplicio o de tener que renegar de su fe en contra de sus conciencias.

Pero muchos fueron los que, aterrorizados, optaron por huir de Cartago, puesto que en los campos y en las regiones apartadas el edicto no llegó ni siquiera a publicarse.

Me encontraba tan a disgusto por todo lo que estaba pasando, que definitivamente decidí retirarme por un tiempo a algún lugar alejado, junto a mi mujer, para olvidarnos ambos de la tensión que habíamos soportado en las últimas semanas. Así que puse en orden mis asuntos y nombré un sustituto de confianza, con el encargo de que me diera aviso inmediatamente en el caso de que se presentara alguna cuestión importante que requiriera mi presencia al frente de la legión.

Y cuando fui a comunicarle a Aspasio que me marchaba al día siguiente, lo encontré sumamente preocupado.

—Mañana detendrán a Cipriano —me explicó—. Ayer los magistrados hicieron la relación de los acusados y se insistió especialmente en ir contra los jefes cristianos. Larcius Surio es el encargado del proceso y está dispuesto a zanjar definitivamente la cuestión del edicto.

—Hay que avisarle —dije.

—Sí. Deberíamos tratar de convencerle para que se esconda en alguna parte.

—Iré inmediatamente —me ofrecí—. Seguramente estará reunido en la iglesia.

Corrí cuanto pude pensando por el camino lo que le diría. Cuando llegué a la iglesia, me sorprendió encontrar allí sólo a un pequeño grupo de ancianos y al ciego de la otra vez. Cipriano estaba a un lado, orando, con las palmas de las manos extendidas, vueltas hacia arriba, y los ojos cerrados. Estaba pálido, ojeroso y visiblemente agotado, pero parecía estar en calma. Al sentir mi presencia, abrió los ojos, me miró e hizo un gesto de extrañeza.

—Creí que os habíais marchado —me dijo.

—Mañana nos iremos —contesté.

Asintió con la cabeza y volvió a cerrar los ojos, como para seguir orando, pero le tomé por el antebrazo y tuvo que volver a mirarme.

—Cipriano —le pedí—, ¿puedes dedicarme un momento? Tengo algo importante que decirte.

—Sí, ya sé lo que vas a decirme —respondió.

—No puedes saberlo. El procónsul acaba de comunicármelo en secreto.

—Vienes a advertirme de que se ha decretado mi prendimiento —me dijo sin inmutarse.

—¡Ah, verdaderamente lo sabías! —exclamé asombrado.

—Es lógico. Aquí ya no queda casi nadie. Unos han apostatado, otros han comprado el certificado y el resto ha huido. Ahí tienes a los únicos fieles que permanecen firmes: media docena de ancianos y un ciego al que le sacaron los ojos en la última persecución. Eso es lo que ha quedado de la comunidad de cristianos de Cartago. ¿Será capaz el magistrado de acabar con ellos?

—No —negué—. Sería demasiada crueldad. Pero a por ti sí vendrán y no tendrán compasión.

—Bueno —contestó—, ¿y qué puedo hacer? Es aquí donde debo estar. Como comprenderás, no voy a renegar de Dios yo, que soy el obispo.

—¿No tienes miedo?

—¡Claro! ¿No iba a tenerlo? —sonrió con temblor en los labios—. ¿Crees que no imagino lo que me espera?

—Pues, entonces, márchate, quítate de en medio. Tú mismo lo has dicho: aquí ya no queda nadie. ¡A qué ese inútil sacrificio!

—¡Qué dices! —replicó, alzando la frente, con un destello de firmeza en los ojos—. ¡Ésta es mi ciudad y aquí sólo he procurado hacer el bien! ¡No me moveré de aquí!

—¡Es una locura! ¡Es absurdo! —insistí—. ¿De qué va a servir que mañana te destrocen en el Pretorio? Vamos, amigo, marchémonos inmediatamente de aquí. Seguro que pronto vendrán tiempos mejores.

Le vi hundirse en un abismo de tristeza. Elevó la mirada al cielo y suspiró profundamente.

—He oído palabras semejantes a ésas una y otra vez durante los últimos días —me dijo—. Todo el mundo piensa en sacudirse cuanto antes el problema y salir lo mejor parado de todo esto. Si he de serte sincero, te diré que jamás supuse que las masas cristianas claudicarían tan fácilmente bajo la tempestad. Siempre creí que, llegado el momento del heroísmo, daríamos un ejemplo de fortaleza y esperanza al mundo; pero... ya ves...

Su voz se quebró.

—Es lógico que hayan actuado así —observé—. Son seres humanos y les ha podido el terror. ¿Es eso tan raro? Lo extraordinario hubiera sido lo contrario.

—Pues precisamente por eso me siento tan desconsolado.

¿De verdad piensas que esa gente ha obrado tan mal? —le pregunté, aún sabiendo que acrecentaría su dolor—. ¿Consideras que han pecado gravemente contra Dios?

—No. Han cedido al miedo, lo cual es excusable. ¿Cómo voy a recriminar la conducta de esa pobre gente cuyos nervios no han sido lo bastante sólidos para arrostrar los más horribles suplicios?

—¿Qué te entristece tanto, pues?

—El que muchos hayan acudido a presentarse ante los altares idólatras sin vacilar, nada más presentirse el peligro. Creí que los cristianos empezábamos a ser multitud y, ya ves, les ha faltado tiempo a la mayoría para correr a jurar en voz alta no haber sido nunca seguidores de Cristo.

—Pero... ¡cómo dices eso! —repliqué—. Unos cuantos han sufrido mucho o han muerto por mantenerse firmes.

—Ciertamente y eso me entristece aún más. El martirio desde luego no puede ser nunca algo buscado o deseado, porque el evangelio de Jesús no necesita ni quiere muertos sino vivos. Pero, aunque hubiera muerto o sufrido uno solo por ser fiel a la causa de Jesús, seguiría estando vigente el sentido de su cruz. Es lo nuestro. Esta religión es así.

—Eso sigo sin comprenderlo —repuse—. No me parece razonable.

—Porque no crees —me dijo—. Y quien no cree no espera otra vida mejor que ésta.

—Esta vida también puede resultar dulce y la luz es bella. ¿Por qué renunciar a ella?

—Sí, ya sé que la vida puede llegar a ser dulce, pero yo espero otra vida. Eso te lo digo con pleno convencimiento. Nada de lo que he visto aquí puede satisfacerme plenamente.

—A nadie puede satisfacerle plenamente. Pero, mientras hay vida, hay esperanza.

—Mi esperanza es tener verdadera luz —murmuró, como si expresara un pensamiento muy íntimo—. Sueño con ello. Me parece que todo esto es engañoso...

—Eso sí que lo siento yo aquí dentro —le dije—. Es como una intuición grabada en el fondo de mi alma.

—Entonces... crees; porque eso es creer —sonrió sin dejar de parecer entristecido.

—No sé si creo. Sólo sé que algunos hombres llegan más cerca de Dios que otros. Y, al fin y al cabo, ¿qué es creer? ¿Qué es tener fe?

—¿Me lo preguntas a mí o es sólo una pregunta lanzada al viento?

—Te lo pregunto sinceramente —respondí—, porque no lo sé. He estudiado con curiosidad las doctrinas del gnosticismo, de los maniqueos y de los cristianos. Pero, cuanto más conocía acerca de estos misterios, más lejano me sentía de una creencia que me diera la paz.

—La fe auténtica está exenta de los apoyos naturales, tales como el entendimiento. Tienen que desaparecer todas las luces de tu razón y, en cierto momento, aquello en lo que creías te parecerá como algo absurdo. No existe filosofía que pueda convertir en racional lo divino. Ése es tu problema, Félix, que quieres creer y comprender plenamente lo que crees, con razonamientos y argumentos lógicos. Siempre andarás perdido.

—Entonces, por favor, dímelo —le supliqué—, si puedes, dime de una vez por todas qué es creer.

Su rostro se tornó benevolente y sentí que iba a hablar desde su corazón, sin palabras hechas. Me dijo:

—Es una necesidad, un ansia, una espera... Es desear que Dios venga...

—Pero... ¡cómo puedo sentir eso!

—Nace de una súplica profunda, Félix. Hace un momento, antes de que vinieras, en mitad de mi miedo y mi desolación experimenté ese ansia y esa espera. Es en la difícil prueba cuando se experimenta ese sentimiento puro, cuando es más auténtico. Es la experiencia de impotencia lo que hace que nos sintamos perdidos y que estemos más abiertos al deseo de su llegada... Cuanto más impotente y desanimado, más enfermo o abandonado te sientas, tanto más crecerá en ti ese deseo del que puede redimirte, ayudarte, salvarte...

—¿Quieres decir que la fe nace del dolor?

—No exactamente. Aunque son las dificultades y los sufrimientos, las pruebas a las que se somete la fe, las que nos despiertan el ansia de Dios.

—¿Y Dios quiere eso? —le pregunté sin suspicacia alguna.

—No, pero lo permite. Él respeta esa libertad del mundo, donde sombra y luz se debaten, y puede parecer que permanece inalterado, impasible, indiferente, mientras nos vemos sometidos a pruebas muy difíciles. Incluso permitir que nos veamos despojados de cosas que amamos, y hasta que lo perdamos todo.

—¿Por qué?

—Porque, carentes de todo apoyo, alcanzaremos las profundidades de la fe. De ahí nace la espera..., el ansia de una ayuda salvadora que sólo vendrá de Él.

Me di cuenta de que le había escuchado con mucha atención. Cipriano me había hablado desde el fondo de su alma y habían brotado de él los sentimientos puros que nacían de su fe. No eran ya las frases de un credo aprendido o repetido, sino el hecho mismo de creer, desnudo de todo artificio, lo que emanaba de sus palabras. Llegué incluso a descubrir en él cierto desvalimiento; la inquietud del hombre fuerte y dueño de sí mismo que se abandona, a pesar suyo, y deja muy atrás su propia visión del mundo, al saberse superado por la fuerza arrolladora de la vida. Agotado, abandonado por los suyos, desconcertado en cierto modo por la inconsistencia de una comunidad que había considerado fiel y que se desmoronó nada más asomar la prueba, sin embargo, no parecía atormentado; aunque triste, parecía estar en paz y había luz en su mirada. Era algo que inspiraba compasión y que fortalecía en mí el deseo de creer. Yo me sentía a un tiempo halagado por este exceso de confianza y algo confundido, porque veía ante mí la perfecta imagen de lo que era ser cristiano: el absurdo mensaje de la cruz, que tan difícil me resultaba comprender. Era una situación que planteaba preguntas y, mientras seguía escuchándole, no dejé de hacerlas.

—Es muy exigente ese Dios —le dije tiernamente, para no ofenderle—. Pide demasiado.

—Puede parecerlo —me contestó convencido—, pero él no necesita nada para sí. En cambio, es mucho lo que da. Dios sabe mucho mejor que nosotros lo que nos conviene. Esta vida está destinada a extinguirse, antes o después, de una u otra forma; pero él nos dará la verdadera vida, la que no se acaba. Ha prometido: «El que crea en mí jamás conocerá la muerte.»

Estas últimas palabras resonaron, rotundas, bajo la bóveda de la basílica casi vacía. Nos quedamos en silencio. Reparé en que los pocos y malogrados fieles que permanecían orando se habían ido aproximando a nosotros, atentos a la larga e intensa conversación que habíamos mantenido. Una anciana mujer se acercó hasta Cipriano, le tomó las manos y se las besó con devoción, gimiendo. Con entrecortada voz, le dijo al obispo:

—Márchate, papa Cipriano. Dios no puede pedirte entregar la vida ahora. Te necesitaremos cuando esta persecución llegue a su fin.

—¡Eso! —exclamó el ciego desde un poco más allá—. Búscate un refugio y elude a los perseguidores. Eso no será cobardía, sino prudencia. ¡Guárdate para los tiempos que han de venir!

—El pastor debe permanecer junto a sus ovejas —sentenció Cipriano.

—Sí, papa —le dijo la anciana—; pero aquí, en este redil, apenas quedan ovejas... Si es por nosotros, no lo hagas, pues también nos ocultaremos. No somos tan importantes como para inquietar a ese magistrado. En cambio, tú eres valioso; eres la presa que más desean esos lobos. ¿Vas a dejar que se salgan con la suya?

Se le vio vacilar al escuchar esos argumentos. Aproveché aquel instante para hacerle un ofrecimiento:

—Vamos, no te lo pienses más. Fidelia y yo partimos esta madrugada hacia Thugga. Una vez allí decidiremos a qué lugar del sur nos convendrá más ir.

Me miró indeciso.

—He de ver a Tertullus —dijo.

—¿Quién es Tertullus? —le pregunté.

—Un amigo incondicional cuyo consejo necesito para tomar una decisión así. Estoy aturdido y confuso... No quiero obrar movido por la improvisación.

—Bien, vayamos a ver a ese tal Tertullus. Te acompañaré —me ofrecí—. ¿Dónde vive?

—En el campus Arlianus, al otro lado de la ciudad.

Tertullus nos recibió en el peristilo de su lujosa villa, edificada sobre una pequeña loma donde crecían cipreses y acacias. Nada más ver a Cipriano, se le iluminó el semblante y alzó las manos, sorprendido gratamente por ver sano y salvo a su amigo.

—¡Precisamente en este momento estaba acordándome de ti! —exclamó—. Suponía, lleno de dolor, que ya habías pasado por el Pretorio.

—Gracias a Dios, todavía no han venido a por mí —dijo Cipriano—. Pero están a punto de hacerlo.

—¿Vas a dejar que te cojan? —le preguntó Tertullus.

—Por eso he venido. Necesito tu consejo —contestó el obispo—. Algunos piensan que debería huir de Cartago. Estoy hecho un lío. ¿Qué harás tú?

Tertullus se quedó pensativo. Su rostro se ensombreció.

—He de mostrarte algo —dijo yendo hacia una pequeña arqueta que había sobre un estante. Sacó un pergamino, lo desenrolló y se lo dio a Cipriano.

El obispo lo examinó atentamente, circunspecto. Cuando lo hubo leído, miró a su amigo con ojos de asombro y exclamó:

—¡Es un *libelli*! ¡Has apostatado!

—No —contestó Tertullus—. No he derramado ninguna libación y no he quemado siquiera ni un grano de incienso ante los ídolos. Conseguí ese certificado mediante el pago de una buena suma.

—¡Es una claudicación! —repuso el obispo—. Al fin y al cabo, este certificado te incluye entre los que reniegan de Cristo.

—Según cómo se mire —replicó Tertullus—. Eso es sólo un pergamino, algo material; pero lo que siento en mi corazón es algo entre Dios y yo.

—No, hermano —negó el obispo—. ¡Está la comunidad! Con esto te pones al margen de los que han sido fieles.

—¡Ah, querido Cipriano! Y ¿dónde está nuestra comunidad? Por favor, seamos realistas. Estamos sumidos en una catástrofe. Lo mejor en este momento es retirarse y aguardar a que Dios nos muestre la luz... Por eso, creo que harías un gran bien optando por una solución sensata. Creo, sinceramente, que debes hacer caso a los que te piden que te ocultes. ¿No será eso lo que Dios te pide en este momento?

Las palabras serenas y cargadas de razón de Tertullus hicieron gran mella en la firmeza del obispo. Terminó de hundirse y por fin apareció su lado más humano: sollozó amargamente. Después ya no nos fue nada difícil convencerle.

Sin esperar al día siguiente, para no arriesgarle más innecesariamente, esa misma tarde, Fidelia, Cipriano, el diácono Gordio, unos cuantos fieles más de Cartago y yo emprendimos el camino hacia Thugga, dispuestos a alejarnos cuanto pudiéramos de la tormenta causada por el edicto de Decio.

# 53

Es sorprendente descubrir cómo de un mal puede sobrevenir un inmenso beneficio. Sumergidos en el río de los acontecimientos, y arrastrados por él, nos vimos obligados a dejar Cartago, pues la convivencia en paz se había hecho imposible a causa del traído y llevado edicto de Decio. Escogimos para exiliarnos un pueblo perdido en las montañas, pues también a Thugga alcanzaron los peligros de la persecución y fue durante este retiro, en el tiempo que tardó en llegar la primavera, cuando me sentí inundado por una felicidad muy grande, al descubrir por fin algo del profundo sentido de la vida. Como si, después de viajes y dudas, de años de búsqueda, comprendiera quién era y que no debía buscar otra cosa sino realizar mi vida en el amor a Fidelia. Sin renunciar a nada de lo que me había sucedido antes, pues esas experiencias formaban parte del armazón de mi ser, me miraba y me reconocía. Sentía firmemente que lo construido no estaba terminado todavía, pero podía entrever las posibilidades de perfección futura, como nunca antes ni siquiera había imaginado. El camino que elegí entonces me libró de todo miedo ante el futuro, porque supe que estaba siguiendo el destino que se maduraba en mí.

Fidelia y yo nos unimos más, retornando a los paseos que un día dieron forma a nuestra armonía, durante los suaves crepúsculos primaverales, perfumados por los aromas de romero y mil florecillas que brotaban por doquier. Con nuestras palabras, con nuestros gestos y pensamientos, nos dábamos forma uno a otro. Y el mundo tomaba una nueva imagen mientras ambas sensibilidades se iban aproximando y nuestros puntos de vista convergían hacia una misma perspectiva.

El pequeño pueblo donde habíamos arrendado una casita humilde estaba próximo a Zigua, colgado en las alturas, al pie del que debía de ser el pico más elevado de la región. En unos parajes exuberantes, donde reinaban los laureles y los pinos de Alepo, que crecían apretados, creando verdaderos túneles de sombra bajo los que discurrían las veredas que conducían a los manantiales de aguas que brotaban de la tierra, ardientes, humeantes. Era por eso que había piscinas por doquier, como termas naturales a la intemperie, y, en las cimas, santuarios dedicados a Esculapio y a la diosa Higia. Pero la mayoría de la población de esta zona era cristiana, desde antiguo, por lo que dichos templos estaban ya casi olvidados, semiocultos en la maleza o cubiertos por plantas trepadoras.

Fue como si en este lugar apartado me encontrara al fin con el alma sosegada. Y empecé a creer en Dios, no ya como una respuesta a los interrogantes que siempre me habían acompañado, sino como un deseo que brotaba en lo más profundo de mí, tal y como le oí decir a Cipriano. Pero era incapaz de comunicar con él.

Siguiendo a la comunidad, que se preparaba durante cuarenta días para celebrar la Pascua, me decidí a ayunar. Dejé de comer carne y poco a poco empecé a sentir como si mi cuerpo se hubiera purificado y como si se hubiera despejado mi mente. Experimenté una maravillosa sensación de libertad. Y me di cuenta de que la vida que había elegido junto a Fidelia me había librado de todo miedo ante el futuro, porque sabía que estaba siguiendo el camino que se maduraba en mí. Asombrosamente, noté que no me atraían el dinero ni el favor del emperador, ni un éxito notorio. Era como mirar con ojos abiertos la vida, percibiendo con claridad que hay una continuidad en el Más Allá.

Un atardecer de principio de abril, próximo ya a la Pascua, comprendí que estaba viviendo un tiempo singular. Aquel momento de paz, inmovilizado en la dorada primavera, me dio la fuerza suficiente para vencer mi autosuficiencia y le comuniqué a Fidelia el ansia de creer que se me había despertado por fin. Ella me miró y sus amables ojos expresaron una alegría casi llena de temor. Tiró de mí y me llevó hasta la sombra de un centenario árbol, a cuyo pie nos sentamos.

—¿Es de verdad o lo dices por hacerme feliz? —preguntó.

—Es lo que ahora siento —respondí—. Últimamente he podido percibir cómo unas cosas se relacionan con otras y he sentido un respiro y una confianza. He visto por fin con claridad que he vivido con una ansiedad que antes no podía explicarme, sólo sabía que estaba ahí. Ahora comprendo que ese vacío de mi corazón sólo Dios puede llenarlo. Aunque sigo percibiéndole lejos de mí.

Fidelia se apoyó con un codo en mis rodillas. Seguía mirándome muy atenta y leí en su expresión que le hacía muy feliz oír aquello.

—Es lo mejor que podía pasarme, precisamente ahora —observó serena—. Aunque soy consciente de que el Félix que duda de todo puede llegar a pensar mañana de otra manera...

—¡Eh! ¿Eso es lo que opinas de mí? —exclamé dando un respingo, algo ofendido.

—No, querido, no te enojes —contestó—. Lo he dicho sin pensar. Ha sido una tontería.

Sonriendo, le tomé la mano y le dije:

—En cierto modo, tienes razón. No debo enfadarme por eso. He dudado demasiado en mi vida. Debe de ser porque he llevado mi búsqueda demasiado lejos. Pero ahora veo que el mundo se ha vuelto viejo. Da la sensación de que todos los pensamientos ya han sido pensados y que no hay futuro en el Imperio, sino un cansado juego de divisiones, guerras, ambiciones de poder y placeres ajados. Algo va a pasar. Lo presiento. Es como si una voz me dijera que todo va a cambiar y que se avecina lo nuevo y diferente.

—Me sorprende oírte decir eso —comentó extrañada—. Parecías antes tan convencido de que tu admirado emperador Decio iba por fin a levantar el Imperio...

—Pues, ya ves, todo lo que ha sucedido en Cartago a raíz de su edicto, en vez de reafirmarme en mi último intento de creer en Roma y en los dioses de siempre, me ha lanzado al lado contrario.

—¡Qué raro eres, Félix! —exclamó ella, cariñosamente, apretándome la mano.

—No, simplemente soy un hombre desencantado. Me gustaría ser de otra manera, pero... ¿qué le voy a hacer? Puede ser que al principio me encandilara esa idea de que en el culto a Roma y a Augusto estaba el vínculo mismo de la lealtad. Y he comprobado que, como siempre, de las grandes ideas acaban sirviéndose los hombres crueles y sedientos de maldad. Puede que Decio no sea por naturaleza un verdugo sediento de sangre; pero su empeño en devolverle al Imperio su antiguo esplendor no me ha parecido sino el último coletazo de una enorme serpiente moribunda, que se revuelve sobre sí misma presintiendo próximo su final. Las leyes se han cumplido sólo porque sí, con desgana, hastío y poco convencimiento. Era repugnante ver a esos nobles magistrados ordenando apalear a ancianas y sencillos ciudadanos... ¡Qué asco!

—Hay esperanza —murmuró ella con ojos brillantes, emocionados—: la certeza de que en algún lugar, en algún momento, dentro de la propia historia humana, exista un mundo justo y mejor. Creo que todo el Imperio participa de ese desencanto que tú sientes: la justicia es lenta e incierta, hay alborotos en las ciudades y las autoridades romanas son asustadizas y serviciales, por todas partes parece que un mundo se desmorona... Pero confiemos en que Dios sí sabe hacia dónde nos dirigimos.

—Eso es lo que más me ha asombrado de los verdaderos cristianos —observé—. ¡No de esos que simplemente practican, pero que se vienen abajo en mitad de la dificultad! Fue lo que más me asombró de Cipriano cuando todo sucumbió a su alrededor. La mayor parte de sus fieles habían claudicado y le abandonaron; sólo media docena de ancianos e inválidos seguían a su lado. Él estaba ahí, verdaderamente comprometido con lo que creía; cautivado por el fuego aromático de Cristo, identificado con él, rechazado, pero irradiando un coraje inaudito. Al principio me pareció una locura, pero después comprendí que estaba asistido por esa capacidad de resistencia que me resultó insospechada y hasta milagrosa; una capacidad que le proporcionaba el hecho de creer en el único Señor. Fue entonces cuando le oí decir algo desafiante y absolutamente nuevo para mí: «El Señor Dios me asiste. ¿Quién me declarará culpable?»

—Ése es precisamente el drama de creer —dijo Fidelia—. Hay una mayoría que se desinteresa, no se toma en serio lo que decimos o se burla y entonces sentimos que nos hallamos ante una tremenda prueba de la fe. Eso es, supongo, porque los creyentes estamos llamados a la locura. Sin esa chispa de locura no podemos seguir al Señor hasta el fin. Tarde o temprano el creyente lo pierde todo y debe seguir al Señor hasta el fin. Ésa es la locura, la locura de la cruz. Él quiere que ya desde ahora dejemos nuestra «riqueza», no en sentido material, sino en el sentido de despegarse de ella. Podríamos asombrarnos de que Dios exija tanto de nosotros, pero lo que Dios pretende con ello es que seamos libres y felices. La locura consiste precisamente en eso, en que nosotros nos desprendamos de nuestro todo de miserias, mientras que Él nos da su todo divino.

—¡La resurrección! —exclamé—. ¡La vida verdadera!

—Eso es, querido —asintió dulcemente, hundiendo la cabeza en mi pecho.

La rodeé con los brazos y me asaltaron deseos de llorar. Se me desató ese movimiento convulsivo que precede al llanto e hice varias inspiraciones bruscas, entrecortadas. Después sollocé y me brotaron abundantes lágrimas. Me sentí reconciliado y en paz cuando ella me cubrió de consoladoras caricias.

—Si hemos de morir y resucitar, hagámoslo juntos —dije.

—Ésa es la cuestión, mi amado Félix. También estamos ambos en ese «perderlo todo». Pero tampoco eso debe hacernos perder la paz y la fe. Aunque tengamos que separarnos, Él nos hará reencontrarnos.

—No, no te perderé —negué, sintiendo cierta amargura en el corazón—. Me haré cristiano contigo y nuestro Dios no permitirá que este mundo nos separe.

Fidelia se bautizó en la *nox sancta*, la noche de Pascua que era la fiesta principal de los cristianos, y que se correspondía con la primera luna llena después del equinoccio de primavera, concretamente el *dies solis* siguiente a dicha luna. El pueblo se reunió en la iglesia hacia la puesta del sol del sábado y la vigilia se prolongó durante toda la noche. La celebración se inició con la entrada de los fieles portando lucernas encendidas, que fueron consagradas a Cristo, como luz indefectible y esplendor del Padre. Era un hermoso signo que no me fue difícil de interpretar como un deseo anticipado de gozar de la luz eterna, capaz de disipar las tinieblas del mundo. Me sobrecogió el entusiasmo y la extasiada alegría con que todos se aprestaron a participar en el rito, con cánticos, salmos e inspiradas lecturas que hablaban de la salvación y los hechos de Dios a favor de los hombres.

Cipriano, que presidía la celebración, habló después de que un diácono leyera los Evangelios. Seguía afectado por los recientes sucesos de Cartago y sus palabras reflejaban su estado interior; el desasosiego que le había producido el abandonar su iglesia y, sobre todo, el dolor que le causaba la gran cantidad de fieles que habían apostatado por temor a los castigos. Su discurso fue una exhortación encendida que buscaba sostener a los suyos en las difíciles horas, ateniéndose a las mismas frases del Evangelio, sin interpretaciones. Y estuve seguro de que no quiso sino repetir los pasajes que le habían servido a él mismo en la angustia pasada. Se los sabía de memoria, y los proclamó como si le brotaran solos:

—«Estábamos avisados de antemano con estas palabras del Señor: "Si el mundo os odia, sabed que antes me aborreció a mí. Si fuerais del mundo, el mundo amaría lo que es suyo; pero vosotros no sois del mundo. Yo os elegí de él, por eso os odia el mundo. Acordaos de lo que os dije: no es el siervo más que su señor. Si a mí me persiguieron, también os perseguirán a vosotros." Y también nos advirtió: "Llegará la hora en que todo el que os mate creerá cumplir un deber para Dios; pero harán eso porque no conocieron ni al Padre ni a mí. Os he hablado esto para que, cuando llegue el momento, os acordéis de que yo os lo advertí." Y además dijo: "Os declaro que vosotros lloraréis y clamaréis, pero el mundo se gozará, estaréis tristes, pero vuestra tristeza se convertirá en alegría. Os he dicho esto para que tengáis paz en mí, pues en el mundo no os faltarán dificultades; pero confiad, que yo he vencido al mundo..."»

Me resultaba asombroso que Jesús hubiera dicho todo aquello dos siglos y medio antes, y que esas palabras se hubieran hecho realidad con tanta certeza. Pero lo que Cipriano dijo a continuación me resultó aún más sorprendente:

—«Y como le preguntasen al Señor sus discípulos sobre las señales del fin del mundo y su venida, respondió lo siguiente: "Empezaréis a oír el estruendo de guerras; mirad, no os alborotéis, pues es menester que suceda esto; pero no será el fin todavía. Se levantará nación contra nación y reino contra reino, y habrá hambres y catástrofes y pestes por todos los lugares; todo esto no será sino el principio de las tribulaciones. Entonces os entregarán a los tormentos, y os matarán, y seréis objeto de odio por mi nombre. Entonces se escandalizarán muchos, y se entregarán, y se odiarán unos a otros. Y al abundar la maldad, se enfriará el amor... Pero el que aguante hasta el fin, se salvará."»

Después, los que no estábamos bautizados hubimos de abandonar la iglesia, pues el resto del rito pertenecía sólo a los iniciados. Fidelia se quedó dentro para ser bautizada junto al resto de los neófitos y me despidió con una consoladora sonrisa.

En el exterior me recibió una quietud extraña. Como sabía que la celebración iba a durar, anduve durante un rato meditabundo por los alrededores del pueblo, por una vereda que discurría adosada a una vertiente poblada de bosques. La montaña parecía aislarse en sí misma, para alcanzar la paz del sueño, consagrada a una calma interminable. Me detuve a contemplar los valles que se veían allá abajo bañados por la azulada luz de la luna y sentí que todo se inscribía en una armonía que difícilmente se desharía. Al oírse los cantos que me llegaban desde la iglesia, con voces acompasadas por espirituales tonos, fue como si se tendiera una especie de puente entre el cielo y la tierra. El mundo estaba aquí abajo, juicioso y sumiso, y la divinidad cercana y favorable. Entonces experimenté, como en una revelación, que ese Dios existía, definitiva e inextinguiblemente. Aunque supe al mismo tiempo que nunca podría explicarme lo que es. Únicamente era capaz de atisbar que en Él se unen todas las cosas, fe e incredulidad, amor y odio, placer y dolor, principio y fin, luz y tinieblas... sin que nada en Dios esté en conflicto. Luego medité en el misterio de la resurrección, escuchando desde lejos un himno cantado en griego que comprendí sin esfuerzo.

*Yo sé que mi Redentor vive,*
*y que al final de los tiempos se alzará sobre el polvo.*
*Tras mi despertar me alzará junto a él,*
*y con mis propios ojos lo veré.*
*Yo, sí, yo mismo veré a Dios;*
*en esta carne mía contemplaré a Dios, mi Salvador.*

Al alba, los fieles cristianos salieron de la iglesia jubilosos, besándose y abrazándose entre sí y diciendo a todos los que encontraban:

«Cristo ha resucitado.» Una deslumbrante luz primaveral inundó la mañana y el intenso aroma de la vegetación comenzó a desplegarse.

Mi mirada buscó entre el gentío a Fidelia, y pronto la descubrí viniendo hacia mí, llena de felicidad, cubierta su cabeza por un velo blanco y con los ojos brillantes de emoción. Corrió directamente hacia mis brazos y se colgó de mi cuello. El velo de la cabeza le cayó sobre los hombros y se desplegaron sus cabellos castaños, húmedos, impregnados de agradable aceite perfumado y agua bautismal.

—¡Cristo ha resucitado! —exclamó sonriente, en griego.

—Ha resucitado —repetí como un eco.

## 54

Nuestra hija nació en pleno verano, un mediodía paralizado por el intenso calor en el que parecían no querer trabajar ni siquiera la voluntad y los pensamientos. Vitunia vino unos días antes desde Thugga y trajo una comadrona experimentada que se puso a atender a Fidelia en cuanto advirtió los signos del parto. Pero la criatura se resistía a salir del vientre materno y tuvieron tarea para una mañana entera. Por fin, cuando estaban todas agotadas y dormitaban, se produjo el nacimiento casi solo, a una hora en que reinaba el silencio a causa del aire tórrido e inmóvil que tenía a todo el mundo encerrado en casa. Estaba yo preocupado, echado bajo las sombras de una higuera, cuando oí el griterío. Corrí hacia la alcoba y encontré a Fidelia sofocada, empapada en sudor y sonriente, con una niña sonrosada a un lado que me pareció minúscula.

—¡Qué menuda es! —fue lo que exclamé, pues no me vinieron otras palabras a la mente.

—Las criaturas que nacen con tanto calor vienen más menguadas —explicó la comadrona—. Pero eso no significa que carezca de salud. La niña está sana y completa. ¡Ya la engordará la leche de su madre!

Así fue. Al cabo de unas semanas estuvo la pequeña más lustrosa y le benefició el refrescar del ambiente cuando el aire se movió al fin y trajo brisas desde el mar. La llamamos Felicitas, pero no porque ese nombre nos fuera sugerido por el estado de ánimo que disfrutábamos, sino en memoria de una mártir muerta en las arenas de Cartago cincuenta años antes, y cuya fama de santidad corría por toda África pro consular. Así y todo, me congratulé de que mi hija llevara el femenino más cercano a mi propio nombre.

Durante el verano me acerqué con cierta frecuencia a Cartago, pues, aunque no hubo ninguna novedad destacable en mi legión, no quería que alguien llegara a pensar que había abandonado mis funciones. Pasaba un par de semanas en el cuartel, leía el correo, respondía a las cartas que lo exigían, pasaba revista y daba órdenes. Después regresaba a Zigua. Y en mi ausencia procuré siempre mantener el contacto con el alto mando.

Pero, a pesar de poner todos estos cuidados, me sobrevinieron algunas complicaciones. El suboficial que me sustituía, Aemilius, que era de mi total confianza, me advirtió de que un sector de la oficialidad estaba molesto conmigo, instigados por algunos magistrados de Cartago. Me dijo esto a finales de agosto, con suma delicadeza y procurando que no se le escapara ningún nombre. Y a mí me cayó muy mal, puesto que no me lo esperaba.

—¡Será posible! —grité enojado—. ¡No he dejado en ningún momento de hacer mi trabajo! ¿Qué es lo que me reprochan?

—No, Félix —trató Aemilius de tranquilizarme—, es sólo un rumor que corre por ahí. Pero no se trata de nada serio.

—¿Y qué es lo que difunde ese rumor, si puede saberse? —le pregunté.

—Bueno... —murmuró nervioso—. Al parecer hay quien piensa que andabas mezclado con los cristianos...

—¡He sacrificado a los dioses como se me pedía!

—Sí, sí, claro, Félix, eso nadie lo niega..., pero...

—Pero ¿qué?

—Dicen que te alejaste hacia la región de Thugga, con ese Cipriano.

—¿Quién dice eso?

—No, por favor —me rogó—, no me hagas hablar más. Ya te dije que son rumores. No hagas demasiado caso; no es nada importante.

No pude evitar cierta preocupación, pero volví a irme a Zigua, dispuesto a no alterar mis planes por causa de unas habladurías. Y pasé el resto del verano alejado de Cartago.

Mientras tanto, duró la persecución contra los cristianos en todo el Imperio, aunque con el tiempo se fue mitigando, y no porque el edicto perdiera su fuerza, sino porque sus efectos hicieron verdaderamente daño a las comunidades y llegó un momento en que no era necesario con tanta dureza. Se comprobó entonces la sabia eficacia de la ley ideada por Decio, cuya intención no era tanto castigar duramente el crimen de ser cristiano como hacerlo cesar. Y especialmente consiguió que apostataran en masa, lo cual desconcertó a muchos otros que optaron por huir, de manera que en las grandes ciudades apenas quedaron cristianos. O, dicho de otra manera, los que quedaban habían sucumbido al terror, sacrificando o incensando a los ídolos, por lo cual se consideraban fuera de la Iglesia. Y los pocos que permanecieron fieles estaban desterrados y les habían confiscado sus bienes o se encontraban en las cárceles. Los magistrados, juzgadas estas circunstancias, optaron por relegar a un segundo plano el problema religioso.

Templada y aminorada la persecución, pareció llegado el momento de regresar. Pero Aspasio Paterno nos aconsejó que aún no lo hiciéramos, ya que, aunque el inspector enviado por Roma hacía tiempo que se había marchado, Larcius Surio seguía siendo el magistrado encargado del cumplimiento del edicto y su dureza seguía poniendo en peligro a cualquier sospechoso.

A finales de septiembre empezó a hacer menos calor que el habitual, y en Thugga olía a uvas y mosto. El otoño estaba ya allí y comenzaron a llegar ráfagas de viento que agitaban y arrancaban las hojas de los árboles, arrastrándolas. La fruta estaba madura y había una luz diferente en la dorada fatiga del crepúsculo. Con tres meses, la pequeña Felicitas sonreía en su cunita de mimbre.

A primeros de octubre fuimos a Zigua para visitar a Cipriano. Fue entonces cuando conocimos a Celerino, un presbítero recién llegado de Roma que había venido a ver al obispo acompañado por Tertullus. Era un joven muy delgado, con encendidos ojos negros y liso cabello oscuro, que rebosaba entusiasmo al hablar, a pesar de tener grabada en el rostro la huella de haber atravesado un gran sufrimiento. A petición de otros fieles que también estaban presentes, contó sin asomo alguno de amargura que había salido de la cárcel recientemente, gracias a que un magistrado se compadeció de él. Explicó cómo había sido víctima de duros tormentos después de ser detenido y conducido ante los jueces. Mostró en su espalda y en su pecho profundas cicatrices causadas por garfios y las señales de los grillos en muñecas y tobillos. Apasionado, aseguró que se mantuvo siempre firme, aun habiendo tenido que arrostrar los más horribles dolores. Incluso contando estas dramáticas peripecias el joven resultaba simpático y hasta arrancó alguna que otra carcajada entre los presentes, por la forma singular e hilarante que tenía de tomarse las cosas. Pero todo el mundo se entristeció cuando contó que el obispo de Roma, Fabián, había sido martirizado en enero y que muchos cristianos de la Iglesia fueron deportados o ejecutados; muriendo algunos en las cárceles, delante de sus ojos.

Cuando Cipriano le preguntó si los cristianos habían estado allí más firmes que en Cartago, Celerino respondió:

—La persecución ha tenido en Roma, como en todos sitios, un efecto terrible. Igual que en Cartago, los magistrados prefirieron hacer allí renegados antes que mártires. Como me habéis oído contar, muchos hermanos nuestros resistieron y murieron incluso en el mayor heroísmo; pero una gran mayoría apostató. De ellos, unos sacrificaron a los dioses y otros consiguieron que sus nombres se pusieran en las listas para obtener el *libelli*.

—Es tristísimo —comentó Cipriano—. ¿Por qué esta vacilación y esta poca firmeza?

—Bueno —respondió Tertullus—, no todo el mundo tiene la fuerza necesaria para arrostrar las penalidades que supone resistir el edicto. En Roma, como en Cartago y en cualquier otra parte, los tormentos y el martirio suponen una entrega suprema que no todos podemos asumir.

Cipriano se quedó pensativo. Después, como hablando consigo mismo, dijo con los ojos entornados:

—O será que hemos tenido un periodo de prosperidad demasiado largo los cristianos, y, relajándonos, hemos creído que ya tendríamos paz para siempre... No estábamos preparados para lo que se nos ha venido encima.

Yo sí que no estaba preparado para sufrir ninguna dificultad a causa de la religión. De momento, creer en el Dios de los cristianos me había proporcionado sólo paz espiritual. Y me había sumado a las incomodidades de tener que huir de Cartago y ocultarme en otra parte solamente por seguir a Fidelia. Pero todavía no me había pasado por la cabeza considerarme cristiano y mucho menos bautizarme. La fe que empezaba a sentir me complacía, sólo eso, pero no me implicaba en nada.

Fue en mi siguiente visita a Cartago cuando reparé por primera vez en que mi acercamiento al cristianismo podía causarme verdaderos problemas. Aspasio Paterno me llamó a su despacho y me habló con mucha seriedad, con una preocupación delatada en su semblante que nunca antes había advertido en él.

—Te estás poniendo en el resbaladero, Félix —me dijo—. Últimamente parece ser que se habla demasiado de ti por ahí. No es que me lo digan a mí, puesto que saben que somos buenos amigos, pero me he enterado por terceras personas de que corre por ahí que te has hecho cristiano.

—¡Vamos, Aspasio! —repliqué—. Todo el mundo en Cartago sabe que tu mujer y la mía son cristianas. ¿Te crees que el que seamos las máximas autoridades nos libra de comentarios?

—Las mujeres son otra cosa —explicó él—. Aquí estamos acostumbrados a que las mujeres se inicien en los más extraños cultos. A nadie le importa demasiado. Pero tú has ido demasiado lejos acompañando a Cipriano a su exilio. Podrías haberte quedado aquí y nadie habría sospechado. Pero estás faltando al cuartel y das pie a las malas lenguas.

—Y ¿qué pueden hacer? Cumplo con mis obligaciones y todo el mundo me vio sacrificar al emperador en el Foro. Ése es precisamente el espíritu del edicto de Decio, que yo conozco bien: que cada cual crea en lo que quiera, siempre que obedezca a las leyes del Imperio.

—Pero les fastidia que hayas ayudado a Cipriano. El obispo está fuera de la ley.

—¡No le he ayudado!

—¡Félix, por Zeus! ¡Que aquí se sabe todo!

—Bien, no voy a discutir de esto contigo. Haré lo que crea conveniente.

—Pues atente a las consecuencias —me advirtió.

—¡Ah, ja, ja, ja...! —reí irónicamente—. ¿A qué consecuencias? ¿Van a detenerme? ¡No me hagas reír!

—He oído que han redactado una carta —me dijo—. Ya sabes

cómo se las gasta Larcius Surio. Hasta que no se vengue de Cipriano no parará. Y te culpa a ti de que se le haya escapado.

—¿Eh? ¿Una carta?

—Sí, una carta con quejas que piensan enviar a Roma. Incluso es posible que ya la hayan enviado.

—Bueno, ¿y qué? ¡Que se quejen a quien quieran! ¡Como si llegan al mismísimo emperador! ¿Te crees que Decio les hará más caso que a mí? ¿No saben acaso de mi amistad personal con el emperador?

—Ten cuidado —insistió—. Es lo único que te digo.

Se me llenó de bilis la garganta y salí enfurecido del despacho del procónsul. Me indignaba que pudieran está tramando una maniobra sucia a mis espaldas y, sobre todo, lo de esa carta me sacó de quicio. No es que tuviera miedo a Roma, pues sabía que mi relación con Decio y Herenio me hacía invulnerable, pero no podía soportar que llegase una queja sobre mí a empañar mi carrera militar. Así que, dejándome llevar por la ira, me encaminé decidido hacia la magistratura.

Encontré a Larcius Surio en la escalinata del Foro y me saludó huraño.

—Sólo vengo a comunicarte una cosa, Larcius —le dije secamente—. Me importan un cuerno tus líos y tus sucias maniobras intrigantes; pero no consentiré que metas tus asquerosas narices en mi vida. Como llegue a enterarme de que una sola palabra tuya sobre mí va a Roma, tendrás que vértelas conmigo.

—¿Me estás amenazando? —preguntó adusto.

—Sí —contesté rotundo.

—Muy bien —dijo con una media sonrisa—, todos estos funcionarios han presenciado esta escenita y son testigos.

Miré a un lado y a otro. Sus habituales colaboradores estaban ahí; los mismos que tanto ahínco habían puesto para que se cumpliera el edicto, decretando los crueles castigos que se sucedieron durante semanas en el Pretorio. La soberbia de Larcius colmó mi paciencia. Se creía el dueño de Cartago y muchos le alimentaban esa altiva actitud. En tres saltos me puse a su altura y le agarré por la pechera. Clavé mis encendidos ojos en él y le aseguré:

—Te he hablado en serio. Puedo acabar contigo sin pensármelo dos veces. ¡Ya lo sabes!

Varios guardias corrieron hacia nosotros pero no se atrevieron a intervenir. Fue un momento muy tenso. El magistrado estaba aterrorizado y se cubrió el rostro con las manos, creyendo que iba a golpearle. Pero me di cuenta de que había ido demasiado lejos y le solté. Descendí los escalones procurando serenarme y salir de allí cuanto antes.

—¡Quién se ha creído que es éste! —oí decir a mis espaldas a alguno de los presentes.

—Un seguidor de Cipriano —dijo otro—. ¡Eso es lo que es!

—¡Lo habéis visto! —aullaba Larcius Surio—. ¡Todos lo habéis visto! ¡Con vuestros propios ojos!

## 55

Cuando el otoño estaba muy avanzado y el año tocaba a su fin, la tensión en Cartago pareció cesar definitivamente. El edicto de Decio perdió su fuerza y muchos cristianos retornaron a sus ocupaciones y a su vida de antes. También Cipriano estuvo a punto de abandonar su exilio para regresar a las actividades de su Iglesia, pero Tertullus le convenció de que aún no era conveniente. Si no hubiera sido porque Larcius Surio se encargaba de vez en cuando de remover a sus partidarios, el problema religioso se habría olvidado en poco tiempo. Y, por mi parte, creí oportuno incorporarme definitivamente a mi puesto y me traje a mi familia a nuestra casa de la ciudad, donde vivimos durante unos meses sin más preocupaciones que alimentar a la pequeña Felicitas y verla crecer. Aunque todavía tuve que soportar el rumor de que algunos magistrados estuvieron buscando la manera de implicarme en un pleito a causa de mi intempestiva actuación en la escalinata del Foro en octubre.

Antes de la primavera llegaron noticias de Roma. El emperador Decio y el augusto Herenio habían partido hacia las provincias danubianas para conducir a las legiones. Los godos, una vez más, invadían las regiones del Imperio y la guerra prometía ser más feroz que en ocasiones anteriores. Al parecer, la cosa venía de atrás. El rey Cniva una vez más había conseguido unir a gretungios y tervingios para invadir Mesia, aprovechando la guerra civil provocada por la caída de Filipo y la exaltación de Decio. Me tranquilizó saber que el propio emperador iba al frente de las tropas, lo cual suponía que se les iba a presentar batalla sin contemplaciones, que era la única manera de detener a las hordas bárbaras. Pues yo sabía bien que Decio no incurriría en los errores de los tiempos anteriores, como dar donativos a los jefes godos o incorporarlos al ejército romano, concediéndoles tierras y ciudades para su defensa. Todo lo que se dejaba a los bárbaros terminaba perdiéndose definitivamente.

Me analicé a mí mismo y me sorprendí al descubrir lo poco que en el fondo me importaban ahora esas guerras. Las veía lejanas, irreales casi. Era como si aquel mundo ya no fuera conmigo, a pesar de lo bien que lo conocía y de haber pertenecido a una parte de mi vida. No sólo mi cuerpo; mi alma estaba ahora en otro sitio.

Eso me hizo darme cuenta de que algo en mí empezaba a alejarse de mi condición de militar. La tranquilidad del África proconsular y las escasas ocasiones que había tenido en dos años de acercarme al combate me enfrentaron a una pregunta: ¿Era esto lo que yo quería ser en este momento o sólo me dejaba llevar por la corriente? Se lo planteé a Fidelia y, con la mayor naturalidad, me sugirió:

—Licénciate. Deja el ejército. ¿Por qué tienes que hacer algo que no sientes?

—Soy aún muy joven —contesté.

—¿Y qué? Mejor para ti. Dedícate al comercio, a los negocios o a criar ganados...

—¡Ah, ja, ja, ja...! —reí—. ¿Me ves a mí engordando la barriga dedicado a hacer tratos?

—Me contaste que tu padre se retiró muy joven del ejército —me recordó—, y que se instaló como emérito en tu ciudad de origen para criar caballos. ¿No te parece eso una buena idea?

Fue como una sacudida, como si un vértigo repentino me turbara al asomarme al abismo del pasado. Supongo que es la sensación que embarga a todo hombre cuando de golpe se hace consciente de que ha alcanzado la edad de su padre, pues en ese momento reparé en que cuando nací mi padre tenía los mismos años que yo entonces.

Intentaba no pensar en ello, pero después de aquella conversación era como si me acompañara constantemente una voz en mi interior que decía: «Es el momento de regresar.» Luché contra este sentimiento, hasta que un día me di cuenta de que el deseo de volver a mi tierra empezaba a ser más fuerte que yo.

Una mañana de principios de primavera, desperté más tarde que de ordinario. El sol estaba ya bastante alto y entraba en finos hilos de dorada luz por los agujeros de la persiana de esparto que tapaba la ventana de mi dormitorio. Afuera, un pájaro se desgañitaba parado en alguna cornisa. Salí al jardín y encontré a Fidelia muy concentrada, ocupándose de retirar florecillas de los jazmines. Me acerqué a ella por detrás y la abracé. Dio un pequeño respingo y dijo:

—No quería despertarte. ¿Has visto qué mañana tan maravillosa?

—Tendrías que ver salir el sol en Lusitania —contesté—. Los bosques se tornan dorados y el rocío brilla como un mar de perlas sobre la hierba. ¡Mi tierra es la más bella del mundo al amanecer!

Supuse que no sabía qué decirme, hasta que se me acercó más y murmuró quedamente:

—Eso es maravilloso. ¿Y al atardecer?

—Es como el mismo paraíso —respondí emocionado—. Porque el astro se pierde precisamente en los horizontes de Lusitania y, después de haber bañado esas tierras, que son las últimas, se hunde en el mar Atlántico, gozoso de haber iluminado el orbe. El cielo allí es el más limpio, porque el viento de occidente viene puro desde el fin del mundo.

—¿El fin del mundo? —repitió.

—Sí, sí. Más allá de Lusitania no hay sino el océano.

—¿Y más allá del océano?

—Sólo Dios lo sabe.

—Aquello, entonces, estará más cerca de Dios...

—¿Vendrás conmigo a Lusitania? —le pregunté en un susurro.

—Iría contigo al fin del mundo —asintió rotunda, sonriente.

—Lo digo en serio —insistí—. Estoy hablando de marcharnos a mi tierra.

—Yo también lo he dicho en serio —contestó con un mohín de complicidad—. ¿No has dicho que Lusitania es el fin del mundo?

Me sentí conmovido y complacido, pues no esperaba aquella reacción tan inmediata de asentimiento por parte de Fidelia. Había supuesto que tendría que convencerla. Al fin y al cabo, África era su patria y todo lo que poseíamos estaba allí. Ella permanecía quieta observándome. Creo recordar que se me escapó alguna lágrima.

—En verano Felicitas cumplirá un año —observó seria—. Con

esa edad, creo que podría soportar un viaje en barco. ¿Cuánto tiempo necesitarás para solicitar tus permisos y poner todo en orden?

Pensé que tendría que pedir que me fuera concedida la condición de emérito, lo cual podría hacerse en un par de meses, y también habría que vender la casa y las demás pertenencias de Cartago, cosa que podría empezar a gestionar enseguida.

—De aquí al verano tendré todo listo —dije pues.

—¡Maravilloso! —exclamó—. Dios nos dará una nueva vida en Lusitania.

—Tendremos más hijos. Con lo que me corresponderá de aguinaldo, podremos comprar allí tierras y edificar una villa a nuestro gusto. Nos llevaremos a los criados que quieran acompañarnos y adquiriremos otros al llegar. Nos espera una vida hermosa. ¡Ya lo verás!

—Y te bautizarás la próxima Pascua —me dijo.

—¿Es una condición? —le pregunté, confuso.

—Yo dejaré esta tierra por seguirte —respondió sin abandonar su expresión de alegría—. En las cosas del espíritu, tú debes seguirme a mí.

—Bien, bien —asentí—. Me arriesgaré.

Entusiasmado, al día siguiente comencé a hacer las gestiones. Redacté una larga carta dirigida al emperador en la que exponía los argumentos por los que solicitaba la condición de emérito. Hablé con el procónsul y le comuniqué detenidamente mi decisión de regresar a Hispania. Su rostro se fue ensombreciendo a medida que me escuchaba y, cuando terminé, me dijo paternalmente:

—Creo sinceramente, Félix, que estás obrando precipitadamente. No veo por qué tienes que abandonar tu cargo precisamente ahora. No, desde luego, no lo has pensado bien.

—Aspasio —repuse—, un hombre no debe hacer lo que no siente.

—¿No te gusta ya el ejército? —replicó—. ¡Es absurdo! Te encuentras en lo más alto...

—Siento que mi vida no es esto. Creo que ha llegado el momento de regresar a Lusitania.

—En esa decisión ha influido el edicto de Decio y todo el problema religioso —observó él—. Eso es lo que pienso, Félix; que te has visto afectado por la persecución y quieres huir de algo que en el fondo no entiendes ni aceptas. Pero esa retirada es absurda, puesto que, ya ves, las cosas han vuelto a su sitio. Nadie se preocupa ya del asunto de los cristianos.

—No —negué yo—. Estás muy equivocado en eso, Aspasio. Lo que me sucede es que siento que he dado demasiadas vueltas por ahí y creo llegado el momento de asentarme definitivamente.

—Aquí estás asentado. ¿Qué más necesitas? Tienes un buen cargo en el gobierno militar, una casa hecha a tu gusto, una familia... ¡No comprendo qué es asentarse para ti!

—Otra cosa, amigo. No sabría explicártelo... Una paz que ahora en Cartago no puedo hallar.

—Bueno, veo que estás decidido —dijo al fin—, y que no lograré nada intentando convencerte. Sólo te pido que lo pienses un poco más; que esperes un tiempo y madures esa idea... Me resulta difícil asimilar que te irás.

—Te agradezco el consejo, pues en él veo que me aprecias de verdad. Yo tampoco quisiera separarme de ti, puesto que has sido un buen amigo. Pero mañana mismo enviaré mi solicitud a Roma. Es una decisión que ya no tiene vuelta atrás.

La solicitud que envié en el correo militar con carácter de urgencia salió a finales de mayo. En julio me llegó una carta de Roma cuya fecha de salida en la curia era de mediados de junio. La abrí convencido de que era la concesión de mi condición de emérito, aunque me sorprendió la agilidad con que se había resuelto. Y me encontré con una citación para que compareciera en el alto mando militar inmediatamente. Se me ordenaba que dejara a un sustituto en mi puesto y que no me preocupara de otra cosa que no fuera salir en la galera del correo oficial lo antes posible hacia Roma.

Corrí al palacio proconsular para comunicarle a Aspasio la noticia. Él miró la carta y, circunspecto, comentó:

—Es muy extraño. Me parece muy poco tiempo para un asunto tan delicado. Aceptar la renuncia de un *praefectus legionis* requiere algunos requisitos que, considerando el viaje de la misiva hacia la curia y el envío de ésta, en poco menos de una semana...

—Todo el mundo en la curia me conoce —dije—. Mi proximidad al emperador ha debido de aligerar las cosas.

—Sí, pero... ¿no has reparado en que el emperador está lejos de Roma?

Me quedé pensativo. La verdad es que a mí también me resultaba extraña aquella orden.

—¿Qué opinas pues? —le pregunté.

—No sé. Es una citación, simplemente, una citación urgente. Supongo que si se tratara de la aceptación de tu cese conllevaría otros documentos. ¿No lo crees así?

—Nunca he estado en un caso parecido —observé—. Pero, si no se trata de la contestación a mi solicitud, ¿qué puede ser?

—No se te ha ocurrido que... —hizo una pausa, pensativo—. ¿No puede tratarse de algo relacionado con la denuncia de Larcius Surio?

—¡Qué dices, hombre! —le espeté—. ¿Cómo comprendes que me iban a citar urgentemente por haber discutido con un simple magistrado de provincias?

—¿Discutido? —repitió—. He oído que Larcius preparó un buen manifiesto acompañado por los testimonios de muchos testigos. En fin, una denuncia en forma.

Abrí la boca para replicar pero me quedé así, boquiabierto, sin poder articular palabra. Me había despreocupado tanto de los rumores que hablaban por ahí de esa denuncia, que hasta ese momento no reparé en que verdaderamente podía perjudicarme.

—Larcius conoce a mucha gente en la curia —prosiguió Aspasio—, ya te lo dije. No me extrañaría nada que haya removido allí buscando la manera de dañarte para reparar su orgullo herido.

Continué mudo, parpadeando. La ira empezó a apoderarse de mí y supongo que mi rostro enrojeció. Apreté la carta con mi mano hasta convertirla en un gurruño. Con toda mi rabia contenida, susurré entre dientes.

—¡Esa maldita serpiente! ¡Le voy a...!

—¡Cuidado! —me advirtió Aspasio—. Procura eludirle. Si ahora te enfrentas otra vez con Larcius, puedes empeorar las cosas...

No quería preocupar a Fidelia. Ella estaba muy atareada empaquetando cosas y poniéndolo todo en orden, convencida de que de un momento a otro tendríamos que partir hacia Hispania. Con frecuencia me preguntaba acerca del clima y de las costumbres de allí, y si necesitaríamos esto o aquello. Para ella suponía una apasionante aventura, pues nunca se había movido de Cartago. Empezar una nueva vida lejos, en un lugar desconocido y diferente, le suponían como una renovación, un acercarse a los «tiempos nuevos» en que tanto creía. Y alejarse de Cartago era para Fidelia como dejar atrás recuerdos dolorosos y cicatrizar heridas del pasado.

Por mi parte, tenía todo preparado para partir hacia Roma lo antes posible. Sólo me detuvieron las fuertes tormentas estivales que encresparon la mar e hicieron peligrosa la navegación. El capitán de la galera me había asegurado que zarparíamos en cuanto reinara la calma, y esperé mientras tanto a encontrar un momento favorable para decírselo a Fidelia.

Una mañana cesó el viento y la lluvia. Fui a la puerta y miré el jardín mojado. Todavía seguían cayendo algunas gotas de agua que estaban prendidas en las hojas de los frutales, y brillaban a la luz del sol. Enseguida se puso Fidelia a mi lado y juntos vimos llegar un bando de azuladas palomas que picoteaban el suelo. A lo lejos, en el mar, las nubes oscuras se alejaban y el cielo comenzaba a ser límpido y luminoso.

—¡Ah, qué maravilla! —exclamó ella—. El mundo parece nuevo.

Los aromas de humedad y el frescor que llegaba de los suelos mojados hacían en verdad que el ambiente pareciera renovado, y hasta el sol parecía nuevo con su joven resplandor.

—Tienes razón —asentí—. Esta luz y estos colores no parecen los de siempre.

Experimenté la sensación de estar soñando y que ya había pasado todo, que había vivido otra vez aquel momento. Quise pensar que estábamos ya en Hispania y que habían cesado los malos tragos y las angustias del presente. Pero enseguida regresé a la realidad y le dije a Fidelia:

—Tendrás que esperar todavía un poco antes de marcharnos.

Sin decir una palabra, se me quedó mirando y advertí en sus ojos un extraño temor, como si ella de algún modo presintiera algo malo.

Entonces le dije, buscando darle la menor importancia, que debía ir primero a Roma, porque se me reclamaba en la curia. Le expliqué que seguramente se trataba de meros requisitos formales y que pronto regresaría con la declaración de emérito y el aguinaldo que me correspondía. La vi quedarse conforme. Aunque sonrió, no pudo disimular su tristeza.

—Esperaré —dijo—. Siempre hay que esperar. Nuestra condición es esperar y confiar en que lo que aguardamos llega. Pero puedo asegurarte que esta vez me costará más que nunca.

Sus palabras me impresionaron. A mí también me costaba mucho esa separación, pero no debía contribuir a aumentar su tristeza. En tono alegre, dije:

—Tenlo todo preparado. En poco más de un mes estaré de vuelta y podremos al fin irnos de aquí.

Al día siguiente, zarpé rumbo a Roma con escala en Sicilia.

## 56

En Roma hacía un calor sofocante. Como en Cartago, se habían sucedido las tormentas durante más de una semana y el ambiente, caldeado por un pegajoso sol de julio, estaba bochornoso, saturado de humedad y aromas dulzones de los jardines empapados por la lluvia. El barco llegó a última hora de la tarde al puerto de Ostia y pernocté en una posada de las afueras. Por la mañana temprano, después de una breve parada en las termas, me encaminé hacia la curia.

Cuando le mostré la citación al funcionario del departamento correspondiente, buscó entre sus documentos y aguzó la vista en una larga relación de asuntos.

—Ah, sí, aquí está —dijo—. Debes entrevistarte lo antes posible con el censor supremo.

—¿Con el censor supremo? ¿Tan grave es?

—Eso no lo sé, caballero. Sólo puedo advertirte que el censor es Publio Licinio Valeriano y que recibe en su residencia. Pregunta ahí al lado, frente al Palatino.

—¡Ah, claro! —exclamé—. ¡El general Valeriano!

Mientras me dirigía al Palatino, no dejaba de hacerme conjeturas. Supuse que la denuncia de Larcius Surio sería una exagerada y desmedida relación de acusaciones, cuya repercusión habría ido más allá de un simple pleito de provincias y que alguien, considerando mi amistad con el emperador, decidió elevar la causa a la más alta autoridad para exonerarse la responsabilidad de decidir. No me habría importado tanto hacer frente a una acción ante los tribunales ordinarios como tener que responder ante Valeriano. Aunque sabía que un pleito así no podría hacerme demasiado daño, mi orgullo se vio herido porque mi nombre apareciera mezclado en un turbio proceso de peregrinas contiendas provincianas.

La casa del censor supremo, blanca y cuadrada, se alzaba sobre la misma plaza donde comenzaban a ascender las prolongadas escalinatas que conducían al Palatino. Atravesé la gran columnata que se abría delante del pórtico, llevado por mi rabia y mi impaciencia, y apenas reparé en los guardias que vigilaban la entrada, a pesar de ser numerosos y de espectacular corpulencia.

—¡Caballero! —me gritó un heraldo.

Cuando me presenté y enseñé mis credenciales, me llevaron a una sala cuadrangular que estaba llena de legados y políticos aguardando su turno. Un funcionario tomaba nota de cada petición en una tablilla y se la entregaba a un subalterno que la llevaba más allá de unas cortinas rojas. Después aparecía un uniformado oficial de la guardia palatina que llamaba uno por uno a los que debían entrar. Supuse que me tocaría perder la mañana entera esperando, pero me sorprendí cuando me avisaron al momento de anotar mi nombre.

En su despacho, austero y en perfecto orden, Valeriano me recibió de pie y percibí enseguida que se alegraba de verme.

—Bienvenido, Félix el Lusitano —dijo con una sonrisa franca—. Por fin estás aquí. ¿Cómo es que te demoraste en obedecer a la citación?

—Hubo tormentas y vientos desfavorables en Cartago —expliqué—. Pero puedes estar seguro de que deseaba venir cuanto antes. Yo soy el primero que quiere abordar inmediatamente este asunto...

—¡Ah, ya sabes de qué se trata! —exclamó, enarcando una ceja.

—Claro, y puedes estar seguro de que yo no he buscado ese pleito. Larcius Surio llevaba una buena temporada metiéndose en mis asuntos y...

—Un momento, un momento —me detuvo—. ¿Qué pleito? ¿De qué hablas?

—Me metieron en ese lío sin poner nada de mi parte —continué explicando—. Sí, ciertamente obré intempestivamente al enfrentarme al magistrado de esa manera, delante de un buen número de funcionarios provinciales, pero...

—No, no —dijo agitando las manos—, no sigas, Félix. Me parece que no estamos hablando de lo mismo.

—¿Eh? ¿Qué quieres decir?

—Aquí no se te ha llamado para ninguna cuestión referente a los tribunales —explicó, para sorpresa mía—. Tu citación es por motivos estrictamente militares. Es el propio emperador quien te reclama.

—¿A mí? ¿El emperador Decio? Pero...

—Vamos, siéntate y cálmate —me pidió. Por entonces Valeriano tenía ya los sesenta años cumplidos. De constitución robusta aunque nada obeso, estaba en buena forma para su edad. Tenía la barba gris, cejas abundantes y unos hundidos ojos de pupilas oscuras que se movían nerviosas, como escrutándolo todo a cada momento. Me pareció captar que se había sentido algo contrariado al comprobar mi despiste. Como si quisiera ocultar esa sorpresa, añadió—: ¡Cómo íbamos a llamarte para un estúpido pleito de provincias! Lo que te ha traído aquí es un asunto de importancia suma.

Yo estaba en ascuas, con toda mi atención puesta en él.

—Por favor, habla —le rogué—. No puedo ni siquiera imaginarme qué es lo que Decio quiere ahora de mí.

—Querido Félix —comenzó a explicar, pausadamente y con voz grave—, como sabrás, el emperador y el augusto Herenio Etrusco se encuentran en las regiones danubianas guiando a las legiones para hacer frente a las hordas bárbaras que una vez más han rebasado nuestros *limes*.

—Lo sé —asentí—. Son noticias que llegaron a Cartago en primavera.

—Pues bien —prosiguió—. El emperador está dispuesto a dar la batalla final, cueste lo que cueste, y librar definitivamente al Imperio de la pertinaz amenaza de esos bárbaros. Es una decisión muy meditada en la que Senado y *princeps* están totalmente de acuerdo. Si se quiere devolver a Roma su antiguo esplendor, lo primero es conseguir la paz romana para que las instituciones se encuentren seguras y puedan funcionar a pleno rendimiento. No se van a escatimar gastos y sacrificios. Decio resolvió que no se harían más chapuzas ni soluciones a medias. ¡Hay que aplastar a esos mugrientos bárbaros a costa de lo que sea!

—Es lo que tendría que haberse hecho hace mucho tiempo —comenté.

—Sí. Pero hasta ahora a ninguno de los gobernantes le ha interesado otra cosa que su propio beneficio. Trajano Decio es en sí mismo la salvación. Pertenece a esa varonil clase de grandes hombres que pueden llevar a cabo las hazañas más gloriosas. ¡Por fin alguien le ha devuelto a Roma algo de su confianza perdida!

—¿Y bien, cuáles son los planes?

—Guerra abierta y decidida. Guerra al más puro estilo romano —contestó entre dientes, con una fiera mirada—. ¡Los mejores hombres y las mejores armas! Por eso se te ha llamado. Durante meses, se ha ido reuniendo a los más destacados militares del Imperio, estuvieran donde estuviesen.

—Eso que dices me honra —le dije—. Pero, si he de serte sincero, no puedo ocultarte que no me siento muy motivado para una empresa así, precisamente en este momento.

—¡No me vengas con pamplinas! —gritó dando un fuerte puñetazo en la mesa—. ¿No te das cuenta de lo que te estoy diciendo? ¡Se trata de Roma! No se permitirá que nadie rehúse esta convocatoria.

Me quedé petrificado, confundido por aquella rotundidad de la propuesta de Valeriano que no admitía vacilación alguna. Pero, como esa tajante orden venía a trastocar todos mis planes, todavía intenté zafarme arguyendo:

—Comprendo la importancia de la campaña organizada por el emperador, Valeriano, pero mis circunstancias personales son ahora muy singulares. Precisamente, hace un mes y medio envié mi solicitud de retiro a la curia. Si tenía pensado dejar definitivamente el ejército, ¡cómo voy a meterme ahora en una empresa militar que nadie sabe cuánto puede durar!

—¿Es posible lo que estoy oyendo? —replicó irguiéndose sobre sí mismo, enfurecido—. ¿Es éste el Félix que conocí hace tres años? ¿Me dices que no quieres luchar por Roma y te quedas tan fresco? ¡Por todos los dioses! ¿En qué suerte de cobarde te has convertido en esa maldita Cartago?

—He expuesto mis razones. No es una cuestión de cobardía. Quiero hacer otra vida. Deseo regresar a Lusitania, a mi tierra. ¿Es eso tan difícil de comprender?

—¡Que Minerva te perjudique! —gritó fuera de sí—. ¡Ahora entiendo cómo dañan esos asquerosos cristianos nuestro Estado! ¡Has estado enredado con cristianos en Cartago y te han reblandecido!

—¿Por qué dices eso?

—Porque ha llegado más de una información de que andabas por ahí facilitándoles las cosas a esos estúpidos y piojosos cristianos. No les dimos crédito, pues pensábamos que eran fruto de las intrigas religiosas de Cartago. ¡Cómo íbamos a pensar que Félix se iba a meter en tales enredos!

—Valeriano, yo... —balbucí.

—¡Anda, quítate de mi presencia! —me espetó—. ¡Vete a tu Lusitania, al fin del mundo! Pero no pienses que vas a recibir indemnización alguna. ¡Roma no subvenciona a cobardes!

Salí de allí deshecho, sin decir palabra. ¿Para qué hablar más? Anduve por las calles vagabundeando un rato, con la mente casi en blanco. La ciudad me pareció extraña, como si en tan sólo tres años hubiera pasado una eternidad de tiempo. Las fiestas que saludaban al solsticio de verano estaban llegando a su fin y los últimos que salían a divertirse tenían los rostros demacrados ya por los excesos. Comí algo que compré a un vendedor ambulante y me senté en una plaza para pasar la tarde. El ruido aumentaba al caer el día. Fueron pasando riadas de muchachos y muchachas, comparsas de cómicos, músicos, vendedores de golosinas y vino, pandillas de crápulas, bandas de bulliciosos, prostitutas y efebos de ambigua apariencia. Pensé en las orgías que se estaban organizando en termas y palacios, y me pareció que aquella forma de pasar el tiempo no era sino un signo de decadencia. Roma se me antojó entonces una ciudad perdida que había perdido la fe y la esperanza. Ese desenfrenado deseo de placer pretendía ser el consuelo pobre y cretino de un mundo que se angustiaba ante la muerte. Y la exaltación del cuerpo y la sensualidad se había convertido en una inútil técnica que luchaba absurdamente contra la vejez y el fin de la vida.

Recordé a Fidelia. Me confortó descubrir que en el fondo de mi alma no había temor a la muerte. Me di cuenta de que mi relación con los cristianos me había dado la fuerza del hombre iniciado que puede ver más allá.

Regresé a mi aposento en la casa de huéspedes y pasé la noche reflexionando. Se presentaban a mi espíritu dos soluciones, endebles y poco satisfactorias, pero no veía otras. Si regresaba inmediatamente a Cartago lo perdería todo. Sería una forma de darle la razón a Larcius Surio y me caería encima el peso de sus calumnias. Perjudicaría además a mi familia y a mis amigos de forma irremediable. Pero era la única manera de tener alguna posibilidad de irme este mismo verano a Lusitania. Si, por el contrario, obedecía al emperador y me ofrecía para la guerra, podría regresar con gloria y una buena recompensa, aunque eso suponía jugarme la vida y dejar desamparadas a Fidelia y Felicitas por tiempo indefinido.

Lo que más me dolía era que, después de haber entregado unos buenos años de mi vida a la causa militar del Imperio, arriesgándolo todo y arrostrando todo tipo de peligros, ahora fuera a ser considerado un cobarde. Mi orgullo estaba demasiado entero como para pasar por eso. La preocupación no me dejó dormir, pero finalmente había tomado una decisión. Y fue precisamente mi orgullo el que dijo la última palabra.

Con la primera luz, me levanté como un resorte y corrí de nuevo hacia el palacio del censor. Le dije a Valeriano que había sido un estúpido al vacilar ante mis obligaciones y que estaba dispuesto a ponerme al frente de las secciones del ejército que se me encomendaran mañana mismo. Demostré todo el ímpetu y la firmeza de carácter que pude y le aseguré que Decio se alegraría de haber contado conmigo.

Se le dibujó una sonrisa de oreja a oreja y me apretujó los hombros emocionado, paternalmente. A punto estuvo de abrazarme y todo.

—¡Ya me extrañaba a mí! —exclamó—. ¡Debió de poseerte un espíritu funesto porque, desde luego, ayer no parecías tú! ¡Júpiter ha querido rescatarte para esta gran causa!

Me sentí halagado por sus palabras y contesté:

—¡Jamás me habría perdonado haber rehusado una encomienda tan honrosa!

—¡Así se habla, muchacho! —dijo, sin dejar de palmearme la espalda—. Y no se hable más de este asunto. Ordenaré hoy mismo que comiencen a prepararse los caballeros que estarán a tu cargo y dentro de un par de días podrás poner rumbo a Mesia. ¡Oh, cuánto se alegrará el emperador de contarte entre sus generales!

Tras unos comentarios más sobre lo que iba a necesitar, y después de exponerle yo algunas sugerencias, me invitó a cenar en su casa esa misma noche. Y cuando traté de excusarme, pues no me apetecía ir, su sonrisa se desvaneció y, con voz solemne, añadió:

—Nada de excusas. Tenemos que hablar más de todo esto. Además, no quiero que te encuentres solo en Roma. En mi casa cenarán esta noche un buen grupo de parientes y amigos de toda confianza. Te alegrarás de asistir. Ve a la puesta del sol, o un poco antes.

Avanzada la tarde, deseé poder faltar a la cita, cuando llegó el momento de vestirme para acudir. Algo en mí se resistía a tener que soportar una reunión de sociedad en aquel momento. Pero mi voluntad estaba vencida como si me viera obligado a obedecer a unas fuerzas superiores sin posibilidad de decidir. Así que me puse una toga limpia de excelente manufactura de Lambesa, aunque sencilla, y me encaminé hacia la casa de Valeriano.

La puerta principal de la residencia no estaba muy lejos de la entrada del palacio del censor, y se abría al final de una plaza con árboles a los pies del Quirinal. Me recibió un esclavo que me condujo a través de un par de grandes estancias hasta unas lujosas escaleras de mármol rosado, que ascendían a un segundo piso. Nos detuvimos en una sala de ambiente cálido, con decoración de sabor egipcio y abundantes piezas de rica cerámica policroma. En una mesita de negra madera de ébano, había una jarra con vino y un plato de frutas secas especiadas, cuyo aroma fuerte y picante me llegó cuando el esclavo se llevó un puñado a la boca. Por su soltura y sus ademanes confiados, deduje enseguida que se trataba de alguien de mucha confianza.

—Sírvete —me dijo con la boca llena—. Eres el primero de los invitados. Iré a avisar a mi amo.

Desapareció por detrás de unas cortinas y me dejó allí solo. Me acerqué hasta una puerta que comunicaba con una terraza que atravesé para asomarme a la barandilla. Caía el crepúsculo y a un lado ardía una antorcha con llamas erguidas. Abajo se veía la plaza, con sus árboles de redondeadas copas, y un grupo de niños que llegaron y se pusieron a corretear, traviesos, haciendo que las tórtolas y los mirlos se alborotaran y alzaran el vuelo. A los lejos, los edificios brillaban con el último sol. Estaba casi extasiado, absorto y todavía algo confundido, como si hubiera dormido en Cartago para despertar al momento en Roma. De repente, una voz de mujer me llamó a mis espaldas:

—¡Félix! Eres Félix, ¿no?

Me volví y me encontré frente a mí a dos esbeltas y elegantes mujeres, vestidas con trajes de fiesta. Eran Salonina y Dionisia.

—¿Qué te pasa? —preguntó Salonina—. ¿No te alegras de vernos?

Yo estaba confuso y deslumbrado y, a la vez, me pareció que la sangre se me helaba en mis venas, ante este inesperado encuentro.

—No esperaba veros aquí —murmuré.

—Valeriano es mi suegro —explicó Salonina—. ¿No recuerdas que me casé con su hijo Licinio? Vivo en esta casa.

—¿Y tú, Dionisia? —pregunté por decir algo—. ¿Cómo te ha ido?

—Me divorcié —respondió, tan despreocupadamente que empecé a sospechar que aquello estaba preparado.

Mis sospechas se confirmaron cuando Salonina me empujó y me colocó delante de Dionisia, diciendo:

—Bien, os dejo solos. Supongo que tenéis cosas que deciros.

Dionisia iba vestida con una especie de blusa sobre la túnica, recogida por dos cinturones dorados y llevaba la palla sobre la cabeza. Se ruborizó, pero no desvió su mirada de mis ojos y, sonriendo, se cubrió media cara con el abanico de plumas que sostenía en la mano, dejando al descubierto sus ojos intensamente azules.

—Félix, querido Félix —dijo—, ¡cuánto te he echado de menos!

—No sabes lo que dices —le contesté.

Se me acercó entonces, con aquella tierna y secreta sonrisa en los labios, y comenzó a alisarme la toga, cerca del cuello, con delicadas caricias.

—¡Ojalá me hubiera casado contigo y no con ese viejo estúpido! —exclamó—. ¡No sabes lo mal que lo he pasado!

Se aproximó tanto a mí que pude sentir el delicioso aroma del rico perfume que impregnaba su cuerpo. Recordé entonces cómo me encantaba el olor de su piel y me estremecí. Debió de notar que el calor había subido a mis mejillas y dijo:

—Sé que aún te gusto. Lo veo en tus ojos. Tú y yo podríamos empezar ahora una nueva vida.

Sacudí la cabeza con vehemencia y me retiré.

—¿Qué te pasa? —me preguntó—. ¿Hay otra mujer? ¡Oh, cariño, por favor, no pongas esa cara! Dime la verdad, ¿hay una mujer en Cartago?

Asentí con la cabeza; tenía reseca la garganta. Se encogió de hombros y exclamó en tono despectivo:

—¡Una cartaginesa! Mi adorable y bello Félix se ha enamorado de una cartaginesa.

Al verme callar, sonrió de repente y continuó:

—Quizá Félix se ha casado y es un esposo amante y fiel.

—Sí, Dionisia —contesté—. Yo también me casé.

—¡Vaya! Me lo temía. ¡Oh, cuánto nos ha cambiado la vida a todos! Es una verdadera lástima llegar a la adultez. Pero aún hay tiempo. Siempre hay tiempo. ¿No crees, querido?

Hablaba con naturalidad y vivacidad e iba dando vueltas a mi alrededor, seguramente, para que viera su elegante vestido por todos lados. Y siguió sonriendo alegremente, como segura de sí al observar mi confusión. Pensé que había aprendido demasiado de su amiga Salonina y que le quedaba poco ya de ella misma.

Iba a decirle algo cuando Valeriano irrumpió en la terraza acompañado por los demás invitados.

—Me hubiera gustado que cenáramos aquí fuera, pero más tarde refrescará —les iba diciendo cuando advirtió mi presencia—. ¡Ah, Félix, ya estás aquí! Pasemos todos al peristilo. La cena debe de estar ya a punto.

Cuando nos situamos en torno a la mesa, advertí la presencia de un invitado que me resultaba conocido. Tuve que pensarlo un rato y al final recordé quién era: Macriano, aquel fanático adivino amigo de Salonina de cuya sesión de magia tuvimos que escapar Herenio y yo a causa de la risa. Entonces concluí que Salonina había influido también en su suegro. Y durante la cena pude darme cuenta de que Valeriano estaba verdaderamente fascinado por el mago, ya que no dejaba de hacerle preguntas y solicitar sus opiniones en este o aquel asunto. Hasta el punto que Macriano era el verdadero centro de atención de la velada. Y las conversaciones fueron llevadas por él a los truculentos derroteros de los cultos secretos orientales y las creencias ocultas.

A medida que avanzaba la velada, fui descubriendo también que entre los invitados de Valeriano reinaba una especie de excitación. Algunos deseaban ver augurios en los vientos tormentosos que se habían sucedido sobre Roma en las últimas semanas o en las puestas de sol de color sangre. Una extraña mujer con atuendos egipcios contó que había visto sudar a la imagen de Isis y aseguró que por ahí se decía que algunas otras diosas vertían lágrimas abundantes. Al oír aquello, los presentes hicieron un expectante silencio, como aguardando a que alguien interpretara tan funestos signos. Valeriano, como en otros momentos de la cena, fijó sus ojos en Macriano. Pero fue un funcionario de pequeña estatura y prominente calva el que se incorporó en el triclinio apoyando las manos en la mesa, estiró el cuello y sacudió la cabeza diciendo:

—Son demasiados presagios... Algo va a pasar.

—¿Que algo va a pasar? —le preguntó Valeriano— ¿Qué algo?

—¡Qué sé yo! —contestó el funcionario bajito—. Bárbaros en el norte y en el este, persas en Oriente...

—¡Vamos, vamos, Teranius! —le replicó el censor—. No digas tonterías. La milenaria Roma no va a caer ante los planes de un rey de mugrientos godos. Y, Sapor, ya caerá... ¡Será el tiempo el que ponga a cada uno en su sitio!

Al oír estas palabras de su protector, el adivino Macriano se puso en pie y levantó la copa de plata que tenía en la mano hasta la altura de sus ojos, la removió y miró con los ojos entornados, como para concentrarse en una adivinación. Después, con un histriónico gesto, lanzó una libación hacia la estatua de un extraño dios que presidía la estancia. Sonrió y predijo solemnemente:

—Nada malo va a suceder. Por el contrario, las mejores estrellas brillan sobre Roma en los tiempos que nos han correspondido. Decio resplandece como un sol poderoso y devolverá al Imperio su antiguo esplendor; lo librará de los bárbaros y lo limpiará de enemigos. ¡Se aproxima una gran victoria en Mesia! ¡Todos los dioses son favorables!

Emocionado, Valeriano se puso en pie, lanzó su libación hacia la estatua del dios y exclamó:

—¡Brindemos por eso! ¡Por la eternidad de Roma!

Todo el mundo lanzó su libación, bebimos y después se prorrumpió en aplausos y vítores. Con un gesto, el anfitrión ordenó a los músicos que estaban a un lado que tocaran y comenzó a sonar la alegre melodía de un conocido canto que los presentes corearon exultantes.

Más tarde, cuando parte de los invitados se hubieron marchado, se sirvió el último vino en la terraza. No había refrescado. El aire estaba inmóvil y una especie de vaho caliente subía desde el Tíber. Roma brillaba con nocturnos reflejos azulados bajo la luna, y emitía ese rumor lejano de música y fiestas que brotaba cada noche de su pueblo enfermo de puro viejo, apático y excitable a la vez, que ora presentía augurios de felicidad, ora de muerte y desolación; como siempre, en su ser explosivo, vacilante, sembrado de dudas e indecisiones.

Pensé que algo de esa Roma había en mí mismo y una sombra de fatalidad comenzó a apoderarse de mi espíritu. Me alejé hacia la balaustrada y me detuve a contemplar el mar de edificios que se extendía más allá de la casa de Valeriano. Y Dionisia aprovechó mi retiro meditabundo para aproximarse a mí. Había estado silenciosa todo el tiempo, mientras duró la cena, pero no dejó de cruzar miradas conmigo, y su silencio me sugirió reserva. Por su parte tampoco entonces habló, sino que suspiró profundamente y elevó el rostro hacia la luna. Con la cabeza un poco ladeada, miraba hacia el infinito con ojos soñadores. Parecía la visión luminosa de un ser de otro mundo. Se quitó la palla y le cayó sobre los hombros desnudos una avalancha de rubios rizos. No sé lo que me ocurrió, pero el hecho es que, invadido por un fuerte deseo la besé en la mejilla. Al instante se abrazaba a mi cuello y apoyaba su cabeza en mi hombro. En ese instante de soledad y desconcierto era muy reconfortante para mí abrazarla y aspirar su dulce y natural olor. Sentí que sus labios acariciaban mi garganta y su pecho contra el mío, que ardía y se agitaba. Entonces ella murmuró palabras que no distinguí:

—¿Qué quieres decirme? —inquirí.

—Te amo, Félix, ¿puedes creerme? —dijo.

Hice una mueca de contrariedad. Y como una centella, cruzó un pensamiento por mi mente sugiriéndome rechazarla, pero no lo hice.

—Me gustas mucho —añadió—, porque te hallas inmerso en tu propia búsqueda. En el fondo eres igual que yo.

—¿Como tú?

—¡Oh, sí! Quieres parecer fuerte y seguro de ti, pero en el fondo te sientes desvalido y ese desamparo tuyo me atrae mucho, mucho...

La intensidad de su pasión me agitó hasta las mismas entrañas. Sus ojos claros me observaban gravemente y esperaban mi respuesta. No contesté con palabras, pero me entregué a ella con caricias vertiginosas. Entonces se separó de mí y me sujetó la mano. Desconcertado, me quedé impasible sin saber qué hacer. Pero al momento tiró de mí y me condujo por los silenciosos pasillos hasta una habitación donde terminó de adueñarse de toda mi voluntad, llevándome a un placer que absorbía mi razón y mi espíritu.

## 57

Durante las ceremonias que precedieron a la partida de nuestras tropas me sentí ausente. La excitación que reinaba en Roma comenzaba a asfixiarme. Por un lado había una especie de confianza ciega en la victoria, pero por otra parte parecía fluir un presentimiento diferente, como una especie de oscura e invisible energía que emanaba de cuantos empezaban a prever que algo iba a suceder inevitablemente. Los *auspex* oficiales, en cambio, interpretaban las señales celestes y los mensajes de las vísceras sacrificadas con augurios inflamados de optimismo. Por todas partes se decía que el momento no podía ser más favorable.

Con tan animosas esperanzas, las tropas partieron de Roma dispuestas a participar en la victoria de su emperador contra los bárbaros. Me alegré de que las secciones que se me encomendaron fueran las primeras en ponerse en camino. Se trataba de llegar lo antes posible a Iliria, donde debían concentrarse con el resto de la caballería para ir a reforzar las legiones que combatían en Mesia y Tracia, bajo el mando del propio Decio y su hijo Herenio. Llegaron instrucciones precisas de que el rápido viaje se hiciera por mar, para evitar el largo y tortuoso recorrido por los Alpes. De manera que emprendimos la ruta que discurría por la península a través de Umbría hasta Rávena, para embarcarnos en el puerto militar que miraba al este y cruzar el Adriático.

Pensé que Decio habría conseguido ya poner en orden cuantos desatinos habían causado las nefastas gestiones de los gobernantes de las últimas décadas y la corrupción que había reinado sobre todo con los árabes. Pero aún persistían los errores, y tanto desastre producido por las guerras civiles era muy difícil de solucionar en tan breve espacio de tiempo. El puerto militar de Rávena estaba hecho una pena y la flota militar estaba en pésimas condiciones. Hubo que esperar a que fueran llegando desde Grecia embarcaciones suficientes para transportar tal cantidad de hombres, animales e impedimenta. Y debido a esta tardanza, para colmo, empezó a cambiar el tiempo. Se echó encima el otoño, el mar se encrespó y algunas de las galeras fueron a estrellarse contra las rocas.

Cuando me correspondió embarcarme, los vientos estaban enfurecidos, pero las órdenes que teníamos no permitían ni un día de demora más en el viaje. Aquella travesía marítima hasta Dalmacia fue lo peor que hice en mi vida. Se levantaron imponentes olas y estuve convencido de que la nave se haría pedazos. Temí por mi vida como nunca antes y, cuando por fin me vi en tierra firme, me parecía mentira.

Si habíamos salido de Roma en agosto, nuestra llegada al escenario de los combates no fue hasta bien avanzado el mes de octubre. Así que, a medida que nos adentrábamos en Mesia, el cielo se iba oscureciendo con densos nubarrones y las lluvias comenzaron pronto. El viento frío arreciaba y el barro demoraba aún más los desplazamientos. Pero incluso con tales inconvenientes al aproximarnos al lugar donde debíamos reforzar a las legiones la seguridad de la victoria no decaía ni un ápice.

Por fin llegamos frente a los muros de la ciudad de Novi, junto al Danubio, donde estaba instalado el inmenso campamento desde el que se habían iniciado todas las operaciones. El aspecto de los alrededores era el de un barrizal que iba a perderse en los bosques. Nuestra entrada por la puerta que se abría en la empalizada fue a media tarde. Las lluvias habían cesado y se veían grandes espacios de cielo azul, del que trataban de apoderarse nubes plomizas. Pasaban bandadas de aves de todas clases, que sin duda venían del norte huyendo hacia los países del sol. A esa hora, los sacerdotes concluían los sacrificios vespertinos y los fuegos que devoraban las carnes de las víctimas se alzaban hacia el firmamento, enviando sus humos oscuros y densos. Reinaba un gran silencio, pues todos los soldados se encontraban concentrados en la plaza central participando de las ceremonias.

Todos los montes de alrededor se veían rojizos en las faldas por los helechos que se habían agostado. Los valles estaban cubiertos por cenicientos restos de incendios y ennegrecidas tierras pisoteadas por los ejércitos; los tejados brillaban por la humedad. El follaje de las alamedas de chopos, álamos y castaños era amarillo; los robles, en cambio, hojosos todavía, empezaban a enrojecer.

Cuando los guardias nos dieron paso, comenzamos a avanzar procurando hacer el menor ruido, para no interrumpir el culto. A medida que nos acercábamos a los altares, las plegarias de los sacerdotes iban oyéndose con mayor nitidez. El sol, pálido y sin brillo, se hundía en los bosques, como si no quisiera prestar atención a las invocaciones que exaltaban a la Roma sin ocaso, al emperador-dios y a las innumerables divinidades protectoras.

Al fondo, sobre un estrado cubierto de telas color púrpura y adornado con ramas de laurel, divisé a Decio, su armadura revestida de láminas de oro brillaba y su capa ondeaba suavemente movida por la brisa. Tenía los ojos fijos en el gran brasero, delante de él, donde un sacerdote echaba abundante incienso. El humo blanco se elevó agitado por el aire y la mirada del emperador lo siguió, como si pretendiera querer saber adónde se iría.

El sonido fuerte y grave de las tubas rompió el silencio, le siguió la fanfarria de ceremoniosos tambores destemplados y el armonioso canto de los coros militares que despedían el día. Un estremecimiento me sacudió y sentí repentinamente retornar a mí el ánimo y el deseo de participar en aquella campaña.

Nos instalamos antes de que cayera por completo la oscuridad y esa misma noche nos fueron dadas las primeras órdenes. El legado de la provincia, Cayo Treboniano, nos reunió y nos explicó el plan de operaciones. Según dijo, la gran masa humana de los godos, calculada en unos setenta mil hombres, había avanzado como una manga arrasando a su paso todo lo que encontraba, hasta detenerse frente a los muros de Nicópolis. Desde allí, a través de los pasos montañosos de los montes Emo, habían logrado penetrar en la fértil Tracia, donde destruyeron cuantas poblaciones atravesaron, hasta llegar a Filipópolis, donde el gobernador, Lucio Prisco, negoció con ellos prometiéndoles entregarles la ciudad si él era respetado. Concluyó el acuerdo y abrió las puertas. Filipópolis fue despiadadamente saqueada y nadie de su población, estimada en unos cien mil habitantes, se salvó.

Esta traición de Prisco enfureció a cuantos escuchábamos el relato. Pero nos alegramos al saber que los bárbaros tampoco lo habían respetado a él y que sus despojos pendían ahora de la más elevada torre de la muralla, devorados por los cuervos.

A pesar de que se habían producido tal cantidad de desastres, en los ejércitos que habían estado luchando bajo las órdenes directas del emperador reinaba una euforia triunfalista. Desde que el emperador había llegado al escenario de la guerra, se habían sucedido las victorias, recuperándose numerosas ciudades y consiguiéndose dispersar a los godos que ahora andaban por ahí, aunque continuando con sus desmanes, perdidos y desmembrados en multitud de bandas que comenzaban a emprender el regreso hacia sus tierras. En cuanto a Filipópolis, acababa de llegar la feliz noticia de que Herenio Etrusco, que la venía asediando con grandes fuerzas, la había recuperado para el Imperio consiguiendo dar muerte a un innumerable número de enemigos.

Ahora sólo quedaba ir a dar la batalla definitiva al rey Cniva, que se encontraba al norte de Nicópolis intentando reunir a las tribus de los bárbaros. La seguridad que Decio tenía en esta victoria era total. Con la llegada de nuestros refuerzos, las legiones de Panonia y Mesia y la gran caballería que Herenio desplazaba desde Nicópolis, no podía esperarse otra cosa que aplastar definitivamente la amenaza bárbara y poner refuerzo a las fronteras para que nunca más volvieran a intentar penetrar en las tierras del Imperio. Pero el gran deseo del emperador era conseguir apresar a Cniva, y llevarlo a Roma cargado de cadenas para pasearlo por los Foros imperiales con el fin de devolverle a la ciudadanía algo del esplendor de las antiguas victorias.

Al día siguiente por la mañana, cuando fui llamado al edificio del Pretorio para entrevistarme con Decio, noté que se alegró de verme como si se encontrara con un familiar querido y cercano, pero su temperamento de frío ilirio le impidió un saludo efusivo más allá de una franca sonrisa y un leve movimiento de su cabeza.

—¿Tienes el mismo valor que hace dos años? —me preguntó lentamente, mientras iba a recoger una copa llena de vino para ofrecérmela como bienvenida.

—Creo que en eso no he cambiado —respondí.

—¿Qué tal en Cartago?

—Bien, muy bien. He procurado hacerlo lo mejor posible.

—Llegó una denuncia —dijo impasible mientras me alargaba la copa, sin que se alterara el gesto de su rostro.

Un frío sudor me recorrió la espalda y supongo que me puse lívido. No por temor, sino porque él me imponía mucho y yo seguía admirándole. No fui capaz de contestar.

—Bueno, bueno, querido Félix —añadió él, sin dejar de sonreír—. Supongo que un hombre de tu valía genera envidias donde quiera que vaya.

—Créeme, he procurado ser leal, pero...

—¡Déjalo! —me pidió—. Ahora lo único que importa es esta guerra. Antes de que acabe el año habremos librado a Roma definitivamente de la repugnante plaga de los bárbaros. Se avecinan tiempos felices para todo el mundo. ¡Gracias a los dioses!

—Sí —asentí—. Estoy seguro de eso.

—¡Claro! —exclamó exultante—. ¡Alegra esa cara, hombre! Cuando termine esta guerra vendrás a instalarte en Roma. Tengo planes para ti.

—Bueno, estoy bien en Cartago.

—No, no, nada de eso. Cartago está en paz, pero la vida allí es muy complicada. Un hombre como tú necesitará otra cosa.

—Tengo mujer y una hija allí.

—Bien, ¿y qué? Las traes a Roma y listos. Todo va a cambiar a partir de ahora, Félix —aseguró con un gesto de aplomo en su cuadrado rostro—. Con nuestra civilización libre de amenazas exteriores y limpia interiormente de infectos cultos orientales, una gloria nueva y una esperanza se abre en el horizonte. ¡Brindemos!

—¡Brindemos! —repetí.

Una semana después emprendimos la marcha hasta Nicópolis. Los territorios que atravesamos estaban devastados. Por todas partes había ruinas y gentes famélicas desplazándose de un lugar a otro, desorientadas, empapadas por las lluvias y con ojos asustados y perdidos. No había rebaños, ni cosechas, ni casas en pie. Los cadáveres se corrompían en los campos por cientos y los que se amontonaban en las piras no se quemaban, pues la humedad ahogaba las llamas. Un insoportable hedor a podredumbre impregnaba el aire. A nuestro paso encontramos las más horribles escenas: hombres mutilados, cuerpos despedazados, gentes convertidas en antropófagas, devorando a los muertos por no tener otra cosa que llevarse a la boca.

Verdaderamente, deseé la paz romana con un deseo superior a ningún otro experimentado en mi vida. Odiaba aquella guerra, pero dentro de mí se despertaba una fuerza, como una furia incontenible, el ansia de que estuviésemos cuanto antes frente a los bárbaros. Contemplando sus crueldades y los demoledores efectos de su paso, comprendí que la vocación de ese salvaje pueblo era devorar como una fiera incontrolada cuanto de Roma encontrara y, si se les dejaba, terminar con nuestra civilización.

## 58

El punto de encuentro para los ejércitos había sido discutido detenida y concienzudamente; tantos soldados necesitaban mucho espacio y visibilidad en una batalla tan extensa como se prometía. Nicópolis, al sur del Danubio, parecía ser el lugar más adecuado, pues los valles se ensanchaban en cuencas muy fértiles donde se encuentran poblaciones de mediana importancia. Las llanuras bajas y la navegación del río animaron a Cniva a poner allí sus campamentos estables. Parecía que todo se ponía de nuestra parte. Los observadores constantemente llegaban informando de que los godos seguían muy dispersos y que les sería imposible reunirse antes de que las legiones que guiaba Herenio desde Filipópolis les cortasen el paso al pie de los montes Emo.

A pesar del temporal de agua que se nos echó encima, emprendimos la marcha sin demora buscando la calzada que llevaba directamente a Nicópolis. Era ya noviembre e inevitablemente nos veríamos pronto combatiendo en invierno. Pero aun sabiendo esto, la confianza en el triunfo seguía sin decaer.

Una mañana, cuando se iba a dar la orden de marcha, vino corriendo un centinela que estaba en un puente próximo a una de aquellas ciudades semiabandonadas, a decir que un campesino había visto bárbaros muy cerca, adentrándose en un bosque. Enseguida supimos que era una horda compuesta por numerosísimos bárbaros que huían a toda prisa perseguidos por la Decimotercera Legión.

Vi a Decio subir a su caballo y ponerse al frente de una columna para ir en persona a encontrarse con ellos. Un general gritó a mi lado:

—¡No debería ir él!

Pero alguien se apresuró a contestar.

—¡Es su momento!

Lo vimos todo a la perfección desde una loma cercana. La caballería más selecta, compuesta por cincuenta unidades de quinientos hombres cada una, galopó en dirección a unos prados despejados, mientras una rápida maniobra de los auxiliares penetraba en el bosque barriéndolo con ensordecedor estruendo de tambores. Enseguida aparecieron a lo lejos los godos, a pie la mayoría de ellos, escapando como podían por los campos anegados de agua. Inmediatamente eran embestidos por los caballeros. No sé cuántos bárbaros podían componer la horda que se batía en retirada, pero no pasó una hora antes de que miles de cadáveres quedaran tendidos en el suelo. A los que sobrevivieron se los torturó atrozmente, sin piedad para ninguno de ellos, mientras los soldados de nuestro ejército prorrumpían en alaridos victoriosos. Más que una batalla, aquello me pareció una carnicería.

Durante casi una semana se repitieron escenas semejantes. Unas veces los bárbaros eran sorprendidos descansando en alguna aldea, otras se les daba alcance en la misma calzada, próximos a los caminos o junto a los ríos imposibles de vadear a causa de las crecidas ocasionadas por las lluvias. Muchos, extenuados por la persecución, se rendían y venían a ofrecerse para incorporarse traidoramente a nuestras tropas. En el mismo lugar donde se presentaban para hacer pactos se les daba muerte sin contemplaciones. A estos mismos se les arrancaba toda la información posible antes de pasarlos a cuchillo. Por ellos supimos que Cniva tenía ya decidido retirarse hacia Sarmatia, convencido de que el ejército romano con Decio al frente iba dispuesto a exterminarlos y que su capacidad era más que suficiente para tal menester.

Pero no tenía escapatoria el enemigo, puesto que el hábil estratega que era el tribuno Aurelio Claudio tenía confiada la defensa de Tracia para subir a la costa del mar Negro cerrándoles la retirada en la *Scytia Minor*, mientras Treboniano Galo iba guardando las orillas del Danubio impidiéndoles también esta posibilidad de escape. No creo que se hubiera planteado un plan de guerra más elaborado desde los tiempos gloriosos de Trajano o Alejandro Severo.

Una de aquellas noches henchidas de sabor a victoria, el cielo se despejó completamente y una lluvia de estrellas cruzó el oscuro firmamento, lo cual fue interpretado como un augurio indiscutiblemente favorable para Roma. Nuestras tropas estaban eufóricas y el avance de nuestro éxito parecía imparable ya.

Llegamos a Nicópolis al fin. Encontramos la ciudad desierta y ni un bárbaro en varias leguas a la redonda. Parecía que la guerra había llegado a su término. Pero los emisarios de las legiones que guiaba Herenio se presentaron anunciando que el coaugusto estaba frente por frente con el grueso de los godos en Forum Trebonii, y que reclamaba urgentemente nuestro refuerzo para dar la batalla final. Tras una carrera agotadora, sin apenas detenernos el tiempo imprescindible para el descanso, nos plantamos allí seguros ya de que, aprovechando la tregua que nos daba el cielo sin asomo de nubes, desharíamos las últimas fuerzas de los bárbaros y, con su rey vivo o muerto, regresaríamos pronto a Roma.

El campamento de la Decimotercera Legión Gémina estaba instalado de forma provisional en un área muy húmeda, cerca de unas zonas pantanosas cubiertas de juncos. Impresionado por su gran victoria en Filipópolis, Herenio había cruzado los montes Emo a marchas forzadas en pos del enemigo y había rechazado el descanso que debía seguir a la gran batalla que habían sostenido. El lugar donde ahora reposaban sus tropas, más que un campamento romano, parecía la transitoria parada de una caravana de nómadas. Los soldados se extendían en la llanura, echados junto a sus caballos sin más resguardo que mantas; las tiendas y el resto de la impedimenta lo dejaron atrás, para verse más ligeros.

Nada más llegar adonde ellos se encontraban pregunté por Herenio, y me indicaron que había ascendido a un promontorio cercano para observar directamente las posiciones de los godos, que estaban a un par de leguas, detenidos delante de una ciudad fortificada llamada Siscia. Fui hacia allí por una vereda que ascendía cruzando riachuelos que fluían y brincaban entre los guijarros. En lo alto de la loma crecían algunos bosquecillos, una mancha verde tras otra, hasta un brusco cortado que ofrecía una vista inmejorable sobre la inmensidad de la llanura. En el borde mismo donde comenzaba a descender la escarpada pendiente, Herenio oteaba el horizonte junto a sus generales.

Eché pie a tierra y fui hacia él llevando de las riendas al caballo. Cuando estuve a su altura, le llamé por su nombre a la espalda. Se volvió. Tenía el rostro enrojecido, a causa del sol y el viento de los largos días pasados a la intemperie, y los ojos le brillaban de una manera extraña. Se le veía fatigado y sus rasgos se habían hecho más duros. Con la cabeza casi rapada y un asomo de perilla pelirroja, no parecía el mismo que vi por última vez dos años atrás.

—¡Félix! —exclamó.

Fui hacia él y le saludé con la reverencia que le correspondía como augusto. Como si ayer mismo hubiéramos estado en la misma sección del ejército me agarró por el brazo y me situó a su lado. Mirando hacia la llanura que escrutaba desde el promontorio, dijo:

—Mira allí. ¿Ves a los inmundos godos?

Me fijé. A lo lejos negreaba una ingente masa de hombres y caballos, extendiéndose por los campos pardos, como si avanzara hacia nosotros lentamente un mar oscuro.

—¡Zeus! —exclamé—. ¡Son una inmensidad!

—Calculamos que más de cien mil —explicó un general.

—Mañana serán más de cien mil cadáveres —añadió Herenio.

—¿Cuándo se dará la batalla? —pregunté.

—Les dejaremos que se aproximen —respondió Herenio—. Cniva ha conseguido reunir refuerzos que acaban de llegar desde Sarmatia y está muy confiado. Ayer mismo huía hacia más allá del muro que edificó Adriano; hoy, después de que millares de hombres se le hayan unido en Dacia, se atreve a plantarnos cara.

—¿Podremos con tal inmensidad de enemigos? —quise saber.

—¿Lo dudas? —respondió impasible, sin dejar de mirar hacia el horizonte—. Tenemos aquí concentradas a las mejores fuerzas del Imperio y, además, entre hoy y mañana esperamos que vayan llegando el resto. Treboniano Galo avanza por el Danubio para cortarles el paso y Aurelio Claudio los envolverá por detrás, atacándolos en la retaguardia desde la *Scytia Minor*. Esta vez no tienen escapatoria.

Esa misma noche, cené con él y con los viejos camaradas de la guerra de Panonia. Alguien dijo que el agua de las llanuras era veneno, así que bebimos vino en cantidad. Antes de retirarnos a dormir, hablé con Herenio en la puerta de la tienda. Apenas había llamas encendidas en el campamento y todo estaba bañado por la luz azulada de la luna. Un frío intenso y un aire cargado de humedad llegaban desde el norte y helaban los huesos, de manera que decidimos echar el último trago allí mismo, a la intemperie.

Conocía bien a Herenio. Era frío como un pedazo de mármol, pero algunas veces se inflamaba su espíritu con el vino, algo que jamás había apreciado en su padre. Entonces se desvanecía esa especie de cortina de impasividad que le cubría, y aparecía el hombre de corazón ardiente cuya imaginación parecía desplegar las alas. Aprovechando ese momento, quise saber si verdaderamente se consideraba el dios en que le había convertido el destino. Para sorpresa mía, se echó hacia atrás y, sonriendo hieráticamente, contestó:

—¿Dios? ¡Vamos, Félix, no me vengas con eso! ¿De verdad supones que he llegado a creerme que soy un dios? ¡Qué tontería!

—Roma lo cree —dije—. La adoración de César es el centro de la religión romana. Su creencia es que el emperador romano reinante, encarnando el espíritu de Roma, es divino. El emperador Decio, tu padre, y tú, como coaugusto, sois divinos para Roma.

—Decio no se considera divino —contestó—. Y tampoco yo. Mi propio padre me dijo, cuando me entregó la púrpura, que ni siquiera Augusto quiso aceptar el título de dios. Y no creo que ningún emperador de los que nos han precedido, excepto algún descentrado o loco, como Calígula o Heliogábalo, se hayan creído eso de la divinidad...

No salía de mi asombro escuchándole decir todo aquello. Quería hurgar en su interior y seguir ahondando en esa veta de espontánea sabiduría que se le había despertado con el vino. Deseando continuar con el tema, le pregunté:

—Entonces, ¿quién se inventó todo eso?

—Los hombres inventan dioses para llenar de gloria sus propias acciones o para explicar la confusión que en el fondo les hace sentir este mundo complicado. Mi padre, Decio, me dijo un día muy en serio que la divinidad del emperador la inventó el Senado romano, que es lo verdaderamente inteligente que supo crear nuestra civilización. Cuando un emperador moría y había sido honesto, recto, justo y valeroso, el Senado le reconocía el tributo, proclamándolo dios. Así impulsaba a los *princeps* a comportarse de forma más valiosa para nuestro Imperio. Era como un acicate, para beneficiar al poder supremo. A partir de Tiberio, este proceso se desvirtuó. Entonces los emperadores comenzaron a proclamarse dioses antes de haber muerto, pero supongo que ni el Senado ni ellos mismos se creyeron nunca que lo fueran en vida. De hecho, ya sabes lo que se cuenta por ahí de Vespasiano; que cuando estaba gravemente enfermo en el lecho de muerte y el médico le preguntó cómo se sentía, respondió: «Muy mal; siento que me estoy convirtiendo en dios.»

Los dos reímos por aquella historia tan graciosa y después bebimos. Permanecimos en silencio un rato. Herenio me parecía mucho más maduro. Su aspecto noble y sus rasgos tan perfectos le daban el aire de lo que era. En aquel momento pensé que ninguna de las estatuas que hicieran de él le haría justicia. Tal vez para animarle, comenté:

—El pueblo sí que se cree todo eso. Creo que la adoración del César es en el fondo un arrebato espontáneo de gratitud a Roma. Nuestra civilización ha sabido reemplazar la opresión caprichosa y titánica de los reyes del mundo. La seguridad ocupa el lugar de la inseguridad; es la *pax romana* lo más grande que le ha pasado jamás al mundo. Los caminos abarcan las tierras del Imperio, puentes, hermosas ciudades... ¡Ojalá todo eso esté siempre a salvo!

—Eso es —observó él—. Roma representa todo el poder fuerte y benévolo de nuestro Imperio. ¡Es a ella a quien hay que adorar! A la civilización, pero nunca a los hombres. Los hombres no somos nada. Claudio, por ejemplo, que sucedió a Calígula y que era muy sabio, desaprobó que los sacerdotes le rindieran culto y le edificaran un templo. «A Roma y a los dioses eternos hay que adorar, no a los notables», les dijo en una carta.

—¿Ningún hombre, pues, es dios para ti?

—No, ninguno.

—¿Ni siquiera Alejandro Magno?

—Ni siquiera él —respondió convencido—. En un libro de Marco Aurelio leí que «Alejandro de Macedonia y su mulero una vez muertos se convirtieron en lo mismo. O bien regresaron a las mismas razones seminales del Universo o se dispersaron de igual manera en los átomos».

—La muerte nos hace iguales —observé—. Ciertamente, eso es una gran verdad. Pero no todas las muertes son iguales.

—No, desde luego que no. Por eso debemos luchar valientemente por Roma. En ese momento, en el que uno entrega lo máximo de sí mismo, la vida, es cuando nos acercamos más a lo divino.

—¡Qué curioso! —exclamé—. Eso que has dicho va a parecerse, aunque por un cauce diferente, a lo que dicen los cristianos. Ellos valoran más que nada el hecho de entregar la vida por los demás. A Jesús le llaman «Señor» por eso, porque entregó su vida.

Él rió y después me dijo, muy en serio:

—¡Bah! Desde luego, no es lo mismo. Si por los cristianos fuera, todo lo grande de nuestra civilización sería trastocado. Ellos desdeñan el poder de Roma, porque creen en otra vida, en otro mundo que han inventado, y esperan nada menos que la destrucción total de Roma.

—¿Quiere decir eso que perseguirás tú también a los cristianos?

—Sí. Si siguen empeñados en querer crear un mundo aparte. Que digan «César es Señor» y después adoren al dios o diosa que quieran, en tanto y cuando esa adoración no infrinja la decencia o el orden. Roma es así. Es a causa de nuestro Imperio vasto y heterogéneo, con muchas lenguas, razas y tradiciones, que necesitamos una fuerza unificadora. Es la religión romana y el emperador la única fuerza capaz de soldar tal variedad y extensión.

—Esa pretensión es demasiado exigente —repuse—. También Marco Aurelio dijo que «Es cruel no permitir a los hombres que se muevan hacia las cosas que resultan apropiadas y convenientes para ellos». Y Virgilio que «Roma siente que su destino es tener piedad de los caídos y derribar a los orgullosos».

Cuando dije aquello, vino a mi mente un himno que le había escuchado cantar a Fidelia y que decía algo así como: «Dios enaltece a los humildes y derriba del trono a los poderosos.» Herenio me miraba con sus ojos grises, heladores. Me preguntaba de dónde vendría un alma tan extraña: ardiente hasta consumirse por un lado y frío como un carámbano por otro. Así era aquella raza nacida en la misteriosa Iliria, montañosa y accidentada, que daba los más duros guerreros del orbe.

Al día siguiente aparecieron en Forum Trebonii más bárbaros que nunca. ¿De dónde habían salido? Parecían brotar de la misma tierra, como el pasto en la pradera. Decio se reunió con los generales y decidió dar la batalla sin esperar un solo día más. Se ofrecieron los sacrificios y todos los ejércitos se aprestaron al combate. Antes de que nos diera tiempo a pensarlo, estábamos atravesando la llanura en formación. Me correspondió ir al lado derecho del emperador, muy próximo a Herenio, comandando la caballería más selecta, que debía maniobrar obedeciendo las órdenes directas de los augustos y protegerlos en todo momento. Era una gran responsabilidad.

El día estaba frío, húmedo y triste. Comenzaban a verse oscuras nubes hacia el norte y la bruma cubría los pastos que chorreaban agua. Mientras avanzábamos, todo el mundo iba en un absoluto silencio, donde el fragor de los hierros, las pisadas y el jadeo de tantos miles de hombres y caballos recordaba el murmullo de un mar embravecido. Pronto empezó a llover intensamente.

Al poco rato empezaron a verse grupos de bárbaros en los cerros y bandas a caballo recorriendo el vasto horizonte que teníamos delante. De repente, una extensísima línea oscura formada por una multitud inmensa de hombres apareció muy lejos dirigiéndose hacia nosotros. Las trompetas de nuestro ejército sonaron por doquier dando los primeros avisos.

Yo no perdía de vista a Decio, que iba hierático sobre su montura, con el cetro en la mano que sostenía las riendas y un gran escudo revestido de oro en el otro brazo. Le vi estirarse para otear la lejanía cuando uno de los generales le hizo señas agitando las manos y le señaló hacia el este. Entonces oí, como él acababa de hacer, el fragor de un combate en alguna parte.

—¡Es la Decimotercera Legión Gémina! —gritó alguien.

En efecto, hacia oriente las tropas mandadas por el tribuno Aurelio Claudio habían entrado ya en el escenario de la batalla y se apreciaba claramente que empujaban aplastándolas a las hordas bárbaras en todo el lateral izquierdo. El estruendo no dejó de crecer mientras nos acercábamos. Vi a Decio levantar la mano y tirar de las riendas de su montura. Se detuvo y dio las órdenes oportunas a los heraldos. Sonaron las trompetas dando la orden de ataque. La excitación y el ciego entusiasmo de la batalla se apoderó de nuestros hombres. El atronador rugido de los cascos de los miles de caballos brotó de repente. Las voces expertas gritaron:

—¡Por Roma! ¡Por el emperador!

Luego vi la escena más salvaje y excitante que jamás había visto en una batalla. En un instante, caballos y hombres estaban envueltos en un indescriptible combate. Y nos animamos al notar que los godos habían agotado todos sus proyectiles para hacer frente al primer ataque recibido. Y descubrimos que, a pesar de su superioridad numérica, iban en desorden, con armas poco manejables, y sus caballos, pequeños y de pelos desgreñados, parecían insignificantes frente a nuestras corpulentas monturas, con expertos lanceros de relucientes armaduras. Nuestras altivas banderas y el orden del ataque terminó de desconcertarlos y se pusieron a darse la vuelta para huir despavoridos. No se les dio esa oportunidad. Empezaron a caer como moscas a nuestros pies y casi desaparecían en el barrizal que se estaba formando.

Pero enseguida apareció por detrás otra línea de bárbaros más grande si cabe que la anterior. Las trompetas ordenaron reagruparse a nuestro ejército y, sin darnos descanso, nos lanzamos a un segundo encuentro. Esta vez las flechas, como un granizo, volaron sobre nosotros y causaron bajas. Pero también ahora conseguimos poner en fuga a los godos. Vi las espaldas del enemigo en una desenfrenada huida y muchos de los nuestros empezaron a gritar victoria.

—¡Esto es pan comido! ¡Son nuestros! —se oía por todas partes.

Avanzamos de nuevo. Al mirar al frente, vi a lo lejos lo mejor de la caballería goda: miles de guerreros gigantescos y cubiertos de recias pieles, con cascos puntiagudos, lanzas largas y pesadas mazas. Sobre un altozano, un nutrido pelotón rodeaba al que debía ser el rey Cniva, que estaba impasible, sobre un enorme y poderoso caballo, como esperando a que llegásemos a él. Me invadió una sensación extraña, como una impaciencia y un raro sentimiento de irrealidad.

—¡Es él! ¡Sin duda es él! —oí gritar a mi lado.

Miré y vi a Herenio, como un dorado dios atronador, alzando la jabalina, encabritando a su caballo y haciéndolo levantarse sobre sus patas traseras. La vanguardia de la tropa le rodeó.

—¡Vamos a por él! —seguía exclamando el coaugusto con la voz ahogada por el clamor—. ¡Seguidme! ¡A por Cniva! ¡Acabemos con ese perro de una vez!

La lluvia nos azotaba. Estábamos empapados, pero no sentíamos el frío a causa de la excitación y el esfuerzo del combate. Sin dudarlo, me fui hacia delante para ponerme al lado de Herenio, pero noté que mi caballo se hundía en el barro.

—¡El suelo está anegado! —le grité—. ¡Con tanto barro esto se está poniendo imposible!

Pero, en aquel mismo instante, algunos impacientes cabalgaron hacia el frente, poniéndose delante de nosotros. Entonces el ataque se desató súbitamente, sin que ninguna trompeta lo ordenase, y nos vimos de repente lanzados hacia donde estaba Cniva.

Otra lluvia de flechas, lanzas y piedras cayó sobre nosotros. Sentí los impactos por todas partes, pero no reparé de momento en que una punta me había entrado por un lado, entre la coraza y el costado derecho. Miré a Herenio y le vi con el escudo lleno de flechas rotas y clavadas y el peto de la armadura abollado. Pero estaba entero y continuaba su alocada carrera seguido por un desordenado grupo de poco más de un centenar de caballeros.

De repente, aparecieron a lo lejos incontables arqueros que descargaron una nueva oleada de proyectiles sobre nosotros. Cubrí mi cara con el escudo y, cuando lo bajé, vi a Herenio llevarse las manos al cuello. Una saeta le había atravesado de parte a parte. Soltó un horrible grito de dolor y se desplomó. Aprovechando que gran parte de nuestros caballeros nos rebasaban, descabalgué y me dispuse a asistirle. Saqué el yelmo de su cabeza y vi sus ojos quedarse en blanco. Le manaba sangre abundante de la herida que corría por el oro de la coraza y bajaba mezclada con agua para caer sobre el barro. En un momento, me pareció que todo fue silencio a mi alrededor. Después alcé los ojos al cielo, tal vez llevado por la sensación de que esa muerte era irremediable. A pocos pasos, delante de nosotros, Decio se acercaba sobre su caballo. Miró a su hijo caído y vio la flecha atravesando la garganta y el cuerpo vaciándose de sangre. Se llevó un puño apretado a la frente e hizo un gesto de rabia y dolor a la vez.

—¡Déjalo! —ordenó—. ¡No os detengáis! ¡Sigamos adelante! ¡Es un soldado más!

Y en violenta carrera se lanzó de nuevo hacia el lugar donde resistían los bárbaros rodeando a Cniva. Yo obedecí y me fui hacia el caballo. Pero, a causa del tiempo que tardé en volver a montar y colocarme las armas, me quedé rezagado con respecto a los caballeros que le seguían enfurecidos con ensordecedores gritos. Detrás de nosotros, todo el ejército se precipitaba en pos de nuestro emperador sediento de venganza.

Aún me estremezco al recordar lo que sucedió a continuación. Los caballos empezaron a frenarse cuando sus patas se clavaban en una extensa zona anegada. Los que venían detrás se echaban sobre los de delante, en una confusión que batía la tierra reblandeciéndola más y haciendo que brotara agua, como si el suelo desapareciera bajo lo más granado de la caballería romana. Decio destacaba delante, luchando contra este inesperado contratiempo. Se le cayeron las armas y forcejeaba tirando de las riendas. No tardó en desaparecer su gran caballo debajo suyo y finalmente comenzó a hundirse él.

Su dorada armadura y su capa purpúrea no eran sino una maraña de oscuro lodo, juncos y plantas del humedal. Alzó las manos crispadas, como clamando al plomizo cielo que no dejaba de enviar lluvia, y lanzó un alarido de rabia.

Los godos, desde el altozano, brincaban de alegría y aullaban de placer contemplando la escena. Cniva agitaba su poderoso brazo blandiendo la maza, orgulloso, henchido de satisfacción. Y nadie de nuestro ejército podía hacer nada, puesto que nuestros proyectiles no alcanzaban a tal distancia y entre ellos y nosotros se abría un abismo de barro que se tragaba a cuantos intentaban atravesarlo. Transido de impotencia y de dolor, corrí a un lado y otro, buscando la manera de encontrar alguna solución; pero veía que el desenlace era inevitable.

Decio desapareció delante de nuestros ojos, junto a sus mejores generales. La tierra se los tragó. Fue una visión apocalíptica.

No pudimos ni siquiera rescatar su cadáver, porque enseguida cayó la noche y no dejaba de llover. Tampoco encontré el cuerpo de Herenio. Pisoteado por los caballos debió de hundirse también cuando la masa de nuestras tropas comenzó a retroceder desorientada, aterrada y sumida en una angustiosa y descontrolada sensación de fatalidad.

Era imposible encender antorchas, puesto que todo estaba mojado. La noche era tenebrosa, sin visibilidad alguna, y un frío atroz comenzó a dominarlo todo. Perdidos, acosados por las bandas de los bárbaros que conocían a la perfección los pasos, y sin saber hacia dónde dirigirnos, emprendimos una retirada sin orden ni concierto.

## 59

Durante días nos batimos en retirada, con terribles encuentros con los bárbaros en los que combatían la desesperación contra la pena y la rabia. Muchos de nuestros hombres habían perdido sus caballos en el barro, y los que los conservábamos los veíamos agotados. Las armas se llenaron de herrumbre, pues la implacable lluvia no cesaba para colmo de nuestras desdichas. Fueron batallas sangrientas, a ciegas muchas de ellas, difíciles, azarosas, que teníamos que reanudar incesantemente. Nuestra fortuna se había cambiado y todo parecía volverse en nuestra contra: el terreno se hundía bajo los pies y nos impedía permanecer firmes; los que avanzaban resbalaban y nuestras pesadas armaduras parecían hacerse inservibles, deslucidas y llenas de óxido. En tan incómodas condiciones, los bárbaros nos acosaban sin tregua, acostumbrados como estaban a los terrenos pantanosos. Nos herían desde la distancia con su flechas, desplazándose de un lado a otro con rapidez, por los pasos que conocían a la perfección; secos ellos, gracias a sus pieles que les protegían del agua y del frío, mientras que nosotros no conseguíamos dejar de estar empapados.

Caídos el emperador y el coaugusto sin que ni siquiera pudiéramos recuperar sus cuerpos, la desolación reinaba en el ejército. Era como si el sol se hubiera eclipsado permanentemente y no recibiéramos luz por parte alguna. Estremecía ver a los soldados llorar y arrojar sus ídolos y amuletos con rabia contra el barro. Se había malogrado la victoria de la que todo el mundo estaba seguro y en la que pusimos lo mejor de nosotros mismos. El choque brusco del zarpazo recibido y la variación inevitable del curso de nuestra suerte nos hacía incapaces de defendernos frente al sentimiento más terrible de fracaso. Muchos se quedaron estancados, paralizados, inmóviles, en aquel instante crucial de abatimiento que conllevaba tal frustración, y renunciaron a cualquier intento de lucha. Se les vio dejarse matar, no por cobardía, sino por incapacidad de remontar su abatimiento.

En nuestra desesperada huida hacia las regiones seguras del suroeste, perdimos millares de soldados. Y menos mal que a los godos no les dio por perseguirnos, tal vez temerosos de que pudieran llegarnos refuerzos, pues, si verdaderamente se hubieran hecho conscientes del desorden y terror que nos acuciaba, habrían exterminado el grueso de las tropas romanas. Pero en la Mesia inferior por fin nos dejaron en paz. Aunque Cniva trató a los prisioneros con una crueldad implacable que vino a aumentar la angustiosa sensación de exterminio y devastación.

Para colmo de todos los males, la facción de todas las tropas que guiaba Treboniano Galo por el Danubio no daba señales de vida. Ni llegaron a tiempo para frenar a los bárbaros, ni fueron en nuestra busca para socorrernos. Entonces empezó a circular por el ejército la voz de que el culpable de la muerte de Decio era Galo, que previamente se había puesto de acuerdo con los godos. Jamás creí ese rumor, porque de los comandantes romanos presentes en el combate él era el más meritorio y el más cercano al emperador.

La noticia de la derrota sufrida corrió como el fuego por todas partes generando una angustia en las gentes como jamás se había sentido. Grandes masas de población comenzaron a desplazarse y vinieron a incrementar el caos en las provincias danubianas. La gente se hacinaba junto a las orillas de los ríos, junto a las ciudades, a la intemperie, por temor a que las hordas regresasen aprovechando la falta de defensa. Entonces el frío y las enfermedades empezaron a hacer estragos. Miles de cadáveres se extendían por doquier.

Por mi parte, todo aquello me afectó mucho. Nunca me había sentido más solo. Era como si me viera apartado de la vida, arrojado al margen y despojado incluso de mí mismo. Mi corazón estaba seco, como un pedazo de corteza de encina, y mi alma era un abismo oscuro. Me preguntaba quién era yo y el porqué de vivir, con un desgarro que en ninguna otra ocasión había experimentado. Caminaba errante, hacia donde aquella masa deshecha y moribunda se dirigiera.

Estaba herido en el hombro y apenas me preocupé de la herida, porque el mal físico no me importaba, era mi espíritu el que sufría el quebranto, barruntando que ya jamás hallaría cura. Todo se había hundido. Roma también me era indiferente. Acudió a mí una especie de compasión propia, como un lamento de existir. Y muy adentro me brotó incluso un sentimiento de culpa.

Me remordía el daño que podía haber causado en mi vida y creía que la presencia de tantos males se debía a cuanto pudiera haber hecho sufrir a quienes de una forma u otra me amaron o estuvieron pendientes de mí alguna vez. Más que un razonamiento, esta experiencia era una pasión del ánimo, originada por no haber caído en la cuenta de que no había hecho nada a favor de nadie, ni había sabido valorar el amor gratuito recibido en mi vida. «De cuanto me ofrecieron tomé lo que quise —me decía mi interna voz—, pero ¿cuánto he dado?» Es cuando todo se ha perdido, cuando se empieza a valorar lo que se tuvo.

Mientras caminaba hacia el sur, siguiendo al ejército que se movía cabizbajo y con gran lentitud por las tierras de Dalmacia, vi la sombra de la muerte en las personas que fuimos encontrando a nuestro paso. Era enero y había cesado la lluvia. Un tímido sol invernal parecía querer enviarnos algo de aliento. Pero la sombra del terror estaba en los rostros de los campesinos, de las mujeres y de los niños que salían a ver el paso de los soldados.

En Aquilea recibimos al fin noticias. El Senado confirió por decreto el título imperial a Hostiliano, el único hijo superviviente de Decio. Era una justa muestra de consideración a la memoria del hombre valeroso y honesto que fue. Aunque pronto se supo que se dio rango similar a Treboniano Galo. No se podía encontrar otra solución más favorable para intentar poner en orden al afligido Imperio. Hostiliano era joven e inmaduro para una responsabilidad tan alta, y se necesitaba a alguien con experiencia y autoridad sobre las tropas para solucionar la grave crisis desencadenada en el Danubio. Galo consiguió reconducir las cosas en un par de meses, dando gruesas sumas de oro y suministrando todo tipo de víveres a los godos para facilitarles su deseada marcha hacia sus tierras del este. También les prometió el pago de fuertes tributos anuales si no regresaban, concluyendo con ellos una paz no muy honrosa. Pero ¿qué otra cosa se podía hacer?

Tuvimos que permanecer en el norte a la espera de que cesasen las nieves en los pasos de las montañas. El invierno fue muy duro ese año. El viento frío llegó bramando y millares de olivos se quemaron helados.

En aquellas noches oscuras, tiritando en mi barracón, me pasaba veladas enteras meditando delante del escaso fuego que podíamos encender, pues hasta la leña fue escasa. Me quedaba con la mente en blanco, con la mirada inmóvil, fija en las llamas y en las brasas palpitantes. Era ése el único momento en que me sentía algo iluminado por dentro. Entonces venía a mí la nostalgia. Era un deseo, un anhelo, provocado por el sentimiento de aridez de mi corazón, de vaciedad, de hambre de cosas que, dolorosamente, nos hacen falta: de tranquilidad, de paz, de descanso, de bondad, amparo y amor. Recordaba a Fidelia y a la pequeña Felicitas. Me preguntaba qué harían, tan lejos como estaban, y buscaba imaginarlas bajo el sol, arropadas por la luz meridional, sonrientes de calor y felicidad. Deseaba estar junto a ellas, rodearlas con mis brazos y fundirnos en amor. «¡Oh, si volase este tiempo! —me decía—. ¡Oh, si las horas corrieran con más prisa, para que llegara la hora deseada!»

Cuando por fin empezó el buen tiempo, hacia mediados de marzo, unos temblores de tierra, acompañados de fuertes mareas, sacudieron la región mediterránea contribuyendo a que el terror no terminara de alejarse. Pero lo peor aún no había llegado.

Obedeciendo a la orden del Senado, emprendimos la vía Flaminia en dirección a Roma. En pleno camino, ya en Spoletium, nos llegó una ligera brisa que trajo a nuestro olfato un repugnante tufo. La peste había llegado al corazón del Imperio. La gente huía de las ciudades y se moría en cualquier parte. Los zorros y las alimañas devoraban los cadáveres junto a los caminos y a las puertas de Roma se podía sentir el aliento de la muerte. Con el húmedo y asfixiante calor de mayo de aquel año lluvioso, nos vimos de repente frente a la muralla, a cuyo pie se alzaban inmensas piras donde los cuerpos eran consumidos por las llamas que lanzaban oscuras y pestilentes humaredas a los cielos. Alrededor de la ciudad flotaba el olor del agua putrefacta de las lagunas y de los canales, y una fila humana cargada con pesados fardos y enseres de todo tipo la abandonaba en dirección a los campos, aun sabiendo que llevaban consigo el pavoroso mal.

Muchos soldados desertaron y escaparon hacia sus provincias de origen. Habían sido valientes frente a los bárbaros, pero eran irracionalmente cobardes ante un enemigo invisible capaz de devastar por la mañana, a mediodía o, como un ladrón, por la noche. Las tiendas se habían cerrado y faltaba lo más esencial para vivir. Las muertes se sucedieron durante días, entre la gente pobre al principio, después entre la acomodada e incluso entre la nobleza patricia.

Estaba prohibido entrar en Roma, salir no. ¡Qué cosa tan absurda! Si el ponzoñoso mal había llegado ya al mismo centro de la Capital, como al resto de la Península. Hube de solicitar un permiso especial al Senado, que me fue concedido gracias a la intervención de Valeriano, pues a muy pocos se les permitía el paso, por importante que fuese su posición o cargo.

Entré por la puerta Colina, que era la única que permanecía abierta para visar el acceso restringidísimo. Me encontré la ciudad desierta, y las negras ratas cruzando las calles y las plazas a plena luz del día. La poca gente que había estaba en las casas, donde permanecía encerrada. El hedor dulzón de la muerte lo llenaba todo y supuse que no habría ya quien se encargase de retirar a los muertos. Al principio caminé desorientado, errando en la busca de las zonas que conocía, hasta que vi al fin en la Alta Semitia, la gradería del Quirinal que daba comienzo en las inmediaciones del Foro de Trajano. Pronto estuve en la plaza con árboles que se extendían delante de la residencia del Senador. En la puerta dormitaba un guardia de aspecto demacrado que avisó al mayordomo. El esclavo me reconoció enseguida y me dijo:

—Mi amo no está en casa, pero te esperaba. Lo encontrarás en el palacio imperial. Le avisaron y hubo de acudir allí con urgencia.

Supe que algo grave había sucedido. Corrí hacia el Palatino y me extrañó que la guardia me franqueara el paso sin ninguna formalidad. Expliqué a un ordenanza que buscaba a Valeriano y se ofreció a conducirme hacia los salones interiores. Una gran agitación reinaba en las estancias que fuimos atravesando y en un momento me di cuenta de que senadores, oficiales y cargos preeminentes iban en la misma dirección que nosotros, con gesto grave, preocupados. Pero supuse que se debía a las desdichas que asolaban Roma.

En el gran peristilo del palacio interior, me topé de frente con la dura realidad de lo que sucedía: el césar Hostiliano había muerto a causa de la peste. Los senadores y la escasa nobleza que quedaban en Roma, arremolinados en torno al lecho de marfil donde descansaba el cuerpo inerte del pobre muchacho, se lamentaban y discutían entre ellos. Me di cuenta de que la autoridad se sentía inerme ante el cúmulo de infortunios.

Distinguí a Valeriano entre los presentes y me dirigí a él. Su rostro estaba ensombrecido y como ausente. Abatido, fatigado y con temblorosas palabras, me pidió que le acompañara a su casa. Así que regresé con él a su residencia. Atravesamos de nuevo las nobles vías de la más fastuosa parte de Roma. Los sacerdotes corrían de un lado a otro, aullando e invocando a los dioses. Una indescriptible sensación de abandono y desolación dominaba todo. El aire caliente se arremolinaba y levantaba el polvo acumulado durante semanas frente a las fachadas. El cielo estaba amarillento y el ambiente bochornoso. ¡Y ese olor a putrefacción, asfixiante!

En el interior del palacio del senador mi angustia llegó a su colmo. Los sacerdotes egipcios, con Macriano a la cabeza, se encontraban realizando una ceremonia de rito muy extraño: habían esparcido sangre por las paredes, las columnas y los suelos y quemaban sustancias resinosas que hacían irrespirable el aire. En el centro del peristilo habían entronizado a sus ídolos y por todas partes se veían vísceras de animales sacrificados y despojos sobre los que zumbaban nubes de moscardones atraídos por la carne podrida. A un lado, estaba Salonina, ojerosa, con el pelo desgreñado y una profunda expresión de dolor en el rostro. Al verme se arrojó a mí y me abrazó.

—¡Félix! ¡Estás vivo! —exclamó.

No supe qué contestarle. Me miró entonces desde un abismo de tristeza y me cogió la mano. Tiró de mí y me llevó por los corredores hacia una alcoba. En una cama, sobre pétalos marchitos de rosas, había un cuerpo cubierto con un velo oscuro. Ella lo retiró y descubrió ante mis ojos una horrible visión: Dionisia muerta, con la piel pegada a los pómulos y los párpados hundidos en las oscuras cuencas, desnuda, comida por las llagas y los abscesos de la peste, sin color, sólo reconocible por su cabello dorado, ondulado y revuelto sobre los hombros.

Creo que lancé un desgarrado grito y salí de allí. Corrí por las estancias. Quería escapar de todo; de aquella visión, de la misma vida. Deseaba morir en ese momento, terminar, dejar de existir y desaparecer. Salí al exterior y la luz casi me cegó. El polvo azotaba, arrancado de los jardines por el aire, y se entraba en la nariz, ojos y boca... La vida me parecía cruel, desconsoladora y carente de sentido.

Fui por las calles, sin rumbo. Estaba sediento, famélico, extenuado, consumido por ver tanta desolación. Un irresistible impulso me llevó a través de la ciudad hasta los Foros. Los templos permanecían abiertos y los dioses estaban impasibles en sus doradas facciones. Experimenté la sensación de alejarme infinitamente de ellos en mi espíritu. «No existen —me dije—. En vano los han buscado, y no existen.»

Luego me quedé como vacío. Me derrumbé y caí sobre las gradas que ascendían a una de las cellas.

Ésa fue la primera vez que oré. Algo en mí se rebeló contra los pensamientos negativos y me brotó dentro un anhelo, el doloroso y desesperado deseo de que el sino del ser humano fuera algo más que únicamente esto.

Busqué a Dios en mi interior. A ese Dios. Al Dios de Fidelia, de Cipriano, de los cristianos..., de Jesús. No experimenté nada especial: ni consuelo ni esperanza. Sólo sentí que ese Dios no se apodera del hombre contra su voluntad en un éxtasis que lo privara de la conciencia y de la libertad, pues sólo los espíritus del mal actúan de esa forma. Yo debía adherirme a Él, con toda mi voluntad y mis sentidos; a ese espíritu de suma bondad. Lamenté las veces que había sido energúmeno y esclavo de mis pasiones. Ahora no debía ser así. Debían desaparecer también las luces de mi razón, como de hecho me sucedía. Entonces brotó esa súplica profunda de la que me habían hablado. Era un sentimiento puro, auténtico. Era la experiencia de impotencia, de sentirme perdido, la que abría mi alma y me hacia clamar al único que podía redimirme, ayudarme, salvarme...

—¡Ven! —grité—. ¡Ven, Señor, a socorrerme!

Le llamé «Señor», pues le deseé dueño de mi alma y de toda mi vida. Supliqué por los míos, por el mundo, por la salud, por la paz... pedí vida, porque la vida es Él. Y le rogué que me alzara del polvo

# Epílogo

Os escribo desde Lusitania, en las calendas de abril. Una deslumbrante luz primaveral inunda la mañana y el intenso aroma de la vegetación lo envuelve todo. Es Pascua. Anoche celebramos la *nox sancta* y en mi alma permanece la impresión dejada por la extasiada alegría de la resurrección del Señor. Frente a mi villa campestre, junto al río Anas, el paso calmado del agua, sin sobresaltos, libera mi alma. Un ligero rumor de la corriente se funde con el de la brisa, jugando con las tempranas hojas en las arboledas, donde van a perderse los cantos de los pájaros. Este estado puro y luminoso me hace sentir leve, insignificante en el gran espacio de la tierra. Pero no me encuentro solo. Dentro de la casa, en alguna parte, canturrea mi esposa Fidelia. Nuestros hijos y nietos se han ido a los campos para participar en el ágape primaveral con sus amigos. No andan muy lejos de aquí. También de vez en cuando oigo sus voces y sus risas. Es un buen momento para meditar.

Me hundo en los recuerdos y mi voz interior me habla. No siento amargura. Estoy en paz. Aunque... En mi espíritu persiste la nostalgia de una dicha sin fin, de una felicidad inmensa, inacabable. Es un anhelo indescriptible que me habla de otro lugar, de otra vida, donde quede plenamente saciado el deseo infinito. Sé que, aunque mi existencia sea mucho más larga, no lo será tanto como para colmar esa sed. En este mundo nada se remata del todo; ningún viaje puede darse por concluido; ninguna obra llega a finalizar definitivamente; ningún amor llena plenamente... Pero eso no significa de alguna manera que la alegría que ahora siento sea ficticia o artificial. Muy al contrario, recibo con inmenso agradecimiento la revivificación del corazón que experimento en este día.

Es como ser capaz de percibir cómo unas cosas se relacionan con otras; capaz, por tanto, de disfrutar de ese reposo y esa confianza que me fueron arrebatados por acontecimientos pasados, inesperados o contrarios a las expectativas que me había hecho. Porque vivir es así: apenas un problema se resuelve, surge otro con él relacionado. Y es en medio de esas dificultades cuando uno descubre quién es, adónde va, quién le llama... Y son esas tribulaciones las que, iluminadas misteriosamente, terminan despertando la confianza incondicional, sin límites. Una confianza que no se debe al hecho de que veamos más o menos, aquí o allá, cómo salir airosos de los peligros; sino una confianza que se mantiene igual incluso frente a la muerte, o sea, frente a todo lo que puede llegar a faltarnos. Es una confianza total.

Hoy, envuelto en esta radiante luz, siento que todo permanece, que todo es eterno delante de Él. La primavera recién brotada es un símbolo maravilloso del éxtasis de vivir. ¡Qué definidas están las estaciones en Lusitania! Supongo que para cada uno los campos y los ambientes de su tierra expresan mejor que nada el ciclo vital. Creo que esto es cierto, porque en todo camino espiritual existe, indudablemente, un tiempo de penitencia, un tiempo de sufrimiento y de cruz y un tiempo de resurrección.

En Roma me sentí muerto. Incluso llegué a creer que la peste estaba en mí, ante tanta desolación y tanta muerte. Pero experimentaba al mismo tiempo una capacidad de resistencia que me resultaba verdaderamente insospechada y hasta milagrosa; una capacidad que me proporcionaba el hecho de creer en el único Señor que nos hace justicia. No era algo que provenía del entendimiento natural, sino del fondo de mi alma. Como si alguien hubiera depositado esa fuerza en mí antes de mi existir, y ahora se despertaba y clamaba desde dentro.

Él escuchó ese clamor, mi propio clamor. Mi esperanza se reanimó y me ayudó a ponerme una vez más en camino. Conseguí llegar al África proconsular, donde aún tuve que soportar la tensión que me producía la incertidumbre, pues no sabía si mis seres amados vivían o estaban muertos a causa de la peste. Muchas de las personas que conocía en Cartago habían muerto, algunas de ellas eran entrañables y queridos amigos. Pero, gracias a Dios, mi esposa y mi hija estaban vivas, sanas y salvas.

Con ellas regresé a Lusitania, a mi ciudad. Ahora vuelvo a alegrarme al contemplar esta naturaleza que me parece sagrada, en la hermosura de sus paisajes, en su aire limpio y en la profundidad azul de su cielo; que me habla de Él. Porque abro los ojos, los ojos de la fe, que me hacen ver más allá, con una sabiduría más alta y un entender más sereno. Y comprendo que sólo hay una tierra y una ciudad, adonde todos queremos regresar. Él vive en ella, en el silencio de sus santuarios y en el bullicio de sus plazas. Este pensamiento alegra mi vida y me reconcilia con la existencia, con sus males y sus bienes, durante mi permanencia en este mundo.

# Nota histórica

En el siglo III el Imperio romano comenzó a vivir una aguda crisis que se arrastró durante casi cincuenta años y que ha sido llamada «La anarquía militar», por ser una época de pronunciamientos militares en los que los emperadores salían del ejército para efímeros reinados que se sucedieron unos a otros. Todos murieron de muerte violenta, en combates o asesinados por motines o complots. Pareció entonces que todo se coaligaba para arrojar al mundo occidental en el terror y el desorden. La situación en el confín oriental se volvió muy peligrosa, pues el rey persa Sapor I, que desde los tiempos de Maximino había conquistado la Mesopotamia, amenazaba Antioquia, capital de Siria. Por otra parte, avalanchas de bárbaros penetraban en el interior del Imperio a lo largo de la frontera rinodanubiana dando lugar a constantes guerras. La paz romana estaba herida y ello conllevaba violentas consecuencias en el orden económico y social. Disminuyeron las rentas y la producción de víveres decreció rápidamente, escaseando cosechas y ganados. Muchas ciudades fueron arrasadas y el comercio se restringió. A estas desgracias vinieron a sumarse, a mediados de siglo, unos temblores de tierra, acompañados de fuertes mareas, y seguidos muy pronto por la peste que devastó la región mediterránea, especialmente Italia y África.

Como consecuencia de esta aterradora crisis, la sociedad romana empezó a ir a la deriva y perdió el sentido de la vida. Daba cada vez más la impresión de haber agotado sus energías vitales y no avanzar ya sino por el impulso del pasado. Y aquel hombre, decepcionado por lo que veía sobre la tierra, empezó a mirar hacia Oriente para buscar otros consuelos. Los cultos orientales arrojaron entonces una oleada de divinidades y de potencias sobrenaturales que hallaban todos ellos sus adoradores, poniendo en peligro la religión del Estado. La magia y la astrología se difundieron por doquier; y bullían los ocultismos y esoterismos. El fondo de estas creencias era el fatalismo, que veía en las determinaciones del hado o del destino los sucesos desdichados; lo cual era un reflejo del estado de ánimo de una sociedad que decaía irremediablemente.

## *Jerusalén en el siglo III*

Quien visitara Jerusalén en el año 248 encontraría allí una ciudad bien distinta de la que conoció Jesucristo. Después de la sublevación judía de Bar Kokheba entre los años 132-134, fue arrasada completamente por Adriano, quien reconstruyó sobre su emplazamiento la Aelia Capitolina, con el clásico plano romano con *decumano* y *cardo*. Se prohibió el paso a los judíos para evitar conflictos y desaparecieron todos los vestigios de la antigua capital de Judea. Aunque los cristianos no podían acercarse a los lugares considerados santos por ellos, no perdieron la memoria de dónde se hallaban las preciadas reliquias en los sitios exactos donde sucedieron los hechos de la pasión, muerte y resurrección de Jesús. Una prueba es el testimonio del obispo Melitón de Sardes, que peregrinó a Jerusalén durante este periodo de Aelia Capitolina. Más tarde, san Jerónimo, recogiendo esta tradición escribió: «Desde la época de Adriano hasta el reino de Constantino, por espacio de unos ciento ochenta años, en el lugar de la resurrección se daba culto a una imagen de Júpiter, y en la roca de la Cruz a una estatua en mármol de Venus. Se imaginaban los autores de la persecución que nos quitarían la fe en la resurrección y en la cruz si contaminaban los lugares sagrados con sus ídolos.»

La investigación arqueológica ha revelado la existencia de lugares de culto anteriores al siglo IV. Algunos sondeos practicados en la zona del Gólgota y del Calvario han hallado restos que confirman la confiscación de la zona por orden de Adriano para sustituir con cultos paganos los cultos cristianos. Se trata de auténticos vestigios de estructuras cultuales, y entre otros un pequeño altar. Bagatti-Testa en sus trabajos de excavación, que detallan en su obra *Gólgota,* hicieron estos descubrimientos.

Además, es evidente que la antigua comunidad cristiana conocía este lugar. Y la presencia ininterrumpida de cristianos en Jerusalén desde Santiago el Menor hasta la época de Constantino (325 d. C.), es una garantía de la conservación de esta tradición. Sabemos, por otra parte, que la cuidadosa indagación de santa Elena, madre del emperador Constantino y peregrina a Jerusalén en el año 326 d. C., le hizo llegar a la certeza de que la tumba de Jesús y el Calvario estaban donde se erigían el templo de Júpiter y la estatua de Venus. El propio Constantino ordenó la destrucción de tales monumentos paganos y la construcción en el mismo lugar de una gran basílica cristiana (según reza una carta enviada por el obispo Macario, patriarca de Jerusalén, que se conserva en los Archivos Vaticanos). Esta basílica fue visitada cincuenta años después por la peregrina hispana Egeria, y de su grandiosidad y belleza dejó constancia Eusebio de Cesarea.

En relación al Monte Sión, tenemos abundantes testimonios que nos hablan de que allí existió un lugar de reunión y culto de las primeras comunidades cristianas. La arqueología ha encontrado restos de una edificación del siglo III y algunos grafitos que parecen ser de carácter cristiano. Los primeros historiadores de la Iglesia, Egesipo (s. II) y Eusebio de Cesarea (s. III-IV), nos hablan de las originarias comunidades de Jerusalén, como fieles guardianes de las tradiciones apostólicas. Eusebio escribe que en el Monte Sión se encontraba la sede del discípulo Santiago y san Epifanio da noticias de la existencia de una «pequeña Iglesia de Dios». Lo cual concuerda con los testimonios de un peregrino de Burdeos que visitó el lugar el año 333 y vio en el Monte Sión una «sinagoga», que es como los judeocristianos llamaban a sus iglesias.

Se asignan también a la comunidad primitiva tumbas escarbadas en las faldas del monte de los Olivos en los siglos I y II. Algunas capillas funerarias tienen pisos con mosaicos de escenas de la vida cotidiana y una tiene cruces y pájaros pintados en las paredes que por su estilo cabe ser asignada al siglo III (Finegan, *Arqueology of the N.T.).* Todo esto nos demuestra que en el tiempo que Jerusalén fue Aelia Capitolina los cristianos continuaron habitando en sus alrededores y peregrinando ininterrumpidamente.

## *El* Discurso de la Verdad *de Celso y su refutación por parte de Orígenes*

Poco sabemos de Celso, excepto que fue un filósofo, posiblemente neoplatónico, que escribió a finales del siglo II el primer tratado científico en contra del cristianismo con el título de *Discurso de la Verdad*. El original de esta obra se ha perdido, pero puede ser reconstruido en parte gracias a los fragmentos reproducidos por Orígenes en su refutación.

La tesis fundamental del *Discurso de la Verdad* es que la doctrina cristiana es una mezcla de errores surgidos de las prescripciones éticas fundamentales de los griegos y las locuras judaicas. El cristianismo constituye una gran necedad y un absurdo inventado por un «atajo de tontos, necios, ignorantes, bobalicones e incultos (*apaidentoi*), hez de la peor sociedad, cardadores, zapateros y bataneros, que se infiltran por las casas para embaucar a gentes de su laya —niños y mujerzuelas insensatas— y tienen la altivez de proclamar que sólo ellos conocen el misterio de la vida feliz aquí y en la eternidad». En síntesis, para Celso la muerte en cruz es un escándalo que muestra que nada divino había en Jesús; y su resurrección, pura invención posterior. Considera que los seguidores del cristianismo son gentes sediciosas que se separan del resto de la sociedad en que viven. Exclusivismo este que daña al Imperio, al rechazar la religión oficial, que es indispensable para la unidad romana.

En el siglo III Orígenes refutó el *Discurso de la Verdad*, punto por punto, en su obra *Contra Celso*. Al parecer, fue su amigo Ambrosio quien le rogó que contestase al tratado de Celso, ya que causaba gran impresión a los creyentes, especialmente a los que estaban en vías de conversión, y era motivo de grandes dudas entre los fieles. Orígenes consideró primeramente que no era necesario responder a los ataques del filósofo pagano, puesto que las acusaciones no tenían fundamento y la mejor defensa debía ser el silencio. Pero posteriormente se creyó en el deber de obedecer a los ruegos de su amigo, pensando en los débiles en la fe, temiendo que hubiera quienes se conmovieran o hasta cayeran derribados por los escritos de Celso.

El historiador Karl Baus se hace eco de estos temores de los cristianos del siglo III con estas palabras: «Un pagano culto que, sin conocimiento personal del cristianismo, leyera el libro de Celso, en el que, con pretensiones de extensa erudición, se pintaba la amenaza a los bienes sagrados de la helenidad, difícilmente podía mostrar interés positivo alguno por religión de tan baja estofa. En muchos tuvo que afianzarse más fuertemente la convicción de la necesidad de que el Estado interviniera duramente contra un movimiento tan peligroso...»

Me pareció que la viva polémica causada por la obra de Celso y sus repercusiones en la sociedad cristiana y pagana del siglo III debían aparecer en la novela *Félix de Lusitania*, pues me sorprendió que fuera precisamente en el año 248 cuando se escribiera la refutación de Orígenes. Es interesante la manera en que contesta a los ataques del pagano, considerando que la fe no es producto de la razón y que, por tanto, no puede ser destruida por la razón.

## *El Milenio de la fundación de Roma*

En el año 244 de nuestra era vino a sentarse en el trono de los césares un árabe romanizado: Marco Julio Filipo, hijo de un jefe nabateo. Apoyándose en los elementos orientales del ejército consiguió eliminar a Gordiano III y ocupar su lugar. Concluyó con el rey Sapor de los persas una paz desfavorable para el Imperio, enviando embajadores a Ctesifonte con obsequios e intenciones halagadoras; contentó a los militares con donativos cuantiosos y marchó a Roma para proclamarse vencedor de la guerra contra los sasánidas. Puso en los puestos más importantes del Estado a sus parientes: dio a su hermano Prisco el mando de las tropas sirias, hizo de su hijo el co-reinante (augusto) y nombró a su suegro gobernador de Mesia y Macedonia. Después fue a Dacia para combatir a los carpios. Cuando creyó pacificado el país, más en apariencia que en realidad, regresó a Roma para proclamarse una vez más glorioso vencedor y recibir el título de *Carpicus Maximus*.

En aquel año, el 248, los romanos consideraban que Roma cumplía, según la cronología de Varron, el milésimo año de su fundación. Para honrar esta gran efeméride, se desplegaron unas magnificentes celebraciones, con gran entusiasmo del pueblo, ceremonias, fiestas, juegos y alborozo general. Los sumos pontífices y sacerdotes celebraron sacrificios durante tres días y tres noches ante el emperador, a orillas del Tíber, y en las semanas siguientes se sucedieron los divertimentos ofrecidos gratuitamente por las autoridades.

### *Las guerras de las provincias danubianas*

La situación interior y exterior del Imperio no justificaba la alegría con que se celebró el milenio de la fundación. El descontento general crecía a causa de la corrupción y el método de gobierno de los árabes, parientes y amigos del emperador que no hacían sino amontonar dinero. No tardó en estallar una rebelión en Oriente contra la rígida exacción de impuestos de Prisco.

Pero fue en la frontera del Danubio donde la situación se hizo cada vez más peligrosa. En Panonia el peligro no venía ya de los marcómanos, como en los tiempos de Trajano; sobre la orilla izquierda del Danubio, desde su recodo hacia el sur, el terrible pueblo de los yácigas se agitaba en los alrededores de Tisia infundiendo gran inquietud. Cerca de la confluencia entre el río con el Drave estaba la guarnición de Aquincum, que cubría la colonia romana de Mursa y la capital de Panonia inferior, Sirmium, que había alcanzado fama en esta época por las manufacturas de armas y el ámbar que allí se vendía. Todos estos enclaves empezaron a estar constantemente amenazados por los bárbaros. Por otra parte, en Mesia, el siglo III fue desastroso para las colonias romanas. En el 235, la ola de bárbaros arrancó al Imperio las posesiones transdanubianas de Mesia inferior, y aún al sur del río aparecían constantemente hordas bárbaras que arrasaban ciudades, destruían fortificaciones o simplemente incordiaban e impedían una vida pacífica. También en Dacia cuados y marcómanos habían llevado la inseguridad a un estado crónico desde la época de Caracalla.

### *La reforma del ejército imperial del siglo III*

Ya en tiempos de los Severos se habían producido importantes reformas en la organización militar. El sistema defensivo y la propia institución militar, creados por Augusto y desarrollados a lo largo de los dos primeros siglos, manifestaban a finales del siglo II síntomas claros de una grave crisis: la insuficiencia de un sistema de defensa estático frente a las presiones de pueblos exteriores cada vez más duras y, sobre todo, el deficiente grado de competencia de un ejército con serios problemas de reclutamiento, sin calidad, moral y disciplina suficientes, precisamente cuando más necesario era para el Imperio. Las más importantes e inmediatas reformas habían consistido en un aumento de la paga y el permiso del matrimonio legal para los soldados en servicio. Después se añadieron otras ventajas que convirtieron al ejército en el único medio de superación de los abismos sociales que eran inaccesibles por la extracción de origen. Al hacerse más atractiva la vida del ejército, la sociedad se militarizó. Entonces soldados y suboficiales empezaron a llenar las oficinas de la administración civil.

Ya en pleno siglo III, aunque no podemos determinar con exactitud el momento concreto, cambió la forma de guerrear. La legión tradicional pasó a la historia, por ser demasiado pesada y demasiado numerosa, no pudiendo actuar si no era rodeándose de cuerpos auxiliares más reducidos y variados. El nombre de «legiones» subsiste, pero es raro que el efectivo rebase en los destacamentos la cifra del millar de hombres. Se trata ahora de un ejército móvil, estacionado al lado del emperador o en lugares neurálgicos de las provincias, articulado en tropas de infantería de mil hombres, y unidades de caballería de quinientos jinetes (*vexillatores*). El armamento se modifica a la moda bárbara. La infantería abandona las armas tradicionales, el *pilum*, el *gladium*, la coraza metálica y el gran escudo; para adoptar ahora la lanza, la espada (*spata*), y la coraza de cuero. Los efectivos de caballería aumentan mucho y este crecimiento continuará en tiempos sucesivos, pues el ejército tiene necesidad de una gran movilidad. Se ha producido en esta época una oscilación de la vida militar que alcanzará su imagen definitiva con Diocleciano, tal y como sabemos a través de fuentes como la *Notitia dignitatem* o historiadores contemporáneos como Amiano Marcelino.

*El emperador Decio*

El año 248, en la frontera del Danubio la situación se hacía cada vez más insostenible. Los carpos emprendieron nuevas agresiones y los yácigas entraban en el territorio del Imperio cruzando una y otra vez el Danubio gracias a su habilidad batelera. Pero mucho más peligrosos se mostraban los godos que, aunque habían aparecido hacía ya tiempo en las costas septentrionales del Ponto, ahora se movían a lo largo del Danubio en un número y una actividad que empezaba a constituir una amenaza seria. Hasta este momento se les había detenido con grandes sumas anuales, pero Filipo se negó a pagar y se pusieron en peligroso movimiento. La ciudad de Marvanápolis opuso una encarnizada resistencia y se les consiguió detener en su vanguardia. Hubo batallas constantes, negociaciones, victorias y derrotas para las legiones. Hasta que los soldados, tal vez cansados por el escaso apoyo de Roma, se rebelaron y proclamaron emperador a un simple legado, Marino Pacaciano. El emperador Filipo el Árabe no se atrevió a ir en persona contra los rebeldes y envió al senador Decio al frente del ejército, con la orden de castigar severamente la osada sedición.

Decio era un ilirio de Bubalia, junto al Sirmio, y procedía de una familia romana al viejo estilo. Era un idealista cuyo objetivo era restaurar la antigua Roma, llegó a ser uno de los senadores más autorizados de su tiempo y su lealtad al Imperio estaba libre de toda sospecha. Fue un oficial abnegado que conservaba en sí las virtudes del espíritu militar y el amor a las leyes. Había triunfado por sus propios méritos y era ciertamente un hombre de gran valor, osado y decidido, lleno de buen sentido y honradez, que quiso educar a sus hijos en las tradiciones nacionales.

Por estas virtudes, el Senado y el emperador decidieron enviarle en el 248 a la frontera danubiana, a un área que él conocía bien y que estaba profundamente alterada a causa de la presión de los bárbaros y el amotinamiento de las legiones de Mesia y Panonia. Por haber sido en el pasado gobernador de estas regiones, tanto la población local como el ejército lo conocían.

Cuando los rebeldes supieron que se acercaba el ejército de Roma con Decio al frente, asesinaron a Marino e inmediatamente ofrecieron a Decio la púrpura. Las fuentes dicen que el senador fue obligado por la fuerza a aceptar la dignidad imperial, pues él se negaba categóricamente a traicionar a su emperador, y que, por temor a los peligros de una negativa, aceptó, aunque escribiendo a Filipo que apenas llegase a Roma depondría la púrpura. El emperador no le creyó y envió el ejército contra él. Decio no tuvo más remedio que defenderse. Las fortalezas de Aquilea y Concordia le abrieron las puertas y los ejércitos se le sumaron por doquier. Filipo fue finalmente asesinado por los pretorianos de Verona y el senador proclamado emperador por la unánime aclamación de las tropas.

### *La religión oficial del Imperio y el culto al emperador*

A partir de las reformas introducidas por Augusto, la religión romana se convirtió en uno de los apoyos más sólidos del régimen imperial. Recogiendo en cierta medida la tradición anterior, religión y política estaban intrínsicamente unidas, perdurando esta situación a lo largo de los tres primeros siglos del Imperio. En líneas generales, salvo en casos aislados como Nerón, Calígula o Heliogábalo, los emperadores apenas se alejaron de las pautas marcadas por Augusto, presentándose como máximos protectores de la religión tradicional. En el siglo II, bajo los Antoninos, los cultos romanos alcanzaron su máxima difusión, al coincidir con una etapa de florecimiento económico y urbanístico. Siempre se deseó regresar a esta época desde los sectores más genuinamente romanos. Porque, paradójicamente, comenzó a imponerse la presencia de dioses orientales. Especialmente, en el siglo III, los viejos cultos romanos evolucionaron hacia la astrología e incluso hacia un politeísmo jerarquizado. Debido a la progresiva influencia del mundo oriental, la religión surgida en este período difería ya sustancialmente de la ideada por Augusto.

El marco idóneo para la propagación de los cultos romanos era la ciudad, donde se desarrollaban las prácticas ceremoniales destinadas a obtener la protección de los dioses. Cada colonia debía construir un Capitolio (templo erigido en honor de la Tríada Capitolina: Júpiter,

Juno y Minerva), a imitación del existente en Roma. En definitiva, se pretendía que los fieles romanos ofrecieran a través de los cultos muestras de lealtad a los dioses oficiales del Imperio, al emperador y a la diosa Roma, y con ellos al orden establecido.

La estrecha dependencia de la religión romana con el poder político se manifestaba sobre todo en su panteón, fuertemente jerarquizado, donde las divinidades oficiales ocupaban el lugar preeminente. Los sectores dirigentes impulsaron en los países conquistados la propagación de estos cultos como símbolo del Estado, intentando aglutinar en torno a las ceremonias oficiales a todos los individuos por encima de su origen étnico o su adscripción social.

En determinados momentos, especialmente en las épocas de crisis, el culto al emperador fue patrocinado especialmente por el Estado. Se trataba de que las ciudades proclamasen «César es Señor» y que después adorasen al dios o diosa que quisieran, en tanto en cuanto esa adoración no infiriera la decencia o el orden. Decio pensó que era necesaria una fuerza unificadora que cohesionara el vasto y heterogéneo imperio que iba a la deriva. Y vio en la religión romana la única fuerza capaz de soldar tal variedad y extensión.

Esto no significaba que la divinización del emperador fuera aceptada por todos. Tampoco se les pedía que creyeran en ella. Simplemente, que la aceptasen pacíficamente y cumpliesen con el Estado. De hecho, se observa cómo en determinadas capas sociales resulta difícil aceptar plenamente la divinidad del emperador, sobre todo en el caso de los personajes próximos a la familia imperial o en la propia Roma; las preferencias en estos sectores se dirigían hacia los dioses capitolinos, que podían asumir más claramente los atributos de divinidad: grandeza, inmortalidad, poder... Otros grupos de la sociedad, en cambio, preferían el culto al emperador, sobre todo las aristocracias urbanas de provincias, que en múltiples ocasiones habían recibido especiales favores de la familia imperial. Unos y otros, a través de los cauces religiosos, trataban de ofrecer testimonios de fidelidad y adulación al poder establecido.

Sin embargo, en algunas religiones, Dios es demasiado grande y majestuoso para que el hombre pueda considerar divinizados a otros seres. En el cristianismo, por ejemplo, el título *Kirios* (Señor) sólo pertenece a Dios y a Él corresponde la suprema adoración y veneración, la humillación y la sumisión. Por esto, los cristianos eran incapaces de dar culto al emperador, ofreciéndole incienso o elevándole plegarias que sólo corresponden al único Dios.

## *El edicto de Decio*

Decio quiso mantenerse en la línea de Trajano, su modelo; como él, veía síntomas peligrosos en la sociedad que amenazaban la antigua y tradicional forma de vida romana. En el campo de la vida espiritual se venía abajo la religión oficial que durante mucho tiempo cimentó la comunidad romana. En su lugar aparecieron nuevas concepciones religiosas, traídas sobre todo de Oriente, como el culto egipcio de Osiris e Isis, el persa Mitra, el germano Thonar, el sirio dios Sol y, finalmente, el cristianismo. Particularmente peligroso se presenta este último ante los círculos dirigentes, pues exigía de sus fieles negarse a dar culto a los emperadores y repudiaba a todos los dioses romanos.

La paz que los cristianos habían disfrutado en los últimos cuarenta años, no sólo había aumentado mucho su número, sino fortificado también su organización social. El cristianismo echaba ya hondas raíces en el Imperio, en Roma y hasta en la misma corte. Muchos romanos estaban convencidos de que el mayor enemigo del Estado era el cristianismo. Y Decio, que no era por naturaleza un hombre cruel, decidió solucionar este problema mediante una sofisticada ley que no buscaba tanto castigar duramente el crimen de ser cristiano como hacerlo cesar. El año 250 se publicó un edicto que no quería martirios sino apostasías. Su contenido no se ha conservado, pero lo conocemos sustancialmente por las historias contemporáneas. Y así, hubo instrucciones enviadas a los magistrados para aplicar el edicto. Por él, los procónsules o gobernadores provinciales debían pedir a los súbditos el reconocimiento de la religión del Estado, sea ofreciendo sacrificios, participando en los banquetes sagrados o quemando incienso en los altares dedicados al emperador y a los dioses romanos. Los que cumplieran con este requisito, recibirían un billete de confirmación: el *libelli* o testimonio de adhesión a la religión oficial. En el Museo de Berlín se guardan papiros perfectamente conservados que son ejemplos de estos certificados. Lo importante, según se deduce de tales documentos, era que se diera una muestra externa de adhesión al culto pagano para ser incluido en las listas oficiales; después, en la intimidad, el ciudadano podía creer en lo que quisiere. Si no se cumplía con esta obligación, eran aplicadas las penas de cárcel, tormentos y confiscación de bienes.

El efecto del edicto fue terrible. Fueron numerosas las defecciones entre los cristianos. Algunos cumplieron totalmente el sacrificio pedido, otros se limitaron a quemar algunos granos de incienso, otros consiguieron con dinero el *libellus* y otros, finalmente, cedieron frente a las amenazas o bajo el tormento de las torturas. También muchos se mantuvieron fieles, firmes en la fe, y murieron; entre ellos el obispo de Roma, Fabiano, el obispo de Jerusalén, Alejandro, y el obispo de Antioquia, Babila. Orígenes fue arrestado en Cesarea de Palestina donde enseñaba entonces, fue sometido a torturas y murió poco después tras quedar enfermo y quebrantado a causa de tales sufrimientos.

De todo ello nos hablan los historiadores de su tiempo. Eusebio de Cesarea da abundantes detalles sobre esta persecución; pero son sobre todo las cartas de Cipriano de Cartago y el tratado *De Lapsi* los que nos presentan una amplia panorámica de aquellos acontecimientos.

## *Cipriano de Cartago*

A mediados del siglo III el cristianismo se hallaba en un estado de verdadero florecimiento. A ello había contribuido el período de varias décadas en las que los cristianos habían gozado de relativa paz. Con todo esto, comenzaron a surgir templos, primero más humildes y sencillos, después más esbeltos y amplios. La Iglesia latina se desarrollaba principalmente en torno a Roma y a Cartago, pero la Iglesia de África manifestaba una personalidad más acusada al ser más homogénea y menos cosmopolita. En ella se dieron figuras singulares, como el escritor Tertuliano y treinta años más tarde la gran personalidad de Cipriano, obispo de Cartago.

Había nacido Cipriano hacia el 210, en la aristocracia romana de África, rico, muy culto, no sabemos a ciencia cierta si se inició en la vida como retórico o como abogado. Pero él mismo contó en su *Carta a Donato* que, cuando ya contaba cuarenta años, influido por el sacerdote Cecilio, se convirtió al cristianismo. Poco tiempo después fue ordenado sacerdote y, a fines del 248 o principios del 249, fue nombrado obispo de Cartago. Esta rápida promoción y sus características humanas e intelectuales le crearon enemistades entre los hombres de su tiempo. Se reveló hasta su muerte, en todas las circunstancias, como hombre de gran personalidad y autoridad que se imponía por la sola fuerza de su prestigio, sin constreñir a nadie. Le llamaban *Papa Cyprianus*, y la abundante correspondencia que conservamos de él nos habla del carisma que tuvo en la Iglesia de su tiempo. Pero lo que más alabaron de él sus contemporáneos fue la rectitud de pensamiento, la firmeza en la enseñanza, la nobleza de carácter, la generosidad y disponibilidad con los demás, y la fidelidad a sus deberes.

Todavía no hacía un año que ocupaba la sede episcopal, cuando se desencadenó la persecución de Decio. Huyendo de la amenaza que pesaba de manera especial sobre los obispos, Cipriano abandonó Cartago y se escondió en el monte con el objetivo de poder continuar dirigiendo desde allí su Iglesia. Esta actitud de prudente ocultamiento no fue bien vista por todos. En una carta que dirigió a Roma justificó su decisión de retirada y fuga de Cartago: «Reservarse para Dios, retirándose de la persecución con cauta prudencia.» El clero de Roma que estaba impresionado y edificado por el martirio del Papa Fabiano, se enteró del proceder del obispo de Cartago y le censuraron más o menos veladamente el haber abandonado su puesto en dos cartas llevadas a África por un tal Clemencio.

Las persecuciones contra los cristianos no cesaron hasta finales del año 250 debido a las invasión de los godos, pero dejará en el seno de la Iglesia muchas secuelas. Las numerosas apostasías plantearon el problema de la reinserción de los lapsos, es decir, de los que apostataron y, una vez desaparecido el peligro, quisieron retornar a la comunidad. La actitud de Cipriano fue dura al principio, pero después pasó a una postura más condescendiente, readmitiendo a los que presentaban sincero arrepentimiento.

En el tiempo de calma que siguió a la muerte de Decio, Cipriano aprovechó para reorganizar su Iglesia que había quedado mermada y resentida por la gran crisis. Conservamos numerosas cartas suyas de este período que nos dan idea del temple y la fe de este gran hombre, cuyo final relataremos en un apartado de esta misma nota situado más adelante.

### *El final de Decio*

En el año 250, los godos, guiados por su jefe Cniva, penetraron en las tierras del Imperio en una gran masa calculada en unos cien mil hombres. Fueron frente a Nicópolis y, por los pasos de los montes Balcánicos, penetraron en la fértil Tracia, invadiendo después Mesia. El gobernador de la provincia, Lucio Prisco, había reunido a las fuerzas romanas en la fortaleza de Filipópolis, y al parecer realizó negociaciones secretas con los bárbaros prometiéndoles entregar la ciudad si lo proclamaban emperador. Las localidades vecinas fueron destruidas y, finalmente, Filipópolis arrasada.

A finales de año, acudió el propio emperador Decio al teatro de la guerra guiando las legiones. Los godos fueron rodeados y perseguidos por las armas romanas; dispersos unos y agotados otros, emprendieron el regreso hacia sus países de origen llevándose el botín, descontrolados y sin organización.

El emperador decidió llevarlos a una situación extrema y prosiguió la persecución hacia una oscura región de Mesia, próxima a la ciudad de Forum Trebonii (la Abrito moderna). El hijo de Decio, Herenio Etrusco, atravesó las montañas del Emo (los actuales Balcanes) y les presentó batalla frente a unas zonas pantanosas. El ejército godo formó en tres hileras y, posiblemente de forma deliberada, dejó una amplia ciénaga ante la tercera línea. En uno de los primeros encuentros cayó el joven Herenio de un flechazo, ante los ojos del padre. Éste como genuino romano, gritó a sus soldados: «¡No es sino un soldado menos!» Y se lanzó hacia los enemigos para vengarle; pero llegó a la zona pantanosa y se hundió en el cieno, ahogándose ante los ojos de sus soldados y sus enemigos.

Puede sorprender este escalofriante final, pero no existe duda alguna por parte de los historiadores en que tales hechos se sucedieron de esta manera.

## *La peste*

Treboniano Galo era el más meritorio de los comandantes romanos y el más próximo al emperador. Tras la muerte de Decio, se llegó a una paz no muy honrosa con los godos y se proclamó César a Cayo Valente Hostiliano, el único hijo superviviente de Decio. Sin embargo, se concedió un rango similar con más poder real a Galo. Este reinado es recordado por un triste hecho: la peste que como temible epidemia vino a causar terribles estragos en el Imperio.

La producción de víveres y de materias primas decreció rápidamente y se hizo patente la escasez de cosechas. Muchas ciudades fueron asoladas y el comercio se restringió. El mar perdió seguridad y volvieron los piratas. La situación del Imperio era muy grave. La población decreció alarmantemente y hasta el joven César Hostiliano murió a causa de la peste. De ella y de sus estragos habla Dionisio de Alejandría y Cipriano en su tratado *De mortalitate*.

## *Qué sucedió en los años siguientes*

Decio había sido uno de los mejores emperadores romanos. Durante su reinado se consagró por entero a la reconstrucción de la unidad social y a la defensa del Estado tradicional. Su muerte inesperada, como la de su hijo Herenio, en quien estaban puestas todas las esperanzas de la sucesión, sumió al Imperio en el desconcierto y en la tristeza. Los males continuaron con la llegada de la peste y el recrudecimiento de los desórdenes internos. Esto envalentonó a los enemigos de Roma y los godos volvieron una vez más a causar estragos en las regiones danubianas. Galo no pudo organizar la defensa y el gobernador de la Mesia inferior, Marco Emilio Emiliano, los derrotó por iniciativa propia y por esto fue proclamado emperador por las tropas. Galo murió poco después asesinado. Emiliano no logró sostenerse más de cuatro meses.

En tan difícil situación fue proclamado emperador Publio Licinio Valeriano, que había sido un importante militar, jefe del ejército del Rin y perteneciente a una noble familia senatorial. Fue uno de los hombres de confianza de Decio, hasta el punto de ser nombrado Censor Supremo por éste, un alto honor que conllevaba la tarea difícil de velar por las tradiciones del Estado.

El cambio de emperadores había adquirido un carácter vertiginoso últimamente y la sensación de inestabilidad había llevado a las administraciones provinciales a gobernarse por su cuenta. Trataban de luchar contra las invasiones exteriores de sus territorios sin esperar ayuda del poder central, en aquel tiempo casi totalmente ausente, organizaban la defensa con ciertos éxitos. Pero un importante cambio se había producido ya en la sociedad romana: en la lucha contra los bárbaros estaban interesados sobre todo los estratos poderosos, mientras que a las masas trabajadoras no les importaba mucho, pues tenían poco que perder. Además, muchos esclavos y colonos procedían precisamente de estos bárbaros que amenazaban el Imperio desde el exterior y no se sentían propensos a luchar contra una invasión que para ellos no lo era tanto. Gran parte de la población provenía ya de los pueblos invasores y, sencillamente, no veían una amenaza en la llegada de nuevos miembros de sus razas o países de origen. Esto puede explicar la facilidad con que los bárbaros pudieron penetrar profundamente en las décadas siguientes.

Sin embargo, con el acceso al trono de Valeriano, la posición del poder central pareció consolidarse. Se mantuvo en el poder durante quince años, hasta el 268, a pesar de que tenía cumplidos los setenta cuando obtuvo la púrpura. Gracias a sus brillantes dotes militares consiguió cierta estabilidad. Nombró correinante a su hijo Galieno y detuvo durante un tiempo a los usurpadores que pretendían acceder al trono desde las provincias. Aunque no consiguió detener del todo las guerras civiles.

Pero en el año 258 el vendaval de la crisis se alzó de nuevo: francos y alamanes rompieron el *limes* asolando las regiones limítrofes; de nuevo sirvieron de acompañamiento a las invasiones la enfermedad, el hambre y la muerte.

En algunos sectores estas desgracias fueron sentidas como una venganza de los dioses por el abandono de las prácticas paganas y la expansión del cristianismo. El propio emperador Valeriano, a pesar de ser un romano al viejo estilo, se dejó influir por magos y adivinos orientales. Su nuera Salonina le había presentado al teúrgo Macriano, que llegó a convertirse en consejero imperial y ministro de finanzas. Este oscuro personaje egipcio terminó convenciendo al emperador de que los cristianos eran los causantes del mal romano. Ello le permitió a Valeriano desencadenar una de las más duras persecuciones religiosas, especialmente dirigida contra las elites sociales de la Iglesia.

## *El fin de Cipriano*

Cipriano había regresado a Cartago después de su ocultamiento en la montaña durante la persecución de Decio. Entonces se encontró con la peste del 252, con su secuela de calamidades públicas, que motivó en él tres tratados: *De mortalitate, De opere et eleemosynis, Ad Demetrianum*. Este último tratado va dirigido a un magistrado, Demetriano, que posiblemente, como los paganos de su tiempo, acusaba a los cristianos de ser responsables de las calamidades y desastres públicos. Cipriano refuta esta imputación y ataca de manera frontal la esclavitud, considerada ya absolutamente inmoral por la Iglesia. Las palabras del obispo son tan directas y tan «modernas» que sobrecogen:

«En cuanto al hecho de que hay continuas guerras, que aumentan la angustia, la escasez y el hambre; que la salud se quebranta al arreciar las enfermedades, que la peste causa estragos en la humanidad [...]. Te quejas ahora de la falta de abundosas fuentes, de aires saludables, de la falta de lluvia y de la escasez de frutos en la tierra, y de que ya no se prestan sus elementos a tus conveniencias y comodidades. Ahora bien, ¿sirves tú a Dios, por el cual todas las cosas están a tu servicio? Tú mismo exiges a tus esclavos la sumisión y, siendo un mero hombre como ellos, obligas a otro hombre a que te obedezca y se te rinda, y con ser ambos de una misma condición en el nacer y el morir, compuestos de la misma materia vuestros cuerpos, siendo del mismo principio vuestras almas, pues con el mismo derecho y ley se entra en este mundo y se sale de él, sin embargo, si no te sirve a tu discreción, si no obedece a tus antojos, con riguroso y exigente imperio de esclavitud, le azotas, le despedazas, le maltratas, le atormentas a cada paso con hambre, sed, con desnudez, con cadenas, y el ergástulo [...]. Júzgate a ti mismo y examina tu conciencia, en vez de juzgar a otros [...]. Te quejas de que el cielo se cierre para las lluvias, cuando en la tierra están cerrados los graneros; te quejas de que hay poca producción de frutos, cuando los que se producen no se reparten entre los pobres y necesitados; te irritas por la peste, cuando esa peste misma ha descubierto los pecados, pues ni a los enfermos se presta socorro, y la avaricia y la rapiña se ejerce sobre los muertos.»

Como vemos, se trata de todo un tratado sobre la igualdad, la libertad y la justicia; algo que verdaderamente era necesario en el decadente mundo romano, sustentado sobre una sociedad esclavista y opresora. Y hay un toque «ecologista» sorprendentemente actual.

Cipriano criticó también a la propia Iglesia, que en muchos lugares se hacía cómoda y se congraciaba con el poder dominante para obtener privilegios, dinero o seguridad; denunció a los presbíteros que vivían inmoralmente y a los fieles que practicaban una doble moral, contemporizando con las costumbres perniciosas de la sociedad romana y pretendiendo a la vez llamarse cristianos. Las amargas quejas que el personaje que le representa en mi novela lanza están extraídas fielmente de sus obras. Tuvo que soportar cismas y graves enfrentamientos dentro de su comunidad, manteniéndose siempre firme y defendiendo fervientemente los valores en que creía.

Cuando arreció una nueva persecución en tiempos de Valeriano, fue citado el 3 de agosto del 257 ante el procónsul Aspasio Paterno, con el que debió de tener una buena relación y tal vez amistad, según se deduce de las cartas y actas. El procónsul le informó del rescripto imperial y le condena al destierro en Cúrubis, donde permanece un año y desde dónde escribe sus últimas cartas, las cuales se conservan.

Pero más adelante, en el 258, regresa a Cartago, donde el procónsul era ya otro, una tal Galerio Máximo, que le condenó a morir decapitado. A continuación, reproduzco el relato de su muerte compuesto por el catedrático de Filología Clásica Julio Campos en su tratado sobre las *Obras de San Cipriano*, que recoge fielmente las actas de los procesos y la ejecución:

> Ya se cumplía el año del destierro en Cúrubis, cuando fue reclamado Cipriano por el procónsul Galerio Máximo. El 13 de septiembre dos oficiales del séquito del procónsul se presentaron con soldados y le hicieron subir a un carro, conduciéndole a Sexti, cerca de Cartago, donde se hallaba el procónsul para atender a su sa-

lud. Galerio dejó el asunto para el día siguiente y Cipriano tuvo que pasar la noche en casa de uno de los oficiales del barrio de Saturno, de los alrededores de Cartago, tratado con gran deferencia y tomando su última comida con algunos amigos, entre ellos el diácono Pontius. Al enterarse de la prisión de Tascio, los fieles de la ciudad acudieron allá y se quedaron delante de la puerta durante la noche. Al día siguiente, 14 de septiembre, partió para el Ager Sexti, del que distaba un estadio, siguiéndole la gente cristiana como haciéndole un cortejo. El gobernador le hizo sentar en el Atrium Sauciolum sobre un asiento cubierto de un lienzo blanco. Como estaba sudando, un soldado cristiano le ofreció vestidos secos, con la idea de guardarse los del mártir, pero Cipriano los rehusó, añadiendo benignamente: «Nosotros queremos curar los males que habrán desaparecido indudablemente antes de terminar el día.» En seguida se le hizo comparecer ante el tribunal del procónsul en el Atrio citado y empezó otro interrogatorio:

—Eres tú Tascio Cipriano —preguntó.

—Lo soy.

—¿Eres el papa de la secta sacrílega?

—Lo soy.

—Los sacratísimos emperadores te ordenan que sacrifiques.

—Yo no lo hago.

—Reflexiona. Haz lo que se te ordena.

—En cosa tan justa no hay lugar a reflexionar.

Galerio Máximo consultó con sus asesores y pronunció con pena su sentencia en estos términos:

—Hace mucho tiempo que vives en sacrilegio. Has conquistado mucha gente a tu conspiración criminal y te has convertido en el enemigo de los dioses y de la religión de Roma. Los piadosos y sacratísimos emperadores Valeriano y Galieno, Augustos, y el nobilísimo César Valeriano no han podido atraeros a su religión. Por tanto, quedas convicto de haber sido fautor y autor principal de grandes delitos y servirás de escarmiento a tus cómplices en el delito: tu sangre enseñará a los demás a respetar la ley.

El gobernador leyó la sentencia escrita en una tablilla: «Thascius Cyprianus es condenado a morir decapitado.»

El obispo respondió entonces: «Bendito sea Dios.»

A continuación gritaban muchos cristianos: «Que nos decapiten también a nosotros.»

Sin tardar se puso en marcha escoltado por soldados hacia el lugar de la ejecución, un campo cercado de árboles, donde se había congregado un inmenso gentío para ver el espectáculo. Muchos curiosos se subían a los árboles para contemplarlo mejor. Cuando llegó Cipriano, se despojó de su manto, se arrodilló, hizo una oración. Se quitó su dalmática, que entregó a los diáconos, y se quedó con la sola túnica de lino en espera del verdugo. Al llegar éste, le hizo entregar 25 piezas de oro. Los cristianos extendieron ante él lienzos y paños para recoger la sangre. Se puso él mismo la venda sobre los ojos y un presbítero y subdiácono le ataron las puntas del pañuelo, no pudiendo hacerlo él mismo, y sin demora urgió al verdugo a descargar el golpe. Éste temblaba y no podía empuñar con seguridad la espada. Al fin hizo un esfuerzo y abatió a la ilustre víctima de un golpe mortal.

Los cristianos, por temor a los paganos, depositaron por el momento su cuerpo en las proximidades del lugar de ejecución y por la noche, en medio de una solemne procesión y con antorchas, lo enterraron en la heredad de Macrobio Cándido, en la vía Mappaliense, junto a las Piscinas (un depósito de aguas).

### *La insólita muerte del emperador Valeriano y la sensación de que el mundo llega a su fin*

Hemos comprobado, una y otra vez, a lo largo de este relato cómo el Imperio se ve sometido a la más feroz de las crisis, desconcertado, asolado por guerras y enfermedades y aterrado por la muerte de sus augustos en el barro de los pantanos de Dobrucha o por la peste el único heredero.

Para colmo de males, sobre los años 259-60 los persas de Sapor toman Antioquia sin que sus atónitos habitantes, absortos en una función de circo, tuvieran tiempo para sobreponerse a la sorprendente aparición de los intrusos.

Valeriano partió inmediatamente y trató de expulsar a los persas de Mesopotamia, pero frente a Emesa fue derrotado y obligado a aceptar negociaciones de paz. Sapor pidió entonces un encuentro personal con el emperador. La entrevista se produjo y, ante la sorpresa de todo el ejército romano, Sapor hizo prisionero al emperador Valeriano que fue llevado en cautiverio a la corte de Ctesifonte. La leyenda dice que el soberano de Roma, en calidad de esclavo del rey persa, debía prestar su espalda cada vez que éste subía al caballo. Según la tradición, toleró su desgracia con la presencia de ánimo de un estoico. Pero, finalmente, Sapor le mandó desollar vivo, hizo teñir su piel de rojo y colgarla como trofeo en el Diwan del Gran Palacio. Así lo refiere Lactancio. Y parece ser cierto que la piel del emperador se conservó como trofeo durante muchos años (Eusebio, *Vita Constantinus*). Aurelio Víctor, Orosio y Pedro Patricio recogen esta tradición. De los edificios que Sapor hizo construir en Nischapur, en el Korassan y en Kazerium, en el Fars, todavía hoy se conservan ruinas que pueden visitarse, donde hay relieves esculpidos en las rocas, en los cuales Sapor solemniza su victoria sobre Valeriano. En una de esas escenas, Valeriano está postrado sobre su rostro, ante el caballo del vencedor, y en otra presta homenaje de rodillas ante el rey persa.

Este insólito acontecimiento marca el punto culminante de la crisis del Imperio, poniendo en evidencia la debilidad del legendario poderío romano y servirá de inspiración a los sentimientos apocalípticos que verán en estos hechos el presagio escatológico del fin de los tiempos.

Y verdaderamente era un final, aunque no el apocalipsis que algunos quisieron ver en este terrible golpe. En el Imperio romano algo terminaba y comenzaba a operarse un cambio. El viejo sistema se venía abajo, pero no era todavía la destrucción final, sino un nuevo Occidente que despuntaba ya en el horizonte y que necesitaba verse reflejado en una renovada civilización.

En sí mismo, Félix de Lusitania, espectador, indeciso, voluble e incluso obnubilado a veces por los acontecimientos, pretende ser la alegoría del hombre más occidental, nacido en el extremo del mundo, que ve atónito como todo cambia y evoluciona hacia algo diferente, aunque aún no puede determinar con claridad qué es.

## Nota del autor

En el año 2000 fue publicada mi novela *La Luz del Oriente*, que por comenzar en la Lusitania romana y desenvolverse parte de la vida del protagonista en Emérita Augusta y en una villa rural a orillas del río Anas (Guadiana actual), tuvo gran repercusión en Extremadura. Don Mariano Gallego, alcalde de Don Benito, ciudad de la provincia de Badajoz, me comunicó que tenía un sorprendente hallazgo que mostrarme, por si pudiera tener interés para ser incluido en alguna de mis novelas como fuente de inspiración.

Una mañana de primavera nos trasladamos a un lugar próximo a Don Benito en la ribera del Guadiana, donde se había producido un hallazgo arqueológico de primera magnitud: una espectacular villa romana del siglo III, provista de espléndidos mosaicos, elementos arquitectónicos, estanques, fuentes, etc... en perfecto estado de conservación. Admirado, estuve contemplando los restos y aún me aguardaba otra sorpresa: Mariano Gallego me comunicó que recientemente había aparecido en el lugar un busto que representaba a un romano de la época, con singular realismo.

En los trabajos de investigación realizados por los arqueólogos Anselmo Gutiérrez Moraga, Raquel Llanos Girón y Luis María Tirapu Canora, publicados en un detallado dossier, se especifican con detenimiento las circunstancias del hallazgo y se da una explicación científica bastante completa del mismo:

> El lugar de aparición fue el interior de un estanque que conformaba parte del peristilo de la villa romana, asociado a un nivel de acumulación de materiales escultóricos y cerámicas del si-

glo III d. C. Resulta curioso que el busto aparezca en tan buenas condiciones, cuando los demás restos escultóricos están bastante fragmentados, lo que nos puede indicar que el busto fue puesto con cuidado por motivos de respeto, posiblemente.

El busto representa a un individuo togado, con pelo, barba y bigote al estilo militar. Su estado de conservación es excelente, poseyendo algunas manchas y oscurecimientos del mármol por concreciones, debajo de los cuales aparecen restos de policromía.

Representa a un individuo con gran realismo, de mediana edad, presentado de frente con la cabeza levemente inclinada hacia el ángulo inferior derecho. Estéticamente plasma madurez, con una mirada serena y melancólica que refleja el espíritu del período.

Teniendo en cuenta el tratamiento y las características formales del busto, tales como el peinado, la barba, el trepanado de los ojos, la cicatriz... se puede decir que probablemente esta escultura se corresponda con el período de anarquía militar datado a partir de mediados del siglo III d. C. Dato reforzado por la forma de representar la toga, *contabulata*, que se generaliza a partir del tercer cuarto del siglo III d. C.

El período de anarquía militar en el Imperio romano se caracteriza por las continuas sucesiones de cambio de poder y una gran importancia del componente militar; por ello algunas de las representaciones escultóricas se muestran de manera austera y marcial, acentuando valores de tiempos pasados (republicanos) como forma de legitimación del poder. Por otra parte, la forma de vestir la toga y todo el conjunto, en sí mismo, nos puede dar a entender que el retrato es de un alto dignatario.

Como paralelo más próximo encontramos en el Museo Vaticano la escultura de Filipo el Árabe (244-249 d. C.) con similares características, tanto formales como estéticas, al busto encontrado en Majona, Don Benito (Badajoz).

Cuando escribí la novela *La Luz del Oriente*, yo no tenía ningún conocimiento de este sorprendente hallazgo arqueológico. Al escribir *Félix de Lusitania*, no he podido dejar de sentir cierta emoción al encontrarme de frente con la imagen de un hombre del pasado, que vivió en una sociedad turbulenta y en un período difícil de la historia, y que escogió la orilla de un río caudaloso y los arenales de unas vegas para vivir junto a su familia en un hermoso paraje de Lusitania.

Los escritores que hemos optado por la novela histórica no pretendemos hacer Historia; sólo nos mueve un afán literario, pero son la Historia, la Arqueología y las Humanidades en general, nuestra fuente de inspiración. En mi caso desearía, eso sí, servir humildemente al lector para facilitarle un «viaje al pasado» en esta «máquina del tiempo» de tan fácil manejo que es el libro.